KB213456

중고등학생을 위한 수능 · 내신에 꼭 필요한

한국 **현대소설** 85

중고등학생을 위한 수능 · 내신에 꼭 필요한

한국 현대소설 85

찍은날 ▮ 2010년 10월 25일
펴낸날 ▮ 2010년 11월 1일

지은이 ▮ 김동인 외 44인
꾸민이 ▮ 신영재 외 엮음
펴낸이 ▮ 조 명 숙
펴낸곳 ▮ 도서출판 맑은창
등록번호 ▮ 제16-2083호
등록일자 ▮ 2000년 1월 17일

주소 ▮ 서울 · 금천구 가산동 771 두산 112-502
전화 ▮ (02) 851-9511
팩스 ▮ (02) 852-9511
전자우편 ▮ hannae21@korea.com

ISBN 978-89-86607-72-7 43810

값 16,000원

중고등학생을 위한 수능·내신에 꼭 필요한

한국 현대소설 85

김동인 외 44인 지음 I 신영재 외 엮음

도서
출판 맑은창

일 년.

삼백육십오 일을 밤낮으로 공부와 씨름하고 있는 학생들을 위해 책 한 권을 불쑥 내밀었습니다. 또 하나의 부담을 자랑스럽게 내밀며 문득 손이 부끄럽지 않은가 하는 생각을 가져봅니다. 조금이라도 도움이 되었으면 하는데, 쉬 그렇게 받아들여 줄 수 있을지요.

편하게 읽어봅시다. 작가도 좀 읽고, 제목도 좀 보고, 심심하면 친구들과 작가와 작품 연결해서 맞추는 퍼즐 게임이라도 하면 좋겠습니다. 공부가, 더구나 책 읽는 일이 노동이 되어선 안 되죠. 편하게 즐거운 마음으로 공부도 하나의 교양이 되어 쌓여 간다는 걸 잊어서는 안 되겠죠.

우선 학교 교육에 중심을 두었습니다. 쉽게 말해서 고등학교 국어 교과서, 문학 교과서 출제 빈도가 높은 순으로 정리를 했습니다. 지면 관계상 뒤쪽에는 내용 정리, 요약, 그리고 본문 조금, 문제는 소설을 잘 읽었는지 생각을 환기하고 확장하는 역할을 하도록 출제를 했습니다. 부담 갖지 말고 자신에게 묻는 방식으로 자연스레 읽어보았으면 합니다.

한국 현대소설 85

국어공부 특히나 현대소설은 학생들이 알아야 할 작품 편수가 너무 많습니다. 여기 85편을 수록하면서도 아직 부족하다는 생각에는 변함이 없습니다. 다만 여기 수록된 작품이라도 읽고 이야기하고 기억을 해서 간직한다면 특목고에 진학할 때, 대학에 진학할 때 큰 도움이 되리라는 건 확신합니다. 즐거운 마음으로 작가도 되어 보고 서술자도 되어 보고 때로는 주인공이 되어 기억합시다.

100여 년의 우리 현대 소설을 한 권에 담아내는 것이 무리인 듯 했지만 조금의 편법이 여러분 공부하는 데 큰 도움이 되길 바라며……

2009년 오월 봄 향기 가득한 오금동에서

차 례

1부 전문 수록

2부 요약 – 이해와 감상

01·····

감자

김동인(金東仁, 1900∼1951) ●● 평양에서 출생했다.
호는 금동. 아버지는 평양교회 초대 장로였던 대윤이며 어머니는 옥 씨이다.
3남 1녀 중 차남으로 소년기에 유복하면서 아버지의 엄한 교육 아래 친구 없는 유아독
존적 생활을 하면서 성장했다.
1912년 평양 숭덕 소학교를 졸업. 숭실중학교에 입학했으나 이듬해 중퇴. 1914년 일본
으로 건너가 동경학원 중학부에 입학했으나 동경학원 폐쇄로 메이지 학원에 편입하였
다. 메이지 학원을 졸업한 뒤 그림에 뜻을 두어 가와바타화학교에 들어갔으나 중퇴했다.
부친상으로 일시 귀국하여 1918년 김혜인과 혼인하고 다시 일본으로 건너갔다.
1919년 우리 나라 최초의 문예 동인지인 〈창조〉를 자비로 출판하여 창간호에 처녀작 〈
약한자의 슬픔〉을 발표하였다.
그 후 1921년에 〈배따라기〉 1925년에 〈감자〉 등 수 많은 작품들을 발표하였으나 1951
년 1·4 후퇴 때 가족들이 피난간 사이 죽었다.
대표 작품은 〈김연실전〉 〈발가락이 닮았다〉 〈광염소나타〉 〈젊은그들〉 〈대수양〉 〈운현궁
의 봄〉 등이 있다.

01 감자

김동인

싸움, 간통, 살인, 도둑, 구걸, 징역, 이 세상의 모든 비극과 활극의 근원지인 칠성문 밖 빈민굴로 오기 전까지는 복녀의 부처는 (사농공상의 제 2위에 드는) 농민이었다.

복녀는 원래 가난은 하나마 정직한 농가에서 규칙 있게 자라난 처녀였었다. 이전 선비의 엄한 규율은 농민으로 떨어지자부터 없어졌다. 하나, 그러나 어딘지는 모르지만 딴 농민보다는 좀 똑똑하고 엄한 가율이 그의 집에 그냥 남아 있었다. 그 가운데서 자라난 복녀는 물론 다른 집 처녀들같이 여름에는 벌거벗고 개울에서 멱 감고, 바짓바람으로 동네를 돌아다니는 것을 예사로 알기는 알았지만, 그러나 그의 마음속에는 막연하나마 도덕이라는 것에 대한 저품을 가지고 있었다.

그는 열다섯 살 나는 해에 동네 홀아비에게 팔십 원에 팔려서 시집이라는 것을 갔다. 그의 새서방(영감이라는 편이 적당할까)이라는 사람은 그보다 이십 년이나 위로서, 원래 아버지의 시대에는 상당한 농군으로 밭도 몇 마지기가 있었으나, 그의 대로 내려오면서는 하나 둘 줄기 시작하여서 마지막에 복녀를 산 팔십 원이 그의 마지막 재산이었다. 그는 극도로 게으른 사람이었다. 동리 노인의 주선으로 소작밭깨나 얻어 주면 종자만 뿌려 둔 뒤에는 후치질도 안하고 김도 안 매고 그냥 내버려 두었다가는 가을에 가서는 되는 대로 거둬서 '금년은 흉년이네' 하고 전줏집에는 가져도 안 가고 혼자 먹어 버리곤 하였다. 그러니까 그는 한 밭을 이태를 연하여 부쳐 본 일이 없었다. 이리하여 몇 해를 지내는 동안 그는 그 동네에서는 밭을 못 얻으리만큼 인심과 신용을 잃고 말았다.

복녀가 시집을 간 뒤 한 삼사 년은 장인의 덕으로 이렁저렁 지내 갔으나, 예전 선비의 꼬리인 장인도 차차 사위를 밉게 보기 시작하였다. 그들은 처가에까지 신용을 잃게 되었다.

그들 부처는 여러 가지로 의논하다가 하릴없이 평양성 안으로 막벌이로 들어왔다. 그러나 게으른 그에게는 막벌이나마 역시 되지 않았다. 하루 종일 지게를 지고 연광정에 가서 대동강만 내려다보고 있으니, 어찌 막벌이인들 될까. 한 서너 달 막벌이를 하다가 그들은 요행 어떤 집 막간(행랑)살이로 들어가게 되었다.

그러나 그 집에서도 얼마 안 되어 쫓겨나왔다. 복녀는 부지런히 주인집 일을 보았지만 남편의 게으름은 어찌할 수가 없었다. 만날 복녀는 눈에 칼을 세워가지고 남편을 채근하였지만 그의 게으른 버릇은 개를 줄 수는 없었다.

"뱃섬 좀 치워 달라우요."

"남 졸음 오는데, 님자 치우시관."

"내가 치우나요."

"이십 년이나 밥 먹구 그걸 못 치워!"

"에이구 칵 죽구나 말디."

"이년 뭘!"

이러한 싸움이 그치지 않다가 마침내 그 집에서도 쫓겨나왔다.

이젠 어디로 가나? 그들은 하릴없이 칠성문 밖 빈민굴로 밀리어 나오게 되었다.

칠성문 밖을 한 부락으로 삼고 그곳에 모여 있는 모든 사람들의 정업은 거지요, 부업으로는 도둑질과(자기네끼리의) 매음, 그밖에 이 세상의 모든 무섭고 더러운 죄악이 있었다. 복녀도 그 정업으로 나섰다.

그러나 열아홉 살의 한창 좋은 나이의 여편네에게는 누가 밥인들 잘 줄까.

"젊은 거이 거랑질은 왜."

그런 소리를 들을 때마다 그는 여러 가지 말로 남편이 병으로 죽어 가거니 어찌 거니 핑계는 대었지만, 그런 핑계에는 단련된 평양 시민의 동정은 역시 살 수가 없었다. 그들은 이 칠성문 밖에서도 가장 가난한 사람 가운데 드는 편이었다. 그 가운데서 잘 수입되는 사람은 하루에 오리짜리 돈푼으로 일 원 칠팔십 전의 현금을 쥐고 돌아오는 사람까지 있었다.

극단으로 나가서는 밤에 돈벌이를 나갔던 사람은 그날 밤 사십여 원을 벌어가지고 그 근처에서 담뱃장사를 하기 시작한 사람까지 있었다.

복녀는 열 아홉 살이었다. 얼굴도 그만하면 빤빤하였다. 그 동리 여인들의 보통 하는 일을 본받아서, 그도 돈벌이 좀 잘하는 사람의 집에라도 간간 찾아가면 매일 오륙십 전은 벌 수가 있었지만 선비의 집안에서 자라난 그는 그런 일은 할 수가 없었다.

그들 부처는 역시 가난하게 지냈다. 굶는 일도 흔히 있었다.

기자묘 솔밭에 송충이가 끓었다. 그때 평양부에서는 그 송충이를 잡는 데 (은혜를 베푸는 뜻으로) 칠성문 밖 빈민굴의 여인들을 인부로 쓰게 되었다.

빈민굴 여인들은 모두가 지원을 하였다. 그러나 뽑힌 것은 겨우 오십 명쯤이었다. 복녀도 그 뽑힌 사람 가운데 한 사람이었다.

복녀는 열심으로 송충이를 잡았다. 소나무에 사다리를 놓고 올라가서는 송충이를 집게로 집어서 약물에 잡아넣고 또 그렇게 하고 그의 통은 잠깐 사이에 차곤 하였다. 하루에 삼십 이 전씩의 품삯이 그의 손에 들어왔다.

그러나 대엿새 하는 동안에 그는 이상한 현상을 하나 발견하였다. 그것은 다른
것이 아니라 젊은 여인부 한 여남은 사람은 언제나 송충이는 안 잡고 아래서 지절
거리며 웃고 날뛰기만 하고 있는 것이었다. 뿐만 아니라 그 놀고 있는 인부의 공
전은 일하는 사람의 공전보다 팔전이나 더 많이 내어주는 것이다.

감독은 한 사람뿐이었는데, 감독도 그들이 놀고 있는 것을 묵인할 뿐 아니라 때
때로 자기까지 섞여서 놀고 있었다. 어떤 날 송충이를 잡다가 점심때가 되어서 나
무에서 내려와서 점심을 먹고 다시 올라가려 할 때에 감독이 그를 찾았다.

"복네! 애, 복네!"

"왜 그릅네까?"

그는 약통과 집게를 놓은 뒤에 돌아섰다.

"좀 오나라."

그는 말없이 감독 앞에 갔다.

"내, 너 음…… 데 뒤 좀 가 보디 않갔니?"

"뭘 하레요?"

"글쎄 가야……."

"가디요. 형님!"

그는 돌아서면서 인부들 모여 있는 데로 고함쳤다.

"형님두 갑세다가레."

"싫다 애, 둘이서 재미나게 가는데 내가 무슨 맛에 가갔니?"

복녀는 얼굴이 새빨갛게 되면서 감독에게로 돌아섰다.

"가 보자."

감독은 저편으로 갔다. 복녀는 머리를 숙이고 따라갔다.

"복네 좋갔구나."

뒤에서 이런 소리가 들렸다. 복녀의 숙인 얼굴은 더욱 빨갛게 되었다.

그날부터 복녀도 '일 안하고 공전 많이 받는 인부'의 한 사람으로 되었다.

복녀의 도덕관 내지 인생관은 그때부터 변하였다.

그는 여태껏 딴 사내와 관계를 한다는 것을 생각하여 본 일도 없었다. 그것은 사람의 일이 아니요 짐승의 하는 것쯤으로만 알고 있었다. 혹은 그런 일은 하면 탁 죽어지는지도 모를 일로 알았다.

그러나 이런 이상한 일이 다시 있을까. 사람인 자기도 그런 일을 한 것을 보면 그것은 결코 사람으로 못할 일도 아니었다. 게다가 일 안하고도 돈 더 받고, 긴장된 유쾌가 있고 빌어먹는 것보다 점잖고…… 일본말로 하자면 '삼박자(拍子)' 같은 좋은 일이 이것뿐이었다. 이것이야말로 삶의 비결이 아닐까. 뿐만 아니라 이 일이 있은 뒤부터 그는 처음으로 한 개 사람으로 된 것 같은 자신까지 얻었다.

그 뒤부터는 그의 얼굴에 조금씩 분도 바르게 되었다.

일 년이 지났다.

그의 처세의 비결은 더욱 더 순탄히 진척되었다. 그의 부처는 이제는 그리 궁하게 지내지는 않게 되었다. 그의 남편은 이것이 결국 좋은 일이라는 듯이 아랫목에 누워서 벌신벌신 웃고 있었다.

복녀의 얼굴은 더욱 이뻐졌다.

"여보 아즈바니, 오늘은 얼마나 벌었소?"

복녀는 돈 좀 많이 벌은 듯한 거지를 보면 이렇게 찾는다.

"오늘은 많이 못 벌었쉐다."

"얼마?"

"도무지 열서너 냥."

"많이 벌었쉐다가레. 한 댓 냥 꿰주소고래."

"오늘은 내가……."

어쩌고 어쩌고 하면 복녀는 곧 뛰어가서 그의 팔에 늘어진다.

"나한테 들킨 댐에는 꿔구야 말아요."

"난, 원 이 아즈마니 만나믄 야단이더라. 자 꿰주디, 그 대신 응? 알아 있디?"

"난 몰라요, 해해해해."

"모르문, 안줄 테야."

"글쎄 알았대두 그른다."

그의 성격은 이만큼까지 진보되었다.

가을이 되었다.

칠성문 밖 빈민굴의 여인들은 가을이 되면 칠성문 밖에 있는 중국인의 채마밭에 감자(고구마)며 배추를 도둑질하러 밤에 바구니를 가지고 간다. 복녀도 감자깨나 도둑질하여 왔다.

어떤 날 밤 그는 고구마를 한 바구니 잘 도둑질하여 가지고 이젠 돌아오려고 일어설 때에 그의 뒤에 시커먼 그림자가 서서 그를 꽉 붙들었다. 보니 그것은 그 밭의 주인인 중국인 왕 서방이었다. 복녀는 말도 못하고 멀진 멀진 발 아래만 보고 있었다.

"우리 집에 가!"

왕 서방은 이렇게 말하였다.

"가재문 가디, 훤 것도 못 갈까."

복녀는 엉덩이를 한번 홱 두른 뒤에 머리를 젖히고 바구니를 저으면서 왕 서방을 따라갔다.

한 시간쯤 뒤에 그는 왕 서방의 집에서 나왔다. 그가 밭 고랑에서 길로 들어서려 할 때에 문득 뒤에서 누가 그를 찾았다.

"복녀 아니야?"

복녀는 획 돌아서 보았다. 거기는 곁집 여편네가 바구니를 끼고 어두운 밭고랑을 더듬더듬 나오고 있었다.

"형님이댔쉐까…… 형님도 들어갔댔쉐까?"

"님자두 들어갔댔나?"

"형님은 뉘 집에?"

"나? 눅(陸) 서방네 집에, 님자는?"

"난 왕 서방네…… 형님 얼마 받았소?"

"눅 서방 그 깍쟁이놈 배추 세 패기……."

"난 삼 원 받았디."

복녀는 자랑스러운 듯이 대답하였다.

십 분쯤 뒤에 그는 자기 남편과 그 앞에 돈 삼 원을 내놓은 뒤에 아까 그 왕 서방의 이야기를 하면서 웃고 있었다.

그 뒤부터 왕 서방은 무시로 복녀를 찾아왔다.

한참 왕 서방이 눈만 멀진 멀진 앉아 있으면 복녀의 남편은 눈치를 채고 밖으로 나간다. 왕 서방이 돌아간 뒤에는 그들 부처는 일 원 혹은 이 원을 가운데 놓고 기뻐하곤 하였다.

복녀는 차차 동리 거지들한테 애교를 파는 것을 중지하였다. 왕 서방이 분주하여 못 올 때가 있으면 복녀는 스스로 왕 서방의 집까지 찾아갈 때도 있었다.

복녀의 부처는 이젠 이 빈민굴의 한 부자였다.

그 겨울도 가고 봄이 이르렀다.

그때 왕 서방은 돈 백 원으로 어떤 처녀를 하나 마누라로 사오게 되었다.

"흥."

복녀는 다만 코웃음만 쳤다.

"복녀 강짜하갔구만."

동리 여편네들이 이런 말을 하면 복녀는 '흥' 하고 코웃음을 웃곤 하였다.

내가 강짜를 해? 그는 늘 힘있게 부인하고 하였다. 그러나 그의 마음에 생기는 검은 그림자는 어찌할 수가 없었다.

"이놈 왕 서방, 네 두고 보자."

왕 서방이 색시를 데려오는 날이 가까워 왔다. 왕 서방은 여태껏 자랑하던 기다란 머리를 깎았다. 동시에 그것은 새색시의 의견이라는 소문이 쫙 퍼졌다.

"흥."

복녀는 역시 코웃음만 쳤다.

마침내 새색시가 오는 날이 이르렀다. 칠보단장에 사인교를 탄 색시가 칠성문 밖 채마밭 가운데 있는 왕 서방의 집에 이르렀다. 밤이 깊도록 왕 서방의 집에는 중국인들이 모여서 별난 악기를 뜯으며 별난 곡조로 노래하며 야단이었다. 복녀는 집 모퉁이에 숨어 서서 눈에 살기를 띠고 방안의 동정을 듣고 있었다.

다른 중국인들은 새벽 두 시쯤 하여 돌아갔다. 그 돌아가는 것을 보면서 복녀는 왕 서방의 집 안에 들어갔다. 복녀의 얼굴에는 분이 하얗게 발리어 있었다. 신랑 신부는 놀라서 그를 쳐다보았다. 그것을 무서운 눈으로 흘겨보면서 그는 왕 서방에게 가서 팔을 잡고 늘어졌다. 그의 입에서는 이상한 웃음이 흘렀다.

"자, 우리 집으로 가요."

왕 서방은 아무 말도 못하였다. 눈만 정처없이 두룩두룩하였다. 복녀는 다시 한 번 왕 서방을 흔들었다.

"자, 어서."

"우리, 오늘 밤 일이 있어 못 가."

"일은 밤중에 무슨 일."

"그래두 우리 일이……."

복녀의 입에 아직껏 떠돌던 이상한 웃음은 문득 없어졌다.

"이까짓것!"

그는 발을 들어서 치장한 신부의 머리를 찼다.

"자, 가자우, 가자우."

왕 서방은 와들와들 떨었다. 왕 서방은 복녀의 손을 뿌리쳤다. 복녀는 쓰러졌다. 그러나 곧 일어섰다. 그가 다시 일어설 때는 그의 손에 얼른얼른하는 낫이 한 자루 들리어 있었다.

"이 되놈 죽어라. 이놈, 나 때렸니! 이놈아, 아이구 사람 죽이누나."

그는 목을 놓고 처울면서 낫을 휘둘렀다. 칠성문 밖 외따른 밭 가운데 홀로 서 있는 왕 서방의 집에서는 일장의 활극이 일어났다. 그러나 그 활극도 곧 잠잠하게 되었다. 복녀의 손에 들리어 있던 낫은 어느덧 왕 서방의 손으로 넘어가고 복녀는 목으로 피를 쏟으며 그 자리에 고꾸라져 있었다.

복녀의 송장은 사흘이 지나도록 무덤으로 못 갔다. 왕 서방은 몇 번을 복녀의 남편을 찾아갔다. 복녀의 남편도 때때로 왕 서방을 찾아갔다. 둘 사이에는 무슨 교섭하는 일이 있었다.

　사흘이 지났다.

　밤중 복녀의 시체는 왕 서방의 집에서 남편의 집으로 옮겨졌다. 그리고 시체에는 세 사람이 둘러앉았다. 한 사람은 복녀의 남편, 한 사람은 왕 서방, 또 한 사람은 어떤 한방의사. 왕 서방은 말없이 돈주머니를 꺼내어 십 원짜리 지폐 석 장을 복녀의 남편에게 주었다. 한방의사의 손에도 십 원짜리 두 장이 갔다.

　이튿날 복녀는 뇌일혈로 죽었다는 한방의의 진단으로 공동묘지로 가져갔다.

현진

건

02‥‥

운수 좋은 날

현진건(玄鎭健, 1900~1943) ●● 대구에서 출생했다.
소설가이자 언론인. 호는 빙허. 1915년 이순득과 혼인한 뒤 일본으로 건너가 동경 세이조 중학 4학년을 중퇴하고 상해로 건너가 후장대학에서 수학한 뒤 1919년 귀국하여 한말 주일 공사관 참서관을 지낸 당숙 현보은에게 입양되었다.
1920년 〈개벽〉에 〈희생화〉를 발표함으로써 문필 활동을 시작하여 1921년 〈빈처〉로 문명을 얻었고 그해 조선일보에 입사 언론계에 첫발을 내디뎠다.
홍사용, 이상화, 나도향, 박종화 등과 함께 〈백조〉 창간 동인으로 참여하여 1920년대 신문학 운동에 본격적으로 가담하였다. 1936년 동아일보 사회부장 당시 일장기 말살사건으로 인하여 구속되었다.
1937년 동아일보사를 사직하고 소설 창작에 전념하였으며 빈궁 속에서도 친일문학에 가담하지 않은 채 지내다가 1943년 장 결핵으로 죽었다.
대표 작품은 〈술 권하는 사회〉〈타락자〉〈운수 좋은 날〉〈불〉〈고향〉〈적도〉〈무영탑〉 등이 있다.

02 운수 좋은 날

현진건

새침하게 흐린 품이 눈이 올 듯하더니 눈은 아니 오고 얼다가 만 비가 추적추적 내리는 날이었다.

이날이야말로 동소문 안에서 인력거꾼 노릇을 하는 김 첨지에게는 오래간만에도 닥친 운수 좋은 날이었다. 문안에(거기도 문 밖은 아니지만) 들어간답시는 앞집 마마님을 전찻길까지 모셔다 드린 것을 비롯하여 행여나 손님이 있을까 하고 정류장에서 어정어정하며 내리는 사람 하나하나에게 거의 비는 듯한 눈길을 보내고 있다가 마침내 교원인 듯한 양복쟁이를 동광학교(東光學校)까지 태워다 주기로 되었다.

첫째 번에 삼십 전, 둘째 번에 오십 전 — 아침 댓바람에 그리 흥치 않은 일이었다. 그야말로 재수가 옴 붙어서 근 열흘 동안 돈 구경도 못한 김 첨지는 십 전짜리 백동화 서 푼, 또는 다섯 푼이 찰칵 하고 손바닥에 떨어질 제 거의 눈물을 흘릴 만큼 기뻤었다. 더구나 이 날 이때에 이 팔십 전이라는 돈이 그에게 얼마나 유용한지 몰랐다. 컬컬한 목에 모주 한 잔도 적실 수 있거니와 그보다도 앓는 아내에게 설렁탕 한 그릇도 사다 줄 수 있음이다.

그의 아내가 기침으로 쿨룩거리기는 벌써 달포가 넘었다. 조밥도 굶기를 먹다시피 하는 형편이니 물론 약 한 첩 써 본 일이 없다. 구태여 쓰려면 못 쓸 바도 아니로되 그는 병이란 놈에게 약을 주어 보내면 재미를 붙여서 자꾸 온다는 자기의 신조(信條)에 어디까지 충실하였다. 따라서 의사에게 보인 적이 없으니 무슨 병인지는 알 수 없으되 반듯이 누워 가지고 일어나기는커녕 새로 모로도 못 눕는 걸 보면 중증은 중증인 듯. 병이 이대도록 심해지기는 열흘 전에 조밥을 먹고 체한 때문이다. 그때도 김 첨지가 오래간만에 돈을 얻어서 좁쌀 한 되와 십 전짜리 나무 한 단을 사다 주었더니 김 첨지의 말에 의하면 그 오라질 년이 천방지축(天方地軸)으로 냄비에 대고 끓였다. 마음은 급하고 불길은 달지 않아 채 익지도 않은 것을 그 오라질 년은 숟가락은 고만두고 손으로 움켜서 두 뺨에 주먹덩이 같은 혹이 불거지도록 누가 빼앗을 듯이 처박질하더니만 그날 저녁부터 가슴이 땡긴다, 배가 켕긴다고 눈을 홉뜨고 지랄병을 하였다. 그때 김 첨지는 열화와 같이 성을 내며,

"에이, 오라질 년, 조랑복은 할 수가 없어, 못 먹어 병, 먹어서 병! 어쩌란 말이야! 왜 눈을 바루 뜨지 못해!"

하고 앓는 이의 뺨을 한 번 후려갈겼다. 홉뜬 눈은 조금 바루어졌건만 이슬이 맺히었다. 김 첨지의 눈시울도 뜨끈뜨끈하였다.

이 환자가 그러고도 먹는 데는 물리지 않았다. 사흘 전부터 설렁탕 국물이 마시고 싶다고 남편을 졸랐다.

"이런 오라질 년! 조밥도 못 먹는 년이 설렁탕은. 또 처먹고 지랄병을 하게."

라고 야단을 쳐보았건만, 못 사 주는 마음이 시원치는 않았다.

인제 설렁탕을 사 줄 수도 있다. 앓는 어미 곁에서 배고파 보채는 개똥이(세 살

먹이)에게 죽을 사줄 수도 있다. 팔십 전을 손에 쥔 김 첨지의 마음은 푼푼하였다.

그러나 그의 행운은 그걸로 그치지 않았다. 땀과 빗물이 섞여 흐르는 목덜미를 기름 주머니가 다 된 왜목 수건으로 닦으며, 그 학교 문을 돌아 나올 때였다. 뒤에서

"인력거!"

하고 부르는 소리가 난다. 자기를 불러 멈춘 사람이 그 학교 학생인 줄 김 첨지는 한 번 보고 짐작할 수 있었다. 그 학생은 다짜고짜로,

"남대문 정거장까지 얼마요?"

라고 물었다. 아마도 그 학교 기숙사에 있는 이로 동기 방학을 이용하여 귀향하려 함이리라. 오늘 가기로 작정은 하였건만 비는 오고, 짐은 있고 해서 어찌할 줄 모르다가 마침 김 첨지를 보고 뛰어나왔음이리라. 그렇지 않으면 왜 구두를 채 신지 못해서 질질 끌고, 비록 고쿠라 양복일망정 노박이로 비를 맞으며 김 첨지를 뒤쫓아 나왔으랴.

"남대문 정거장까지 말씀입니까?"

하고 김 첨지는 잠깐 주저하였다. 그는 이 우중에 우장도 없이 그 먼 곳을 철벅거리고 가기가 싫었음일까? 처음것 둘째것으로 고만 만족하였음일까? 아니다, 결코 아니다. 이상하게도 꼬리를 맞물고 덤비는 이 행운 앞에 조금 겁이 났음이다. 그리고 집을 나올 제 아내의 부탁이 마음에 켱기었다.

앞집 마나님한테서 부르러 왔을 제 병인은 그 뼈만 남은 얼굴에 유일의 생물 같은 유달리 크고 움푹한 눈에 애걸하는 빛을 띠며,

"오늘은 나가지 말아요. 제발 덕분에 집에 붙어 있어요. 내가 이렇게 아픈데……."

라고 모기 소리같이 중얼거리고 숨을 걸그렁걸그렁하였다. 그때에 김 첨지는 대수롭지 않은 듯이,

"아따, 젠장맞을 년, 별 빌어먹을 소리를 다 하네. 맞붙들고 앉았으면 누가 먹여 살릴 줄 알아."

하고 홀쩍 뛰어나오려니까 환자는 붙잡을 듯이 팔을 내저으며,

"나가지 말라도 그래, 그러면 일쩍이 들어와요."

하고 목메인 소리가 뒤를 따랐다.

　정거장까지 가잔 말을 들은 순간에 경련적으로 떠는 손, 유달리 큼직한 눈, 울 듯한 아내의 얼굴이 김 첨지의 눈앞에 어른어른하였다.

　"그래 남대문 정거장까지 얼마란 말이오?"

하고 학생은 초조한 듯이 인력거꾼의 얼굴을 바라보며 혼잣말같이,

　"인천 차가 열한 점에 있고, 그 다음에는 새로 두 점이든가."

라고 중얼거린다.

　"일 원 오십 전만 줍시오."

　이 말이 저도 모를 사이에 불쑥 김 첨지의 입에서 떨어졌다. 제 입으로 부르고도 스스로 그 엄청난 돈 액수에 놀랐다. 한꺼번에 이런 금액을 불러라도 본 지가 그 얼마만인가! 그러자 그 돈 벌 용기가 병자에 대한 염려를 사르고 말았다. 설마 오늘 내로 어쩌랴 싶었다. 무슨 일이 있더라도 제일 제이의 행운을 곱친 것보다도 오히려 갑절이 많은 이 행운을 놓칠 수 없다 하였다.

　"일 원 오십 전은 너무 과한데."

　이런 말을 하며 학생은 고개를 기웃하였다.

　"아니올시다. 릿수로 치면 여기서 거기가 시오 리가 넘는답니다. 또 이런 진 날은 좀 더 주셔야지요."

하고 빙글빙글 웃는 차부의 얼굴에는 숨길 수 없는 기쁨이 넘쳐흘렀다.

　"그러면 달라는 대로 줄 터이니 빨리 가요."

　관대한 어린 손님은 이런 말을 남기고 총총히 옷도 입고 짐도 챙기러 갈 데로 갔다.

　그 학생을 태우고 나선 김 첨지의 다리는 이상하게 거뿐하였다. 달음질을 한다느니보다 거의 나는 듯하였다. 바퀴도 어떻게 속히 도는지 구른다느니보다 마치 얼음을 지쳐 나가는 스케이트 모양으로 미끄러져 가는 듯하였다. 언 땅에 비가 내려 미끄럽기도 하였지만.

　이윽고 끄는 이의 다리는 무거워졌다. 자기 집 가까이 다다른 까닭이다. 새삼스러운 염려가 그의 가슴을 눌렀다.

"오늘은 나가지 말아요. 내가 이렇게 아픈데."

이런 말이 잉잉 그의 귀에 울렸다. 그리고 병자의 움쑥 들어간 눈이 원망하는 듯이 자기를 노리는 듯하였다. 그러자 엉엉 하고 우는 개똥이의 곡성을 들은 듯싶다. 딸국딸국 하고 숨 모으는 소리도 나는 듯싶다.

"왜 이리우, 기차 놓치겠구먼."

하고 탄 이의 초조한 부르짖음이 간신히 그의 귀에 들어왔다. 언뜻 깨달으니 김 첨지는 인력거를 쥔 채 길 한복판에 엉거주춤 멈춰 있지 않은가.

"예, 예."

하고, 김 첨지는 또다시 달음질하였다. 집이 차차 멀어갈수록 김 첨지의 걸음에는 다시금 신이 나기 시작하였다. 다리를 재게 놀려야만 쉴 새 없이 자기의 머리에 떠오르는 모든 근심과 걱정을 잊을 듯이.

정거장까지 끌어다 주고 그 깜짝 놀란 일 원 오십 전을 정말 제 손에 쥠에 제 말마따나 십 리나 되는 길을 비를 맞아 가며 질척거리고 온 생각은 아니하고 거저나 얻은 듯이 고마웠다. 졸부나 된 듯이 기뻤다. 제 자식뻘밖에 안 되는 어린 손님에게 몇 번 허리를 굽히며,

"안녕히 다녀옵시오."

라고 깍듯이 재우쳤다.

그러나 빈 인력거를 털털거리며 이 우중에 돌아갈 일이 꿈 밖이었다. 노동으로 하여 흐른 땀이 식어지자 굶주린 창자에서, 물 흐르는 옷에서 어슬어슬 한기가 솟아나기 비롯하매 일 원 오십 전이란 돈이 얼마나 괜찮고 괴로운 것인 줄 절절히 느끼었다. 정거장을 떠나는 그의 발길은 힘 하나 없었다. 온몸이 옹송그려지며 당장 그 자리에 엎어져 못 일어날 것 같았다.

"젠장맞을 것, 이 비를 맞으며 빈 인력거를 털털거리고 돌아를 간담. 이런 빌어먹을 제 할미를 붙을 비가 왜 남의 상판을 딱딱 때려!"

그는 몹시 화증을 내며 누구에게 반항이나 하는 듯이 게걸거렸다. 그럴 즈음에 그의 머리엔 또 새로운 광명이 비쳤나니 그것은 '이러구 갈 게 아니라 이 근처를 빙빙 돌며 차 오기를 기다리면 또 손님을 태우게 될는지도 몰라' 란 생각이었다.

오늘 운수가 괴상하게도 좋으니까 그런 요행이 또 한번 없으리라고 누가 보증하랴. 꼬리를 굴리는 행운이 꼭 자기를 기다리고 있다고 내기를 해도 좋을 만한 믿음을 얻게 되었다. 그렇다고 정거장 인력거꾼의 등쌀이 무서우니 정거장 앞에 섰을 수는 없었다. 그래 그는 이전에도 여러 번 해본 일이라 바로 정거장 앞 전차 정류장에서 조금 떨어지게 사람 다니는 길과 전찻길 틈에 인력거를 세워 놓고 자기는 그 근처를 빙빙 돌며 형세를 관망하기로 하였다. 얼마 만에 기차는 왔고 수십 명이나 되는 손이 정류장으로 쏟아져 나왔다. 그 중에서 손님을 물색하는 김 첨지의 눈엔 양머리에 뒤축 높은 구두를 신고 망토까지 두른 기생 퇴물인 듯, 난봉 여학생인 듯한 여편네의 모양이 눈에 띄었다. 그는 슬근슬근 그 여자의 곁으로 다가들었다.

"아씨, 인력거 아니 타실랍시오?"

그 여학생인지 뭔지가 한참은 매우 태깔을 빼며 입술을 꼭 다문 채 김 첨지를 거들떠보지도 않았다. 김 첨지는 구걸하는 거지나 무엇같이 연해연방 그의 기색을 살피며,

"아씨, 정거장 애들보담 아주 싸게 모셔다 드리겠습니다. 댁이 어디신가요."

하고 추근추근하게도 그 여자가 들고 있는 일본식 버들고리짝에 제 손을 대었다.

"왜 이래, 남 귀찮게."

소리를 벽력같이 지르고는 돌아선다. 김 첨지는 어랍시오 하고 물러섰다.

전차는 왔다. 김 첨지는 원망스럽게 전차 타는 이를 노리고 있었다. 그러나 그의 예감(豫感)은 틀리지 않았다. 전차가 빡빡하게 사람을 싣고 움직이기 시작하였을 제 타고 남은 손 하나가 있었다. 굉장하게 큰 가방을 들고 있는 걸 보면 아마 붐비는 차 안에 짐이 크다 하여 차장에게 밀려 내려온 눈치였다. 김 첨지는 대어 섰다.

"인력거를 타실랍시오."

한동안 값으로 승강이를 하다가 육십 전에 인사동까지 태워다 주기로 하였다. 인력거가 무거워지매 그의 몸은 이상하게도 가벼워졌고 그리고 또 인력거가 가벼워지니 몸은 다시금 무거워졌건만 이번에는 마음조차 초조해 온다. 집의 광경이

자꾸 눈앞에 어른거리어 인제 요행을 바랄 여유도 없었다. 나무 등걸이나 무엇 같고 제 것 같지도 않은 다리를 연해 꾸짖으며 갈팡질팡 뛰는 수밖에 없었다.

"저놈의 인력거꾼이 저렇게 술이 취해 가지고 이 진땅에 어찌 가노."

라고 길 가는 사람이 걱정을 하리만큼 그의 걸음은 황급하였다. 흐리고 비 오는 하늘은 어둠침침하게 벌써 황혼에 가까운 듯하다. 창경원 앞까지 다다라서야 그는 턱에 닿은 숨을 돌리고 걸음도 늦추잡았다. 한 걸음 두 걸음 집이 가까워 갈수록 그의 마음조차 괴상하게 누그러웠다. 그런데 이 누그러움은 안심에서 오는 게 아니요 자기를 덮친 무서운 불행을 빈틈없이 알게 될 때가 박두한 것을 두리는 마음에서 오는 것이다. 그는 불행에 닥치기 전 시간을 얼마쯤이라도 늘리려고 버르적거렸다. 기적(奇蹟)에 가까운 벌이를 하였다는 기쁨을 할 수 있으면 오래 지니고 싶었다. 그는 두리번두리번 사면을 살피었다. 그 모양은 마치 자기 집 ─ 곧 불행을 향하고 달아가는 제 다리를 제 힘으로는 도저히 어찌할 수 없으니 누구든지 나를 좀 잡다고, 구해다고 하는 듯하였다.

그럴 즈음에, 마침 길가 선술집에서 그의 친구 치삼이가 나온다. 그의 우글우글 살찐 얼굴에 주홍이 덧는 듯, 온 턱과 뺨을 시커멓게 구레나룻이 덮였거늘 노르탱탱한 얼굴이 바짝 말라서 여기저기 고랑이 패이고 수염도 있대야 턱밑에만 마치 솔잎 송이를 거꾸로 붙여 놓은 듯한 김 첨지의 풍채하고는 기이한 대상을 짓고 있었다.

"여보게 김 첨지, 자네 문안 들어갔다 오는 모양일세그려. 돈 많이 벌었을 테니 한잔 빨리게."

뚱뚱보는 말라깽이를 보던 맡에 부르짖었다. 그 목소리는 몸집과 딴판으로 연하고 싹싹하였다. 김 첨지는 이 친구를 만난 게 어떻게 반가운지 몰랐다. 자기를 살려 준 은인이나 무엇같이 고맙기도 하였다.

"자네는 벌써 한잔 한 모양일세그려. 자네도 오늘 재미가 좋아 보이."

하고 김 첨지는 얼굴을 펴서 웃었다.

"아따, 재미 안 좋다고 술 못 먹을 낸가. 그런데 여보게, 자네 왼몸이 어째 물독에 빠진 새앙쥐 같은가. 어서 이리 들어와 말리게."

선술집은 훈훈하고 뜨뜻하였다. 추어탕을 끓이는 솥뚜껑을 열 적마다 뭉게뭉게 떠오르는 흰 김, 석쇠에서 뻐지짓뻐지짓 구워지는 너비아니구이며 제육이며 간이며 콩팥이며 북어며 빈대떡…… 이 너저분하게 늘어놓은 안주 탁자에 김 첨지는 갑자기 속이 쓰려서 견딜 수 없었다. 마음대로 할 양이면 거기 있는 모든 먹음 먹이를 모조리 깡그리 집어삼켜도 시원치 않았다. 하되, 배고픈 이는 우선 분량 많은 빈대떡 두 개를 쪼이기로 하고 추어탕을 한 그릇 청하였다. 주린 창자는 음식 맛을 보더니 더욱더욱 비어지며 자꾸자꾸 들이라 들이라 하였다. 순식간에 두부와 미꾸리 든 국 한 그릇을 그냥 물같이 들이키고 말았다. 셋째 그릇을 받아들었을 제 데우던 막걸리 곱빼기 두 잔이 더왔다. 치삼이와 같이 마시자 원원이 비었던 속이라 찌르르 하고 창자에 퍼지며 얼굴이 화끈하였다. 눌러 곱빼기 한 잔을 또 마셨다.

김 첨지의 눈은 벌써 개개 풀리기 시작하였다. 석쇠에 얹힌 떡 두 개를 숭덩숭덩 썰어서 볼을 불룩거리며 또 곱빼기 두 잔을 부어라 하였다.

치삼은 의아한 듯이 김 첨지를 보며,

"여보게 또 붓다니, 벌써 우리가 넉 잔씩 먹었네, 돈이 사십 전일세."

라고 주의시켰다.

"아따 이놈아, 사십 전이 그리 끔찍하냐. 오늘 내가 돈을 막 벌었어. 참 오늘 운수가 좋았느니."

"그래 얼마를 벌었단 말인가?"

"삼십 원을 벌었어, 삼십 원을! 이런 젠장맞을 술을 왜 안 부어…… 괜찮다 괜찮다, 막 먹어도 상관이 없어. 오늘 돈 산더미같이 벌었는데."

"어, 이 사람 취했군, 그만두세."

"이놈아, 그걸 먹고 취할 내냐, 어서 더 먹어."

하고는 치삼의 귀를 잡아치며 취한 이는 부르짖었다. 그리고 술을 붓는 열다섯 살 됨직한 중대가리에게로 달려들며,

"이놈, 오라질 놈, 왜 술을 붓지 않아."

라고 야단을 쳤다. 중대가리는 희희 웃고 치삼을 보며 문의하는 듯이 눈짓을 하였

다. 주정꾼이 이 눈치를 알아보고 화를 버럭 내며,

"에미를 붙을 이 오라질 놈들 같으니, 이놈 내가 돈이 없을 줄 알고?"

하자마자 허리춤을 흠칫흠칫하더니 일 원짜리 한 장을 꺼내어 중대가리 앞에 펄쩍 집어던졌다. 그 사품에 몇 푼 은전이 잘그랑 하며 떨어진다.

"여보게 돈 떨어졌네, 왜 돈을 막 끼얹나."

이런 말을 하며 일변 돈을 줍는다. 김 첨지는 취한 중에도 돈의 거처를 살피는 듯이 눈을 크게 떠서 땅을 내려다보다가 불시에 제 하는 짓이 너무 더럽다는 듯이 고개를 소스라치자 더욱 성을 내며,

"봐라 봐! 이 더러운 놈들아, 내가 돈이 없나, 다리 뼉다구를 꺾어 놓을 놈들 같으니."

하고 치삼이 주워 주는 돈을 받아,

"이 원수엣 돈! 이 육시를 할 돈!"

하면서 풀매질을 친다. 벽에 맞아 떨어진 돈은 다시 술 끓이는 양푼에 떨어지며 정당한 매를 맞는다는 듯이 쨍 하고 울었다.

곱배기 두 잔은 또 부어질 겨를도 없이 말려가고 말았다. 김 첨지는 입술과 수염에 붙은 술을 빨아들이고 나서 매우 만족한 듯이 그 솔잎 송이 수염을 쓰다듬으며,

"또 부어, 또 부어."

라고 외쳤다.

또 한 잔 먹고 나서 김 첨지는 치삼의 어깨를 치며 문득 껄껄 웃는다. 그 웃음소리가 어떻게 컸던지 술집에 있는 이의 눈은 모두 김 첨지에게로 몰리었다. 웃는 이는 더욱 웃으며,

"여보게 치삼이, 내 우스운 이야기 하나 할까. 오늘 손을 태우고 정거장에 가지 않았겠나."

"그래서."

"갔다가 그저 오기가 안됐데그려. 그래 전차 정류장에서 어름어름하며 손님 하나를 태울 궁리를 하지 않았나. 거기 마침 마나님이신지 여학생이신지(요새야 어

디 논다니와 아가씨를 구별할 수가 있던가) 망토를 잡수시고 비를 맞고 서 있겠지. 슬근슬근 가까이 가서 인력거 타시랍시오 하고 손가방을 받으랴니까 내 손을 탁 뿌리치고 홱 돌아서더니만 '왜 남을 이렇게 귀찮게 굴어!' 그 소리야말로 꾀꼬리 소리지, 허허!"

김 첨지는 교묘하게도 정말 꾀꼬리 같은 소리를 내었다. 모든 사람은 일시에 웃었다.

"빌어먹을 깍쟁이 같은 년, 누가 저를 어쩌나, '왜 남을 귀찮게 굴어!' 어이구 소리가 처신도 없지, 허허."

웃음소리들은 높아졌다. 그러나 그 웃음소리들이 사라지기 전에 김 첨지는 훌쩍훌쩍 울기 시작하였다.

치삼은 어이없이 주정뱅이를 바라보며,

"금방 웃고 지랄을 하더니 우는 건 또 무슨 일인가."

김 첨지는 연해 코를 들이마시며,

"우리 마누라가 죽었다네."

"뭐, 마누라가 죽다니, 언제?"

"이놈아 언제는, 오늘이지."

"예끼 미친놈, 거짓말 말아."

"거짓말은 왜, 참말로 죽었어, 참말로…… 마누라 시체를 집에 뻐들쳐 놓고 내가 술을 먹다니, 내가 죽일 놈이야, 죽일 놈이야."

하고 김 첨지는 엉엉 소리를 내어 운다.

치삼은 흥이 조금 깨어지는 얼굴로,

"원 이 사람이, 참말을 하나 거짓말을 하나. 그러면 집으로 가세, 가."

하고 우는 이의 팔을 잡아당기었다.

치삼의 끄는 손을 뿌리치더니 김 첨지는 눈물이 글썽글썽한 눈으로 싱그레 웃는다.

"죽기는 누가 죽어."

하고 득의가 양양.

"죽기는 왜 죽어, 생때같이 살아만 있단다. 그 오라질 년이 밥을 죽이지. 인제 나한테 속았다."

하고 어린애 모양으로 손뼉을 치며 웃는다.

"이 사람이 정말 미쳤단 말인가. 나도 아주먼네가 않는단 말은 들었는데."

하고 치삼이도 어느 불안을 느끼는 듯이 김 첨지에게 또 돌아가라고 권하였다.

"안 죽었어, 안 죽었대도 그래."

김 첨지는 화증을 내며 확신 있게 소리를 질렀으되 그 소리엔 안 죽은 것을 믿으려고 애쓰는 가락이 있었다. 기어이 일 원어치를 채워서 곱배기 한 잔씩 더 먹고 나왔다. 궂은 비는 의연히 추적추적 내린다.

김 첨지는 취중에도 설렁탕을 사 가지고 집에 다다랐다. 집이라 해도 물론 셋집이요 또 집 전체를 세든 게 아니라 안과 뚝 떨어진 행랑방 한 칸을 빌려 든 것인데 물을 길어 대고 한 달에 일 원씩 내는 터이다. 만일 김 첨지가 주기를 띠지 않았던들 한 발을 대문에 들여놓았을 제 그곳을 지배하는 무시무시한 정적(靜寂) ─ 폭풍우가 지나간 뒤의 바다 같은 정적에 다리가 떨렸으리라. 쿨룩거리는 기침 소리도 들을 수 없다. 그르렁거리는 숨소리조차 들을 수 없다. 다만 이 무덤 같은 침묵을 깨뜨리는 ─ 깨뜨린다느니보다 한층 더 침묵을 깊게 하고 불길하게 하는, 빡빡하는 그윽한 소리 ─ 어린애의 젖 빠는 소리가 날 뿐이다. 만일 청각(聽覺)이 예민한 이 같으면 그 빡빡 소리는 빨 따름이요, 꿀떡꿀떡 하고 젖 넘어가는 소리가 없으니 빈 젖을 빤다는 것도 짐작할는지 모르리라.

혹은 김 첨지도 이 불길한 침묵을 짐작했는지도 모른다. 그렇지 않으면 대문에 들어서자마자 전에 없이,

"이 난장맞을 년, 남편이 들어오는데 나와 보지도 않아, 이 오라질 년."

이라고 고함을 친 게 수상하다. 이 고함이야말로 제 몸을 엄습해 오는 무시무시한 증을 쫓아 버리려는 허장 성세(虛張聲勢)인 까닭이다.

하여간 김 첨지는 방문을 왈칵 열었다. 구역을 나게 하는 추기 ─ 떨어진 샷자리 밑에서 나온 먼지내, 빨지 않은 기저귀에서 나는 똥내와 오줌내, 가지각색 때가 켜켜이 앉은 옷내, 병인의 땀 썩은 내가 섞인 추기가 무딘 김 첨지의 코를 찔렀다.

방 안에 들어서며 설렁탕을 한구석에 놓을 사이도 없이 주정꾼은 목청을 있는 대로 다 내어 호통을 쳤다.

　"이런 오라질 년, 주야 장천(晝夜長川) 누워만 있으면 제일이야. 남편이 와도 일어나지를 못해."

라는 소리와 함께 발길로 누운 이의 다리를 몹시 찼다. 그러나 발길에 채이는 건 사람의 살이 아니고 나무 등걸과 같은 느낌이 있었다. 이때에 빽빽 소리가 응아 소리로 변하였다. 개똥이가 물었던 젖을 빼어 놓고 운다. 운대도 온 얼굴을 찡그려 붙여서 운다는 표정을 할 뿐이다. 응아 소리도 입에서 나는 게 아니고 마치 뱃속에서 나는 듯하였다. 울다가 울다가 목도 잠겼고 또 울 기운조차 시진한 것 같다.

　발로 차도 그 보람이 없는 걸 보자 남편은 아내의 머리맡으로 달려들어 그야말로 까치집 같은 환자의 머리를 꺼들어 흔들며,

　"이년아, 말을 해, 말을! 입이 붙었어, 이 오라질 년!"

　"……."

　"으응, 이것 봐, 아무 말이 없네."

　"……."

　"이년아, 죽었단 말이냐, 왜 말이 없어."

　"……."

　"으응, 또 대답이 없네. 정말 죽었나보이."

　이러다가 누운 이의 흰 창이 검은 창을 덮은 위로 치뜬 눈을 알아보자마자,

　"이 눈깔! 이 눈깔! 왜 나를 바루 보지 못하고 천장만 보느냐, 응?"

하는 말 끝엔 목이 메었다. 그러자 산 사람의 눈에서 떨어진 닭의 똥 같은 눈물이 죽은 이의 뻣뻣한 얼굴을 어룽어룽 적시었다. 문득 김 첨지는 미친 듯이 제 얼굴을 죽은 이의 얼굴에 한데 비비대며 중얼거렸다.

　"설렁탕을 사다 놓았는데 왜 먹지를 못하니, 왜 먹지를 못하니…… . 괴상하게도 오늘은 운수가 좋더니만…… ."

최서해

03····

홍염

최서해(崔曙海, 1901~1932) ●● 함경북도 성진에서 출생했다.
본명은 학송(鶴松). 1910년 아버지가 간도지방으로 떠나자 어머니의 손에서 유년 시절
과 소년 시절을 보냈다. 유년 시절 한문을 배우고 성진 보통학교에 3년 정도 재학한 것
외에 이렇다 할 학교교육을 받지 못하였다. 소년시절을 빈궁 속에서 지내면서 〈청춘〉〈
학지광〉 등을 사다가 읽으면서 문학에 눈을 떴다. 1918년 고향을 떠나 간도로 건너가 방
랑과 노동을 하면서 문학공부를 계속하였다. 1924년 작가로 출세할 결심을 하고 노모
와 처자를 남겨 둔 채 홀로 상경하여 이광수를 찾았다. 이광수의 주선으로 양주 봉선사
에서 승려생활을 하게 되었으나 두어 달 있다가 다시 상경 조선 문단사에 입사하였다.
1927년 현대 평론사에 기자로 일하기도 하였고 기생들 잡지인 〈장한〉을 편집하기도 하
였다.
1929년 중외일보 기자. 1931년 매일신보 학예부장으로 일하다가 죽었다.
대표 작품은 〈고국〉〈탈출기〉〈기아와 살육〉〈돌아가는 날〉〈홍염〉〈박돌의 죽음〉〈큰물
진 뒤〉 등이 있다.

03 홍염

최서해

1.

　겨울은 이 가난한 — 백두산 서북편 서간도 한 귀퉁이에 있는 이 가난한 촌락 '빼허[白河]'에도 찾아들었다. 겨울이 찾아들면 조그마한 강을 앞에 끼고 큰 산을 등진 빼허는 쓸쓸히 눈 속에 묻혀서 차디찬 좁은 하늘을 쳐다보게 된다.

　눈보라는 북국의 특색이라. 빼허의 겨울에도 그러한 특색이 있다. 이것이 빼허의 생령들을 괴롭게 하는 것이다.

　오늘도 눈보라가 친다.

　북극의 얼음세계나 거쳐 오는 듯한 차디찬 바람이 우 — 하고 몰려오는 때면 산봉우리와 엉성한 가지 끝에 쌓였던 눈들이 한꺼번에 휘날려서 이 좁은 산골은 뿌연 눈안개 속에 들게 된다. 어떤 때는 강골 바람으로 빙판에 덮였던 눈이 산봉우리로 불리게 된다. 이렇게 교대적으로 산봉우리의 눈이 들로 내리고 빙판의 눈이 산봉우리로 올리 달려서 서로 엇바뀌는 때면 그런 대로 관계치 않으나, 하늬〔北風〕와 강바람이 한꺼번에 불어서 강으로부터 올리닫는 눈과 봉우리로부터 내리닫는 눈이 서로 부딪치고 어우러지게 되면 눈보라와 바람 소리에 빼허의 좁은 골짜기는 터질 듯한 동요를 받는다.

등진 산과 앞으로 긴 강 사이에 게딱지처럼 끼어 있는 것이 이 빼허의 촌락이다. 통틀어서 다섯 호밖에 되지 않는 집이나마 밭을 따라서 이리저리 흩어져 있다. 모두 커다란 나무를 찍어다가 우물 정(井)자로 틀을 짜 지은 집인데 여기 사람들은 이것을 '귀틀집'이라 한다. 지붕은 대개 조짚이요, 혹은 나무 껍질로도 이었다. 그 꼴은 마치 우리 내지(간도서는 조선을 내지라 한다)의 거름집〔堆肥舍〕과 같다. 심하게 말하는 이는 도야지굴과 같다고 한다.

이것이 남부여대로 서간도 산골을 찾아들어서 사는 조선 사람의 집들이다. 빼허의 집들은 그러한 좋은 표본이다.

험악한 강산, 세찬 바람과 뿌연 눈보라 속에 게딱지처럼 붙어서 위태위태하게 침묵을 지키고 있는 이 모든 집에도 언제든지 공도(公道)가 ─ 위대한 공도가 어그러지지 않으면, 언제든지 꼭 한때는 따뜻한 봄볕이 지나리라. 그러나 이렇게 눈발이 날리고 바람이 우짖으면 그 어설궂은 집 속에 의지 없이 들어박힌 넋들은 자기네로도 알 수 없는 공포에 몸을 부르르 떨게 된다.

이렇게 몹시 춥고 두려운 날 아침에 문 서방은 집을 나섰다. 산산이 흐트러진 머리카락을 뿌연 상투에 휘휘 거둬 감고 수건으로 이마를 질끈 동인 위에 까맣게 그을은 대팻밥 모자를 끈 달아 썼다. 부대처럼 툭툭한 토수래(베실을 삶아서 짠 것이다) 바지저고리는 언제 입은 것인지 뚫어지고 흙투성이 되었는데 바람에 무겁게 흩날린다.

"문 서뱅이 발써 갔소?"

문 서방은 짚신에 들막을 단단히 하고 마당에 내려서려다가 부르는 소리에 머리를 돌렸다. 펄쩍 문을 열면서 때가 찌덕찌덕한 늙은 얼굴을 내미는 것은 한 관청(韓官廳 : 관청은 직함)이었다.

"왜 그러시우?"

경기 말씨가 그저 남아 있는 문 서방은 한 발로 마당을 밟고 한 발로 흙마루를 밟은 채 한 관청을 보았다.

"엑, 바름두! 저, 엑 흑……."

한 관청은 몰아치는 바람이 아츠러운지 연방 흑흑 느끼면서,

"저 일절 욕을 마오! 그게…… 엑, 워쩐 바름이 이런구! 그게 되놈〔胡人〕인데, 부모두 모르는 되놈인데……."

하는 양은 경험 있는 늙은 사람의 말을 깊이 들으라는 어조이다.

"나는 또 무슨 말씀이라구! 아 그늠이 이번두 그러면 그저 둔단 말이오?"

문 서방의 소리는 좀 분개하였다.

눈을 몰아치는 바람은 또 몹시 마당으로 몰아들었다. 그 판에 문 서방은 바람을 등지고 돌아서고 한 관청의 머리는 창문 안으로 자라목처럼 움츠렸다.

"글쎄 이 늙은 거 말을 듣소! 그늠이 제 가새비(장인)를 잘 알겠소! 흥……."

한 관청은 함경도 사투리로 뇌면서 다시 머리를 내밀었다.

"염려 마슈! 좋게 하죠."

문 서방은 더 들을 말 없다는 듯이 바람을 안고 휙 돌아섰다.

"그새 무슨 일이나 없을까?"

밭 가운데로 눈을 헤갈면서 나가던 문 서방은 주춤하고 돌아다보면서 혼자 뇌었다.

눈보라 때문에 눈도 뜰 수 없거니와 지척을 분간할 수 없이 되어서 집은커녕 산도 보이지 않았다.

"그새 무슨 일이 날라구!"

그는 또 이렇게 혼자 뇌고 저고리 섶을 단단히 여미면서 강가로 내려가다가 발을 돌려서 언덕길로 올라섰다. 강얼음을 타고 가는 것이 빠르지만 바람이 심하면 빙판에서 걷기가 거북하여 언덕길을 취하였다. 하도 다니던 길이니 짐작으로 걷지 눈에 묻히어서 길이 보이지 않았다.

언덕길에 올라서니 바람은 더 심하였다. 우와 하고 가슴을 치어서 뒤로 휘딱 자빠질 것은 고사하고 눈발에 아츠럽게 낯을 치어서 눈도 뜰 수 없고 숨도 바로 쉴 수 없었다. 뻣뻣하여 가는 사지에 억지로 힘을 주어 가면서 이를 악물고 두 마루턱이나 넘어서 '달리소' 강가에 이르니 가슴에서는 잔나비가 뛰노는 것 같고 등골에는 땀이 흘렀다. 그는 서리가 뿌연 수염을 씻으면서 빙판을 건너간다. 빙판에는 개가죽 모자 개가죽 바지에 커단 '울레(신)' 를 신은 중국 파리(썰매)꾼들이 기다란 채쭉을 휘휘 두르면서,

"뚜 — 어, 뚜 — 어, 딱딱."

하고 말을 몰아간다.

"꺼울리 날취(저 조선 거지 어디 가나)?"

중국 파리꾼들은 문 서방을 보면서 욕을 하였으나 문 서방은 허둥허둥 빙판을 건너서 높다란 바위 모롱이를 지나 언덕에 올라섰다.

여기가 문 서방이 목적하고 온 달리소라는 땅이다. 이 땅 주인은 '인(殷)' 가라는 중국 사람인데 그 인가는 문 서방의 사위이다. 저편 밭 가운데 굵은 나무로 울타리를 한 것이 인가의 집이다. 그 밖으로 오륙 호나 되는 게딱지 같은 귀틀집은 지팡살이(소작인)하는 조선 사람들의 집이다. 문 서방은 바위 모롱이를 돌아 언덕에 오르니 산이 서북을 가리어서 바람이 좀 잠즉하여 좀 푸근한 느낌을 받았으나, 점점 인가 — 사위의 집 용마루가 보이고 울타리가 보이고 그 좌우에 같은 조선 사람의 집이 보이니 스스로 다리가 움츠러지면서 걸음이 떠지었다.

"엑, 더러운 되놈! 되놈에게 딸 팔아먹은 놈!"

그것은 자기 스스로 한 일은 아니지만 어디선지 이런 소리가 귀청을 징징 치는 것 같은 동시에 개기름이 번지르하여 핏발이 올올한 눈을 흉악하게 굴리는 인가 — 사위의 꼴이 언뜻 눈앞에 떠올라서 그는 발끝을 돌릴까 말까 하고 주저거렸다. 그러다가도,

"여보, 용례(딸의 이름)가 왔소? 용례 좀 데려다 주구려!"

하고 죽어 가는 아내의 애원하는 소리가 귓가에 울려서 다시 앞을 향하였다.

"이게 문 서뱅이! 또 딸 집을 찾아가옵느마?"

머리를 수굿하고 걷던 문 서방은 불의의 모욕이나 받는 듯이 어깨를 툭 떨어뜨리면서 머리를 들었다. 그것은 길 옆에서 도야지 우리를 손질하던 지팡살이꾼의 한 사람이었다.

"네! 아아니……."

문 서방은 대답도 아니요 변명도 아닌 이러한 말을 하고는 얼른얼른 인가의 집으로 향하였다. 온 동리가 모두 나서서 자기의 뒤를 비웃는 듯해서 곁눈질도 못하였다.

여기는 서북이 가리어서 빼허처럼 바람이 심하지 않았다. 흐릿하나마 볕도 엷게 흘렀다.

2.

"여보! 저 인가가 또 오는구려!"

가을볕이 쨍쨍한 마당에서 깨를 떨던 아내는 남편 문 서방을 보면서 근심스럽게 말하였다.

"오면 어쩌누? 와도 허는 수 없지!"

뒤줏간 앞에서 옥수수 껍질을 바르던 문 서방은 기탄없이 말하였다.

"엑, 그 단련을 또 어찌 받겠소?"

아내의 찌푸린 낯은 스르르 흐리었다.

"참 되놈이란 오랑캐……."

"여보 여기 왔소."

문 서방의 높은 소리를 주의시키던 아내는 뒤줏간 저편을 보면서,

"아, 오셨소!"

하고 어색한 웃음을 웃었다.

"예 왔소! 장구재(주인) 있소?"

지주 인가는 어설픈 웃음을 지으면서 마당에 들어서다가 뒤줏간 앞에 앉은 문 서방을 보더니,

"응 저기 있소!"

하고 손가락질을 하면서 그 앞에 가 수캐처럼 쭈그리고 앉았다.

서천에 기운 태양은 인가의 이마에 번지르르 흘렀다.

"어디 갔다 오슈?"

문 서방은 의연히 옥수수를 바르면서 하기 싫은 말처럼 힘없이 끄집어내었다.

"문 서방! 그래 올에두 비들(빚을) 못 가프겠소?"

인가는 문 서방 말과는 딴전을 치면서 담뱃대를 쌈지에 넣는다.

"허허, 어제두 말했지만 글쎄 곡식이 안 된 거 어떡하오?"

"안돼! 안돼! 곡식이 자르 되구 모 되구 내가 알으오? 오늘은 받아 가지구야 가 갔소!"

인가는 담배를 피우면서 버티려는 수작인지 땅에 펑덩 들어앉았다.

"내년에는 꼭 갚아 드릴게 올만 참아 주오! 장구재도 알지만 흉년이 되어서 되지두 않은 이것(곡식)을 모두 드리면 우리는 어떻게 겨울을 나라우? 응! 자, 내년에는 꼭…… 하하."

인가를 보면서 넋 없는 웃음을 치는 문 서방의 눈에는 애원하는 빛이 흘렀다.

"안 되우! 안돼! 퉁퉁(모두) 디 주! 모두두 많이 많이 부족이오!"

"부족이 돼두 하는 수 없지. 글쎄 뻔히 보시면서 어떡하란 말이오! 휴."

"어째 어부소? 응 늬디 어째 어부소! 마리해! 울리 쌀리디, 울리 소금이디, 울리 강냉이디…… 늬디 입이(그는 입을 가리키면서)디 안 먹어? 어째 어부소! 응?"

인가는 낯빛이 거무락푸르락해서 소리를 고래고래 질렀다. 문 서방은 더 말이 나오지 않았다.

언제나 이놈의 소작인 노릇을 면하여 볼까? 경기도에서도 소작인 십 년에 겨죽만 먹다가 그것도 자유롭지 못하여 남부여대로 딸 하나 앞세우고 이 서간도로 찾아들었더니 여기서도 그네를 맞아 주는 것은 지팡살이였다. 이름만 달랐지 역시 소작인이다. 들어오던 해는 풍년이었으나 늦게 들어와서 얼마 심지 못하였고 그이듬해에는 흉년으로 말미암아 일 년 내 꾸어 먹은 것도 있거니와 소작료도 못 갚아서 인가에게 매까지 맞고 금년으로 미뤘더니 금년에도 흉년이 졌다. 다른 사람들도 빚을 지지 않은 바가 아니로되 유독 문 서방을 조르는 것은 음흉한 인가의 가슴속에 문 서방의 딸 용례(금년 열일곱)가 걸린 까닭이었다. 문 서방은 벌써 그 눈치를 알아채었으나 차마 양심이 허락지 않았다. 인가의 욕심만 채우면 밭맥(1 맥은 10일경(日耕) = 1일경은 약 천 평)이나 단단히 생겨서 한평생 기탄이 없을 것을 모르지는 않지만 무남독녀로 고이 기른 딸을 되놈에게 주기는 머리에 벼락이 내릴 것 같아서 죽으면 그저 굶어 죽었지 차마 할 수 없었다. 그는 그런 것 저런 것 생각할 때마다 도리어 내지(조선)가 그리웠다. 쪼들려도 나서 자란 자기 고향에서 쪼들리던 옛날이 — 삼 년 전의 그 옛날이 그리웠다. 그러나 그것도 한 꿈이었다. 그 꿈이 실현되기에는 그네의 경제적 기초가 너무도 어줄이 없었다. 빈 마음만 흐르는 구름에 부쳐서 내지로 보낼 뿐이었다.

"어째서 대답이 어부소, 응? 그래 울리 비디디 안 가파? 창우니! 빠피야(이놈 껍질 벗긴다)."

인가는 담뱃대를 꽁무니에 찌르면서 일어나 앉더니 팔을 걷는다. 그것을 본 문 서방 아내는 낯빛이 파랗게 질려서 부들부들 떨면서 이편만 본다. 문 서방도 낯빛이 까맣게 죽었다.

"자, 그러면 금년 농사는 온통 드리지요!"

문 서방의 목소리는 힘없이 떨렸다. 마치 종아리채를 든 초학 훈장 앞에 엎드린 어린애의 소리처럼…….

"부요우(일없다)…… 퉁퉁디…… 모모 모두 우리 가져가두 보미(옥수수) 쓰단 (4石), 쎄옌(소금) 얼씨진(20斤), 쏘미(좁쌀)디 빠단(8石)디유아(있다)…… 니디 자리 알라 있소! 그거 안 줘?"

검붉은 인가의 뺨은 성난 두꺼비 배처럼 불떡불떡하였다.

"나머지는 내년에 갚지요!"

문 서방은 머리를 뚝 떨어뜨렸다.

"슴마(무엇)? 창우니 빠피야!"

인가의 억센 손이 문 서방의 멱살을 잡았다. 문 서방은 가만히 받았다. 정신이 아찔하였다.

"에구, 장구재…… 흑흑…… 장구재…… 제발 살려 줍쇼! 제발 살려 주시면 뼈를 팔아서라두 갚겠습니다. 장구재 제발!"

문 서방의 아내는 부들부들 떨면서 인가의 팔에 매달렸다. 그의 애걸하는 소리
는 벌써 울음에 떨렸다.

"내 보미 워디 소금이 낼라! 아니 줬소? 아니 줬소? 어 어째서 아니 줬소?"

인가의 주먹은 문 서방의 귓벽을 울렸다.

"아이구!"

문 서방은 땅에 쓰러졌다.

"엑 에구…… 응응응…… 에구 장구재! 제발 제제…… 흑 제발 좀 살려 줍
쇼…… 응응."

쓰러지는 문 서방을 붙잡던 아내는 인가를 보면서 땅에 엎드려서 손을 비빈다.

"이 상느므 샛지(상놈의 자식)…… 늬듸 로포(아내) 워디(내가) 가져가!"

하고 인가는 문 서방을 차더니 엎디어서 손이야 발이야 비는 문 서방의 아내의
손목을 잡아끌었다.

"늬듸 울리 집이 가! 오늘리부터 늬듸 울리 에미네(아내)!"

"장구재…… 제발…… 에이구 응응?"

"에구, 엄마!"

집 안에서 바느질하던 용례가 내달았다. 인가는 문 서방의 아내를 사정없이 끌
고 자기 집으로 향한다.

"나를 잡아가라! 나를!"

쓰러졌던 문 서방은 인가의 팔을 잡았다.

"타마나!"

하는 소리와 같이 인가의 발길은 문 서방의 불거름으로 들어갔다. 문 서방은 거
꾸러졌다.

"아이구 어머니! 왜 울 어머니를 잡아가요? 응응…… 흑."

용례는 어머니의 팔목을 잡은 중국인의 손을 물어뜯었다. 용례를 본 인가는 문
서방 아내는 놓고 문 서방의 딸 용례를 잡았다.

"이 개새끼야! 이것 놔라…… 응응 흑…… 아이구 아버지…… 엄마!"

억센 장정 인가에게 티끌같이 끌려가는 연연한 처녀는 몸부림을 하면서 발악을 하였다.

"용례야! 아이구 우리 용례야!"

"에이구 응…… 너를 이 땅에 데리구 와서 개같은 놈에게……."

문 서방의 내외는 허둥지둥 달려갔다.

낯빛이 파랗게 질린 흰옷 입은 사람들은 쭉 나와서 섰건마는 모두 시체같이 서 있을 뿐이었다. 여편네 몇몇은 치맛자락으로 눈물을 씻었다.

의연히 제 걸음을 재촉하는 볕은 서산 위에 뉘엿뉘엿하였다. 앞강으로 올라오는 찬바람은 스르르 스쳐 가는데 석양에 돌아가는 까마귀 울음은 의지 없는 사람의 넋을 호소하는 듯 처량하였다.

"에구 용례야! 부모를 못 만나서 네 몸을 망치는구나! 에구 이놈에 돈이 우리를 죽이는구나!"

문 서방 내외는 그 밤을 인가의 집 울타리 밖에서 새웠다. 누구 하나 들여다보지도 않는데 인가의 집에서 내놓은 개들은 두 내외를 잡아먹을 듯이 짖으며 덤벼들었다.

이리하여 용례는 영영 인가의 손에 들어갔다. 며칠 후에 인가는 지금 문 서방이 있는 빼허에 땅날갈이나 있는 것을 문 서방에게 주어서 그리로 이사시켰다. 문 서방은 별별 욕과 애원을 하였으나 나중에 인가는 자기 집 일꾼들을 불러서 억지로 몰아내었다. 이리하여 문 서방은 차마 생목숨을 끊기 어려워서 원수가 주는 땅을 파먹게 되었다. 그것이 작년 가을이었다. 그 뒤로 인가는 절대로 용례를 밖으로 내보내지 않을 뿐만 아니라 그 어버이 되는 문 서방 내외에게도 보이지 않았다.

"용례는 매일 밥도 안 먹고 어머니 아버지만 부르고 운다."

하는 희미한 소식을 인가의 집에 가까이 드나드는 중국인들에게서 들을 때마다 문 서방은 가슴을 치고 그 아내는 피를 토하였다.

이리하여 문 서방의 아내는 늦은 여름부터 아주 병석에 드러누웠다. 그는 병석에서 매일 용례만 부르고 용례만 보여 달라고 졸랐다. 그래서 문 서방은 벌써 세 번이나 인가를 찾아가서 말했으나 효과가 없었다.

이번까지 가면 네 번째다. 이번은 어떻게 성사가 될는지? (간도 있는 중국인들은 조선 여자를 **빼앗아** 가든지 좋게 사 가더라도 밖에 내보내지도 않고 그 부모에게까지 흔히 면회를 거절한다. 중국인은 의심이 많아서 그런다고 들었다.)

3.

문 서방은 울긋불긋한 채필로 '관운장'과 '장비'를 무섭게 그려 붙인 집 대문 앞에 섰다. 문 밖에서 **뼈다귀**를 핥던 얼룩개 한 마리가 웡웡 짖으면서 달려들더니 이 구석 저 구석에서 개 무리가 우아 하고 덤벼들었다. 어떤 놈은 으르렁 으르고, 어떤 놈은 뒷다리 사이에 바싹 끼면서 금방 물 듯이 송곳 같은 이빨을 악물었고, 어떤 놈은 대어들었다가는 뒷걸음을 치고 뒷걸음을 쳤다가는 대어들면서 산천이 무너지게 짖고, 어떤 놈은 소리도 없이 코만 실룩실룩하면서 달려들었다. 그 여러 놈들이 문 서방을 가운데 넣고 죽 돌아서서 각각 제 재주대로 날뛴다. 그러지 않아도 지금 개 때문에 대문 밖에서 기웃거리던 문 서방은 이 사면초가를 어떻게 막으면 좋을지 몰랐다. 이러는 판에 한 마리가 획 들어와서 문 서방의 바짓가랑이를 물었다.

"으악…… 꺼우디(개를)!"

문 서방이 소리를 치면서 돌멩이를 찾느라고 엎드리는 것을 보더니 개들은 일시에 뒤로 물러났으나 다시 덤벼들었다.

"창우니 타마나가비(상소리다)!"

안에서 개가죽 모자를 쓰고 뛰어나오는 일꾼은 기다란 호밋자루를 두르면서 개를 쫓았다. 개들은 몰려가면서도 몹시 짖었다.

문 서방은 조짚 수수깡이가 지저분하게 널려 있는 마당을 지나서 왼편 일꾼들 있는 방문으로 들어갔다. 누릿하고 퀴퀴한 더운 기운이 후끈 낯을 스칠 때 얼었던 두 눈은 뿌연 더운 안개에 스르르 흐려서 어디가 어딘지 잘 분간할 수 없었다.

"원따야 랠라마(문 영감 오셨소)?"

캉(구들)에서 지껄이던 중국인 중에서 누군지 첫인사를 붙였다.

"에헤 랠라 장구재 유(있소)?"

문 서방은 어색한 웃음을 지었다. 얼었던 몸은 차츰 녹고 흐리었던 눈앞도 점점 밝아졌다.

"쌍캉바(구들로 올라오시오)!"

구들 위에서 나는 틱틱한 소리는 인가였다. 그는 일꾼들과 무슨 의논을 하던 판인가 지껄이던 일꾼들은 고요히 앉아서 담배를 피우면서 호기심에 번득이는 눈을 인가와 문 서방에게 보내었다.

어느 천년에 지은 집인지 거미줄이 얼키설키 서린 천장과 벽은 아궁이 속같이 꺼먼데 벽에 붙여 놓은 삼국풍진도(三國風塵圖)며 춘야도리원도(春夜桃李園圖)는 이리저리 찢기고 그을었다. 그을음과 담배 연기에 싸여서 눈만 반짝반짝하는 무리들은 아귀도(餓鬼道)를 생각게 한다. 문 서방은 무시무시한 기분에 몸을 부르르 떨었다.

"치옌바(담배 잡수시오)!"

인가는 웬일인지 서투른 대로 곧잘 하던 조선말은 하지 않고 알아도 못 듣는 중국말을 쓰면서 담뱃대를 문 서방 앞에 내밀었다.

"여보 장구재! 우리 로포가 딸(용례)을 못 봐서 죽겠으니 좀 보여 주, 응……."

문 서방은 담뱃대를 받으면서 또 전처럼 애걸하였다. 인가는 이마를 찡그리면서 볼을 불렀다.

"저게(아내) 마지막 죽어가는데 철천지 한이나 풀어야 하지 않겠소, 응! 한 번만 보여 주! 어서 그러우! 내가 용례를 만나면 꼬일까 봐…… 그럴 리 있소! 이렇게 된 밧자에…… 한 번만…… 낯이나…… 저 죽어가는 제 에미 낯이나 한 번 보게 해 주! 네? 제발……."

"안 되우! 보내지 모하겠소. 우리 지비 문바께 로포(아내) 나갔소. 재미 어부소."

배짱을 부리는 인가의 모양은 마치 전당포 주인과 같은 점이 있었다. 문 서방의 가슴은 죄었다. 아쉽고 안타깝고 슬픔이 어우러지더니 분한 생각이 났다. 부뚜막에 놓은 낫을 들어서 인가의 배를 왹 긁어놓고 싶었으나 아직도 행여나 하는 바람과 삶에 대한 애착심이 그 분을 제어하였다.

"그러지 말고 제발 보여 주오! 그러면 내 아내를 데리고 올까? 아니 바람을 쏘여서는…… 엑 죽어두 원이나 끄고 죽게 내가 데리고 올게 낯만 슬쩍 보여 주오……
네…… 흑…… 끅…… 제발……."

이십 년 가까이 손끝에서 자기 힘으로 기른 자기 딸을 억지로 빼앗긴 것도 원통
하거든 그나마 자유로 볼 수 없이 되는 것을 생각하니…… 더구나 그 우악한 인가
에게 가슴과 배를 사정없이 눌리는 연연한 딸의 버둥거리는 그림자가 눈앞에 언
뜻하여 가슴이 꽉 막히고 사지가 부르르 떨리면서 주먹이 쥐어졌다. 그러나 뒤따
라 병석의 아내가 떠오를 때 그의 주먹은 풀리고 머리는 숙었다.

"낼리 또 왔소 이얘기하오! 오늘리디 울리디 일이디 푸푸디! 많이 있소!"

인가는 문 서방을 어서 가라는 듯이 자기 먼저 캉에서 내려섰다.

"제발 이러지 말구! 으흑 흑…… 제제…… 제발 단 한 번만이라두 낯만…… 으
흑흑 응!"

문 서방은 인가를 따라서 밖으로 나오면서 울었다. 등 뒤에서는 웃음소리가 들
렸다. 그러나 그 웃음소리는 이때의 문 서방에게는 아무러한 자극도 주지 못하였
다.

"자, 이게 적지만!"

마당에 한참이나 서서 무엇을 생각하던 인가는 백 조(百吊)짜리 관체〔官帖 :
돈〕석 장을 문 서방의 손에 쥐였다. 문 서방은 받지 않으려고 했다. 더러운 놈의
더러운 돈을 받지 않으려 하였다. 그러나 지금 부쳐 먹는 밭도 인가의 밭이다. 잠
깐 사이 분과 설움에 어리어서 튀기던 돈은 ― 돈 힘은 굶고 헐벗은 문 서방을 누
르지 않을 수 없었다. 그는 못 이기는 것처럼 삼백 조를 받아 넣고 힘없이 나오다
가,

'저 속에는 용례가 있으려니!'

생각하면서 바른편에 놓인 조그마한 집을 바라볼 때 자기도 모르게 발길이 도
로 돌아섰다. 마치 거기서는 용례가 울면서 자기를 부르는 것 같았다. 그러나 인
가는 문 서방을 문 밖에 내보내고 문을 닫아 잠갔다.

문 밖에 나서니 천지가 아득하였다. 발길이 돌아가지 않았다. 사생을 다투는 아
내를 생각하면 아니 가진 못할 일이고 이 울타리 속에는 용례가 있거니 생각하면

눈길이 다시금 울타리로 갔다.

그가 바위 모롱이 빙판에 올 때까지 개들은 쫓아나와 짖었다. 그는 제 분김에 한 마리 때려잡는다고 얼른 돌멩이를 집어 들었다가, 작년 가을에 어떤 조선 사람이 어떤 중국 사람의 개를 때려죽이고 그 사람이 주인에게 총 맞아 죽은 일이 생각나서 들었던 돌멩이를 헛뿌렸다.

돌아 떨어지는 겨울 해는 어느 새 강 건너 봉우리 엉성한 가지 끝에 걸렸다. 바람은 좀 자고 날씨는 맑으나 의연히 추워서 수염에는 우물가처럼 얼음 보쿠지가 졌다.

4.

눈옷 입은 산봉우리 나뭇가지 끝에 남았던 붉은 석양볕이 스르르 자취를 감추고 먼 동쪽 하늘가에 차디찬 연자줏빛이 싸르르 돌더니 그마저 스러지고 쌀쌀한 하늘에 찬 별들이 내려다보게 되면서부터 어둑한 황혼빛이 빼허의 좁은 골에 흘러들어서 게딱지 같은 집 속까지 흐리기 시작하였다.

꺼먼 서까래가 드러난 수수깡 천장에는 그을은 거미줄이 흐늘흐늘 수없이 드리우고, 빈대 죽인 자리는 수묵으로 댓잎〔竹葉〕을 그린 듯이 흙벽에 빈틈이 없는데 먼지가 수북한 구들에는 구름깔개(참나무를 엷게 밀어서 결은 자리)를 깔아 놓았다. 가마 저편 바당(부엌)에는 장작개비가 흩어져 있고 아궁이에서는 벌건 불이 훨훨 붙는다.

뜨끈뜨끈한 부뚜막에는 문 서방의 아내가 누덕이불에 싸여 누웠고 문 앞과 윗목에는 이웃집 사람들이 모여 앉았는데 지금 막 달리소 인가의 집에서 돌아온 문 서방은 신음하는 아내의 가슴에 손을 얹고 앉았다.

등꽂이에 켜놓은 등(삼대에 겨를 올려서 불 켜는 것)불은 환하게 이 실내의 이 모든 사람을 비췄다.

"용례야! 용례야! 용례야!"

고요히 누웠던 문 서방의 아내는 마지막 소리를 좀 크게 질렀다. 문 서방은 아내의 가슴을 지그시 눌렀다.

"에구! 우리 용례! 우리 용례를 데려다주구려!"

그는 눈을 번쩍 뜨면서 몸을 흔들었다.

"여보, 왜 이러우. 용례가 지금 와요! 금방 올걸!"

어린애를 달래듯 하면서 땀내가 퀴퀴한 아내의 얼굴을 내려다보는 문 서방의 눈은 흐렸다.

"에구, 몹쓸늠(인가)두! 저런 거 모르는 체하는가? 음!"

윗목에 앉은 늙은 부인은 함경도 사투리로 구슬피 뇌었다.

"허, 그러게 되놈이라지! 그놈덜께 인륜이 있소?"

문 앞에 앉았던 한 관청은 받아치었다.

"용례야! 용례야! 홍 저기 저기 용례가 오네!'

문 서방의 아내는 쑥 꺼진 두 눈을 모들떠서 천장을 뚫어지게 보면서 보기에 아츠러운 웃음을 웃었다.

"어디? 아직은 안 오! 여보, 왜 이리우? 정신을 채리우, 응!"

문 서방의 목소리는 떨렸다.

"저기 엑…… 용…… 용례……."

그는 눈을 더 크게 뜨고 두 뺨의 근육을 경련적으로 움직이면서 번쩍 일어났다. 문 서방은 아내의 허리를 안았다. 그는 또 정신에 착각을 일으켰는지 창문을 바라보고 뛰어나가려고 하면서,

"용례야! 용례 용례…… 저 저기 저기 용례가 있네! 용례야, 어디 가니? 용례야! 네 어디 가느냐? 으응."

고함을 치고 눈물 없는 울음을 우는 그의 눈에서는 퍼런 불빛이 번쩍하였다. 좌중은 모진 짐승의 앞에나 앉은 듯이 모두 숨을 죽이고 손을 들었다. 문 서방은 전신의 힘을 내어서 아내의 허리를 안았다.

"하하하(그는 이상한 소리를 내어 웃다가 다시 성을 잔뜩 내면서)……용례! 용례가 저리로 가는구나! 으응…… 저놈이 저놈이 웬 놈이냐?"

하면서 한참 이를 악물고 창문을 노려보더니,

"저 저…… 이놈아! 우리 용례를 놓아라! 저 되놈이, 저 되놈이 용례를 잡아가

네! 이놈 놔라! 이놈 모가지를 빼놓을 이 이……."

그의 눈앞에는 용례를 인가에게 빼앗기던 그때가 떠올랐는지 이를 빡 갈면서 몸을 번쩍 일어 창문을 향하고 내달았다.

"여보, 정신을 차리오! 여보, 왜 이러우! 아이구! 응."

쫓아 나가면서 아내의 허리를 안아서 뒤로 끌어들이는 문 서방의 소리는 눈물에 젖었다.

"이놈아! 이게 웬 놈이 남을 붙잡니? 응 으윽."

그는 두 손으로 남편의 가슴을 밀다가도 달려들어서 남편의 어깨를 물어뜯으면서,

"이것 놔라! 에그 용례야, 저게 웬 놈이…… 에구구…… 저놈이 용례를 깔고 앉네!"

하고 몸부림을 탕탕 하는 그의 눈엔 핏발이 서고 낯빛은 파랗게 질렸다.

이때 한 관청 곁에 앉았던 젊은 사람은 얼른 일어나서 문 서방을 조력하였다. 끌어들이려거니 뛰어나가려거니 하여 밀치고 당기는 판에 등꽂이가 넘어져서 등불이 펄렁 죽어 버렸다. 방 안이 갑자기 깜깜하여지자 창문만 히슥하였다.

"조심들 하라니! 엑 불두!"

한 관청은 등대를 화로에 대고 푸푸 불면서 툭덕툭덕하는 사람들께 주의를 시켰다. 불은 번쩍 하고 켜졌다.

"우우 쏴…… 스르륵."

문을 치는 바람 소리가 요란하였다.

"엑, 또 바람이 나는 게로군! 날쎄두 페릅(괴상)다."

한 관청은 이렇게 뇌면서 등꽂이에 등대를 꽂고 몸부림하는 문 서방 내외와 젊은 사람을 피하여 앉았다.

"이것 놓아 주오! 아이구! 우리 용례가 죽소! 저 흉한 되놈에게 깔려서…… 엑, 저 저 저…… 저것 봐라! 이놈 네 이놈아! 에이구 용례야! 용례야! 사람 살려 주오! (소리를 더욱 높여서) 우리 용례를 살려 주! 응으윽 에엑웅……."

그는 마지막으로 오장육부가 쏟아지게 소리를 지르다가 검붉은 핏덩어리를 왈

칵 토하면서 앞으로 거꾸러졌다.

"으윽!"

"응 끔찍두 한 게!"

하면서 여러 사람들은 거꾸러진 문 서방의 아내 앞에 모여들었다.

"여보! 여보! 아이구 정신 좀……."

떨려 나오는 문 서방의 소리는 절반이나 울음으로 변하였다.

거불거불하는 등불 속에 검붉은 피를 한 말이나 토하고 쓰러진 그는 낯이 파랗게 되어서 숨결이 없었다.

"허! 잡신(雜神)이 붙었는가? 으흠 응! 으흠 응! 각황제방, 심미기, 두우열로 구슬벽……."

여러 사람들과 같이 문 서방의 아내를 부뚜막에 고요히 뉘어 놓은 한 관청은 귀신을 쫓는 경문이라고 발음도 바로 못 하는 이십팔수를 줄줄줄 읽었다.

"으응응…… 흑흑…… 여, 여보!"

문 서방의 목메인 울음을 받는 그 아내는 한 관청의 서투른 경문 소리를 듣는지 마는지 손발은 점점 식어 가고 낯은 파랗게 질렸는데, 무엇을 보려고 애쓰던 눈만은 멀거니 뜨고 그저 무엇인지 노리고 있다. 경문을 읽던 한 관청은,

"엑, 인제는 늙어 가는 사람이 울기는? 우지 마오! 이내 살아날껴!"

하고 문 서방을 나무라면서 문 서방의 아내 앞에 다가앉더니 주머니에서 은동침(어느 때에 얻어 둔 것인지)을 내어서 문 서방 아내의 인중(人中)을 꾹 찔렀다. 그러나 점점 식어 가는 그는 이마도 찡그리지 않았다. 다시 콧구멍에 손을 대어 보았으나 숨결은 없었다.

바람은 우우 쏴 하고 문에 눈을 들이치었다. 여러 사람은 약속이나 한 듯이 두려운 빛을 띤 눈으로 창을 바라보았다.

"으응 에이구! 여보! 끝끝내 용례를 못 보고 죽었구려…… 잉잉…… 흑."

문 서방은 울기 시작하였다. 그 울음소리는 고요한 방 안 불빛 속에 바람 소리와 함께 처량하게 흘렀다.

"에구 못된 놈(인가)두 있는 게!"

"에구 참 불쌍하게두!"

"흥 우리두 다 그 신세지!"

무시무시한 기분에 싸여서 낯빛이 푸르러 가는 여러 사람들은 각각 한마디씩 뇌었다. 그 소리는 모두 갈데없는 신세를 호소하는 듯하게 구슬프고 힘없었다.

5.

문 서방의 아내가 죽던 그 이튿날 밤이었다. 그날 밤에도 바람이 몹시 불었다. 그 바람은 강바람이어서 서북에 둘린 산 때문에 좁한 바람은 움쩍도 못 하던 달리소(문 서방의 사위 인가의 땅)까지 범하였다. 서북으로 산을 등지고 앞으로 강 건너 높은 절벽을 대하여 강골밖에 터진 데 없는 달리소는 강바람이 들어차면 빠질 데는 없고 바람과 바람이 부딪쳐서 흔히 회오리바람이 일게 된다. 이날 밤에도 그 모양으로, 달리소에는 회오리바람이 일어서 낟가리가 날리고 지붕이 날리고 산천이 울려서 혼돈이 배판할 때 빙세계나 트는 듯한 판이라 사람은커녕 개와 도야지도 굴 속에서 꿈쩍 못 하였다.

밤이 썩 깊어서였다.

차디찬 별들이 총총한 하늘 아래, 우렁찬 바람에 휘날리는 눈발을 무릅쓰고 달리소 앞 강 빙판을 건너서 달리소 언덕으로 올라가는 그림자가 있다. 모진 바람이 스치는 때마다 혹은 엎드리고 혹은 우뚝 서기도 하면서 바삐바삐 가던 그 그림자는 게딱지 같은 지팡살이집 근처에서부터 무엇을 꺼리는지 좌우를 슬몃슬몃 보면서 자취를 숨기고 걸음을 느리게 하여 저편으로 돌아가 인가의 집 높은 울타리 뒤로 돌아간다.

"으르릉 웡웡."

하자 어느 구석에선지 개가 한 마리, 두 마리, 세 마리, 네 마리 뒤이어 나와서 그 그림자를 쫓아간다. 그 개소리는 처량한 바람소리 속에 싸여 흘러서 건너편 산을 즈르릉즈르릉 울렸다.

"꽝! 꽝꽝!"

인가의 집에서는 개짖음에 홍우재(마적)나 몰아오는가 믿었던지 헛총질을 너

댓 방이나 하였다. 그 소리도 산천을 울렸다. 그 바람에 슬근슬근 가던 그림자는 획 돌아서서 손에 들었던 보자기를 개 앞에 던졌다. 보자기는 터지면서 둥글둥글한 것이 우르르 쏟아졌다. 짖으면서 달려오던 개들은 짖음을 그치고 거기 모여들어서 서로 물고 뜯고 빼앗아 먹는다. 그러는 사이에 그림자는 인가의 울타리 뒤에 산같이 쌓아 놓은 보릿짚더미에 가서 성냥을 쭉 긋더니 뒷산으로 올라닫는다.

처음에는 바람 속에서 판득판득하던 불이 삽시간에 그 산 같은 보릿짚더미에 붙었다.

"휘쓰(불이야)!"

하고 고함과 같이 사람의 소리는 요란하였다. 모진 바람에 하늘하늘 일어서는 불길은 어느새 보릿짚더미를 살라 버리고 울타리를 살라 버리고 울타리 안에 있는 집에 옮았다.

"푸우 우루루루루 쏴아……."

동풍이 몹시 이는 때면 불기둥은 서편으로, 서풍이 몹시 부는 때면 불기둥은 동으로 쏠려서 모진 소리를 치고 검은 연기를 뿜다가도 동서풍이 어울치면 축융〔火神〕의 붉은 혓발은 하늘하늘 염염이 타올라서 차디찬 별 — 억만년 변함이 없을 듯하던 별까지 녹아내릴 것같이 검은 연기는 하늘을 덮고 붉은빛은 깜깜하던 골짜기에 차 흘러서 어둠을 기회로 모여들었던 온갖 요귀를 몰아내는 것 같다. 불을 질러 놓고 뒷 숲속에 앉아서 내려다보던 그 그림자 — 딸과 아내를 잃은 문 서방은,

"하하하."

시원스럽게 웃고 가슴을 만지면서 한 손으로 꽁무니에 찼던 도끼를 만져 보았다.

일 동리 사람들과 인가의 집 일꾼들은 불붙는 데 모여들었으나 모두 어쩔 줄을 모르고 떠들고 덤비면서 달려가고 달려올 뿐이었다.

그러는 사이에 울타리는 물론 울타리 속에 엉큼히 서 있던 큰 집 두 채도 반이나 타서 쓰러졌다.

이런 불 속으로부터 여러 사람이 오고 가는 밭 가운데로 튀어나가는 두 그림자

가 있었다. 하나는 커다란 장정이요, 하나는 작은 여자이다. 뒷산 숲에서 이것을 본 문 서방은 그 두 그림자를 향하고 내리뛰었다. 그는 천방지방 내리뛰었다. 독 살이 잔뜩 올라서 불빛에 번쩍이는 그의 눈에는 이 두 그림자밖에는 아무것도 보 이지 않았다.

"으윽 끅."

문 서방이 여러 사람을 헤치고 두 그림자 앞에 가 섰을 때, 앞에 섰던 장정의 그 림자는 땅에 거꾸러졌다. 그때는 벌써 문 서방의 손에 쥐었던 도끼가 장정 인가의 머리에 박혔다. 도끼를 놓은 문 서방의 품에는 어린 여자의 그림자가 안겼다. 용 례가……

그 바람에 모여 섰던 사람들은 혹은 허둥지둥 뛰어 버리고 혹은 뒤로 자빠져서 부르르 떨었다. 용례도 거꾸러지는 것을 안았다.

"용례야! 놀라지 마라! 나다! 아버지다! 용례야!"

문 서방은 딸을 품에 안으니 이때까지 악만 찼던 가슴이 스르르 풀리면서 독살 이 올랐던 눈에서 뜨거운 눈물이 떨어졌다. 이렇게 슬픈 중에도 그의 마음은 기쁘 고 시원하였다. 하늘과 땅을 주어도 그 기쁨을 바꿀 것 같지 않았다.

그 기쁨! 그 기쁨은 딸을 안은 기쁨만이 아니었다. 작다고 믿었던 자기의 힘이 철통같은 성벽을 무너뜨리고 자기의 요구를 채울 때 사람은 무한한 기쁨과 충동 을 받는다.

불길은 — 그 붉은 불길은 의연히 모든 것을 태워 버릴 것처럼 하늘하늘 올랐 다.

주요섭

04....
사랑 손님과 어머니

주요섭(朱耀燮, 1902~1972) ●● 평양에서 출생했다.
호는 여심(餘心). 목사 공삼의 8남매 중 둘째아들이며, 시인 주요한의 아우이다.
평양에서 성장하였으며 숭덕소학교를 거쳐 1918년 숭실중학 3학년 때 아버지를 따라
일본으로가 아오야마 학원 중학부 3학년에 편입하였다. 1919년 3·1운동이 일어나자
귀국하여 지하신문을 발간하다가 출판법 위반으로 10개월의 형을 받았다.
1920년 중국으로 건너가 안세이중학을 거쳐 후장대학부속중학교 후장대학 교육학과를
졸업하였다. 1928년 미국으로 건너가 스탠포드 대학원에서 교육심리학을 전공한 뒤
1929년 귀국하였다.
1931년 동아일보에 입사하여 〈신동아〉 주간으로 일하다가 1934년 중국 북경의 푸렌대
학 교수로 취임하였다. 1953년 경희대학교 교수로 재직하면서 1954년 국제 펜클럽 한
국본부 사무국장 1961년 코리안 퍼블릭 이사장, 1968년 한국 번역문학협회장을 역임하
였다.
대표 작품은 〈구름을 잡으려고〉〈길〉〈첫사랑〉〈인력거꾼〉〈할머니〉〈사랑 손님과 어머
니〉〈아네모네의 마담〉 등이 있다.

04 사랑 손님과 어머니

주요섭

나는 금년 여섯 살 난 처녀애입니다. 내 이름은 박옥희이고요. 우리 집 식구라고는 세상에서 제일 이쁜 우리 어머니와 단 두 식구뿐이랍니다. 아차, 큰일났군, 외삼촌을 빼놓을 뻔했으니…….

지금 중학교에 다니는 외삼촌은 어디를 그렇게 싸돌아다니는지 집에는 끼니 때나 외에는 별로 붙어 있지 않아, 어떤 때는 한 주일씩 가도 외삼촌 코빼기도 못 보는 때가 많으니까요. 깜박 잊어버리기도 예사지요, 무얼.

우리 어머니는, 그야말로 세상에서 둘도 없이 곱게 생긴 우리 어머니는, 금년 나이 스물네 살인데 과부랍니다. 과부가 무엇인지 나는 잘 몰라도 하여튼 동리 사람들이 날더러 '과부 딸'이라고들 부르니까 우리 어머니가 과부인 줄을 알지요.

남들은 다 아버지가 있는데 나만은 아버지가 없지요. 아버지가 없다고 아마 '과부 딸'이라나 봐요.

　외할머니 말씀을 들으면, 우리 아버지는 내가 이 세상에 나오기 한 달 전에 돌아가셨대요. 우리 어머니하고 결혼한 지는 일 년 만이고요. 우리 아버지의 본집은 어디 멀리 있는데, 마침 이 동리 학교에 교사로 오게 되었기 때문에, 결혼 후에도 우리 어머니는 시집으로 가지 않고 여기 이 집을 사고(바로 이 집은 우리 외할머니 댁 옆집이지요.) 여기서 살다가 일 년이 못 되어 갑자기 돌아가셨대요. 내가 세상에 나오기도 전에 아버지는 돌아가셨다니까 나는 아버지 얼굴도 못 뵈었지요. 그러기에 아무리 생각해 보아도 아버지 생각은 안 나요. 아버지 사진이라는 사진은 나두 한두 번 보았지요. 참으로 훌륭한 얼굴이야요. 아버지가 살아 계신다면 참말로 이 세상에서 제일가는 잘난 아버지일 거야요. 그런 아버지를 보지도 못한 것은 참으로 분한 일이야요. 그 사진도 본 지가 퍽 오래 되었는데, 이전에는 그 사진을 늘 어머니 책상 위에 놓아 두시더니 외할머니가 오시면 오실 때마다 그 사진을 치우라고 늘 말씀하셨는데, 지금은 그 사진이 어디 있는지 없어졌어요. 언젠가 한번 어머니가 나 없는 동안에 몰래 장롱 속에서 무엇을 꺼내 보시다가 내가 들어오니까 얼른 장롱 속에 감추는 것을 내가 보았는데, 그게 아마 아버지 사진인 것 같았어요.

　아버지가 돌아가시기 전에 우리가 먹고 살 것을 남겨 놓고 가셨대요. 작년 여름에, 아니로군, 가을이 다 되어서군요. 하루는 어머니를 따라서 여기서 한 십 리나 가서 조그만 산이 있는 데를 가서 거기서 밤도 따 먹고, 또 그 산 밑에 초가집에 가서 닭고깃국을 먹고 왔는데, 거기 있는 땅이 우리 땅이래요. 거기서 나는 추수로 밥이나 굶지 않게 된다고요. 그래도 반찬 사고 과자 사고 할 돈은 없대요. 그래서 어머니가 다른 사람의 바느질을 맡아서 해주지요. 바느질을 해서 돈을 벌어서, 그 걸로 청어도 사고 달걀도 사고 내가 먹을 사탕도 사고 한다고요.

　그리고 우리 집 정말 식구는 어머니와 나와 단 둘뿐인데 아버님이 계시던 사랑방이 비어 있으니까 그 방도 쓸 겸, 또 어머니의 잔심부름도 좀 해줄 겸해서 우리 외삼촌이 사랑방에 와 있게 되었대요.

금년 봄에는 나를 유치원에 보내 준다고 해서 나는 너무나 좋아서 동무아이들한테 실컷 자랑을 하고 나서 집으로 돌아오노라니까, 사랑에서 큰외삼촌이(우리 집 사랑에 와 있는 외삼촌의 형님 말이야요.) 웬 한 낯선 사람 하나와 앉아서 이야기를 하고 있었습니다. 큰외삼촌이 나를 보더니 '옥희야.' 하고 부르겠지요.

"옥희야, 이리 온. 와서 아저씨께 인사드려라."

나는 어째 부끄러워서 비슬비슬하니까 그 낯선 손님이,

"아, 그 애기 참 곱다. 자네 조카딸인가?"

하고 큰외삼촌더러 묻겠지요. 그러니까 큰외삼촌은,

"응, 내 누이의 딸…… 경선 군의 유복녀 외딸일세."

하고 대답합니다.

"옥희야, 이리 온, 응! 그 눈은 꼭 아버지를 닮았네그려."

하고 낯선 사람이 말합니다.

"자, 옥희야, 커단 처녀가 왜 저 모양이야. 어서 와서 이 아저씨께 인사드려라. 너의 아버지의 옛날 친구신데 오늘부터 이 사랑에 계실 텐데 인사 여쭙고 친해 두어야지."

나는 이 낯선 손님이 사랑방에 계시게 된다는 말을 듣고 갑자기 즐거워졌습니다. 그래서 그 아저씨 앞에 가서 사붓이 절을 하고는 그만 안마당으로 뛰어들어왔지요. 그 낯선 아저씨와 큰외삼촌은 소리 내서 크게 웃더군요.

나는 안방으로 들어오는 나름으로 어머니를 붙들고,

"엄마, 사랑방에 큰외삼촌이 아저씨를 하나 데리고 왔는데에, 그 아저씨가 아, 이제 사랑에 있는대."

하고 법석을 하니까,

"응, 그래."

하고 어머니는 벌써 안다는 듯이 대수롭잖게 대답을 하더군요. 그래서 나는,

"언제부터 와 있나?"

하고 물으니까,

"오늘부텀."

"에구 좋아."

하고 내가 손뼉을 치니까 어머니는 내 손을 꼭 붙잡으면서,

"왜 이리 수선이야."

"그럼 작은외삼촌은 어데루 가나?"

"외삼촌도 사랑에 계시지."

"그럼 둘이 있나?"

"응."

"한 방에 둘이 있어?"

"왜 장지문 닫구 외삼촌은 아랫방에 계시구 그 아저씨는 윗방에 계시구, 그러지."

나는 그 아저씨가 어떠한 사람인지는 몰랐으나, 첫날부터 내게는 퍽 고맙게 굴고, 나도 그 아저씨가 꼭 마음에 들었어요. 어른들이 저희끼리 말하는 것을 들으니까, 그 아저씨는 돌아가신 우리 아버지와 어렸을 적 친구라고요. 어디 먼 데 가서 공부를 하다가 요새 돌아왔는데 우리 동리 학교 교사로 오게 되었대요. 또 우리 큰외삼촌과도 동무인데, 이 동리에는 하숙도 별로 깨끗한 곳이 없고 해서 윗사랑으로 와 계시게 되었다고요. 또 우리도 그 아저씨한테서 밥값을 받으면 살림에 보탬도 좀 되고 한다고요.

그 아저씨는 그림책들을 얼마든지 가지고 있어요. 내가 사랑방으로 나가면 그 아저씨는 나를 무릎에 앉히고 그림책을 보여 줍니다. 또 가끔 과자도 주고요.

어느 날은 점심을 먹고 이내 살그머니 사랑에 나가 보니까 아저씨는 그때야 점심을 잡수세요. 그래 가만히 앉아서 점심 잡숫는 걸 구경하고 있노라니까 아저씨가,

"옥희는 어떤 반찬을 제일 좋아하누?"

하고 묻겠지요. 그래, 삶은 달걀을 좋아한다고 했더니 마침 상에 놓인 삶은 달걀을 한 알 집어 주면서 나더러 먹으라고 합니다. 나는 그 달걀을 벗겨 먹으면서,

"아저씨는 무슨 반찬이 제일 맛나우?"

하고 물으니까, 그는 한참이나 빙그레 웃고 있더니,

"나두 삶은 달걀."

하겠지요. 나는 좋아서 손뼉을 짤깍짤깍 치고,

"아, 나와 같네. 그럼, 가서 어머니한테 알려야지."

하면서 일어서니까, 아저씨가 꼭 붙들면서,

"그러지 말어."

그러시겠지요. 그래도 나는 한번 맘을 먹은 다음엔 꼭 그대로 하고야 마는 성미지요. 그래 안마당으로 뛰쳐들어가면서,

"엄마, 엄마, 사랑 아저씨두 나처럼 삶은 달걀을 제일 좋아한대."

하고 소리를 질렀지요.

"떠들지 말어."

하고, 어머니는 눈을 흘기십니다.

그러나 사랑 아저씨가 달걀을 좋아하는 것이 내게는 썩 좋게 되었어요. 그것은 그 다음부터는 어머니가 달걀을 많이씩 사게 되었으니까요. 달걀 장수 노파가 오면 한꺼번에 열 알도 사고 스무 알도 사고, 그래선 두고두고 삶아서 아저씨 상에도 놓고, 또 으레 나도 한 알씩 주고 그래요. 그뿐만 아니라 아저씨한테 놀러 나가면 가끔 아저씨가 책상 서랍 속에서 달걀을 한두 알 꺼내서 먹으라고 주지요. 그래 그 담부터는 나는 아주 실컷 달걀을 많이 먹었어요.

나는 아저씨가 매우 좋았어요. 작은 외삼촌은 가끔 툴툴하는 때가 있었어요. 아마 아저씨가 마음에 안 드나 봐요. 아니, 그것보다도 아저씨 잔심부름을 꼭 외삼촌이 하게 되니까 그것이 싫어서 그러나 봐요. 한번은 어머니와 외삼촌이 말다툼하는 것까지 내가 들었어요. 어머니가,

"야, 또 어데 나가지 말구 사랑에 있다가 선생님 들어오시거든 상 내가야지."

하고 말씀하시니까, 외삼촌은 얼굴을 찡그리면서,

"제길, 남 어디 좀 볼일이 있는 날은 으레 끼니 때에 안 들어오고 늦어지니……"

하고 툴툴하겠지요. 그러니까 어머니는,

"그러니 어쩌갔니? 너밖에 사랑 출입할 사람이 어디 있니?"

"누님이 좀 상 들구 나가구려. 요새 세상에 내외합니까!"

어머니가 갑자기 얼굴이 발개지시고, 아무 대답도 없이 그냥 외삼촌에게 향하여 눈을 흘기셨습니다. 그러니까 외삼촌은 흥흥 웃으면서 사랑으로 나갔지요.

나는 유치원에 가서 창가도 배우고 댄스도 배우고 하였습니다. 유치원 여자 선생님이 풍금을 아주 썩 잘 타요. 그런데 우리 유치원에 있는 풍금은 예배당에 있는 풍금과는 아주 다른데, 퍽 조그마한 것이지마는 소리는 썩 좋아요. 그런데 우리 집 윗간에도 유치원 풍금과 똑같이 생긴 것이 놓여 있는 것이 갑자기 생각이 났어요. 그래, 그 날 나는 집으로 오는 길로 어머니를 끌고 윗간으로 가서,

"엄마, 이거 풍금 아니우?"

하고 물으니까, 어머니는 빙그레 웃으시면서,

"그렇단다, 그건 어찌 알았니?"

"우리 유치원에 있는 풍금이 이것과 똑같은데 무얼. 그럼 엄마두 풍금 탈 줄 아우?"

하고 나는 다시 물었습니다. 그것은 내가 이때껏 한 번도 어머니가 이 풍금 앞에 앉은 것을 본 일이 없기 때문입니다.

어머니는 아무 대답도 아니하십니다.

"엄마, 이 풍금 좀 타 봐!"

하고 재촉하니까, 어머니 얼굴은 약간 흐려지면서,

"그 풍금은 너의 아버지가 날 사다 주신 거란다. 너의 아버지 돌아가신 후로 그 풍금은 이때까지 뚜껑두 한번 안 열어 보았다."

이렇게 말씀하시는 어머니 얼굴을 보니까 금방 또 울음보가 터질 것만 같이 보여서 나는 그만,

"엄마, 나 사탕 주어."

하면서 아랫방으로 끌고 내려왔습니다.

아저씨가 사랑에 와 계신 지 벌써 여러 밤을 잔 뒤입니다. 아마 한 달이나 되었지요. 나는 거의 매일 아저씨 방에 놀러 갔습니다. 어머니는 나더러 그렇게 가서 귀찮게 굴면 못쓴다고 가끔 꾸지람을 하시지만 정말인즉 나는 조금도 아저씨를 귀찮게 굴지는 않았습니다. 도리어 아저씨가 나를 귀찮게 굴었지요.

"옥희 눈은 아버지를 닮았다. 고 고운 코는 아마 어머니를 닮았지, 고 입하고! 응, 그러냐, 안 그러냐? 어머니도 옥희처럼 곱지, 응?"

이렇게 여러 가지로 물을 적도 있습니다. 그래서 나는,

"아저씨, 입때 우리 엄마 못 봤수?"

하고 물었더니, 아저씨는 잠잠합니다. 그래 나는,

"우리 엄마 보러 들어갈까?"

하면서 아저씨 소매를 잡아당겼더니, 아저씨는 펄쩍 뛰면서,

"아니, 아니, 안 돼. 난 지금 분주해서."

하면서 나를 잡아끌었습니다. 그러나 정말로는 무슨 그리 분주하지도 않은 모양이었어요. 그기에 나더러 가란 말도 않고 그냥 나를 붙들고 앉아서 머리도 쓰다듬어 주고 뺨에 입도 맞추고 하면서,

"요 저고리 누가 해주지? 밤에 엄마하구 한 자리에서 자니?"

하는 등 쓸데없는 말을 자꾸만 물었지요!

그러나 웬일인지 나를 그렇게도 귀애해 주던 아저씨도 아랫방에 외삼촌이 들어오면 갑자기 태도가 달라지지요. 이것저것 묻지도 않고 나를 꼭 껴안지도 않고 점잖게 앉아서 그림책이나 보여 주고 그러지요. 아마 아저씨가 우리 외삼촌을 무서워하나 봐요.

하여튼 어머니는 나더러 너무 아저씨를 귀찮게 한다고 어떤 때는 저녁 먹고 나서 나를 방 안에 가두어 두고 못 나가게 하는 때도 더러 있었습니다. 그러나 조금 있다가 어머니가 바느질에 정신이 팔리어서 골몰하고 있을 때 몰래 가만히 일어나서 나오지요. 그런 때에는 어머니는 내가 문 여는 소리를 듣고서야 퍼뜩 정신을 차려서 쫓아와 나를 붙들지요. 그러나 그런 때는 어머니는 골을 아니 내시고,

"이리 온, 이리 와서 머리 빗고……."

하고 끌어다가 머리를 다시 곱게 땋아 주시지요.

"머리를 곱게 땋고 가야지. 그렇게 되는 대루 하구 가문 아저씨가 숭 보시지 않니?"

하시면서 또 어떤 때에는 머리를 다 땋아 주시고는,

"응, 저고리가 이게 무어냐?"

하시면서 새 저고리를 내어 주시는 때도 있었습니다.

어떤 토요일 오후였습니다. 아저씨는 나더러 뒷동산에 올라가자고 하셨습니다. 나는 너무나 좋아서 가자고 그러니까 아저씨가,

"들어가서 어머니께 허락맡고 온."

하십니다. 참 그렇습니다. 나는 뛰쳐들어가서 어머니께 허락을 받았습니다. 어머니는 내 얼굴을 다시 세수시켜 주고 머리도 다시 땋고 그리고 나서는 나를 아스러지도록 한 번 몹시 껴안았다가 놓아 주었습니다.

"너무 오래 있지 말고, 응."

하고 어머니는 크게 소리치셨습니다. 아마 사랑 아저씨도 그 소리를 들었을 거야요.

뒷동산에 올라가서는 정거장을 한참 내려다보았으나, 기차는 안 지나갔습니다. 나는 풀잎을 쭉쭉 뽑아 보기도 하고 땅에 누운 아저씨의 다리를 꼬집어 보기도 하면서 놀았습니다. 한참 후에 아저씨의 손목을 잡고 내려오는데 유치원 동무들을 만났습니다.

"옥희가 아빠하구 어디 갔다 온다, 응."

하고 한 동무가 말하였습니다. 그 아이는 우리 아버지가 돌아가신 줄을 모르는 아이였습니다. 나는 얼굴이 빨개졌습니다. 그 때 나는 얼마나 이 아저씨가 정말 우리 아버지였더라면 하고 생각했는지 모릅니다. 나는 정말로 한 번만이라도, '아빠!' 하고 불러 보고 싶었습니다. 그리고 그 날 그렇게 아저씨하고 손목을 잡고 골목을 지나오는 것이 어찌도 재미가 좋았는지요.

나는 대문까지 와서,

"난 아저씨가 우리 아빠래문 좋겠다."

하고 불쑥 말해 버렸습니다. 그랬더니 아저씨는 얼굴이 홍당무처럼 빨개져서 나를 몹시 흔들면서,

"그런 소리하문 못써."

하고 말하는데 그 목소리가 몹시도 떨렸습니다. 나는 아저씨가 몹시 성이 난 것처럼 보여서 아무 말도 못하고 안으로 뛰어들어갔습니다. 어머니가,

"어디까지 갔던?"

하고 나와 안으며 묻는데, 나는 대답도 못하고 그만 훌쩍훌쩍 울었습니다. 어머니는 놀라서,

"옥희야, 왜 그러니 응?"

하고 자꾸만 물었으나 나는 아무 대답도 못하고 울기만 했습니다.

이튿날은 일요일인고로, 나는 어머니와 함께 예배당에를 가려고 차리고 나서 어머니가 옷을 갈아입는 동안 잠깐 사랑에를 나가 보았습니다. '아저씨가 아직두 성이 났나?' 하고 가만히 방 안을 들여다보았더니, 책상에 앉아서 무엇을 쓰고 있던 아저씨가 내다보면서 빙그레 웃었습니다. 그 웃음을 보고 나는 마음을 놓았습니다. 아저씨가 지금은 성이 풀린 것이 확실하니까요. 아저씨는 나를 이리 보고 저리 보고 훑어보더니,

"옥희 오늘 어디 가노? 저렇게 곱게 채리구."

하고 물었습니다.

"엄마하고 예배당에 가."

"예배당에?"

하고 나서 아저씨는 잠시 나를 멍하니 바라다보더니,

"어느 예배당에?"

하고 물었습니다.

"요 앞에 예배당에 가지 뭐."

"응? 요 앞이라니?"

이 때 안에서,

"옥희야."

하고 부드럽게 부르는 어머니 목소리가 들리었습니다. 나는 얼른 안으로 뛰어 들어오면서 돌아다보니까, 아저씨는 또 얼굴이 빨갛게 성이 났겠지요. 내 원, 참으로 무슨 일로 요새는 아저씨가 그렇게 성을 잘 내는지 알 수 없었습니다.

예배당에 가서 찬미하고 기도하다가 기도하는 중간에 갑자기 나는 '혹시 아저씨두 예배당에 오지 않았나?' 하는 생각이 나서 눈을 뜨고 고개를 들어 남자석을 바라다보았습니다. 그랬더니 하, 바로 거기에 아저씨가 와 앉아 있겠지요. 그런데 아저씨는 어른이면서도 눈 감고 기도하지 않고 우리 아이들처럼 눈을 번히 뜨고 여기저기 두리번두리번 바라봅니다. 나는 얼른 아저씨를 알아보았는데 아저씨는 나를 못 알아보았는지 내가 빙그레 웃어 보여도 웃지도 않고 멀거니 보고만 있겠지요. 그래 나는 손을 흔들었지요. 그러니까 아저씨는 얼른 고개를 숙이고 말더군요. 그 때 어머니가 내가 팔 흔드는 것을 깨닫고 두 손으로 나를 붙들고 끌어당기더군요. 나는 어머니 귀에다 입을 대고,

"저기 아저씨두 왔어."

하고 속삭이니까 어머니는 흠칫하면서 내 입을 손으로 막고 막 잡아 끌어다가 옆에 앉히고 고개를 누르더군요. 보니까 어머니도 얼굴이 홍당무처럼 빨개졌더군요.

그 날 예배는 아주 젬병이었지요. 웬일인지 예배 다 끝날 때까지 어머니는 성이 나서 강대만 향하여 앞으로 바라보고 앉았고, 이전 모양으로 가끔은 나를 내려다 보고 웃는 일이 없었어요. 그리고 아저씨를 보려고 남자석을 바라다보아도 아저씨도 한 번도 바라다보아 주지도 않고 성이 나서 앉아 있고, 어머니는 나를 보지도 않고 공연히 꽉꽉 잡아당기지요. 왜 모두들 그리 성이 났는지……. 나는 그만 으아 하고 한 번 울고 싶었어요. 그러나 바로 멀지 않은 곳에 우리 유치원 선생님이 앉아 있는 고로 울고 싶은 것을 아주 억지로 참았습니다.

내가 유치원에 입학한 후 처음 얼마 동안은 유치원에 갈 때나 올 때나 외삼촌이 바래다 주었습니다. 그러나 여러 밤을 자고 난 뒤에는 나 혼자서도 넉넉히 다니게

되었어요. 그러나 언제나 내가 유치원에서 돌아오는 때이면 어머니가 옆 대문(우리 집에는 대문이 사랑 대문과 옆 대문 둘이 있어서 어머니는 늘 이 옆 대문으로만 출입하시는 것이었습니다.) 밖에 기다리고 섰다가 내가 달음질쳐 가면, 안고 집안으로 들어가곤 하는 것이었습니다.

그런데 하루는 어쩐 일인지 어머니가 대문가에 보이지를 않겠지요. 어떻게도 화가 나던지요. 물론 머릿속으로는 '아마 외할머니 댁에 가셨나 부다.' 하고 생각했지마는, 하여튼 내가 돌아왔는데 문간에서 기다리지 않고 집을 떠났다는 것이 몹시 나쁘게 생각되더군요. 그래서 속으로 '오늘 엄마를 좀 골려야겠다.' 하고 생각하고 있는데 옆 대문 밖에서,

"아이고, 애가 원 벌써 왔나?"

하고 어머니 목소리가 들리더군요. 그 순간 나는 얼른 신을 벗어 들고 안방으로 뛰어들어가서 벽장문을 열고, 그 속에 들어가서 숨어 버렸습니다.

"옥희야, 옥희 너, 여태 안 왔니?"

하는 어머니 목소리가 바로 뜰에서 나더니,

"여태 안 왔군."

하면서 밖으로 나가는 모양이었습니다. 나는 재미가 나서 혼자 흐흥흐흥 웃었습니다.

한참을 있더니 집에는 온통 야단이 났습니다. 어머니 목소리도 들리고, 외할머니 목소리도 들리고, 외삼촌 목소리도 들리고…….

"글쎄 하루 종일 집이라곤 안 떠났다가 옥희 유치원 파하구 오문 멕일 과자가 없기에 어머님 댁에 잠깐 갔다 왔는데, 고 동안에 이런 변이 생긴걸……."

하는 것은 어머니 목소리.

"글쎄, 유치원에서 벌써 이십 분 전에 떠났다는데 원 중간에서……."

하는 것은 외할머니 목소리.

"하여튼 내 나가서 돌아댕겨 볼 게다. 원 고것이 어델 갔담?"

하는 것은 외삼촌의 목소리.

이윽고 어머니의 울음소리가 가늘게 들렸습니다. 외할머니는 무어라고 중얼중

얼 이야기하는 모양이었습니다. '이젠 그만하고 나갈까?' 하고도 생각했으나, '지난 주일날 예배당에서 성냈던 앙갚음을 해야지.' 하는 생각이 나서 나는 그냥 벽장 안에 누워 있었습니다. 벽장 안은 답답하고 더웠습니다. 그래서 이윽고 부지중에 나는 슬며시 잠이 들고 말았습니다.

얼마 동안이나 잤는지요? 이윽고 잠을 깨어 보니까 아까 내가 벽장 안으로 들어왔던 것은 잊어버리고, 참 이상스러운 데에 내가 누워 있거든요. 어두컴컴하고 좁고 덥고……. 나는 갑자기 무서운 생각이 나서 엉엉 울기 시작했지요. 그러자 갑자기 어디 가까운 데서 어머니의 외마디 소리가 나더니 벽장문이 벌컥 열리고 어머니가 달려들어서 나를 안아 내렸습니다.

"요 망할 것아."

하면서 어머니는 내 엉덩이를 댓 번 때렸습니다. 나는 더욱더 소리를 내서 울었습니다. 그 때에는 어머니는 나를 끌어안고 어머니도 따라 울었습니다.

"옥희야, 옥희야, 응, 인젠 괜찮다. 엄마 여기 있지 않니, 응. 울지 마라, 옥희야. 엄마는 옥희 하나문 그뿐이다. 옥희 하나만 바라구 산다. 난 너 하나문 그뿐이야. 세상 다 일이 없다. 옥희만 있으문 바라고 산다. 옥희야 응, 울지 마라 응, 울지 마라."

이렇게 어머니는 나더러 자꾸 울지 말라고 하면서도 어머니는 그치지 않고 자꾸자꾸 울었습니다. 외할머니는,

"원 고것이 도깨비가 들렸단 말인가, 벽장 속엔 왜 숨는담."

하고 앉아 있고, 외삼촌은,

"에, 재수, 메유다."

하면서 밖으로 나갔습니다.

이튿날 유치원을 파하고 집으로 오게 될 때, 나는 갑자기 어제 벽장 속에 숨었다가 어머니를 몹시 울게 했던 생각이 나서 집으로 돌아가기가 어쩐지 부끄러워졌습니다. '오늘은 어머니를 좀 기쁘게 해 드려야 할 텐데……. 무엇을 갖다 드리문 기뻐할까?' 하고 생각하였습니다. 그러자 문득 유치원 안에 선생님 책상 위에 놓

여 있던 꽃병 생각이 났습니다. 그 꽃병에는 나는 이름도 모르나 곱고 빨간 꽃이 꽂히어 있었습니다. 그 꽃은 개나리도 아니고 진달래도 아니었습니다. 그런 꽃은 나도 잘 알고 또 그런 꽃은 벌써 피었다가 져 버린 후였습니다. 무슨 서양꽃이려니 하고 나는 생각하였습니다. 나는 우리 어머니가 꽃을 사랑하는 줄을 잘 압니다. 그래서 그 꽃을 갖다가 드리면 어머니가 몹시 기뻐하려니 하고 생각하였습니다.

그래서 나는 도로 유치원 방 안으로 들어갔습니다. 마침 방 안에는 아무도 없었습니다. 선생님도 잠깐 어디를 가셨는지 보이지 않았습니다. 그래, 나는 그 꽃을 두어 개 얼른 빼들고 달음질쳐 나왔지요.

집에 오니 어머니는 문간에 기다리고 있다가 나를 안고 들어왔습니다.

"그 꽃은 어디서 났니? 퍽 곱구나."

하고 어머니가 말씀하셨습니다. 그러나 나는 갑자기 말문이 막혔습니다.

'이걸 엄마 드릴라구 유치원서 가져왔어.' 하고 말하기가 어째 몹시 부끄러운 생각이 들었습니다. 그래, 잠깐 망설이다가,

"응, 이 꽃! 저, 사랑 아저씨가 엄마 갖다 주라구 줘."

하고 불쑥 말했습니다. 그런 거짓말이 어디서 그렇게 툭 튀어나왔는지 나도 모르지요.

꽃을 들고 냄새를 맡고 있던 어머니는 내 말이 끝나기가 무섭게 무엇에 몹시 놀란 사람처럼 화닥닥하였습니다. 그리고는 금시에 어머니 얼굴이 그 꽃보다 더 빨갛게 되었습니다. 그 꽃을 든 어머니 손가락이 파르르 떠는 것을 나는 보았습니다. 어머니는 무슨 무서운 것을 생각하는 듯이 방 안을 휘 한 번 둘러보시더니,

"옥희야, 그런 걸 받아 오문 안 돼."

하고 말하는 목소리는 몹시 떨렸습니다. 나는 꽃을 그렇게도 좋아하는 어머니가 이 꽃을 받고 그처럼 성을 낼 줄은 참으로 뜻밖이었습니다. 어머니가 그렇게도 성을 내는 것을 보니까 그 꽃을 내가 가져왔다고 그러지 않고, 아저씨가 주더라고 거짓말을 한 것이 참 잘 되었다고 나는 속으로 생각했습니다. 어머니가 성을 내는 까닭을 나는 모르지만 하여튼 성을 낼 바에는 내게 내는 것보다 아저씨에게 내는 것이 내게는 나았기 때문입니다. 한참 있더니 어머니는 나를 방 안으로 데리고 들

어와서,

"옥희야, 너 이 꽃 얘기 아무 보구두 하지 말아라, 응."

하고 타일러 주었습니다. 나는,

"응."

하고 대답하면서 고개를 여러 번 까닥까닥했습니다.

어머니가 그 꽃을 곧 내버릴 줄로 나는 생각했습니다마는, 내버리지 않고 꽃병에 꽂아서 풍금 위에 놓아 두었습니다. 아마 퍽 여러 밤 자도록 그 꽃은 거기 놓여 있어서 마지막에는 시들었습니다. 꽃이 다 시들자 어머니는 가위로 그 대를 잘라 내 버리고, 꽃만은 찬송가 갈피에 곱게 끼워 두었습니다.

내가 어머니께 꽃을 갖다 주던 날 밤에, 나는 또 사랑에 놀러 나가서 아저씨 무릎에 앉아서 그림책을 보고 있었습니다. 갑자기 아저씨 몸이 흠칫하였습니다. 그리고는 귀를 기울입니다. 나도 귀를 기울였습니다.

풍금 소리!

그 풍금 소리는 분명 안방에서 흘러나오는 것이었습니다.

"엄마가 풍금을 타나 부다."

하고 나는 벌떡 일어나서 안으로 뛰어들어갔습니다. 안방에는 불을 켜지 않았습니다. 그러나 그 때는 음력으로 보름께나 되어서 달이 낮같이 밝은데 은빛 같은 흰 달빛이 방 안 절반 가득히 차 있었습니다. 나는 흰옷을 입은 어머니가 풍금 앞에 앉아서 고요히 풍금을 타는 것을 보았습니다.

나는 나이 지금 여섯 살밖에 안 되었지마는 하여튼 어머니가 풍금을 타시는 것을 보는 것은 오늘이 처음이었습니다. 어머니는 우리 유치원 선생님보다도 풍금을 더 잘 타시는 것이었습니다. 나는 어머니 곁으로 갔습니다마는 어머니는 내가 곁에 온 것도 깨닫지 못하는지 그냥 까딱 아니하고 앉아서 풍금을 탔습니다. 조금 있더니 어머니는 풍금 곡조에 맞추어서 노래를 부르기 시작하였습니다. 어머니의 목소리가 그렇게도 아름다운 것도 나는 이 때까지 모르고 있었습니다. 어머니는 참으로 우리 유치원 선생님보다도 목소리가 훨씬 더 곱고 또 노래도 훨씬 더 잘 부르시는 것이었습니다. 나는 가만히 서서 어머니 노래를 들었습니다. 그 노래는 마치도 은실을 타고 별나라에서 내려오는 노래처럼 아름다웠습니다. 그러나 얼마 오래지 않아 목소리는 약간 떨리기 시작하였습니다. 가늘게 떨리는 노랫소리, 그에 따라 풍금의 가는 소리도 바르르 떠는 듯했습니다. 노랫소리는 차차 가늘어지더니 마지막에는 사르르 없어져 버렸습니다. 풍금 소리도 사르르 없어졌습니다. 어머니는 고요히 일어나시더니 옆에 섰는 내 머리를 쓰다듬었습니다. 그 다음 순간 어머니는 나를 안고 마루로 나오셨습니다. 어머니는 아무 말씀도 없이 그냥 꼭 꼭 껴안는 것이었습니다. 달빛을 함빡 받는 내 어머니 얼굴은 몹시도 새하얗다고 생각되었습니다. 우리 어머니는 참으로 천사 같다고 생각하였습니다.

우리 어머니의 새하얀 두 뺨 위로는 쉴 새 없이 두 줄기 눈물이 줄줄 흘러내리고 있는 것을 나는 보았습니다. 그것을 보니 나도 갑자기 울고 싶어졌습니다.

"어머니, 왜 울어?"

하고 나도 훌쩍거리면서 물었습니다.

"옥희야."

"응?"

한참 동안 어머니는 아무 말씀도 없었습니다. 그러다가 한참 후에,

"옥희야, 너 하나문 그뿐이다."

"엄마."

어머니는 다시 대답이 없으셨습니다.

하루는 밤에 아저씨 방에서 놀다가 졸려서 안방으로 들어오려고 일어서니까 아저씨가 하이얀 봉투를 서랍에서 꺼내어 내게 주었습니다.

"옥희, 이거 갖다가 엄마 드리고 지나간 달 밥값이라구, 응."

나는 그 봉투를 갖다가 어머니에게 드렸습니다. 어머니는 그 봉투를 받아들자 갑자기 얼굴이 파랗게 질렸습니다. 그 전날 달밤에 마루에 앉았을 때보다도 더 새하얗다고 생각되었습니다. 어머니는 그 봉투를 들고 어쩔 줄을 모르는 듯이 초조한 빛이 나타났습니다. 나는,

"그거 지나간 달 밥값이래."

하고 말을 하니까, 어머니는 갑자기 잠자다 깨나는 사람처럼 '응.' 하고 놀라더니, 또 금시에 백지장같이 새하얗던 얼굴이 발갛게 물들었습니다. 봉투 속으로 들어갔던 어머니의 파들파들 떨리는 손가락이 지전을 몇 장 끌고 나왔습니다. 어머니는 입술에 약간 웃음을 띠면서 후 하고 한숨을 내쉬었습니다. 그러나, 그것도 잠깐 다시 어머니는 무엇에 놀랐는지 흠칫하더니, 금시에 얼굴이 새하얘지고 입술이 바르르 떨렸습니다. 어머니의 손을 바라다보니 거기에는 지전 몇 장 외에 네모로 접은 하얀 종이가 한 장 잡혀 있는 것이었습니다.

어머니는 한참을 망설이는 모양이었습니다. 그러나 무슨 결심을 한 듯이 입술을 악물고 그 종이를 차근차근 펴 들고 그 안에 쓰인 글을 읽었습니다. 나는 그 안에 무슨 글이 씌어 있는지 알 도리가 없었으나 어머니는 그 글을 읽으면서 금시에 얼굴이 파랬다 발갰다 하고 그 종이를 든 손은 이제는 바들바들이 아니라 와들와들 떨리어서 그 종이가 부석부석 소리를 내게 되었습니다.

한참 후에 어머니는 그 종이를 아까 모양으로 네모지게 접어서 돈과 함께 봉투에 도로 넣어 반짇고리에 던졌습니다. 그리고는 정신 나간 사람처럼 멀거니 앉아서 전등만 쳐다보는데 어머니 가슴이 불룩불룩합니다. 나는 어머니가 혹시 병이나 나지 않았나 하고 염려가 되어서 얼른 가서 무릎에 안기면서,

"엄마 잘까?"

하고 말했습니다.

엄마는 내 뺨에 입을 맞추어 주었습니다. 그런데 어머니의 입술이 어쩌면 그리도 뜨거운지요. 마치 불에 달군 돌이 볼에 와 닿는 것 같았습니다.

한참을 자고 나서 잠이 채 깨지는 않았으나 어렴풋한 정신으로 옆을 쓸어 보니 어머니가 없었습니다. 가끔 가다가 나는 그런 버릇이 있어요. 어렴풋한 정신으로 옆을 쓸면 어머니의 보드라운 살이 만져지지요. 그러면 다시 나는 잠이 들어 버리곤 하는 것이었습니다.

어머니가 자리에 없다는 것을 알게 되자 나는 갑자기 무서워졌습니다. 그래서 잠은 다 달아나고 눈을 번쩍 뜨고 고개를 돌려 살펴보았습니다. 방 안에는 불은 안 켰지만 어슴푸레하게 밝습니다. 뜰로 하나 가득한 달빛이 방 안에까지 희미한

밝음을 던져 주는 것이었습니다. 윗목을 보니 우리 아버지의 옷을 넣어 두고 가끔 어머니가 꺼내서 쓸어 보시는 그 장롱문이 열려 있고, 그 아래 방바닥에는 흰 옷이 한 무더기 널려 있습니다. 그리고 그 옆에는 장롱을 반쯤 기대고 자리옷만 입은 어머니가 주춤하고 앉아서 고개를 위로 쳐들고 눈을 감고 무엇이라고 입술로 소곤소곤 외고 있는 것이 보였습니다. 아마 기도를 하나 보다 하고 나는 생각했습니다. 나는 자리에서 일어나 기어가서 어머니 무릎을 뻐개고 기어 들어갔습니다.

"엄마, 무얼 해?"

어머니는 소곤거리기를 그치고 눈을 떠서 나를 한참이나 물끄러미 들여다보십니다.

"옥희야."

"응?"

"가서 자자."

"엄마두 같이 자."

"응, 그래 엄마도 같이 자."

그 목소리가 어째 싸늘하다고 내게 생각되었습니다.

어머니는 돌아가신 아버지의 옷들을 한 가지씩 들고는 가만히 손바닥으로 쓸어 보고는 장롱 안에 넣었습니다. 하나씩 하나씩 쓸어 보고는 장롱에 넣곤 하여 그 옷을 다 넣은 때 장롱문을 닫고 쇠를 채우고 그러고 나서 나를 안고 자리로 돌아왔습니다.

"엄마, 우리 기도하고 자?"

하고 나는 물었습니다. 어머니는 나를 밤마다 재워 줄 때마다 반드시 기도를 하는 것이었습니다. 내가 할 줄 아는 기도는 주기도문뿐이었습니다. 그 뜻은 하나도 모르지만 어머니를 따라서 자꾸자꾸 해 보아서 지금에는 나도 주기도문을 잘 외웁니다. 그런데 웬일인지 어젯밤 잘 때에는 어머니가 기도할 것을 잊어버리고 그냥 잤던 것이 지금 생각이 났기 때문에 나는 그렇게 물었던 것입니다. 어젯밤 자리에 들 때 내가,

"기도할까?"

하고 말하고 싶었으나, 어머니가 너무도 슬픈 빛을 띠고 있는 고로 그만 나도 가만히 아무 소리 없이 잠이 들고 말았던 것입니다.

"응, 기도하자."

하고 어머니가 고요히 기도했습니다.

"엄마가 기도해."

하고 나는 갑자기 어머니의 기도하는 보드라운 음성이 듣고 싶어져서 말했습니다.

"하늘에 계신 우리 아버지시여."

어머니는 고요히 기도를 시작하였습니다.

"이름을 거룩하게 하옵시며 나라에 임하옵시며 뜻이 하늘에서 이루어진 것처럼 땅에서도 이루어지이다. 오늘날 우리에게 일용할 양식을 주옵시고 우리가 우리에게 죄 지은 자를 용서하여 준 것처럼 우리 죄를 사하여 주옵시고, 우리를 시험에 들지 말게 하옵시고…… 우리를 시험에 들지 말게 하옵시고…… 시험에 들지 말게…… 시험에 들지 말게……."

이렇게 어머니는 자꾸 되풀이하였습니다. 나도 지금은 막히지 않고 줄줄 외는 주기도문을 글쎄 어머니가 막히다니 참으로 우스운 일이었습니다.

"시험에 들지 말게, 시험에 들지 말게……."

하고 자꾸만 되풀이하는 것을 나는 참다 못해서,

"엄마, 내 마저 할게."

하고,

"다만 악에서 구하옵소서. 대개 나라와 권세와 영광이 아버지께 영원히 있사옵나이다."

하고 내가 끝을 마쳤습니다. 어머니는 한참이나 가만 있다가 오랜 후에야 겨우,

"아멘."

하고 속삭이었습니다.

요새 와서 어머니의 하는 일이란 참으로 알 수가 없는 노릇입니다. 어떤 때는

어머니도 퍽 유쾌하셨습니다. 밤에 때로는 풍금을 타고, 또 때로는 찬송가도 부르고 그러실 때에는 나도 너무도 좋아서 가만히 어머니 옆에 앉아서 듣습니다. 그러나 가끔가끔 그 독창은 소리 없는 울음으로 끝을 맺는 때가 많은데, 그런 때면 나도 따라서 울었습니다. 그러면 어머니는 나를 안고 내 얼굴에 돌아가면서 무수히 입을 맞추어 주면서,

"엄마는 옥희 하나문 그뿐이야, 응, 그렇지……."

하시면서 언제까지나 언제까지나 우시는 것이었습니다.

어떤 일요일날, 그렇지요. 그것은 유치원 방학하고 난 그 이튿날이었습니다. 그날 어머니는 갑자기 머리가 아프시다고 예배당에를 그만두었습니다. 사랑에서는 아저씨도 어디 나가고 외삼촌도 어디 나가고 집에는 어머니와 나와 단 둘이 있었는데, 머리가 아프다고 누워 계시던 어머니가 갑자기 나를 부르시더니,

"옥희야, 너 아빠가 보고 싶니?"

하고 물으십니다.

"응, 우리두 아빠 하나 있으문."

하고 나는 혀를 까불고 어리광을 좀 부려 가면서 대답을 했습니다. 한참 동안을 어머니는 아무 말씀도 아니하시고 천장만 바라다보시더니,

"옥희야, 옥희 아버지는 옥희가 세상에 나오기도 전에 돌아가셨단다. 옥희두 아빠가 없는 건 아니지. 그저 일찍 돌아가셨지. 옥희가 이제 아버지를 새로 또 가지면 세상이 욕을 한다. 옥희는 아직 철이 없어서 모르지만 세상이 욕을 한단다. 사람들이 욕을 해. 옥희 어머니는 화냥년이다, 이러구 세상이 욕을 해. 옥희 아버지는 죽었는데, 옥희는 아버지가 또 하나 생겼대. 참 망측두 하지, 이러구 세상이 욕을 한다. 그리 되문 옥희는 언제나 손가락질 받구, 옥희는 커두 시집두 훌륭한 데 못 가구. 옥희가 공부를 해서 훌륭하게 돼두, 에 그까짓 화냥년의 딸, 이러구 남들이 욕을 한다."

이렇게 어머니는 혼잣말 하시듯 드문드문 말씀하셨습니다. 그리고는 한참 있더니,

"옥희야."

하고 또 부르십니다.

"응?"

"옥희는 언제나, 언제나 내 곁을 안 떠나지. 옥희는 언제나, 언제나 엄마하구 같이 살지. 옥희는 엄마가 늙어서 꼬부랑 할미가 되두, 그래두 옥희는 엄마하구 같이 살지. 옥희가 유치원 졸업하구, 또 소학교 졸업하구, 또 중학교 졸업하구, 또 대학교 졸업하구, 옥희가 조선서 제일 훌륭한 사람이 돼두 그래두 옥희는 엄마하구 같이 살지, 응! 옥희는 엄마를 얼만큼 사랑하나?"

"이만큼."

하고 나는 두 팔을 짝 벌리어 보였습니다.

"응? 얼만큼? 응! 그만큼! 언제나, 언제나 옥희는 엄마만 사랑하지, 그리구 공부두 잘하구, 그리구 훌륭한 사람이 되구."

나는 어머니의 목소리가 떨리는 것으로 보아 어머니가 또 울까 봐 겁이 나서,

"엄마, 이만큼, 이만큼."

하면서 두 팔을 짝짝 벌리었습니다.

어머니는 울지 않으셨습니다.

"응, 그래, 옥희 엄마는 옥희 하나문 그뿐이야. 세상 다른 건 다 소용없어. 우리 옥희 하나문 그만이야. 그렇지, 옥희야."

"응!"

어머니는 나를 당기어서 꼭 껴안고 내 가슴이 막혀 들어올 때까지 자꾸만 껴안아 주었습니다.

그 날 밤 저녁밥 먹고 나니까 어머니는 나를 불러 앉히고 머리를 새로 빗겨 주었습니다. 댕기를 새 댕기로 드려 주고, 바지, 저고리, 치마, 모두 새것을 꺼내 입혀 주었습니다.

"엄마, 어디 가?"

하고 물으니까,

"아니."

하고 웃음을 띠면서 대답합니다. 그러더니 풍금 옆에서 새로 다린 하얀 손수건

을 내리어 내 손에 쥐어 주면서,

"이 손수건, 저 사랑 아저씨 손수건인데, 이것 아저씨 갖다 드리구 와, 응. 오래 있지 말구 손수건만 갖다 드리구 이내 와, 응."

하고 말씀하셨습니다.

손수건을 들고 사랑으로 나가면서 나는 접어진 손수건 속에 무슨 발각발각하는 종이가 들어 있는 것처럼 생각되었습니다마는 그것을 펴 보지 않고 그냥 갖다가 아저씨에게 주었습니다.

아저씨는 방에 누워 있다가 벌떡 일어나서 손수건을 받는데, 웬일인지 아저씨는 이전처럼 나보고 빙그레 웃지도 않고 얼굴이 몹시 파래졌습니다. 그리고는 입술을 질근질근 깨물면서 말 한 마디 아니하고 그 손수건을 받더군요.

나는 어째 이상한 기분이 들어서 아저씨 방에 들어가 앉지도 못하고 그냥 되돌아서 안방으로 도로 왔지요. 어머니는 풍금 앞에 앉아서 무엇을 그리 생각하는지 가만히 있더군요. 나는 풍금 옆으로 가서 가만히 옆에 앉아 있었습니다. 이윽고 어머니는 조용조용히 풍금을 타십니다. 무슨 곡조인지는 몰라도 어째 구슬프고 고즈넉한 곡조야요.

밤이 늦도록 어머니는 풍금을 타셨습니다. 그 구슬프고 고즈넉한 곡조를 계속하고 또 계속하면서.

여러 밤을 자고 난 어떤 날 오후에 나는 오래간만에 아저씨 방엘 나가 보았더니 아저씨가 짐을 싸느라고 분주하겠지요. 내가 아저씨에게 손수건을 갖다 드린 다음부터는 웬일인지 아저씨가 나를 보아도 언제나 퍽 슬픈 사람, 무슨 근심이 있는 사람처럼 아무 말도 없이 나를 물끄러미 바라다만 보고 있는 고로, 나도 그리 자주 놀러 나오지 않았던 것입니다. 그랬었는데 이렇게 갑자기 짐을 꾸리는 것을 보고 나는 놀랐습니다.

"아저씨, 어데 가우?"

"응, 멀리루 간다."

"언제?"

"오늘."

"기차 타구?"

"응, 기차 타구."

"갔다가 언제 또 오우?"

아저씨는 아무 대답도 없이 서랍에서 이쁜 인형을 하나 꺼내서 내게 주었습니다.

"옥희, 이것 가져, 응. 옥희는 아저씨 가구 나문 아저씨 이내 잊어버리구 말겠지!"

나는 갑자기 슬퍼졌습니다. 그래서,

"아니."

하고 얼른 대답하고 인형을 안고 안으로 들어왔습니다.

"엄마, 이것 봐, 아저씨가 이것 나 줬다우. 아저씨가 오늘 기차 타구 먼 데루 간대."

하고 내가 말했으나, 어머니는 대답이 없으십니다.

"엄마, 아저씨 왜 가우?"

"학교 방학했으니깐 가지."

"어디루 가우?"

"아저씨 집으루 가지 어디루 가."

"갔다가 또 오우?"

어머니는 대답이 없으십니다.

"난 아저씨 가는 거 나쁘다."

하고 입을 쫑긋했으나, 어머니는 그 말에 대답 않고,

"옥희야, 벽장에 가서 달걀 몇 알 남았나 보아라."

하고 말씀하셨습니다.

나는 깡총깡총 방 안으로 들어갔습니다. 달걀은 여섯 알이 있었습니다.

"여스 알."

하고 나는 소리쳤습니다.

"응, 다 가지고 이리 나오너라."

어머니는 그 달걀 여섯 알을 다 삶았습니다. 그 삶은 달걀 여섯 알을 손수건에 싸 놓고 또 반지에 소금을 조금 싸서 한 귀퉁이에 넣었습니다.

"옥희야, 너 이것 갖다 아저씨 드리구, 가시다가 찻간에서 잡수시랜다구, 응."

그 날 오후에 아저씨가 떠나간 다음, 방에서 아저씨가 준 인형을 업고 자장자장 잠을 재우고 있었습니다. 어머니가 부엌에서 들어오시더니,

"옥희야, 우리 뒷동산에 바람이나 쐬러 올라갈까?"

하십니다.

"응, 가, 가."

하면서 나는 좋아 덤비었습니다.

잠깐 다녀올 터이니 집을 보고 있으라고 외삼촌에게 이르고 어머니는 내 손목을 잡고 나섰습니다.

"엄마, 나 저, 아저씨가 준 인형 가지고 가?"

"그러렴."

나는 인형을 안고 어머니 손목을 잡고 뒷동산으로 올라갔습니다. 뒷동산에 올라가면 정거장이 빤히 내려다보입니다.

"엄마, 저 정거장 봐, 기차는 없군."

어머니가 아무 말씀도 없이 가만히 서 계십니다. 사르르 바람이 와서 어머니 모시 치맛자락을 산들산들 흔들어 주었습니다. 그렇게 산 위에 가만히 서 있는 어머니는 다른 때보다도 더 한층 이쁘게 보였습니다.

저편 산모퉁이에서 기차가 나타났습니다.

"아, 저기 기차 온다."

하고 나는 좋아서 소리쳤습니다.

기차는 정거장에 잠시 머물더니 금시에 삑 하고 소리를 지르면서 움직였습니다.

"기차 떠난다."

하면서 나는 손뼉을 쳤습니다. 기차가 저편 산모퉁이 뒤로 사라질 때까지, 그리

고 그 굴뚝에서 나는 연기가 하늘 위로 모두 흩어져 없어질 때까지, 어머니는 가만히 서서 그것을 바라다보았습니다.

뒷동산에서 내려오자 어머니는 방으로 들어가시더니 이 때까지 뚜껑을 늘 열어두었던 풍금 뚜껑을 닫으십니다. 그리고는 거기 쇠를 채우고 그 위에다가 이전 모양으로 반짇고리를 얹어 놓으십니다. 그리고는, 그 옆에 있는 찬송가를 맥없이 들고 뒤적뒤적하시더니 빼빼 마른 꽃송이를 그 갈피에서 집어 내시더니,

"옥희야, 이것 내다 버려라."

하고 그 마른 꽃을 내게 주었습니다. 그 꽃은 내가 유치원에서 갖다가 어머니께 드렸던 그 꽃입니다. 그러자 옆 대문이 삐걱하더니,

"달걀 사소."

하고 매일 오는 달걀 장수 노파가 달걀 광주리를 이고 들어왔습니다.

"인젠 우리 달걀 안 사요. 달걀 먹는 이가 없어요."

하시는 어머니의 이 말씀에 놀라서 떼를 좀 써 보려 했으나, 석양에 빨히 비치는 어머니의 얼굴을 볼 때 그 용기가 없어지고 말았습니다. 그래서 아저씨가 주신 인형 귀에다가 내 입을 갖다 대고 가만히 속삭이었습니다.

"얘, 우리 엄마가 거짓부리 썩 잘하누나. 내가 달걀 좋아하는 줄을 알문성 생 먹을 사람이 없대누나. 떼를 좀 쓰고 싶다만, 저 우리 엄마 얼굴을 좀 봐라. 어쩌문 저리두 새파래졌을까? 아마 어데가 아픈가 보다."

라고요.

05••••

동백꽃

김유정(金裕貞, 1908~1937) ●● 강원도 춘성군에서 출생했다.
갑부의 집안이었으나 일찍 부모를 여의고 고향을 떠나 12세 때 서울 재동공립보통학교
에 입학. 1929년에 휘문고등학교를 마치고 이듬해 연희전문학교 문과에 진학했으나 중
퇴. 1932년에는 고향 실레마을에 금병의숙을 세워 문맹퇴치운동을 벌이기도 하고 한때
는 금광에 손을 대기도 하였다.
1935년에 〈소낙비〉가 조선일보에 〈노다지〉가 중앙일보에 당선 되었다. 2년 남짓한 작
가생활을 통해서 30편 내외의 단편과 1편의 미완성 장편 그리고 1편의 번역소설을 남길
만큼 왕성한 창작 의욕을 보였으나 30세에 죽었다.
대표 작품은 〈금따는 콩밭〉〈만무방〉〈봄봄〉〈산골나그네〉〈땡볕〉 등이 있다.

05 동백꽃

김유정

오늘도 또 우리 수탉이 막 쫓기었다. 내가 점심을 먹고 나무를 하러 갈 양으로 나올 때였다. 산으로 올라서려니까 등 뒤에서 푸드득 푸드득하고 닭의 횃소리가 야단이다. 깜짝 놀라서 고개를 돌려보니 아니나 다르랴, 두 놈이 또 얼리었다.

점순네 수탉(은 대강이가 크고,똑 오소리같이 실팍하게 생긴 놈)이 덩저리 작은 우리 수탉을 함부로 해내는 것이다. 그것도 그냥 해내는 것이 아니라, 푸드득하고 면두를 쪼고 물러섰다가, 좀 사이를 두고 또 푸드득하고 모가지를 쪼았다. 이렇게 멋을 부려 가며 여지없이 닦아 놓는다. 그러면 이 못생긴 것은 쪼일 적마다 주둥이로 땅을 받으며 그 비명이 킥, 킥 할 뿐이다. 물론 미처 아물지도 않은 면두를 또 쪼이어 붉은 선혈은 뚝뚝 떨어진다. 이걸 가만히 내려다 보자니 내 대강이가 터져서 피가 흐르는 것같이 두 눈에 불이 번쩍 난다. 대뜸 지게 막대기를 메고 달려들어 점순네 닭을 후려칠까 하다가 생각을 고쳐먹고 헛매질로 떼어만 놓았다.

이번에도 점순이가 쌈을 붙여 났을 것이다. 바짝바짝 내 기를 올리느라고 그랬음에 틀림없을 것이다. 고놈의 계집애가 요새로 접어들어서 왜 나를 못 먹겠다고 고렇게 아르릉거리는지 모른다.

나흘 전 감자쪼간만 하더라도 나는 저에게 조금도 잘못한 것은 없다. 계집애가 나물을 캐러 가면 갔지, 남 울타리 엮는데 쌩이질을 하는 것은 다 뭐냐? 그것도 발소리를 죽여 가지고 등 뒤로 살며시 와서,

"얘! 너 혼자만 일하니?"

하고, 긴치 않은 수작을 하는 것이다.

어제까지도 저와 나는 이야기도 잘 않고 서로 만나도 본척 만척하고 이렇게 점잖게 지내던 터이련만 오늘에 갑작스리 대견해졌음은 웬일인가. 항차 망아지만한 계집애가 남 일하는 놈 보구……

"그럼 혼자 하지 떼루 하디?"

내가 이렇게 내배앝는 소리를 하니까,

"너 일하기 좋니?"

또는,

"한 여름이나 되거든 하지 벌써 울타리를 하니?"

잔소리를 두루 늘어놓다가 남이 들을까 봐 손으로 입을 틀어막고는 그 속에서 깔깔댄다. 별로 우스울 것도 없는데 날씨가 풀리더니 이놈의 계집애가 미쳤나 하고 의심하였다. 게다가 조금 뒤에는 제 집 께를 할금할금 돌아보더니 행주치마의 속으로 꼈던 바른손을 뽑아서 나의 턱밑으로 불쑥 내미는 것이다. 언제 구웠는지 아직도 더운 김이 홱 끼치는 굵은 감자 세 개가 손에 뿌듯이 쥐였다.

"느집엔 이거 없지?"

하고 생색있는 큰소리를 하고는 제가 준 것을 남이 알면 큰일 날 테니 여기서 얼른 먹어 버리란다. 그리고 또 하는 소리가,

"너 봄감자가 맛있단다."

"난 감자 안 먹는다. 너나 먹어라."

나는 고개도 돌리려 하지 않고 일하던 손으로 그 감자를 도로 어깨 너머로 쑥 밀어 버렸다. 그랬더니 그래도 가는 기색이 없고, 뿐만 아니라 쌔근쌔근하고 심상치 않게 숨소리가 점점 거칠어진다. 이건 또 뭐야 싶어서 그때에야 비로소 돌아다보니 나는 참으로 놀랐다. 우리가 이 동네에 들어온 것은 근 삼 년째 되어 오지만 여지껏 가무잡잡한 점순이의 얼굴이 이렇게까지 빨개진 법이 없었다. 게다 눈에 독을 올리고 한참 나를 요렇게 쏘아보더니 나중에는 눈물까지 어리는 것이 아니냐. 그리고 바구니를 다시 집어들더니 이를 꼭 아물고는 엎어질 듯 자빠질 듯 논둑으로 휭하게 달아나는 것이다.

어쩌다 동리 어른이,

"너 얼른 시집을 가야지?"

하고 웃으면,

"염려 마세유. 갈 때 되면 어련히 갈라구!"

이렇게 천연덕스레 받는 점순이었다. 본시 부끄러움을 타는 계집애도 아니거니와 또한 분하다고 눈에 눈물을 보일 얼병이도 아니다. 분하면 차라리 나의 등어리를 바구니로 한번 모지게 후려 때리고 달아날지언정.

그런데 고약한 그 꼴을 하고 가더니 그 뒤로는 나를 보면 잡아먹으려고 기를 복복 쓰는 것이다.

설혹, 주는 감자를 안 받아 먹은 것이 실례라 하면, 주면 그냥 주었지 "느 집엔 이거 없지"는 다 뭐냐. 그렇잖아도 저희는 마름이고, 우리는 그 손에서 배재를 얻어 땅을 부치므로 일상 굽신거린다. 우리가 이 마을에 처음 들어와 집이 없어서 곤란으로 지낼 제, 집터를 빌리고 그 위에 집을 또 짓도록 마련해 준 것도 점순네 호의였다. 그리고 우리 어머니 아버지도 농사 때 양식이 딸리면 점순네한테 가서 부지런히 꾸어나 먹으면서, 인품 그런 집은 다시 없으리라고 침이 마르도록 칭찬하곤 하는 것이다. 그러면서도 열일곱씩이나 된 것들이 수군수군하고 붙어 다니면 동리의 소문이 사납다고 주의를 시켜 준 것도 또 어머니였다. 왜냐하면, 내가 점순이하고 일을 저질렀다가는 점순네가 노할 것이고, 그러면 우리는 땅도 떨어지고 집도 내쫓기고 하지 않으면 안 되는 까닭이었다.

그런데 이놈의 계집애가 까닭 없이 기를 복복 쓰며 나를 말려 죽이려고 드는 것이다.

눈물을 흘리고 간 그 담날 저녁 나절이었다. 나무를 한짐 잔뜩 지고 산을 내려오니까 어디서 닭이 죽는 소리를 친다. 이거 뉘 집에서 닭을 잡나 하고 점순네 울 뒤로 돌아오다가 나는 고만 두 눈이 뚱그래졌다. 점순이가 저희 집 봉당에 홀로 걸터앉았는데, 아 이게 치마 앞에다 우리 씨암탉을 꼭 붙들어 놓고는

"이놈의 닭! 죽어라, 죽어라."

요렇게 암팡스레 패 주는 것이 아닌가. 그것도 대가리나 치면 모른다마는 아주 알도 못 낳으라고 그 볼기짝게를 주먹으로 콕콕 쥐어박는 것이다.

나는 눈에 쌍심지가 오르고 사지가 부르르 떨렸으나, 사방을 한번 휘돌아보고야 그제서 점순이 집에 아무도 없음을 알았다. 잡은 참지게 막대기를 들어 울타리의 중턱을 후려치며

"이놈의 계집애! 남의 닭 알 못 낳으라구 그러니?"

하고 소리를 빽 질렀다.

그러나 점순이는 조금도 놀라는 기색이 없고, 그대로 의젓이 앉아서 제 닭 가지고 하듯이 또 죽어라, 죽어라 하고 패는 것이다. 이걸 보면 내가 산에서 내려올 때를 겨냥해 가지고 미리부터 닭을 잡아 가지고 있다가 네 보란 듯이 내 앞에 쥐지르고 있음이 확실하다.

그러나 나는 그렇다고 남의 집에 뛰어들어가 계집애하고 싸울 수도 없는 노릇이고, 형편이 썩 불리함을 알았다. 그래 닭이 맞을 적마다 지게막대기로 울타리를 후려칠 수밖에 별 도리가 없다. 왜냐하면, 울타리를 치면 칠수록 울섶이 물러앉으며 뼈대만 남기 때문이다. 허나, 아무리 생각하여도 나만 밑지는 노릇이다.

"아, 이년아! 남의 닭 아주 죽일 터이냐?"

내가 도끼눈을 뜨고 다시 꽥 호령을 하니까, 그제서야 울타리께로 쪼르르 오더니 울 밖에 섰는 나의 머리를 겨누고 닭을 내팽개친다.

"에이 더럽다! 더럽다!"

"더러운 걸 너더러 입때 끼고 있으랬니? 망할 계집애년 같으니."

하고 나도 더럽단 듯이 울타리께를 횡허케 돌아내리며 약이 오를 대로 다 올랐다라고 하는 것은, 암탉이 풍기는 서슬에 나의 이마빼기에다 물지똥을 찍 갈겼는데, 그걸 본다면 알집만 터졌을 뿐 아니라 골병은 단단히 든 듯싶다.

그리고 나의 등 뒤를 향하여 나에게만 들릴 듯 말 듯한 음성으로

"이 바보 녀석아!"

"얘 너 배냇병신이지?"

그만도 좋으련만,

"얘! 너, 느 아버지가 고자라지?"

"뭐, 울 아버지가 그래 고자야?"

할 양으로, 열벙거지가 나서 고개를 홱 돌리어 바라봤더니, 그때까지 울타리 위로 나와 있어야 할 점순이의 대가리가 어디를 갔는지 보이지가 않는다. 그러다 돌아서서 오자면 아까에 한 욕을 울 밖으로 또 퍼붓는 것이다. 욕을 이토록 먹어 가면서도 대거리 한 마디 못 하는 걸 생각하니 돌부리에 채이어 발톱 밑이 터지는 것도 모를 만큼 분하고, 급기야는 두 눈에 눈물까지 불끈 내솟는다.

그러나 점순이의 침해는 이것뿐이 아니다. 사람들이 없으면, 틈틈이 제 집 수탉을 몰고 와서 우리 수탉과 쌈을 붙여 놓는다. 제 집 수탉은 썩 험상궂게 생기고, 쌈이라면 회를 치는 고로 으레 이길 것을 알기 때문이다. 그래서 툭하면 우리 수탉이 면두며 눈깔이 피로 흐드르하게 되도록 해 놓는다. 어떤 때에는, 우리 수탉이 나오지를 않으니까 요놈의 계집애가 모이를 쥐고 와서 꾀어내다가 쌈을 붙인다.

이렇게 되면 나도 다른 배차를 차리지 않을 수 없었다. 하루는 우리 수탉을 붙들어 가지고 넌지시 장독께로 갔다. 쌈닭에게 고추장을 먹이면, 병든 황소가 살모사를 먹고 용을 쓰는 것처럼 기운이 뻗친다 한다, 장독에서 고추장 한 접시를 떠서 닭 주둥아리께로 들이밀고 먹여 보았다. 닭도 고추장에 맛을 들였는지 거스르지 않고 거진 반 접시를 턱이나 곧잘 먹는다.

그리고 먹고 금세는 용을 못쓸 터이므로 얼마쯤 기운이 돌도록 홰 속에다 가두

어 두었다.

밭에 두엄을 두어 짐 져 내고 나서 쉴 참에 그 닭을 안고 밖으로 나왔다. 마침 밖에는 아무도 없고 점순이만 저희 울 안에서 헌 옷을 뜯는지 혹은 솜을 터는지 웅크리고 앉아서 일을 할 뿐이다.

나는 점순네 수탉이 노는 밭으로 가서 닭을 내려놓고 가만히 맥을 보았다. 두 닭은 여전히 얼리어 쌈을 하는데 처음에는 아무 보람이 없다. 멋지게 쪼는 바람에 우리 닭은 또 피를 흘리고 그러면서도 날갯죽지만 푸드덕, 푸드덕 하고 올라뛰고 뛰고 할 뿐으로 제법 한 번 쪼아 보지도 못한다.

그러나 한 번은 어쩐 일인지 용을 쓰고 펄쩍 뛰더니 발톱으로 눈을 하비고 내려오며 면두를 쪼았다. 큰닭도 여기에는 놀랐는지 뒤로 멈씰하며 물러난다. 이 기회를 타서 작은 우리 수탉이 또 날쌔게 덤벼들며 다시 면두를 쪼니 그제서는 감때사나운 그 대강이에서도 피가 흐르지 않을 수 없었다.

옳다, 알았다. 고추장만 먹이면 되는구나 하고 나는 속으로 아주 쟁그러워 죽겠다. 그 때에는 뜻밖에 내가 닭쌈을 붙여 놓는 데 놀라서, 울 밖으로 내다보고 섰던 점순이도 입맛이 쓴지 살을 찌푸렸다.

나는 두 손으로 볼기짝을 두드리며 연방

"잘 한다! 잘 한다!"

하고 신이 머리끝까지 뻗치었다.

그러나 얼마 되지 않아서 나는 넋이 풀리어 기둥같이 묵묵히 서 있게 되었다. 왜냐하면, 큰닭이 한 번 쪼인 앙갚음으로 호들갑스레 연거푸 쪼는 서슬에 우리 수탉은 찔끔 못 하고 막 곯는다. 이걸 보고서 이번에는 점순이가 깔깔거리고 되도록 이쪽에서 많이 들으라고 웃는 것이다.

나는 보다 못하여 덤벼들어서 우리 수탉을 붙들어 가지고 도로 집으로 들어왔다. 고추장을 좀더 먹였더라면 좋았을 걸 너무 급하게 쌈을 붙인 것이 퍽 후회가 난다. 장독께로 돌아와서 다시 턱 밑에 고추장을 들이댔다. 홍분으로 말미암아 그런지 당최 먹질 않는다. 나는 하릴없이 닭을 반듯이 눕히고 그 입에다 궐련 물부리를 물리었다. 그리고 고추장 물을 타서 그 구멍으로 조금씩 들이부었다. 닭은 좀 괴로운지 킥킥 하고 재채기를 하는 모양이나, 그러나 당장의 괴로움은 매일같이 피를 흘리는 데 델 게 아니라 생각하였다.

그러나 한두어 종지 가량 고추장 물을 먹이고 나서는 나는 고만 풀이 죽었다. 싱싱하던 닭이 왜 그런지 고개를 살머시 뒤틀고는 손아귀에서 삐드러지는 것이 아닌가. 아버지가 볼까 봐서 얼른 홰에다 감추어 두었더니 오늘 아침에서야 겨우 정신이 든 모양 같다.

그랬던 걸 이렇게 오다 보니까 또 쌈을 붙여 놓으니 이 망한 계집애가 필연 우리 집에 아무도 없는 틈을 타서 제가 들어와 홰에서 꺼내 가지고 나간 것이 분명하다.

나는 다시 닭을 잡아다 가두고, 염려는 스러우나 그렇다고 산으로 나무를 하러 가지 않을 수도 없는 형편이었다.

소나무 삭정이를 따며 가만히 생각해 보니 암만 해도 고년의 목쟁이를 돌려 놓고 싶다. 이번에 내려가면 망할 년 등줄기를 한번 되게 후려치겠다 하고 싱둥겅둥 나무를 지고는 부리나케 내려왔다.

거지반 집에 다 내려와서 나는 호드기 소리를 듣고 발이 딱 멈추었다. 산기슭에 널려 있는 굵은 바윗돌 틈에 노란 동백꽃이 소보록하니 깔리었다. 그 틈에 끼여 앉아서 점순이가 청승맞게스리 호드기를 물고 있는 것이다. 그보다도 더 놀란 것은, 그 앞에서 또 푸드득 푸드득 하고 들리는 닭의 횃소리다. 필연코 요년이 나의 약을 올리느라고 또 닭을 집어내어다가 내가 내려올 길목에다 쌈을 시켜 놓고 호드기를 불고 있음에 틀림없으리라. 나는 약이 오를 대로 다 올라서, 두 눈에서 불과 함께 눈물이 팍 쏟아졌다. 나뭇지게도 놀 새 없이 그대로 내동댕이치고는 지게 막대기를 뻗치고 허둥지둥 달려들었다.

가까이 와 보니, 과연 나의 짐작대로 우리 수탉이 피를 흘리고 거의 빈사 지경에 이르렀다. 닭도 닭이려니와, 그러함에도 불구하고 눈 하나 깜짝 없이 고대로 앉아서 호드기만 부는 그 꼴에 더욱 치가 떨린다. 동네에서 소문이 났거니와, 나도 한 때는 걱실걱실히 일 잘 하고 얼굴 예쁜 계집앤 줄 알았더니, 시방 보니까 그 눈깔이 꼭 여우새끼 같다.

나는 대뜸 달겨들어서 나도 모르는 사이에 큰 수탉을 단매로 때려 엎었다. 닭은 푹 엎어진 채 다리 하나 꼼짝 못 하고 그대로 죽어 버렸다. 그리고 나는 멍하니 섰다가 점순이가 매섭게 눈을 흡뜨고 닥치는 바람에 뒤로 벌렁 자빠졌다.

"이놈아! 너 왜 남의 닭을 때려죽이니?"

"그럼 어때?"

하고 일어나다가,

"뭐, 이 자식아! 누 집 닭인데!"

하고 복장을 떼미는 바람에 다시 벌렁 자빠졌다.

그리고 나서 가만히 생각을 하니 분하기도 하고 무안도 스럽고, 또 한편 일을 저질렀으니, 인젠 땅이 떨어지고 집도 내쫓기고 해야 될는지 모른다. 나는 비슬비슬 일어나며 소맷자락으로 눈을 가리고는 얼김에 엉 하고 울음을 놓았다. 그러다 점순이가 앞으로 다가와서,

"그럼, 너 이담부터 안 그럴 테냐?"

하고 물을 때에야 비로소 살 길을 찾은 듯 싶었다. 나는 눈물을 우선 씻고 뭘 안 그러는지 명색도 모르건만

"그래!"

하고 무턱대고 대답하였다.

"요담부터 또 그래 봐라, 내 자꾸만 못살게 굴 테니."

"그래그래, 인젠 안 그럴 테야."

"닭 죽은 건 염려마라. 내 안 이를 테니."

그리고 뭣에 떠다 밀렸는지 나의 어깨를 짚은 채 그대로 픽 쓰러진다. 그 바람에 나의 몸뚱이도 겹쳐서 쓰러지며, 한창 피어 퍼드러진 노란 동백꽃 속으로 푹 파묻혀 버렸다.

알싸한, 그리고 향긋한 그 냄새에 나는 땅이 꺼지는 듯이 온 정신이 고만 아찔하였다.

"너 말 마라!"

"그래!"

조금 있더니 요 아래서,

"점순아! 점순아! 이년이 바느질을 하다 말구 어딜 갔어?"

하고 어딜 갔다 온 듯싶은 그 어머니가 역정이 대단히 났다. 점순이가 겁을 잔뜩 집어먹고 꽃 밑을 살금살금 기어서 산 아래로 내려간 다음, 나는 바위를 끼고 엉금엉금 기어서 산 위로 치빼지 않을 수 없었다.

06....

날개

이상(李箱, 1910~1937) ●● 서울에서 출생했다.

시인. 소설가. 본명은 김해경(金海卿). 1921년 누상동에 있는 신명학교를 거쳐 1926년 동광학교 1929년 경성고등공업학교 건축과를 졸업하였다. 그해 총독부 내무국 건축학과 기수로 근무하면서 조선건축회지 〈조선과 건축〉의 표지 도안 현상 모집에 당선되기도 하였다.

1933년에는 각혈로 기수의 직을 버리고 황해도 배천으로 요양갔다가 돌아온 뒤 종로에서 다방 제비를 차려 경영하였다. 이 무렵 이곳에서 이태준, 박태원, 김기림, 윤태영, 조용만 등이 출입하여 이상의 문단 교우가 시작되었다. 1934년에 구인회에 가입하여 특히 박태원과 친하게 지내면서 그의 소설 〈소설가 구보 씨의 일일〉에 삽화를 그려주기도 하였다.

1936년 6월 전후하여 변동림과 혼인한 뒤 곧 일본 동경으로 건너갔으나 1937년 사상 불온혐의로 구속되었다. 이로 인하여 건강이 더욱 악화되어 그 해 4월 동경대학 부속병원에서 죽었다.

대표 작품은 시에 〈오감도〉 〈1933년 6월 1일〉 〈꽃나무〉 〈이런 시〉 〈거울〉 등과 소설 〈지주회시〉 〈동해〉 등이 있다.

06 날개
이상

'박제(剝製)가 되어 버린 천재'를 아시오? 나는 유쾌하오. 이런 때 연애까지가 유쾌하오.

육신이 흐느적흐느적하도록 피로했을 때만 정신이 은화(銀貨)처럼 맑소. 니코틴이 내 횟배 앓는 뱃속으로 스미면 머릿속에 으레 백지가 준비되는 법이오. 그 위에다 나는 위트와 패러독스를 바둑 포석처럼 늘어놓소. 가증할 상식의 병(病)이오.

나는 또 여인과 생활을 설계하오. 연애 기법에마저 서먹서먹해진 지성의 극치를 홀깃 좀 들여다본 일이 있는, 말하자면 일종의 정신분일자(精神奔逸者) 말이

오. 이런 여인의 반(半) ─ 그것은 온갖 것의 반이오 ─ 만을 영수하는 생활을 설계한다는 말이오. 그런 생활 속에 한 발만 들여놓고 흡사 두 개의 태양처럼 마주쳐다보면서 낄낄거리는 것이오. 나는 아마 어지간히 인생의 제행(諸行)이 싱거워서 견딜 수가 없게끔 되고 그만둔 모양이오. 굿바이.

굿바이, 그대는 이따금 그대가 제일 싫어하는 음식을 탐식(貪食)하는 아이러니를 실천해 보는 것도 좋을 것 같소. 위트와 패러독스와…….

그대 자신을 위조하는 것도 할 만한 일이오. 그대의 작품은 한 번도 본 일이 없는 기성품에 의하여 차라리 경편(輕便)하고 고매(高邁)하리라.

19세기는 될 수 있거든 봉쇄하여 버리오. 도스토예프스키 정신이란 자칫하면 낭비인 것 같소. 위고를 불란서의 빵 한 조각이라고는 누가 그랬는지 지언(至言)인 듯싶소. 그러나 인생 혹은 그 모형에 있어서 디테일 때문에 속는다거나 해서야 되겠소? 화(禍)를 보지 마오. 부디 그대께 고하는 것이니…….
(테이프가 끊어지면 피가 나오. 생채기도 머지않아 완치될 줄 믿소. 굿바이.)

감정은 어떤 포즈(그 포즈의 소(素)만을 지적하는 것이 아닌지나 모르겠소), 그 포즈가 부동자세에까지 고도화할 때 감정은 딱 공급을 정지합네.

나는 내 비범한 발육을 회고하여 세상을 보는 안목을 규정하였소.
여왕봉과 미망인 ─ 세상의 하고 많은 여인이 본질적으로 이미 미망인 아닌 이가 있으리까? 아니! 여인의 전부가 그 일상에 있어서 개개 '미망인'이라는 내 논리가 뜻밖에도 여성에 대한 모독이 되오? 굿바이.

그 33번지라는 것이 구조가 흡사 유곽이라는 느낌이 없지 않다. 한 번지에 18가구가 죽 ─ 어깨를 맞대고 늘어서서 창호가 똑같고 아궁이 모양이 똑같다. 게다가

각 가구에 사는 사람들이 송이송이 꽃과 같이 젊다. 해가 들지 않는다. 해가 드는 것을 그들이 모른 체하는 까닭이다. 턱살 밑에다 철줄을 매고 얼룩진 이부자리를 널어 말린다는 핑계로 미닫이에 해가 드는 것을 막아 버린다. 침침한 방 안에서 낮잠들을 잔다. 그들은 밤에는 잠을 자지 않나? 알 수 없다. 나는 밤이나 낮이나 잠만 자느라고 그런 것은 알 길이 없다. 33번지 18가구의 낮은 참 조용하다.

조용한 것은 낮뿐이다. 어둑어둑하면 그들은 이부자리를 걷어들인다. 전등불이 켜진 뒤의 18가구는 낮보다 훨씬 화려하다. 저물도록 미닫이 여닫는 소리가 잦다. 바빠진다. 여러 가지 내음새가 나기 시작한다. 비웃 굽는 내, 탕고도란 내, 뜨물내, 비눗내……

그러나 이런 것들보다도 그들의 문패가 제일로 고개를 끄덕이게 하는 것이다. 이 18가구를 대표하는 대문이라는 것이 일각이 져서 외따로 떨어지기는 했으나 있다. 그러나 그것은 한 번도 닫힌 일이 없는 한길이나 마찬가지 대문인 것이다. 온갖 장사아치들은 하루 가운데 어느 시간에라도 이 대문을 통하여 드나들 수 있는 것이다. 이네들은 문간에서 두부를 사는 것이 아니라 미닫이만 열고 방에서 두부를 사는 것이다. 이렇게 생긴 33번지 대문에 그들 18가구의 문패를 몰아다 붙이는 것은 의미가 없다. 그들은 어느 사이엔가 각 미닫이 위 백인당(百忍堂)이니 길상당(吉祥堂)이니 써붙인 한겹에다 문패를 붙이는 풍속을 가져 버렸다.

내 방 미닫이 위 한 겹에 칼표 딱지를 넷에다 낸 것만한 내 ─ 아니! 내 아내의 명함이 붙어 있는 것도 이 풍속을 좇은 것이 아닐 수 없다.

나는 그러나 그들의 아무와도 놀지 않는다. 놀지 않을 뿐만 아니라 인사도 않는다. 나는 내 아내와 인사하는 외에 누구와도 인사하고 싶지 않았다.

내 아내 외의 다른 사람과 인사를 하거나 놀거나 하는 것은 내 아내 낯을 보아 좋지 않은 일인 것만 같이 생각이 들었기 때문이다. 나는 이만큼까지 내 아내를 소중히 생각한 것이다.

내가 이렇게까지 내 아내를 소중히 생각한 까닭은 이 33번지 18가구 가운데서 내 아내가 내 아내의 명함처럼 제일 작고 제일 아름다운 것을 안 까닭이다. 18가구에 각기 별러 든 송이송이 꽃들 가운데서도 내 아내가 특히 아름다운 한 떨기의 꽃으로 이 함석지붕 밑 볕 안 드는 지역에서 어디까지든지 찬란하였다. 따라서 그런 한 떨기 꽃을 지키고, 아니 그 꽃에 매달려 사는 나라는 존재가 도무지 형언할 수 없는 거북살스러운 존재가 아닐 수 없었던 것은 물론이다.

나는 어디까지든지 내 방이 ─ 집이 아니다. 집은 없다 ─ 마음에 들었다. 방 안의 기온은 내 체온을 위하여 쾌적하였고, 방 안의 침침한 정도가 또한 내 안력을 위하여 쾌적하였다. 나는 내 방 이상의 서늘한 방도, 또 따뜻한 방도 희망하지 않았다. 이 이상으로 밝거나 이 이상으로 아늑한 방을 원하지 않았다. 내 방은 나 하나를 위하여 요만한 정도를 꾸준히 지키는 것 같아 늘 내 방에 감사하였고 나는 또 이런 방을 위하여 이 세상에 태어난 것만 같아서 즐거웠다.

그러나 이것이 행복이라든가 불행이라든가 하는 것을 계산하는 것은 아니었다. 말하자면 나는 내가 행복되다고도 생각할 필요가 없었고, 그렇다고 불행하다고도 생각할 필요가 없었다. 그냥 그날그날을 그저 까닭 없이 펀둥펀둥 게으르고만 있으면 만사는 그만이었던 것이다.

내 몸과 마음에 옷처럼 잘 맞는 방 속에서 뒹굴면서, 축 처져 있는 것은 행복이니 불행이니 하는 그런 세속적인 계산을 떠난, 가장 편리하고 안일한, 말하자면 절대적인 상태인 것이다. 나는 이런 상태가 좋았다.

이 절대적인 내 방은 대문간에서 세어서 똑 일곱째 칸이다. 럭키 세븐의 뜻이 없지 않다. 나는 이 일곱이라는 숫자를 훈장처럼 사랑하였다. 이런 이 방이 가운데 장지로 말미암아 두 칸으로 나뉘어 있었다는 그것이 내 운명의 상징이었던 것을 누가 알랴?

아랫방은 그래도 해가 든다. 아침결에 책보만한 해가 들었다가 오후에 손수건만해지면서 나가 버린다. 해가 영영 들지 않는 윗방이 즉 내 방인 것은 말할 것도 없다. 이렇게 볕 드는 방이 아내 방이요, 볕 안 드는 방이 내 방이오 하고 아내와 나 둘 중에 누가 정했는지 나는 기억하지 못한다. 그러나 나에게는 불평이 없다.

아내가 외출만 하면 나는 얼른 아랫방으로 와서 그 동쪽으로 난 들창을 열어 놓고, 열어 놓으면 들이비치는 볕살이 아내의 화장대를 비쳐 가지각색 병들이 아롱이 지면서 찬란하게 빛나고 이렇게 빛나는 것을 보는 것은 다시없는 내 오락이다. 나는 쪼끄만 '돋보기'를 꺼내 가지고 아내만이 사용하는 지리가미(휴지)를 끄실려 가면서 불장난을 하고 논다. 평행 광선을 굴절시켜서 한 초점에 모아 가지고 그 초점이 따끈따끈해지다가, 마지막에는 종이를 끄실리기 시작하고 가느다란 연기를 내면서 드디어 구멍을 뚫어 놓는 데까지에 이르는 고 얼마 안 되는 동안의 초조한 맛이 죽고 싶을 만큼 내게는 재미있었다.

이 장난이 싫증이 나면 나는 또 아내의 손잡이 거울을 가지고 여러 가지로 논다. 거울이란 제 얼굴을 비출 때만 실용품이다. 그 외의 경우에는 도무지 장난감인 것이다.

이 장난도 곧 싫증이 난다. 나의 유희심은 육체적인 데서 정신적인 데로 비약한다. 나는 거울을 내던지고 아내의 화장대 앞으로 가까이 가서 나란히 늘어놓인 고 가지각색의 화장품 병들을 들여다본다. 고것들은 세상의 무엇보다도 매력적이다. 나는 그 중의 하나만을 골라서 가만히 마개를 빼고 병구멍을 내 코에 가져다 대이고 숨죽이듯이 가벼운 호흡을 하여 본다. 이국적인 섹슈얼한(관능적인) 향기가 폐로 스며들면 나는 저절로 스르르 감기는 내 눈을 느낀다. 확실히 아내의 체취의 파편이다. 나는 도로 병마개를 막고 생각해 본다. 아내의 어느 부분에서 요 내음새가 났던가를…… 그러나 그것은 분명치 않다. 왜? 아내의 체취는 여기 늘어섰는 가지각색 향기의 합계일 것이니까.

아내의 방은 늘 화려하였다. 내 방이 벽에 못 한 개 꽂히지 않은 소박한 것인 반대로 아내 방에는 천장 밑으로 쫙 돌려 못이 박히고 못마다 화려한 아내의 치마와 저고리가 걸렸다. 여러 가지 무늬가 보기 좋다. 나는 그 여러 조각의 치마에서 늘 아내의 동(胴)체와 그 동체가 될 수 있는 여러 가지 포즈를 연상하고 연상하면서 내 마음은 늘 점잖지 못하다.

그렇건만 나에게는 옷이 없었다. 아내는 내게는 옷을 주지 않았다. 입고 있는 코르덴 양복 한 벌이 내 자리옷이었고 통상복과 나들이옷을 겸한 것이었다. 그리고 하이 넥의 스웨터가 한 조각 사철을 통한 내 내의다. 그것들은 하나같이 다 빛이 검다. 그것은 내 짐작 같아서는 즉 빨래를 될 수 있는 데까지 하지 않아도 보기 싫지 않도록 하기 위한 것이 아닌가 한다. 나는 허리와 두 가랑이 세 군데 다 고무 밴드가 끼어 있는 부드러운 사루마다를 입고 그리고 아무 소리 없이 잘 놀았다.

어느덧 손수건만해졌던 볕이 나갔는데 아내는 외출에서 돌아오지 않는다. 나는 요만 일에도 좀 피곤하였고 또 아내가 돌아오기 전에 내 방으로 가 있어야 될 것을 생각하고 그만 내 방으로 건너간다. 내 방은 침침하다. 나는 이불을 뒤집어쓰고 낮잠을 잔다. 한 번도 걷은 일이 없는 내 이부자리는 내 몸뚱이의 일부분처럼 내게는 참 반갑다. 잠은 잘 오는 적도 있다. 그러나 또 전신이 까칫까칫하면서 영 잠이 오지 않는 적도 있다. 그런 때는 아무 제목으로나 제목을 하나 골라서 연구하였다. 나는 내 좀 축축한 이불 속에서 참 여러 가지 발명도 하였고 논문도 많이 썼다. 시도 많이 지었다. 그러나 그것들은 내가 잠이 드는 것과 동시에 내 방에 담겨서 철철 넘치는 그 흐늑흐늑한 공기에 다 비누처럼 풀어져서 온 데 간 데가 없고 한참 자고 깬 나는 속이 무명 헝겊이나 메밀 껍질로 떵떵 찬 한 덩어리 베개와도 같은 한 벌 신경이었을 뿐이고 뿐이고 하였다.

그러기에 나는 빈대가 무엇보다도 싫었다. 그러나 내 방에서는 겨울에도 몇 마리씩의 빈대가 끊이지 않고 나왔다. 내게 근심이 있었다면 오직 이 빈대를 미워하는 근심일 것이다. 나는 빈대에게 물려서 가려운 자리를 피가 나도록 긁었다. 쓰라리다. 그것은 그윽한 쾌감에 틀림없었다. 나는 혼곤히 잠이 든다.

나는 그러나 그런 이불 속의 사색생활에서도 적극적인 것을 궁리하는 법이 없다. 내게는 그럴 필요가 대체 없었다. 만일 내가 그런 좀 적극적인 것을 궁리해 내었을 경우에 나는 반드시 내 아내와 의논하여야 할 것이고 그러면 반드시 나는 아내에게 꾸지람을 들을 것이고 — 나는 꾸지람이 무서웠다느니보다도 성가셨다. 내가 제법 한 사람의 사회인의 자격으로 일을 해보는 것도, 아내에게 사설 듣는 것도 나는 가장 게으른 동물처럼 게으른 것이 좋았다. 될 수만 있으면 이 무의미한 인간의 탈을 벗어 버리고도 싶었다.

나에게는 인간 사회가 스스러웠다. 생활이 스스러웠다. 모두가 서먹서먹할 뿐
이었다.

아내는 하루에 두 번 세수를 한다. 나는 하루 한 번도 세수를 하지 않는다. 나는
밤중 세 시나 네 시 해서 변소에 갔다 달이 밝은 밤에는 한참씩 마당에 우두커니
섰다가 들어오곤 한다. 그러니까 나는 이 18가구의 아무와도 얼굴이 마주치는 일
이 거의 없다. 그러면서도 나는 이 18가구의 젊은 여인네 얼굴들을 거반 다 기억
하고 있었다. 그들은 하나같이 내 아내만 못하였다.

열한 시쯤 해서 하는 아내의 첫 번 세수는 좀 간단하다. 그러나 저녁 일곱 시쯤
해서 하는 두 번째 세수는 손이 많이 간다. 아내는 낮에보다도 밤에 더 좋고 깨끗
한 옷을 입는다. 그리고 낮에도 외출하고 밤에도 외출하였다.

아내에게 직업이 있었던가? 나는 아내의 직업이 무엇인지 알 수 없다. 만일 아
내에게 직업이 없었다면, 같이 직업이 없는 나처럼 외출할 필요가 생기지 않을 것
인데 아내는 외출한다. 외출할 뿐만 아니라 내객이 많다. 아내에게 내객이 많은
날은 나는 온종일 내 방에서 이불을 쓰고 누워 있어야만 된다. 불장난도 못 한다.
화장품 내음새도 못 맡는다. 그런 날은 나는 의식적으로 우울해 하였다. 그러면
아내는 나에게 돈을 준다. 오십 전짜리 은화다. 나는 그것이 좋았다. 그러나 그것
을 무엇에 써야 옳을지 몰라서 늘 머리맡에 던져 두고 두고 한 것이 어느결에 모
여서 꽤 많아졌다. 어느 날 이것을 본 아내는 금고처럼 생긴 벙어리를 사다 준다.
나는 한 푼씩 한 푼씩 고 속에 넣고 열쇠는 아내가 가져갔다. 그 후에도 나는 더러
은화를 그 벙어리에 넣은 것을 기억한다. 그리고 나는 게을렀다. 얼마 후 아내의
머리 쪽에 보지 못하던 누깔잠이 하나 여드름처럼 돋았던 것은 바로 그 금고형 벙
어리의 무게가 가벼워졌다는 증거일까. 그러나 나는 드디어 머리맡에 놓였던 그
벙어리에 손을 대지 않고 말았다. 내 게으름은 그런 것에 내 주의를 환기시키기도
싫었다.

아내에게 내객이 있는 날은 이불 속으로 암만 깊이 들어가도 비 오는 날만큼 잠

이 잘 오지는 않았다. 나는 그런 때 아내에게는 왜 늘 돈이 있나 왜 돈이 많은가를 연구했다.

내객들은 장지 저쪽에 내가 있는 것을 모르나 보다. 내 아내와 나도 좀 하기 어려운 농을 아주 서슴지 않고 쉽게 해 내던지는 것이다. 그러나 아내의 내객 가운데 서너 사람의 내객들은 늘 비교적 점잖았다고 볼 수 있는 것이 자정이 좀 지나면 으레 돌아들 갔다. 그들 가운데는 퍽 교양이 옅은 자도 있는 듯싶었는데 그런 자는 보통 음식을 사다 먹고 논다. 그래서 보충을 하고 대체로 무사하였다.

나는 우선 내 아내의 직업이 무엇인가를 연구하기에 착수하였으나 좁은 시야와 부족한 지식으로는 이것을 알아내기 힘이 든다. 나는 끝끝내 내 아내의 직업이 무엇인가를 모르고 말려나 보다.

아내는 늘 진솔 버선만 신었다. 아내는 밥도 지었다. 아내가 밥 짓는 것을 나는 한 번도 구경한 일은 없으나 언제든지 끼니때면 내 방으로 내 조석밥을 날라다 주는 것이다. 우리 집에는 나와 내 아내 외에 다른 사람은 아무도 없다. 이 밥은 분명히 아내가 손수 지었음에 틀림없다.

그러나 아내는 한 번도 나를 자기 방으로 부른 일이 없다. 나는 늘 윗방에서 나 혼자서 밥을 먹고 잠을 잤다. 밥은 너무 맛이 없었다. 반찬이 너무 엉성하였다. 나는 닭이나 강아지처럼 말없이 주는 모이를 넙죽넙죽 받아 먹기는 했으나 내심 야속하게 생각한 적도 더러 없지 않다. 나는 안색이 여지없이 창백해 가면서 말라들어 갔다. 나날이 눈에 보이듯이 기운이 줄어들었다. 영양 부족으로 하여 몸뚱이 곳곳이 뼈가 불쑥불쑥 내밀었다. 하룻밤 사이에도 수십 차를 돌쳐눕지 않고는 여기저기가 배겨서 나는 배겨 낼 수가 없었다.

그렇기 때문에 나는 내 이불 속에서 아내가 늘 흔히 쓸 수 있는 저 돈의 출처를 탐색해 보는 일변 장지 틈으로 새어 나오는 아랫방의 음식은 무엇일까를 간단히 연구하였다. 나는 잠이 잘 안 왔다.

깨달았다. 아내가 쓰는 돈은 그, 내게는 다만 실없는 사람들로밖에 보이지 않는 까닭 모를 내객들이 놓고 가는 것에 틀림없으리라는 것을 나는 깨달았다. 그러나 왜 그들 내객은 돈을 놓고 가나, 왜 내 아내는 그 돈을 받아야 되나 하는 예의(禮儀) 관념이 내게는 도무지 알 수 없는 것이었다.

그것은 그저 예의에 지나지 않는 것일까. 그렇지 않으면 혹 무슨 대가일까 보수일까. 내 아내가 그들의 눈에는 동정을 받아야만 할 가엾은 인물로 보였던가.

이런 것들을 생각하노라면 으레 내 머리는 그냥 혼란하여 버리곤 하였다. 잠들기 전에 획득했다는 결론이 오직 불쾌하다는 것뿐이었으면서도 나는 그런 것을 아내에게 물어 보거나 한 일이 참 한 번도 없다. 그것은 대체 귀찮기도 하려니와 한잠 자고 일어나면 나는 사뭇 딴사람처럼 이것도 저것도 다 깨끗이 잊어버리고 그만두는 까닭이다.

내객들이 돌아가고, 혹 밤외출에서 돌아오고 하면 아내는 경편한 것으로 옷을 바꾸어 입고 내 방으로 나를 찾아온다. 그리고 이불을 들치고 내 귀에는 영 생동 생동한 몇 마디 말로 나를 위로하려 든다. 나는 조소도 고소도 홍소도 아닌 웃음을 얼굴에 떠우고 아내의 아름다운 얼굴을 쳐다본다. 아내는 방그레 웃는다. 그러나 그 얼굴에 떠도는 일말의 애수를 나는 놓치지 않는다.

아내는 능히 내가 배고파하는 것을 눈치챌 것이다. 그러나 아랫방에서 먹고 남은 음식을 나에게 주려 들지는 않는다. 그것은 어디까지든지 나를 존경하는 마음일 것임에 틀림없다. 나는 배가 고프면서도 적이 마음이 든든한 것을 좋아했다. 아내가 무엇이라고 지껄이고 갔는지 귀에 남아 있을 리가 없다. 다만 내 머리맡에 아내가 놓고 간 은화가 전등불에 흐릿하게 빛나고 있을 뿐이다.

고 금고형 벙어리 속에 고 은화가 얼마큼이나 모였을까. 나는 그러나 그것을 쳐들어 보지 않았다. 그저 아무런 의욕도 기원도 없이 그 단추 구멍처럼 생긴 틈사구니로 은화를 떨어뜨려 둘 뿐이었다.

왜 아내의 내객들이 아내에게 돈을 놓고 가나 하는 것이 풀 수 없는 의문인 것 같이 왜 아내는 나에게 돈을 놓고 가나 하는 것도 역시 나에게는 똑같이 풀 수 없는 의문이었다. 내 비록 아내가 내게 돈을 놓고 가는 것이 싫지 않았다 하더라도 그것은 다만 고것이 내 손가락에 닿는 순간에서부터 고 벙어리 주둥이에서 자취를 감추기까지의 하잘것 없는 짧은 촉각이 좋았달 뿐이지 그 이상 아무 기쁨도 없다.

어느 날 나는 고 벙어리를 변소에 갖다 넣어 버렸다. 그때 벙어리 속에는 몇 푼이나 되는지는 모르겠으나 고 은화들이 꽤 들어 있었다.

나는 내가 지구 위에 살며 내가 이렇게 살고 있는 지구가 질풍신뢰의 속력으로 광대무변의 공간을 달리고 있다는 것을 생각했을 때 참 허망하였다. 나는 이렇게 부지런한 지구 위에서는 현기증도 날 것 같고 해서 한시바삐 내려 버리고 싶었다.

이불 속에서 이런 생각을 하고 난 뒤에는 나는 고 은화를 고 벙어리에 넣고 넣고 하는 것조차도 귀찮아졌다. 나는 아내가 손수 벙어리를 사용하였으면 하고 희망하였다. 벙어리도 돈도 사실에는 아내에게만 필요한 것이지 내게는 애초부터 의미가 전연 없는 것이었으니까 될 수만 있으면 그 벙어리를 아내는 아내 방으로 가져갔으면 하고 기다렸다. 그러나 아내는 가져가지 않는다. 나는 내가 아내 방으로 가져다 둘까 하고 생각하여 보았으나 그 즈음에는 아내의 내객이 원체 많아서 내가 아내 방에 가볼 기회가 도무지 없었다. 그래서 나는 하는 수 없이 변소에 갖다 집어넣어 버리고 만 것이다.

나는 서글픈 마음으로 아내의 꾸지람을 기다렸다. 그러나 아내는 끝내 아무 말도 나에게 묻지도 하지도 않았다. 않았을 뿐 아니라 여전히 돈은 돈대로 내 머리맡에 놓고 가지 않나? 내 머리맡에는 어느덧 은화가 꽤 많이 모였다.

내객이 아내에게 돈을 놓고 가는 것이나 아내가 내게 돈을 놓고 가는 것이나 일종의 쾌감 — 그 외의 다른 아무런 이유도 없는 것이 아닐까 하는 것을 나는 또 이불 속에서 연구하기 시작하였다. 쾌감이라면 어떤 종류의 쾌감일까를 계속하여 연구하였다. 그러나 그것은 이불 속의 연구로는 알 길이 없었다. 쾌감 쾌감, 하고 나는 뜻밖에도 이 문제에 대해서만 흥미를 느꼈다.

아내는 물론 나를 늘 감금하여 두다시피 하여 왔다. 내게 불평이 있을 리 없다. 그런 중에도 나는 그 쾌감이라는 것의 유무를 체험하고 싶었다.

나는 아내의 밤 외출 틈을 타서 밖으로 나왔다. 나는 거리에서 잊어버리지 않고 가지고 나온 은화를 지폐로 바꾼다. 오 원이나 된다. 그것을 주머니에 넣고 나는 목적을 잃어버리기 위하여 얼마든지 거리를 쏘다녔다. 오래간만에 보는 거리는 거의 경이에 가까울 만큼 내 신경을 흥분시키지 않고는 마지않았다. 나는 금시에 피곤하여 버렸다. 그러나 나는 참았다. 그리고 밤이 이슥하도록 까닭을 잊어버린 채 이 거리 저 거리로 지향없이 헤매었다. 돈은 물론 한 푼도 쓰지 않았다. 돈을 쓸 아무 엄두도 나서지 않았다. 나는 벌써 돈을 쓰는 기능을 완전히 상실한 것 같았다.

　나는 과연 피로를 이 이상 견디기가 어려웠다. 나는 가까스로 내 집을 찾았다. 나는 내 방으로 가려면 아내 방을 통과하지 아니하면 안 될 것을 알고 아내에게 내객이 있나 없나를 걱정하면서 미닫이 앞에서 좀 거북살스럽게 기침을 한 번 했더니 이것은 참 또 너무 암상스럽게 미닫이가 열리면서 아내의 얼굴과 그 등 뒤에 낯선 남자의 얼굴이 이쪽을 내다보는 것이다. 나는 별안간 내어쏟아지는 불빛에 눈이 부셔서 좀 머뭇머뭇했다.

　나는 아내의 눈초리를 못 본 것은 아니다. 그러나 나는 모른 체하는 수밖에 없었다. 왜? 나는 어쨌든 아내의 방을 통과하지 아니하면 안 되니까…….

　나는 이불을 뒤집어썼다. 무엇보다도 다리가 아파서 견딜 수가 없었다. 이불 속에서는 가슴이 울렁거리면서 암만해도 까무러칠 것만 같았다. 걸을 때는 몰랐더니 숨이 차다. 등에 식은땀이 쭉 내배인다. 나는 외출한 것을 후회하였다. 이런 피로를 잊고 어서 잠이 들었으면 좋겠다. 한잠 잘 자고 싶었다.

　얼마 동안이나 비스듬히 엎드려 있었더니 차츰차츰 뚝딱거리는 가슴 동기(動氣)가 가라앉는다. 그만해도 우선 살 것 같았다. 나는 몸을 돌쳐 반듯이 천장을 향하여 눕고 쭉 다리를 뻗었다.

　그러나 나는 또다시 가슴의 동기를 피할 수 없게 되었다. 아랫방에서 아내와 그 남자의 내 귀에도 들리지 않을 만큼 옅은 목소리로 소곤거리는 기척이 장지 틈으로 전하여 왔던 것이다. 청각을 더 예민하게 하기 위하여 나는 눈을 떴다. 그리고 숨을 죽였다. 그러나 그때는 벌써 아내와 남자는 앉았던 자리를 툭툭 털며 일어섰고 일어서면서 옷과 모자 쓰는 기척이 나는 듯하더니 이어 미닫이가 열리고 구두 뒤축 소리가 나고 그리고 뜰에 내려서는 소리가 쿵 하고 나면서 뒤를 따르는 아내의 고무신 소리가 두어 발자국 찍찍 나고 사뿐사뿐 나나 하는 사이에 두 사람의 발소리가 대문간 쪽으로 사라졌다.

나는 아내의 이런 태도를 본 일이 없다. 아내는 어떤 사람과도 결코 소곤거리는 법이 없다. 나는 윗방에서 이불을 쓰고 누웠는 동안에도 혹 술이 취해서 혀가 잘 돌아가지 않는 내객들의 담화는 더러 놓치는 수가 있어도 아내의 높지도 얕지도 않은 말소리를 일찍이 한 마디도 놓쳐 본 일이 없다. 더러 내 귀에 거슬리는 소리가 있어도 나는 그것이 태연한 목소리로 내 귀에 들렸다는 이유로 충분히 안심이 되었다.

그렇던 아내의 이런 태도는 필시 그 속에 여간하지 않은 사정이 있는 듯싶이 생각이 되고 내 마음은 좀 서운했으나 그러나 그보다도 나는 좀 너무 피곤해서 오늘만은 이불 속에서 아무것도 연구치 않기로 굳게 결심하고 잠을 기다렸다. 잠은 좀처럼 오지 않았다. 대문간에 나간 아내도 좀처럼 들어오지 않았다. 그러는 동안에 흐지부지 나는 잠이 들어 버렸다. 꿈이 얼쑹덜쑹 종을 잡을 수 없는 거리의 풍경을 여전히 헤맸다.

나는 몹시 흔들렸다. 내객을 보내고 들어온 아내가 잠든 나를 잡아 흔드는 것이다. 나는 눈을 번쩍 뜨고 아내의 얼굴을 쳐다보았다. 아내의 얼굴에는 웃음이 없다. 나는 좀 눈을 비비고 아내의 얼굴을 자세히 보았다. 노기가 눈초리에 떠서 얇은 입술이 바르르 떨린다. 좀처럼 이 노기가 풀리기는 어려울 것 같았다. 나는 그대로 눈을 감아 버렸다. 벼락이 내리기를 기다린 것이다. 그러나 쌔근 하는 숨소리가 나면서 푸시시 아내의 치맛자락 소리가 나고 장지가 여닫히며 아내는 아내 방으로 돌아갔다. 나는 다시 몸을 돌쳐 이불을 뒤집어쓰고는 개구리처럼 엎드리고, 엎드려서 배가 고픈 가운데서도 오늘 밤의 외출을 또 한번 후회하였다.

나는 이불 속에서 아내에게 사죄하였다. 그것은 네 오해라고…….

나는 사실 밤이 퍽으나 이슥한 줄만 알았던 것이다. 그것이 네 말마따나 자정

전인 줄은 나는 정말이지 꿈에도 몰랐다. 나는 너무 피곤하였었다. 오래간만에 나는 너무 많이 걸은 것이 잘못이다. 내 잘못이라면 잘못은 그것밖에는 없다. 외출은 왜 하였느냐고?

나는 그 머리맡에 저절로 모인 오 원 돈을 아무에게라도 좋으니 주어 보고 싶었던 것이다. 그뿐이다. 그러나 그것도 내 잘못이라면 나는 그렇게 알겠다. 나는 후회하고 있지 않나?

내가 그 오 원 돈을 써 버릴 수가 있었던들 나는 자정 안에 집에 돌아올 수 없었을 것이다. 그러나 거리는 너무 복잡하였고 사람은 너무도 들끓었다. 나는 어느 사람을 붙들고 그 오 원 돈을 내주어야 할지 갈피를 잡을 수가 없었다. 그러는 동안에 나는 여지없이 피곤해 버리고 말았던 것이다.

나는 무엇보다도 좀 쉬고 싶었다. 눕고 싶었다. 그래서 나는 하는 수 없이 집으로 돌아온 것이다. 내 짐작 같아서는 밤이 어지간히 늦은 줄만 알았는데 그것이 불행히도 자정 전이었다는 것은 참 안된 일이다. 미안한 일이다. 나는 얼마든지 사죄하여도 좋다. 그러나 종시 아내의 오해를 풀지 못하였다 하면 내가 이렇게까지 사죄하는 보람은 그럼 어디 있나? 한심하였다.

한 시간 동안을 나는 이렇게 초조하게 굴지 않으면 안 되었다. 나는 이불을 홱 젖혀 버리고 일어나서 장지를 열고 아내 방으로 비칠비칠 달려갔던 것이다. 내게는 거의 의식이라는 것이 없었다. 나는 아내 이불 위에 엎드러지면서 바지 포켓 속에서 그 돈 오 원을 꺼내 아내 손에 쥐어 준 것을 간신히 기억할 뿐이다.

이튿날 잠이 깨었을 때 나는 내 아내 방 아내 이불 속에 있었다. 이것이 이 33번지에서 살기 시작한 이래 내가 아내 방에서 잔 맨 처음이었다.

해가 들창에 훨씬 높았는데 아내는 이미 외출하고 벌써 내 곁에 있지는 않다. 아니! 아내는 엊저녁 내가 의식을 잃은 동안에 외출한 것인지도 모른다. 그러나 나는 그런 것을 조사하고 싶지 않았다. 다만 전신이 찌뿌드드한 것이 손가락 하나 꼼짝할 힘조차 없었다. 책보보다 좀 작은 면적의 볕이 눈이 부시다. 그 속에서 수 없는 먼지가 흡사 미생물처럼 난무한다. 코가 콱 막히는 것 같다. 나는 다시 눈을 감고 이불을 푹 뒤집어쓰고 낮잠을 자기에 착수하였다. 그러나 코를 스치는 아내

의 체취는 꽤 도발적이었다. 나는 몸을 여러 번 여러 번 비비 꼬면서 아내의 화장
대에 늘어선 고 가지각색 화장품 병들과 고 병들의 마개를 뽑았을 때 풍기던 내음
새를 더듬느라고 좀처럼 잠은 들지 않는 것을 나는 어찌하는 수도 없었다.

　견디다 못하여 나는 그만 이불을 걷어차고 벌떡 일어나서 내 방으로 갔다. 내
방에는 다 식어 빠진 내 끼니가 가지런히 놓여 있는 것이다. 아내는 내 모이를 여
기다 주고 나간 것이다. 나는 우선 배가 고팠다. 한 숟갈을 입에 떠넣었을 때 그 촉
감은 참 너무도 냉회와 같이 써늘하였다. 나는 숟갈을 놓고 내 이불 속으로 들어
갔다. 하룻밤을 비워 버린 내 이부자리는 여전히 반갑게 나를 맞아 준다. 나는 내
이불을 뒤집어쓰고 이번에는 참 늘어지게 한잠 잤다. 잘……
　내가 잠을 깨인 것은 전등이 켜진 뒤다. 그러나 아내는 아직도 돌아오지 않았나
보다. 아니! 들어왔다 또 나갔는지도 알 수 없다. 그러나 그런 것을 삼고(三考)하
여 무엇하나?
　정신이 한결 난다. 나는 지난밤 일을 생각해 보았다. 그 돈 오 원을 아내 손에 쥐
어 주고 넘어졌을 때에 느낄 수 있었던 쾌감을 나는 무엇이라고 설명할 수가 없었
다. 그러니 내객들이 내 아내에게 돈 놓고 가는 심리며 내 아내가 내게 돈 놓고 가
는 심리의 비밀을 나는 알아낸 것 같아서 여간 즐거운 것이 아니다. 나는 속으로
빙그레 웃어 보았다. 이런 것을 모르고 오늘까지 지내 온 나 자신이 어떻게 우스
꽝스러워 보이는지 몰랐다. 나는 어깨춤이 났다.
　따라서 나는 또 오늘 밤에도 외출하고 싶었다. 그러나 돈이 없다. 나는 엊저녁
에 그 돈 오 원을 한꺼번에 아내에게 주어 버린 것을 후회하였다. 또 고 벙어리를
변소에 갖다 처넣어 버린 것도 후회하였다. 나는 실없이 실망하면서 습관처럼 그
돈이 들어 있던 내 바지 포켓에 손을 넣어 한 번 휘둘러 보았다. 뜻밖에도 내 손에
쥐어지는 것이 있었다. 이 원밖에 없다. 그러나 많아야 맛은 아니다. 얼마간이고
있으면 된다. 나는 그만한 것이 여간 고마운 것이 아니었다.
　나는 기운을 얻었다. 나는 그 단벌 다 떨어진 코르덴 양복을 걸치고 배고픈 것
도 주제 사나운 것도 다 잊어버리고 활갯짓을 하면서 또 거리로 나섰다. 나서면서

나는 제발 시간이 화살 닫듯 해서 자정이 어서 휙 지나 버렸으면 하고 조바심을 태웠다. 아내에게 돈을 주고 아내 방에서 자 보는 것은 어디까지든지 좋았지만 만일 잘못해서 자정 전에 집에 들어갔다가 아내의 눈총을 맞는 것은 그것은 여간 무서운 일이 아니었다. 나는 저물도록 길가 시계를 들여다보고 들여다보고 하면서 또 지향없이 거리를 방황하였다. 그러나 이날은 좀처럼 피곤하지는 않았다. 다만 시간이 좀 너무 더디게 가는 것만 같아서 안타까웠다.

경성역 시계가 확실히 자정을 지난 것을 본 뒤에 나는 집을 향하였다. 그날은 그 일각대문에서 아내와 아내의 남자가 이야기하고 섰는 것을 만났다. 나는 모른 체하고 두 사람 곁을 지나서 내 방으로 들어갔다. 뒤이어 아내도 들어왔다. 와서는 이 밤중에 평생 안 하던 쓰레질을 하는 것이다. 조금 있다가 아내가 눕는 기척을 엿듣자마자 나는 또 장지를 열고 아내 방으로 가서 그 돈 이 원을 아내 손에 덥석 쥐어 주고 그리고 — 하여간 그 이 원을 오늘 밤에도 쓰지 않고 도로 가져온 것이 참 이상하다는 듯이 아내는 내 얼굴을 몇 번이고 엿보고 — 아내는 드디어 아무 말도 없이 나를 자기 방에 재워 주었다. 나는 이 기쁨을 세상의 무엇과도 바꾸고 싶지는 않았다. 나는 편히 잘 잤다.

이튿날도 내가 잠이 깨었을 때는 아내는 보이지 않았다. 나는 또 내 방으로 가서 피곤한 몸이 낮잠을 잤다.

내가 아내에게 흔들려 깨었을 때는 역시 불이 들어온 뒤였다. 아내는 자기 방으로 나를 오라는 것이다. 이런 일은 또 처음이다. 아내는 끊임없이 얼굴에 미소를 띠고 내 팔을 이끄는 것이다. 나는 이런 아내의 태도 이면에 엔간치 않은 음모가 숨어 있지나 않은가 하고 적이 불안을 느끼지 않을 수 없었다.

나는 아내의 하자는 대로 아내 방으로 끌려갔다. 아내 방에는 저녁 밥상이 조촐하게 차려져 있는 것이다. 생각하여 보면 나는 이틀을 굶었다. 나는 지금 배고픈 것까지도 긴가민가 잊어버리고 어름어름하던 차다.

나는 생각하였다. 이 최후의 만찬을 먹고 나자마자 벼락이 내려도 나는 차라리 후회하지 않을 것을. 사실 나는 인간 세상이 너무나 심심해서 못 견디겠던 차다.

모든 일이 성가시고 귀찮았으나 그러나 불의의 재난이라는 것은 즐거웁다.

나는 마음을 턱 놓고 조용히 아내와 마주이 해괴한 저녁밥을 먹었다. 우리 부부는 이야기하는 법이 없었다. 밥을 먹은 뒤에도 나는 말이 없이 그냥 부스스 일어나서 내 방으로 건너가 버렸다. 아내는 나를 붙잡지 않았다. 나는 벽에 기대어 앉아서 담배를 한 대 피워 물고 그리고 벼락이 떨어질 테거든 어서 떨어져라 하고 기다렸다.

오 분! 십 분!

그러나 벼락은 내리지 않았다. 긴장이 차츰 늘어지기 시작한다. 나는 어느덧 오늘 밤에도 외출할 것을 생각하고 있었다. 돈이 있었으면 하고 생각하고 있었다.

그러나 돈은 확실히 없다. 오늘은 외출하여도 나중에 올 무슨 기쁨이 있나. 나는 앞이 그냥 아뜩하였다. 나는 화가 나서 이불을 뒤집어쓰고 이리 뒹굴 저리 뒹굴 굴렀다. 금시 먹은 밥이 목으로 자꾸 치밀어 올라온다. 메스꺼웠다.

하늘에서 얼마라도 좋으니 왜 지폐가 소낙비처럼 퍼붓지 않나, 그것이 그저 한없이 야속하고 슬펐다. 나는 이렇게밖에 돈을 구하는 아무런 방법도 알지는 못했다. 나는 이불 속에서 좀 울었나 보다. 돈이 왜 없냐면서…….

그랬더니 아내가 또 내 방에를 왔다. 나는 깜짝 놀라 아마 인제서야 벼락이 내리려나 보다 하고 숨을 죽이고 두꺼비 모양으로 엎디어 있었다. 그러나 떨어진 입을 새어 나오는 아내의 말소리는 참 부드러웠다. 정다웠다. 아내는 내가 왜 우는지를 안다는 것이다. 돈이 없어서 그러는 게 아니냔다. 나는 실없이 깜짝 놀랐다. 어떻게 저렇게 사람의 속을 환하게 들여다보는구 해서 나는 한편으로 슬그머니 겁도 안 나는 것은 아니었으나 저렇게 말하는 것을 보면 아마 내게 돈을 줄 생각이 있나 보다, 만일 그렇다면 오죽이나 좋은 일일까. 나는 이불 속에 뚤뚤 말린 채 고개도 들지 않고 아내의 다음 거동을 기다리고 있으니까, 옜소 ─ 하고 내 머리 맡에 내려뜨리는 것은 그 가뿐한 음향으로 보아 지폐에 틀림없었다. 그리고 내 귀에다 대고, 오늘일랑 어제보다도 좀더 늦게 들어와도 좋다고 속삭이는 것이다. 그 것은 어렵지 않다. 우선 그 돈이 무엇보다도 고맙고 반가웠다.

어쨌든 나섰다. 나는 좀 야맹증이다. 그래서 될 수 있는 대로 밝은 거리를 골라서 돌아다니기로 했다. 그리고는 경성역 일이등 대합실 한곁 티룸에를 들렀다. 그것은 내게는 큰 발견이었다. 거기는 우선 아무도 아는 사람이 안 온다. 설사 왔다가도 곧 가니까 좋다. 나는 날마다 여기 와서 시간을 보내리라 속으로 생각하여 두었다.

제일 여기 시계가 어느 시계보다도 정확하리라는 것이 좋았다. 섣불리 서투른 시계를 보고 그것을 믿고 시간 전에 집에 돌아갔다가 큰코를 다쳐서는 안 된다.

나는 한 부스에 아무것도 없는 것과 마주 앉아서 잘 끓은 커피를 마셨다. 총총한 가운데 여객들은 그래도 한 잔 커피가 즐거운가 보다. 얼른얼른 마시고 무얼 좀 생각하는 것같이 담벼락도 좀 쳐다보고 하다가 곧 나가 버린다. 서글프다. 그러나 내게는 이 서글픈 분위기가 거리의 티룸들의 그 거추장스러운 분위기보다는 절실하고 마음에 들었다. 이따금 들리는 날카로운 혹은 우렁찬 기적 소리가 모차르트보다도 더 가깝다. 나는 메뉴에 적힌 몇 가지 안 되는 음식 이름을 치읽고 내리읽고 여러 번 읽었다. 그것들은 아물아물한 것이 어딘가 내 어렸을 때 동무들 이름과 비슷한 데가 있었다.

거기서 얼마나 내가 오래 앉았는지 정신이 오락가락하는 중에, 객이 슬며시 뜸해지면서 이 구석 저 구석 걷어치우기 시작하는 것을 보면 아마 닫을 시간이 된 모양이다. 열한시가 좀 지났구나, 여기도 결코 내 안주의 곳은 아니구나, 어디 가서 자정을 넘길까, 두루 걱정을 하면서 나는 밖으로 나섰다. 비가 온다. 빗발이 제법 굵은 것이 우비도 우산도 없는 나를 고생을 시킬 작정이다. 그렇다고 이런 괴이한 풍모를 차리고 이 홀에서 어물어물하는 수는 없고, 에이 비를 맞으면 맞았지 하고 나는 그냥 나서 버렸다.

대단히 선선해서 견딜 수가 없다. 코르덴 옷이 젖기 시작하더니 나중에는 속속들이 스며들면서 처근거린다. 비를 맞아 가면서라도 견딜 수 있는 데까지 거리를 돌아다녀서 시간을 보내려 하였으나 인제는 선선해서 이 이상은 더 견딜 수가 없다. 오한이 자꾸 일어나면서 이가 딱딱 맞부딪는다.

나는 걸음을 재우치면서 생각하였다. 오늘 같은 궂은 날도 아내에게 내객이 있을라구, 없겠지, 하는 생각이 드는 것이다. 집으로 가야겠다. 아내에게 불행히 내객이 있거든 내 사정을 하리라. 사정을 하면 이렇게 비가 오는 것을 눈으로 보고 알아주겠지.

부리나케 와 보니까 그러나 아내에게는 내객이 있었다. 나는 그만 너무 춥고 척척해서 얼떨김에 노크하는 것을 잊었다. 그래서 나는 보면 아내가 좀 덜 좋아할 것을 그만 보았다. 나는 감발 자국 같은 발자국을 내면서 덤벙덤벙 아내 방을 디디고 그리고 내 방으로 가서 쭉 빠진 옷을 활활 벗어 버리고 이불을 뒤썼다. 덜덜 덜덜 떨린다. 오한이 점점 더 심해 들어온다. 여전 땅이 꺼져 들어가는 것만 같았다. 나는 그만 의식을 잃어버리고 말았다.

이튿날 내가 눈을 떴을 때 아내는 내 머리맡에 앉아서 제법 근심스러운 얼굴이다. 나는 감기가 들었다. 여전히 으스스 춥고 또 골치가 아프고 입에 군침이 도는 것이 씁쓸하면서 다리 팔이 척 늘어져서 노곤하다.

아내는 내 머리를 쓱 짚어 보더니 약을 먹어야지 한다. 아내 손이 이마에 선뜩한 것을 보면 신열이 어지간한 모양인데, 약을 먹는다면 해열제를 먹어야 하고 속생각을 하자니까 아내는 따뜻한 물에 하얀 정제약 네 개를 준다. 이것을 먹고 한잠 푹 자고 나면 괜찮다는 것이다. 나는 널름 받아 먹었다. 쌉싸름한 것이 짐작 같아서는 아마 아스피린인가 싶다. 나는 다시 이불을 쓰고 단번에 그냥 죽은 것처럼 잠이 들어 버렸다.

나는 콧물을 훌쩍훌쩍하면서 여러 날을 앓았다. 앓는 동안에 끊이지 않고 그 정제약을 먹었다. 그러는 동안에 감기도 나았다. 그러나 입맛은 여전히 소태처럼 썼다.

나는 차츰 또 외출하고 싶은 생각이 났다. 그러나 아내는 나더러 외출하지 말라고 이르는 것이다. 이 약을 날마다 먹고 그리고 가만히 누워 있으라는 것이다. 공연히 외출을 하다가 이렇게 감기가 들어서 저를 고생을 시키는 게 아니냐다. 그도 그렇다. 그럼 외출을 하지 않겠다고 맹세하고 그 약을 연복(連服)하여 몸을 좀 보해 보리라고 나는 생각하였다.

나는 날마다 이불을 뒤집어쓰고 밤이나 낮이나 잤다. 유난스럽게 밤이나 낮이나 졸려서 견딜 수가 없는 것이다. 나는 이렇게 잠이 자꾸만 오는 것은 내가 몸이 훨씬 튼튼해진 증거라고 굳게 믿었다.

나는 아마 한 달이나 이렇게 지냈나 보다. 내 머리와 수염이 좀 너무 자라서 후 틋해서 견딜 수가 없어서 내 거울을 좀 보리라고 아내가 외출한 틈을 타서 나는 아내 방으로 가서 아내의 화장대 앞에 앉아 보았다. 상당하다. 수염과 머리가 참 산란하였다. 오늘은 이발을 좀 하리라 생각하고 겸사겸사 고 화장품 병들 마개를 뽑고 이것저것 맡아 보았다. 한동안 잊어버렸던 향기 가운데서는 몸이 배배 꼬일 것 같은 체취가 전해 나왔다. 나는 아내의 이름을 속으로만 한 번 불러 보았다. '연심(蓮心)이' 하고…….

오래간만에 돋보기 장난도 하였다. 거울 장난도 하였다. 창에 든 볕이 여간 따 뜻한 것이 아니었다. 생각하면 오월이 아니냐.

나는 커다랗게 기지개를 한 번 켜보고 아내 베개를 내려 베고 벌떡 자빠져서는 이렇게도 편안하고도 즐거운 세월을 하느님께 흠썩 자랑하여 주고 싶었다. 나는 참 세상의 아무것과도 교섭을 가지지 않는다. 하느님도 아마 나를 칭찬할 수도 처 벌할 수도 없는 것 같다.

그러나 다음 순간, 실로 세상에도 이상스러운 것이 눈에 띄었다. 그것은 최면약 아달린 갑이었다. 나는 그것을 아내의 화장대 밑에서 발견하고 그것이 흡사 아스 피린처럼 생겼다고 느꼈다. 나는 그것을 열어 보았다. 똑 네 개가 비었다.

나는 오늘 아침에 네 개의 아스피린을 먹은 것을 기억하고 있었다. 나는 잤다. 어제도 그제도 그끄제도 ─ 나는 졸려서 견딜 수가 없었다. 나는 감기가 다 나았 는데도 아내는 내게 아스피린을 주었다. 내가 잠이 든 동안에 이웃에 불이 난 일 이 있다. 그때에도 나는 자느라고 몰랐다. 이렇게 나는 잤다. 나는 아스피린으로 알고 그럼 한 달 동안을 두고 아달린을 먹어 온 것이다. 이것은 좀 너무 심하다.

별안간 아뜩하더니 하마터면 나는 까무러칠 뻔하였다. 나는 그 아달린을 주머 니에 넣고 집을 나섰다. 그리고 산을 찾아 올라갔다. 인간 세상의 아무것도 보기 가 싫었던 것이다. 걸으면서 나는 아무쪼록 아내에 관계되는 일은 일체 생각하지 않도록 노력하였다. 길에서 까무러치기 쉬우니까다. 나는 어디라도 양지가 바른 자리를 하나 골라서 자리를 잡아 가지고 서서히 아내에 관하여서 연구할 작정이었다. 나는 길가의 돌창펀, 구경도 못한 진개나리꽃, 종달새, 돌멩이도 새끼를 까는 이야기, 이런 것만 생각하였다. 다행히 길가에서 나는 졸도하지 않았다.

거기는 벤치가 있었다. 나는 거기 정좌하고 그리고 그 아스피린과 아달린에 관하여 연구하였다. 그러나 머리가 도무지 혼란하여 생각이 체계를 이루지 않는다. 단 오 분이 못 가서 나는 그만 귀찮은 생각이 번쩍 들면서 심술이 났다. 나는 주머니에서 가지고 온 아달린을 꺼내 남은 여섯 개를 한꺼번에 질경질경 씹어 먹어 버렸다. 맛이 익살맞다. 그리고 나서 나는 그 벤치 위에 가로 기다랗게 누웠다. 무슨 생각으로 내가 그 따위 짓을 했나? 알 수가 없다. 그저 그러고 싶었다. 나는 게서 그냥 깊이 잠이 들었다. 잠결에도 바위 틈을 흐르는 물소리가 졸졸 하고 귀에 언제까지나 어렴풋이 들려 왔다.

내가 잠을 깨었을 때는 날이 환 ― 히 밝은 뒤다. 나는 거기서 일주야를 잔 것이다. 풍경이 그냥 노 ― 랗게 보인다. 그 속에서도 나는 번개처럼 아스피린과 아달린이 생각났다.

아스피린, 아달린, 아스피린, 아달린, 맑스, 말사스, 마도로스, 아스피린, 아달린.

아내는 한 달 동안 아달린을 아스피린이라고 속이고 내게 먹였다. 그것은 아내 방에서 이 아달린 갑이 발견된 것으로 미루어 증거가 너무나 확실하다.

무슨 목적으로 아내는 나를 밤이나 낮이나 재웠어야 됐나?

나를 밤이나 낮이나 재워 놓고 그리고 아내는 내가 자는 동안에 무슨 짓을 했나?

나를 조금씩 조금씩 죽이려던 것일까?

그러나 또 생각하여 보면, 내가 한 달을 두고 먹어 온 것은 아스피린이었는지도 모른다. 아내는 무슨 근심되는 일이 있어서 밤이면 잠이 잘 오지 않아서 정작 아내가 아달린을 사용한 것이나 아닌지, 그렇다면 나는 참 미안하다. 나는 아내에게 이렇게 큰 의혹을 가졌다는 것이 참 안됐다.

나는 그래서 부리나케 거기서 내려왔다. 아랫도리가 화화 내어저이면서 어찔어찔한 것을 나는 겨우 집을 항하여 걸었다. 여덟시 가까이였다.

나는 내 잘못된 생각을 죄다 일러바치고 아내에게 사죄하려는 것이다. 나는 너무 급해서 그만 또 말을 잊어버렸다.

그랬더니 이건 참 너무 큰일났다. 나는 내 눈으로는 절대로 보아서 안 될 것을 그만 딱 보아 버리고 만 것이다. 나는 얼떨결에 그만 냉큼 미닫이를 닫고 그리고 현기증이 나는 것을 진정시키느라고 잠깐 고개를 숙이고 눈을 감고 기둥을 짚고 섰자니까 일 초 여유도 없이 홱 미닫이가 다시 열리더니 매무새를 풀어헤친 아내가 불쑥 내밀면서 내 멱살을 잡는 것이다. 나는 그만 어지러워서 게서 그냥 나동그라졌다. 그랬더니 아내는 넘어진 내 위에 덮치면서 내 살을 함부로 물어뜯는 것이다. 아파 죽겠다. 나는 사실 반항할 의사도 힘도 없어서 그냥 넙죽 엎디어 있으면서 어떻게 되나 보고 있자니까 뒤이어 남자가 나오는 것 같더니 아내를 한아름에 덥석 안아 가지고 방으로 들어가는 것이다. 아내는 아무 말 없이 다소곳이 그렇게 안겨 들어가는 것이 내 눈에 여간 미운 것이 아니다. 밉다.

아내는 너 밤새워 가면서 도둑질하러 다니느냐, 계집질하러 다니느냐고 발악이다. 이것은 참 너무 억울하다. 나는 어안이 벙벙하여 도무지 입이 떨어지지를 않았다.

너는 그야말로 나를 살해하려던 것이 아니냐고 소리를 한 번 꽥 질러 보고도 싶었으나 그런 긴가민가한 소리를 섣불리 입 밖에 내었다가는 무슨 화를 볼는지 알 수 있나. 차라리 억울하지만 잠자코 있는 것이 우선 상책인 듯싶이 생각이 들길래 나는 이것은 또 무슨 생각으로 그랬는지 모르지만 툭툭 털고 일어나서 내 바지 포켓 속에 남은 돈 몇 원 몇십 전을 가만히 꺼내서는 몰래 미닫이를 열고 살며시 문지방 밑에다 놓고 나서는 그냥 줄달음박질을 쳐서 나와 버렸다.

여러 번 자동차에 치일 뻔하면서 나는 그대로 경성역을 찾아갔다. 빈자리와 마주 앉아서 이 쓰디쓴 입맛을 거두기 위하여 무엇으로나 입가심을 하고 싶었다.

커피. 좋다. 그러나 경성역 홀에 한걸음을 들여놓았을 때 나는 내 주머니에는 돈이 한푼도 없는 것을, 그것을 깜빡 잊었던 것을 깨달았다. 또 아뜩하였다. 나는 어디선가 그저 맥없이 머뭇머뭇하면서 어쩔 줄을 모를 뿐이었다. 얼빠진 사람처럼 그저 이리 갔다 저리 갔다 하면서…….

나는 어디로 어디로 들입다 쏘다녔는지 하나도 모른다. 다만 몇 시간 후에 내가 미쓰꼬시 옥상에 있는 것을 깨달았을 때는 거의 대낮이었다.

나는 거기 아무 데나 주저앉아서 내 자라 온 스물여섯 해를 회고하여 보았다. 몽롱한 기억 속에서는 이렇다는 아무 제목도 불그러져 나오지 않았다.

나는 또 나 자신에게 물어 보았다. 너는 인생에 무슨 욕심이 있느냐고. 그러나 있다고도 없다고도, 그런 대답은 하기가 싫었다. 나는 거의 나 자신의 존재를 인식하기조차도 어려웠다.

허리를 굽혀서 나는 그저 금붕어나 들여다보고 있었다. 금붕어는 참 잘들도 생겼다. 작은 놈은 작은 놈대로 큰 놈은 큰 놈대로 다 싱싱하니 보기 좋았다. 내리비치는 오월 햇살에 금붕어들은 그릇 바탕에 그림자를 내려뜨렸다. 지느러미는 하늘하늘 손수건을 흔드는 흉내를 낸다. 나는 이 지느러미 수효를 헤어 보기도 하면서 굽힌 허리를 좀처럼 펴지 않았다. 등허리가 따뜻하다.

나는 또 회탁의 거리를 내려다보았다. 거기서는 피곤한 생활이 똑 금붕어 지느러미처럼 흐늑흐늑 허비적거렸다. 눈에 보이지 않는 끈적끈적한 줄에 엉켜서 헤어나지들을 못한다. 나는 피로와 공복 때문에 무너져 들어가는 몸뚱이를 끌고 그 회탁의 거리 속으로 섞여 들어가지 않는 수도 없다 생각하였다.

나서서 나는 또 문득 생각하여 보았다. 이 발길이 지금 어디로 향하여 가는 것인가를……

그때 내 눈앞에는 아내의 모가지가 벼락처럼 내려 떨어졌다. 아스피린과 아달린.

우리들은 서로 오해하고 있느니라. 설마 아내가 아스피린 대신에 아달린 정량을 나에게 먹여 왔을까? 나는 그것을 믿을 수가 없다. 아내가 대체 그럴 까닭이 없을 것이니 그러면 나는 날밤을 새면서 도적질을, 계집질을 하였나? 정말이지 아니다.

우리 부부는 숙명적으로 발이 맞지 않는 절름발이인 것이다. 내가 아내나 제 거동에 로직(논리)을 붙일 필요는 없다. 변해(辯解)할 필요도 없다. 사실은 사실대로 오해는 오해대로 그저 끝없이 발을 절뚝거리면서 세상을 걸어가면 되는 것이다.

그렇지 않을까?

　그러나 나는 이 발길이 아내에게로 돌아가야 옳은가 이것만은 분간하기가 좀 어려웠다. 가야 하나? 그럼 어디로 가나?

　이때 뚜 ― 하고 정오 사이렌이 울렸다. 사람들은 모두 네 활개를 펴고 닭처럼 푸드덕거리는 것 같고 온갖 유리와 강철과 대리석과 지폐와 잉크가 부글부글 끓고 수선을 떨고 하는 것 같은 찰나, 그야말로 현란을 극한 정오다.

　나는 불현듯이 겨드랑이가 가렵다. 아하 그것은 내 인공의 날개가 돋았던 자국이다. 오늘은 없는 이 날개, 머릿속에서는 희망과 야심의 말소된 페이지가 딕셔너리(사전) 넘어가듯 번뜩였다.

　나는 걷던 걸음을 멈추고 그리고 어디 한번 이렇게 외쳐 보고 싶었다.

　날개야 다시 돋아라.

　날자. 날자. 날자. 한 번만 더 날자꾸나.

　한 번만 더 날아 보자꾸나.

07••••
메밀꽃 필 무렵

이효석(李孝石, 1907~1942) ●● 강원도 평창에서 출생했다.
호는 가산(可山). 경성제일 고등 보통학교를 거쳐 1930년 경성 제국대학 법문학부 영문
학과를 졸업하였다.
1925년 매일신보 신춘문예에 시 〈봄〉이 선외 가작으로 뽑힌 일이 있으나 정식으로 문학
활동을 시작한 것은 1928년에 〈도시와 유령〉부터이다. 대학을 졸업한 뒤 1931년 이경
원과 혼인하였으나 취직을 못하여 경제적으로 곤란을 당하던 중 일본인 은사의 주선으
로 조선 총독부 경무국 검열계에 취직하여 주위의 지탄을 받았다. 처가가 있는 경성으로
내려가 그 곳 경성 농업학교 영어 교사로 부임하였다.
1940년에 상처를 하고 거기에 아이마저 잃은 뒤 극심한 실의에 빠져 만주 등지를 돌아
다니다가 돌아왔다.
이때부터 건강을 해치고 따라서 작품 활동도 활발하지 못했다. 1942년 뇌막염으로 병
석에 눕게 되고 20여일 후 36세로 요절하였다.
대표 작품은 〈노령 근해〉〈수탉〉〈화분〉〈산〉〈들〉〈석류〉〈장미 병들다〉〈해바라기〉 등
이 있다.

07 메밀꽃 필 무렵

이효석

1.

여름장이란 애시당초에 글러서, 해는 아직 중천에 있건만 장판은 벌써 쓸쓸하고 더운 햇발이 벌려 놓은 전 휘장 밑으로 등줄기를 훅훅 볶는다. 마을 사람들은 거지 반 돌아간 뒤요, 팔리지 못한 나무꾼패가 길거리에 궁싯거리고들 있으나 석유병이나 받고 고깃마리나 사면 족할 이 축들을 바라고 언제까지든지 버티고 있을 법은 없다. 춥춥스럽게 날아드는 파리 떼도 장난꾼 각다귀들도 귀치않다. 얼금뱅이요 왼손잡이인 드팀전의 허생원은 기어코 동업의 조선달을 나꾸어 보았다.

"그만 걷을까?"

"잘 생각했네. 봉평 장에서 한 번이나 흐뭇하게 사 본 일 있었을까. 내일 대화 장에서나 한몫 벌어야겠네."

"오늘 밤은 밤을 새서 걸어야 될걸."

"달이 뜨렸다."

절렁절렁 소리를 내며 조선달이 그 날 산 돈을 따지는 것을 보고 허생원은 말뚝에서 넓은 휘장을 걷고 벌여놓았던 물건을 거두기 시작하였다. 무명 필과 주단바리가 두 고리짝에 꼭 찼다. 멍석 위에는 천 조각이 어수선하게 남았다.

다른 축들도 벌써 거진 전들을 걷고 있었다. 약빠르게 떠나는 패도 있었다. 어물장수도 땜장이도 엿장수도 생강장수도 꼴들이 보이지 않았다. 내일은 진부와 대화에 장이 선다. 축들은 그 어느 쪽으로든지 밤을 새며 육칠십 리 밤길을 타박거리지 않으면 안 된다. 장판은 잔치 뒷마당같이 어수선하게 벌어지고 술집에서는 싸움이 터져 있었다. 주정꾼 욕지거리에 섞여 계집의 앙칼진 목소리가 찢어졌다. 장날 저녁은 정해 놓고 계집의 고함소리로 시작되는 것이다.

"생원, 시침을 떼두 다 아네…… 충줏집 말야."

계집 목소리로 문득 생각난 듯이 조선달은 비죽이 웃는다.

"화중지병이지. 연소패들을 적수로 하구야 대거리가 돼야 말이지."

"그렇지두 않을걸. 축들이 사족을 못 쓰는 것두 사실은 사실이나, 아무리 그렇다곤 해두 왜 그 동이 말일세, 감쪽같이 충줏집을 후린 눈치거든."

"무어 그 애숭이가? 물건 가지고 낚었나 부지. 착실한 녀석인 줄 알았더니."

"그 길만은 알 수 있나…… 궁리 말구 가보세나그려. 내 한턱 씀세."

그다지 마음이 당기지 않는 것을 쫓아갔다. 허생원은 계집과는 연분이 멀었다. 얼금뱅이 상판을 쳐들고 대어 설 숫기도 없었으나 계집 편에서 정을 보낸 적도 없었고, 쓸쓸하고 뒤틀린 반생이었다. 충줏집을 생각만 하여도 철없이 얼굴이 붉어지고 발밑이 떨리고 그 자리에 소스라쳐 버린다. 충줏집 문을 들어서 술좌석에서 짜장 동이를 만났을 때에는 어찌 된 서슬엔지 발끈 화가 나버렸다. 상 위에 붉은 얼굴을 쳐들고 제법 계집과 농탕치는 것을 보고서야 견딜 수 없었던 것이다. 녀석이 제법 난질꾼인데 꼴사납다. 머리에 피도 안 마른 녀석이 낮부터 술 처먹고 계집과 농탕이야. 장돌뱅이 망신만 시키고 돌아다니누나. 그 꼴에 우리들과 한몫 보자는 셈이지. 동이 앞에 막아서면서부터 책망이었다. 걱정두 팔자요 하는 듯이 빤히 쳐다보는 상기된 눈망울에 부딪칠 때, 결김에 따귀를 하나 갈겨 주지 않고는 배길 수 없었다. 동이도 화를 쓰고 팩하게 일어서기는 하였으나, 허생원은 조금도 동색 하는 법 없이 마음먹은 대로는 다 지껄였다 ― 어디서 주워 먹은 선머슴인지는 모르겠으나, 네게도 아비 어미 있겠지. 그 사나운 꼴 보면 맘 좋겠다. 장사란 탐탁하게 해야 되지, 계집이 다 무어야, 나가거라, 냉큼 꼴 치워.

그러나 한마디도 대거리하지 않고 하염없이 나가는 꼴을 보려니, 도리어 측은히 여겨졌다. 아직도 서름서름한 사인데 너무 과하지 않았을까 하고 마음이 섬뜩해졌다. 주제도 넘지, 같은 술손님이면서도 아무리 젊다고 자식 낳게 되는 것을 붙들고 치고 닦아 세울 것은 무어야, 원. 충줏집은 입술을 쫑긋하고 술 붓는 솜씨도 거칠었으나, 젊은 애들한테는 그것이 약이 된다나 하고 그 자리는 조선달이 얼버무려 넘겼다. 너 녀석한테 반했지? 애숭이를 빨면 죄 된다. 한참 법석을 친 후이다. 담도 생긴 데다가 웬일인지 흠뻑 취해 보고 싶은 생각도 있어서 허생원은 주는 술잔이면 거의 다 들이켰다. 거나해짐을 따라 계집 생각보다도 동이의 뒷일이 한결같이 궁금해졌다. 내 꼴에 계집을 가로채서는 어떡할 작정이었누 하고 어리석은 꼬락서니를 모질게 책망하는 마음도 한편에 있었다. 그러기 때문에 얼마나 지난 뒤인지 동이가 헐레벌떡거리며 황급히 부르러 왔을 때에는, 마시던 잔을 그 자리에 던지고 정신없이 허덕이며 충줏집을 뛰어나간 것이었다.

"생원 당나귀가 바를 끊구 야단이에요."

"각다귀들 장난이지 필연코."

짐승도 짐승이려니와 동이의 마음씨가 가슴을 울렸다. 뒤를 따라 장판을 달음질 하려니 거슴츠레한 눈이 뜨거워질 것 같다.

"부락스런 녀석들이라 어쩌는 수 있어야죠."

"나귀를 몹시 구는 녀석들은 그냥 두지는 않는걸."

반평생을 같이 지내 온 짐승이었다. 같은 주막에서 잠자고, 같은 달빛에 젖으면서 장에서 장으로 걸어다니는 동안에 이십 년의 세월이 사람과 짐승을 함께 늙게 하였다. 까스러진 목 뒤 털은 주인의 머리털과도 같이 바스러지고, 개진개진 젖은 눈은 주인의 눈과 같이 눈꼽을 흘렸다. 몽당비처럼 짧게 쓸리운 꼬리는, 파리를 쫓으려고 기껏 휘저어 보아야 벌써 다리까지는 닿지 않았다. 닳아 없어진 굽을 몇 번이나 도려내고 새 철을 신겼는지 모른다. 굽은 벌써 더 자라나기는 틀렸고 닳아 버린 철 사이로는 피가 빼짓이 흘렀다. 냄새만 맡고도 주인을 분간하였다. 호소하는 목소리로 야단스럽게 울며 반겨한다.

어린아이를 달래듯이 목덜미를 어루만져 주니 나귀는 코를 벌름거리고 입을 투르르거렸다. 콧물이 튀었다. 허생원은 짐승 때문에 속도 무던히는 썩었다. 아이들의 장난이 심한 눈치여서 땀 밴 몸뚱어리가 부들부들 떨리고 좀체 흥분이 식지 않는 모양이었다. 굴레가 벗어지고 안장도 떨어졌다. 요 몹쓸 자식들, 하고 허생원은 호령을 하였으나 패들은 벌써 줄행랑을 논 뒤요 몇 남지 않은 아이들이 호령에 놀라 비슬비슬 멀어졌다.

"우리들 장난이 아니우. 암놈을 보고 저 혼자 발광이지."

코흘리개 한 녀석이 멀리서 소리를 쳤다.

"고 녀석 말투가……."

"김첨지 당나귀가 가버리니까 왼통 흙을 차고 거품을 흘리면서 미친 소같이 날뛰는걸. 꼴이 우스워 우리는 보고만 있었다우. 배를 좀 보지."

아이는 앵돌아진 투로 소리를 치며 깔깔 웃었다. 허생원은 모르는 결에 낯이 뜨거워졌다. 뭇 시선을 막으려고 그는 짐승의 배 앞을 가리워 서지 않으면 안 되었다.

"늙은 주제에 암샘을 내는 셈야, 저놈의 짐승이."

아이의 웃음 소리에 허생원은 주춤하면서 기어코 견딜 수 없어 채찍을 들더니 아이를 쫓았다.

"쫓으려거든 쫓아 보지. 왼손잡이가 사람을 때려."

줄달음에 달아나는 각다귀에는 당하는 재주가 없었다. 왼손잡이는 아이 하나도 후릴 수 없다. 그만 채찍을 던졌다. 술기도 돌아 몸이 유난스럽게 화끈거렸다.

"그만 떠나세. 녀석들과 어울리다가는 한이 없어. 장판의 각다귀들이란 어른보다도 더 무서운 것들인걸."

조선달과 동이는 각각 제 나귀에 안장을 얹고 짐을 싣기 시작하였다. 해가 꽤 많이 기울어진 모양이었다.

드팀전 장돌이를 시작한 지 이십 년이나 되어도 허생원은 봉평 장을 빼논 적은 드물었다. 충주 제천 등의 이웃 군에도 가고, 멀리 영남지방도 헤매이기는 하였으나 강릉쯤에 물건하러 가는 외에는 처음부터 끝까지 군내를 돌아다녔다. 닷새만큼씩의 장날에는 달보다도 확실하게 면에서 면으로 건너간다. 고향이 청주라고 자랑삼아 말하였으나 고향에 돌보러 간 일도 있는 것 같지는 않았다. 장에서 장으로 가는 길의 아름다운 강산이 그대로 그에게는 그리운 고향이었다. 반날 동안이나 뚜벅뚜벅 걷고 장터 있는 마을에 거지반 가까웠을 때, 거친 나귀가 한바탕 우렁차게 울면 ― 더구나 그것이 저녁녘이어서 등불들이 어둠 속에 깜박거릴 무렵이면 늘 당하는 것이건만 허생원은 변치 않고 언제든지 가슴이 뛰놀았다.

젊은 시절에는 알뜰하게 벌어 돈푼이나 모아 본 적도 있기는 있었으나, 읍내에 백중이 열린 해 호탕스럽게 놀고 투전을 하여 사흘 동안에 다 털어 버렸다. 나귀까지 팔게 된 판이었으나 애끓는 정분에 그것만은 이를 물고 단념하였다. 결국 도로아미타불로 장돌이를 다시 시작할 수밖에는 없었다. 짐승을 데리고 읍내를 도망해 나왔을 때에는 너를 팔지 않기 다행이었다고 길가에서 울면서 짐승의 등을 어루만졌던 것이었다. 빚을 지기 시작하니 재산을 모을 염은 당초에 틀리고 간신히 입에 풀칠을 하러 장에서 장으로 돌아다니게 되었다.

호탕스럽게 놀았다고는 하여도 계집 하나 후려 보지는 못하였다. 계집이란 쌀쌀하고 매정한 것이었다. 평생 인연이 없는 것이라고 신세가 서글퍼졌다. 일신에 가까운 것이라고는 언제나 변함없는 한 필의 당나귀였다.

그렇다고는 하여도 꼭 한 번의 첫 일을 잊을 수는 없었다. 뒤에도 처음에도 없는 단 한 번의 괴이한 인연! 봉평에 다니기 시작한 젊은 시절의 일이었으나 그것을 생각할 적만은 그도 산 보람을 느꼈다.

"달밤이었으나 어떻게 해서 그렇게 됐는지 지금 생각해도 도무지 알 수는 없어."

허생원은 오늘 밤도 또 그 이야기를 끄집어내려는 것이다. 조선달은 친구가 된 이래 귀에 못이 박히도록 들어 왔다. 그렇다고 싫증을 낼 수도 없었으나 허생원은 시침을 떼고 되풀이할 대로는 되풀이하고야 말았다.

"달밤에는 그런 이야기가 격에 맞거든."

조선달 편을 바라는 보았으나 물론 미안해서가 아니라 달빛에 감동하여서였다. 이지러는 졌으나 보름을 가제 지난 달은 부드러운 빛을 흐뭇이 흘리고 있다. 대화까지는 칠십 리의 밤길, 고개를 둘이나 넘고 개울을 하나 건너고 벌판과 산길을 걸어야 된다. 달은 지금 긴 산허리에 걸려 있다. 밤중을 지난 무렵인지 죽은 듯이 고요한 속에서 짐승 같은 달의 숨소리가 손에 잡힐 듯이 들리며, 콩포기와 옥수수 잎새가 한층 달에 푸르게 젖었다. 산허리는 온통 메밀밭이어서 피기 시작한 꽃이 소금을 뿌린 듯이 흐뭇한 달빛에 숨이 막힐 지경이다. 붉은 대궁이 향기같이 애잔하고 나귀들의 걸음도 시원하다. 길이 좁은 까닭에 세 사람은 나귀를 타고 외줄로 늘어섰다. 방울 소리가 시원스럽게 딸랑딸랑 메밀밭께로 흘러간다. 앞장선 허생원의 이야기 소리는 꽁무니에 선 동이에게는 확적히는 안 들렸으나, 그는 그대로 개운한 제 멋에 적적하지는 않았다.

"장 선 꼭 이런 날 밤이었네. 객줏집 토방이란 무더워서 잠이 들어야지. 밤중은 돼서 혼자 일어나 개울가에 목욕하러 나갔지. 봉평은 지금이나 그제나 마찬가지나 보이는 곳마다 메밀밭이어서 개울가가 어디 없이 하얀 꽃이야. 돌밭에 벗어도 좋을 것을, 달이 너무도 밝은 까닭에 옷을 벗으러 물방앗간으로 들어가지 않았나. 이상한 일도 많지. 거기서 난데없는 성서방네 처녀와 마주쳤단 말이네. 봉평서야 제일 가는 일색이었지."

"팔자에 있었나 부지."

"아무렴."

하고 응답하면서 말머리를 아끼는 듯이 한참이나 담배를 빨 뿐이었다. 구수한 자줏빛 연기가 밤기운 속에 흘러서는 녹았다.

"날 기다린 것은 아니었으나 그렇다고 달리 기다리는 놈팽이가 있는 것두 아니었네. 처녀는 울고 있단 말야. 짐작은 대고 있으나 성서방네는 한창 어려워서 들고 날 판인 때였지. 한집안 일이니 딸에겐들 걱정이 없을 리 있겠나. 좋은 데만 있으면 시집도 보내련만 시집은 죽어도 싫다지…… 그러나 처녀란 울 때같이 정을 끄는 때가 있을까. 처음에는 놀라기도 한 눈치였으나 걱정 있을 때는 누그러지기도 쉬운 듯해서 이럭저럭 이야기가 되었네…… 생각하면 무섭고도 기막힌 밤이었어."

"제천인지로 줄행랑을 놓은 건 그 다음날이렸다?"

"다음 장도막에는 벌써 온 집안이 사라진 뒤였네. 장판은 소문에 발끈 뒤집혀 고작해야 술집에 팔려가기가 상수라고 처녀의 뒷공론이 자자들 하단 말이야. 제천 장판을 몇 번이나 뒤졌겠나. 하나 처녀의 꼴은 꿩 궈 먹은 자리야. 첫날 밤이 마지막 밤이었지. 그때부터 봉평이 마음에 든 것이 반평생을 두고 다니게 되었네. 반평생인들 잊을 수 있겠나."

"수 좋았지. 그렇게 신통한 일이란 쉽지 않어. 항용 못난 것 얻어 새끼 낳고, 걱정 늘고 생각만 해두 진저리나지…… 그러나 늘그막바지까지 장돌뱅이로 지내기도 힘드는 노릇 아닌가? 난 가을까지만 하구 이 생애와두 하직하려네. 대화쯤에 조그만 전방이나 하나 벌이구 식구들을 부르겠어. 사시장철 뚜벅뚜벅 걷기란 여간이래야지."

"옛 처녀나 만나면 같이나 살까…… 난 거꾸러질 때까지 이 길 걷고 저 달 볼 테야."

산길을 벗어나니 큰길로 틔어졌다. 꽁무니의 동이도 앞으로 나서 나귀들은 가로 늘어섰다.

"총각두 젊겠다, 지금이 한창 시절이렷다. 충줏집에서는 그만 실수를 해서 그 꼴이 되었으나 설게 생각 말게."

"천만에요. 되려 부끄러워요. 계집이란 지금 웬 제격인가요. 자나깨나 어머니 생각뿐인데요."

허생원의 이야기로 실심해한 끝이라 동이의 어조는 한풀 수그러진 것이었다.

"아비 어미란 말에 가슴이 터지는 것도 같았으나 제겐 아버지가 없어요. 피붙이라고는 어머니 하나뿐인걸요."

"돌아가셨나?"

"당초부터 없어요."

"그런 법이 세상에."

생원과 선달이 야단스럽게 껄껄들 웃으니, 동이는 정색하고 우길 수밖에는 없었다.

"부끄러워서 말하지 않으려 했으나 정말예요. 제천 촌에서 달도 차지 않은 아이를 낳고 어머니는 집을 쫓겨났죠. 우스운 이야기나, 그러기 때문에 지금까지 아버지 얼굴도 본 적 없고, 있는 고장도 모르고 지내 와요."

고개가 앞에 놓인 까닭에 세 사람은 나귀를 내렸다. 둔덕은 험하고 입을 벌리기도 대견하여 이야기는 한동안 끊겼다. 나귀는 건듯하면 미끄러졌다. 허생원은 숨이 차 몇 번이고 다리를 쉬지 않으면 안 되었다. 고개를 넘을 때마다 나이가 알렸다. 동이 같은 젊은 축이 그지없이 부러웠다. 땀이 등을 한바탕 쭉 씻어 내렸다.

고개 너머는 바로 개울이었다. 장마에 흘러 버린 널다리가 아직도 걸리지 않은 채로 있는 까닭에 벗고 건너야 되었다. 고의를 벗어 띠로 등에 얽어매고 반벌거숭이의 우스꽝스런 꼴로 물 속에 뛰어들었다. 금방 땀을 흘린 뒤였으나 밤 물은 뼈를 찔렀다.

"그래, 대체 기르긴 누가 기르구?"

"어머니는 하는 수 없이 의부를 얻어 가서 술장사를 시작했죠. 술이 고주래서 의부라고 전 망나니예요. 철들어서부터 맞기 시작한 것이 하룬들 편할 날 있었을까. 어머니는 말리다가 채이고 맞고 칼부림을 당하곤 하니 집 꼴이 무어겠소. 열여덟 살 때 집을 뛰어나와서부터 이 짓이죠."

"총각 낫세론 심이 무던하다고 생각했더니 듣고 보니 딱한 신세로군."

물은 깊어 허리까지 찼다. 속 물살도 어지간히 센데다가 발에 채이는 돌멩이도 미끄러워 금시에 훌칠 듯하였다. 나귀와 조선달은 재빨리 거의 건넜으나 동이는 허생원을 붙드느라고 두 사람은 훨씬 떨어졌다.

"모친의 친정은 원래부터 제천이었던가?"

"웬걸요, 시원스리 말은 안 해주나 봉평이라는 것만은 들었죠."

"봉평? 그래 그 아비 성은 무엇이구?"

"알 수 있나요. 도무지 듣지를 못했으니까."

"그, 그렇겠지."

하고 중얼거리며 흐려지는 눈을 까물까물하다가 허생원은 경망하게도 발을 빗디디었다. 앞으로 고꾸라지기가 바쁘게 몸째 풍덩 빠져 버렸다. 허위적거릴수록 몸을 걷잡을 수 없어 동이가 소리를 치며 가까이 왔을 때에는 벌써 퍽이나 흘렀었다. 옷째 쫄딱 젖으니 물에 젖은 개보다도 참혹한 꼴이었다. 동이는 물 속에서 어른을 해깝게 업을 수 있었다. 젖었다고는 하여도 여윈 몸이라 장정 등에는 오히려 가벼웠다.

"이렇게까지 해서 안됐네. 내 오늘은 정신이 빠진 모양이야."

"염려하실 것 없어요."

"그래 모친은 아비를 찾지는 않는 눈치지?"

"늘 한번 만나고 싶다고는 하는데요."

"지금 어디 계신가?"

"의부와도 갈라져 제천에 있죠. 가을에는 봉평에 모셔오려고 생각중인데요. 이를 물고 벌면 이럭저럭 살아갈 수 있겠죠."

"아무렴, 기특한 생각이야. 가을이랬다?"

동이의 탐탁한 등허리가 뼈에 사무쳐 따뜻하다. 물을 다 건넜을 때에는 도리어 서글픈 생각에 좀더 업혔으면도 하였다.

"진종일 실수만 하니 웬일이오, 생원."

조선달이 바라보며 기어코 웃음이 터졌다.

"나귀야. 나귀 생각하다 실족을 했어. 말 안 했던가. 저 꼴에 제법 새끼를 얻었단 말이지. 읍내 강릉집 피마에게 말일세. 귀를 쫑긋 세우고 달랑달랑 뛰는 것이 나귀 새끼같이 귀여운 것이 있을까. 그것 보러 나는 일부러 읍내를 도는 때가 있다네."

"사람을 물에 빠치울 젠 딴은 대단한 나귀 새끼군."

허생원은 젖은 옷을 웬만큼 짜서 입었다. 이가 덜덜 갈리고 가슴이 떨리며 몹시도 추웠으나 마음은 알 수 없이 둥실둥실 가벼웠다.

"주막까지 부지런히들 가세나. 뜰에 불을 피우고 훗훗이 쉬어. 나귀에겐 더운 물을 끓여 주고. 내일 대화장 보고는 제천이다."

"생원도 제천으로?"

"오래간만에 가보고 싶어. 동행하려나, 동이?"

나귀가 걷기 시작하였을 때 동이의 채찍은 왼손에 있었다. 오랫동안 아둑신이같이 눈이 어둡던 허생원도 요번만은 동이의 왼손잡이가 눈에 띄지 않을 수 없었다.

걸음도 해깝고 방울소리가 밤 벌판에 한층 청청하게 울렸다.

달이 어지간히 기울어졌다.

이태준

08....

복덕방

이태준(李泰俊, 1904~?) ●● 강원도 철원군에서 출생했다.
호는 상허(尙虛).1920년 〈시대일보〉에 〈오몽녀〉를 발표하여 문인활동을 시작했다. 박태원, 이효석, 정지용 등과 함께 '구인회'를 결성하여 활동하였다.
해방 후 월북하였다가 숙청되어 고철장수 등으로 전전하다가 숨졌다고 한다.
그의 작품은 향토적이며 서정적인 세계에 어울리는 문체, 세태의 변화에 밀려가는 소외된 자의 잔잔한 아픔이 서정적으로 그려진 것이 특징이다.
소설뿐 아니라 동화, 희곡도 다수 발표하였으며, 많은 평론이 있다.
대표작으로는 〈아무 일도 없소〉〈불우 선생〉〈돌다리〉〈산월이〉〈영월 영감〉〈까마귀〉〈농군〉〈해방전후〉〈꽃나무는 심어 놓고〉〈마부와 교수〉〈딸 삼형제〉 등이 있다.

08 복덕방

이태준

철썩, 앞집 판장 밑에서 물 내버리는 소리가 났다. 주먹구구에 골똘했던 안 초시에게는 놀랄 만한 폭음이었던지, 다리 부러진 돋보기 너머로, 똑 먹이를 쪼으려는 닭의 눈을 해가지고 수채 구멍을 내다본다. 뿌연 뜨물에 휩쓸려 나오는 것이 여러 가지다. 호박 꼭지, 계란 껍질, 거피해 버린 녹두 껍질.

"녹두 빈자떡을 부치는 게로군 홍……."

한 오륙 년째 안 초시는 말끝마다 '젠 — 장……' 이 아니면 '홍!' 하는 코웃음을 잘 붙였다.

"추석이 벌써 낼 모레지! 젠 — 장……."

안 초시는 저도 모르게 입맛을 다셨다. 기름내가 코에 풍기는 듯 대뜸 입안에

침이 흥건해지고 전에 괜찮게 지낼 때, 충치니 풍치니 하던 것은 거짓말이었던 것처럼 아래윗니가 송곳 끝같이 날카로워짐을 느꼈다.

안 초시는 그 날카로워진 이를 빈 입인 채 빠드득 소리가 나게 한 번 물어 보고 고개를 들었다.

하늘은 천리같이 트였는데 조각 구름들이 여기저기 널리었다. 어떤 구름은 깨끗이 바래 말린 옥양목처럼 흰빛이 눈이 부시다. 안 초시는 이내 자기의 때묻은 적삼 생각이 났다. 소매를 내려다보는 그의 얼굴은 날래 들리지 않는다. 거기는 한 조박의 녹두 빈자나 한 잔의 약주로써 어쩌지 못할, 더 슬픔과 더 고적함이 품겨 있는 것 같았다.

혹 혹 소매 끝을 불어보고 손끝으로 퉁겨 보기도 하다가 목침을 세우고 눕고 말았다.

"이사는 팔 하고 사오는 이십이라 천이 되지…… 가만…… 천이라? 사루 했으니 사천이라 사천 평…… 매 평에 아주 줄여 잡아 오 환씩만 하게 돼두 사 환 칠십오 전씩이 남으니 그럼…… 사사는 십륙, 일만 육천 환 하구……."

안 초시가 다시 주먹구구를 거듭해서 얻어낸 총액이 일만 구천 원, 단 천 원만 들여도 일만 구천 원이 되리라는 셈속이니, 만 원만 들이면 그게 얼만가? 그는 벌떡 일어났다. 이마가 화끈했다. 도사렸던 무릎을 얼른 곧추세우고 뒤나 보려는 사람처럼 쪼그렸다. 마코(일제 시대의 담배)갑이 번연히 빈 것인 줄 알면서도 다시 집어다 눌러 보았다. 주머니에는 단돈 십 전, 그도 안경다리를 고친다고 벌써 세 번짼가 네 번짼가 딸에게서 사오십 전씩 얻어 가지고는 번번이 담배값으로 다 내어 보내고 말던 최후의 십 전, 안 초시는 주머니에 손을 넣어 그것을 집어내었다. 백통화(백동전) 한 푼을 얹은 야윈 손바닥, 가만히 떨리었다. 서 참의의 투박한 손을 생각하면 너무나 얇고 잔망스러운 손이거니 하였다. 그러나, 이따금 술잔을 얻어먹고, 이렇게 내 방처럼 그의 복덕방에서 잠까지 빌어 자건만 한 번도, 집 거간이나 해먹는 서 참의의 생활이 부럽지는 않았다. 그래도 언제든지 한 번쯤은 무슨 수가 생겨 다시 한 번 내 집을 쓰게 되고, 내 밥을 먹게 되고, 내 힘과 내 낯으로 다시 한 번 세상에 부딪쳐 보려니 믿어졌다.

초시는 전에 어떤 관상쟁이의 '엄지손가락을 안으로 넣고 주먹을 쥐어야 재물이 나가지 않는다.' 는 말이 생각났다. 늘 그렇게 쥐노라고는 했지만 문득 생각이 나서 내려다볼 때는 으레 엄지손가락이 얄밉도록 밖으로 쥐어져 있었다. 그래 드팀전을 하다가도 실패를 하였고, 그래 집까지 잡혀서 장전(欌廛, 장롱ㆍ찬장 따위를 파는 가게)을 내었다가도 그만 화재를 보았거니 하는 것이다.

'이놈의 엄지손가락아 안으로 좀 들어가아, 젠 ― 장.' 하고 연습 삼아 엄지손가락을 먼저 안으로 넣고 아프도록 두 주먹을 꽉 쥐어 보았다. 그리고 당장 내어 보낼 돈이면서도 그 십 전짜리를 그렇게 쥔 주먹에 단단히 넣고 담배가게로 나갔다.

이 복덕방에는 흔히 세 늙은이가 모였다.

언제, 누가 와서, 집 보러 가잘지 몰라, 늘 갓을 쓰고 앉아서 행길을 잘 내다보는, 얼굴 붉고 눈방울 큰 노인은 주인 서 참의이다. 참의로 다니다가 합병 후에는 다섯 해를 놀면서 시기를 엿보았으나 별수가 없을 것 같아서 이럭저럭 심심파적으로 갖게 된 것이 이 가옥 중개업(家屋仲介業)이었다. 처음에는 겨우 굶지 않을 만한 수입이었으나 대정 팔구 년 이후로는 시골 부자들이 세금(稅金)에 몰려, 혹은 자녀들의 교육을 위해 서울로만 몰려들고, 그런데다 돈은 흔해져서 관철동(貫鐵洞), 다옥정(茶屋町) 같은 중앙 지대에는 그리 고옥만 아니면 만 원대를 예사로 홀홀 넘었다. 그 판에 봄가을로 어떤 달에는 삼사백 원 수입이 있어, 그러기를 몇 해를 지나 가회동(嘉會洞)에 수십 칸의 집을 세웠고 또 몇 해 지나지 않아서는 창동(倉洞) 근처에 땅을 장만하기 시작하였다. 지금은 중개업자도 많이 늘었고 건양사(建陽社) 같은 큰 건축 회사(建築會社)가 생겨서 당자끼리 직접 팔고 사는 것이 원칙처럼 되어 가기 때문에 중개료의 수입은 전보다 훨씬 줄은 셈이다. 그러나 이십여 칸 집에 학생을 치고 싶은 대로 치기 때문에 서 참의 수입이 없는 달이라고 쌀값이 밀리거나 나무 값에 졸릴 형편은 아니다.

"세상은 먹구 살게는 마련야……."

서 참의가 흔히 하는 말이다. 칼을 차고 훈련원에 나서 병법을 익힐 때는, 한 번 호령만 하고 보면 산천이라도 물러설 것 같던, 그 기개와, 오늘의 자기, 한낱 가쾌

〔家僧, 집주름. 집 흥정을 붙이는 일로 업을 삼는 사람〕로 복덕방 영감으로 기생, 갈보 따위가 사글세방 한 칸을 얻어 달래도 네 — 네 — 하고 따라 나서야 하는, 만인의 심부름꾼인 것을 생각하면 서글픈 눈물이 아니 날 수도 없는 것이다. 워낙 술을 즐기기도 하지만 어떤 때는 남 몰래 이런 감회(感懷)를 이기지 못해서 술집에 들어선 적도 여러 번이다.

그러나 호반〔武人〕들의 기개란 흔히 혈기(血氣)에서 나오는 것이기 때문인지 몸에서 혈기가 줆을 따라 그런 감회를 일으킴조차 요즘은 적어지고 말았다. 하루는 집에서 점심을 먹다 듣노라니 무슨 장사치의 외는 소리인데 이상히 귀에 익은 목청이 들렸다. 자세히 귀를 기울이니 점점 가까이 오는 소리인데 제법 무엇을 사라는 소리가 아니라 '유리병이나 간장통 팔거 — 쏘 — ' 하는 소리이다. 그런데 그 목청이 보면 꼭 알 사람 같애, 일어서 마루 들창으로 내어다 보니 이번에는 '가마나나 신문 잡지나 팔거 — 쏘 — ' 하면서 가마니 두어 개를 지고 한 손에는 저울을 들고 중노인이나 된 사람이 지나가는데 아는 사람은 확실히 아는 사람이다. 그러나 그를 어디서 알았으며 성명이 무엇이며 애초에는 무엇을 하던 사람인지가 감감해지고 말았다.

"오라! 그렇군…… 분명…… 저런!"

하고 그는 한참만에 고개를 끄덕였다. 그 유리병과 간장 통을 외우는 소리가 골목 안으로 사라져 갈 즈음에야 서 참의는 그가 누구인 것을 깨달아 낸 것이다.

"동관 김 참의…… 허!"

나이는 자기보다 훨씬 연소하였으나 학식과 재기가 있는 데다 호령 소리가 좋아 상관에게 늘 칭찬을 받던 청년 무관이었다. 이십여 년 뒤에 들어도 갈 데 없이 그 목청이요 그 모습이었다. 전날의 그를 생각하고 오늘의 그를 보니 적이 감개에 사무치어 밥숟가락을 멈추고 냉수만 거듭 마셨다.

그러나 전에 혈기 있을 때와 달리 그런 기분이 오래 가지는 않았다. 중학교 졸업반인 둘째 아들이 학교에 갔다 들어서는 것을 보고, 또 싸전에서 쌀값 받으러 와 마누라가 선선히 시퍼런 지전을 내어 헤이는 것을 볼 때 서 참의는 이내 속으로 '거저 살아야지 별수 있나. 저렇게 개가죽을 쓰고 돌아다니는 친구도 있는

데…… 에헴.'

하였을 뿐 아니라 그런 절박한 친구에다 대면 자기는 얼마나 훌륭한 지체냐 하는 자존심도 없지 않았다.

"지난 일 그까짓 생각할 건 뭐 있나. 사는 날까지…… 허허."

여생을 웃으며 살 작정이었다. 그래 그런지 워낙 좀 실없는 티가 있는 데다 요즘 와서는 누구에게나 농지거리가 늘어갔다. 그래 늘 눈이 달리고 뿌르통한 입으로는 말끝마다 젠 ― 장 소리만 나오는 안 초시와는 성미가 맞지 않았다.

"쫌보야 술 한잔 사주랴?"

쫌보라는 말이 자기를 업수이여기는 것 같아서 안 초시는 이내 발끈해 가지고

"네깟놈 술 더러워 안 먹는다."

한다.

"화투패나 밤낮 떼면 너이 어멈이 살아온다던?"

하고 서 참의가 발끝으로 화투장들을 밀어 던지면 그만 얼굴이 새빨개져서 쌔근쌔근하다가 부채면 부채, 담배갑이면 담배갑, 자기의 것을 냉큼 집어들고 다시 안 올 듯이 새침해 나가 버리는 것이다.

"조게 계집이문 천생 남의 첩감이야."

하고 서 참의는 껄껄 웃어 버리나 안 초시는 이렇게 돼서 올라가면 한 이틀씩 보이지 않았다.

한 번은 안 초시의 딸의 무용회(舞踊會) 날 밤이었다. 안경화(安京華)라고, 한동안 토월회(土月會, 1922년 박승희 등 동경 유학생을 중심으로 조직된 신극(新劇)의 극단)에도 다니다가 대판(大阪)에 가 있느니 동경(東京)에 가 있느니 하더니 오륙 년 뒤에 무용가노라 이름을 날리며 서울에 나타나게 된 것이다. 바로 제일회 공연날 밤이었다. 서 참의가 조르기도 했지만, 안 초시도 딸의 사진과 이야기가 신문마다 나는 바람에 어깨가 으쓱해서 공표를 얻을 수 있는 대로 얻어 가지고 서 참의뿐 아니라 여러 친구를 돌라줬던 것이다.

"허! 저기 한가운데서 지금 한창 다리짓하는 게 자네 딸인가?"

남은 다 멍멍히 않았는데 서 참의가 해괴한 것을 보는 듯, 마땅치 않은 어조로

물었다.

"무용이란 건 문명국일수록 벗구 한다네그려."

약기는 한 안 초시는 미리 이런 대답을 하였다.

"모르겠네 원…… 지금 총각 놈들은 모두 등신인가 봐……."

"왜?"

하고 이번에는 다른 친구가 탄하였다.

"우린 총각 시절에 저런 걸 봤대문 그냥 못 배기네."

"빌어먹을 녀석…… 나이 값을 못 하구 개야 저건 개……."

벌써 안 초시는 분통이 발끈거려서 나오는 소리였다.

한 가지가 끝나고 불이 환하게 켜졌을 때였다.

"도루, 차라리 여배우 노릇을 댕기라구 그래라. 여배운 그래두 저렇게 넓적다린 내놓구 덤비지 않더라."

"그 자식 오지랖 경치게 넓네. 네가 안방 건넌방이 몇 칸이요나 알었지 뭘 쥐뿔이나 안다구 그래? 보기 싫건 나가렴."

하고 안 초시는 화를 빨끈 내었다. 그러니까 서 참의도 안방 건넌방 말에 화가 나서 꽤 높은 소리로

"넌 또 뭘 아니? 요 쫌보야."

하고 일어서 버렸다.

이 일이 있은 후 안 초시는 거의 달포나 서 참의의 복덕방에 나오지 않았었다. 그런 걸 박희완(朴喜完) 영감이 가서 데리고 왔었다.

박희완 영감이란 세 영감 중 하나로 안 초시처럼 이 복덕방에 와 자기까지는 안 하나 꽤 쏠쏠히 놀러 오는 늙은이다. 아니 놀러 오기만 하는 것이 아니라 와서는 공부도 한다. 재판소에 다니는 조카가 있어 대서업 운동을 한다고 『속수국어독본(速修國語讀本)』을 노상 끼고 와서 그 삼국지(三國志) 읽던 투로,

"긴상 도꼬에 이끼마쓰까."

어쩌고를 외우고 있는 것이다.

그러나 『속수국어독본』 뚜껑이 손때에 절고, 또 어떤 때는 목침 위에 받쳐 베고 낮잠도 자서 머리 때까지 새까맣게 절어 조선 총독부 편찬(朝鮮總督府編纂)이란 잔 글자들은 보이지 않게 되도록, 대서업 허가는 의연히 나오지 않는 모양이었다.

"너나 내나 다 산 것들이 업은 가져 뭘 허니. 무슨 세월에…… 흥!"

하고 어떤 때, 안 초시는 한나절이나 화투 패를 떼어 보고 안 떨어지면 그 화풀이로 박희완 영감이 들고 중얼거리는 『속수국어독본』을 툭 채어 행길로 팽개치며 그랬다.

"넌 또 무슨 재술 바라구 밤낮 화투패나 떨어지길 바라니?"

"난 심심풀이지."

그러나 속으로는 박희완 영감보다 더 세상에 대한 야심이 끓었다. 딸이 평양으로 대구로 다니며 지방 순회까지 하여서 제법 돈냥이나 걷힌 것 같으나 연구소를 내노라고 집을 뜯어고친다, 유성기를 사들인다 교제를 하러 돌아다닌다 하노라고, 더구나 귀찮게만 아는 이 애비를 위해 쓸 돈은 예산에부터 들지 못하는 모양이었다.

"애! 낡은 솜이 돼 그런지, 샀바느질이 돼 그런지, 바지 솜이 모두 치어서 어떤 덴 흩옷이야. 암만해두 사쓸 한 벌 사입어야겠다."

하고 딸의 눈치만 보아 오다 한 번은 입을 열었더니,

"어련히 인제 사드릴라구요."

하고 딸은 대답은 선선하였으나 샤쓰는 그해 겨울이 다 지나도록 구경도 못 하였다. 샤쓰는커녕 안경다리를 고치겠다고 돈 일 원만 달래도 일 원짜리를 군이 바꿔다가 오십 전 한 닢만 주었다. 안경은 돈을 좀 주무르던 시절에 장만한 것이라 테만 오륙 원 먹은 것이어서 오십 전만으로 그런 다리는 어림도 없었다. 오십 전짜리 다리도 있지만 살 바에는 조촐한 것을 택하던 초시의 성미라 더구나 면상에서 짝짝이로 드러나는 것을 사기가 싫었다. 차라리 종이 노끈인 채 쓰기로 하고 오십 전은 담배값으로 나가고 말았다.

"왜 안경다린 안 고치셨어요?"

딸이 그날 저녁으로 물었다.

"홍……."

초시는 말은 하지 않았다. 딸은 며칠 뒤에 또 오십 전을 주었다. 그러면서 어떻게 들으라고 하는 소리인지,

"아버지 보험료만 해두 한 달에 삼원 팔십 전씩 나가요."

하였다. 보험료나 타먹게 어서 죽어달라는 소리로도 들리었다.

"그게 내게 상관있니?"

"아버지 위해 들었지 누구 위해 들었게요 그럼?"

초시는 '정말 날 위해 하는 거문 살아서 한 푼이라두 다우. 죽은 뒤에 내가 알게 뭐냐' 소리가 나오는 것을 억지로 참았다.

"오십 전이문 왜 안경다릴 못 고치세요?"

초시는 설명하지 않았다.

"지금 아버지가 좋고 낮은 걸 가리실 처지여야지요?"

그러나 오십 전은 또 마코 값으로 다 나갔다. 이러기를 아마 서너번째다.

"자식도 소용 없어. 더구나 딸자식…… 그저 내 수중에 돈이 있어야……."

초시는 돈의 긴요성(緊要性)을 날로 날로 더욱 심각하게 느끼었다.

"돈만 가지면 좀 좋은 세상인가!"

심심해서 운동삼아 좀 나다녀 보면 거리마다 짓느니 고층건축들이요 동네마다 느느니 그림같은 문화주택들이다. 조금만 정신을 놓아도 물에서 갓 튀어나온 메기처럼 미끈미끈한 자동차가 등덜미에서 소리를 꽥 지른다. 돌아다보면 운전수는 눈을 부릅떴고 그 뒤에는 금 시곗줄이 번쩍거리는, 살진 중년 신사가 빙그레 웃고 앉았는 것이었다.

"예순이 낼 모레…… 젠 - 장할 것."

초시는 늙어가는 것이 원통하였다. 어떻게 해서나 더 늙기 전에 적게 돈 만 원이라도 붙들어 가지고 내 손으로 다시 한 번 이 세상과 교섭해 보고 싶었다. 지금 이 꼴로서야 문화 주택이 암만 서기로 내게 무슨 상관이며 자동차, 비행기가 개미 떼나 파리떼처럼 퍼지기로 나와 무슨 인연이 있는 것이냐, 세상과 자기와는 자기 손에서 돈이 떨어진, 그 즉시로 인연이 끊어진 것이라 생각되었다.

"그러면 송장이나 다름없지 뭔가?"

초시는 이런 질문을 자신에게 던지는 지가 이미 오래 되었다.

"무슨 수가 없을까?"

또,

"무슨 그루테기가 있어야 비비지!"

그러다가도,

"그래도 돈냥이나 엎질러 본 녀석이 벌기도 한 게지."

하고 그야말로 무슨 그루터기만 만나면 꼭 벌기는 할 자신이었다.

그러다가 박희완 영감에게서 들은 말이었다. 관변에 있는 모 유력자를 통해 비밀리에 나온 말인데 황해 연안에 제이의 나진(羅津)이 생긴다는 말이었다. 지금은 관청에서만 알 뿐 아니라 축항 용지(築港用地)는 비밀리에 매수되었으므로 불원하여 당국자로부터 공표가 있으리라는 것이다.

"그럼, 거기가 황무진가? 전답들인가?"

초시는 눈이 뻘개 물었다.

"밭이라데."

"밭? 그럼 매평 얼마나 간다나?"

"좀 올랐대. 관청에서 사는 바람에 아무리 시골 사람들이기루 그만 눈치 없겠나. 그래두 무슨 일루 관청서 사는지 모르거든……."

"그래?"

"그래, 그리 오르진 않았대…… 아마 평당 이십오륙 전씩이면 살 수 있다나 본데. 그러니 화중지병이지 뭘 허나 우리가……."

"음……."

초시는 관자놀이가 욱신거렸다. 정말이기만 하면 한 시각이라도 먼저 덤비는 놈이 더 먹는 판이다. 나진도 오륙 전 하던 땅이 한번 개항된다는 소문이 나자 당년으로 오륙 전의 백 배 이상이 올랐고 삼사 년 뒤에는, 땅 나름이지만 어떤 요지(要地)는 천 배 이상이 오른 데가 많다.

'다 산 나이에 오래 끌 건 뭐 있나. 당년으로 넘겨두 최소한도 오 환씩야 무려할 테지……'

혼자 생각한 초시는,

"대관절 어디란 말야 거기가?"

하고 나앉으며 물었다.

"그걸 낸들 아나?"

"그럼?"

"그 모씨라는 이만 알지. 그리게 날더러 단 만 원이라도 자본을 운동하면 자기는 거기서도 어디어디가 요지라는 걸 설계도를 복사해 낸 사람이니까 그 요지만 산단 말이지, 그리구 많이두 바라지 않어, 비용 죄다 제치구 순이익의 이 할만 달라는 거야."

"그럴테지…… 누가 그런 자국을 일러주구 구경만 하자겠나…… 이 할이라…… 이 할……"

초시는 생각할수록 이것이 훌륭한, 그 무슨 그루터기가 될 것 같았다. 나진의 선례도 있거니와 박희완 영감 말이 만주국이 되는 바람에 중국과의 관계가 미묘해지므로 황해 연안에도 으레 나진과 같은 사명을 갖는 큰 항구가 필요할 것은 우리 상식으로도 추측할 바이라 하였다. 초시의 상식에도 그것을 믿을 수 있었다.

오늘은 오래간만에 '피존'을 사서, 거기서 아주 한 대를 피워 물고 왔다. 어쩨 박희완 영감이 종일 보이지 않는다. 다른 데로 자금운동을 다니나 보다 하였다. 서 참의는 점심 전에 나간 사람이 어디서 홍정이 한 자리 떨어지느라고인지 아직 돌아오지 않는다. 안 초시는 미닫이 틀 위에서 낡은 화투를 꺼내었다.

"허, 이거 봐라!"

여간해선 잘 떨어지지 않던 거북패가 단 번에 뚝 떨어진다. 누가 옆에 있어 좀 보아줬으면 싶었다.

"아무래두 이게 심상치 않어…… 이제 재수가 티나 부다!"

초시는 반도 타지 않은 담배를 행길로 내어던졌다. 출출하던 판에 담배만 몇 대를 피고 나니 목이 컬컬해진다. 앞집 수채에는 뜨물에 떠내려가다 막힌 녹두 껍질이 그저 누렇게 보인다.

"오냐, 내년 추석엔……."

초시는 이날 저녁에 박희완 영감에게서 들은 이야기를 딸에게 하였다. 실패는 했을지라도 그래도 십수 년을 상업계에서 논 안 초시라 출자(出資)를 권유하는 수작만은 딸이 듣기에도 딴사람인 듯 놀라웠다. 딸은 즉석에서는 가부를 말하지 않았으나 그의 머리 속에서도 이내 잊혀지지는 않았던지 다음날 아침에는, 딸 편이 먼저 이 이야기를 다시 꺼내었고, 초시가 박희완 영감에게 묻던 이상으로 시시콜콜히 캐어물었다. 그러면 초시는 또 박희완 영감 이상으로 손가락으로 가리키듯 소상히 설명하였고, 일년 안에 청장을 하더라도 최소한도로 오십 배 이상의 순이익이 날 것이라고 장담하였다.

딸은 솔깃했다. 사흘 안에 연구소 집을 어느 신탁 회사(信託會社)에 넣고 삼천 원(三千圓)을 돌리기로 하였다. 초시는 금시 발복이나 된 듯 뛰고 싶게 기뻤다.

"서 참의 이놈, 날 은근히 멸시했것다. 내 굳이 널 시켜 네 집보다 난 집을 살 테다. 네깟놈이 천생 가쾌지 별 거냐……."

그러나 신탁 회사에서 돈이 되는 날은 웬 처음 보는 청년 하나가 초시의 앞을 가리며 나타났다. 그는 딸의 청년이었다. 딸은 아버지의 손에 단 일 전도 넣지 않았고 꼭 그 청년이 나서 돈을 쓰며 처리하게 하였다. 처음에는 팩 나오는 노염을 참을 수가 없었으나 며칠 밤을 지내고 나니, 적어도 삼천 원의 순이익이 오륙만 원은 될 것이라 만 원 하나야 어디로 가랴 하는 타협이 생겨서 안 초시는 으실으실 그, 이를테면 사위 녀석 격인 청년의 뒤를 따라 나섰다.

일 년이 지났다.

모두 꿈이었다. 꿈이라도 아주 악한 꿈이었다. 삼천 원어치 땅을 사 놓고 날마다 신문을 훑어보며 수소문을 하여도 거기는 축항이 된단 말이 신문에도, 소문에도 나지 않았다. 용당포(龍塘浦)와 다사도(多獅島)에는 땅 값이 삼십 배가 올랐느니 오십 배가 올랐느니 하고 졸부들이 생겼다는 소문이 있어도 여기는 감감소식

일 뿐 아니라 나중에, 역시, 이것도 박희완 영감을 통해서 알고 보니 그 관변 모씨에게 박희완 영감부터 속아 떨어진 것이었다. 축항 후보지로 측량까지 하기는 하였으나 무슨 결점으로인지 중지되고 마는 바람에 너무 기민하게 거기다 땅을 샀던, 그 모씨가 그 땅 처치에 곤란하여 꾸민 연극이었다.

돈을 쓸 때는 일 원짜리 한 장 만져도 못 봤지만 벼락은 초시에게 떨어졌다. 서너 끼씩 굶어도 밥 먹을 정신이 나지도 않았거니와 밥을 먹으러 들어갈 수도 없다.

'재물이란 친자간의 의리도 배추밑 도리듯 하는 건가?'

탄식할 뿐이었다. 밥보다는 술과 담배가 그리웠다. 물론 안경다리는 그저 못 고치었다. 그러나 이제는 오십 전 짜리는커녕 단 십 전 짜리도 얻어 볼 길이 없다.

추석 가까운 날씨는 해마다의 그때와 같이 맑았다. 하늘은 천리같이 트였는데 조각구름들이 여기저기 널리었다. 어떤 구름은 깨끗이 바래 말린 옥양목처럼 흰 빛이 눈이 부시다. 안 초시는 이번에도 자기의 때문은 적삼 생각이 났다. 그러나 이번에는 소매 끝을 불거나 떨지는 않았다. 고요히 흘러내리는 눈물을 그 더러운 소매로 닦았을 뿐이다.

여름이 극성스럽게 덥더니, 추위도 그럴 징조인지 예년보다 무서리가 일찍 내리었다. 서 참의가 늘 지나다니는 식은관사(殖銀官舍)에는 울타리가 넘게 피었던 코스모스들이 끓는 물에 데쳐 낸 것처럼 시커멓게 무르녹고 말았다.

참의는 머리가 떵 ― 하였다. 요즘 와서 울기 잘하는 안 초시를 한 번 위로해 주려, 엊저녁에는 데리고 나와 청요리집으로, 추탕집으로 새로 두 점을 치도록 돌아다닌 때문 같았다. 조반이라고 몇 술 뜨기는 했으나 해도 그냥 뻑뻑하다. 안 초시도 그럴 것이니까 해는 벌써 오정 때지만 끌고 나와 해장술이나 먹으리라 하고 부지런히 내려와 보니, 웬일인지 복덕방이라고 쓴 베발이 아직 내어 걸리지 않았다.

"이 사람 봐아…… 어느 땐 줄 알구 코만 고누……."

그러나 코고는 소리는 들리지 않았다. 미닫이를 밀어 제친 서 참의는 정신이 번쩍 났다. 안 초시의 입에는 피, 얼굴은 잿빛이었다.

방 안은 움 속처럼 음습한 바람이 휭 끼친다.

"아니……?"

참의는 우선 미닫이를 닫고 눈을 부비고 초시를 들여다보았다. 안 초시는 벌써 아니요, 안 초시의 시체일 뿐, 둘러보니 무슨 약병 하나가 굴러져 있었다.

참의는 한참 만에야 눈물이 나왔다.

"허!"

"허!"

파출소로 갈까 하다 그래도 자식한테 먼저 알려야겠다 하고 말만 듣던 그 안경화 무용 연구소를 찾아가서 안경화를 데리고 왔다. 딸이 한참 울고 난 뒤이다.

"관청에 어서 알려야지?"

"아니야요. 앗으세요."

딸은 펄쩍 뛰었다.

"앗으라니?"

"저……."

"제 명예도 좀……."

하고 그는 애원하였다.

"명예? 안될 말이지, 명옐 생각하는 사람이 애빌 저 모양으루 세상 떠나게 해?"

"……."

안경화는 엎디어 다시 울었다. 그러다가 나가려는 서 참의의 다리를 끌어안고 놓지 않았다. 그리고,

"절 살려 주세요."

소리를 몇 번이나 거듭하였다.

"그럼, 비밀은 내가 지킬 테니 나 하자는 대루 할까?"

"네."

서 참의는 다시 앉았다.

"부친 위해 보험 든 거 있지?"

"네, 간이 보험이야요."

"무슨 보험이든…… 얼마나 타누?"

"사백팔십 원요."

"부친 위해 들었으니 부친 위해 다 써야지?"

"그럼요."

"그럼……, 돌아간 이가 늘 속사쓸 입구퍼 했어. 상등 털사쓰를 사다 입히구 그 위에 진견으로 수의 일습 구색 맞춰 짓게 허구…… 선산이 있나, 묻힐 데가?"

"웬걸요, 없어요."

"그럼 공동 묘지라도 특등지루 넓직하게 사구…… 장례식을 장 ─ 하게 해야 말이지 초라하게 해 버리면 내가 그저 안 있을 게야 알아들어?"

"네에."

하고 안경화는 그제야 핸드백을 열고 눈물 젖은 얼굴을 닦았다.

안 초시의 소위 영결식(永訣式)이 그 딸의 연구소 마당에서 열렸다.

서 참의와 박희완 영감은 술이 거나하게 취해 갔다. 박희완 영감이 무얼 잡혀서 가져왔다는 부의(賻儀) 이 원을 서 참의가

"장례비가 넉넉하니 자네 돈 그 계집애 줄 거 없네."

하고 우선 술집에 들러 거나하게 곱빼기들을 한 것이다.

영결식장에는 제법 반반한 조객들이 모여들었다. 예복을 차리고 온 사람도 두엇 있었다. 모두 고인을 알아 온 것이 아니요 무용가 안경화를 보아 온 사람들 같았다. 그 중에는, 고인의 슬픔을 알아 우는 사람인지, 덩달아 기분으로 우는 사람인지 울음을 삼키노라고 끅끅 하는 사람도 있었다. 안경화도 제법 눈이 젖어 가지고 신식 상복이라나 공단 같은 새까만 양복으로 관 앞에 나와 향불을 놓고 절하였다.

그 뒤를 따라 한 이십 명 관 앞에 와 꾸벅거리었다. 그리고 무어라고 지껄이고 나가는 사람도 있었다.

그들의 분향이 거의 끝난 듯하였을 때,

"에헴!"

하고 얼굴이 시뻘건 서 참의도 나섰다. 향을 한 움큼이나 집어 놓아 연기가 시커멓게 올려 솟더니 불이 일어났다. 후— 후— 불어 불을 끄고, 수염을 한 번 쓰다듬고 절을 했다. 그리고 다시,

"헴……."

하더니 조사(弔辭)를 하였다.

"나 서 참의일세. 알겠나? 홍…… 자네 참 호살세 호사야…… 잘 죽었느니. 자네 살았으문 이런 호살 해보겠나? 인전 안경다리 고칠 걱정두 없구…… 아무튼 지……."

하는데 박희완 영감이 들어서더니,

"이 사람 취했네그려."

하며 서 참의를 밀어냈다.

박희완 영감도 가슴이 답답하였다. 분향을 하고 무슨 소리를 한 마디 했으면 속이 후련히 트일 것 같아서 잠깐 멈칫하고 서 있어 보았으나

"으흐윽……."

하고 울음이 먼저 터져 그만 나오고 말았다.

서 참의와 박희완 영감도 묘지까지 나갈 작정이었으나 거기 모인 사람들이 하나도 마음에 들지 않아 도로 술집으로 내려오고 말았다.

09····

무녀도

김동리(金東里, 1913~1995) ●● 경상북도 경주에서 출생했다.
본명은 시종(始鐘). 1928년 서울 경신중학교 3학년에 편입학 후 그 이듬해 귀향하여 철
학 서적과 세계문학 동양고전에 심취하였다.
1934년 조선일보 신춘문예에 시 〈백로〉가 입선되고 1935년 조선중앙일보에 소설 〈화
랑의 후예〉가 당선되었다. 왕성한 작품 활동을 하면서 중앙대학교 예술대학에서 후학을
길렀다.
대표 작품은 〈산화〉〈황토기〉〈찔레꽃〉〈무녀도〉〈바위〉〈형제〉〈달〉〈역마〉〈실존무〉
〈흥남철수〉〈사반의 십자가〉〈까치소리〉 등이 있다.

09 무녀도

김동리

1.

  뒤에 물러 누운 어둑어둑한 산, 앞으로 폭이 넓게 흐르는 검은 강물, 산마루로 들판으로 검은 강물 위로 모두 쏟아져 내릴 듯한 파아란 별들, 바야흐로 숨이 고비에 찬, 이슥한 밤중이다. 강가 모랫벌에 큰 차일을 치고, 차일 속엔 마을 여인들이 자욱이 앉아 무당의 시나위 가락에 취해 있다. 그녀들의 얼굴들은 분명히 슬픈 흥분과 새벽이 가까워 온 듯한 피곤에 젖어 있다. 무당은 바야흐로 청승에 자지러져 뼈도 살도 없는 혼령으로 화한 듯 가벼이 쾌잣자락을 날리며 돌아간다.

  이 그림이 그려진 것은 아버지가 장가를 들던 해라 하니, 나는 아직 세상에 태어나기도 이전의 일이다. 우리 집은 옛날의 소위 유서 있는 가문으로, 재산과 문

벌로도 떨쳤지만, 글 하는 선비란 것도 우글거렸고, 특히 진귀한 서화와 골동품으로서는 나라 안에서 손꼽힐 만큼 높이 일컬어졌었다. 그리고 이 서화와 골동품을 즐기는 취미는 아버지에서 다시 손자로 대대 가산과 함께 물려져 내려오는 가풍이기도 했다.

우리 집 살림이 탁방난 것은 아버지 때였으나, 그 즈음만 해도 아직 옛날과 다름없이 할아버지께서는 사랑에서 나그네를 겪으셨고, 그러자니 시인 묵객(詩人墨客)들이 끊일 새 없이 찾아들곤 하였다. 그 무렵이라 한다. 온종일 흙바람이 불어 뜰 앞엔 살구꽃이 터져 나오는 어느 봄날 어스름 때였다. 색다른 나그네가 대문 앞에 닿았다. 동저고리 바람에 패랭이를 쓰고 그 위에 명주 수건을 잘라맨, 나이 한 쉰 가까이 되어 뵈는, 체수도 조그만 사내가 나귀 고삐를 잡고서고, 나귀에는 열예닐곱쯤 나 뵈는, 낯빛이 몹시 파리한 소녀 하나가 안장 위에 앉아 있었다. 남자 하인과 그 상전의 따님 같아도 보였다.

그러나 이튿날 그 사내는,

"이 여아는 소인의 여식이옵는데, 그림 솜씨가 놀랍다 하기에 대감의 문전을 찾았삽내다."

소녀는 흰 옷을 입었었고, 옷빛보다 더 새하얀 그녀의 얼굴엔 깊이 모를 슬픔이 서리어 있었다.

"아기의 이름은?"

"……."

"나이는?"

"……."

주인이 소녀에게 말을 건네 보았었으나, 소녀는 굵은 두 눈으로 한 번 그를 바라보았을 뿐 입을 떼려고 하지는 않았다.

아비가 대신 입을 열어,

"여식의 이름은 낭이(琅伊), 나이는 열일곱 살이옵고……."

하더니, 목소리를 더 낮추며,

"여식은 가는귀가 좀 먹었습니다."

했다.

주인도 이번에는 고개를 끄덕였다. 그리고는 사내를 보고, 며칠이든지 묵으며 소녀의 그림 솜씨를 보여 달라고 했다.

그들 아비 딸은 달포 동안이나 머물러 있으며, 그림도 그리고 자기네의 지난 이야기도 자세히 하소연했다고 한다.

할아버지께서는 그들이 떠나는 날에, 이 불행한 아비 딸을 위하여 값진 비단과 충분한 노자를 아끼지 않으나, 나귀 위에 앉은 가련한 소녀의 얼굴에는 올 때나 조금도 다름없는 처절한 슬픔이 서려 있었을 뿐이라고 한다.

소녀가 남기고 간 그림 — 이것을 할아버지께서는 '무녀도'라 불렀지만 — 과 함께 내가 할아버지로부터 전해 들은 이야기는 다음과 같다.

2.

경주읍에서 성 밖으로 오 리쯤 나가서 조그만 마을이 있었다. 여민촌 혹은 잡성 촌이라 불리는 마을이었다.

이 마을 한 구석에 모화(毛火)라는 무당이 살고 있었다. 모화서 들어온 사람이라 하여 모화라 부르는 것이었다. 그것은 한 머리 찌그러져 가는 묵은 기와집으로, 지붕 위에는 기와버섯이 퍼렇게 뻗어 올라 역한 흙 냄새를 풍기고, 집 주위는 앙상한 돌담이 군데군데 헐리인 채 옛성처럼 꼬불꼬불 에워싸고 있었다. 이 돌담이 에워싼 안의 공지같이 넓은 마당에는 수채가 막힌 채, 빗물이 괴는 대로 일 년 내 시퍼런 물이끼가 뒤덮여 늘쟁이, 명아주, 강아지풀, 그리고 이름 모를 여러 가지 잡풀들이 사람의 키도 묻힐 만큼 거멓게 엉키어 있었다. 그 아래로 뱀같이 길게 늘어진 지렁이와 두꺼비같이 늙은 개구리들이 구물거리며 움칠거리며, 항시 밤이 들기만 기다릴 뿐으로, 이미 수십 년 혹은 수백 년 전에 벌써 사람의 자취와는 인연이 끊어진 도깨비굴 같기만 했다.

이 도깨비굴같이 낡고 헐리인 집 속에 무녀 모화와 그 딸 낭이는 살고 있었다. 낭이의 아버지 되는 사람은 경주읍에서 칠십 리 가량 떨어져 있는 동해변 어느 길목에서 해물 가게를 보고 있는데, 풍문에 의하면 그는 낭이를 세상에 없이 끔찍이 생각하는 터이므로, 봄·가을철이면 분 잘 핀 다시마와 조촐한 꼭지미역 같은 것을 가지고 다녀가곤 한다는 것이었다. 나중 욱이(昱伊)가 돌연히 나타나지 않았다면, 이 도깨비굴 속에 그녀들을 찾는 사람이라야 모화에게 굿을 청하러 오는 사람들과 봄 가을에 한 번씩 낭이를 찾아 주는 그녀의 아버지 정도로, 세상 사람들과는 별로 왕래도 없이 살아가는 쓸쓸한 어미, 딸이었을 것이다.

간혹 원근 동네에서 모화에게 굿을 청하러 오는 사람이 있어도 아주 방문 앞까지 들어서며,

"여보게, 모화네 있는가?"

"여보게, 모화네."

하고, 두세 번 부르도록 대답이 없다가, 아주 사람이 없는 모양이라고 툇마루에 손을 짚고 방문을 열려고 하면 그 때서야 안에서 방문을 먼저 열고 말없이 내다보는 계집애 하나 — 그녀의 이름이 낭이었다. 그럴 때마다 낭이는 대개 혼자서 그림을 그리고 있다가 놀라 붓을 던지며 얼굴이 파랗게 질린 채 와들와들 떨곤 하는 것이었다.

이와 같이, 모화는 어느 하루를 집구석에서 살림이라고 살고 있는 날이 없었다. 날이 새기가 무섭게 성 안으로 들어가면 언제나 해가 서쪽 산마루에 걸릴 무렵에야 돌아오곤 했다. 술이 얼근해서 수건엔 복숭아를 싸들고 춤을 추며,

"따님아, 따님아, 김씨 따님아,

수국 꽃님 낭이 따님아,

용궁이라 들어가니,

열두 대문이 다 잠겼다.

문 열으소, 문 열으소,

열두 대문 열어 주소."

청승 가락을 뽑으며 동구로 들어오는 것이었다.

"모화네, 오늘도 한 잔 했구나."

마을 사람들이 인사를 하면 모화는 수줍은 듯이 어깨를 비틀며,

"예에, 장에 갔다가요."

하고, 공손스레 절을 하곤 하였다.

모화는 굿을 할 때 이외에는 대개 주막에 가 있었다.

그만큼 모화는 술을 즐기었고 낭이는 또한 복숭아를 좋아하며 어미가 술이 취해 돌아올 때마다 여름 한철은 언제나 그녀의 손에 복숭아가 들려 있었다.

"따님 따님, 우리 따님."

모화는 집 안에 들어서면서도 이렇게 가락을 붙여 낭이를 불렀다.

낭이는 어릴 때 나들이에서 돌아오는 어미의 품에 뛰어들어 젖을 빨듯, 어미의 수건에 싸인 복숭아를 받아 먹는 것이었다.

모화의 말을 들으면 낭이는 수국 꽃님의 화신(化神)으로, 그녀(모화)가 꿈에 용신(龍神)님을 만나 복숭아 하나를 얻어먹고 꿈꾼 지 이레 만에 낭이를 낳은 것이라 했다. 그녀의 말에 의하면 수국 용신님은 따님이 열두 형제였다. 첫째는 달님이요, 둘째는 물님이요, 셋째는 구름님이요…… 이렇게 열두째는 꽃님이었는데, 산신님의 열두 아드님과 혼인을 시키게 되어 달님은 햇님에게, 물님은 나무님에게, 구름님은 바람님에게, 각각 차례로 배혼을 정해 나가려니까 막내따님인 꽃님은 본시 연애를 좋아하시는 성미라, 자기 차례가 돌아오기를 미처 기다릴 수 없어, 열한째 형인 열매님의 낭군님이 되실 새님을 가로채어 버렸더니 배필을 잃은 열매님과 나비님은 슬피 울며, 제작기 용신님과 산신님께 호소한 결과 용신님이 먼저 크게 노하고 벌을 내려 꽃님의 귀를 먹게 하시고, 수국을 추방하시니, 꽃님에서 그만 복사꽃이 되어 봄마다 강가로 산기슭으로 붉게 피지만 새님이 가지에 와 아무리 재잘거려도 지금까지 귀가 먹은 채 말 없는 벙어리가 되어 있는 것이라 한다.

모화는 주막에서 술을 먹다 말고, 화랑이(박수)들과 어울려서 춤을 추다 말고, 별안간 미친 것처럼 일어나 달아나곤 했다. 물으면 집에서 따님이 자기를 부르노라고 했다.

그녀는 수국 용신님께서 낭이 따님을 잠깐 자기에게 맡겼으므로 자기는 그 동안 맡아 있는 것뿐이라 했다.

그러므로 자기가 만약 이 따님을 정성껏 섬기지 않으면 큰어머님 되시는 용신님의 노염을 살까 두렵노라 하였다.

　낭이뿐 아니라, 모화는 보는 사람마다 너는 나무 귀신의 화신이다, 너는 돌 귀신의 화신이다 하여, 결핏하면 칠성에 가 빌라는 둥 용왕에 가 빌라는 둥 했다.

　모화는 사람을 볼 때마다 늘 수줍은 듯, 어깨를 비틀며 절을 했다. 어린애를 보고도 부들부들 떨며 두려워했다. 때로는 개나 돼지에게도 아양을 부렸다.

　그녀의 눈에는 때때로 모든 것이 귀신으로만 비친다는 것이었다. 그것은 사람뿐 아니라 돼지, 고양이, 개구리, 지렁이, 고기, 나비, 감나무, 살구나무, 부지깽이, 항아리, 섬돌, 짚신, 대추나뭇가지, 제비, 구름, 바람, 불, 밥, 연, 바가지, 다래끼, 솥, 숟가락, 호롱불…… 이러한 모든 것이 그녀와 서로 보고, 부르고, 말하고, 미워하고, 시기하고, 성내고 할 수 있는 이웃 사람같이 보여지곤 했다. 그리하여 그 모든 것을 '님'이라 불렀다.

　3.

　욱이가 돌아온 뒤부터 이 도깨비굴 속에는 조금씩 사람 냄새가 나기 시작했다. 부엌에 들어서기를 그렇게 싫어하던 낭이도 욱이를 위하여는 가끔 밥을 짓는 것이었다. 그리고 밤이면 오직 컴컴한 어둠과 별빛만이 차 있던 이 허물어져 가는 기와집 처마 끝에도 희부연 종이 등불이 고요히 걸리곤 했다.

　욱이는 모화가 아직 모화 마을에 살 때, 귀신이 지피기 전, 어떤 남자와의 사이에서 생긴 사생아였다. 그는 어릴 적부터 무척 총명하여 신동이란 소문까지 났으나, 근본이 워낙 미천하여 마을에서는 순조롭게 공부를 시킬 수가 없어, 그가 아홉 살 되었을 때 아는 사람의 주선으로 어느 절간에 보낸 뒤, 그 동안 한 십 년 간 까맣게 소식조차 묘연하다가 얼마 전 표연히 이 집에 나타난 것이었다. 낭이와는 말하자면 어미를 같이하는 오뉘뻘이었다. 낭이가 대여섯 살 되었을 때 그 때만 해도 아직 병으로 귀가 멀기 전이라 '욱이, 욱이' 하고 몹시 그를 따르곤 했었다. 그러던 것이 욱이가 절간으로 떠난 지 얼마 되지 않아 낭이는 자리에 눕게 되어 꼭 삼 년 동안을 시름시름 앓고 나더니, 그 길로 귀가 멀어 버렸던 것이다. 그러나 귀가 어느 정도로 먹은지는 아무도 아는 사람이 없었다. 한두 번 그의 어미를 향해

어눌하나마,

"우, 욱이 어디 가아서?"

이렇게 물은 적이 있었다.

"절에 공부하러 갔다."

"어어디, 절에?"

"지림사, 큰 절에……."

그러나 이것은 거짓말이었다. 모화 자신도 사실인즉 욱이가 어느 절에 가 있는지 통 모르고 있었고, 다만 모른다고 하기가 싫어서 이렇게 머리에 떠오르는 대로 대답했을 뿐이었다.

모화는 장에서 돌아와 처음 욱이를 보았을 때, 그 푸른 얼굴에 난데없는 공포의 빛이 서리며, 곧 어디로 달아날 것같이 한참 동안 어깨를 뒤틀고 허둥거리다가 말고 별안간 그 후리후리한 키에 긴 두 팔을 벌려, 흡사 무슨 큰 새가 저희 새끼를 품듯 달려들어 욱이를 안았다.

"이게 누고, 이게 누고? 아이고…… 내 아들아, 내 아들아!"

모화는 갑자기 목을 놓고 울었다.

"내 아들아, 내 아들아! 늬가 왔나, 늬가 왔나?"

모화는 앞뒤도 살피지 않고 온 얼굴을 눈물로 씻었다.

"오마니, 오마니."

욱이도 어미의 한 쪽 어깨에 볼을 대고 오래도록 울었다. 어미을 닮아 허리가 날씬하고 목이 가는 이 열아홉 살 난 청년은 그 동안 절간으로 어디로 외롭게 유랑해 다닌 사람 같지도 않게, 품위가 있고 아름다운 얼굴이었다.

낭이도 그 때에야 이 청년이 욱이인 것을 진정으로 깨닫는 모양이었다. 처음 혼자 방에 있는데, 어떤 낯선 청년이 와서 방문을 열기에 너무도 놀라고 간이 뛰어 말 ─ 표정으로도 ─ 한 마디도 못 하고 방구석에 서서 오들오들 떨고만 있었던 것이다. 이제 낭이는 그 어머니가 욱이를 얼싸안고 내 아들아, 내 아들아 하며 우는 것을 보고 어쩌면 저도 눈물이 날 것 같았다.

낭이는 그 어머니에게도 이렇게 인정이 있다는 것을 보자 형언할 수 없는 즐거움을 깨달았다.

　그러나 욱이는 며칠을 가지 않아 모화와 낭이에게 알 수 없는 이상한 수수께끼와 같은 것이 되었다.

　그는 음식을 받아 놓고나, 밤에 잠을 자려고 할 때나, 또 아침에 자리에서 일어났을 때 반드시 한참 동안씩 주문(呪文) 같은 것을 외는 것이었다. 그러고는 틈틈이 품속에서 조그만 책 한 권을 꺼내어 읽곤 하는 것이었다. 낭이가 그것을 수상스레 보고 있으려니까 욱이는 그 아름다운 얼굴에 미소를 지으며,

　"너도 이 책을 읽어라."

　하고 그 조그만 책을 낭이 앞에 펴 보이곤 했다. 낭이는 지금까지 〈심청전〉이란 책을 여러 차례 두고 읽어서 국문쯤은 간신히 읽을 수 있었으므로, 욱이가 내놓은 그 조그만 책을 들여다보니, 맨 처음 껍데기에 큰 글자로 〈신약 전서〉란, 넉자가 똑똑히 씌어져 있었다. 〈신약전서〉란 생전 처음 보는 이름이다.

　낭이가 알 수 없다는 듯이 욱이를 바라보자, 욱이는 또 만면에 미소를 띠며,

　"너 사람을 누가 만들어낸지 아니?"

　하였다. 그러나 낭이에게는 이 말이 들리지도 않았을 뿐더러, 욱이의 손짓과 얼굴 표정을 통해 대강 짐작할 수 있었다 하더라도 이건 지금까지 생각도 해 보지 못한 어려운 말이었다.

　"그럼 너 사람이 죽어서 어떻게 되는 줄은 아니?"

　"……."

　"이 책에는 그런 것들이 모두 씌어져 있다."

　그러고는 손으로 몇 번이나 하늘을 가리켰다. 그리하여 낭이가 알아 들은 말이라고는 겨우 한 마디 '하나님'이었다.

　"우리 사람을 만든 것은 하나님이다. 하나님은 우리 사람뿐 아니라 천지 만물을 다 만들어내셨다. 우리가 죽어서 돌아가는 곳도 하나님 전이다."

　이러한 욱이의 '하나님'은 며칠 지나지 않아 곧 모화의 의혹과 반발을 불러일으켰다. 욱이가 온 지 사흘째 되던 날, 아침밥을 받아 놓고 그가 기도를 드리려니까, 모화는,

"너 불도에도 그런 법이 있나?"

이렇게 물었다. 모화는 욱이가 그 동안 절간에 가 있다 온 줄만 믿고 있었으므로, 그가 하는 짓은 모두 불도(佛道)에 관한 일인 줄로만 생각하는 모양이었다.

"아니오 오마니, 난 불도가 아닙내다."

"불도가 아니고, 그럼 무슨 도가 있어?"

"오마니, 절간에서 불도가 보기 싫어 달아났댔쉬다."

"불도가 보기 싫다니, 불도야 큰 도지……. 그럼 넌 뭐 신선도야?"

"아니오 오마니, 난 예수도올시다."

"예수도?"

"북선 지방에서는 예수교라고 합데다. 새로 난 교지요."

"그럼, 너 동학당이로군!"

"아니오 오마니, 나는 동학당이 아닙내다. 나는 예수도올시다."

"그래. 예수도온가 하는 데서는 밥 먹을 때마다 눈을 감고 주문을 외나?"

"오마니, 그건 주문이 아니외다. 하나님 앞에 기도 드리는 것이외다."

"하나님 앞에?"

모화는 눈을 둥그렇게 떴다.

"네, 하나님께서 우리 사람을 내셨으니간요."

"야아, 너 잡귀가 들렸구나!"

모화의 얼굴빛은 순간 퍼렇게 질리었다. 그리고는 더 묻지 않았다.

다음날, 모화가 그 마을에 객귀 들린 사람이 있어 '물밥'을 내주고 돌아오려까 욱이가,

"오마니, 어디 갔다 오시나요?"

하고 물었다.

"저 박 급창댁에 객귀를 물려 주고 온다."

욱이는 한참 동안 무엇을 생각하는 모양이더니,

"그럼 오마니가 물리면 귀신이 물러나갑데까?"

한다.

"물러나갔기 사람이 살아났지."

모화는 별소리를 다 듣는다는 듯이 대답했다. 그는 지금까지 이 경주 고을 일원을 중심으로 수백 번의 푸닥거리와 굿을 하고 수백 수천 명의 병을 고쳐 왔지만, 아직 한 번도 자기의 하는 굿이나 푸닥거리에 신령님의 감응을 의심한다든가 걱정해 본 적은 없었다. 더구나 누구의 객귀에 물밥을 내 주는 것쯤은 목마른 사람에게 물 한 그릇을 떠 주는 것만큼이나 당연하고 손쉬운 일로만 여겨왔다. 모화 자신만이 그렇게 생각할 뿐 아니라 굿을 청하는 사람, 객귀가 들린 사람 쪽에서도 그와 같이 믿고 있는 편이기도 했다. 그들은 무슨 병이 나면 먼저 의원에게 보이려는 생각보다 으레 모화에게 찾아갈 것으로 생각하는 것이었다. 그들의 생각에는 모화의 푸닥거리나 푸념이 의원의 침이나 약보다 훨씬 반응이 빠르고 효험이 확실하고 준비가 손쉬웠던 것이다. 한참 동안 고개를 수그리고 무엇을 생각하고 있던 욱이는, 고개를 들어 그 어머니의 얼굴을 똑바로 바라보며,

"오마니, 이것 보시오. 마태복음 제 구장 삼십오절이올시다. 저희가 나갈 때에 사귀들려 벙어리 된 자를 예수께 다려오매, 사귀가 쫓겨나니 벙어리가 말하거늘……."

그러나 이 때 벌써 모화는 자리에서 일어나, 방구석에 언제나 차려 놓은 '신주상' 앞에 가서,

"신령님네, 신령님네, 동서남북 상하 천지,
　날것은 날아가고, 길것은 기어 가고
　머리검한 초로 인생 실낱 같안 이 목숨이,
　신령님네 품이길래 품속에 품았길래,
　대로같이 가옵내다, 대로같이 가옵내다.
　부정한 손 물리치고, 조콜한 손 받으실새,
　터주님이 터 주시고 조왕님이 요 주시고,
　삼신님이 명 주시고 칠성님이 들르시고,
　미륵님이 돌보셔서 실낱 같안 이 목숨이,
　대로같이 가옵내다. 탄탄대로같이 가옵내다."

모화의 두 눈은 보석같이 빛나고, 강렬한 발작과도 같이 등허리를 떨며 두 손을 비벼댔다. 푸념이 끝나자 신주상 위의 냉수 그릇을 들어 물을 머금더니 욱이의 낯과 온몸에 확 뿜으며,

"엇쇠 귀신아, 물러서라,

여기는 영주 비루봉 상상봉혜,

깎아 질린 돌 베랑혜, 쉰 길 청수혜,

너희 올 곳이 아니니라.

바른손혜 칼을 들고 왼손혜 불을 들고,

엇쇠 잡귀신아, 썩 물러서라. 툇툇!"

이렇게 외쳤다.

욱이는 처음 어리둥절해서 모화의 푸념하는 양을 바라보고 있다가, 이윽고 고개를 수그려 잠깐 기도를 올리고 나서 일어나 잠자코 밖으로 나가 버렸다.

모화는 욱이가 나간 뒤에도 한참 동안 푸념을 계속하며 방구석마다 물을 뿜고 주문을 외었다.

　4.

욱이는 그 길로 이 지방의 예수교인들을 찾아보기로 했다. 그 날 곧 돌아올 줄 알았던 욱이는 해가 지고 밤이 깊어도 돌아오지 않았다. 모화와 낭이, 어미 딸은 방구석에 음울하게 웅크리고 앉아 욱이가 돌아오기만 기다리는 것이었다.

"예수 귀신 책 거 없나?"

모화는 얼마 뒤에 낭이더러 이렇게 물었다. 낭이는 고개를 저었다. 그러자 갑자기 낭이도 욱이의 그 신약전서란 책을 제가 맡아 두지 않았음을 후회했다. 모화는 분명히 욱이가 무슨 몹쓸 잡귀에 들린 것으로만 간주하는 모양이었다. 그것은 마치 욱이가 모화와 낭이를 으레 사귀들린 사람들로 생각하는 것과도 같았다. 그는 모화뿐만 아니라 낭이까지도 어미의 사귀가 들어가서 벙어리가 된 것이라고 믿는 것이었다.

"예수 당시에도 사귀들려 벙어리 된 자를 예수께서 몇 번이나 고쳐 주시지 않았

나."

욱이는 이렇게 생각하는 것이었다. 그리고 그는 자기의 힘으로 자기가 하나님께 열심히 기도를 드림으로써, 그 어미와 누이동생의 병을 고쳐야 한다고 마음속으로 굳게 결심하는 것이었다.

'예수께서 무리들이 달려와서 모이는 것을 보시고 그 더러운 귀신을 꾸짖어 가라사대 벙어리와 귀머거리 귀신아, 내가 네게 명하노니 그 아이에게서 나오고 다시 들어가지 마라 하시니 사귀가 소리지르며 아이를 심히 오그러뜨리고 나가니, 그 아이가 죽은 것같이 되매 여러 사람이 말하기를 죽었다 하거늘, 오직 예수 그 손을 잡아 일으키시니 드디어 일어서더라. 집에 들어가시매 제자들이 조용히 묻자와 가로되 우리는 어찌하여 능히 그 귀신을 쫓아내지 못하였나이까. 예수 가라사대 기도 아니 하여서는 이런 유를 나가게 할 수 없나니라.' (마가복음 9장 25절 ~29절)

그리하여 욱이는 자기도 하나님께 기도만 간절히 드리면 그 어미와 누이동생에게 들어 있는 사귀도 내어쫓을 수 있으리라 믿었다. 일방, 그는 그가 지금까지 배우고 있던 평양 현 목사와 이 장로에게도 편지를 띄웠다.

'목사님, 저는 하나님의 은혜로 무사히 오마니를 찾아왔습내다. 그러하오나 이 지방에는 오직 우리 주님의 복음이 전파되지 않아서 사귀들린 자와 우상 섬기는 자가 매우 많은 것을 볼 때, 하루 바삐 주님의 복음을 이 지방에 전파하도록 교회를 지어야 하겠습내다. 목사님께 말씀드리기는 매우 부끄러운 일이나 저의 오마니는 무당 사귀가 들려 있고, 저의 누이동생은 귀머거리와 벙어리귀신이 들려 있습내다. 저는 마가복음 제 구 장 제 이십구절에 있는 우리 주님 예수 그리스도의 말씀대로 이 사귀들을 내어 쫓기 위하여 열심히 기도를 드립니다마는 교회가 없으므로 기도 드릴 장소가 매우 힘드옵내다. 하루 바삐 이 지방에 교회 되기를 하나님께 기도 올려 주소서.'

이 현 목사는 미국 선교사로서, 욱이가 지금까지 먹고 입고 공부를 하게 된 것이 모두 그의 도움이었다. 욱이가 열다섯 살까지 절간에서 중의 상좌 노릇을 하고 있다가, 그 해 여름에 혼자서 서울 구경을 간다고 나선 것이 이리저리 유랑하여 열여섯 되던 해 가을엔 평양까지 가게 되었고, 거기서 그 해 겨울 이 장로의 소개로 현 목사의 도움을 받게 되었던 것이었다.

이번엔 욱이가 평양서 어머니를 보러 간다고 하니까, 현 목사는 욱이를 불러 놓고 이렇게 말했다.

"지금부터 삼 년 동안 이 사람 고국 갈 것이오. 그 때, 만일 욱이가 함께 가기 원하면 이 사람 같이 미국 가게 될 것이오."

"목사님, 고맙습니다. 저는 목사님을 따라 미국 가기가 원입니다."

"그러면 속히 모친 만나 보고 오시오."

그러나 욱이가 어머니의 집이라고 찾아온 곳은 지금까지 그가 살고 있는 현 목사나 이 장로의 집보다 너무나 딴 세상이었다. 그 명랑한 찬송가 소리와 풍금소리와 성경 읽는 소리와 모여 앉아 기도를 올리고 맛난 음식을 향해 즐겁게 웃음 웃는 얼굴들 대신 군데군데 헐어져 가는 돌담과 기와 버섯이 퍼렇게 뻗어 오른 묵은 기와집과 엉킨 잡초 속에 꾸물거리는 개구리, 지렁이들과 그 속에서 무당귀신과 귀머거리귀신이 각각 들린 어미 딸 두 여인을 보았을 때, 그는 흡사 자기 자신이 무서운 도깨비굴에 홀려든 것이 아닌가 하고 새삼 의심이 들 지경이었다.

욱이가 이 지방 예수교인들을 두루 만나 보고 집으로 돌아온 뒤부터 야릇하게 변해진 것은 낭이의 태도였다. 그 호리호리한 몸매와 종잇장같이 희고 매끄러운 얼굴에 빛나는 굵은 두 눈으로 온종일 말 한 마디, 웃음 한 번 웃는 일 없이 방구석에 틀어박혀 앉은 채 욱이의 하는 양만 바라보고 있다가, 밤이 되어 처마 끝에 희부연 종이 등불이 걸리고 하면, 피에 주린 싸늘한 손과 입술로 욱이의 목덜미나 가슴팍으로 뛰어들곤 했다. 욱이는 문득문득 목덜미로 가슴팍으로 낭이의 차디찬 손과 입술을 느낄 적마다 깜짝깜짝 놀라곤 하였으나, 그녀가 까무러칠 듯이 사지를 떨며 다시 뛰어들 제면 그도 당황히 낭이의 손을 쥐어 주며, 그 희부연 종이 등불이 걸려 있는 처마 밑으로 이끌곤 했다.

낭이의 태도가 미묘해진 뒤부터 욱이의 얼굴빛은 날로 창백해 갔다. 그렇게 한 보름 지난 뒤 그는 또 한 번 표연히 집을 나가고 말았다.

모화는 욱이가 집을 나간 지 이틀째 되던 날 밤, 문득 자리에서 일어나 앉으며

긴 한숨을 내쉬었다. 그러고는 곁에 누워 있는 낭이를 흔들어 깨우더니 듣기에도 음울한 목소리로,

"욱이가 언제 온다더누?"

물었다. 낭이가 잠자코 있으려니까,

"왜 욱이 저녁 밥상은 보아 두라고 했는데 없노."

하고 낭이더러 화를 내었다. 모화는 날이 갈수록 점점 더 초조한 빛으로 밤중마다 부엌에다 들기름 불을 켜고 부뚜막 위에 욱이의 밥상을 차려 놓고는 기도를 드리는 것이었다.

"성주는 우리 성주, 칠성은 우리 칠성, 조왕은 우리 조왕,

비나이다 비나이다 신주님께 비나이다.

하늘에는 별, 바다에는 진주,

금은 같안 이내 장손, 관옥 같안 이내 방성,

산신혜 명을 빌하 삼신혜 수를 빌하,

칠성혜 복을 빌하 삼신혜 덕을 빌하,

조왕님전 요오를 타고 터주님전 재주 타니

하늘에는 별, 바다에는 진주,

삼신 조왕 마다하고 아니 오지 못하리라.

예수 귀신하, 서역 십만리 굶주리던 불귀신하,

탄다, 훨훨 불이 탄다. 불귀신이 훨훨 탄다.

타고 나니 이내 방성 금은같이 앉았다가,

삼신 찾아오는구나, 조왕 찾아오는구나."

모화는 혼자서 손을 비비고 절을 하고 일어나 춤을 추고, 갖은 교태를 다 부리며 완연히 미친 것같이 날뛰었다. 낭이는 방에서 부엌으로 난 봉창 구멍에 눈을 대고 숨소리를 죽여 오랫동안 어미의 날뛰는 양을 지켜보고 있다가, 별안간 몸에 한기가 들며 아래턱이 달달달 떨리기 시작하였다. 그는 미친 것처럼 뛰어 일어나며 저고리를 벗었다. 치마를 벗었다. 그리하여 어미는 부엌에서, 딸은 방안에서 한 장단 한 가락에 놀 듯 어우러져 춤을 추곤 했다. 그러한 어느 새벽, 낭이는 정신

을 차리고 보니 발가벗은 알몸뚱이로 방바닥에 쓰러져 있는 그녀 자신을 발견한 일도 있었다.

두 번째 집을 나갔던 욱이는 다시 얼굴에 미소를 띠며 그녀들 어미 딸 앞에 나타났다.

모화는 그 때 마침 굿 나갈 때 신을 새 신발을 신어 보고 있었는데 욱이가 오는 것을 보자, 그 후리후리한 허리에 긴 팔을 벌려 새가 알을 품듯, 그의 상반신을 얼싸안고 울기 시작했다.

이번엔 아무런 푸념도 없이 오랫동안 욱이의 목을 안은 채 잠자코 울기만 하는 것이었다. 언제나 퍼런 그 얼굴에도 이 때만은 붉은 기운이 돌며, 그 천연스런 몸짓은 조금도 귀신들린 사람 같지 않았다.

"오마니, 나 방에 들어가 좀 쉬겠쉐다."

욱이는 어미의 포옹을 끄르고 일어나 방에 들어가 누웠다.

모화는 웬일인지 욱이가 방에 들어간 뒤에도 혼자 툇마루에 앉아 고개를 수그린 채 몹시 쓸쓸한 얼굴이었다. 그러더니 무슨 생각엔지 일어나 방에 들어가 낭이의 그림을 이것저것 뒤져보는 것이었다.

그 날 밤이었다.

밤중이나 되어 욱이가 잠결에 그의 품속에 언제나 품고 있는 성경책을 더듬어 보았을 때 품속에 허전함을 느꼈다. 그와 동시에 웅얼웅얼하며 주문(呪文)을 외는 소리도 들려왔다. 자리에서 일어나 보았으나 품속에서 성경을 찾을 수는 없었다. 그리고 낭이와 욱이 사이에 누워 있을 그의 어머니는 보이지 않았다. 그는 어떤 불길하고 무서운 예감에 몸이 부르르 떨리었다. 바로 그 때였다. 그의 귀에는 땅속에서 귀신이 우는 듯한, 웅얼웅얼하는 주문을 외는 듯한 소리가 좀더 또렷이 들려왔다. 다음 순간, 그는 거의 무의식적으로 방에서 부엌으로 난 봉창 구멍에 눈을 갖다 대었다.

"서역 십만리 굶주린 불귀신하,

한쪽 손에 불을 들고 한쪽 손에 칼을 들고,

이리 가니 산신님이 예 기신다.

저리 가시 용신님이 예 기신다.

칠성이라 돌아가니 칠성님이 예 기신다.

구름 속에 쎄어 간다, 바람 속에 묻혀 간다.

구름님이 예 기신다. 바람님이 제 기신다.

용궁이라 당도하니 열두 대문 잠겨 있다.

첫째 대문 두드리니 사천왕이 뛰어나와

종발눈 부릅뜨고, 주석 철퇴 높이 든다.

둘째 대문 두드리니 불개 두 쌍 뛰어나와

꽃불은 수놈이 낼룽, 불씨는 암놈이 낼룽,

셋째 대문 두드리니 물개 두 쌍 뛰어나와

수놈이 공공 꽃불이 죽고

암놈이 공공 불씨가 죽고……"

모화는 소복 단장에 쾌자까지 두르고 온갖 몸짓, 갖은 교태를 다 부려 가며 손을 비비다, 절을 하다, 덩싯거리며 춤을 추다 하고 있다. 부뚜막 위에는 깨끗한 접시불(들기름)이 켜져 있고, 접시불 아래 놓인 소반 위에는 냉수 한 그릇과 흰 소금 한 접시가 놓여 있을 따름이다. 그리고 그 곁에는 지금 막 그 마지막 불꽃이 나불거리고 난 새빨간 파란 연기 한 오리가 오르는 '신약전서'의 두꺼운 표지는 한머리 이미 파리한 재가 되어 가고 있었다.

모화는 무엇에 도전이나 하는 것처럼 입가에 야릇한 냉소 까지 띠며, 소반에 얹힌 접시의 소금을 집어 연기마저 사라진 새까만 재 위에 뿌렸다.

"서역 십만리 예수귀신이 돌아간다.

당산에 가 노자 얻고, 관묘에 가 신발 신고,

두 귀에 방울 달고 방울소리 발 맞추어

재 넘고 개 건너 잘도 간다.

인제 가면 언제 볼꼬, 발이 아파 못 오겠다.

춘삼월에 다시 오랴, 배가 고파 못 오겠다……"

모화의 음성은 마주(魔酒) 같은 향기를 풍기며 온 피부에 스며들었다. 그 보석

같은 두 눈의 교태와 쾌잿자락과 함께 나부끼는 손짓은, 이제 차마 더 엿볼 수 없게 욱이의 심장을 쥐어짜는 것이었다. 욱이는 가위눌린 사람처럼 간신히 긴 숨을 내쉬며 뛰어 일어났다. 다음 순간, 자기 자신도 모르게 방문을 뛰어나온 그는 부엌문을 박차고 들어가 소반 위에 차려 놓은 냉수 그릇을 집어들려 하였다. 그러나 그가 냉수 그릇을 집어들기 전에 모화의 손에는 식칼이 번득이고 있었고, 모화는 욱이와 물그릇 사이에 식칼을 두르며 조용히 춤을 추고 있는 것이었다.

"엇쇠 귀신하, 물러서라.

너 이제 보아하니 서역 십만리 굶주리던 잡귀신하,

여기는 영주 비루봉 상상봉혜

깎아지른 돌 벼랑혜, 쉰 길 청수혜, 엄나무 발에

너희 올 곳이 아니다.

바른손혜 칼을 들고 왼손혜 불을 들고,

엇쇠 서역 잡귀신하, 썩 물러서라."

이 때, 모화는 분명히 식칼로 욱이의 면상을 겨누어 치려 하였다. 순간, 욱이는 모화의 칼날을 왼쪽 귓전에 느끼며 그의 겨드랑이 밑을 돌아 소반 위에 차려 놓은 냉수 그릇을 들어서 모화의 낯에다 그릇째 끼얹었다. 이 서슬에 불이 기울어져 봉창에 붙었다. 욱이는 봉창에서 방안으로 붙어 들어가는 불길을 잡으려고 부뚜막 위로 뛰어올랐다. 그러자 물그릇을 뒤집어쓰고 분노에 타는 모화는 욱이의 뒤를 쫓아 칼을 두르며 부뚜막으로 뛰어올랐다. 봉창에서 방안으로 붙어 들어가는 불길을 덮쳐 끄는 순간, 뒷등허리가 찌르르하여 획 몸을 돌이키려 할 때 이미 피투성이가 된 그의 몸은 허옇게 이를 악물고 웃음 웃는 모화의 품속에 안겨져 있었다.

5.

욱이의 몸은 머리와 목덜미와 등허리에 세 군데 상처를 입었다.

그러나 욱이의 병은 이 세 군데 칼로 맞은 상처만이 아니었다. 그는 날이 갈수록 갈비뼈가 앙상하게 드러나고 두 눈자위가 패어 들기 시작했다.

모화는 욱이의 병 간호에 남은 힘을 다하여 그가 원하는 것이 있으면 낮과 밤을 헤아리지 않고 뛰어갔다. 가끔 욱이를 일으켜 앉히어서 자기의 품에 안아도 주었다. 물론, 약도 쓰고 굿도 하고 주문도 외웠다. 그러나 욱이의 병은 낫지 않았다.

모화는 욱이의 병 간호에 열중한 뒤부터 굿에는 그만큼 신명이 풀린 듯하였다. 누가 굿을 청하러 와도 아들의 병을 핑계로 대개 거절을 했다. 그러자 모화의 굿이나 푸념의 반응이 이전과 같이 신령하지 않다고들 하는 사람이 하나둘씩 생기기도 했다.

이러할 즈음, 이 고을에도 조그만 교회당이 서고 선교사가 들어왔다. 그리하여 그것은 바람에 불처럼 온 고을에 뻗쳤다. 읍내의 교회에서는 마을마다 전도대를 내보냈다. 그리하여 이 모화의 마을에까지 '복음'이 전파되었다.

"여러 부모 형제 자매, 우리 서로 보게 된 것 하나님 앞에 감사드릴 것이오. 하나님 우리 만들었소. 매우 사랑했소. 우리 모두 죄인이올시다. 우리 마음속 매우 흉악한 것뿐이오. 그러나 예수 우리 위해 십자가에 못 박혔소. 그러므로 예수 그리스도 믿음으로 우리 구원받을 것이오. 우리 매우 반가운 뜻으로 찬송할 것이오. 하나님 앞에 기도드릴 것이오."

두 눈이 파랗고 콧대가 칼날 같은 미국 선교사를 보는 것은 원숭이 구경보다도 재미나다고들 하였다.

"돈은 한 푼도 안 받는다. 가자."

마을 사람들은 떼를 지어 모여들었다.

이 마을 방 영감네 이종 사촌 손자 사위요, 선교사와 함께 온 양조사(楊助事) 부인은 집집마다 심방하여 가로되,

"무당과 판수를 믿는 것은 거룩거룩하시고 절대적 하나밖에 없는 우리 하나님 아버지께 죄가 됩니다. 무당이 무슨 능력이 있습니까. 보십시오, 무당은 썩어 빠진 고목나무나, 듣도 보도 못하는 돌미륵한테도 빌고 절을 하지 않습니까. 판수가 무슨 능력이 있습니까. 보십시오, 제 앞도 못 보아 지팡이로 더듬거리는 그가 어떻게 눈 밝은 사람을 구원할 수 있겠습니까. 우리 인생을 만든 것은 절대적 하나밖에 없는 하나님 아버지올시다. 그러므로 아버지께서는 말씀하셨습니다. 내 앞에 다른 신을 두지 말라."

이리하여 하나님 아버지의 외아들 예수 그리스도가 온갖 사귀들린 사람, 문둥병 든 사람, 앉은뱅이, 벙어리, 귀머거리 고친 이야기가 한정 없이 쏟아진다.

모화는 픽 웃곤 했다.

"그까짓 잡귀신들."

그러나 그들의 비방과 저주는 뼛골에 사무치는 듯 그녀는 징을 울리고 꽹과리를 치며 외쳤다.

"엇쇠 귀신아, 물러서라.

당대 고축년에 얻어 먹던 잡귀신아,

늬 어이 모화를 모르나냐. 아니 가고 봐 하면 쉰 길 청수에 엄나무 발에, 무쇠 가마에, 백말 가죽에 늬 자자손손을 가두어 못 얻어 먹게 하고 다시는 세상 밖에 내주지 아니하여 햇빛도 못 보게 할란다. 엇쇠 귀신아, 썩 물러가거라.

서역 십만리로 꽁무니에 불을 달고,

두 귀에 방울 달고 왈강달강 왈강달강

벼락같이 떠나거라."

그러나 '예수귀신'들은 결코 물러나지 않았을 뿐 아니라, 점점 늘어만 갔다. 게다가, 옛날 모화에게 굿과 푸념을 빌러 다니던 사람들까지 하나둘씩 모두 예수귀신이 들기 시작하였다.

이러는 동안 서울서 또 부흥 목사가 내려왔다. 그는 기도를 드려서 병을 고치는 능력이 있다 하여 온 고을 사람들이 모여들기 시작하였다. 그가 병자의 머리 위에 손을 얹고,

"이 죄인은 저의 죄로 말미암아 심히 괴로워하고 있사옵니다."

하고 기도를 올리면, 여자들이 월수병 대하증쯤은 대개 '죄씻음'을 받을 수 있었고, 그 밖에도 소경이 눈을 뜨고 앉은뱅이가 걷고, 귀머거리가 듣고, 벙어리가 말하고, 반신 불수와 지랄병까지 저희 믿음 여하에 따라 모두 죄씻음을 받을 수 있다는 것이었다. 여자들의 은가락지 금반지가 나날이 수를 다투어 강단 위에 내걸리게 된다, 기부금이 쏟아진다, 이리 되면, 모화의 굿 구경에 견줄 나위가 아니라고 하였다.

"양국놈들이 요술단을 꾸며 왔어."

모화는 픽 웃고 이렇게 말했다. 굿과 푸념으로 사람 속에 든 사귀 잡귀신을 쫓는 것은 지금까지 신령님께서 자기에게만 허락하신 자기의 특수한 권능이었다. 그리고 그의 신령님은 오늘날 예수꾼들이 그렇게도 미워하고 시기하는 고목이기도 했고, 미륵돌이기도 했고, 산이기도 했고, 물이기도 했다.

"무당과 판수를 믿는 것은 절대적 한 분밖에 안 계시는 거룩거룩하신 하나님 아버지께 죄가 됩니다."

예수귀신들이 나발을 불고 북을 치며 비방을 하면, 모화는 혼자서 징을 울리고 꽹과리를 치며,

"꽁무니에 불을 달고, 두 귀에 방울 달고, 왈강달강 왈강달강, 서역 십만리로 물러서라, 잡귀신아."

이렇게 응수하곤 했다.

6.

욱이의 병은 그 해 가을 지나 겨울철에 들면서부터 표나게 악화되어 갔다. 모화가 가끔 간장이 녹듯 떨리는 음성으로,

"이것아 이것아, 늬가 이게 웬일이고? 머나먼 길에 에미라고 찾아와서 늬가 이게 무슨 꼴고?"

손을 잡고 눈물 흘리면,

"오마니, 너무 걱정하지 마시오. 나는 죽어서 우리 아버지께로 갈 것이오."

욱이는 조용히 이렇게 말했다. 그리고 무어 생각나는 게 없느냐고 물으면 그는 조용히 고개를 돌렸다. 그러나 어미가 밖에 나가고 낭이가 혼자 있을 때엔 이따금 낭이의 손을 잡고,

"나 성경 한 권 가졌으면……."

하는 것이었다.

이듬해 봄, 그가 세상을 떠나기 사흘 전에 그가 그렇게도 그리워하고 기다리던 현 목사가 평양에서 찾아왔다. 현 목사는 박 영감네 이종 사촌 손자 사위인 양 조

사의 인도로 뜰안에 들어서자, 그 황폐한 광경과 역한 흙냄새로 미간을 찌푸리며,

"이런 가운데서 욱이가 살고 있소?"

양 조사에게 이렇게 물었다.

욱이는 양 조사가 들어오는 것을 보자 두 눈에 광채를 띠며,

"목사님, 목사님."

이렇게 두 번 불렀다.

현 목사는 잠자코 욱이의 여윈 손을 쥐었다. 별안간 그의 온 얼굴은 물든 것처럼 붉어지며 무수한 주름살이 미간과 눈꼬리에 잡혔다. 그는 솟아오르는 감정을 누르려는 듯이 한참 동안 눈을 감고 있었다.

양 조사는 긴장된 침묵을 깨뜨리려는 듯이 입을 열었다.

"경주에 교회가 이렇게 속히 서게 된 것은 이 분의 공로올시다."

그리하여 그의 말을 들으면, 욱이는 평양 현 목사에게 진정을 했고, 현 목사께서는 욱이의 편지에 의하여 대구 노회에 간청을 했고, 일반 경주 교인들은 욱이의 힘으로 서로 합심하여 대구 노회와 연락한 결과, 의외로 속히 교회 공사가 진척되었던 것이라 하였다.

현 목사가 의사와 함께 다시 오기를 약속하고 일어나려 할 때, 욱이는,

"목사님, 나 성경 한 권만 사 주시오."

했다.

현 목사는 손가방 속에서 자기의 성경책을 내 주었다. 성경책을 받아 쥔 욱이는 그것을 가슴에 안고 눈을 감았다. 그의 감은 눈에서는 이슬 방울이 맺히었다.

7.

모화 집 마당에는 예년과 다름없이 잡풀이 엉기고 늙은 개구리와 지렁이들이 그 속에 웅크리고 있었다. 그녀는 그 동안 거의 굿을 나가지 않고, 매일 그 찌그러져 가는 묵은 기와집, 잡초 속에서 혼자서 징, 꽹과리만 울리고 있었다. 사람들은 모화가 인제 아주 미친 것이라 하였다. 모화는 부엌에다 오색 헝겊을 걸고, 낭이의 그림으로 기를 만들어 달고는, 사뭇 먹기조차 잊어버린 채 입술은 먹같이 검어

지고 두 눈엔 날로 이상한 광채가 짙어갔다.

"서역 십만리 예수 귀신 돌아간다.

꽁무니에 불을 달고, 두 귀에 방울 달고 왈강달강 왈강달강,

엇쇠 귀신아 썩 물러가거라.

자녁 아니 가고 봐 하면, 쉰 길 청수에, 엄나무 바알에, 무쇠 가마에, 흰말 가죽에, 너이 자자손손을 다 가두어 죽일란다. 엇쇠! 귀신아!"

그녀는 날마다 같은 푸념으로 징, 꽹과리를 울렸다. 혹 술잔이나 가지고 이웃사람이 찾아가,

"모화네, 아들 죽고 섭섭해서 어쩌나?"

하면 그녀는 다만,

"우리 아들은 예수 귀신이 잡아갔소."

하고 한숨을 내쉬곤 했다.

"아까운 모화 굿을 언제 또 볼꼬?"

사람들은 모화를 아주 실신한 사람으로 치고 이렇게 아까워하곤 했다. 이러할 즈음에 모화의 마지막 굿이 열린다는 소문이 났다. 읍내 어느 부잣집 며느리가 '예기소'에 몸을 던진 것이었다. 그래 모화는 비단 옷 두 벌을 받고 특별히 굿을 응낙했다는 말도 났다. 그리고 이와 동시에 모화가 이번 굿에서 딸 낭이의 입을 열게 할 계획이라는 소문이 났다.

"흥, 예수 귀신이 진짠가 신령님이 진짠가 두고 보지."

이렇게 장담했다는 것이다. 사람들은 기대와 호기심에 들끓었다. 그들은 놀랍고 아쉬운 마음으로 산을 넘고 물을 건너 모여 들었다.

굿이 열린 백사장 서북쪽으로는 검푸른 소 물이 깊은 비밀과 원한을 품은 채 조용히 굽이 돌아 흘러내리고 있었다. (명주구리 하나 들어간다는 이 깊은 소에는 해마다 사람이 하나씩 빠져 죽기 마련이라는 전설이 있다.)

백사장 위에는 수많은 엿장수, 떡장수, 술가게, 밥가게들이 포장을 치고, 혹은 거적을 두르고 득실거렸고, 그 한복판 큰 차일 속에서 굿은 벌어져 있었다. 청사, 홍사, 녹사, 백사, 황사의 오색사 초롱이 꽃송이같이 여기저기 차일 아래 달리고

그 초롱불 밑에서 떡시루, 탁주 동이, 돼지 통새미들이 온 시루, 온 동이, 온 마리째 놓인 대감상, 무더기 쌀과 타래 실과 곶감 꼬치, 두부를 놓은 제석상과, 삼색 실과에 백설기와 소채 소탕에 자반, 유과들을 차려 놓은 미륵상과, 열두 가지 산채로 된 산신상과, 열두 가지 해물을 차린 용신상과, 음식이란 음식마다 한 접시씩 놓은 골목상과, 냉수 한 그릇만 놓은 모화상과 이 밖에도 여러 가지 크고 작은 전물상들이 쭉 늘어 놓아져 있었다.

이 날 밤 모화의 얼굴에는 평소에 볼 수 없던 정숙하고 침착한 빛이 서려 있었다. 어제같이 아들을 잃고 또 새로 들어온 예수교도들로부터 가지각색 비방과 구박을 받아 오던 그녀로서는 의아스러우리만큼 새침하게 가라앉아 있어, 전날 달밤으로 산에 기도를 다닐 적의 얼굴을 연상케 했다. 그녀는 전날과 같이 여러 사람 앞에서 아양을 부리거나 수선을 떨지도 않았다. 그러나 그녀는 그 호화스러운 전물상들을 둘러보고도 만족한 빛 한 번 띠지 않고, 도리어 비웃듯이 입을 비쭉거렸다.

"더러운 년들, 전물상만 차리면 그만인가."

입 밖에 내어 놓고 빈정거리기까지 하였다. 그러자 자리에서는 모화가 오늘밤 새로운 귀신이 지핀다고들 수군거리기 시작했다. 그 가운데 한 여자가 돌연히,

"아 죽은 김씨 혼신이 덮였군."

하자 다른 여자들도,

"바로 그 김씨가 들렸다. 저 청승맞도록 정숙하고 새침한 얼굴 좀 봐라. 그리고 모화네가 본디 어디 저렇게 이뻤나, 아주 김씨를 덮어 썼구먼."

이렇게들 수군댔다. 이와 동시, 한쪽에서는 오늘 밤 굿으로 어쩌면 정말 낭이가 말을 하게 될 게라는 얘기도 퍼졌고, 또 한쪽에서는 낭이가, 누구 아이인지는 모르지만 배가 불러 있다는 풍설도 돌았다. 하여간 이 여러 가지 소문들이 오늘 밤 굿으로 해결이 날 것이라고 막연히 그녀들은 믿고 있는 것이었다.

모화는 김씨 부인이 처음 태어났을 때부터 물에 빠져 죽을 때까지의 사연을 한참씩 넋두리하다가는 전악들의 젓대, 피리, 해금에 맞추어 춤을 덩실거렸다. 그녀의 음성은 언제보다도 더 구슬펐고 몸뚱이는 뼈도 살도 없는 율동(律動)으로 화한

듯 너울거렸고 취한 양, 얼이 빠진 양 구경하는 여인들의 숨결은 모화의 쾌잣자락 만 따라 오르내렸다. 모화의 쾌잣자락은 모화의 숨결을 따라 나부끼는 듯했고, 모화의 숨결은 한 많은 김씨 부인의 혼령을 받아 청승에 자지러진 채, 비밀을 품고 조용히 굽이 돌아 흐르는 강물(예기소의)과 함께 자리를 옮겨 가는 하늘의 별들을 삼킨 듯했다.

밤중이나 되어서였다.

혼백이 건져지지 않는다는 것이었다. 화랑이들과 작은 무당들이 몇 번이나 초망자(招亡者) 줄에 밥그릇을 달아 물 속에 던져도 밥그릇 속에 죽은 사람의 머리카락이 들어오지 않는 것으로 보아 김씨가 초혼에 응하질 않는 모양이라 하였다.

작은 무당 하나가 초조한 낯빛으로 모화의 귀에 입을 바짝 대며,

"여태 혼백을 못 건져서 어떡해?"

하였다.

모화는 조금도 서둘지 않고 오히려 당연하다는 듯이 손수 넋대를 잡고 물가로 들어섰다.

초망자 줄을 잡은 화랑이는 넋대가 가리키는 방향으로 이리저리 초혼 그릇을 물속에 굴렸다.

"일어나소 일어나소,

서른 세 살 월성 김씨 대주 부인,

방성으로 태어날 때 칠성에 복을 빌어."

모화는 넋대로 물을 휘저으며 진정 목이 멘 소리로 혼백을 불렀다.

"꽃같이 피난 몸이 옥같이 자란 몸이,

양친 부모도 생존이요, 어린 자식 뉘어 두고,

검은 물에 뛰어들 제 용신님도 외면이라,

치마폭이 봉긋 떠서 연화대를 타단 말가,

삼단머리 흐트러져 물귀신이 되단 말가."

모화는 넋대를 따라 점점 깊은 물 속으로 들어갔다. 옷이 물에 젖어 한 자락 몸에 휘감기고, 한 자락 물에 떠서 나부꼈다. 검은 물은 그녀의 허리를 잠그고, 가슴

을 잠그고, 점점 부풀어 오른다.

그녀는 차츰 목소리가 멀어지며 넋두리도 허황해지기 시작했다.

"가자시라 가자시라 이수중분 백로주로,

불러 주소 불러 주소 우리 성님 불러 주소,

봄철이라 이 강변에 복숭아 꽃이 피그덜랑,

소복 단장 낭이 따님 이내 소식 물어 주소,

첫 가지에 안부 묻고, 둘째 가……."

할 즈음, 모화의 몸은 그 넋두리와 함께 물 속에 아주 잠겨 버렸다.

처음엔 쾌잣자락이 보이더니 그것마저 잠겨 버리고, 넋대만 물 위에 빙빙 돌다가 흘러내렸다.

열흘쯤 지난 뒤다.

동해변 어느 길목에서 해물 가게를 보고 있다던 체수 조그만 사내가 나귀 한 마리를 몰고 왔을 때, 그 때까지 아직 몸이 완쾌하지 못한 낭이가 쾡한 눈으로 자리에 누워 있었다.

사내는 낭이에게 흰죽을 먹이기 시작했다.

"아버으이."

낭이는 그 아버지를 보자 이렇게 소리를 내어 불렀다. 모화의 마지막 굿이(떠돌던 예언대로) 영검을 나타냈는지 그녀의 말소리는 전에 없이 알아들을 만도 했다.

다시 열흘이 지났다.

"여기 타라."

사내는 손으로 나귀를 가리켰다.

"……."

낭이는 잠자코 그 아버지가 시키는 대로 나귀 위에 올라 앉았다.

그네들이 떠난 뒤엔 아무도 그 집을 찾아오는 사람이 없었고, 밤이면 그 무성한 잡풀 속에서 모기들만이 떼를 지어 울었다.

10····
독 짓는 늙은이

황순원(黃順元, 1915~2000) ●● 평안남도 대동에서 출생했다.
1921년 말 6세 때 평양으로 이사하여 8세 때 숭덕 소학교에 입학했다. 유복한 환경에서
예체능교육까지 따로 받으며 자라났다. 1929년에는 정주에 있는 오산중학교에 입학했
다. 여기서 한 학기를 마치고 평양으로 와 숭실중학교로 전입학하였다. 1931년 〈동광〉
을 통해서 〈나의 꿈〉이라는 시를 발표하였다.
1934년 졸업과 함께 일본 동경으로 건너가 와세다 제2 고등원에 입학하였다. 1935년 1
월 평양 숭의여고 문예반장 출신으로 일본 나고야 금성여자전문에 재학중인 동갑의 처
녀 정길과 결혼하였다.
해방 후 다수의 소설 작품을 발표하였고 한국 전쟁 후 경희대학교에서 후학을 길렀다.
대표 작품은 〈별〉〈목넘이 마을의 개〉〈독 짓는 늙은이〉〈학〉〈이리도〉〈너와 나만의 시
간〉〈송아지〉〈카인의 후예〉〈인간접목〉〈나무들 비탈에 서다〉〈소나기〉 등이 있다.

10 독 짓는 늙은이

황순원

이년! 이 백 번 쥑에두 쌀 년! 앓는 남편두 남편이디만, 어린 자식을 놔두구 그래 도망을 가? 것두 아들놈 같은 조수놈하구서…… 그래 지금 한창 나이란 말이디? 그렇다구 이년, 내가 아무리 늙구 병들었기루서니 거랑질이야 할 줄 아니? 이녀언! 하는데, 옆에 누웠던 어린 아들이, 아바지, 아바지이! 하였으나 송 영감은 꿈 속에서 자기 품에 안은 아들이 아바지, 아바지이! 하고 부르는 것으로 알며 오냐 데건 네 에미가 아니다! 하고 꼭 품에 껴안는 것을, 옆에 누운 어린 아들이 그냥 울먹울먹한 목소리로 아버지를 불러, 잠꼬대에서 송 영감을 깨워 놓았다.

송 영감은 잠들기 전보다 더 머리가 무겁고 언짢았다. 애가 종내 훌쩍 훌쩍 울기 시작했다. 오, 오, 하며 송 영감은 잠꼬대 속에서처럼 애를 끌어안았다. 자기의 더운 몸에 별나게 애의 몸이 찼다. 벌써부터 이렇게 얼리어서 될 말이냐고, 송 영감은 더 바싹 애를 껴안았다. 그리고 훌쩍이는 이제 일곱 살 난 애를 그렇게 안고 있는 동안 송 영감은 다시 이 어린것을 두고 도망간 아내가 새롭게 괘씸했다. 아내와 함께 여드름 많던 조수가 떠올랐다. 그러자 그 아들 같은 조수에게 동년배의 사내와 사내가 느끼는 어떤 적수감이 불길처럼 송 영감의 괴로운 몸을 휩쌌다.

송 영감 자신이 집중 잡히지 않는 병으로 앓아누웠기 때문에 조수가 이 가을 마지막 가마에 넣으려고 거의 혼자서 지어 놓다시피 한 중용 통용 반옹 머쎄기 같은 크고 작은 독들이 구월 보름 가까운 달빛에 하나 하나 도망간 조수의 그림자같이 느껴졌을 때, 송 영감은 벌떡 일어나 부채방망이를 들어 모조리 깨부수고 싶은 충동을 받았으나, 다음 순간 내일부터라도 자기가 독을 지어 한 가마 채워 가지고 구워 내야 당장 자기네 부자가 살아갈 것이라는 생각이 미치면서는, 정말 그러는 수밖에 다른 도리가 없다고 지그시 무거운 눈을 감아 버렸다.

날이 밝자 송 영감은 열에 뜬 머리를 수건으로 동이고 일어나 앉아 애더러는 흙 이길 왱손이를 부르러 보내 놓고, 왱손이 올 새가 바빠서 자기 손으로 흙을 이겨 틀 위에 올려놓았다. 송 영감의 손은 자꾸 떨리었다. 그러나 반쯤 독을 지어 올려 안은 조마구 밖은 부채마치로 맞두드리며 일변 발로는 틀을 돌리는 익은 솜씨만은 앓아눕기 전과 다를 바 없는 듯했다. 왱손이가 흙을 이겨 주는 대로 중용 몇 개를 지어냈다.

그러나 차차 송 영감의 솜씨에는 틈이 생기기 시작했다. 더구나 조마구와 부채마치로 두드려 올릴 때, 퍼뜩 눈앞에 아내와 조수의 환영이 떠오르면 짓던 독을 때리는지 아내와 조수를 때리는지 분간 못하는 새 독이 그만 얇게 못나게 지어지곤 했다. 그리고 전을 잡는 손이 떨려, 가뜩이나 제일 힘든 마무리의 전이 잘 잡혀지지를 않았다. 열 때문도 있었다. 송 영감은 쓰러지듯이 짓던 독 옆에 눕고 말았다.

송 영감이 정신이 들었을 때는 저녁때가 기울어서였다. 왱손이도 흙 몇 덩이를 이겨 놓고 가고 없었다. 언제부터인가 바깥 저녁그늘 속에 애가 남쪽 장길을 향해 쪼그리고 앉아 있었다. 어머니를 기다리는 거라. 언제나처럼 장보러 간 어머니가 언제나처럼 저녁때면 조수에게 장감을 지워 가저고 돌아올 줄로만 아직 아는 가 보다.

밖을 내다보던 송 영감은 제 힘만이 아닌 어떤 힘으로 벌떡 일어나 다시 독짓기를 시작하는 것이었으나, 이번에는 겨우 한 개를 짓고는 다시 쓰러지듯이 눕고 말았다.

다음에 송 영감이 정신이 든 것은 아주 어두운 속에서 애가 흔들어 깨워서였다. 울먹이던 애가 깨나는 아버지를 보고 그제야 안심된 듯이 저쪽에서 밥그릇을 가져다 아버지 앞에 놓았다. 웬 거냐고 하니까 애가, 앵두나뭇집 할머니가 주더라고 한다. 송 영감은 확 분노가 치밀어, 누가 거랑질해 오라더냐고 밥그릇을 밀쳐 놓자 애가 훌쩍훌쩍 울기 시작했다. 송 영감은 아침에 어제의 저녁밥 남은 것을 조금 뜨는 것처럼 하고는 하루 종일 아무것도 입에 대지 않은 것을 생각하고는, 애도 아직 저녁을 못 먹었을지 모른다고 밥그릇을 도로 끌어다 한 술 입에 떠넣으며 이번에는 애 보고, 맛있으니 너도 먹으라는 것이었으나, 자신은 입맛을 잃은 탓만도 아닌 무엇이 밥 넘기려는 목에서 치밀어 올라오곤 해, 좀처럼 밥을 넘길 수가 없었다.

다음날 아침에는 송 영감이 죽인지 밥인지 모를 것을 끓였다. 여전히 입맛은 없었으나 어제 저녁처럼 목이 메어오르는 것은 없었다.

오늘도 또 지어올리는 독을 말리느라고 처음에는 독 밖에 피워 놓았다가 독이 한 반쯤 지어지면 독 안에 매달아 놓은 숯불의 숯내까지가 머리를 더 무겁게 했다. 사십 년래 없이 숯내를 다 먹는 듯했다. 송 영감은 어제보다 더 쓰러져 넘어지는 도수가 많았다. 흙 이기던 왱손이가 이래서는 도무지 한 가마 채우지 못하리라고 송 영감에게 내년에 마저 지어 첫가마에 넣도록 하는 게 어떠냐고 몇 번이고 권해 보았으나 송 영감은 일어났다가는 쓰러지고, 일어났다가는 쓰러지고 하면서도 독 짓기를 그만두려고 하지는 않았다.

송 영감이 한 번 쓰러져 있는데 방물장수 앵두나뭇집 할머니가 와서, 앓는 몸을 돌봐야 하지 않느냐고 하며, 조미음 사발을 송 영감 입 가까이 내려놓았다. 송 영감은 어제 어린 아들에게 거랑질해 왔다고 고함을 쳤던 일을 생각하며, 이 아무에게나 친절한 앵두나뭇집 할머니에게 미안한 생각이 들어, 어제만 해도 애한테 밥이랑 그렇게 많이 줘 보내서 잘 먹었는데 또 이렇게 미음까지 쑤어 오면 어떡하느냐고 했다. 앵두나뭇집 할머니는 그저, 어서 식기 전에 한모금 마셔 보라고만 했다. 그리고 송 영감이 미음을 몇 모금 못 마시고 사발에서 힘없이 입을 떼는 것을 보고 앵두나뭇집 할머니는, 정말 이 영감이 이번 병으로 죽으려는가 보다는 생각이라도 든 듯, 당손이를 어디 좋은 자리가 있으면 주어 버리는 게 어떠냐고 했다. 송 영감은 쓰러져 있던 사람같지 않게 눈을 홉떠 앵두나뭇집 할머니를 쏘아보았다. 그리고 어느 새 송 영감의 손은 앞에 놓인 미음사발을 앵두나뭇집 할머니에게로 떼밀치고 있었다. 그런 말하러 이런 것을 가져왔느냐고, 썩 눈앞에서 없어지라고, 송 영감은 또 쓰러져 있던 사람 같지 않게 고함쳤다. 앵두나뭇집 할머니는 송 영감의 고집을 아는 터라 더 무슨 말을 하지 않았다.

앵두나뭇집 할머니가 가자, 송 영감은 지금 밖에서 자기의 어린 아들이 어디로 업혀가기나 하는 듯이 밖을 향해 목청껏, 당손아! 하고 애를 불러 대기 시작했다. 그러다가 애가 뜸막 문에 나타나는 것을 이번에는 애의 얼굴을 잊지나 않으려는 듯이 한참 쳐다보다가 그만 기운이 지쳐 감아 버리고 말았다. 애는 또 전에 없이 자기를 쳐다보는 아버지가 무서워 아버지에게 더 가까이 가지 못하고 섰다가, 아버지가 눈을 감자 더럭 더 겁이 나 훌쩍이기 시작했다.

날이 갈수록 송 영감은 독짓기보다 자리에 쓰러져 있는 때가 많았다. 백 개가 못 차니 아직 이십여 개를 더 지어야 한 가마 충수가 되는 것이다. 한 가마를 채우게 짓자 하고 마음만은 급해지는 것이었으나, 몸을 일으키다가 도로 쓰러지며 흰 털 섞인 노랑수염의 입을 벌리고 어깨숨을 쉬곤 했다.

그러한 어느 날, 물감이며 바늘을 가지고 한돌림 돌고 온 앵두나뭇집 할머니가 찾아와서는 마침 좋은 자리가 있으니 당손이를 주어 버리고 말자는 말로, 말이 난 자리는 재물도 넉넉하지만 무엇보다도 사람들 마음씨가 무던하다는 말이며, 그 집에 전에 어떤 젊은 내외가 살림을 엎어 치우고 내버린 애를 하나 얻어다 길렀는

데 얼마 전에 그 친아버지 되는 사람이 여남은 살이나 된 그애를 찾아갔다는 말이
며, 그때 한 재물 주어 보내고서는 영감 내외가 마주앉아 얼마 동안을 친자식 잃
은 듯이 울었는지 모른다는 말이며, 그래 이번에는 아버지 없는 애를 하나 얻어다
기르겠다더라는 말을 하면서, 꼭 그 자리에 당손이를 주어 버리고 말자고 했다.
송 영감은 앵두나뭇집 할머니와 일전의 일이 있은 뒤에도 앵두나뭇집 할머니가
애를 통해서 먹을 것 같은 것을 보내는 것이, 흔히 이런 노파에게 있기 쉬운 이런
주선이라도 해 주면 나중에 자기에게 돌아오는 것이 있어 그걸 탐내서 그러는 건
아니라고, 그저 인정 많은 늙은이라 이편을 위해 주는 마음에서 그런다는 것만은
아는 터이지만, 송 영감은 오늘도 저도 모를 힘으로, 그런 소리를 하려거든 아예
다시는 오지도 말고, 자기 눈에 흙들기 전에는 내놓지 못한다고 했다. 앵두나뭇
집 할머니는 그렇게 고집만 부리지 말고 영감이 살아서 좋은 자리로 가는 걸 보아
야 마음이 놓이지 않겠느냐는 말로, 사실 말이지 성한 사람도 언제 무슨 변을 당
할는지 모르는데 앓는 사람의 일을 내일 어떻게 될는지 누가 아느냐고 하며, 더구
나 겨울도 닥쳐오고 하니 잘 생각해 보라고 했다. 송 영감은 그저 자기가 거랑질
을 해서라도 애를 굶기지는 않을 테니 염려 말라고 했다.

  앵두나뭇집 할머니가 돌아간 뒤, 송 영감은 지금 자기가 거랑질을 해서라도 애
를 굶기지는 않겠다고 했지만, 그리고 사실 아내가 무엇보다도 자기와 같이 살다
가는 거랑질을 할 게 무서워 도망갔음에 틀림없지만, 자기가 병만 나아 일어나는
날이면 아직 일등 호주라는 칭호 아래 얼마든지 독을 지을 수 있다는 생각과 함
께, 이제 한 가마 독만 채워 전처럼 잘만 구워 내면 거기서 겨울 양식과 내년에 할
밑천까지도 나올 수 있다는 희망으로, 어서 한 가마를 채우자고 다시 마음이 조급
해지는 것이었다.

  하루는 송 영감이 날씨를 가려 종시 한 가마가 차지 못하는 독들을 왱손이의 도
움을 받아 밖으로 내고야 말았다. 지어진 독만으로라도 한 가마 구워 내리라는 생
각이었다.
  독말리기, 말리기라기보다도 바람쐬기다. 햇볕도 있어야 하지만 바람이 있어야

한다. 안개 같은 것이 긴 날은 좋지 못하다. 안개가 걷히며 바람 한 점 없이 해가 갑자기 쨍쨍 내리쬐면 그야말로 걷잡을 새 없이 독들이 세로 가로 터져 나간다. 그런데 오늘은 바람이 좀 치는 게 독말리기에 아주 좋은 날씨였다.

독들을 마당에 내이자 독가마 속에서 거지들이, 무슨 독을 지금 굽느냐고 중얼 거리며 제가끔의 넝마 살림들을 안고 나왔다. 이 거지들은 가을철이 되면 이렇게 독가마를 찾아들어 초가을에는 가마 초입에서 살다, 겨울이 되면서 차차 가마가 식어 감에 따라 온기를 찾아 가마 속 깊이로 들어가며 한겨울을 나는 것이다.

송 영감은 거지들에게, 지금 뜸막이 비었으니 독 구워 내는 동안 거기에들 가 있으라고 하려다가 그만두었다. 전에 없이 거지들을 자기 집에 들인다는 것이 마 치 자기가 거지나 되는 것처럼 느껴졌던 것이다.

가마에서 나온 거지들은 혹 더러는 인가를 찾아 동냥을 가고, 혹 한 패는 양지 바른 데를 골라 드러누웠고, 몇이는 아무 데고 앉아서 이 사냥 같은 것을 하기 시 작했다.

송 영감도 양지에 앉아서 독이 하얗게 마르는 정도를 지키고 있었다.

독들을 가마에 넣을 때가 되었다. 송 영감 자신이 가마 속까지 들어가, 전에는 되도록 독이 여러 개 들어가도록만 힘쓰던 것을 이번에는 도망간 조수와 자기의 크기 같은 독이 되도록 아궁이에서 같은 거리에 나란히 놓이게만 힘썼다. 마치 누 구의 독이 잘 지어졌나 내기라도 해 보려는 듯이.

늦저녁 때쯤 해서 불질이 시작됐다. 불질. 결국은 이 불질이 독을 못 쓰게도 만 드는 것이다. 지은 독에 따라서 세게 때야 할 때 약하게 때도, 약하게 때야 할 때 지나치게 세게 때도, 또는 불을 더 때도 덜 때도 안 된다.

처음에 슬슬 때다가 점점 세게 때기 시작하여 서너 시간 지나면 하얗던 독들이 흑색으로 변한다. 거기서 또 너더댓 시간만 때면 독들은 다시 처음의 하얗던 대로 되고, 다음에 적색으로 됐다가 이번에는 아주 샛말갛게 되는데, 그것은 마치 쇠가 녹는 듯 하늘의 햇빛을 쳐다보는 듯이 된다. 정말 다음날 하늘에는 맑은 햇빛이 빛나고 있었다.

곁불놓기를 시작했다. 독가마 양옆으로 뚫은 곁창 구멍으로 나무를 넣는 것이다.

이제는 소나무를 단으로 넣기 시작했다. 아궁이와 곁창의 불길이 길을 잃고 확확 내쏜다. 이 불길이 그대로 어제 늦저녁부터 아궁이에서 좀 떨어진 한곳에 일어나 앉았다 누웠다 하며 한결같이 불질하는 것을 지키고 있는 송 영감의 두 눈 속에서도 타고 있었다.

이렇게 이날 해도 다 저물었다. 그러는데 한편 곁창에서 불질하던 왱손이가 곁창 속을 들여다보는 듯하더니, 분주히 이리로 달려오는 것이었다. 송 영감은 벌써 왱손이가 불질하던 곁창의 위치로써 그것이 자기의 독이 들어 있는 자리라는 것을 알고 왱손이가 뭐라기 전에 먼저, 무너앉았느냐고 했다. 왱손이는 그렇다고 하면서, 이젠 독이 좀 덜 익더라도 곁불질을 그만두고 아궁이를 막아 버리자고 했다. 그러나 송 영감은 그저, 그만두라고 할 때까지 그냥 불질을 하라고 했다.

거지들이 날이 저물었다고 독가마 부근으로 모여들었다.

송 영감이, 이제 조금만 더, 하고 속을 죄고 있을 때였다. 가마 속에서 갑자기 뚜왕! 뚜왕! 하고 독 튀는 소리가 울려나왔다. 송 영감은 처음에 벌떡 반쯤 일어나다가 도로 주저앉으며 이상스레 빛나는 눈을 한 곳에 머물린 채 귀를 기울었다. 송 영감은 가마에 넣은 독의 위치로, 지금 것은 자기가 지은 독, 지금 것도 자기가 지은 독, 하고 있었다. 이렇게 튀는 것은 거의 송 영감의 것뿐이었다. 그리고 송 영감은 또 그 튀는 소리로 해서 그것이 자기가 앓다가 일어나 처음에 지은 몇 개의 독만이 튀지 않고 남은 것을 알며, 왱손이의 거치적거린다고 거지들을 꾸짖는 소리를 멀리 들으면서 어둠 속에 그만 쓰러지고 말았다.

다음날 송 영감이 정신이 들었을 때에는 자기네 뜸막 안에 뉘어 있었다. 옆에서 작은 몸을 오그리고 훌쩍거리던 애가 아버지가 정신 든 것을 보고 더 크게 훌쩍거리기 시작했다. 송 영감이 저도 모르게 애보고 안 죽는다, 안 죽는다, 했다. 그러나 송 영감은 또 속으로는, 지금 자기는 죽어가고 있다고 부르짖고 있었다.

이튿날 송 영감은 애를 시켜 앵두나뭇집 할머니를 오게 했다. 앵두나뭇집 할머니가 오자 송 영감은 애더러 놀러 나가라고 하며 유심히 애의 얼굴을 처다보는 것이었다. 마치 애의 얼굴을 잊지 않으려는 듯이.

앵두나뭇집 할머니와 단 둘이 되자 송 영감은 눈을 감으며, 요전에 말하던 자리에 아직 애를 보낼 수 있겠느냐고 물었다. 앵두나뭇집 할머니는 된다고 했다. 얼마나 먼 곳이냐고 했다. 여기서 한 이삼십 리 잘 된다는 대답이었다. 그러면 지금이라도 보낼 수 있느냐고 했다. 당장이라도 데려가기만 하면 된다고 하면서 앵두나뭇집 할머니는 치마 속에서 지전 몇장을 꺼내어 그냥 눈을 감고 있는 송 영감의 손에 쥐어 주며, 아무 때나 애를 데려오게 되면 주라고 해서 맡아 두었던 것이라고 했다.

송 영감이 갑자기 눈을 뜨면서 앵두나뭇집 할머니에게 돈을 도로 내밀었다. 자기에게는 아무 소용 없으니 애 업고 가는 사람에게나 주어 달라는 것이었다. 그리고는 다시 눈을 감았다. 앵두나뭇집 할머니는 애 업고 가는 사람 줄 것은 따로 있다고 했다. 송 영감은 그래도 그 사람을 주어 애를 잘 업어다 주게 해 달라고 하면서, 어서 애나 불러다 자기가 죽었다고 하라고 했다. 앵두나뭇집 할머니가 무슨 말을 하려는 듯하다가 저고릿고름으로 눈을 닦으며 밖으로 나갔다.

송 영감은 눈을 감은 채 가쁜 숨을 죽이고 있었다. 그리고 무슨 일이 있더라도 눈물일랑 흘리지 않으리라 했다.

그러나 앵두나뭇집 할머니가 애를 데리고 와 저렇게 너의 아버지가 죽었다고 했을 때, 감은 송 영감의 눈에서는 절로 눈물이 흘러 내림을 어찌 할 수 없었다. 앵두나뭇집 할머니는 억해 오는 목소리를 겨우 참고, 저것 보라고 벌써 눈에서 썩은 물이 나온다고 하고는, 그러지 않아도 앵두나뭇 집 할머니의 손을 잡은 채 더 아버지에게 가까이 갈 생각을 않는 애의 손을 끌고 그곳을 나왔다.

그냥 감은 송 영감의 눈에서 다시 썩은 물 같은, 그러나 뜨거운 새 눈물 줄기가 흘러 내렸다. 그러는데 어디선가 애의 홀쩍홀쩍 우는 소리가 들리는 듯했다. 눈을 떴다. 아무도 있을 리 없었다. 지어 놓은 독이라도 한 개 있었으면 싶었다. 순간 뜸막 속 전체만한 공허가 송 영감의 파리한 가슴을 억눌렀다. 온몸이 오므라들고 차옴을 송 영감은 느꼈다.

그러는 송 영감의 눈앞에 독가마가 떠올랐다. 그러자 송 영감은 그리로 가리라는 생각이 불현듯 일었다. 거기에만 가면 몸이 녹여지리라. 송 영감은 기는 걸음으로 뜸막을 나섰다.

거지들이 초입에 누워 있다가 지금 기어 들어오는 게 누구라는 것도 알려 하지 않고, 구무럭거려 자리를 내주었다. 송 영감은 한옆에 몸을 쓰러뜨렸다. 우선 몸이 녹는 듯해 좋았다.

그러나 송 영감은 다시 일어나 가마 안쪽으로 기기 시작했다. 무언가 지금의 온기로써는 부족이라도 한 듯이. 곧 예삿사람으로는 더 견딜 수 없는 뜨거운 데까지 이르렀다. 그런데도 송 영감은 기기를 멈추지 않았다. 그렇다고 그냥 덮어놓고 기는 것은 아니었다. 지금 마지막으로 남은 생명이 발산하는 듯 어둑한 속에서도 이상스레 빛나는 송 영감의 눈은 무엇을 찾고 있는 것이었다. 그러다가 열어젖힌 곁창으로 새어 들어오는 늦가을 맑은 햇빛 속에서 송 영감은 기던 걸음을 멈추었다. 자기가 찾던 것이 예 있다는 듯이. 거기에는 터져나간 송 영감 자신의 독 조각들이 흩어져 있었다.

송 영감은 조용히 몸을 일으켜 단정히, 무릎을 꿇고 앉았다. 이렇게 해서 그 자신이 터져나간 자기의 독 대신이라도 하려는 것처럼.

11....

논 이야기

채만식(蔡萬植, 1902~1950) ●● 전라북도 옥구에서 출생했다.
소설가. 극작가. 유년기에 서당에서 한문을 수학하였고 임피 보통학교를 졸업한 뒤
1918년 상경하여 중앙 고등 보통학교에 입학하여 1922년 졸업하였다. 그해 일본에 건
너가 와세다 대학 부속 제일 와세다 고등학원에서 입학하였으나 1923년 중퇴하였다.
그 뒤 조선일보사 동아일보사 개벽사 등의 기자로 전전하였다. 1936년 이후는 직장을
가지지 않고 창작생활만을 하였다. 1945년 임피로 낙향하였다가 다음 해 이리로 옮겨
1950년 그곳에서 폐결핵으로 죽었다.
대표 작품은 〈탁류〉〈태평천하〉〈아름다운 새벽〉〈어머니〉〈레디메이드인생〉〈치숙〉
〈맹 순사〉〈미스터 방〉 등이 있다.

11 논 이야기

채만식

1.

일인들이 토지와 그 밖에 온갖 재산을 죄다 그대로 내어놓고 보따리 하나에 몸만 쫓기어 가게 되었다는 이야기를 듣는 한 생원은 어깨가 우쭐하였다.

"거 보슈 송생원, 인전 들, 내 생각 나시지?"

한 생원은 허연 탑삭부리에 묻힌 쪼글쪼글한 얼굴이 위아래 다섯 대밖에 안 남은 누 ─ 런 이빨과 함께 흐물흐물 웃는다.

"그러면 그렇지, 글쎄 놈들이 제아무리 영악하기로소니 논에다 네 귀탱이 말뚝 박구섬 인독개비처럼 어여차 어여차 땅을 떠 가지구 갈 재주야 있을 이치가 있나요?"

한 생원은 참으로 일본이 항복을 하였고, 조선은 독립이 되었다는 그날 — 팔월 십오일 적보다도 신이 나는 소식이었다. 자기가 한 말[豫言]이 꿈결같이도 이렇게 와 들어맞다니…… 그리고 자기가 한 말대로 자기가 일인에게 팔아 넘긴 땅이 꿈결같이도 도로 자기의 것이 되게 되었으니……. 이런 세상에 신기하고 희한할 도리라고는 없었다.

조선이 독립이 되었다는 팔월 십오일, 그때는 한 생원은 섬뻑 만세를 부르고 싶은 생각이 나지 않았어도, 이번에는 저절로 만세 소리가 나와지려고 하였다.

팔월 십오일 적에 마을에서는 젊은 사람들이 설도를 하여 태극기를 만들고, 닭을 추렴하고, 술을 사고 하여 놓고 조촐히 만세를 불렀다.

한 생원은 그 자리에 참례를 하지 아니하였다. 남들이 가서 같이 만세를 부르자고 하였으나 한 생원은 조선이 독립이 되었다는 것이 별양 반가운 줄을 모르겠었다. 그저 덤덤할 뿐이었다.

물론 일본이 항복을 하였으니 전쟁은 끝이 난 것이요, 전쟁이 끝이 났으니 벼 공출을 비롯하여 솔뿌리 공출이야, 마초 공출이야, 채소 공출이야, 가지가지의 그 억울하고 성가신 공출이 없어지고 말 것이었다.

또 열여덟 살배기 손자놈 용길이가 징용에 뽑혀 나갈 염려가 없을 터이었다. 얼마나 한 생원은 일찍이 애비를 여의고, 늙은 손으로 여태껏 길러 온 외톨 손자놈 용길이가 징용에 뽑히지 말게 하려고 구장과 면의 노무계 직원과 부락 담당 직원에게 굽은 허리를 굽실거리며 건사를 물고 하였던고. 굶는 끼니를 더 굶어 가면서 그들에게 쌀을 보내어 주기, 그들이 마을에 얼찐하면 부랴부랴 청해다 씨암탉 잡고 술 대접하기, 한참 농사일이 몰릴 때라도 내 농사는 늦어도 용길이를 시켜 그들의 논에 모 심고 김 매어 주고 하기, 이 노릇에 흰머리가 도로 검어질 지경이요 빚[債]은 고패가 넘도록 지고 하였다.

하던 것이 인제는 전쟁이 끝이 났으니, 징용 이자는 싹 씻은 듯 없어질 것, 마음 턱 놓고 두 발 쭉 뻗고 잠을 자도 좋았다.

이런 일을 생각하면 한 생원도 미상불 다행스럽지 아니한 것은 아니었다. 그러나 오직 그뿐이었다.

독립?

신통할 것이 없었다.

독립이 되기로서니 가난뱅이 농투성이가 별안간 나으리 주사 될 리 만무하였다. 가난뱅이 농투성이가 남의 세토(貰土 = 소작) 얻어 비지땀 흘려 가면서 일년 농사 지어 절반도 넘는 도지[小作料] 물고, 나머지로 굶으며 먹으며 연명이나 하여 가기는 독립이 되거나 말거나 매양 일반일 터이었다.

공출이야 징용이야 하여서 살기가 더럭 어려워지기는 전쟁이 나면서부터였다. 전쟁이 나기 전에는 일년 농사 지어 작정한 도지, 실수 않고 물면 모자라나따나 아무 시비와 성가심 없이 내것 삼아 놓고 먹을 수가 있었다.

징용도 전쟁이 나기 전에는 없던 풍도였다. 마음 놓고 일을 하였고, 그것으로써 그만이었지 달리는 근심 걱정될 것이 없었다.

전쟁 사품에 생겨난 공출이니 징용이니 하는 것이 전쟁이 끝이 남으로써 없어진 다음에야 독립이 되기 전 일본 정치 밑에서도 남의 세토 얻어 도지 물고 나머지나 천신하는 가난뱅이 농투성이에서 벗어날 것이 없어진대 한갓 전쟁이 끝이 나서 공출과 징용이 없어진 것이 다행일 따름이지, 독립이 되었다고 만세를 부르며 날뛰고 할 흥이 한 생원으로는 나는 것이 없었다.

일인에게 빼앗겼던 나라를 도로 찾고, 그래서 우리도 다시 나라가 있게 되었다는 이 잔주도 역시 한 생원에게는 시뿌듬한 것이었다. 한 생원은 나라를 도로 찾는다는 것은 구한국 시절로 다시 돌아가는 것으로밖에는 달리는 생각할 수가 없었다.

한 생원네는 한 생원의 아버지의 부지런으로 장만한, 열서 마지기와 일곱 마지기의 두 자리 논이 있었다. 선대의 유업도 아니요, 공문서(公文書=無登記) 땅을 거저 주운 것도 아니요, 버젓이 값을 내고 산 것이었다. 하되 그 돈은 체계나 돈놀이[高利貸金業]로 모은 돈이 아니요, 품삯 받아 푼푼이 모으고 악의악식하면서 모은 돈이었다. 피와 땀이 어린 땅이었다.

그 피땀 어린 논 두 자리에서 열서 마지기를 한 생원네는 산 지 겨우 오 년 만에 고을 원[郡守]에게 빼앗겨 버렸다.

지금으로부터 오십 년 전 갑오 을미 병신 하는 병신(丙申)년 한 생원의 나이 스물한 살 적이었다.

그 안 해 을미년 늦은 가을에 김아무라는 원이 동학란에 도망 뺀 원 대신으로 새로이 도임을 해 와서 동학의 잔당을 비질하듯 잡아 죽였다.

피비린내 나는 살육이 이듬해 병신년 봄까지 계속되었고 그리고 여름……. 인제는 다 지났거니 하여 겨우 안도를 한 참인데 한태수(한 생원의 아버지)가 원두막에서 동헌으로 붙잡혀 가 옥에 갇히었다. 혐의는 동학에 가담하였다는 것이었다.

한태수는 전혀 동학에 가담한 일이 없었다. 그의 말대로 하면, 동학 근처에도 가 보지 아니한 사람이었다.

옥에 가두어 놓고는 매일 끌어내다 실토를 하라고 동류의 성명을 불라고 주리를 틀면서 문초를 하였다. 육십이 넘은 늙은 정강이가 살이 으깨어지고 뼈가 아스러졌다.

나중 가서야 어찌 될 값에 당장의 아픔을 견디다 못하여 동학에 가담하였노라고 자복을 하였다. 입에서 나오는 대로 아는 사람의 이름을 불렀다.

불린 일곱 사람이 잡혀 들어와 같은 문초를 받았다. 처음에는 들 내뻗었으나 원체 아픔을 이기지 못하여 자복을 하였다.

남은 것은 처형을 하는 것뿐이었다.

하루는 이방이 한태수의 아내와 아들(한 생원)을 조용히 불렀다.

이방은 모자더러 좌우간 살려 낼 도리를 하여야 않느냐고 하였다.

모자는 엎드려 빌면서 제발 이방님 덕택에 목숨만 살려지이다고 하였다.

"꼭 한 가지 묘책이 있기는 있는데……. 그럼 내가 시키는 대로 할 테냐?"

"불 속이라도 뛰어 들어가겠습니다."

"논문서를 가져오느라. 사또께 다 바쳐라."

"논문서를요?"

"아까우냐?"

"……."

"가장이나 아비의 목숨보담 논이 더 소중하냐?"

"그 땅이 다른 땅과도 달라서……"

"정히 그렇게 아깝거던 고만두는 것이고."

"논문서만 가져다 바치면 정녕 모면을 할까요?"

"아니 될 노릇을 시킬까?"

"그럼 이 길로 나가서 가지고 오겠습니다."

"밤에 조용히 내아(內衙 = 관사)로 오도록 하여라. 나도 와서 있을 테니. 그리고 네 논이 두 자리가 있겠다?"

"네."

"열서 마지기와 일곱 마지기."

"네."

"그 열서 마지기를 가지고 오느라."

"열서 마지기를요?"

"아까우냐?"

"……"

"아깝거들랑 고만두려무나."

"그걸 바치고 나면 소인네는 논 겨우 일곱 마지기를 가지고 수다한 권솔에 살아갈 방도가…."

"당장 가장이나 애비의 목숨은 어데로 갔던지?"

"……"

"땅이야 다시 장만도 할 수가 있는 것이 아니냐?"

모자는 서로 돌아보면서 말하였다.

"바칩시다."

"바치자."

사흘 만에 한태수는 놓여 나왔다. 다른 일곱 명도 이방이 각기 사이에 들어 각기 얼마씩의 땅을 바치고 놓여 나왔다.

그 뒤 경술(庚戌)년에 일본이 조선을 합방하여 나라는 망하였다.

사람들이 나라 망한 것을 원통히 여길 때 한 생원은,

"그깐 놈의 나라, 시원히 잘 망했지."

하였다. 한생원 같은 사람으로는 나라란 백성에게 고통이지 하나도 고마운 것이 아니었다. 또 꼭 있어야 할 요긴한 것도 아니었다.

그런 나라라는 것을 도로 찾았다고 하여 섬뻑 감격이 일지 아니한 것도 일변 의당한 노릇이라 할 것이었다.

논 스무 마지기에서 열서 마지기를 빼앗기고 나니 원통한 것도 원통한 것이지만 앞으로 일이 딱하였다. 논이나 경우 일곱 마지기를 가지고는 어림도 없었다.

하릴없이 남의 세토를 얻어 그 보충을 하여야 하였다. 그러나 남의 세토는 도지를 물어야 하는 것이라 힘은 내 논을 지을 때와 마찬가지로 들면서도 가을에 가서 차지를 하기는 절반이 못 되는 것이었다. 그렇지만 그렇다고 남의 세토를 소작 아니할 수는 없었다.

이리하여 한 생원네는 나라 명색이 망하지 않고 내 나라로 있을 적부터 가난한 소작농이었다.

경술년에 나라가 망하고 삼십육 년 동안 일본의 다스림 밑에서도 같은 가난한 소작농이었다.

그리고 속담에 남의 불에 게 잡기로 남의 덕에 나라를 도로 찾기는 하였다지만 한국 말년의 나라만을 여겨 그 나라가 오죽할 리 없고 여전히 남의 세토나 지어먹는 가난한 소작농이기는 일반일 것이라고 한 생원은 생각하던 것이었었다.

일본이 항복을 하던 바로 전의 삼사 년이 공출이야 징용이야 하면서 별안간 군색함과 불안이 생겼던 것이지 그 밖에는 나라가 망하여 없어지고서 일본의 속국 백성으로 사는 것이, 경술년 이전 나라가 있어가지고 조선 백성으로 살 적보다 벼랑 못할 것이 한 생원에게는 없었다. 여전히 남의 세토를 지어 절반 이상이나 도지를 물고 그 나머지를 천신하는 가난한 소작인이요, 순사나 일인이나 면서기들의 교만과 압박이, 원이나 아전이나 토반들의 교만과 압박보다 못할 것도 없거니와 더할 것도 없었다.

독립이 된 이 앞으로도 그것이 천지개벽이 아닌 이상 가난한 농투성이가 느닷없이 부자 장자될 이치가 없는 것이요, 원·아전·토반이나 일본놈 대신에 만만하고 가난한 농투성이를 핍박하는 「권세있는 양반들」이 생겨날 것이요 할 것이매, 빼앗겼던 나라를 도로 찾아 다시금 조선 백성이 되었다는 것이 조금도 신통하거나 반가울 것이 없었다.

원과 토반과 아전이 있어 토색질이나 하고 붙잡아다 때리기나 하고 교만이나 피우고 하되 세미(稅米＝納稅)는 국가의 이름으로 꼬박꼬박 받아 가면서 백성은 죽어야 모른 체를 하고 하는 나라의 백성으로도 살아 보았다.

천하 오랑캐, 애비와 자식이 맞담배질을 하고, 남매간에 혼인을 하고, 뱀을 먹고 하는 왜인들이 저희가 주인이랍시고서 교만을 부리고, 순사와 헌병은 칼바람에 조선 사람을 개 도야지 대접을 하고, 공출을 내어라 징용을 나가거라 야미를 하지 마라 하면서 볶아대고 또 일본이 우리 나라다, 나는 일본 백성이다, 이런 도무지 그럴 마음이 우러나지를 않는 억지 춘향이 노릇을 시키고 하는 나라의 백성으로도 살아 보았다.

결국 그리고 보니 나라라고 하는 것은 내 나라였건 남의 나라였건, 있었댔자 백성에게 고통이나 주자는 것이지 유익하고 고마울 것은 조금도 없는 물건이었다. 따라서 앞으로도 새 나라는 말고 더한 것이라도, 있어서 요긴할 것도, 없어서 아쉬울 일도 없을 것이었다.

2.

신해(辛亥)년……, 경술합방 바로 이듬해였다. 한 생원은 — 때의 젊은 한덕문은 — 빼앗기고 남은 논 일곱 마지기를 불가불 팔아야 할 형편에 이르렀다.

칠팔 명이나 되는 권솔인데 내 논 일곱 마지기에다 남의 논이나 몇 마지기를 소작하여 가지고는 여간한 규모와 악의악식이 아니고서는 도저히 현상 유지를 하기가 어려웠다.

한덕문은 그 부친과는 달라 살림 규모가 없었다. 사람이 좀 허황하고 헤픈 편이었다.

부친 한태수가 죽고 대신 당가산(當家産)을 한 지 불과 오륙 년에 한덕문은 힘에 넘치는 빚을 졌다.

이 빚은 단순히 살림에 보태느라고만 진 빚은 아니었다.

한덕문은 허황하고 헤픈 값을 하느라고 술과 노름을 쑬쑬히 좋아하였다.

일 년 농사를 지어야 일 년 가계가 번연히 모자라는데, 거기다 술을 먹고, 노름을 하니 늘어가느니 빚밖에는 있을 것이 없었다.

빚은 갚아야 되었다.

팔 것이라고는 논 일곱 마지기 그것뿐이었다.

한덕문이 빚을 이리 틀어막고 저리 틀어막고, 오늘로 밀고 내일로 밀고 하여 오던 끝에, 마침내는 더 꼼짝을 할 도리가 없어 논을 팔기로 작정을 대었을 무렵에, 그러자 용말[龍田] 사는 일인 길천(吉川)이가 요새로 바싹 땅을 많이 사들인다는 소문이 들리었다. 그리고 값으로 말하여도 썩 좋은 상답이면 한 마지기(二百坪)에 스무 냥으로 스물닷 냥(二十兩以上二十五兩 = 四圓以上五圓)까지 내고, 아주 박토라도 열 냥(二圓) 안짝은 없다고 하였다.

땅마지기나 가진 인근의 다른 농민들도 다들 그러하였지만, 한덕문은 그 중에서도 귀가 반짝 뜨였다.

시세의 갑절이었다.

고래실 논으로 개똥배미 상지상답이라야 한 마지기에 열 냥으로 열두어 냥(二圓 ─ 二圓四, 五十錢)이요, 땅 나쁜 것은 기지개 써야 닷 냥(二圓)이었다.

'팔자!'

한덕문은 작정을 하였다.

일곱 마지기 논이 상지상답은 못 되어도 상답은 되니 잘하면 열 냥(二圓)은 받을 것. 열 냥이면 이칠십사 일백마흔 냥(二十八圓).

빚이 이럭저럭 한 오십 냥(十圓) 되니 그것을 갚고 나면 아흔 냥(十八圓)이 남아.

아흔 냥을 가지고 도로 논을 장만해. 판 일곱 마지기만한 토리의 논을 사더라도 아홉 마지기를 살 수가 있어.

결국 논 한 번 팔고 사고 하는 노름에, 빚 오십 냥 거저 갚고도 논은 두 마지기가 늘어 아홉 마지기가 생기는 판이 아니냐.

이런 어수룩한 노름을 아니 하잘 머리가 없는 것이었었다.

양친은 이미 다 없는 때요, 한덕문 그가 대주(大主＝戶主)였으므로 혼자서 일을 결단하여도 간섭을 받을 일은 없었다.

곡우(穀雨) 머리의 어느 날 한덕문은 맨발 짚신 풀상투에 삿갓 쓰고 곰방대 물고 마을에서 십리 상거의 용말 출입을 나갔다. 일인 길천이가 적실히 그렇게 후한 값으로 논을 사는지 진가를 알아보자 함이었다.

금강(錦江) 어귀의 항구 군산(群山)에서 시작되어 동북간방(東北間方)으로 임피읍(臨陂邑)을 지나 용말로 나온 행길이 용말 동쪽 변두리에서 솜리[裡里]로 가는 길과 황등장터[黃登市]로 가는 길의 두 갈랫길로 갈리는, 그 샅에 가 전주집이라는 주모가 업을 하고 있는 주막이 오도카니 호올로 놓여 있었다.

한덕문은 전주집과는 생소치 아니한 사이었다.

마당이자 바로 행길인 그 마당 앞에 섰는 한 그루의 실버들이 한창 푸르른 전주집네 주막, 살진 봄볕이 드리운 마루에 나란히 걸터앉아 세상 물정 이야기, 피차간 살아가는 이야기, 훨씬 한담을 하던 끝에 한덕문이 지날말처럼 넌지시 물었다.

"참 저 일인 길천이가 요새 땅을 많이 산다구?"

"많을게 아니라 그녀석이 아마 이 근처 일판을 땅이라구 생긴 건 깡그리 쓸어 사자는 배폰가 봅다!"

"헷소문은 아니루구먼?"

"달리 큰 배포가 있던지, 그렇잖으면 그 녀석이 상성[發狂]을 했던지."

"……."

"한 서방으르두 속내 아는 배, 이 근처 논이 물 걱정 가뭄 걱정 없구, 한 마지기에 넉 섬은 먹는 논이라야 열 냥(二圓)이 상값 아니우? 그런 걸 글쎄, 녀석은 스무 냥 스물댓 냥을 퍼 주구 사는구랴. 제마석(二斗落에 一石)두 못 먹는 자갈바탕의 박토라두, 논 명색이면 열 냥 안짝 잽히는 건 없구."

"허긴, 값이나 그렇게 월등히 많이 내야 일인한테 논을 팔지, 그렇잖구서야 누가."

"제엔장, 나두 진작에 논이나 시늉만 생긴 거라두 몇 섬지기 장만해 두었더라면 이런 판에 큰 횡잴 했지."

"그래, 많이들 와 파나?"

"대가릴 싸구 덤벼든답디다. 한서방 어른두 논 좀 파시구라? 이런 때 안 팔구 언제 팔우?"

"팔 논이 있나!"

이유와 조건의 어떠함을 물론하고 농민이 논을 판다는 것은 남의 앞에 심히 떳떳스럽지 못한 일이었다. 번연히 내일 모레면 다 알게 될 값이라도 되도록 그런 기색을 숨기려고 드는 것이 통정이었다.

뚜벅뚜벅 말굽 소리가 나더니 말 탄 길천이가 주막 앞을 지난다. 언제나 그러하듯이 깜장 됫박모자[中山帽子]에 깜장 복장(洋服 : 쓰메에리)을 입고 깜장 목 깊은 구두를 신고, 허리에는 육혈포를 차고 하였다.

한덕문은 길에서 몇 차례 본 적이 있어 그가 길천인 줄을 안다.

"어디 갔다 와요?"

전주집이 웃으면서 알은 체를 하는 것을 길천은 웃지도 않으면서

"응, 조 ― 기. 우리 나쁜 사레미 자바리 갔다 왔소."

길천의 차인꾼이요 통역꾼이요 한 백남술이가 밧줄로 결박을 지은 촌 젊은 사람 하나를 앞참 세우고 뒤미처 나타났다.

죄수(?)는 상투가 풀어지고 발기발기 찢기운 옷과 면상으로 피가 묻고 한 것으로 보아 한바탕 늑신 두둘겨 맞은 것이 역력하였다.

"어디 갔다 오시우?"

전주집이 이번에는 백남술더러 인사로 묻는다.

백남술은 분연히,

"남의 돈 집어먹구 도망 댕기는 놈은 죽어 싸지."

하면서 죄수에게 잔뜩 눈을 흘긴다.

그리고 나서 전주집더러,

"댕겨오께시니 닭이나 한 마리 잡구 해놓게나. 놈을 붙잡느라구 한 승강 했더니

목이 컬컬허이."

그러느라고 잠깐 한눈을 파는 순간이었다. 죄수가 밧줄 한끝 붙잡힌 것을 홱 뿌리치면서 몸을 날려 쏜살같이 오던 길로 내뺀다.

"엇!"

백남술이 병신처럼 놀라다 이내 죄수의 뒤를 쫓는다.

길천의 탄 말이 두 앞발을 번쩍 들어 머리를 돌리면서 땅을 차고 달린다. 그러면서 길천의 손에서 육혈포가 땅…… 풀썬 연기가 나면서 재우쳐 땅…….

죄수는 그러나 첫 한 방에 그대로 길바닥에 가 동그라진다. 같은 순간 버선발로 뛰어 내려간 전주집이 에구머니 비명을 지른다.

죄수는 백남술에게 박승 한 끝을 다시 붙잡히어 일어난다. 길천은 피스톨 사격의 명인(名人)은 아니었었다.

일인에게 빚을 쓰는 것을 왜채(倭債)라고 하고, 이 젊은 친구는 왜채를 쓰고서 갚지 아니하고 몸을 피해 다니다가 붙잡힌 사람이었다.

길천은 백남술이가,

'이 사람은 논이 몇 마지기가 있소.'

하고 조사 보고를 하면 서슴지 아니하고 왜채를 주곤 한다. 이자도 항용 체계나 장변보다 헐하였다.

빚을 주는 데는 무른 것 같아도 받는 데는 무서웠다.

기한이 지나기를 기다려 채무자를 제 집으로 데려다 감금을 하고 사형(私刑)으로써 빚 채근을 하였다.

부형이나 처자가 돈을 가지고 와서 빚을 갚는 날까지 감금과 사형을 늦추지 아니하였다.

논문서를 가지고 오는 자리는 '우대'를 하였다. 이자를 탕감하고 본전만 쳐서 논으로 받는 것이었다. 논이 있는 사람은 돈을 두어 두고도 즐거이 논으로 갚고 하였다.

한덕문은 다시 끌려가고 있는 죄수의 뒷모양을 우두커니 바라다보면서

'제엔장 양반 호랑이도 지질한데 우환중에 왜놈 호랭이까지 들어와서 이 등쌀

이니, 갈수록 죽어나는 건 만만한 백성뿐이로구나.'

'쯧, 번연히 알면서 왜채를 쓰는 사람이 잘못이지, 누구를 원망하나.'

'참새가 방앗간을 거저 지날까. 이왕 외상술이라도 한잔 먹고 일어설까, 어떡
헐까?'

이런 생각을 하고 앉았는 차에 생각잖이, 외가편으로 아저씨뻘 되는 윤첨지가
푸뜩 거기에 당도하였다. 윤첨지는 황등장터에서 제 논 석지기나 지니고 탁신히
사는 농민이었다.

아저씨 웬일이시냐고. 조카 잘 있었더냐고. 항용 하는 인사가 끝난 후에 이 동
네 사는 길천이라는 일인이 값을 후히 내고 땅을 사들인다는 소문이 있으니 적실
하냐고 아까 한덕문이 전주집더러 묻던 말을 윤첨지가 한덕문더러 물었다.

그렇단다는 한덕문의 대답에 윤첨지는 이윽고 생각을 하고 있더니 혼잣말같이,

"그럼 나두 이왕 궐(厥)한테다 팔아야 하겠군."

하다가 한덕문더러,

"황등이까지 가서두 살까? 예서 이십리나 되는데."

하고 묻는다.

"글쎄요……. 건데 논은 어째 파실 영으루?"

"허, 그거 온 참……. 저어 공주 한밭[大田]서 무안 목포(木浦)루 철로(鐵路)가
새루 나는데, 그것이 계룡산(鷄龍山) 앞을 지나 연산(連山)·팥거리[豆溪]루 해서
논메[論山]·강경(江景)루루 나와 가지구, 황등장터를 지나게 된다네그려."

"그런데요?"

"그런데 철로가 난다 치면 그 십리 안짝은 논을 죄 버리게 된다는 거야."

"어째서요?"

"차가 댕기는 바람에 땅이 울려가지구 모를 심어두 뿌릴 제대루 잡지 못하구 해
서 벼가 자라질 못한다네 그려!"

"무슨 그럴 리가……."

"건 조카가 속을 몰라 하는 소리지, 속을 몰라 하는 소린 것이 나두 작년 정월에
공주 한밭엘 갔다 그놈 차가 철로 위로 달리는 걸 구경했지만, 아 그 쇳덩이루 만

든 집채더미 같은 시꺼먼 수레가 찻길 위루 벼락치듯 달리는데 땅바닥이 사뭇 움죽움죽 하더라니깐! 여승 지동(地震)이야……. 그러니 땅이 그렇게 지동하듯 사철 드리 울리니 원체 논의 모가 뿌리를 잡을 것이며 자라기를 할 것인가?"

"……."

듣고 보니 미상블 근리한 말이었다.

"몰랐으면이어니와 알구두 그대루 있겠던가? 그래 좀 덜 받더래두 팔아 넘길령으루 하구 있는데, 소문을 들으니 길천이라는 손이 요새 값을 시새보담 갑절씩이나 내구 논을 산다데 그려. 정녕 그렇다면 철로 조간이 아니라두 팔아가지구 딴데루 가서 판 논 갑절되는 논을 장만함직두 한 노릇인데, 항차……"

"철로가 그렇게 난다는 건 아주 적실한가요?"

"말끔 다 칙량을 하구 말뚝을 박아 놓구 한 걸…… 황등장터 그 일판은 그래 논들을 못 팔아 난리가 났다니까."

3.

일인 길천이에게 일곱 마지기 논을 일백마흔냥(二十八圓)에 판 것과, 그 중 쉬흔냥(十圓)은 빚을 갚은 것 이것까지 다 한덕문의 예산대로 되었었다.

그러나 나머지 아흔냥(十八圓)으로 판 논 일곱 마지기보다 토리가 못하지 아니한 논으로 두 마지기가 더한 아홉 마지기를 삼으로써 빚 쉬흔냥은 공으로 갚고 그러고도 논이 두 마지기가 불게 된다던 것은 완전히 허사가 되고 말았다.

아무도 한덕문에게 상답 한 마지기를 열냥씩에 팔려는 사람은 없었다. 이왕 일인 길천이에게 팔면 그 갑절 스무냥씩을 받는 고로 말이었다.

필경 돈 아흔냥은 한덕문의 수중에서 한 반년 동안 구르는 동안 스실사실 다 없어지고 말았다.

이리하여 한덕문은 논 일곱 마지기로 겨우 빚 쉬흔냥을 갚고는 아무 것도 남은 것이 없이 손 싹싹 털고 나선 세음이었다.

친구가 있어 한덕문을 책하면서 물었다.

"어떡허자구 논을 판단 말인가?"

"무얼 두구 보아? 일인들이 다 쫓겨가면 그 땅 도로 내 것 되지 갈 데 있겠나?"

"쫓겨 갈 놈이 논을 사겠나?"

"저이놈들이 천지운수를 안다든가?"

"자네는 아나?"

"두구 보래두 그래."

한덕문은 혼자 속으로는 어뿔싸, 논이라야 단지 그것뿐인 것을 팔고서 인제는 송곳 꽂을 땅도 없으니 이 노릇을 어찌한단 말이냐고 심히 후회하여 마지 아니하였다.

그러면서도 남더러는 그렇게 배포 있이 장담을 탕탕 하였다.

한덕문은 장차에 일인들이 쫓기어 가리라는 것을 확언할 아무런 근거도 가진 것이 없었다. 따라서 자신도 없었다. 오직 그는 논을 판 명예롭지 못함과 어리석음을 싸기 위하여 그런 희떠운 소리를 한 것일 따름이었다.

한덕문이 일인들이 다 쫓기어 가면 그 논이 도로 제것이 될 터이래서 논을 팔았다고 한다더라, 이 소문이 한입 두입 퍼지자 듣는 사람마다 그의 희떠움을 혹은 실없음을 웃었다.

하는 양을 보느라고 위정

"자네 논 팔았다면서?"

한다 치면

"팔았지."

"어째서?"

"돈이 좀 아쉬워서."

"돈이 아쉽다구 논은 팔구서 어떡허자구?"

"일인들이 쫓겨 간다든가?"

"그럼 백년 살까?"

또 누구는 수작을 바꾸어

"일인들이 쫓겨 간다지?"

한다치면

"그럼!"

"언제쯤 쫓겨 가는구?"

"건 쫓겨 가는 때 보아야 알지."

"에구 요 맹추야. 요 허풍선이야. 우리 나라 상감님을 쫓아내구 저이가 왕 노릇을 하는데 쫓겨 가?"

"자넨 그럼 일인들이 안 쫓겨 가구 영영 그대루 있으면 좋을건 무언가?"

"좋기루 한 말이야 일러 무얼 하겠나만 우리 좋구 푼대루 세상 일이 돼 준다던가?"

"그래두 인제 내 말을 이를 때가 오느니."

"괜 — 히 논 팔구섬 할 말 없거들랑 구구루 잠잣구 가마니나 있어요."

"체에 내 논 내가 팔아먹는데 죄될 일 있나?"

"걸 누가 죄라나?"

"길천이한테 논 팔아먹은 놈이 한덕문이 하나뿐인감?"

"누가 논 판걸 나무래? 희떤 장담을 하니깐 그러는 거지."

"희떤 장담인지 아닌지 두구 보잔말야."

일로부터 한덕문은 그 말로 인하여 마을과 인근에서 아주 호가 났고 어느 겨를인지 그것이 한 속담(俗談)까지 되었다.

가령 어떤 엉뚱한 계획을 세운다든지 허랑한 일을 시작하여 놓고서는 천연스럽게 성공을 자신한다든지 결과를 기다린다든지 하는 사람이 있은다치면

"흥, 한덕문이 길천이게다 논 팔아먹던 대 났구나."

하고 비웃곤 하는 것이었었다.

그 후, 그 속담은 삼십오 년을 두고 전하여 내려왔다. 전하여 내려올 뿐만이 아니었다.

일본제국주의의 조선에 있어서의 지반이 해가 갈수록 완구한 것이 되어감을 따라 더우기 만주사변 때부터 시작하여 지나전쟁을 거쳐 태평양전쟁으로 일이 거창하게 벌어진 결과 전쟁 수단으로써 조선의 가치는 안으로 밖으로 적극적으로 소극적으로 나날이 더 커감을 좇아 일본이 조선에다 박은 뿌리는 더욱 깊이 뻗어 들

어가고 가지와 잎은 더욱 무성하여서 일본이 조선으로부터 물러간다는 것은, 독립과 한가지로 나날이 더 잠꼬대 같은 생각이던 것처럼 되어 버려감을 따라, 그래서 한덕문의 장담하던

(일인들이 다 쫓겨 가면……)

이 해가 가고 날이 갈수록 속절없이 무색하여 감을 따라, 그와 반비례하여 그 말의 속담으로서의 가치와 효과만이 변하지 않고 찬란히 빛을 내었다.

바로 팔월십사일까지도 그러하였다. 팔월십사일까지도

"흥, 한덕문이 길천이한테 논 팔아먹던 대 났구나."

는 당당히 행세를 하였었다.

그랬던 것이 팔월십오일에 일본이 항복을 하고 조선은 독립(실상은 우선 해방)이 되고 하였다. 그리고 며칠 아니하여 「일인들이 토지와 그 밖에 온갖 재산을 죄다 그대로 내어 놓고 보따리 하나에 몸만 쫓기어 가게 되었다」는 데까지 이르렀다.

한 생원(한덕문)의

(일인들이 다 쫓겨가면……)

은 이리하여 부득불 빛이 화안하여지고 반대로

(한덕문이 길천이한테 논 팔아먹던 대 났구나)

는 그만 얼굴이 벌개서 납작하고 말 수밖에 없었다.

4.

"여보슈 송 생원."

한 생원이 허연 탑삭부리에 묻힌 쪼글쪼글한 얼굴이 위아래 다섯 대밖에 안 남은 누런 이빨과 함께 흐물흐물 자꼬만 웃어지는 웃음을 언제까지고 거두지 못하면서 그러다 별안간 송 생원의 팔을 잡아 흔들면서 아주 긴하게

"우리 독립 만세 한 번 부르실까?"

"남 다아 부르고 난 댐에 건 불러 무얼 허우?"

송 생원은 한 생원과 달라 길천이한테 팔아먹은 논도 없으려니와 따라서 일인

들이 쫓기어 가더라도 도로 찾을 논도 없었다.

"송 생원 접때 마을에서 만세를 부를 제 나가 부르셨던가?"

"난 그날 허리가 아파 꼼짝 못하구 누웠었는걸."

"나두 그날 고만 못 불렀어."

"아따 못 불렀으면 못 불렀지, 늙은 것들이 만세 좀 아니불렀기루 귀양살이 보 내겠수?"

"난 그래두 좀 섭섭해 그랬지요……. 그럼 송 생원 우리 술 한잔 자실까?"

"술이나 한잔 사 주신다면."

"주막으루 나갑시다."

두 늙은이가 지팡이를 짚고 마을에 단 한 집밖에 없는 주막으로 나갔다.

"에구머니 독립두 되구 볼꺼야, 영감님들이 술을 다 자시러 오시구."

이십 년이나 여기서 주막을 하느라고 이제는 중늙은이가 된 주모 판쇠네가 손 님을 환영이라기보다 다뿍 걱정스러워 한다.

"미리서 외상인 줄이나 알구 술 좀 주게나."

한 생원이 그러면서 술청으로 들어가 앉는 것을 송 생원도 따라 들어가 앉으면 서 주모더러

"외상 두둑히 드리게. 수가 나섰다네."

"독립되는 운덤에 어느 고을 원님이나 한자리 해 가시는감?"

"원님을 걸 누가 성가시게, 흐흐……."

한생원은 그러다 다시

"거 안주가 무어 좀 있나?"

"안주두 벤벤찮구. 술두 막걸린 없구 소주뿐인걸, 노인네들이 소주 잡숫구 어떡 하시게."

젊었을 적에는 동이술을 사양치 아니하던 영감들이었다. 그러나 둘이가 다 내 일 모레가 칠십. 더구나 자조 술을 입에 대이지 않던 차에 싱겁다고는 하지만 소 주를 칠팔 잔씩이나 하였으니 과음일 수밖에 없었다.

송 생원은 그대로 술청에 쓰러져 과연 소변을 지리기까지 하였다.

한 생원은 송 생원보다는 아직 기운이 조금은 좋은 덕에 정신을 놓거나 몸을 가누지 못할 지경은 아니었다.

"우리 논을 좀 보러 가야지, 우리 논을. 설흔다섯 해만에 우리 논을 보러 간단 말야, 흐흐흐."

비틀거리면서 한 생원은 술청으로부터 나왔다.

주모 판쇠네가 성화가 나서

"방으루 들어가 누섰다 술 깨신 댐에 가세요. 노인네들 술 드렸다구 날 또 욕허게 됐구면."

"논 보러 가, 논. 길천이게다 판 우리 논. 흐흐흐, 설흔다섯 해만에 도루 찾은 우리 일곱 마지기 논, 흐흐."

"글쎄 논은 이 댐에 보러 가시면 어디루 가요?"

"날 희떤 소리 한다구 들 웃었지. 미친놈이라구 웃었지 들. 흐흐. 설흔다섯 해만에 내 말이 들어맞일 줄 들 누가 알았어? 흐흐흐."

말은 혀 꼬부라진 소리로, 몸은 위태로이 비틀거리면서 한 생원은 지팡이를 휘젓고 밖으로 나간다.

나가다 동네 젊은 사람과 마주쳤다.

"아 한 생원 웬일이세요?"

"논 보러 간다, 논. 흐흐흐. 너두 이녀석 한덕문이 길천이한테 논 팔아먹던 대 났구나, 그런 소리 더러 했었지? 인제두 그런 소리가 나오까?"

"취하였군요."

"나 외상술 먹었지. 논 찾았은간 또 팔아서 술값 갚으면 고만이지. 그럼 한 설흔 댓 해만에 또 내것 되겠지, 흐흐흐. 그렇지만 인전 안 팔지 안 팔아. 우리 용길이놈 물려 줘야지, 우리 용길이놈."

"참 용길이 요새 있죠?"

"있지, 길천이한테 팔아먹었을까?"

"저 ― 읍내 사는 영남이가 산판(山坂) 하날 나서 벌목(伐木)을 하는데, 이 동네 사람들더러 와 남구 비어 주구 그 대신 우죽[枝葉] 가져가라구 하니, 용길이두 며칠 보내서 땔나무나 좀 장만하시죠."

"걸 누가……. 논을 도루 찾았는데."

"논만 찾으면 땔나문 없어두 사시나요?"

"논두 없이두 설흔다섯 해나 살지 않었느냐?"

"허허 참. 그러지 마시구 며칠 보내세요. 어서서 다 비어버려야 할 텐데 도무지 사람을 못 구해 그러니 절더러 부디 그렇거두룩 서둘러 달라구, 영남이가 여간만 부탁을 해싸여죠. 아바루 동네서 가찹겠다. 져 나르기 수월하구……. 요 위 가재 꼴 있는 길천 농장 메갈이래요."

"무어?"

한생원은 별안간 정신이 번쩍나 하면서 대어든다.

"가재꼴 있는 길천농장 메갈이라구?"

"네."

"네 — 라니? 그 메갈이……, 가마안 있자. 아 — 니 그 메갈이 뉘 메갈이길래?"

"길천농장 메갈이 아녜요? 걸 영남이가 일인들이 이번에 거들이 나는 바람에 농장 산림 감독하던 장서방한테 샀대요."

"하 이런 도적놈들. 이런 천하 불한당놈들. 그래 지금두 벌목을 하구 있느냐?"

"오늘버틈 시작했다나봐요."

"하, 이런 천하 날불한당놈들이."

한생원은 천방지축으로 가재꼴을 향하여 비틀걸음을 친다.

솔은 잘 자라지 않고, 개간하여 밭을 만들자 하니 힘이 부치고 하여, 이름만 메 갈이지 있으나 마나한 메갈 한자리가 있었다. 한 삼천 평 될까 말까, 그다지 크지 도 못한 것이었다.

이 메갈을 한 생원은 길천이에게다 논을 팔던 이듬핸지 그 이듬핸지, 돈은 아쉽 고 한 판에 또한 어수룩히 비싼값으로 팔아 넘겼었다.

길천은 그 메갈에다 낙엽송을 심어 삼십여 년이 지난 지금 와서는 아주 헌다헌 산림이 되었었다.

늙은이의 총기요, 논을 도로 찾게 되었다는 것에만 정신이 팔려, 깜빡 메갈 생각은 미처 아직 못하였던 모양이었다.

마침 전신주 감의 쪽쭉 곧은 낙엽송이 총총 들이섰다. 베이기에 아까워 보이는 나무였다.

한 서넛이 나가 한편에서부터 깡그리 베어 눕히고 일변 우죽을 치고 한다.

"이놈, 이 불한당놈들. 이 메갈 벌목한다는 놈이 어떤 놈이냐?"

비틀거리면서 고함을 치고 쫓어 오는 한 생원을 사람들은 영문을 몰라 일하던 손을 멈추고 뻐언히 바라다 보고 섰다.

"이놈 너루구나?"

한 생원은 영남이라는 읍내 사람 벌목 주인 앞으로 달려들면서 한 대 갈길 듯이 지팡이를 들러멘다.

명색이 읍내 사람이라서 촌 농투산이에게 무단히 해거를 당하면서 공수하거나 늙은이 대접을 하려고는 않는다.

"아 ― 니 이 늙은이가 환장을 했나? 왜 그러는거야, 왜."

"이놈 너 어째 이 메갈을 손을 대느냐?"

"뉘 메갈이길래."

"내 메갈이다. 한덕문이 메갈이다, 이놈아."

"허허 내 별꼴 다 보니. 괜시리 술잔 든절렀거들랑 고히 삭히진 아녀구서 나이 깨 먹은 것이 왜 남 일하는데 와서 이 행악야 행악. 늙은인 다리뺙다구 부러지지 말란 법 있나?"

"오 ― 냐 이놈 날 죽여라. 너구 나구 죽자."

"대체 내력을 말을 해요. 무엇 때문에 이 야론지 내력을 말을 해요."

"이 메갈이 그새까진 길천이 것이라두 조선이 독립됐은깐 인전 내것이란 말야 이놈아."

"조선이 독립이 됐는데 어째 길천이 메갈이 한덕문이 것이 되는구?"

"길천인, 일인들은, 땅을 죄다 내놓구 간깐 그전 임자가 도루 차지하는 게 옳지 무슨 말이냐?"

"오오, 이녁이 이 메갈을 전에 길천이한테나 팔았다?"

"그래서."

"그랬으니깐 일인들이 땅을 다 내놓구 가니깐, 이녁은 팔았던 땅을 공짜루 도루 차지하겠다?"

"그래서."

"그 개 같은 소리 인전 엔간치 해두구 어서 없어져 버려요. 난 뻐젓이 길천 농장 산림관리인 강태식이한테 시퍼런 돈 이천 환 주구서 계약서 받구 샀어요. 강태식 인 길천이가 해준 위임장 가지구 있구. 돈 내구 산 사람이 임자지, 저 ― 옛날, 돈 받구 팔아먹은 사람이 임잘까?"

팔일오 직후 낡은 법이 없어지고 새로운 영이 서기 전 혼란한 틈을 타서 잇속에 눈이 밝은 무리들이 일본인 농장이나 회사의 관리자와 부동이 되어 가지고 일인 의 재산을 부당히 처분하여 배를 불린 일이 허다하였다. 이 산판 사건도 그런 것 의 하나였다.

그 뒤 훨씬 지나서.

5.

일인의 재산을 조선 사람에게 판다. 이런 소문이 들렸다. 사실이라고 한다면 한 생원은 그는 일곱 마지기를 돈을 내고 사지 않고서는 도로 차지할 수가 없을 판이 었다. 물론 한 생원에게는 그런 재력이 없거니와 도대체 전의 임자가 있는데 그것 을 아모나에게 판다는 것이 한 생원으로 보기에는 불합리한 처사였다.

한 생원은 분이 나서 두 주먹을 쥐고 구장에게로 쫓아갔다.

"그래 일인들이 죄다 내놓구 가는 것을 백성들더러 돈을 내구 사라구 마련을 했 다면서?"

"아직 자세힌 모르겠어두 아마 그렇게 되기가 쉬우리라구들 하드군요."

팔일오 후에 새로 난 구장의 대답이었다.

"그런 놈의 법이 어딧단 말인가? 그래 누가 그렇게 마련을 했는구?"

"나라에서 그랬을 테죠."

"나라?"

"우리 조선 나라요."

"나라가 다 무어 말라비틀어진 거야? 나라 명색이 내게 무얼 해준 게 있길래 이번엔 일인이 내놓구 가는 내 땅을 저이가 팔아먹으려구 들어? 그게 나라야?"

"일인의 재산이 우리 조선 나라 재산이 되는 거야 당연한 일이죠."

"당연?"

"그렇죠."

"흥, 가만 둬두면 저절루 백성의 것이 될껄 나라 명색은 가만히 않았다 어디서 툭 튀어나와 가지구 걸 뺏어서 팔아먹어? 그따위 행사가 어딧다든가?"

"한 생원은 그 논이랑 메같이랑 길천이한테 돈을 받구 파셨으니깐 임자로 말하면 길천이지 한 생원인가요."

"암만 팔았어두 길천이가 내놓구 쫓겨갔은간 도루 내것이 돼야 옳지 무슨 말야. 걸 무슨 탁에 나라가 뺏으령으루 들어?"

"한 생원한테 뺏는 게 아니라 길천이한테 뺏는 거랍니다."

"흥, 돌려다 대긴 잘들 허이. 공동묘지 가 보게나 핑계 없는 무덤 있던가? 저 — 병신년에 원놈(郡守) 김가가 우리 논 열두 마지기 뺏을제두 핑곈 다 있었드라네."

"좌우간 아직 그렇게 지레 염려 하실 게 아니라 기대리구 있느라면 나라에서 다 억울치 않두룩 처단을 하겠죠."

"일 없네. 난 오늘버틈 도루 나라 없는 백성이네. 제 — 길 삼십육 년두 나라 없이 살아 왔을려드냐. 아 — 니 글쎄 나라가 있으면 백성한테 무얼 좀 고마운 노릇을 해 주어야 백성두 나라를 믿구 나라에다 마음을 붙이구 살지. 독립이 됐다면서 고작 그래 백성이 차지한 땅 뺏어서 팔아먹는 게 나라 명색야?"

그러고는 털고 일어서면서 혼잣말로

"독립 됐다구 했을제 만세 안 부르기 잘했지."

12....

비 오는 날

손창섭(孫昌涉, 1922~　) ●● 평양에서 출생했다.
1950년대 전후작가 가운데 한 사람이다. 만주와 일본 등지를 돌아다니며 중학교와 대
학교를 다녔으나 졸업하지는 못했다. 1946년 귀국해 고향에 머물러 있다가 1948년 월
남했다. 1949년 3월 연합신문에 단편 〈얄궂은 비〉를 발표한 뒤 1952년 11월 문예에 단
편 〈공휴일〉을 발표해 문단에 나왔다.
1960년 이후에는 작품 활동이 뜸하다가 1973년 일본으로 건너가 귀화했고 1978년 한
국일보에 〈봉술랑〉을 연재했다.
대표 작품은 〈비 오는 날〉 〈잉여 인간〉 〈미해결의 장〉 〈인간동물원초〉 〈부부〉 〈이성연구〉
등이 있다.

12 비 오는 날

손창섭

이렇게 비 내리는 날이면 원구의 마음은 감당할 수 없도록 무거워지는 것이었다. 그것은 동욱 남매의 음산한 생활 풍경이 그의 뇌리를 영사막처럼 흘러 가기 때문이었다. 빗소리를 들을 때마다 원구에게는 으레 동욱과 그의 여동생 동옥이 생각나는 것이었다. 그들의 어두운 방과 쓰러져 가는 목조 건물이 비의 장막 저편에 우울하게 떠오르는 것이었다. 비록 맑은 날일지라도 동욱의 오뉘의 생활을 생각하면, 원구의 귀에는 빗소리가 설레이고 그 마음 구석에는 빗물이 스며 흐르는 것 같았다. 원구의 머리 속에 떠오르는 동욱과 동옥은 그 모양으로 언제나 비에 젖어 있는 인생들이었다.

동욱의 거처를 왕방하기 전에 원구는 어느 날 거리에서 동욱을 만나 저녁을 같이 한 일이 있었다. 동욱은 밥보다도 먼저 술을 먹고 싶어했다. 술을 마시는 동욱의 태도는 제법 애주가(愛酒家)였다. 잔을 넘어 흘러내리는 한 방울도 아까워서 동욱은 혀 끝으로 잔굽을 핥았다. 기독교 가정에서 성장했을 뿐 아니라 몇몇 교회에서 다년간 찬양대를 지도해 온 동욱의 과거를 원구는 생각하며, 요즈음은 교회에 나가지 않느냐고 물어 보았다. 동욱은 멋적게 씽긋 웃고 나서 이따만큼 한 번씩 나가노라고 하고, 그런 때는 견딜 수 없는 절망감에 숨이 막힐 것 같은 날이라는 것이었다. 동욱은 소매와 깃이 너슬너슬한 양복 저고리에 교회에서 구제품으로 탄 것이라는, 바둑판처럼 사방으로 검은 줄이 죽죽 간 회색 즈봉을 입고 있었다. 무엇보다도 그의 구두가 아주 명물이었다. 개미 허리처럼 중간이 잘룩한 데다가 코숭이만 주먹만큼 뭉툭 솟아오른 검정 단화(短靴)를 신고 있었다. 그건 꼭 채플린이나 신음직한 괴이한 구두였기 때문에 잔을 주고받으면서도 원구는 몇 번이나 동욱의 발을 내려다보는 것이었다. 그 동안 무얼하며 지냈느냐는 원구의 물음에 동욱은 끼고 온 보자기를 끄르고 스크랩북을 펴 보이는 것이었다. 몇 장 벌컥벌컥 뒤지는 데 보니, 서양 여자랑 아이들의 초상화가 드문드문 붙어 있었다. 그 견본을 가지고 미군 부대를 찾아다니며 초상화의 주문을 맡는다는 것이었다. 대학에서 영문과를 전공한 것이 아주 헛일은 아니었다고 하며 동욱은 닝글닝글 웃었다. 동욱의 그 닝글닝글한 웃음을 원구는 이전부터 몹시 꺼렸다. 상대방을 조롱하는 것 같은 그러면서도 자조적(自嘲的)이요, 어쩐지 친애감조차 느껴지는 그 닝글닝글한 웃음은 원구에게 어떤 운명적인 중압을 암시하여 감당할 수 없이 마음이 무거워지는 것이었다. 대체 그림은 누가 그리느냐니까, 지금 여동생 동옥이와 둘이 지내는데, 동욱은 어려서부터 그림을 좋아하더니 초상화를 곧잘 그린다는 것이다. 동옥이란 원구의 귀에도 익은 이름이었다. 소학교 시절에 동욱이네 집에 놀러 가면 그 때 대여섯 살밖에 안 되는 동옥이가 귀찮게 졸졸 따라다니던 기억이 새로웠다. 동옥은 그 당시 아이들 사이에 한창 유행되었던, '중중 때때중 바랑 메고 어디 가나'를 부르고 다녔다. 그 사이 이십 년이라는 세월이 흐르고 보니 동옥의 모습은 전연 기억도 남지 않았다. 동욱의 말에 의하면 지난번 1·4 후퇴 당시 데리고 왔는데, 요새 와서는 짐스러워 후회할 때가 있다는 것이었다. 그의 남편은 못 넘어 왔느냐니까, 뭘 입때 처년데 했다. 지금 몇 살인데 미혼이냐고 묻고 싶었지만, 원구는 혼기가 지난 동욱이나 자기 자신도 아직 독신인 걸 생각하고, 여자도 그럴 수가 있을 거라고 속으로 주억거리며 그는 입을 다물었다. 동욱의 나이가 지금 이십오륙 세가 아닐까 하고 원구는 지나간 세월과 자기 나이에 비추어서 속어림으로 따져보는 것이었다. 술에 취한 동욱은 다자꾸 원구의 어깨를 한 손으로 투덕거리며 동옥이 넌이 정말 가엾어, 암만 생각해도 그 총기며 인물이 아까워, 그런 말을 되풀이하는 것이었다. 그러고는 다시 잔을 비우고 나서, 할 수 있나 모두가 운명인 걸 하고 고개를 흔드는 것이었다. 동욱은 머리를 떨어뜨린 채 내가 자네람 주저없이 동옥이와 결혼할 테야 암 장담하구 말구, 혼잣말처럼 그렇게도 중얼거리는 것이었다. 종잡을 수 없는 동욱의 그런 말에 원구는 무슨 영문인지도 모르면서도, 암 그럴테지 하며 동욱의 손을 쥐어 흔드는 것이었다. 동욱은 음식집을 나와 헤어질 무렵에 두 손을 원구의 양 어깨에 얹고 자기는 꼭 목사가 되겠노라고 했다. 그것이 자기의 갈 길인 것 같다고 하며 이제 새 학기에는 신학교에 들어가겠다는 것이었다. 어깨가 축 늘어져서 걸어가는 동욱의 초라한 뒷모양을 바라보고 서서 원구는 또 다시 동욱의 과거와 그 집안을 그려 보며, 목사가 되겠노라고 하면서도 술을 사랑하는 동욱을 아껴줘야겠다고 생각하는 것이었다.

그 뒤에 원구가 처음으로 동욱을 찾아간 것은 사십 일이나 계속된 긴 장마가 시작된 어느 날이었다. 동래(東萊) 종점에서 전차를 내리자, 동욱이가 쪽지에 그려 준 약도를 몇 번이나 펴 보며 진득진득 걷기 힘든 비탈길을 원구는 조심히 걸어 올라갔다. 비는 여전히 줄기차게 내리고 있었다. 우산을 받기는 했으나 비가 후려 치고 흙탕물이 뛰고 해서 정강이 밑으로는 말이 아니었다. 동욱이가 들어 있는 집은 인가에서 뚝 떨어져 외따로이 서 있었다. 낡은 목조 건물이었다. 한 귀퉁이에 버티고 있는 두 개의 통나무 기둥이 모로 기울어지려는 집을 간신히 지탱하고 있었다. 기와를 얹은 지붕에는 두세 군데 잡초가 반 길이나 무성해 있었다. 나중에 들어 알았지만 왜정 때는 무슨 요양원(療養院)으로 사용되어 온 건물이라는 것이었다. 전면(前面)은 본시 전부가 유리 창문이었는데 유리는 한 장도 남아 있지 않았다. 들이치는 비를 막기 위해서 오른편 창문 안에는 가마니때기가 드리워 있었다. 이 폐가(廢家)와 같은 집 앞에 우두커니 우산을 받고 선 채, 원구는 한동안 움직이지 않았다. 이런 집에도 대체 사람이 살고 있을까? 아이들 만화책에 나오는 도깨비 집이 연상됐다. 금시 대가리에 뿔이 돋은 도깨비들이 방망이를 들고 쏟아져 나올 것만 같았다. 이런 집에 동욱과 동옥이가 살고 있다니 원구는 다시 한번 쪽지에 그린 약도를 펴 보았다. 이 집임에 틀림없었다. 개천을 끼고 올라오다가 그 개천을 건너선 왼쪽 산비탈에는 도대체 집이라고는 이 집 한 채뿐이었다. 원구는 몇 걸음 다가서며 말씀 좀 묻겠습니다 하고 인기척을 냈다. 안에서는 아무런 응답이 없었다. 원구는 같은 말을 또 한 번 되풀이했다. 그래도 잠잠하다. 차차 거세가는 빗소리와 도랑물 소리뿐, 황폐한 건물 자체가 그대로 죽음처럼 고요했다. 원구는 좀더 큰 소리로 안녕하십니까? 하고 불러 보았다. 원구는 제 소리에 깜짝 놀랐다. 목에 엉겼던 가래가 풀리며 탁 터져 나오는 음성이 예상 외로 컸던 탓인지, 그것은 마치 무슨 비명처럼 들리었기 때문이다. 그러나 문 안에 친 거적 귀퉁이가 들썩하며, 백지에 먹으로 그린 초상화 같은 여인의 얼굴이 나타난 것이다. 살결이 유달리 희고 눈썹이 남보다 검은 그 여인은 원구를 내다보며 좀처럼 입을 열지 않았다. 저게 동옥인가 보다고 속으로 생각하며 여기가 김동욱 군의 집이냐는 원구의 물음에 여인은 말없이 약간 고개를 끄덕여 보였을 뿐이다. 눈썹 하나 까닥하지 않는 그 태도는 거만해 보이는 것이었다. 동욱 군 어디 나갔습니까? 하고 재차 묻는 말에도 여인은 먼저처럼 고개만 끄덕했다. 그리고 나서 원구를 노려보는 듯하는 그 눈에는 까닭 모를 모멸(侮蔑)과 일종의 반항적 태도까지 서리어 있는 것이었다. 여인은 혹시 자기를 오해하고 있지 않나 싶어 정원구라는 이름을 밝히고 나서 동욱과는 소학교에서 대학까지 동창이었다는 것과, 특히 소학 시절에는 거의 날마다 자기가 동욱이네 집에 놀러가거나, 동욱이가 자기네 집에 놀러왔다는 것을 설명해 주었다. 그래도 여인의 표정에는 별다른 변화가 없었다. 원구는 한층 더 부드러운 음성으로 혹시 동욱군의 여동생 아니십니까? 동옥이라구…… 하고 물었다. 여인은 세 번째 고개를 끄덕여 보인 것이다. 그리고 비로소 그 얼굴에 조소를 품은 우울한 미소가 약간 어리는 것이었다. 동욱이 어디 갔느냐니까, 그제야 모르겠는데요 하고 입을 열었다. 꽤 맑은 음성이었다. 그러면 언제

들어올지 모르겠군요 하니까, 이번에도 동옥은 머리를 끄덕이는 것이었다. 무례한 동옥의 태도에 불쾌한 후회를 느끼면서 원구는 발길을 돌이키는 수밖에 없었다. 동욱이가 돌아오거든 자기가 다녀갔다는 말을 전해 달라고 이르고 돌아서는 원구에게 동옥은 아무러한 인사도 하지 않았다. 물탕에 젖어 꿀쩍거리는 신발 속처럼 자기의 머리는 어쩔 수 없는 우울에 잠뿍 젖어 있는 것이라고 공상하며 원구는 호박 덩굴 우거진 철둑 길을 걸어나갔다. 그 무거운 머리를 지탱하기에는 자기의 목이 지나치게 가는 것같이 여겨졌다. 그것은 불안한 생각이었다. 얼마쯤 가다가 원구는 별 생각이 없이 걸음을 멈추고 뒤를 돌아보았다. 안개비 속으로 보이는 창연한 건물은 금방 무서운 비명과 함께 모로 쓰러질 것만 같았다. 자기가 발길을 돌리자 아마 쓰러질는지도 모른다는 생각에, 이제나 저제나 하고 집을 지켜보고 섰던 원구는 흠칫 놀라듯이 몸을 떨었다. 창문 안에 드리운 거적을 캔버스 삼아 그림처럼 선명히 떠올라 있는 흰 얼굴이 눈에 띄었기 때문이었다. 그것은 동옥의 얼굴임에 틀림없었다. 어쩌자고 동옥은 비 뿌리는 창문에 붙어 서서 저렇게 짓궂게 나를 바라보고 있는 것일까? 어려서 들은, 여우가 사람을 홀린다는 얘기가 연상되어 전신에 오한을 느끼며 발길을 돌이키는 원구의 눈앞에 찢어진 지우산을 받고 다가오는 사나이가 있었다. 다행히도 그것은 동욱이었다. 찬거리를 사러 잠깐 나갔다가 오노라는 동욱은, 푸성귀며 생선 토막이 들어 있는 저자구럭을 한 손에 들고 있었다. 이 먼 델 비 맞고 왔다가 그냥 돌아가는 법이 있느냐고 하며 동욱은 원구의 손을 잡아 끄는 것이었다. 말할 기력조차 잃은 사람처럼 원구는 묵묵히 뒤를 따라갔다. 좀전의 동옥의 수수께기 같은 태도는 더욱 이해할 수 없는 무거운 그림자가 되어 원구의 머리를 뒤집어 씌우는 것이었다. 동욱에게 재촉을 받고 방안에 들어서는 원구를 동옥은 반항적인 태도로 힐끔 쳐다보는 것이었다. 물론 일어서거나 옮겨 앉으려고도 하지 않았다. 비오는 날인데다가 창문까지 거적대기로 가리어서 방안은 굴 속같이 침침했다. 다다미 여덟 장 깔리는 방안은 다다미 위에다 시멘트 종이로 장판 바른 듯한 것이었다. 한편 천장에서는 쉴 사이 없이 빗물이 떨어졌다. 빗물 떨어지는 자리에 바께쓰가 놓여 있었다. 촐랑촐랑 쪼르륵 촐랑, 빗물은 이와 같은 연속적인 음향을 남기며 바께쓰 안에 가 떨어지는 것이었다. 무덤 속 같은 이 방안의 어둠을 조금이라도 구해 주는 것은 그래도 빗물 소리 뿐이었다. 그러나 그 빗물 소리마저 바께쓰에 차츰 물이 늘어갈수록 우울한 음향으로 변해 가는 것이었다. 동욱은 별로 원구와 동옥을 인사시키거나 소개하려 하지 않았다. 동욱은 젖은 옷을 벗어서 걸고 런닝셔츠와 팬츠바람으로 식사 준비를 할 테니 잠깐만 앉아 있으라고 하고 부엌으로 나가는 것이었다. 부엌이라야 따로 있는 것이 아니라 비어 있는 옆방이었다. 다다미는 걷어서 벽 한구석에 기대어 놓아, 판장뿐인 실내에는 여기저기 빗물이 오줌발처럼 쏟아졌다. 거기에는 취사 도구가 너저분하니 널려 있는 것이었다. 연기가 들어간다고 사잇문을 닫아 버리고 나서, 동욱은 풍로에 불을 피우노라고 부채질을 하며 야단이었다. 열 시가 조금 지난 회중 시계를 사잇문 틈으로 꺼내 보이며 도대체 조반이냐 점심이냐는 원구의 질문에, 동욱은 닝글닝글하며 자기들에게는 삼시의 구별이 없다고 했다. 언제든 배고프면 밥을 끓여 먹고 밥 생각이 없는 날은 종일이라도 굶고 지낸다는 것이었다. 동욱이가 부엌에서 혼자 바삐 돌아가는 동안 동옥은 역시 한 자리에 앉아 꼼짝도 하지 않았다. 동옥은 가끔 하품을 하며 외국에서 온 낡은 화보를 뒤적이고 있었다. 그러한 동옥이와 마주앉아 자기는 도대체 무엇을 생각해야 하며 또한 어떠한 포즈를 지속해야 하는가? 원구는, 이런 무의미한 대좌(對坐)를 감당할 수 없어 차라리 부엌에 나가 풍로에 부채질이나마 거들어 줄까도 생각해 보는 것이었다. 그러나 고만한 행동도 이 상태로는 일종의 비약(飛躍)이라 적지 아니한 용기가 필요했다. 그러는 동안 원구는 별안간 엉덩이가 척척해 들어옴을 의식하였다. 바께쓰의 빗물이 넘어서 옆에 앉아 있는 원구의 자리로 흘러내린 것이었다. 원구는 젖은 양복바지 엉덩이를 만지며 일어섰다. 그제서야 동옥도 바께쓰의 물이 넘는 줄을 안 모양이다. 그러나 동옥은 직접 일어나서 제 손으로 치려고 하지도 않았다. 앉은 채 부엌 쪽을 향하여, 오빠 물 넘어, 했을 뿐이었다. 동욱은 사잇문을 반쯤 열고 들여다보며 이년아, 네가 좀 치우지 못해? 하고 목에 핏대를 세웠다. 그러자 자기가 나서기에 절호한 기회라고 생각한 원구는 내가 내다 버리지 하고 한 손으로 바께쓰를 들어올렸다. 그러나 한 걸음도 미처 옮겨 놓을 사이도 없이 바께쓰는 철거렁 하는 소리와 함께 한 옆이 떨어지며 물이 좌르르 쏟아졌다. 손잡이의 한쪽 끝갈퀴가 구멍에서 벗겨진 것이었다. 순식간에 방바닥은 물바다가 되고 말았다. 여지껏 꼼짝도 않고 앉아 있던 동옥도 그제만은 냉큼 일어나 한 걸음 비켜서는 것이었다. 그 순간 동옥의 동작이 예사롭지가 않았다. 원구에게 또 하나 우울의 씨를 뿌려주는 것이었다. 원피스 밑으로 드러난 동옥의 왼쪽 다리가 어린애의 손목같이 가늘고 짧았기 때문이다. 그러한 다리를 옮겨 디디는 순간, 동옥의 전신은 한쪽으로 쓰러질 듯이 기울어지는 것이었다. 동옥은 다시 한 번 그 가늘고 짧은 다리를 옮겨 놓는 일 없이, 젖지 않은 구석자리에 재빨리 주저앉아 버리고 말았다. 그리고는 희다 못해 파랗게 질린 얼굴에 독이 오른 눈초리로 원구를 잡아먹을 듯이 노려보는 것이었다. 동옥의 시선을 피하여 탁류의 대하 가운데 떠 있는 것 같은 공포에 몸을 떨며, 원구는 마지막 기력을 다하여 허위적거리듯 두 발로 물 괸 방을 허위적거려 보는 것이었다.

그 뒤로는 비가 와서 가게를 벌일 수 없는 날이면 원구는 자주 동옥이네 집을 찾아가는 것이었다. 불구인 신체와 같이 불구적인 성격으로 대해 주는 동옥의 태도가 결코 대견할 리 없으면서도, 어느 얄궂은 힘에 조종당하듯이 원구는 또 다시 찾아가지 아니할 수 없는 것이었다. 침침한 방안에 빗물 떨어지는 소리가 듣고 싶어서일까? 동옥의 가늘고 짧은 한쪽 다리가 지니고 있는 슬픔에 중독된 탓일까? 이도 저도 아니면 찾아갈 적마다 차츰 정상적인 데로 돌아오는 동옥의 태도에 색다른 매력을 발견할 탓일까? 정말 동옥의 태도는 원구가 찾아가는 회수에 따라 현저히 부드러워지는 것이었다. 두 번째 찾아갔을 때 동옥은 원구를 보자 얼굴을 붉히었다. 그리고는 고개를 숙였다. 세 번째 찾아갔을 때는 원구를 보자 동옥은 해죽이 웃어 보인 것이었다. 그러나 그것은 우울한 미소였다. 찾아갈 때마다 달라지는 동옥의 태도가 원구에게는 꽤 반가운 것이었다. 인사불성에 빠졌던 환자가 제정신으로 돌아올 때처럼 고마웠다. 첫 번째 불렀을 때는 눈을 감은 채 아무런 반응도 없던 환자가, 두 번째 부르자 눈을 간신이 떴고, 세 번째 불렀을 때는 제법 완전히 눈을 떠서 좌우를 둘러보다가 물 좀 하고 입을 열었을 경우와 같은 반가움을, 원구는 동옥에게서 경험하는 것이었다. 두 번째 갔을 때에는 지난 번 빗물 쏟아지던 자리에 바께쓰가 놓여 있지 않았다. 그 자리에는 제창 떼꾼히 구멍이 뚫려 있었다. 주먹이 두어 개나 드나들 만한 그 구멍은 다다미에서부터 그 밑의 널판까지 뚫려 있었다. 천장에서 흘러내리는 빗물은 그 구멍을 통과해 널판 밑 흙바닥에 둔탁한 음향을 남기며 떨어졌다. 기실 비는 여러 군데서 새는 모양이었다. 널빤지로 된 천장에는 사방에서 빗물 듣는 소리가 났다. 천장에 떨어진 빗물은 약간 경사진 한쪽으로 오다가 소 눈깔만한 옹이 구멍으로 새어 흐르는 것이었다. 그날만해도 원구와 동욱이가 주고받는 말에, 비교적 냉담한 동옥이었다. 그러나 세 번째 갔을 때부터는 원구와 동욱이가 웃을 때는 함께 따라 웃어주는 것이었다. 간혹 한두 마디씩은 말추렴에도 들었다. 그날은 일찌감치 저녁을 얻어먹고 돌아오려고 하는데 비가 하도 세차게 퍼부어서 자고 오는 수밖에는 없었다. 한 손에 우산을 들고 선 채 회색 장막을 드리운 듯, 비에 뿌애진 창 밖을 내다보며 망설이고 있는 원구의 귀에 고집 피우지 말고 자고 가라는 동욱의 말에 뒤이어, 이런 비에는 앞도랑에 물이 불어서 못 건너십니다. 하는 동옥의 음성이 들린 것이었다. 그날 밤 비로소 원구는 가벼운 기분으로 동옥에게 말을 걸 수가 있었던 것이다. 언제부터 그림 공부를 했느냐니까, 초상화 따위가 뭐 그림인가요, 하고 그 우울한 미소를 지어 보이는 것이었다. 원구는 동옥의 상처를 건드릴 만한 말은 일절 꺼내지 않았다. 어렸을 때 얘기가 나와서 어딜 가나 강아지 새끼처럼 쫓아다니는 동욱이가 귀찮았다는 말을 하고 중중 때때중을 자랑스레 부르고 다녔다니까 동옥의 눈이 처음으로 티없이 빛나는 것이었다. 갑자기 동욱이가 중중 때때중하고 부르기 시작하자 동옥도 가느다란 소리로 따라 부르는 것이었다. 노래 소리가 그치고 나니 방안에는 빗물 떨어지는 소리가 유달리 크게 들렸다. 비가 들이치는 바람에 바깥 벽 판장 틈으로 스며드는 물은 실내의 벽 한 구석까지 적시기 시작하는 것이었다. 그런데 이상한 것은 동옥을 대하는 동욱의 태도였다. 대수롭지 않은 일에도 이년 저년하고 욕을 퍼붓는 것이다. 부엌에서 들여보내는 음식 그릇을 한 손으로 받는다고 해서, 이년아 한 손으로 그러다가 또 떨어뜨리고 싶으냐, 하고 눈을 흘겼고 남포에 불을 켜는 데 불이 얼른 댕기지 않아 성냥 알을 두 개비째 꺼내려니까 저년은 밥 처먹구 불두 하나 못 켜, 하고 노려보는 것이었다. 그럴 때마다 동옥은 말없이 마주 눈을 흘겼다. 빨래와 바느질만은 동옥의 책임이지만 부엌일은 언제나 동욱이가 맡아 한다는 것이었다. 동옥이가 변소에 간 틈에, 될 수 있는 대로 위로해 주지 않고 왜 그리 사납게 구느냐니까, 병신 고운 데 없다고 그년 맘 쓰는 게 모두가 틀렸다는 것이다. 우선 그림 값만 하더라도 얼마 전까지는 받아 오면 반씩 꼭같이 나눠 가졌는데 근자에 와서는 동욱을 신용할 수가 없다고 대소에 따라 한 장에 얼마씩 또박또박 선금을 받고야 그려 준다는 것이었다. 생활비도 둘이 꼭 같이 절반씩 부담한다는 것이다. 동옥은 자기가 병신이기 때문에 부모 말고는 자기를 거두어 오래 돌봐 줄 사람이 없으리라는 것이다. 오빠도 언제든 자기를 버릴 것이 아니겠느냐, 그렇기 때문에 자기는 자기대로 약간이라도 밑천을 장만해 두어야 비참한 꼴을 면하지 않겠느냐고 한다는 것이었다. 그러한 동옥의 심중을 생각할 때 헤어져 있으면 몹시 측은하기도 하지만, 이상하게 낯만 대하면 왜 그런지 안 그리리라 하면서도 동욱은 다자꾸 화가 치민다는 것이다. 동옥은 불을 끄고는 외로워서 잠을 이루지 못한다고 했다. 반대로 동욱은 불을 꺼야만 안심하고 잠을 들 수가 있다는 것이었다. 동욱은 어둠만이 유일한 휴식이노라 했다. 낮에는 아무리 가만히 앉았거나 누워 뒹굴어도 걸레처럼 전신에 배어 있는 피로가 가시지 않는다는 것이었다. 그러한 동욱은 심지를 낮추어서 아랑신하니 켜놓은 불빛에도 화를 내어 이년아, 아주 꺼 버리지 못해 하고 소리를 질렀다. 동옥은 손을 내밀어 심지를 조금 더 낮추었다. 그리고 나서 누가 데려 오랬나, 차라리 어머니하고 거기 있을 걸 괜히 왔지 하고 좋알대는 것이었다. 그러자 동욱은 벌떡 일어나며 이년 다시 한 번 그 주둥일 놀려봐라 나두 너 같은 년 끌구 오구 싶지 않았다. 어머니가 하두 애원하시듯, 다 버리구 가더라두 네 년만은 데리구 가라구 하 조르기에 끌구 와 이 꼴이다 하고 골을 내는 것이었다. 동옥은 말없이 저편으로 돌아누웠다. 어렴풋이 불빛이 있음에도 불구하고 어둠이 가슴을 내리누르는 것 같아서 원구는 오래도록 잠을 이룰 수가 없었다. 동욱도 잠이 안 오는 모양이었다. 동옥 역시 필경 잠이 들지 않았으련만 죽은 듯이 가만히 있었다. 후두둑후두둑 유리 없는 창문으로 들이치는 빗소리를 들으며, 사십 주야를 비가 퍼부어서 산꼭대기에다 배를 묶어 둔 노아네 가족만이 남고 이 세상이 전멸을 해 버렸다는, 구약 성경에 나오는 대홍수를 원구는 생각해 보는 것이었다. 그러다가 어렴풋이 잠이 들려고 하는 때였다. 커다란 적선으로 생각하고 동욱과 결혼할 용기는 없는가 하는 동욱의 음성이 잠꼬대같이 원구의 귀를 스쳤다. 원구는 눈을 떴다. 노려보듯이 천장을 바라보며 그는 반듯이 누워 있었다. 동욱의 입에서 다시 무슨 말이 흘러 나올지도 모른다는 긴장을 느끼면서, 그러나 동욱은 아무 말이 없었다. 빗물 떨어지는 소리만이 여전히 계속되고 있을 뿐이었다. 원구가 또다시 간신히 잠이 들락 할 때였다. 발치 쪽에서 빠드득 하는 이상한 소리가 났다. 원구는 정신을 바짝 차리고 귀를 재웠다. 뱀에게 먹히는 개구리 소리 비슷한 그 소리는 뒷벽 쪽에서 들리는 것이었다. 원구는 이번에는 상반신을 일으키고 앉아 귀를 기울이는 것이었다. 그바람에 동욱이도 눈을 떴다. 저게 무슨 소리냐고 한 즉, 뒷방의 계집애가 자면서이 가는 소리라는 것이었다. 이 뒷방에도 사람이 사느냐니까 육순이 넘은 노파가열 두 살 먹은 손녀를 데리고 산다고 했다. 그 노파가 바로 이집 주인인데 전차 종점 나가는 길목에 하꼬방 가게를 내고 담배, 성냥, 과일, 사탕 같은 것들을 팔아서근근이 생활해 가고 있다는 것이었다. 뒷집 소녀는 잠만 들면 반드시 이를 간다는것이었다. 동욱도 처음 며칠 밤은 그 소리에 골치를 앓았지만 요즘은 습관이 되어괜찮느라고 했다. 이러한 방에서 빗물 떨어지는 소리와 이 가는 소리를 듣고 지나면 아무라도 신경과민이 될 것이라고 생각하며, 원구는 좀전에 동욱이가 잠꼬대처럼 한 말의 의미를 되새겨 보는 것이었다.

사오 일 지나서였다. 오래간만에 비가 그치고 제법 날이 훤해져서 잡화를 가득벌여 놓은 리어카를 지키고 섰노라니까, 다 저녁때 원구의 어깨를 툭 치는 사람이있었다. 동욱이었다. 그는 역시 소매와 깃이 다 처진 저고리와 검은 줄이 간 회색즈봉을 입고 있었다. 옷이라고는 그것밖에 없는 모양이라 비에 젖은 것을 그냥 짜서 말리곤 해서 여기 저기 구김살이 져 있었다. 그보다도 괴이한 채플린 식의 검정 단화의 주먹 같은 코숭이가 말이 아니었다. 장화 대용으로 진창을 막 밟고 다녀서 온통 흙투성이었다. 그러한 동욱의 꼴에 원구는 이상하게 정이 갔다. 리어카를 주인 집에 가져다 맡기고 와서 저녁을 같이 하자고 원구는 동욱의 손을 끌었다. 동욱은 밥보다도 술 생각이 더 간절하다고 했다. 두 가지 다 먹을 수 있는 집으로 원구는 동욱을 안내했다. 술이 몇 잔 들어가 얼큰해지자 동욱은 초상화 '주문'

도리'를 폐업했노라고 했다. 요즘은 양키들도 아주 약아져서 까딱하면 돈을 잘리거나 농락당하기가 일쑤라는 것이다. 거기에다 패스 없는 사람의 출입을 각 부대가 엄중히 단속하기 때문에 전처럼 드나들 수가 없다는 것이었다. 며칠 전에는 돈받으러 몰래 들어갔다가 순찰 장교에게 걸려서 하룻밤 몽키 하우스의 신세를 지고 나왔다는 것이다. 더구나 요즘은 국민병 수첩까지 분실했으므로 마음 놓고 거리에 나와 다닐 수도 없다는 것이었다. 분실계를 내고 재교부 신청을 하라니까, 그 때문에 동회로 파출소로 사오 차나 쫓아다녀 봤지만, 까다롭게만 굴고 잘 들어주지 않는다는 것이다. 까짓거 나중에는 산수갑산엘 갈 망정 내버려 둘 테라고 했다. 그래 차라리 군에라도 들어가 버릴까 싶어, 마침 통역장교를 모집하기에 그 원서를 타러 나왔던 길이노라고 했다. 어디 원서를 좀 구경하자니까 동욱은 능글능글 웃으며 수속이 하두 복잡하고 번거로워 아예 단념하고 말았다는 것이다. 동욱은 한동안 말이 없이 술잔을 빨고 앉았다가, 가끔 찾아와서 동옥을 좀 위로해주라는 것이었다. 세상 사람들이 모두 자기를 조소하고 멸시한다고만 생각하고 있는 동옥은, 맑은 날일지라도 일절 바깥 출입을 않고 두더지처럼 방에만 처박혀산다는 것이다. 그리고 모든 사람에게 반감을 품고 있다는 것이다. 그러한 동옥도 원구만은 자기를 업신여기지 않고 자연스레 대하여 준다고 해서 자주 찾아와 주기를 여간 기다리지 않는다고 했다. 초상화가 팔리지 않게 된 다음부터는 동옥은 초조와 불안 속에서 한층 더 자신의 고독을 주체하지 못해 쩔쩔맨다는 것이었다. 동욱은 그러한 동옥이가 측은해 못 견디겠노라고 했다. 언젠가처럼, 내가 자네랑 동옥이와 결혼할 테야, 암 하구 말구 동욱은 고개를 주억거리는 것이었다. 술집을 나와 동욱은 이번에도 원구의 손을 꼭 쥐고 자기는 기어코 목사가 되겠노라고 했다. 동옥을 위해서나 자기 자신을 위해서나 그것만이 이 무거운 짐을 조금이라도 덜 수 있는 유일한 길인 것 같다는 것이었다.

그 뒤에 한 번은 딴 볼일로 동래까지 갔던 길에 동욱이네 집에 잠깐 들른 일이 있었다. 역시 그날도 장마는 구질구질 계속되고 있었다. 우산을 접으며 마루에 올라서도 동욱만이 머리를 내밀고 맞아줄 뿐 동옥의 기척이 없었다. 방에 들어가 보니 동옥은 담요로 머리까지 푹 뒤집어 쓰고 죽은 사람처럼 누워 있었다. 이틀째나 저러고 자빠져 있다고 하며 동욱은 그 까닭을 설명했다. 동욱은 뒷방에 살고 있는 주인 노파에게 동욱이도 모르게 이만 환이나 빚을 주고 있었는데, 노파는 이 집까지도 팔아먹고 귀신같이 도주해 버렸다는 것이다. 어제 아침에 집을 산 사람이 갑자기 이사를 왔기 때문에 그 사실을 알았는데, 이게 또한 어지간히 감때 사나운 자여서 당장 방을 비워 내라고 위협하듯 한다는 것이다. 말을 마치고 난 동욱은 요 맹꽁이 같은 년아, 글쎄 이게 집이라구 믿고 돈을 줘 하고 발길로 동옥의 옆구리를 걷어찼다. 이 년아, 이만 환이면 구화로 얼만 줄 아니, 이백만 환이야, 내 돈을 내가 떼였는데 오빠가 무슨 상관이냐구, 그래, 내가 없으면 네년이 굶어 죽지 않구 살 테냐? 너 같은 병신이 단 한 달을 독력으로 살아? 동욱은 다시 생각해도 악이 받치는 모양이었다. 원구를 위해 동욱은 초밥을 만든다고 분주히 부엌으로 들락날락 했으나 원구는 초밥을 얻어먹자고 그러고 앉아 견딜 수는 없었다. 그보다도 동옥이 이틀 동안이나 아무 것도 먹지 않고 저러고 누워 있다고 하니, 혹시 동욱이가 잠든 틈에라도 몰래 일어나 수면제 같은 것을 먹고 죽어 있지나 않는가 싶어 불안한 생각이 솟았다. 원구는 조금이라도 더 앉아 견디기가 답답해서 자리를 일어서며 아무래도 방을 비워 주어야 하겠거든 자기도 어디 구해 보겠노라고 하니까, 동욱이가 인가(人家) 많은 데를 싫어하기 때문에 이 근처에다 외딴 집을 구하는 수밖에 없다는 동욱의 대답이었다.

그 뒤로는 원구도 생활에 위협을 느끼기 시작했다. 한 달 가까이나 장마로 놀고 보니 자연 시원치 않은 장사 밑천을 그럭저럭 축나게 된 것이다. 원구가 얻어 있는 방도 지리한 비에 습기로 눅눅해졌다. 벗어 놓은 옷가지며 이부자리에까지도 곰팡이가 끼었다. 그의 마음 속까지 곰팡이가 스는 것 같았다. 이런 날, 이런 음산한 방에 처박혀 있자니, 동욱과 동옥의 일이 자연 무겁고 우울하게 떠오르는 것이었다. 점심 때가 되어서 원구는 퍼붓는 비를 무릅쓰고 집을 나섰다. 오늘은 동욱이와 마주 앉아 곰팡이 슨 속을 씻어 내리며, 동옥이도 위로해 줘야겠다고 생각하고 원구는 술과 통조림을 사들고 찾아갔다. 낡은 목조 건물은 전과 마찬가지로 금방 쓰러질 듯 빗속에 서 있었다. 유리 없는 창문에는 거적도 그대로 드리워 있었다. 그러나, 동욱이, 하고 원구가 불렀을 때 곰처럼 마루로 기어 나오는 사나이는 동욱이가 아니었다. 이 집에 살던 젊은 남녀는 어디 갔느냐는 원구의 물음에, 우락부락하게는 생겼으되 맺힌 데가 없이 어딘가 허술해 보이는 사십 전후의 그 사나이는, 아하 당신이 정(丁) 뭐라는 사람이냐고 하고 대답 대신 혼자 머리를 끄덕끄덕하는 것이었다. 원구가 재차 묻는 말에 사나이는 자기가 이 집주인이노라 하고 나서, 동욱은 외출한 채 소식 없이 돌아오지 않게 되었고, 그 뒤 동옥 역시 어디로 가 버렸는지 모르겠다는 것이었다. 동욱이가 안 돌아오는 지는 열흘이나 되었고 동옥은 바로 이삼 일 전에 나갔다는 것이다.

원구는 더 무슨 말이 없이 서 있었다. 한 손에 보자기 꾸러미를 들고 한 손으로는 우산을 받고 선 채, 원구는 사나이의 얼굴만 멍하니 바라보는 것이었다. 원구는 그대로 발길을 돌려 몇 걸음 걸어가다가 되돌아와 보자기에 싼 물건을 끌러 주인 사나이에게 주었다. 이거 원, 하며 주인 사나이는 대뜸 입이 해 벌어졌다. 그리고는 자기 여편네와 아이들이 장사 나갔기 때문에 점심 한 그릇 대접할 수는 없으나 좀 올라와 담배라도 피우고 가라고 권하는 것이었다.

무슨 재미로 쉬어 가겠느냐고 하며, 원구가 돌아서려니까, 주인은 잠깐만 하고 불러 세우고 나서, 대단히 죄송하게 되었노라고 하며 사실은 동옥이가 정(丁) 누구라고 하는 분이 찾아오면 전해 달라고 편지를 맡기고 갔는데, 그만 간수를 잘못해서 아이들이 찢어 없앴다는 것이다. 그래도 아무 말 않고 멍청히 서 있는 원구를 주인 사나이는 무안한 눈길로 바라보며, 동욱은 아마 십중팔구 군대에 끌려나갔을 거라고 하고, 동옥은 아이들처럼 어머니를 부르며 가끔 밤중에 울기에, 뭐라고 좀 나무랐더니, 그 다음날 저녁에 어디론가 나가 버렸다는 것이다.

죽지나 않았을까, 자살을 하든 굶어 죽든…… 하고 혼잣말처럼 중얼거리며 돌아서는 원구의 등에다 대고, 중요한 옷가지랑은 꾸려 갖고 간 모양이니 자살을 할 의사는 없었음이 분명하고, 한편 병신이긴 하지만 얼굴이 고만큼 뱀뱀하고서야 어디가 몸을 판들 굶어 죽기야 하겠느냐고 주인 사나이는 지껄이는 것이었다. 얼굴이 고만큼 뱀뱀하고서야 어디 가 몸을 판들 굶어 죽기야 하겠느냐는 말에, 이상하게 원구는 정신이 펄쩍 들어 이놈 네가 동옥을 팔아먹었구나 하고 대들 듯한 격분을 마음속 한 구석에 의식하면서도, 천근의 무게로 내리누르는 듯한 육체의 중량을 감당할 수 없이 그는 말없이 발길을 돌이키었다. 이놈, 네가 동옥을 팔아먹었구나 하는 흥분한 소리가 까마득히 먼 곳에서 자기를 향하고 날아오는 것 같은 착각에 오한을 느끼며, 원구는 호박 덩굴 우거진 밭두둑 길을, 앓고 난 사람 모양 허적거리는 다리로 걸어나가는 것이었다.

13....

유예

오상원(吳尙源, 1930~1985) ●● 평안북도 선천에서 출생했다.
1949년 용산고등학교를 졸업하고 1953년 서울대학교 불어불문학과를 졸업하였다. 그
해 동아일보사에 입사하였다. 1953년 극 협회 작품 공모에 응모한 장막극 〈녹 쓰는 파
편〉이 당선되었고 1955년 한국일보 신춘문예에 단편소설 〈유예〉가 당선됨으로써 작가
활동을 시작하였다.
대표 작품은 〈모반〉〈백지의 기록〉〈피리어드〉〈내일쯤은〉〈부동기〉〈보수〉〈무명기〉 등
이 있다.

13 유예

오상원

몸을 웅크리고 가마니 속에 쓰러져 있었다. 한 시간 후면 모든 것은 끝나는 것이다. 손과 발이 돌덩어리처럼 차다. 허옇게 흙벽마다 서리가 앉은 깊은 움 속, 서너 길 높이에 통나무로 막은 문 틈 사이로 차가이 하늘이 엿보인다.

퀴퀴한 냄새가 코를 찌른다. 냄새로 짐작하여 그리 오래 된 것 같지는 않다. '누가 며칠 전까지 있었던 모양이군, 그놈이나 매한가지지' 하고 사닥다리를 내려서자마자 조그만 구멍으로 다시 끌어올리며 서로 주고받던 그자들의 대화가 아직도 귀에 익다.

그놈이라고 불린 사람이 바로 총살 직전에 내가 목격하고 필사적으로 놈들의 사수(射手)를 향하여 방아쇠를 당겼던 그 사람이었을까…… 만일 그 사람이 아니었다면 또 어떤 사람이었을까……. 몸이 떨린다. 뼈 속까지 얼음이 박힌 것 같다.

소속 사단은? 학벌은? 고향은? 군인에 나온 동기는? 공산주의를 어떻게 생각하시오? 미국에 대한 감정은? 그럼…… 동무의 말은 하나도 이치에 당치 않소.

동무는 아직도 계급 의식이 그대로 남아 있소. 출신 계급을 탓하지는 않소. 오해하지 마시오. 그 근성이 나쁘다는 것뿐이오. 다시 한 번 생각할 여유를 주겠소. 한 시간 후, 동무의 답변이 모든 것을 결정지을 거요.

몽롱한 의식 속에 갓 지나간 대화가 오고 간다. 한 시간 후면 모든 것은 끝나는 것이다. 사박사박, 걸음을 옮길 때마다 발밑에 부서지는 눈, 그리고 따발총구를 등 뒤에 느끼며 앞장 서 가는 인민군 병사를 따라 무너진 초가집 뒷담을 끼고 이 움 속 감방으로 오던 자신이 마음속에 삼삼히 아른거린다. 한 시간 후면 나는 그들에게 끌려 예정대로의 둑길을 걸어가고 있을 것이다. 몇 마디 주고받은 다음, 대장은 말할 테지. 좋소. 뒤를 돌아다보지 말고 똑바로 걸어가시오. 발자국마다 사박사박 눈 부서지는 소리가 날 것이다.

아니, 어쩌면 놈들은 내 옷이 탐이 나서 홀랑 빨가벗겨서 걷게 할지도 모른다(찢어지기는 하였지만 아직 색깔이 제 빛인 미(美) 전투복이니까……). 나는 빨가벗은 채 추위에 살이 빨가니 얼어서 흰 둑길을 걸어간다. 수발의 총성. 나는 그대로 털썩 눈 위에 쓰러진다. 이윽고 붉은 피가 하얀 눈을 호젓이 물들여 간다. 그 순간 모든 것은 끝나는 것이다. 놈들은 멋쩍게 총을 다시 거꾸로 둘러메고 본대로 돌아들 간다. 발의 눈을 털고 추위에 손을 비벼 가며 방안으로 들어들 갈 테지. 몇 분 후면 그들은 화롯불에 손을 녹이며 아무 일도 없었던 듯 담배들을 말아 피고 기지개를 할 것이다.

누가 죽었건 지나가고 나면 아무것도 아니다. 그들에겐 모두가 평범한 일들이다. 나만이 피를 흘리며 흰 눈을 움켜쥔 채 신음하다 영원히 묵살되어 묻혀 갈 뿐이다. 전 근육이 경련을 일으킨다. 추위 탓인가……. 퀴퀴한 냄새가 또 코에 스민다. 나만이 아니라 전에도 꼭 같이 이렇게 반복된 것이다.

싸우다 끝내는 죽는 것, 그것뿐이다. 그 이외는 아무것도 없다. 무엇을 위한다는 것, 무엇을 얻기 위한다는 것, 그것도 아니다. 인간이 태어난 본연의 그대로 싸우다 죽는 것, 그것뿐이라고 생각하였다.

북으로 북으로 쏜살같이 진격은 계속되었다. 수차의 전투가 일어났다. 그가 인솔한 수색대는 적의 배후 깊숙이 파고들어갔다. 자주 본대와의 연락이 끊어지기 시작하였다.

초조한 소대원의 얼굴은 무전사에게로만 쏠렸다. 후퇴다! 이미 길은 모두 적에 의하여 차단되었다. 적의 어느 면을 뚫고 남하할 것인가? 자주 소전투가 벌어졌다. 한 명 두 명 쓰러지기 시작하였다. 될 수 있는 한 적과의 근접을 피하면서 산으로 타고 올랐다. 기아와 피로. 점점 낙오되고 줄어가는 소대원. 첩첩이 쌓인 눈과 추위, 그리고 알 수 없는 방향을 더듬으며 온갖 자연의 악조건과 싸우지 않으면 안 되었다. 연이어 계속되는 눈보라 속에 무릎까지 덮이는 눈 속을 헤매다 방향을 잃은 그들은 악전고투 끝에 산밑을 더듬어 내려와서 가까운 그 어느 마을로 파고들어갔다. 텅 빈 마을 집집마다 스산히 흩어진 채 눈 속에 호젓이 파묻혀 있다. 적이 들어온 흔적도, 지나간 흔적도 없다. 됐다. 소대원들은 뿔뿔이 헤쳐져서 먹을 것을 샅샅이 뒤졌다. 아무것도 없다. 겨우 얼어빠진 감자 한 자루뿐, 이빨에 서벅서벅 얼음이 마주치는 감자 알맹이를 씹었다. 모두 기운에 지쳐 쓰러졌다. 일시에 피곤과 허기가 납[鉛] 덩어리처럼 내린다. 발가락마다 얼음이 박혔다. 눈보라는 더욱 세차게 몰아치고 밤이 다가왔다. 산 속의 밤은 급히 내린다. 선임 하사만이 피로를 씹어 가며 문지방에 기대어 앉아 있었다.

밖은 휘몰아치는 눈보라뿐, 선임 하사도 잠시 눈을 붙였다. 마치 기습이라도 있을 듯한 밤이다.

그러나 아무 일 없이 아침이 왔다.

또 눈과 기아와 추위와의 싸움이 계속되었다. 한 사람, 두 사람 이 자연과의 싸움에 쓰러지기 시작하였다. 소대장님, 하고 마지막 한마디를 외치고 눈 속에서 머리를 박고 쓰러지는 부하들을 볼 때마다 그는 그 곁에 무릎을 꿇고 그 싸늘한 마지막 시선을 지켰다. 포켓을 찾아 소지품을 더듬는 그의 손은 항시 죽어 간 부하의 시체보다도 더 차가웠다. 소대장님, 우러러 쳐다보는 마지막 부하의 그 눈빛, 적막을 더듬어 가며 죽음을 재는 그 눈은 얼음장보다도 더 차가운 그 무엇이 있었다.

"소대장님…… 북한 출신입니다. 홀몸입니다. 남한에는…… 누구도 없습니다. 이것이 이북 제 고향 주소입니다."

꾸겨진 기슭마다 닳아져서 떨어졌다. 그것을 받아들던 그의 손, 부하의 손을 꼭 쥐어 주었다.

그 이상 더 무엇을 할 수 있었으랴…….

인제 남은 것은 그를 포함하여 여섯 명뿐.

눈 속에 쓰러져 넘어진 그들을 그대로 남겨 놓은 채 그들은 다시 눈 속을 헤쳤다. 그의 머릿속에 점점 불안이 다가왔다. 이윽고 ××지점까지 왔을 때. 산줄기는 급격히 부드러워져 이윽고 쑥 평지로 빠졌다. 대로(大路)다.

지형(地形)과 적정(敵情)을 탐지하러 내려갔던 선임 하사가 급히 달려왔다. 노상에는 무수히 말굽 자리와 마차의 수레바퀴 그리고 발자국 자리가 있다는 것이다. 선임 하사의 손에는 말똥이 하나 쥐어져 있었다. 능히 그것은 손 힘으로 부스러뜨릴 수 있었다. 그들이 지나간 것이 그리 오래되지 않았다는 증좌다. 밤을 기다릴 수밖에 없다. 그리하여 어둠을 이용하여 도로를 횡단하고 다시 앞에 바라보이는 산줄기를 타고 오를 수밖에 없다.

밤이 왔다. 행동을 개시하였다. 그들은 될 수 있는 한, 낮은 지대를 선택하고 대로에 연한 개천 둑을 이용하였다. 무난히 대로를 횡단하였다. 논두렁에 내려서자 재빠르게 은폐물을 이용해 가며 걸음을 다그었다. 인제 앞산 밑까지는 불과 이백 미터밖에 안 된다. 그들은 약간의 안도감을 느끼고 걸음을 늦추었다.

그때다. 돌연 일 발의 총성과 더불어 한마디 비명을 남기고 누가 쓰러졌다. 모두 콱 눈 속에 엎드렸다.

일순간이 지났다. 도대체 총알은 어디서부터 날아온 것인가? 그 방향을 종잡을 수가 없다. 그가 적정을 살피려고 고개를 드는 순간 또 총알이 날아왔다.

측면에서부터. 모두 응전 자세를 취하기 위하여 대로 쪽으로 각도를 돌렸다. 그러나 절대적으로 불리하다. 놈들은 우리의 위치를 알고 있지만 우리는 적

쪽의 위치를 잡을 수가 없다. 그렇다고 이대로 언제껏 있을 수도 없다. 아무리 밤이라 할지라도 흰 눈 위다. 그들은 산기슭까지 필사적으로 포복을 단행하였다. 동시에 총알은 비오듯 집중된다. 비명과 더불어 소대장님 하고 외치는 소리, 그는 눈을 꾹 감았다. 땀이 비오듯 흐른다. 그는 눈을 꽉 감은 채 포복을 계속하였다. 의식이 다자꾸 흐린다. 산기슭 흰 눈 속에 덮인 관목 숲이 눈앞에서 뿌여니 흩어진다. 총성은 약간 잦아졌다. 산기슭으로 타고 오르는 순간 선임 하사가 쓰러졌다. 그는 선임 하사를 부축하고 끌며 산 속으로 산 속으로 들어갔다.

얼마나 산 속 깊이 들어왔는지도 모른다. 정신을 잃고 쓰러져 누웠을 때는 이미 새벽이 가까워서였다.

몹시 춥다. 몸을 약간 꿈틀거려 본다. 전 근육이 추위에 마비되어 감각을 잃은 것만 같다. 인제 모든 것이 끝나는 것이다. 퀴퀴한 냄새가 코를 찌른다. 어렴풋이 눈 속에 부서지는 구두 발자국 소리가 들려 온다. 점점 가까워진다. 시간이 된 모양이다. 몸을 일으키려고 움직거려 본다. 잠시 몽롱한 시각이 흐른다. 발자국 소리가 점점 멀어지기 시작하였다. 아무것도 아니다. 아무것도 아닌 것이다. 몹시 춥다. 왜 오다가 다시 돌아가는 것일까……. 몽롱하게 정신이 흩어진다.

전공 과목은? 왜 동무는 법과를 선택했었소? 어렸을 때부터 동무는 출신 계급적인 인습 관념에 젖어 있었소. 그것을 버리시오.

나는 동무와 같은 인물을 아끼고 싶소. 나는 동무를 어느 때라도 맞아들일 마음의 준비를 가지고 있소. 문지방으로 스미어 오는 가는 실바람에 스칠 때마다 화롯불이 붉게 번져 갔다.

나는 동무를 훌륭한 청년으로 보고 있소. 자, 담배를 태우시오.

꾸부러진 부젓가락으로 재 위를 헤칠 때마다 더욱 붉게 불꽃이 번진다.

그렇다면 동무처럼 불쌍한 청년은 또 이 세상에 없을 거요. 나는 심히 유감스럽소. 동무의 그 태도가 참으로 유감이오(인제 모든 것은 끝나는 것이다). 왜 동무는 내 얼굴을 그렇게 차갑게 쳐다보고만 있소. 한마디 대답도 없이 입을 다문 채……. 알겠소. 나는 동무가 지키고 있는 그 침묵으로 동무가 말하고 있는 그 모든 것을 이해할 수 있소. 유감이오. 주고받던 대화, 조그만 방안, 깨어진 질화로가 어렴풋이 머릿속을 스친다. 그는 무겁게 몸을 뒤틀었다. 희미하게 또 과거가 이어온다.

그들이 정신을 잃고 쓰러졌을 때는 이미 새벽이 가까워서였다. 산 속의 아침은 아름답다. 눈 속에 덮인 산 속의 새벽은 더욱 그렇다. 나뭇가지마다 소복이 쌓인 눈이 햇볕에 반짝인다. 해가 적이 높아졌을 때 그는 겨우 몸을 일으켰다. 선임 하사는 피에 붉게 젖은 한쪽 다리를 꽉 움켜쥔 채 의식을 잃고 쓰러져 있다. 검붉은 피가 오른편 어깻죽지와 등에 짙게 얼룩져 있다. 그는 급히 선임 하사를 부축하여 일으켰다.

조용히 눈을 뜬다. 그리고 소대장을 보자 쓸쓸히 입가에 웃음을 지었다. 그 순간 그는 선임 하사를 꼭 끌어안고 뺨을 비벼 대었다. 단 둘뿐! 이제는 단 둘이 남았을 뿐이었다.

"소대장님, 인제는 제 차례가 된 모양입니다."

그는 조용히 선임 하사의 얼굴을 지켰다. 슬픈 빛이라고는 조금도 없다. 오랜 군대 생활에 이겨 온 굳은 의지가 엿보일 뿐이다.

선임 하사, 그는 이차대전시 일본군에 소집되어 남양전투에 종군하다 북지(北支)로 이동, 일본의 항복과 더불어 포로 생활 이 개월을 거쳐 팔로군(八路軍), 국부군, 시조(時潮)가 변전(變轉)되는 대로 이역(異域)을 표류하다 고국으로 돌아와 다시 군문으로 들어선 것이었다. 군대 생활이 무엇보다도 재미있다는 그, 전투가 자기 생활 속에서 제일 신이 나는 순간이라는 그였다.

"사람은 서로 죽이게끔 마련이오. 역사란 인간이 인간을 학살해 온 기록이니까요. 그렇게 생각지 않으시오? 난 전투가 제일 재미있소. 전투가 일어나면 호흡이 벅차고 내가 겨눈 총구에 적의 심장이 아른거릴 때마다 나는 희열을 느낍니다. 나는 그 순간 역사가 조각되고 있는 것같이 느껴지거든요. 사람이란 별게 아니라 곧 싸우는 것을 의미하고, 싸우다 쓰러지는 것을 의미하는 겁니다."

이것이 지금껏 살아온 태도였다. 이것뿐이다. 인제 그는 총에 맞았다. 자기 차례가 된 것을 알 뿐이다. 어렴풋이 희미한 기억을 타고 선임 하사의 음성이 떠오른다. 그는 몸을 조금 일으키려고 꿈지럭거리다가 그대로 펄썩 쓰러졌다.

바른편 팔 위에 경련이 일어난다. 혓바닥을 깨물고 고통의 일순을 넘겼다. 인제 모든 것은 끝나는 것이다. 선임 하사의 생각이 이어 온다.

"소대장님, 제 위치는 결정되었습니다. 안심하십시오."

분명히 말을 끝낸 선임 하사는 햇볕이 조용히 깃드는 양지쪽으로 기어가서 늙은 떡갈나무에 등을 기대고 앉았다.

햇볕을 받아 가며 조용히 내리감은 눈. 비애도, 슬픔도, 고독도, 그 어느 하나도 없다. 다만 눈 속에 덮인 산 속의 적막, 이것이 그의 얼굴 위에 내릴 뿐이다. 의식을 잃은 듯 몸이 점점 비스듬히 허물어지다가 털썩 쓰러졌다. 그는 급히 다가서서 선임 하사를 일으키려 하였다. 그 순간 눈을 가늘게 떴다. 입가에 미소가 가벼이 흐른다. 햇볕이 따스하게 그 입가의 미소를 지킨다.

"이대로……."

눈을 감았다. 잠시 가는 숨결이 중단되며 이어갔다.

무릎까지 파묻히는 눈 속을 헤치며 남쪽으로 남쪽으로 걸었다. 몇 번이고 의식을 잃고 그대로 쓰러졌다. 때로는 눈보라와 종일 싸워야 했고 알 길 없는 방향을 더듬으며 헤매어야 했다. 발이 얼어 감각이 없다. 불안과 절망이 그를 엄습하기 시작하였다. 내가 잡은 이 방향이 정확한 것인가? 나의 지금 이 위치는? 상의할 아무도 없다. 나 하나뿐. 그렇다고 이대로 서 있을 수도 없다. 그는 한 걸음 한 걸음 눈 속을 헤치며 걸었다. 어디까지 이렇게 걸어야 하는 것인가? 언제껏 이렇게 걸어야 하는 것인가? 밤이면 눈 속에 묻혀서 잤다. 해가 뜨면 또 걸어야 한다. 계곡, 비탈, 눈이 쌓인 관목 숲, 깎아세운 듯 강파르게 솟은 산마루. 그는 몇 번이고 굴러 떨어졌다. 무릎이 깨어지고 옷이 찢어졌다. 피로와 기아. 밤이면 추위와 더불어 고독이 엄습한다. 악몽, 다시 뒤덮이는 악몽. 신음 끝에 눈을 뜨면 적막과 어둠뿐. 자주 흩어지는 의식은 적막 속에 영원히 파묻혀만 간다. 나는 이대로 영원히 눈 속에 묻혀 사라져 버리는 것이 아닌가? 그러나 밤은 지새고 또 새벽은 온다. 그는 일어났다. 눈 속을 또 헤쳐야 한다. 산세는 더욱 험악하여만 가고 비탈은 더욱 모질다. 그는 서너 길이나 되는 비탈길에서 감각을 잃은 발길의 헷갈림으로 굴러 떨어졌다. 잠시 의식을 잃었다가 다시 본정신이 돌기 시작하였을 때 그는 어떤 강한 충격으로 입술을 꽉 깨물었다. 전신이 쿡쿡 쑤신다. 그는 기다시피하여 일어섰다. 부르쥔 주먹이 푸들푸들 떨고 있다.

세 길…… 네 길…… 까마득하다. 그러나 올라가야만 한다. 그는 입을 악물고 기어오르기 시작하였다. 전신에서 땀이 비오듯 흐른다. 정신이 다자꾸 흐려진다. 하늘이 빙그르르 돈다. 그는 눈을 꽉 감고 나무뿌리를 움켜쥔 채 잠시 정신을 가다듬는다. 또 기어오른다. 나무뿌리가 흔들릴 때마다 눈덩어리와 흙덩어리가 부서져 내린다. 악전 끝에 그는 비탈에 도달하였다. 도달하던 순간, 그는 의식을 잃고 그대로 쓰러졌다.

밤이 온다.

또 새벽이 온다. 그는 모든 것을 잊었다. 한 발자국, 한 발자국, 눈을 헤치며 발걸음을 옮기는 이것이 그에게 남은 전부였다. 총을 둘러멜 기운도 없어 허리에다 붙들어 매었다. 그는 다자꾸 흩어지는 의식을 가다듬어 가며 발을 옮겼다.

한 주일째 되던 저녁, 어슴푸레하게 저녁이 깃들 무렵 그는 이 험한 준령을 정복하고야 말았다.

다음날, 해가 어언간 높아졌을 무렵에 그는 눈을 떴다. 그는 순간 놀라지 않을 수 없었다.

바로 눈앞 C자 형으로 산줄기가 돌아 나간 그 움푹 파인 복판에 집들이 점점이 산재하여 있는 것이 아닌가! 이것을 모르고 눈 속에서 밤을 보냈다니……. 소복이 집들이 둘러앉은 마을! 가슴이 뭉클하고 눈물이 핑 돌았다. 그는 눈물을 머금으며 마을로 내려갔다. 마을 어귀에 다다랐다. 집 문들이 제멋대로 열어 젖혀진 채 황량하다. 눈이 마을 하나 가득히 쌓인 채 발자국 하나 없다. 돼지우리, 소 헛간, 아…… 사람들이 사는 곳! 그는 방안으로 들어갔다. 열어젖힌 장롱…… 방바닥 하나 가득히 먼지 속에 흩어진 물건들…… 옷! 찢어진 낡은 옷들! 그는 그 옷들을 주워서 꽉 움켜쥐었다. 아, 사람의 냄새! 때묻은 사람의 냄새! 방안을 둘러본다. 너무도 황량하다. 사람이 사는 곳이 이렇게 황량해질 수는 없는 것만 같이 느껴진다. 아무리 몇 번이고 보아 온 그것이었다 할지라도…….

그 순간 그는 이상한 발자국 소리를 듣고 한쪽 벽으로 몸을 피했다. 흙이 부서진 벽 구멍으로 밖의 동정을 살폈다. 아무 일도 없는 것 같다. 스산한 내 정신의 탓인가? 그러나 다음 순간 그는 확실히 사람들의 음성을 들은 것 같았다.

기대와 긴장이 동시에 서린다. 그는 담 구멍을 통하여 사방을 유심히 살폈다. 약 오십 미터쯤 떨어진 맞은편 초가집 뒤 언덕길을 타고 한 떼가 몰려가고 있다. 그들은 얼마 안 가 멈추었다.

멀리서 보기에도 확실히 군인임엔 틀림없다. 미군 전투 복장도 끼여 있는 듯하다. 벌써 아군 선내에 들어와 있는 것인가? 그러면······? 그는 숨죽여 이 광경을 지키고 있었다. 그러나 좀 수상쩍은 데가 있다. 누비옷을 입은 군인의 그 누비옷의 형식이 문제다. 그는 좀더 자세히 이 정체를 파악하기 위하여 맞은편 초가집으로 옮겨가지 않으면 안 되었다. 그는 담벽을 따라 교묘히 소 헛간과 짚 낟가리 등 엄폐물을 이용하여 그 집 뒷마당까지 갈 수 있었다. 뒷담장에 몸을 숨기고 무너진 담 구멍으로 그들의 일거 일동을 지켰다. 눈앞의 그림자처럼 아른거린다. 그들이 주고받는 말소리가 간간이 들려온다.

동무······ 총살, 이 두 마디가 그의 머릿속에 못 박혔다. 눈앞이 아찔했다. 그는 더욱 정신을 가다듬고 그들의 일거 일동을 살폈다. 머리가 텁수룩하고 야윈 얼굴에, 내의 바람의 한 청년이 양손을 등 뒤로 묶인 채 맨발로 서 있는 것이 눈에 띄었다.

"동무는 우리 인민의 처사에 대하여 이의가 있소?"

그 위엄으로 보아 대장인가 싶다.

"생명체와 도구와는 다른 것이오. 내 이상 더 무엇을 말하고 싶겠소? 나는 포로가 되었을 때 비로소 내가 확실히 호흡하고 있는 인간이라는 것을 알았을 뿐이오. 나는 기쁘오. 내가 한 개의 기계나 도구가 아니었다는 것, 하나의 생명체인 인간으로서 살아 있었다는 것, 그리고 인간으로서 죽어 간다는 것, 이것이 한없이 기쁠 뿐입니다."

명확하고 차가운 음성이었다.

"좋소."

경멸적인 조소가 입술에 어렸다.

"이 둑길을 따라 똑바로 걸어가시오. 남쪽으로 내닫는 길이오. 그처럼 가고 싶어하던 길이니 유감은 없을 거요."

피해자는 돌아섰다. 한 발자국, 한 발자국 걷기 시작하였다.

뒤에서 두 놈이 총을 재었다.

바야흐로 불길을 뿜으려는 총구를 등 뒤에 받으며 조금도 주저 없이 정확한 걸음걸이로 피해자는 눈길을 맨발로 헤쳐 가고 있다.

인제 몇 발의 총성과 더불어 그는 무참히 쓰러지고 말 것이다. 곧바로 정면에 눈 준 채 조금도 흩어질 줄 모르는 그의 침착한 걸음걸이……

눈앞이 빙빙 돈다. 그는 마치 저 언덕길을 걸어가고 있는 것이 자기인 것만 같았다. 순간, 그는 총을 꽉 움켜쥐었다. 내일을 위해 오늘의 싸움을 피한다는 것은 비겁한 수단이다. 지금 저 눈길을 걸어가고 있는 피해자는 그가 아니라 나 자신이다. 내가 지금 피살당하러 가고 있는 것이다. 쏴야 한다. 그는 사수를 겨누었다. 숨죽이는 순간, 이미 그의 두 총구에서는 빗발같이 총알이 쏟아져 나갔다. 쓰러진다. 분명히 두 놈이 쓰러졌다. 그는 다음 다음 연달아 쏘았다. 일순간이 지나자 응수가 왔다. 이마에서 줄곧 땀이 흐른다. 눈앞이 돈다. 전신의 근육이 개머리판의 진동에 따라 약동한다. 의식이 자주 흐린다. 그는 푹 고개를 묻고 쓰러졌다. 위기 일발, 다시 겨눈다. 또 어깨 위에 급격한 진동이 지나간다. 다자꾸 흩어지는 의식. 놈들의 사격이 뚝 그쳤다. 적은 전후 좌우방으로 흩어져서 육박하여 오고 있다.

의식을 잃은 난사. 그는 벌떡 일어섰다.

그 순간 푹 쓰러졌다. 의식이 깜박 사라진다. 갓 지나간 격렬한 총성의 여음이 귓가에서 감돈다. 몸 어느 한 구석이 쿡쿡 찔리고, 끈적끈적한 액체가 흘러내리고 있는 것 같다. 소리가 난다. 무엇이 다가오고 있다. 머리를 쾅 하고 내리친다. 그는 순간 의식을 잃었다.

바른편 팔 위에 격통이 일어난다. 그는 간신히 왼편 손으로 바른편 팔을 엎쓸어 더듬었다. 손끝에 오는 감촉이 끈적끈적하다. 손을 뗐다.

눈앞으로 가져갔다. 그 손끝과 손가락 사이에는 피, 검붉은 피가 흠뻑 젖어 있다. 어디선가 두런두런 말소리가 들린다. 담배 연기가 자욱하다. 먼지와 거미줄이 뽀야니 늘어붙은 찢어진 천장 구멍으로 사라져 간다. 방안이다. 방안에 뉘어져 있는 것이다. 이따금 흰 눈을 밟고 지나가는 발자국 소리가 희미한 의식 속에 떠오른다. 점점 멀어져 가는 발자국 소리를 따라서 그의 의식도 희미해진다.

그후 몇 번이고 심문이 지나갔다. 모든 것은 결정되었다.

인제 모든 것은 끝나는 것이다. 얼음장처럼 밑이 차다. 아무 생각도 없다. 전신의 근육이 감각을 잃은 채 이따금 경련을 일으킨다. 발자국 소리가 난다. 말소리도. 시간이 되었다 보다. 문이 삐그덕거리며 열리고 급기야 어둠을 헤치고 흘러 들어오는 광선을 타고 사닥다리가 내려올 것이다. 숨죽인 채 기다린다. 일순간이 지났다. 조용하다. 아무런 동정도 없다. 어쩐 일인가? 몽롱한 의식의 착오 탓인가. 확실히 구둣발 소리다. 점점 가까워 오는…… 정확한…….

그는 몸을 일으키려 애썼다. 고개를 들었다. 맑은 광선이 눈부시게 흘러 들어온다. 사닥다리다.

"뭐하고 있어! 빨리 나와!"

착각이 아니었다.

그들은 벌써부터 빨리 나오라고 고함을 지르며 독촉하고 있었다. 한 단 한 단 정신을 가다듬고 감각을 잃은 무릎을 힘껏 괴어 짚으며 기어올랐다. 입구에 다다르자 억센 손아귀가 뒷덜미를 움켜쥐고 끌어당겼다. 몸이 밖으로 나가는 순간 눈 속에서 그대로 머리를 박고 쓰러졌다. 찬 눈이 얼굴 위에 스치자 정신이 돌아왔다. 일어서야만 한다. 그리고 정확히 걸음을 옮겨야 한다. 모든 것은 인제 끝나는 것이다. 끝나는 그 순간까지 정확히 나를 끝맺어야 한다.

그는 눈을 다섯 손가락으로 꽉 움켜 짚고 떨리는 다리를 바로 잡아가며 일어섰다. 그리고 한 걸음 한 걸음 정확히 걸음을 옮겼다. 눈은 의지적인 신념으로 차가이 빛나고 있었다.

본부에서 몇 마디 주고받은 다음, 준비 완료 보고와 집행 명령이 뒤이어 떨어졌다.

눈이 함빡 쌓인 흰 둑길이다. 오! 이 둑길…… 몇 사람이나 이 둑길을 걸었을 거냐……. 훤칠히 트인 벌판 너머로 마주선 언덕, 흰 눈이다. 가슴이 탁 트이는 것 같다. 똑바로 걸어가시오. 남쪽으로 내닫는 길이오. 그처럼 가고 싶어하던 길이니 유감은 없을 거요. 걸음마다 흰 눈 위에 발자국이 따른다. 한 걸음, 두 걸음 정확히 걸어야 한다. 사수(射手) 준비! 총탄 재는 소리가 바람처럼 차갑다. 눈앞엔 흰 눈뿐, 아무것도 없다. 인제 모든 것은 끝난다. 끝나는 그 순간까지 정확히 끝을 맺어야 한다. 끝나는 일초 일각까지 나를, 자기를 잊어서는 안 된다.

걸음걸이는 그의 의지처럼 또한 정확했다. 아무리 한 걸음 한 걸음 다가가는 걸음걸이가 죽음에 접근하여 가는 마지막 길일지라도 결코 허투른, 불안한, 절망적인 것일 수는 없었다. 흰 눈, 그 속을 걷고 있다. 훤칠히 트인 벌판 너머로 마주선 언덕, 흰 눈이다. 연발하는 총성. 마치 외부 세계의 잡음만 같다. 아니 아무것도 아닌 것이다. 그는 흰 속을 그대로 한 걸음 한 걸음 정확히 걸어가고 있었다. 눈 속에 부서지는 발자국 소리가 어렴풋이 들려온다. 두런두런 이야기 소리가 난다.

누가 뒤통수를 잡아 일으키는 것 같다. 뒷허리에 충격을 느꼈다. 아니 아무것도 아니다. 아무것도 아닌 것이다.

흰 눈이 회색빛으로 흩어지다가 점점 어두워 간다. 모든 것은 끝난 것이다.

놈들은 멋쩍게 총을 다시 거꾸로 둘러메고 본부로 돌아들 테지. 눈을 털고 추위에 손을 비벼 가며 방안으로 들어들 갈 것이다. 몇 분 후면 화롯불에 손을 녹이며 아무 일도 없었던 듯 담배들을 말아 피우고 기지개를 할 것이다. 누가 죽었건 지나가고 나면 아무것도 아니다. 모두 평범한 일인 것이다. 의식이 점점 그로부터 어두워 갔다. 흰 눈 위다. 햇볕이 따스히 눈 위에 부서진다.

14....

오발탄

이범선(李範宣, 1920~1981) ●● 평안남도 신만주에서 출생했다.
1938년 진남포공립 상공학교를 졸업하고 평양에서 은행원으로 근무하다가 일제 말기에 평양북도 풍천 탄광에 징용되었다. 광복 후 월남해서 동국대학교 국문학과를 졸업하고 한국전쟁 때는 거제고등학교에서 3년간 교편을 잡았다. 이때 〈현대문학〉에 단편 〈암표〉와 〈일요일〉로 김동리의 추천을 받고 문단에 등단하였다.
그 뒤 휘문고등학교, 숙명여자고등학교, 대광고등학교 등에서 교편생활을 하면서 작품을 발표하였다. 1968년 한국 외국어 대학교로 옮겨 후학을 길렀다.
대표 작품은 〈이웃〉〈학마을 사람들〉〈갈매기〉〈피해자〉〈춤추는 선인장〉〈냉혈동물〉〈돌무늬〉 등이 있다.

14 오발탄

이범선

계리사 사무실 서기 송철호는 여섯 시가 넘도록 사무실 한구석 자기 자리에 멍청하니 앉아 있었다. 무슨 미진한 사무가 있는 것도 아니었다. 장부는 벌써 집어치운 지 오래고 그야말로 멍청하니 그저 앉아 있는 것이었다. 딴 친구들은 눈으로 시계바늘을 밀어 올리다시피 다섯 시를 기다려 후다닥 나가 버렸다. 그런데 점심도 못 먹은 철호는 허기가 나서만이 아니라 갈 데도 없었다.

"송 선생은 안 나가세요?"

이제 청소를 해야 할테니 그만 나가 달라는 투의 사환애의 말에, 철호는 다 낡아빠진 해군 작업복 저고리 호주머니에 깊숙이 찌르고 있던 두 손을 빼내어서 무겁게 책상 위에 올려 놓았다.

"나가야지."

하품 같은 대답이었다.

사환애는 저쪽 구석에서부터 비질을 하기 시작하였다. 먼지가 사정없이 철호의 얼굴로 몰려왔다.

철호는 어슬렁 일어섰다. 이쪽 모서리 창가로 갔다. 바께쓰의 물을 대야에 따랐다. 두 손을 끝에서부터 가만히 물 속에 담갔다. 아직 이른 봄이라 물이 꽤 손 끝에 시렸다. 철호는 물 속에 잠긴 두 손을 물끄러미 내려다보고 있었다. 펜대에 시달린 오른손 장지 첫마디에 콩알만한 못이 박혔다. 그 못에서 파란 명주실 같은 것이 사르르 물 속으로 풀려났다. 잉크, 그것은 잠시 대야 밑바닥을 기다 말고 사뿐히 위로 떠올라 안개처럼 연하게 피어서 사방으로 번져 나갔다. 손가락 끝을 중심으로 하고 그 색의 농도가 점점 연해져 나갔다. 맑게 개인 가을 하늘 색으로 대야 가장자리까지 번져 나간 그것은 다시 중심의 손끝을 향해 접어들며, 약간 진한 파랑색으로 달무리 모양 동그란 원을 그렸다.

피! 이건 분명히 피다!

철호는 엉뚱한 생각을 하고 있었다. 슬그머니 물 속에서 손을 빼내었다. 그러자 이번엔 대야 밑바닥에 한 사나이의 얼굴을 보았다. 철호의 눈을 마주 쳐다보는 그 사나이는 얼굴의 온 근육을 이상스레 히물히물 움직이며 입을 비죽거려 웃고 있었다.

이마에 길게 흐트러진 머리카락, 그 밑에 우묵하니 패인 두 눈, 깎아진 볼, 날카롭게 여윈 턱, 송장처럼 꺼멓고 윤기 없는 얼굴 그것은 까마득한 원시인의 한 사나이였다.

몽둥이 끝에, 모난 돌을 하나 칡넝굴로 아무렇게나 잡아매서 들고, 동굴 속에 남겨 두고 나온 식구들을 위하여 온 종일 숲 속을 맨발로 헤매고 다니던 사나이.

곰? 그건 용기가 부족하다.

멧돼지? 힘이 모자란다.

노루? 너무 날쌔어서.

꿩? 그놈은 하늘을 난다.

토끼? 토끼. 그래, 그놈쯤은 꽤 때려잡음직하다. 그런데 그것마저 요즈음은 못에 잘 돌아오지 않는다. 사냥꾼이 너무 많다. 토끼보다도 더 많다.

그래도 무어든 들고 들어가야 하는 것이다.

사나이는 바위 잔등에 무릎을 꿇고 앉아 냇물에 손을 씻는다. 파란 물 속에 빨간 노을이 잠겼다. 끈끈하게 사나이의 손에 묻었던 피가 노을빛보다 더 진하게 우러난다.

무엇인가 때려잡은 모양이다. 곰? 멧돼지? 노루? 꿩? 토끼?

그런데 사나이가 들고 일어선 것은 그 어느것도 아니었다. 보기에도 징그러운 내장. 그것이 무슨 짐승의 내장인지는 사나이 자신도 모른다. 사나이는 그 짐승의 머리도 꼬리도 못 보았다. 누군가 숲 속에 끌어내어 버린 것을 주워 오는 것이었다.

철호는 옆에 놓인 비누를 집어들었다. 마구 두 손바닥으로 비볐다. 우구구 까닭 모를 울분이 끓어 올랐다.

빈 도시락마저 들지 않은 손이 홀가분해 좋긴 하였지만, 해방촌 고개를 추어오르기에는 뱃속이 너무 허전했다. 산비탈을 도려내고 무질서하게 주워 붙인 판잣집들이었다. 철호는 골목으로 접어들었다. 레이션 곽을 뜯어 덮은 처마가 어깨를 스칠 만치 비좁은 골목이었다. 부엌에서들 아무 데나 마구 버린 뜨물이, 미끄러운 길에는 구공탄 재가 군데군데 헌데 더뎅이 모양 깔렸다.

저만치 골목 막다른 곳에, 누런 시멘트 부대 종이를 흰 실로 얼기설기 문살에 얽어맨 철호네 집 방문이 보였다. 철호는 때에 절어서 마치 가죽 끈처럼 된 헝겊이 달린 문걸쇠를 잡아당겼다. 손가락이라도 드나들 만치 엉성한 문이면서 찌걱찌걱 집혀서 잘 열리지 않았다. 아래가 잔뜩 잡힌 채 비틀어진 문틈으로 그의 어머니의 소리가 새어 나왔다.

"가자! 가자!"

미치면 목소리마저 변하는 모양이었다. 그것은 이미 그의 어머니의 조용하고 부드럽던 그 목소리가 아니고, 쩽쩽하고 간사한 게 어떤 딴 사람의 목소리였다.

문을 열고 들어서는 철호의 얼굴에 걸레 썩는 냄새 같은 것이 확 풍겨왔다. 철호는 문 안에 들어선 채 우두커니 아랫목을 내려다보고 있었다.

중학교 시절에 박물관에서 미라를 본 일이 있었다. 그건 꼭 솜 누더기에 싸놓은 미라였다. 흰 머리카락은 한 오리도 제대로 놓인 것이 없었다. 그대로 수세미였다. 그 어머니는 벽을 향해 돌아누워서 마치 딸국질처럼 어떤 일정한 사이를 두고, 가자 가자 하는 외마디 소리를 지르고 있었다. 그 해골 같은 몸에서 어떻게, 그런 쨍쨍한 소리가 나오는지 이상하였다.

철호는 윗방으로 올라가 털썩 벽에 기대어 앉아 버렸다. 가슴에 커다란 납덩어리를 올려놓은 것 같았다. 정말 엉엉 소리를 내어 울고 싶었다. 눈을 꼭 지리 감으며 애써 침을 삼켰다.

두 달 전까지만 해도 철호는 저녁 때 일터에서 돌아오면 어머니야 알아듣건 말건 그래도 '어머니 지금 돌아왔습니다.' 하고 인사를 하곤 하였었다. 그러나 요즈음은 그것마저 안하게 되었다. 그저 한참 물끄러미 굽어보고 섰다가 그대로 윗방으로 올라와 버리는 것이었다.

컴컴한 구석에 앉아 있던 철호의 아내가 슬그머니 일어섰다. 담요 바지 무릎을 한쪽은 꺼멍, 또 한쪽은 회색으로 기웠다. 만삭이 되어서 꼭 바가지를 엎어 놓은 것 같은 배를 안은 아내는 몽유병자처럼 철호의 앞을 지나 나갔다. 부엌으로 나가는 것이었다. 분명 벙어리는 아닌데 아내는 말이 없었다.

"아버지."

철호는 누가 꼭대기를 쿡 쥐어박기나 한 것처럼 흠칫했다.

바로 옆에 다섯 살 난 딸애가 눈을 동그랗게 뜨고 철호를 쳐다보고 있었다. 철호는 어린것에게로 얼굴을 돌렸다. 웃어 보이려는 철호의 얼굴이 도리어 흉하게 이지러졌다.

"나아, 삼춘이 나이롱 치마 사 준댔다."

"응."

"그리구 구두두 사 준다."

"응."

"그러면 나 엄마하고 화신 구경간다."

"……"

철호는 그저 어린것의 노랗게 뜬 얼굴을 바라보고 있을 뿐이었다. 철호의 헌 셔츠 허리통을 잘라서 위에 끈을 꿰어 스커트로 입은 딸애는 짝짝이 양말 목다리에다 어디서 주운 것인지 가는 고무줄을 끼었다.

"가자! 가자!"

아랫방에서 또 어머니의 그 저주 같은 소리가 들려왔다. 벌써 칠 년을 두고 들어와도 전연 모를 그 어떤 딴 사람의 목소리.

철호는 또 눈을 감았다. 머릿속의 쇳줄이 팽팽히 헤어졌다. 두 주먹으로 무엇이건 콱 때려부수고 싶은 충동에 철호는 어금니를 바스러져라 맞씹었다.

좀 춥기는 해도 철호는 집안보다 이 바위 잔등이 더 좋았다. 그래 철호는 저녁만 먹으면 언제나 이렇게 집 뒤 산등성이에 있는 바위 위에 두 무릎을 세워 안고 앉아서 하염없이 거리의 등불들을 바라보며 밤 깊기를 기다리는 것이었다. 어느 거리쯤인지 잘 분간할 수 없는 저 밑에서 술 광고 네온사인이 핑그르르 돌고 깜빡 꺼졌다가 또 번뜩 켜지고 핑그르르 돌고는 깜빡 꺼지고 하였다.

철호는 그저 언제까지나 그렇게 그 네온사인을 지켜보고 있었다.

바위 잔등이 차츰차츰 식어 왔다. 마침내 다 식고 겨우 철호가 깔고 앉은 그 부분에만 약간 온기가 남았다. 이제 조그만 더 있으면 밑이 시려올 것이다. 그러면 철호는 하는 수없이 일어서야 하는 것이다.

드디어 철호는 일어섰다. 오래 꾸부려 붙이고 있던 두 다리가 저렸다. 두 손을 작업복 호주머니에 깊숙이 찔렀다. 철호는 밤하늘을 한번 쳐다보았다. 지금까지 바라보던 밤거리보다 더 화려하게 별들이 뿌려져 있었다. 철호는 그 많은 별들 가운데서 북두칠성을 찾아보았다. 머리를 뒤로 젖혀 하늘을 쳐다보는 채 빙그르르 그 자리에서 돌았다. 거꾸로 달린 물주걱 같은 북두칠성은 쉽사리 찾아낼 수 있었다. 그 북두칠성 앞에 딴 별들보다 좀 크고 빛나는 별, 그건 북극성이었다. 철호는 지금 자기가 서 있는 지점과 북극성을 연결하는 직선을 밤 하늘에 길게 그어 보았다. 그리고 그 선을 눈이 닿는 데까지 연장시켰다. 철호는 그렇게 정북을 향하여 한참이나 서 있었다. 고향 마을이 눈앞에 떠올랐다. 마을의 좁은 길까지, 아니 그 길에 박혀 있던 돌 하나까지도 선히 볼 수 있었다.

으스스 몸이 떨렸다. 한기가 전기처럼 발끝에서 튀어 콧구멍으로 빠져 나갔다. 철호는 크게 재채기를 하였다. 그리고 또 한 번 부르르 몸을 떨며 바위 밑으로 내려왔다.

철호는 천천히 골목 안으로 들어섰다.

"가자!"

철호는 멈칫 섰다. 낮에는 이렇게까지 멀리 들리는 줄은 미처 몰랐던 어머니의 그 소리가 골목 어귀에까지 들려왔다.

"가자!"

그러나 언제까지 그렇게 골목에 서 있을 수도 없는 노릇이었다. 철호는 다시 발을 옮겨 놓았다. 정말 무거운 발걸음이었다. 그건 다리가 저려서만이 아니었다.

"가자!"

철호가 그의 집쪽으로 걸음을 옮겨 놓을 때마다 그만치 그 소리는 더 크게 들려왔다.

가자는 것이었다. 돌아가자는 것이었다. 고향으로 돌아가자는 것이었다. 옛날로 되돌아가자는 것이었다. 그것은 이렇게 정신 이상이 생기기 전부터 철호의 어머니가 입버릇처럼 되풀이하던 말이었다.

삼팔선, 그것은 아무리 자세히 설명을 해주어도 철호의 늙은 어머니에게만은 아무 소용 없는 일이었다.

"난 모르겠다. 암만 해도 난 모르겠다. 삼팔선. 그래 거기에다 하늘에 꾹 닿도록 담을 쌓았단 말이냐 어쨌단 말이냐. 제 고장으로 제가 간다는데 그래 막는 놈이 도대체 누구란 말이야."

죽어도 고향에 돌아가서 죽고 싶다는 철호의 어머니였다. 그리고는,

"이게 어디 사람 사는 게냐. 하루 이틀도 아니고."

하며 한숨과 함께 무릎을 치며 꺼지듯이 풀썩 주저앉곤 하는 것이었다. 그럴 때마다 철호는,

"어머니 그래도 남한은 이렇게 자유스럽지 않아요?"

하고, 남한이니까 이렇게 생명을 부지하고 살 수 있지, 만일 북한 고향으로 간다면 당장에 죽는 것이라고, 자유라는 것이 얼마나 소중한 것인가를 갖은 이야기를 다 예로 들어가며 어머니에게 이해시키기란 삼팔선을 인식시키기보다도 몇 백갑절 더 힘드는 일이었다. 아니 그것은 거의 불가능한 일이라 했다. 그래 끝내 철호는 어머니에게 자유라는 것을 설명하는 일을 단념하고 말았다. 그렇게 되고 보니 철호의 어머니에게는 아들 — 지지리 고생을 하면서도 고향으로 돌아갈 생각만은 죽어도 하지 않는 철호가 무슨 까닭인지는 몰라도 늙은 에미를 잡으려고 공연한 고집을 피우고 있는 천하에 고약한 놈으로만 여겨지는 것이었다.

그야 철호에게도 어머니의 심정이 이해되지 않는 것은 아니었다.

무슨 하늘이 알 만치 큰 부자는 아니었지만 그래도 꽤 큰 지주로서 한 마을의 주인격으로 제법 풍족하게 평생을 살아오던 철호의 어머니 눈에는 아무리 그네가 세상을 모른다고는 해도 산등성이를 악착스레 깎아 내고 거기에다 게딱지 같은 판잣집을 다닥다닥 붙여 놓은 이 해방촌이 이름 그대로 해방촌일 수는 없는 노릇이었다.

"나두 내 나라를 찾았다게 기뻐서 울었다. 엉엉 울었다. 시집 올 때 입었던 홍치마를 꺼내 입구 춤을 추었다. 그런데 이꼴 좋다. 난 싫다. 아무래두 난 모르겠다. 뭐가 잘못 됐건 잘못된 너머 세상이디 그래."

철호의 어머니 생각에는 아무리 해도 모를 일이었던 것이었다. 나라를 찾았다면서 집을 잃어버려야 한다는 것은, 그것은 정말 알 수 없는 일이었던 것이다.

철호의 어머니는 남한으로 넘어온 후로 단 하루도 이 '가자'는 말을 하지 않은 날이 없었다.

그렇게 지내오던 그날, 육이오 사변으로 바로 발밑에 빤히 내려다보이는 용산 일대가 폭격으로 지옥처럼 무너져 나가던 날, 끝내 철호는 어머니를 잃어버리고 말았던 것이었다.

"큰애야, 이젠 정말 가자. 데것 봐라. 담이 홈싹 무너뎄는데 삼팔선의 담이 데렇게 무너뎄는데 야."

그때부터 철호의 어머니는 완전히 정신 이상이었다. 지금의 어머니, 그것은 이미 철호의 어머니는 아니었다. 아무리 따져 보아도 그것이 철호 자기의 어머니일 수는 없었다. 세상에 아들 딸마저 알아보지 못하는 어머니가 있을 수 있는 것일까? 그날부터 철호의 어머니는,

"가자! 가자!"

하고 저렇게 쨍쨍한 목소리로 외마디 소리를 지를 뿐 그 밖의 모든 것을 완전히 잃어버리고 있었다. 철호에게 있어서 지금의 어머니는, 말하자면 어머니의 시체에 지나지 않았다.

뚫어진 창호지 구멍으로 그래도 희미한 불빛이 새어나오고 있었다. 철호는 윗방 문을 열었다. 아랫방과 윗방 사이 문턱에 위태롭게 올려 놓은 등잔이 개똥벌레처럼 가물거리고 있었다. 윗방 아랫목에는 딸애가 반듯이 누워서 잠이 들었다. 담요를 몸에다 돌돌 말고 반듯이 누운 것이 꼭 송장 같았다. 그 옆에 철호의 아내가 두 무릎을 꿇고 앉아 있었다. 꺼먼 헝겊과 회색 헝겊으로 기운 담요 바지 무릎 위에는 빨간색 우단으로 만든 조그마한 운동화가 한 켤레 놓여 있었다. 철호가 방안에 들어서자 아내는 그 어린애의 빨간 신발을 모두어 자기 손바닥에 올려 놓아 철호에게 들어보였다.

"삼촌이 사 왔어요."

유난히 속눈썹이 긴 아내의 눈이 가늘게 웃었다. 참으로 오래간만에 보는 아내의 웃음이었다. 자기가 미인이었다는 것을 잊어버리고 만 지 오랜 아내처럼, 또 오래 보지 못하여 거의 잊어버려 가던 아내의 웃는 얼굴이었다.

철호는 등잔이 놓인 문턱 가까이 가서 앉으며 아내의 손에서 빨간 어린애의 신발을 받아 눈앞에서 아래위를 살펴보았다

"산보 갔었소?"

거기 등잔불을 사이에 두고 윗방을 향해 앉은 철호의 동생 영호가 웃으며 철호를 쳐다보았다.

"언제 들어왔니?"

"지금 막 들어와 앉는 길입니다."

그러고 보니 영호는 아직 넥타이도 끄르지 않고 있었다.

"형님!"

새삼스레 부르는 동생의 소리에 철호는 손에 들었던 어린애의 신발을 아내에게 돌리며 영호의 얼굴을 빤히 바라보았다.

"이제 우리두 한번 살아봅시다. 제길, 남 다 사는데 우리라구 밤낮 이렇게만 살겠수? 근사한 양옥도 한 채 사구, 장기판만한 문패에다 형님의 이름 석자를, 제길 장님도 보게 써서 대못으로 땅땅 때려박구 한 번 살아봅시다."

군대에서 나온 지 이 년이 넘도록 아직도 직업도 못 잡은 영호가 언제나 술만 취하면 하는 수작이었다.

"그리구 이천만 환짜리 세단 차도 한 대 삽시다. 거기다 똥통이나 싣고 다니게. 모든 새끼들이 아니꼬와서. 일이야 있건 없건 종일 빵빵 울리면서 동리를 들락날락해야지. 제길. 하하하."

비스듬히 벽에 기대어 앉은 영호는 벌겋게 열에 뜬 얼굴을 하고 담배 연기를 푸내뿜었다.

"또 술 마셨구나."

고학으로 고생고생 다니던 대학 삼 학년에서 군대에 들어갔다가 나온 영호로서는 특별한 기술이 없이 직업을 잡지 못하는 것은 별 도리도 없는 노릇이라 칠 수도 있었지만, 이건 어디서 어떻게 마시는 것인지 거의 저녁마다 이렇게 취해 들어오는 동생 영호가 몹시 못마땅한 철호의 말이었다.

"네, 조금 했습니다. 친구들이……."

그것도 들으나마나 늘 같은 대답이었다. 또 그것이 거짓말이 아니라는 것도 철호는 알고 있었다.

"이제 술 좀 그만 마셔라."

"친구들과 어울리면 자연히 마시게 되는 걸요."

"글쎄 그러니까 그 어울리는 걸 좀 삼가란 말이다."

"그럴 수도 없구요. 하하하."

"그렇다구 언제까지 그저 그렇게 어울려서 술이나 마시면 뭐가 되나?"

"되긴 뭐가 돼요. 그저 답답하니까 만나는 거구. 만나면 어찌 어찌하다 한잔씩

하며 이야기나 하는 거죠 뭐."

"글쎄 그게 맹랑한 일이란 말이다."

"그렇지만 형님, 그런 친구들이라도 있다는 게 좋지 않수. 그게 시시한 친구들이라 해도. 정말이지 그놈들마저 없었더라면 어떻게 살 뻔했나 하고 생각할 때가 많아요. 외팔이, 절름발이, 그런 놈들. 무식한 놈들, 참 시시한 놈들이지요. 죽다남은 놈들. 그렇지만 형님, 그놈들 다 착한 놈들이야요. 최소한 남을 속이지는 않거던요. 공갈을 때릴 망정. 하하하하 전우, 전우."

영호는 고개를 뒤로 젖히고 천장을 향해 후 담배 연기를 내뿜었다. 철호는 그저 물끄러미 영호의 모습을 쳐다볼 뿐 아무 말도 없었다.

영호는 여전히 천장을 향한 채 피어오르는 연기를 바라보며 한 손으로 목의 넥타이를 앞으로 잡아당겨 반쯤 끌러 늦추어 놓았다.

"가자!"

아랫목에서 어머니가 소리를 질렀다.

영호는 슬그머니 아랫목으로 고개를 돌렸다. 한참이나 그렇게 어머니쪽으로 고개를 돌리고 있는 영호는 아무 말도 없이 그저 눈만 껌뻑껌뻑 하고 있었다.

철호는 길게 한숨을 쉬었다. 앞에 놓인 등잔불이 거물거물 춤을 추었다. 철호는 저고리 호주머니에서 담배를 꺼내었다. 꼬깃꼬깃 구겨진 파랑새 갑 속에서 담배를 한 개비 뽑아 내었다. 바삭바삭 마른 담배는 양끝이 반쯤 빠져 나갔다. 철호는 그 양끝을 비벼 말았다. 흡사 비과 모양으로 되었다. 철호는 그 비과 모양의 담배한 끝을 입에다 물었다.

"이걸 피슈, 형님."

영호가 자기 앞에 놓였던 담배갑을 집어서 철호의 앞으로 내어 밀었다. 빨간색 양담배 갑이었다. 철호는 그 여느 것보다 좀 긴 양담배 갑을 한 번 힐끔 쳐다보았을 뿐, 아무 소리도 없이 등잔불로 입에 문 파랑새 끝을 가져갔다. 영호는 등잔불위에 꾸부린 형 철호의 어깨를 넌지시 바라보고 있었다. 지지지 소리가 났다. 앞이마에 흐트러져 내렸던 철호의 머리카락이 등잔불에 타며 또르르 끝이 말려 올랐다. 철호는 얼굴을 들었다. 한 모금 빨자 벌써 손끝이 따갑게 되어 꽁초가 되어 버린 담배를 입에서 떼었다. 천천히 연기를 내뿜는 철호의 미간에는 세로 석 줄의 깊은 주름이 패어졌다.

영호는 들었던 담뱃갑을 도루 방바닥에 내려놓았다. 그리고 조용히 등잔불로 시선을 떨구었다. 그의 입가에서 야릇한 웃음이 ― 애달픈 아니 그 누군가를 비웃는 듯한, 그런 미소가 천천히 흘러 지나갔다.

한참 동안 아무도 말이 없었다.

"가자!"

아랫방 아랫목에서 몸을 뒤채는 어머니가 잠꼬대를 했다. 어머니는 이제 꿈속에서마저 생활을 잃어버린 모양이었다. 아주 낮은 그 소리는 한숨처럼 느리게 아래 윗방에 가득 차 흘러 사라졌다.

여전히 아무도 말이 없었다.

철호는 꽁초를 손 끝에 꼬집어 쥔 채 넋빠진 사람 모양 가물거리는 등잔불을 지켜보고 있었고, 동생 영호는 비스듬히 벽에 기대어 앉은 채 철호의 손끝에서 타고 있는 담배 꽁초를 바라보고 있었고, 철호의 아내는 잠든 딸애의 머리맡에 가지런히 놓인 빨간 신발을 요리조리 매만지고 있었다.

"가자!"

또 한 번 어머니의 소리가 저 땅 밑에서 새어나오듯이 들려왔다.

"형님은 제가 이렇게 양담배를 피우는 게 못마땅하지요?"

영호는 반쯤 탄 담배를 자기의 눈앞에 가져다 그 빨간 불티를 들여다보며 말했다.

"분에 맞지 않지."

철호는 여전히 등잔불을 바라보며 대답했다.

"그렇지만 형님, 형님은 파랑새와 양담배 두 가지 중에서 어느 것이 더 좋으슈?"

"……? 그야 양담배가 좋지. 그래서?"

그래서 너는 보리밥도 못 버는 녀석이 그래 좋은 것은 알아서 양담배를 피우는 거나 하는 철호의 눈초리가 번뜩 영호의 면상을 때렸다.

"그래서 전 양담배를 택했어요."

"뭐가?"

"형님은 절 오해하시고 계세요."

"……?"

"제가 무슨 돈이 있어서 양담배를 사서 피우겠어요. 어쩌다 친구들이 사주는 것이니 피우는 거지요. 형님은 또 제가 거의 저녁마다 술을 마시고 또 제법 합승을 타고 들어오는 것도 못마땅하시죠. 저도 알고 있어요. 형님은 때때로 이십오 환 전차값도 없어서 종로서 근 십리를 집에까지 터덜터덜 걸어서 돌아오시는 것을, 그렇지만 형님이 걸으신다고 해서, 한사코 같이 타고 가자는 친구들의 호의, 아니 그건 호의도 채 못 되는 싱거운 수작인지도 모르죠. 어쨌든 그것을 굳이 뿌리치고 저마다 걸어야 할 아무 까닭도 없지 않습니까? 이상한 놈들이죠. 술, 담배는 사주고 합승은 태워 줘도 돈은 안 주거든요."

영호는 손 끝으로 뱅글뱅글 비벼 돌리는 담뱃불을 들여다보며 말했다.

"어쨌든 너도 이제 좀 정신 차려 줘야지. 벌써 군대에서 나온 지도 이태나 되지 않니."

"정신 차려야죠. 그렇지 않아도 이달 안으로는 어찌되든 간에 결판을 내구 말 생각입니다."

"어디 취직을 해야지."

"취직이요? 형님처럼요? 전차값도 안 되는 월급을 받고 남의 살림이나 계산해 주란 말이지요?"

"그럼 뭐 별 뾰족한 수가 있는 줄 아니."

"있지요. 남처럼 용기만 조금 있으면."

"……?"

어처구니없는 영호의 수작에 철호는 그저 멍청하니 영호의 얼굴을 쳐다보았다. 손끝이 따가왔다. 철호는 비루 깡통으로 만든 재떨이에 담배를 비벼 껐다.

"용기?"

"네. 용기."

"용기라니?"

"적어도 까마귀만한 용기만이라도 말입니다. 영리할 필요는 없더군요. 우둔해도 상관 없어요. 까마귀는 도무지 허수아비를 무서워하지 않습니다. 참새처럼 영리하지 못한 탓으로 그놈의 까마귀는 애당초에 허수아비를 무서워할 줄조차 모르거든요."

영호의 입가에는 좀 전에 파랑새 꽁초에다 불을 당기는 철호를 바라보던 때와 같은 야릇한 웃음이 또 소리없이 감돌고 있었다.

"너, 설마 무슨 엉뚱한 계획을 세우고 있는 것은 아니겠지."

철호는 약간 긴장한 얼굴을 하고 영호를 바라보며 꿀걱하고 침을 삼켰다.

"아니오. 엉뚱하긴 뭐가 엉뚱해요. 그저 우리들도 남처럼 다 벗어 던지고 홀가분한 몸차림으로 달려보자는 것이죠, 뭐."

"벗어 던지고?"

"네, 벗어 던지고 양심이고, 윤리고, 관습이고, 법률이고 다 벗어 던지고 말입니다."

영호의 큰 두 눈이 유난히 빛나는가 하자 철호의 눈을 정면으로 밀고 들었다.

"양심이고, 윤리고, 관습이고, 법률이고?"

"……"

"너는, 너는……."

"……"

영호는 아무 대답도 하지 않았다. 그러나 눈만은 똑바로 형 철호를 쳐다보고 있었다.

"그렇게나 살자면 이 형도 벌써 잘 살 수 있었다."

철호의 목소리는 떨리고 있었다.

"그렇게나라니요?"

"양심을 버리고, 윤리와 관습을 무시하고, 법률까지도 범하고!"

흥분한 철호의 큰 목소리에 영호는 지금까지 철호의 얼굴에 주었던 시선을 앞으로 쭉 뻗치고 앉은 자기의 발끝으로 떨구었다.

"저도 형님을 존경하고 있어요. 고생하시는 형님을, 용케 이 고생을 참고 견디는 형님을. 그렇지만 형님은 약한 사람이야요. 용기가 없는 거지요. 너무 양심이 강해요. 아니 어쩌면 사람이 약하면 약한 만치, 그만치 반대로 양심이란 가시는 여물고 굳어지는 것인지도 모르죠."

"양심이란 가시?"

"네. 가시지요. 양심이란 손 끝의 가십니다. 빼어 버리면 아무렇지도 않은데 공연히 그냥 두고 건드릴 때마다 깜짝깜짝 놀라는 거야요. 윤리요? 그건 나이롱 빤쯔 같은 것이지요. 입으나 마나 속살이 비쳐 보이기는 매한가지죠. 관습이요? 그건 소녀의 머리 위에 달린 리본이라고나 할까요? 있으면 예쁠 수도 있어요. 그러나 없대서 뭐 별일도 없어요. 법률? 그건 마치 허수아비 같은 것입니다. 허수아비. 덜 굳은 바가지에다 되는 대로 눈과 코를 그리고 수염만 크게 그린 허수아비. 누더기를 걸치고 팔을 쩍 벌리고 서 있는 허수아비. 참새들을 향해서는 그것이 제법 공갈이 되지요. 그러나 까마귀쯤만 돼도 벌써 무서워하지 않아요. 아니 무서워하기는커녕 그놈이 상투 끝에 턱 올라앉아서 썩은 흙을 쑤시던 더러운 주둥이를 쓱쓱 문질러도 별일 없거든요. 홍."

영호는 코웃음을 쳤다. 그리고 거기 문턱 밑에 담배갑에서 새로 담배를 한 개 빼어 물고 지금까지 들고 있던 다 탄 꽁다리에서 불을 옮겨 빨았다.

"가자!"

어머니의 그 소리가 또 들렸다. 어머니는 분명히 잠이 들어 있는 것이었다. 그러면서도 간간이 저렇게 가자, 가자 소리를 지르는 것이었다. 그것은 어쩌면 어머니에게는 호흡처럼 생리화해 버린 것인지도 몰랐다.

철호는 비스듬히 모로 앉은 동생 영호의 옆 얼굴을 한참이나 노려보고 있었다. 영호는 영호대로 퀭한 두 눈으로 깜박이기를 잊어버린 채 아까부터 앞으로 뻗친 자기의 발끝을 바라보고 있었다. 이윽고 철호는 영호에게서 눈을 돌려 버렸다. 그리고 아랫방과 윗방 사이 칸막이를 한 널쭉에 등을 기대며 모로 돌아앉았다. 희미한 등잔불빛에 잠든 딸애의 조그마한 얼굴이 애처로왔다. 그 어린것 옆에 앉은 철호의 아내는 왼쪽 무릎을 세우고 그 위에 손을 펴 깔고 턱을 괴었다. 아까부터 철호와 영호, 형제가 하는 말을 조용히 듣고만 있는 그네는 무엇을 생각하고 있는지 한쪽 손끝으로, 거기 방바닥에 가지런히 놓은 빨간 어린애의 신발만 몇 번이고 쓸어 보고 있었다.

철호는 고개를 푹 떨구어 턱을 가슴에 묻었다. 영호는 새로 피워 문 담배를 연거푸 서너 번 들이빨았다. 그리고 또 말을 계속하였다.

"저도 형님의 그 생활 태도를 잘 알아요. 가난하더라도 깨끗이 살자는. 그렇지요, 깨끗이 사는 게 좋지요. 그런데 형님 하나 깨끗하기 위하여 치르는 식구들의 희생이 너무 어처구니없이 크고 많단 말입니다. 헐벗고 굶주리고. 형님 자신만 해도 그렇죠. 밤낮 쑤시는 충치 하나 처치 못하시고 이가 쑤시면 치과에 가서 치료를 하거나 빼어 버리거나 해야 할 거 아니야요. 그런데 형님은 그것을 참고 있어요. 낯을 잔뜩 찌푸리고 참는단 말입니다. 물론 치료비가 없으니까 그러는 수밖에 없겠지요. 그겁니다. 바로 그겁니다. 그 돈을 어떻게든가 구해야죠. 이가 쑤시는데 그럼 어떻게 해요. 그걸 형님처럼, 마치 이 쑤시는 것을 참고 견디는 그것이 돈을 — 치료비를 — 버는 것이거나 한 것처럼 생각하는 것. 안 쓰는 것을 혹 버는 셈이라고는 할 수도 있을 거야요. 그렇지만 꼭 써야 할 데 못 쓰는 것이 버는 셈이라고는 할 수 없지 않아요. 세상에는 이런 세 층의 사람들이 있다고 봅니다. 즉 돈을 모으기 위해서만으로 필요 이상의 돈을 버는 사람과, 필요하니까 그 필요한 만큼의 돈을 버는 사람과 또 하나는 이건 꼭 필요한 돈도 채 못 벌고서 그 대신 생활을 졸이는 사람들. 신발에다 발을 맞추는 격으로 형님은 아마 그 맨 끝의 층에 속하겠지요. 필요한 돈도 미처 벌지 못하는 사람, 깨끗이 살자니까 그럴 수밖에 없다고 하시겠지요. 그래요. 그것은 깨끗하기는 할지 모르죠. 그렇지만 그저 그것뿐이지요. 언제까지나 충치가 쏘아 부은 볼을 싸쥐고 울상일 수밖에 없지요. 그렇지 않습니까? 그야 형님! 인생이 저 골목 안에서 십 환짜리를 받고 코 흘리는 어린애들에게 보여 주는 요지경이라면야 자기가 가지고 있는 돈값만치 구멍으로 들여다보고 말을 수도 있겠지요. 그렇지만 어디 인생이 자기 주머니 속의 돈 액수만치만 살고 그만두고 싶으면 그만둘 수 있는 요지경인가요 어디. 돈만치만 말을 할 수 있는 그런 편리한 목구멍인가요 어디. 싫어도 살아야 하니까 문제지요. 사실이지 자살을 할만치 소중한 인생도 아니고요. 살자니까 돈이 필요하구요. 필요한 돈이니까 구해야죠. 왜 우리라고 좀더 넓은 테두리, 법률선까지 못 나가란 법이 어디 있어요. 아니 남들은 다 벗어던지구 법률선까지도 넘나들면서 사는데, 왜 우리만이 옹색한 양심의 울타리 안에서 숨이 막혀야 해요. 법률이란 뭐야요. 우리들이 피차에 약속한 선이 아니야요?"

영호는 얼굴을 번쩍 들며 반쯤 끌러 놓았던 넥타이를 마저 끌러서 방 구석에 픽 던졌다.

철호는 여전히 턱을 가슴에 푹 묻은 채 묵묵히 앉아 두 짝 다 엄지발가락이 몽땅 밖으로 나온 뚫어진 양말을 내려다보고 있었다. 나일론 양말을 한 켤레 사면 반 년은 무난히 뚫어지지 않고 견딘다는 말은 들었다. 그러나 뻔히 알면서도 번번이 백 환짜리 무명양말을 사들고 들어오는 철호였다. 칠백 환이란 돈을 단번에 잘라낼 여유가 도저히 없는 월급이었던 것이다.

"가자!"

어머니는 또 몸을 뒤채었다.

"그건 억설이야."

철호는 천천히 고개를 들었다. 신문지를 바른 맞은편 벽에, 쭈그리고 앉은 아내의 그림자가 커다랗게 비쳐 있었다. 꼽추처럼 꼬부리고 앉은 아내의 그림자는 헝클어진 머리카락이 괴물스러웠다. 철호는 눈을 감았다. 머리마저 등 뒤 칸막이 반자에 기대었다.

철호의 감은 눈앞에 십여 년 전 아내가 흰 저고리 까만 치마를 입고 선히 나타났다. 무대에 나선 그녀는 더욱 예뻤다. E여자대학 졸업 음악회였다. 노래가 끝나자 박수 소리가 그칠 줄을 몰랐다. 그날 저녁 같이 거리를 거닐던 그녀는 정말 싱싱하고 예뻤었다. 그러나 지금 철호 앞에 쭈그리고 앉은 아내는 그때의 그녀가 아니었다. 무슨 둔한 동물처럼 되어 버린 그녀. 이제 아무런 희망도 가져보려고 하지 않는 아내. 철호는 가만히 눈을 떴다. 그래도 아내의 속눈썹만은 전처럼 까맣고 길었다.

"가자!"

철호는 흠칫 놀라 환상에서 깨어났다.

"억설이요? 그런지도 모르죠."

한참이나 잠잠하니 앉아 까물거리는 등잔불을 바라보던 영호의 맥빠진 대답이었다.

"네 말대로 한다면 돈 있는 사람들은 다 나쁜 사람이란 말밖에 더 되나, 어디."

"아니죠. 제가 어디 나쁘고 좋고를 가렸어요. 나쁘긴 누가 나빠요? 왜 나빠요. 아, 잘 사는 게 나빠요? 도시 나쁘고 좋고부터 따질 아무런 금도 없지요, 뭐."

"그렇지만 지금 네 말로는 잘 살자면 꼭 양심이고 윤리고 뭐고 다 버려야 한다는 것이 아니고 뭐야."

"천만에요. 잘못 이해하신 겁니다. 간단히 말씀드리면 이렇다는 것입니다. 즉, 양심껏 살아가면서 잘 살 수도 있기는 있다. 그러나 그것은 극히 적다. 거기에 비겨서 그 시시한 것들을 벗어 던지기만 하면 누구나 틀림없이 잘 살 수 있다."

"그것이 바로 억설이란 말이다. 마음 한 구석이 어딘가 비틀려서 하는 억지란 말이다."

"글쎄요. 마음이 비틀렸다고요. 그건 아마 사실일는지 모르겠어요. 분명히 비틀렸어요. 그런데 그 비틀리기가 너무 늦었어요. 어머니가 저렇게 미치기 전에 비틀렸어야 했지요. 한강 철교를 폭파하기 전에 말입니다. 하나밖에 없는 누이동생 명숙이가 양공주가 되기 전에 비틀렸어야 했지요. 환도령이 내리기 전에 하다 못해 동대문 시장에 자리라도 한 자리 비었을 때 말입니다. 그러구 이놈의 배때기에 지금도 무슨 내장이기나 한 것처럼 박혀 있는 파편이 터지기 전에 말입니다. 아니 그보다도 더 전에, 제가 뭐 무슨 애국자나처럼 남들이 다 기피하는 군대에 어머니의 원수를 갚겠노라고 자원하던 그 전에 말입니다."

"……"

"그보다도 더 전에 썩 전에 비틀렸어야 했을지 모르죠. 나면서부터 비틀렸더라면 더 좋았을지도 모르죠."

영호는 푹 고개를 떨구었다. 길게 한숨을 내쉬었다. 그 한숨이 후르르 떨고 있었다. 철호는 한참 동안 아무 말도 하지 않았다. 윗목에 앉아 있던 철호의 아내가 방바닥에 떨어진 눈물을 손끝으로 장난처럼 문지르고 있었다. 영호도 훌쩍훌쩍 코를 들이키고 있었다.

"그렇지만 인생이란 그런 게 아니야. 너는 아직 사람이란 어떻게 살아야만 하는 것인지조차도 모르고 있어."

"그래요. 사람이란 과연 어떻게 살아야 하는 것인지는 정말 모르겠어요. 그렇지만 이제 이 물고 뜯고 하는 마당에서 살자면, 생명만이라도 유지하자면 어떻게 해야 할는지는 알 것 같애요. 허허."

영호는 눈물이 글썽하니 고인 눈을 천장을 향해 쳐들며 자기 자신을 비웃듯이 허허 하고 웃었다.

"가자!"

또 어머니는 가자고 했다. 영호는 아랫목으로 눈을 돌렸다. 철호는 길게 한숨을 쉬었다. 등잔불이 크게 흔들거렸다. 방안의 모든 그림자들이 움직였다. 집 전체가 그대로 기울거리는 것 같았다. 그것뿐 조용했다. 밤이 꽤 깊은 모양이었다. 세상이 온통 잠들고 있었다.

저만치 골목 밖에서부터 딱 딱 딱 딱 구둣발 소리가 뾰족하게 들려왔다. 점점 가까워 왔다. 바로 아랫방 문 앞에서 멎었다. 영호는 문께로 얼굴을 돌렸다. 삐걱 삐걱 두어 번 비틀리던 방문이 열렸다. 여동생 명숙이가 들어섰다. 싱싱한 몸매에 까만 투피스가 제법 어느 회사의 여사무원 같았다.

"늦었구나."

영호가 여전히 두 다리를 쭉 뻗고 앉은 채 고개만 뒤로 젖혀서 명숙을 쳐다보았다.

명숙은 영호의 말에 아무런 대꾸도 없이 돌아서서 문밖에서 까만 하이힐을 집어 올려 아랫방 모서리에 들여놓았다. 그리고 백을 휙 방구석에 던졌다. 겨우 윗저고리와 스커트를 벗어 건 명숙은 아랫방 뒷구석에 가서 털썩하고 쓰러지듯 가로누워 버렸다. 그리고 거기 접어 놓은 담요를 끌어다 머리 위에서부터 푹 뒤집어 썼다.

철호는 명숙을 거들떠 보지도 않고 덤덤히 등잔불만 지켜보고 있었다.

철호는 언젠가 퇴근하던 길에 전차 창문 밖으로 본 명숙의 꼴을 생각하고 있는 것이었다.

철호가 탄 전차가 을지로 입구 십사거리에 머물러 신호를 기다리고 있었다. 손잡이를 붙들고 창을 향해 서 있던 철호는 무심코 밖을 내다보았다. 전차 바로 옆에 미군 지프차가 한 대 와 섰다. 순간 철호는 확 낯이 달아올랐다.

핸들을 쥔 미군 바로 옆자리에 색안경을 쓴 한국 여자가 앉아 있었다. 그것이 바로 명숙이었던 것이다. 바로 철호의 턱밑에서였다. 역시 신호를 기다리는 그 지프차 속에서 미군이 한 손을 핸들에 걸치고 또 한 팔로 명숙의 허리를 넌지시 끌어안는 것이었다. 미군이 명숙의 얼굴을 들여다보며 뭐라고 수작을 걸었다. 명숙은 다리를 겹치고 앉은 채 앞을 바라보는 자세 그대로 고개를 까딱거렸다. 그 미군 지프차 저편에 선 택시 조수가 명숙이와 미군을 쳐다보며 피시시 웃었다. 전차 간에서도 마찬가지였다. 철호 바로 옆에 나란히 서 있던 청년 둘이 쑥덕거렸다.

"그래도 멋은 부렸네."

"뭣? 그래 색안경을 썼으니 말이지?"

"장사치곤 고급이지, 밑천 없이."

"저것도 시집을 갈까?"

"흥."

철호는 손잡이를 놓았다. 그리고 반대편 가운데 문께로 가서 돌아서고 말았다. 그것은 분명히 슬픈 감정만은 아니었다. 뭐라고 말할 수조차 없는 숯덩어리 같은 것이 꽉 목구멍을 치밀었다. 정신이 아뜩해지는 것 같았다. 하품을 하고 난 뒤처럼 콧속이 싸하니 쓰리면서 눈물이 징 솟아올랐다. 철호는 앞에 있는 커다란 유리를 꽉 머리로 받아 부수고 싶은 충동을 느끼며, 어금니를 꽉 맞썹었다. 찌르르 벨이 울렸다. 덜커덩 전차가 움직였다. 철호는 문짝에 어깨를 가져다 기대고 눈을 감아 버렸다.

그날부터 철호는 정말 한 마디도 누이동생 명숙이와 말을 하지 않았다. 또 명숙이도 철호를 본체만체했다.

"자, 우리도 이제 잡시다."

영호가 가슴을 펴서 내어밀며 바로 앉았다.

등잔불을 끄고 두 방 사이의 문을 닫았다.

푹 가라앉는 것같이 피곤했다. 그러면서도 철호는 정작 잠을 이룰 수는 없었다. 밤은 고요했다. 시간이 그대로 흐르기를 멈추어 버린 것같이 조용했다. 철호의 아내도 이제 잠이 들었나 보다. 앓는 소리를 내었다. 철호는 눈을 감았다. 어딘가 아득히 먼 것을 느끼고 있었다. 철호도 잠이 들어가고 있었다.

"가자!"

다들 잠든 밤의 어머니의 그 소리는 엉뚱하게 컸다. 철호는 흠칠 눈을 떴다. 차츰 눈이 어둠에 익어 갔다. 며칠인가, 문틈으로 새어 들은 달빛이 철호의 옆에서 잠든 딸애의 머리에서부터 발끝까지 죽 파란 줄을 그었다. 철호는 다시 눈을 감았다. 길게 한숨을 쉬며 벽을 향해 돌아 누웠다.

"가자!"

또 어머니가 소리를 질렀다. 그러나 철호는 눈을 뜨지 않았다. 그도 마저 잠이 들어버린 것이었다.

그런데 이번에는 아랫방에서 명숙이가 눈을 떴다. 아랫목에 어머니와 윗목에 오빠 영호 사이에 누운 명숙은 어둠 속에 가만히 손을 내어밀었다. 어머니의 손을 더듬어 잡았다. 뼈 위에 겨우 가죽만이 씌워진 손이었다. 그 어머니의 손에서는 체온이 느껴지는 것이 아니라 축축히 습기가 미끈거렸다. 명숙은 어머니 쪽을 향하여 돌아 누웠다. 한쪽 손을 마저 내밀어서 두 손으로 어머니의 송장 같은 손을 감싸 쥐었다.

"가자!"

딸의 손을 느끼는지 못 느끼는지 어머니는 또 한 번 허공을 향해 가자고 소리 질렀다.

"엄마!"

명숙의 낮은 소리였다. 명숙은 두 손으로 감싸 쥔 어머니의 여윈 손을 가만히 흔들었다.

"가자!"

"엄마!"

기어이 명숙은 흐느끼기 시작하였다. 명숙은 어머니의 손을 끌어다 자기의 입에 틀어막았다.

"엄마!"

숨을 죽여가며 참는 명숙의 울음은 한숨으로 바뀌며 어머니의 손가락을 입 안에서 잘근잘근 씹어 보는 것이었다.

"겁내지 마라."

옆에서 영호가 잠꼬대를 했다.

"가자!"

어머니는 명숙의 손에서 자기의 손을 빼어 가지고 저쪽으로 돌아누워 버렸다.

명숙은 다시 담요를 끌어다 머리 위까지 푹 썼다. 그리고 담요 속에서 흐득흐득 울고 있었다.

"엄마."

이번엔 윗방에서 어린 것이 엄마를 불렀다.

철호는 잠 속에서 멀리 그 소리를 들었다. 그러면서도 채 잠이 깨어지지는 않았다.

"엄마."

어린 것은 또 한 번 엄마를 불렀다.

"오 오, 왜 엄마 여기 있어."

아내의 반쯤 깬 소리였다. 어린 것을 끌어다 안는 모양이었다. 철호는 그 소리를 멀리 들으며 다시 곤히 잠들어 버렸다.

"오줌."

"오, 오줌 누겠니. 자 일어나. 착하지."

철호의 아내는 일어나 앉으며 어린 것을 안아 일으켰다. 구석에서 깡통을 끌어다 대어 주었다.

"참, 삼춘이 네 신발 사왔지. 아주 예쁜데. 볼래?"

깡통을 타고 앉은 어린 것을 뒤에서 안아 주고 있던 철호의 아내는 한 손으로 어린 것의 베개맡에 놓아두었던 신발을 집어다 보여주었다. 희미하게 달빛이 들이비쳤을 뿐인 어두운 방안에서는 그것은 그저 겨우 모양뿐 색채를 잃고 있었다.

"내꺼야? 엄마."

"그래. 네꺼야."

"예뻐?"

"참 예뻐. 빨강이야."

"응……."

어린 것은 잠에 취한 소리로 물으며 신발을 두 손에 받아 가슴에 안았다.

"자 이제 거기 놔두고 자야지."

"응, 낼 신어도 돼?"

"그럼."

어린 것은 오물오물 담요 속을 파고 들어갔다.

"엄마. 낼 신어도 돼?"

"그럼."

뭐든가 좀 좋은 것은 아껴야 한다고만 들어오던 어린 것은 또 한 번 이렇게 다짐하는 것이었다.

아내는 어린 것의 담요 가장자리를 꼭 꼭 눌러주고 나서 그 옆에 누웠다.

다들 다시 잠이 들었다. 어느 사이에 달빛이 비껴서 칼날 같은 빛을 철호의 가슴으로 옮겼다. 어린 것이 부시시 머리를 들었다. 배를 깔고 엎드렸다. 어린 것은 조그마한 손을 베개 너머로 내밀었다. 거기 가지런히 놓아둔 신발을 만져 보았다. 어린 것은 안심한 듯이 다시 베개를 베고 누웠다. 또 다시 조용해졌다. 한참만에 또 어린 것이 움직거렸다. 잠이 든 줄만 알았던 어린 것은 또 엎드렸다. 머리맡에 신발을 또 끌어당겼다. 조그마한 손가락으로 신발 코를 꼭 눌러보았다. 그리고는 이번에는 아주 자리 위에 일어나 앉았다. 신발을 무릎 위에 들어 올려놓았다. 달빛에다 신발을 들이대어 보았다. 바닥을 뒤집어 보았다. 두 짝을 하나씩 두 손에 갈라들고 고무 바닥을 맞대어 보았다. 이번엔 발을 앞으로 내놓았다. 가만히 신발을 가져다 신었다. 앉은 채로 꼭 방바닥을 디디어 보았다.

"가자!"

어린 것은 깜짝 놀랐다. 얼른 신발을 벗었다. 있던 자리에 도로 모아 놓았다. 그리고 한 번 더 신발을 바라보고 난 어린 것은 살그머니 누웠다. 오물오물 담요 속으로 기어 들어갔다.

점심을 못 먹은 배는 오후 두 시에서 세 시 사이가 제일 견디기 힘들었다. 철호는 펜을 장부 위에 놓았다. 저쪽 구석에 돌아앉은 사환애를 바라보았다. 보리차라도 한 잔 더 마시고 싶었다. 그러나 두 잔까지는 사환애를 시켜서 가져오랄 수 있었으나 세 번까지는 부르기가 좀 미안했다. 철호는 걸상을 뒤로 밀고 일어섰다. 책상 모서리에 놓인 찻잔을 집어들었다. 그리고 출입문으로 나갔다. 복도의 풍로 위에서 커다란 주전자가 끓고 있었다. 보리차를 찻잔 하나 가득히 부었다. 구수한 냄새가 피어올랐다. 철호는 뜨거운 찻잔을 손가락으로 꼬집어 들고 조심조심 자기 자리로 돌아와 앉았다. 그리고 찻잔을 입으로 가져갔다. 후 불었다. 마악 한 모금 들이마시는 때였다.

"송 선생님, 전화입니다."

사환애가 책상 앞에 와 알렸다. 철호는 얼른 찻잔을 책 상 위에 내려놓았다. 그리고 과장 책상 앞으로 갔다. 수화기를 들었다.

"네, 송철호올시다. 네? 경찰서요?…… 전 송철호라는 사람인데요? 네? 송영호요? 네 바로 제 동생입니다. 무슨?…… 네? 네? 송영호가요? 제 동생이 말입니까? 곧 가겠습니다. 네, 네."

철호는 수화기를 걸었다. 그리고 걸어놓은 수화기를 멍하니 내려다보고 서 있었다. 사무실 안 사람들의 시선이 모두 철호에게로 쏠렸다.

"무슨 일인가. 동생이 교통사고라도?"

서류를 뒤적이던 과장이 앞에 서 있는 철호를 쳐다보며 물었다.

"네? 네, 저 과장님, 잠깐 다녀오겠습니다."

철호는 마시던 보리차를 그대로 남겨 둔 채 사무실을 나섰다.

영문을 모르는 동료들이 서로 옆의 사람의 얼굴을 힐끗 쳐다보는 것이었다.

철호는 전에도 몇 번 경찰서의 호출을 받은 일이 있었다. 양공주 노릇을 하는 누이동생 명숙이가 걸려들면 그 신원 보증을 해야 하는 철호였다. 그때마다 철호는 치안관 앞에서 낯을 못 들고 앉았다가 순경이 앞세우고 나온 명숙을 데리고 아무 말도 없이 경찰서 뒷문을 나서곤 하였다. 그럴 때면 철호는 울었다. 하나밖에 없는 누이동생이 정말 밉고 원망스러웠다. 철호는 명숙을 한 번 돌아다보는 일도 없이 전차 길을 따라 사무실로 걸었고, 또 명숙은 명숙이대로 적당한 곳에서 마치 낯도 모르는 사람처럼 딴 길로 떨어져 가버리곤 하는 것이었다.

그런데 이번에는 누이 동생이 아니라 남동생 영호의 건이라고 했다. 며칠전 밤에 취해서 지껄이던 영호의 말들이 머리를 스치고 지나갔다. 불안했다. 그런들 설마하고 마음을 다시 먹으며 철호는 경찰서 문을 들어섰다.

권총 강도.

형사에게서 동생 영호의 사건 내용을 들은 철호는 앞에 앉은 형사의 얼굴을 바보 모양 멍청히 바라보고 있을 뿐이었다. 점점 핏기가 가셔 가는 철호의 얼굴은 표정을 잃은 채 굳어가고 있었다.

어느 회사에서 월급을 줄 돈 천오백만 환을 찾아서 은행 앞에 대기시켰던 지프 차에 싣고 마악 떠나려고 하는데 중절모를 깊숙이 눌러쓰고 색안경을 낀 괴한 두 명이 차 속으로 올라오며 권총을 내어들더라는 것이었다.

"겁내지 말라! 차를 우이동으로 돌리라."

운전수 또 한 명 회사원은 차가운 권총 구멍을 등에 느끼며 우이동까지 갔다고 한다. 어느 으슥한 숲속에서 차를 세웠다고 한다. 그리고는 둘이 다 차 밖으로 나가라고 한 다음 괴한들이 대신 운전대로 옮아 앉더라는 한다. 운전수와 회사원은 거기 버려 둔 채 차는 전 속력으로 다시 시내로 향해 달렸단다. 그러나 지프차는 미아리도 채 못 와서 경찰에 붙들리고 말았던 것이었다. 그런데 차 안에는 괴한이 한 사람밖에 없었다고 한다.

형사가 동생을 면회하겠느냐고 물었을 때 철호는 그저 얼이 빠져서 두 무릎 위에 맥없이 손을 올려놓고 앉은 채 아무 대답도 못했다.

이윽고 형사실 뒷문이 열리더니 거기 영호가 나타났다.

"이리로 와."

수갑이 채워진 두 손을 배 앞에다 모으고 천천히 형사의 책상 앞으로 걸어 나오는 영호는 거기 걸상에 앉았다. 일어서는 철호를 향하여 약간 머리를 끄덕여 보였다. 동생의 얼굴을 뚫어져라고 바라보고 서 있는 철호의 여윈 볼이 히물히물 움직였다. 괴로울 때의 버릇으로 어금니를 꽉꽉 씹고 있는 것이었다.

형사는 앞에 와서 선 영호에게 눈으로 철호를 가리켰다.

"형님 미안합니다. 인정선(人情線)에서 걸렸어요. 법률선까지는 무난히 뛰어넘었는데. 쏘아 버렸어야 하는 건데."

영호는 철호의 얼굴을 들여다보며 빙그레 웃었다. 그리고는 옆으로 비스듬히 얼굴을 떨구며 수갑을 채운 오른손 엄지를 권총 방아쇠를 당기는 때처럼 까붙여서 지그시 당겨 보는 것이었다.

철호는 눈도 깜박하지 않고 그저 영호의 머리카락이 흐트러져 내린 이마를 바라보고 있었다.

"돌아가세요, 형님."

영호는, 등신처럼 서 있는 형이 도리어 민망한 듯이 조용히 말했다.

"수감해."

형사가 문간에 지키고 서 있는 순경을 돌아보았다.

영호는 그에게로 오는 순경을 향해 마주 걸어갔다. 영호는 뒷문으로 끌려나가다 말고 멈춰섰다. 그리고 뒤를 돌아보았다.

"형님. 어린 것 화신 구경이나 한 번 시키세요. 제가 약속했었는데."

뒷문이 쾅 닫혔다. 철호는 여전히 영호가 사라진 뒷문을 바라보고 서 있었다. 눈이 뿌옇게 흐려졌다. 아무것도 보이지 않았다.

"쏠 의사는 처음부터 없었던 것 같은데."

조서를 한 옆으로 밀어놓으며 형사가 중얼거렸다. 철호는 거기 걸상에 가만히 걸터앉았다.

"혹시 그와 같이 한 청년을 모르시나요?"

철호의 귀에는 형사의 말소리가 아주 멀었다.

"끝내 혼자서 했다고 우기는데, 그러나 증인이 있으니까 이제 차츰 사실대로 자백하겠지만."

여전히 철호는 말이 없었다.

경찰서를 나온 철호는 어디를 어떻게 걸었는지 알 수 없었다. 철호는 술 취한 사람 모양 허청거리는 다리로 자기 집이 있는 언덕길을 올라가고 있었다. 철호는 골목길 어귀에 들어섰다.

"가자!"

철호는 거기 멈춰 섰다. 고개를 뒤로 젖혔다. 그러나 그는 하늘을 처다보는 것이 아니었다. 후 하고 숨을 크게 내쉬는 철호는 울고 있었다. 눈물이 코 속으로 흘러서 찝찔하니 목구멍을 넘어갔다.

"가자, 가자. 어딜 가잔 거야? 도대체 어딜 가잔 거야?"

철호는 꽥 소리를 지르고 있었다. 거기 처마 밑에 모여 앉아서 소꿉질을 하던 어린애들이 부시시 일어서며 그를 처다보았다 철호는 그 앞을 모른 체 지나쳐버렸다.

"오빠 어딜 그렇게 돌아다뉴?"

철호가 아랫방에 들어서자 윗방 구석에서 고리짝을 열어 놓고 뒤지고 있던 명숙이가 역한 소리를 했다. 윗방에는 넝마 같은 옷가지들이 한 무더기 쌓여 있었다. 딸애는 고리짝 옆에 쪼그리고 앉아서 명숙이가 뒤져 내놓는 헌 옷들을 무슨 진귀한 것이나처럼 지켜보고 있었다. 철호는 아내가 어딜 갔느냐고 물어보려다 말고 그대로 윗방 아랫목에 털썩 주저앉아 버렸다.

"어서 병원에 가보세요."

명숙은 여전히 고리짝을 들추며 돌아앉은 채 말했다.

"병원엘?"

"그래요."

"병원에라니?"

"언니가 위독해요. 어린애가 걸렸어요."

"뭐가?"

철호는 눈앞이 아찔했다.

점심 때부터 진통이 시작되었는데 영 해산을 못하고 애를 썼단다. 그런데 죽을 악을 쓰다 보니까 어린애의 머리가 아니라 팔부터 나왔다고 한다. 그래 병원으로 실어갔는데, 철호네 회사에 전화를 걸었더니 나가고 없더라는 것이었다.

"지금쯤은 아마 애기를 낳았거나, 그렇지 않으면……."

명숙은 흰 헝겊들을 골라 개켜서 한 옆으로 젖혀 놓으며 말했다. 아마 어린애의 기저귀를 고르고 있는 모양이었다. 그런데 이상했다. 좀전에 아찔했던 정신이 사르르 풀리며 온몸의 맥이 쏙 빠져나갔다. 철호는 오래간만에 머릿속이 깨끗이 개이는 것을 느꼈다.

말라리아를 앓고 난 다음 날처럼 맥은 하나도 없으면서 머리는 비상히 깨끗했다. 뭐 놀랄 일이 있느냐 하는 심정이 되었다. 마치 회사에서 무슨 사무를 한 뭉텅이 맡았을 때와 같은 심사였다. 철호는 호주머니에서 담배를 꺼내어 물었다. 언제나 새로 사무를 맡아 시작하기 전에 하는 버릇이었다. 철호는 일어섰다. 그리고 문을 열었다.

"어딜 가슈?"

명숙이가 돌아보았다.

"병원에."

"무슨 병원인지도 모르면서."

철호는 참 그렇다고 생각했다.

"S병원이야요."

"……."

철호는 슬그머니 문밖으로 한 발을 내디디었다.

"돈을 가지고 가야지 뭐."

"…… 돈."

철호는 다시 문안으로 들어섰다. 우두커니 발부리를 내려다보고 서 있었다. 명숙이가 일어섰다. 그리고 아랫방으로 내려갔다. 벽에 걸어놓았던 핸드백을 열었다.

"옜수."

백 환짜리 한 다발이 철호 앞 방바닥에 던져졌다. 명숙은 다시 돌아서서 백을 챙기고 있었다. 철호는 명숙의 뒷모습을 물끄러미 바라보고 있었다. 철호의 눈이 명숙의 발 뒤축에 머물렀다. 나일론 양말이 계란만치 구멍이 뚫렸다. 철호는 명숙의 그 구멍 뚫린 양말 뒤축에서 어떤 깨끗함을 느끼고 있었다. 오래간만에 참으로 오래간만에 철호는 명숙에 대한 오빠로서의 애정을 느꼈다.

"가자."

어머니가 또 외마디 소리를 질렀다.

철호는 눈을 발 밑에 돈다발로 떨구었다. 허리를 꾸부렸다. 연기가 든 때처럼 두 눈이 싸하니 쓰렸다.

"아버지 병원에 가? 엄마 애기 났어?"

"그래."

철호는 돈을 저고리 호주머니에 구겨 넣으며 문을 나섰다.

"가자."

골목을 빠져나가는 철호의 등 뒤에서 또 한 번 어머니의 소리가 들려 왔다.

아내는 이미 죽어 있었다.

"네. 그래요."

철호는 간호원보다도 더 심상한 표정이었다. 병원의 긴 복도를 휘청휘청 걸어서 널따란 현관으로 나왔다. 시체가 어디 있느냐고 묻지도 않았다. 무엇인가 큰일이 한 가지 끝났다는 그런 기분이었다. 아니 또 어찌 생각하면 무언가 해야 할 일이 많이 생긴 것 같은 무거운 기분이기도 했다. 그러면서도 그 해야 할 일이 무엇인지는 좀처럼 생각이 나질 않았다. 그저 이제는 그리 서두를 필요도 없어졌다는 생각만으로 철호는 거기 병원 현관에 한참이나 우두커니 서 있었다.

이윽고 병원의 큰 문을 나선 철호는 전차 길을 따라서 천천히 걸었다. 자전거가 휙 그의 팔꿈을 스치고 지나갔다. 그는 멈춰 섰다. 자기도 모르게 그는 사무실 쪽으로 걸어가고 있었다. 여섯 시도 더 지났을 무렵이었다. 이제 사무실로 가야 할 아무 일도 없었다. 그는 전차 길을 건넜다. 또 한참 걸었다. 그는 또 멈춰 섰다. 또 걸었다. 그저 걸었다. 집으로 돌아가자는 생각도 아니면서 그의 발길은 자동기계처럼 남대문 쪽을 향해 걷고 있었다. 문방구점, 라디오방, 사진관, 제과점. 그는 길가에 늘어선 이런 가게의 진열장을 하나 하나 기웃거리며 걷고 있었다. 그러면서도 무엇이 있는지 하나도 보이지는 않았다. 그러던 철호는 또 우뚝 섰다. 그는 거기 눈앞에 걸린 간판을 쳐다보고 있었다. 장기판만한 판에 빨간 페인트로 치과라고 써 있었다. 철호는 갑자기 자기 이가 쑤시는 것을 느꼈다. 아침부터 아니 벌써전부터 홀떡홀떡 쑤시는 충치가 갑자기 아파 왔다. 양쪽 어금니가 아래 위 다 쑤셨다. 사실은 어느 것이 정말 쑤시는 것인지조차도 분간할 수가 없었다. 철호는 호주머니에 손을 넣어 보았다. 만 환 다발이 만져졌다.

철호는 치과 간판이 걸린 층계 이층으로 올라갔다.

치과 걸상에 머리를 젖히고 입을 아 벌리고 앉았다. 의사는 달가닥달가닥 소리를 내며 이것 저것 여러 가지 쇠꼬치를 그의 입에 넣었다 꺼냈다 하였다. 철호는 매시근하니 잠이 왔다. 아무런 생각도 하지 않고 입을 크게 벌린 채 눈을 감고 있었다.

"좀 아팠지요? 뿌리가 꾸부러져서."

의사가 집게에 뽑아든 이를 철호의 눈앞에 가져다 보여주었다. 속이 시꺼멓게 썩은 징그러운 이 뿌리에 뻘건 살점이 묻어 나왔다. 철호는 솜을 입에 문 채 머리를 좌우로 흔들어 보았다. 사실 아프지도 아무렇지도 않았다.

"됐습니다. 한 삼십 분 후에 솜을 빼버리슈. 피가 좀 나올 겁니다."

"이쪽을 마저 빼 주시오."

철호는 옆의 타구에 침을 뱉고 나서 또 한쪽 볼을 눌러보았다.

"어금니를 한 번에 두 개씩 빼면 출혈이 심해서 안 됩니다."

"괜찮습니다."

"아니, 내일 또 빼지요."

"다 빼주십시오. 한몫에 몽땅 다 빼 주십시오."

"안됩니다. 치료를 해가면서 한 개씩 빼야지요."

"치료요? 그럴 새가 없습니다. 마악 쑤시는 걸요."

"그래도 안 됩니다. 빈혈증이 일어나면 큰일납니다."

하는 수 없었다. 철호는 치과를 나왔다. 또 걸었다. 잇몸이 멍하니 아픈 것같기도 하고 또 어찌하면 시원한 것 같기도 했다. 그는 한손으로 볼을 쓸어 보았다.

그렇게 얼마를 걷던 철호는 거기에 또 치과 간판을 발견하였다. 역시 이층이었다.

"안 될텐데요."

거기 의사도 꺼렸다. 철호는 괜찮다고 우겼다. 한쪽 어금니를 마저 빼었다. 이번에는 두 볼에다 다 밤알 만큼씩한 솜덩어리를 물고 나왔다. 입안이 찝찔했다. 간간이 길가에 나서서 피를 뱉았다. 그때마다 시뻘건 선지피가 간 덩어리처럼 엉겨서 나왔다. 남대문을 오른쪽에 끼고 돌아서 서울역이 보이는 데까지 왔을 때 으스스 몸이 한 번 떨렸다. 머리가 횡하니 비어 버린 것 같다고 생각했다. 바로 그때에 번쩍하고 거리에 전등이 들어왔다. 눈앞이 한 번 환해졌다. 다음 순간에는 어찌된 셈인지 좀 전에 전등이 켜지기 전보다 더 거리가 어두워졌다. 철호는 눈을 한 번 꾹 감았다. 다시 떴다. 그래도 매한가지였다. 이건 뱃속이 비어서 그렇다고 철호는 생각했다. 그는 새삼스레, 점심도 저녁도 안 먹은 자기를 깨달았다. 뭐든가 좀 먹어야겠다고 생각했다. 구수한 설렁탕 생각이 났다. 입안에 군침이 하나 가득히 고였다. 그는 어느 전주 밑에 가서 쭈그리고 앉아서 침을 뱉았다. 그런데 그것은 침이 아니라 진한 피였다. 그는 다시 일어섰다. 또한번 오한이 전신을 간질이고 지나갔다. 다리가 약간 떨리는 것 같았다. 그는 속히 음식점을 찾아내어야겠다고 생각했다. 서울역 쪽으로 허청허청 걸었다.

"설렁탕."

무슨 약 이름이기나 한 것처럼 한마디 일러 놓고는 그는 식탁 위에 엎드려 버렸다. 또 입안으로 하나 찝찔한 물이 고였다. 철호는 머리를 들었다. 음식점 안을 한 바퀴 휘 둘러보았다. 머리가 아찔했다. 그는 일어섰다. 그리고 문 밖으로 급히 걸어 나갔다. 음식점 옆 골목에 있는 시궁창에 가서 쭈그리고 앉았다. 울컥하고 입

오발탄 **263**

안엣 것을 뱉았다. 그러나 이번에는 주위가 어두워서 그것이 핀지 또는 침인지 알 수 없었다. 철호는 저고리 소매로 입술을 닦으며 일어섰다. 이를 뺀 자리가 쿡 한 번 쑤셨다. 그러자 뒤이어 거기서 호응이나 하듯이 관자놀이가 또 쑤셨다. 철호는 아무래도 좀 이상하다고 생각하였다. 이제 빨리 집으로 돌아가 누워야겠다고 생각했다. 그는 다시 큰길로 나왔다. 마침 택시가 한 대 왔다. 그는 손을 한 번 흔들 었다.

철호는 던져지듯이 털썩 택시 안에 쓰러졌다.

"어디로 가시죠?"

택시는 벌써 구르고 있었다.

"해방촌."

자동차는 스르르 속력을 늦추었다. 해방촌으로 가자면 차를 돌려야 하는 까닭 이었다. 운전사는 줄지어 달려오는 자동차의 사이가 생기기를 노리고 있었다. 저 만치 자동차의 행렬이 좀 끊겼다. 운전사는 핸들을 잔뜩 비틀어 쥐었다. 운전사가 몸을 한편으로 기울이며 마악 핸들을 틀려는 때였다. 뒷자리에서 철호가 소리를 질렀다.

"아니야. S병원으로 가."

철호는 갑자기 아내의 죽음을 생각했던 것이었다. 운전사는 다시 획 핸들을 이 쪽으로 틀었다. 운전사 옆에 앉아 있는 조수 애가 한 번 철호를 돌아보았다. 철호 는 뒷자리 한구석에 가서 몸을 틀어 박은 채 고개를 뒤로 젖히고 눈을 감고 있었 다. 차는 한국은행 앞 로터리를 돌고 있었다. 그때에 또 뒤에서 철호가 소리를 질 렀다.

"아니야. ×경찰서로 가."

눈을 감고 있는 철호는 생각하는 것이었다. 아내는 이미 죽었는데 하고. 이번에 는 다행히 차의 방향을 바꿀 필요가 없었다. 그냥 달렸다.

"×경찰서 앞입니다."

철호는 눈을 떴다. 상반신을 번쩍 일으켰다. 그러나 곧 또 털썩 뒤로 기대고 쓰 러져 버렸다.

"아니야. 가."

"×경찰서 앞입니다. 손님."

조수 애가 뒤로 목을 틀어돌리고 말했다.

"가자."

철호는 여전히 눈을 감고 있었다.

"어디로 갑니까."

"글쎄 가."

"허 참 딱한 아저씨네."

"……."

"취했나?"

운전사가 힐끔 조수 애를 쳐다보았다.

"그런가 봐요."

"어쩌다 오발탄 같은 손님이 걸렸어. 자기 갈 곳도 모르게."

운전사는 기어를 넣으며 중얼거렸다. 철호는 까무룩히 잠이 들어가는 것 같은 속에서 운전사가 중얼거리는 소리를 멀리 듣고 있었다. 그리고 마음 속으로 혼자 생각하는 것이었다. ― 아들 구실, 남편 구실, 애비 구실, 형 구실, 오빠 구실, 또 계리사 사무실 서기 구실, 해야 할 구실이 너무 많구나. 너무 많구나. 그래 난 네 말대로 아마도 조물주의 오발탄인지도 모른다. 정말 갈 곳을 알 수가 없다. 그런데 지금 나는 어디건 가긴 가야 한다 ― .

철호는 점점 더 졸려왔다. 다리가 저린 것처럼 머리의 감각이 차츰 없어져 갔다.

"가자."

철호는 또한번 귓가에 어머니의 소리를 들었다고 생각하며 푹 모로 쓰러지고 말았다.

차가 네 거리에 다다랐다. 앞의 교통 신호대에 빨간 불이 켜졌다. 차가 섰다. 또 한 번 조수 애가 뒤를 돌아보며 물었다.

"어디로 가시죠?"

그러나 머리를 푹 앞으로 수그린 철호는 아무 대답도 없었다. 따르릉 벨이 울렸다. 긴 자동차의 행렬이 움직이기 시작했다. 철호가 탄 차도 목적지를 모르는 대로 행렬에 끼어서 움직이는 수밖에 없었다. 철호의 입에서 흘러내린 선지피가 홍건히 그의 와이셔츠 가슴을 적시고 있는 것을 아무도 모르는 채, 교통 신호대의 파란불 밑으로 차는 네거리를 지나갔다.

15····

모래톱 이야기

김정한(金廷漢, 1908~1996) ●● 부산에서 출생했다.
동래고보를 거쳐 1932년 일본 와세다 대학 부속 제일고등학원에서 배웠다. 1932년 동경 유학중 귀향했다가 양산 농민봉기사건에 연루되어 학업을 중단하였다. 그 해에 〈그물〉을 발표하고 1936년 조선일보 신춘문예에 〈사하촌〉이 당선되었다.
이를 시작으로 〈옥심이〉 〈기로〉 등을 발표했다. 일제의 탄압이 극에 달하던 무렵 한동안 붓을 꺾고 있다가 1966년 〈모래톱 이야기〉를 발표하면서 다시 재개하였다.
대표 작품은 〈수라도〉 〈축행도〉 〈인간단지〉 〈회나무골 사람들〉 〈사밧재〉 〈제3병동〉 〈뒷기미나루〉 〈산거족〉 〈슬픈 해후〉 등이 있다.

15 오래톱 이야기

김정한

이십 년이 넘도록 내처 붓을 꺾어 오던 내가 새삼 이런 글을 끄적거리게 된 건 별안간 무슨 기발한 생각이 떠올라서가 아니다. 오랫동안 교원 노릇을 해 오던 탓으로 우연히 알게 된 소년과 그의 젊은 홀어머니, 할아버지, 그리고 그들이 살아오던 낙동강 하류의 어떤 외진 모래톱 ― 이들에 관한 그 기막힌 사연들조차, 마치 지나가는 남의 땅 이야기나 아득한 옛이야기처럼 세상에서 버려져 있는 데 대해서까지는 차마 묵묵할 도리가 없었기 때문이다.

건우란 소년은 내가 직접 담임했던 제자다. 당시 나는 K라는 소위 일류 중학에서 교편을 잡고 있었다. 비가 억수로 내리던 날 첫 시간의 일이었다. 지각생이 많았다. 지각생이 많으면 교사는 짜증이 나게 마련이다. 그럴 때 유독 닦이는 놈은 으레 그런 일이 잦은 놈들이다.

"넌 또 지각이로군? 도대체 어찌된 일이냐?"

건우의 차례였다. 다른 애와 달리 그는 옷이 비에 흠뻑 젖어 있었다. 아래 윗도리 옷깃에서 물이 사뭇 교실 바닥에 뚝뚝 떨어지고 있지 않는가!

"나룻배 통학생임더."

낮고 가는 목소리가 그의 가냘픈 입술 사이에서 새어 나오듯 했다. 그리고 이내 울상이 된 얼굴을 아래로 떨구었다. 차라리 무엇인가를 하소연하는 듯이 느껴졌다.

"나룻배 통학생?"

이쪽으로선 처음 듣는 술어였다.

"맹지면에서 나룻배로 댕기는 아입니다."

지각생 아닌 다른 애가 대신 대답을 했다. 명지면이라면 김해 땅이다. 낙동강 하류. 강을 건너야만 부산으로 나올 수 있는 곳이다.

"나룻배 통학생이라……."

나는 건우의 비에 젖은 옷을 바라보면서 자리에 들어가라고 했다.

이런 일이 있고부터 나는 건우란 소년에게 은근히 동정이 가게 되었다. 더더구나 아버지가 없다는 걸 알고부터는. 동무들끼리 어울려 놀 때 그를 곧잘 '거무(거미)'라고 놀려대던 이상한 별명의 유래도 곧 알게 되었다. 그의 고향 친구들의 말에 의하면 거미란 짐승은 물에 날쌘 놈이라 해서 즈 할아버지가 지어 준 아명이었다는 거다. 거미! 강가에 사는 사람들의 자식 아끼는 심정을 가히 짐작할 수가 있었다. 호적에 올릴 때는 부득이 건우로 했으리라. 그것도 아마 누구의 지혜를 빌려서.

두 번째로 내가 건우란 소년에 대해서 관심을 더욱 가지게 된 것은 학기 초 가정 방문을 나가기 전에 그가 써낸 작문을 읽고부터였다 ― 나는 가정 방문을 나가기 전 가끔 학생들에게 자기 자신에 관한 글을 써 오라고 하였다.

'섬 얘기'란 제목의 그의 글은 결코 미문은 아니었다. 그러나 내용은 끔찍한 것이라 생각했다. 자기가 사는 고장 ― 복숭아꽃도, 살구꽃도, 아기 진달래도 피지 않는 조마이섬은 몇 백 년, 아니 몇 천 년 갖은 풍상과 홍수를 겪어 오는 동안에 모래가 밀려서 된 나라 땅인데, 일제 때는 억울하게도 일본 사람의 소유가 되어 있다가 광복 후부터는 어떤 국회 의원의 명의로 둔갑이 되었는가 하면, 그 뒤는 또 그 조마이섬 앞강의 매립 허가를 얻은 어떤 다른 유력자의 앞으로 넘어가 있다던가 하는 — 말하자면 선조 때부터 거기에 발을 붙이고 살아오던 사람들과는 무관하게 소유자가 도깨비처럼 바뀌고 있다는, 섬의 내력을 적은 글이었다. 그저 그런 정도의 얘기를 솔직히 적었을 따름인데, 어딘지 모르게 무엇인가를 저주하는 듯한, 소년의 날카롭고 냉랭한 심사가 글 밑바닥에 깔려 있었다. 나는 나 자신이 갑자기 무슨 고발이라도 당한 심정으로 그 글발을 따로 제쳐서 책상 서랍 속에 넣어 두었다.

가정 방문이 있는 주간은 대개 오전 수업뿐이다. 점심 시간이 시작될 무렵 나는 건우를 교무실로 불렀다.

"오늘 명지로 갈까 하는데, 너 외에 몇이나 있지?"

"A반 학생은 저 하나뿐입니다."

건우의 노르께한 얼굴에는 순간적인 그늘이 얼씬 지나가는 것 같았다.

"그래? 그럼 한 시 반쯤 해서 현관 앞으로 다시 오게."

명지 같음 어둡기 전에 돌아오기가 힘들는지 모른다. 나는 부랴부랴 점심을 마치고서 교무실을 나섰다.

건우는 벌써 현관께로 와 있었다. 역시 약간 어둔 얼굴을 하고. 아마 미리 어머니에게 알리지 않고서 가는 것이 약간 켕겼던 모양이었다.

"가 볼까?"

내가 앞장을 서듯 했다. 버스 요금도 제 것까지 내가 얼른 내는 걸 보고는 아주 송구스러운 듯한 표정을 지었다. 명지로 가는 하단나루까지는 사오십 분이면 족했다. 그러나 한 척밖에 없다는 그 나룻배가 좀처럼 나타나지 않았다.

"집이 저쪽 나루터에서 먼가?"

나는 갈대 그림자가 그림처럼 고요히 잠겨 있는 강물을 내려다보며 물었다.

"예, 제북(제법) 갑니더."

그는 민망스런 듯이 나를 잠깐 쳐다보더니 눈을 역시 물 위로 떨어뜨렸다.

"얼마나?"

"반 시간 좀 더 걸립니다."

"그럼 학교까지 오려면 시간이 꽤 걸리겠는걸?"

"나룻배만 진작 타지고 빠른 날은 두어 시간만 하면 됩니다."

"그래? 그래서 지각을 자주 하는군."

나는 환경 조사표의 카피를 펴 보았으나, 곁에 사람들이 있기에 더 묻지 않았다. 아니, 설사 곁에 다른 사람들이 없다 하더라도, 아직 열다섯 살밖에 안 되는 소년에게 물어도 좋을 만한 그런 가정 형편이 못 되었다.

아버지는 없고,

어머니 33세 농업

할아버지 62세 어업

삼촌 32세 선원

재산 정도 하(下)

끼우뚱거리는 나룻배 위에서는 건우의 행복하지 못할 가정 환경이 자꾸만 내 머릿속에 확대되어 갔다.

나룻배를 내려서자, 갈밭 속을 뚫고 나간 좁고 긴 길이 있었다. 우리는 반 시간 남짓 그 길을 걸어가면서도 별반 얘기가 없었다.

"아버진 언제 돌아가셨지?"

해놓고도 오히려 후회할 정도였으니까.

"육이오 때라 캅디더만……."

건우의 말눈치가 확실치 않았다.

"어쩌다가?"

"군에 나갔다가 그랬다 캅디더."

"언제 어디서 돌아가셨는지도 잘 모른단 말인가?"

"야, 그래도 살아온 사람들의 말이 암마 '워카 라인'인가 하는 데서 그랬을 끼라 카데요."

생각했던 바와는 달리 건우의 이야기는 비교적 담담하였다.

"그래, 아버지의 얼굴은 기억하나?"

나는 속으로 그의 나이를 손꼽아 보았던 것이다.

"잘 모릅니더. 저가 두 살 때 군에 나갔다 카니…… 그러곤 통 안 돌아왔거던요."

나를 쳐다보는 동그스름한 얼굴, 더구나 그린 듯이 짙은 양미간에는 미처 숨기지 못한 을씨년스런 빛이 내비쳤다. 순간 나는 그의 노르께한 얼굴에서 문득 해바라기꽃을 환각했다.

삼사월 긴긴 해라더니, 보릿고개는 오후 세 시가 훨씬 지나도 해가 아직 메[山] 끝과는 멀었다.

길가 수렁과 축축한 둑에는 빈틈없이 갈대가 우거져 있었다. 쑥쑥 보기 좋게 순과 잎을 뽑아 올리는 갈대청은, 그 곳을 오가는 사람들과는 판이하게 하늘과 땅과 계절의 혜택을 흐뭇이 받고 있는 듯, 한결 싱싱해 보였다.

"저 갈대들이 다 자라면 지나다니기 무서울 테지? 사람의 길이 훨씬 넘을 테니까."

나는 무료에 지쳐 건우를 돌아다보았다.

"괜찮심더. 산도 아인데요."

그는 간단히 대답할 뿐이었다. 아직도 짐승보다 인간이 무섭다는 것을 미처 모르는 모양이었다.

길바닥까지 몰려나왔던 갈게들이, 둔탁한 사람의 발자국 소리에 놀라 이리저리 황급히 구멍을 찾아 흩어지는가 하면, 어느 하늘에선지 종달새가 재잘재잘 쉴새 없이 재잘거리고 있었다. 잔등에 땀을 느낄 정도로 발을 재게 떼놓아, 건우가 사는 조마이섬에 닿았을 때는 해가 얼마만큼 기운 뒤였다.

섬의 생김새가 길쭉한 주머니 같다 해서 조마이섬이라고 불려 온다는 건우의 고장에는, 보리가 거의 자랄 대로 자라 있었다. 강바람이 불어 올 때마다 푸른 물결이 제법 넘실거리곤 했다.

낙동강 하류의 삼각주 일대가 대개 그러하듯이, 이 조마이섬이란 데도 사람들이 부락을 이루고 사는 것이 아니라 그저 한 집 두 집 띄엄띄엄 땅을 물고 있을 따름이었다.

건우네 집은 조마이섬 위쪽에서 그리 멀지 않았다. 역시 외따로 떨어진 집이었다. 마침 뒤꼍 사래 긴 남새밭에 가 있던 어머니가 무슨 낌새를 차렸던지 우리가 당도하기 전에 어느 새 사립께로 달려와 있었다.

"인자 오나?"

아들에게부터 먼저 말을 건네고 나서 내게도 수인사를 하였다.

"우리 건우 선생님인가베요?"

상냥하게 웃었다. 가정 조사표에 적혀 있는 서른세 살의 나이보다는 훨씬 핼쑥해 보였으나, 외간 남자를 대하는 붉은 빛이 연하게 감도는 볼에는 그래도 시골 색시다운 숫기가 내비쳤다.

"수고하십니더."

하고 나는 사립을 들어섰다.

물론 집은 그저 그러했다. 체목은 과히 오래 되지 않았지만 바깥 일손이 모자라는 탓인지, 갈대로 엮어 두른 울타리에는 몇 군데 개구멍이 나 있었다.

"좀 들어가입시더. 촌집이 돼서 누추합니더만……"

건우 어머니는 나를 곧 안으로 인도했다. 걸레질을 안 해도 청은 말끔했다. 굳이 방으로 모시겠다는 것을 나는 굳이 사양하고 마루 끝에 걸쳤다.

"어머니 혼자 힘으로 공부시키기가 여간 힘들지 않으실 텐데……"

건우가 잠깐 자리를 비키는 것을 보고 나는 으레 하는 식으로 가정 사정부터 물어 보았다. 할아버지와 아저씨와 그리고 재산 따위에 대해서.

"할아부지는 고깃배를 타시고, 재산이랄 끼사 머 있습니꺼. 선조 때부터 물려받은 밭뙈기들은 나라 땅이라 캤다가 국회 의원 땅이라 캤다가…… 우리싸 머 압니꺼."

이렇게 대략 건우 군의 글에서 알았을 정도의 얘기였고, 건우의 삼촌에 대해서는 웬일인지 일체 말이 없었다. 대신, 길이 먼 데다 나룻배까지 타야 되기 때문에 건우가 지각이 많아서 죄송스럽다는 얘기와, 아버지가 없으니 그런 점을 생각해서 잘 돌봐 달라는 부탁이 고작이었다.

생활은 어떻게 무사히 꾸려 나가느냐고 했더니, 시아버님이 고깃배를 타기 때문에 가끔 어려운 돈을 기백 원씩 가져온다는 것과 먹고 입는 것은 보리 농사와 채소로써 그럭저럭 치대어 간다는 얘기였다.

"재첩은 더러 안 건지세요?"

강 마을 일이라 이렇게 물었더니,

"그건 남자들이라야 안 됩니꺼. 또 배도 있어야 하고요."

할 뿐. 그러나 이쪽에서 덤덤하니까,

"물 빠질 땐 개발이싸 늘 안 나가는기요, 조개 새끼도 파고 재첩도 줍지만 그런 기사 어데 돈이 댑니꺼."

이렇게 덧붙였다.

잠시 안 보이던 건우가 어디서 다섯 홉짜리 정종을 한 병 들고 왔다. 이마에 땀이 번질번질한 걸 보면 필시 뛰어온 게 틀림없다. 아마 어머니가 시킨 일이려니 싶었다.

나는 미안스런 생각으로 건우 어머니가 따라 주는 술잔을 받았다. 손이 유달리 작아 보였다. 유달리 자그마한 손이 상일에 거칠어 있는 양이 보기에 더욱 안타까울 정도였다.

기어이 저녁까지 대접하겠다고 부엌으로 가 버린 뒤, 나는 건우를 앞에 두고 잔을 들면서 그녀의 칠칠한 인사 범절에 새삼 생각되는 바가 있었다.

나는 모든 것을 다시 보았다. 농삿집치고는 유난히 말끔한 마루청, 먼지를 뒤집어쓰고 있지 않은 장독대, 울타리 너머로 보이는 길찬 장다리꽃들…… 그 어느 것하나에도 그녀의 손이 안 간 곳이 없으리라 싶었다. 이러한 집 안팎 광경을 통해서 나는 건우 어머니가 꽤 부지런하고 친절한 여성이란 것을 고대 짐작할 수가 있었다. 젊음이 한창인 열아홉부터 악지 세게 혼자서 살아왔다는 것과, 어려운 가운데서도 외아들 건우를 나룻배를 태워 가면서까지 먼 일류 중학에 보내고 있다는 사실, 그리고 농촌 아이라고는 믿어지지 않을 만큼 건우의 입성이 항시 깨끗했다는 사실들이 어련히 안 그러리 싶어지기도 했다. 얼른 보아서는 어리무던한 여인

같기도 하지만 유난히 볼가진 듯한 이마라든가, 역시 건우처럼 짙은 눈썹 같은 데선 그녀의 심상치 않을 의지랄까, 정열 같은 것을 읽을 수가 있었다.

　나는 술상을 물리고서 건우의 공부방 — 어머니의 방일 테지만 — 을 잠깐 들여다보았다. 사과 궤짝 같은 것에 종이를 발라 쓰는 책상 위에는 몇 권 안 되는 책들이 나란히 꽂혀 있었다. 그 가운데서 '섬 얘기'라고, 잉크로 굵직하게 등마루에 씌어진 두툼한 책 한 권이 특별히 눈에 띄었다.

　"섬 얘기? 저건 무슨 책이지?"

　나는 건우를 돌아보며 물었다.

　"암것도 아입니더."

　"소설?"

　"아입니더."

　"어디 가져와 봐!"

　건우는 싫어도 무가내라 뽑아 오면서,

　"일기랑 또 책 같은 거 보고 적은 김더."

　부끄러운 내색을 하였다.

　"일기는 남의 비밀이니까 읽을 수가 없고, 어디 책 읽은 소감이나 뵈주게."

　나는 책을 도로 돌렸다. 건우는 마지못해 여기저길 뒤적거리다가 한 군데를 펴 주었다. 또박또박 깨알같이 박아 쓴 글씨였다.

　×××여사는 어머니처럼 혼자 사시는 분이라 그런지 그분의 글에는 한결 감동되는 바가 있었다. 〈내가 본 국토〉 속의 한 구절.

　"그래도 선거 때가 되면 소속 육지에서 똑딱선을 가지고 섬 백성을 모시러 오는 알뜰한 정당이 있어, 이들은 다만, 그 배로 실려 가서 실상 자기네 실생활과는 무연한 정치를 위하여 지정해 주는 기호 밑에 도장을 찍어 주고 그 배에 실려 돌아온다는 것입니다."

　"현대 문명의 혜택이라곤 아직 받아 보지 못한 그들의 생활 속에도 현대 문명인이 행사하는 선거란 상식이 깃들이게 되고, 어느 정당이나 정치의 영향도 알뜰히 받아 보지 못한 그네들에게도 투표하는 임무만은 지워져야 하고 조국의 사랑이라곤 받아 본 일이 없이 헐벗고 배우지 못한 그들의 아들들이 먼저 조국을 수호해야 할 책임을 지고, 훈련을 받고 총을 메고 군인이 되어 갔다는 것……."

우리 아버지도 응당 이러한 군인 중의 한 사람이었으리라. 그래서 언제 어디서 쓰러졌는지도 모르고, 따라서 국군 묘지에도 묻히지 못하고, 우리에겐 연금도 없고……

내 눈이 미처 젖기 전에 건우는 부끄러운 듯이 그 노트를 내게서 뺏어 갔다

"건우야?"

나는 노트 대신 건우의 손을 꽉 쥐었다.

"이 땅이 이 곳 사람들의 땅이 아니랬지? 멀쩡한 남의 농토까지 함께 매립 허가를 얻은 어떤 유력자의 것이라고 하잖았어? 그러나 두고 봐. 언젠가는 이 땅의 주인인 너희들의 것이 될 거야. 우선은 어떠한 괴로움이 있더라도, 억울하더라도 희망을 잃지 말고 꾹 참고 살아가야 해."

어조가 어떻게 아까 그 노트를 읽을 때와 같은 것을 깨닫고 나는 잠깐 말을 끊었다. 건우는 내처 묵연해 있었다.

"나라 땅, 남의 땅을 함부로 먹다니! 그건 땅을 먹는 게 아니라, 바로 '시한 폭탄'을 먹는 거나 다름없다. 제 생전이 아니면 자손대에 가서라도 터지고 말거든! 그리고 제아무리 떵떵거려 대도 어른들은 다 가는 거다. 죽고 마는 거야. 어디 땅을 떼 짊어지고 갈 수야 있나. 결국 다음 이 나라 주인인 너희들의 거란 말야. 알겠어?"

나는 말이 절로 격해지는 것을 깨달았다. 저녁상이 들어왔다.

부엌에서 바깥 동정을 죄다 엿들었는지 건우 어머니는 저녁상을 물리기가 바쁘게 손을 닦으며 청 끝에 와 걸치더니,

"선생님 이야기는 우리 건우한테서 잘 듣고 있심더. 그리고 이 섬 저 웃바지에 사는 윤 샌도 선생님 말을 곧잘 하데요. 우리 건우가 존 담임 선생님 만났다면서……."

해가 막 떨어진 뒤라 그런지 그녀의 웃음이 적이 붉게 보였다.

"윤 샌이라뇨?"

윤 생원이라는 말인 줄은 알았지만 그가 누군지 미처 생각이 안 났다.

"성은 윤씨고, 이름은 머라 카더라……."

건우를 흘끔 돌아보며,

"수덕이 할배 이림이 멋고?"

"춘삼이 아잉기요."

건우의 말이 떨어지자,

"내 정신 보래. 그래 춘삼 씨다."

그녀는 다시 나를 돌아보며,

"춘삼이란 어른인데 와 선생님을 잘 알데요, 부산에도 가끔 나갑니더. 쬐간 포도밭도 가주고 있고요……."

"윤춘삼, 네, 이제 알겠습니다."

비로소 생각이 났다.

"그분하고는 어데서도 같이 지냈담서요?"

건우 어머니는 '세상은 넓고도 좁지요?' 하는 듯한 눈매로 웃어 보였다.

"네."

아닌 게 아니라, 나는 적이 놀랐다. 어디서든 나쁜 짓하고는 못 배기리라는 생각이 문득 들기까지 했다. 그와 동시에 지난날 어두컴컴한 곳에서 그 윤춘삼이란 사람을 처음으로 만나던 일, 그리고 다시 소위 큰집이란 데서 한때 같이 고생을 하던 갖가지 일들이 마치 구름 피어오르듯 기억에 떠올랐다.

— '육이오' 때의 일이었다. 나는 어떤 혐의로 몇몇 사람의 당시 대학 교수들과 함께 육군 특무대란 데 갇혀 있었다. 거기서 윤 생원을 처음 만났다. 물론 그 땐 그가 이 곳 사람인 줄도 몰랐다. 무슨 혐의로 들어왔느냐고 물어도 그는 얼른 대답을 하지 않았다. 곧 나갈 거라고만 했다. 곧 나갈 거라고 장담을 하던 사람이 얼마 뒤 역시 우리의 뒤를 따라 감옥으로 넘어왔다. 감옥에서는 그도 제법 사상범으로 통해 있었다. 누가 붙였는지는 모르되, '송아지 빨갱이'라는 별명이 붙어 있었다. 그의 말에 의하면 이유는 간단했다. 한창 무슨 청년단인가 하는 패들이 마구 설칠 땐데, 남에게 배내를 주었던 그의 송아지를 그들이 잡아먹은 게 분해서 배내 먹이

던 사람더러 송아지를 물어내라고 화풀이를 한 것이 동기의 하나였다고 한다. 그 바보 같은 사람이 뒤퉁스럽게 그 청년단을 찾아가서 그런 고자질을 한 것이 꼬투리가 되어, '이 새끼 맛좀 볼테야?' 하는 식으로 잡혀 왔다는 이야기였다. 그 밖에 또 하나 주목받을 이유가 될 만한 것은, 자기 고향인 조마이섬에 문둥이 떼가 이주해 왔을 때(물론 정부의 방침이었지만) 그들을 몰아내기 위해 싸우다가 결국 경찰 신세를 졌던 일이라 했다. 그러면서도 그 자신 무슨 영문인지를 확실히 모르고서 옥살이를 했다. 다만 '송아지 빨갱이'라는 별명으로서.

어쩌다가 세수터에서라도 마주칠 때, '송아지 빨갱이?' 할라치면, 텁수룩한 머리를 끄덕대며 사람 좋게 웃던 윤춘삼 씨의 그 때 얼굴이 눈에 선해 왔다.

"좋은 사람이었지요."

"그라문요! 지금도 우리 집에 가끔 옵니더."

건우 어머니도 맞장구를 쳤다.

이야기꾼들이 곧잘 쓰는 '우연성'이란 것을 아주 싫어하는 나지만, 그날 저녁 일만은 사실대로 적지 않을 수가 없다.

어둡기 전에 건우의 집을 나서서 하단 쪽 나루터로 되돌아오던 길목에서 뜻밖에 이제 얘기하던 바로 그 윤춘삼이란 사람과 마주치게 되었으니 말이다.

"야 ─ , 이거 ×선생 아니오! 이런 섬에 우짠 일로?"

송아지 빨갱이, 아니 윤춘삼 씨는 덥석 내 손을 잡으며 반가워했다.

"아이들 가정 방문을 왔다 가는 길이죠. 참 오랜만이군요?"

"가정 방문?"

그는 수인사는 제쳐놓고,

"그럼 건우 집에도 들렀겠네요?"

"네, 이 섬에는 건우 한 애뿐입니다. 내가 맡아 있는 애로서는……."

"마침 잘됐다. 허허 참 세상에는 이런 수도 다 있다카이! 인자 막 선생 이바구를 하고 오던 참인데……."

윤춘삼 씨는 뒤에 따라오던 웬 성큼한 털보 영감을 돌아보며,

"자 인사 드리시오. 당신 손자 '거무'란 놈 선생이오."

하며 내처 허허 하고 웃어댔다. 벌써 약간 주기가 있어 보였다. 두 사람이 인사를 채 나누기 전에 윤춘삼 씨는,

"허허, 노상에서 이럴 수가 있나. 나도 여러 해 만이고……."

하며 털보 영감더러 하단으로 되돌아가자는 것이었다. 아니 바로 떼밀 듯했다.

"암 그래야지. 나도 언제 한분 꼭 찾아볼라 캤는데, 바래다 드릴 겸 마침 잘됐구만."

멀쩡한 날에 고무 장화를 신은 품이 누가 보나 뱃사람이 완연한 건우 할아버지도 약간 약주가 된 데다 역시 같은 떼거리였다.

윤춘삼 씨는 만나자 덥석 잡았던 내 손을 내처 아플 정도로 쥔 채 놓지 않았고, 건우 할아버지도 나란히 서게 되어 셋은 가뜩이나 좁은 들길을 좁으라 걸어댔다. 땅거미를 받아선지 건우 할아버지의 갯바람에 그을린 얼굴이 거의 검둥이에 가까울 정도로 검어 보였다.

"갈밭새 영감, 오늘 참 재수 좋네. 내가 술 샀지, 또 이런 훌륭한 선생님을 만났지…… 그러나 이분에는 영감이 사야 되오."

윤춘삼 씨의 말이 떨어지기가 바쁘게,

"암 내가 사야지. 이분에는 정종이다. 고놈의 따끈한!"

아마 '갈밭새'가 별명인 듯한 건우 할아버지는, 그 억세고 구부정한 어깨를 건들거리며 숫제 신을 내듯 했다.

하단 나룻가의 술집은 모두가 그들의 단골인 모양이었다.

"어이 또 왔쇠이?"

건우 할아버지가 구부정한 어깨를 먼저 어느 목로집으로 들이밀었다. 다시 술자리가 벌어졌다. 술자리랬자 술상 대신 쓰이는 네 발 달린 널빤지를 사이에 두고 역시 네 발 달린 널빤지 걸상에 마주 앉은 것이었지만.

"술은 정종! 따끈한 놈으로. 응이, 알겠소? 우리 거무 선생님이란 말이어!"

갈밭새 영감은 자기와 비슷하게 예순 고개를 넘어 보이는 주인 할머니더러 일렀다.

그가 소원인 듯 말하던 '따끈한 정종'은 그와 윤춘삼 씨보다 나를 먼저 취하게

했다. 그러나 좀처럼 놓아 줄 눈치들이 아니었다.

"한 잔만 더……."

이번에는 건우 할아버지의 커다란 손이 연신 내 손을 덮쌌다.

"비록 개깃배를 타고 있지만 나도 과히 나쁜 놈은 아임데이. 내, 선생 이바구 다 듣고 있소. 이 송아지 뺄갱이(섬에까지 그런 별명이 퍼졌던 모양이다)한테도 여러 분 들었고 우리 손자놈한테도 듣고 있소, 정말 정말 훌륭한 선생님이라고. 그까진 ××의원이 다 먼교? 돈만 있음 ×라도 다 되는 기고, 되문 나라 땅이나 훑이고 팔아묵고 그런 놈들이 안 많던기요? 왜, 내 말이 어디 틀렸십니꺼?"

갈밭새 영감은 말이 차츰 엇나가기 시작했다. 자기로선 취중 진담일지 모르나 듣기만 해도 섬뜩한 소리를 함부로 뇌까렸다. 그런 얘길랑 그만두고 술이나 들라 해도 갈밭새 영감은 물론 이번엔 윤춘삼 씨까지 되레 가세를 하고 나섰다.

"촌 사람이라꼬 바본 줄 알지 마소. 여간 답답해서 그런 소릴 하겠소?"

전깃불이 들어왔다. 불빛에 비친 갈밭새 영감의 얼굴은 한층 더 인상적이었다. 우악스럽게 앞으로 굽어진 두 어깨 가운데 짤막한 목 줄기로 박혀 있는 듯한 텁석부리 얼굴! 얼굴 전체는 키를 닮아 길쭉했으나, 무엇에 짓눌려 억지로 우그러뜨려진 듯이 납작해진 이마에는, 껍데기가 안으로 밀려들기나 한 듯한 깊은 주름이 두어 줄 뚜렷하게 그어져 있었다. 게다가 구레나룻에 둘러싸인 얼굴 전면이 검붉은 구리빛이 아닌가! 통틀어 원시인이라도 연상케 하는 조금 무서운 면상이었다.

"와 빤히 보능기요? 내 안주(아직) 술 안 취했음데이. 염려 마이소."

갈밭새 영감은 기름에 절은 수건을 꺼내더니 이마를 한번 훔치고서,

"인자 딴말은 안 하지요. 언제 또 만날지 모르이칸에 이왕 만낸 짐에 저 송아지 뺄갱이나 이 갈밭새가 사는 조마이섬 이바구나 좀 하지요."

그러곤 정신을 가다듬기나 하듯이 앞에 놓인 술잔을 훌쩍 비웠다.

건우 할아버지와 윤춘삼 씨가 들려 준 조마이섬 이야기는 언젠가 건우가 써냈던 '섬 얘기'에 몇 가지 기막히는 일화가 붙은 것이었다.

"우리 조마이섬 사람들은 지 땅이 없는 사람들이요. 와 처음부터 없기싸 없었겠소마는 죄다 뺏기고 말았지요. 옛적부터 이 고장 사람들이 젖줄같이 믿어 오는 낙

동강 물이 맨들어 준 우리 조마이섬은……."

건우 할아버지는 처음부터 개탄조로 나왔다. 선조로부터 물려받은 땅, 자기들 것이라고 믿어 오던 땅이, 자기들이 겨우 철들락 말락 할 무렵에 별안간 왜놈의 동척 명의로 둔갑을 했더란 것이었다.

"이완용이란 놈이 을사 보호 조약이란 걸 맨들어 낸 뒤라 카더만!"

윤춘삼 씨의 퉁방울 같은 눈에도 증오의 빛이 이글거리기 시작했다.

1905년 을사년 겨울, 일본 군대의 포위 속에서 맺어진 '을사 보호 조약'인 매국 조약을 계기로, 소위 '조선 토지 사업'이란 것이 전국적으로 실시되던 일, 그리고 이태 후인 정미년에 가서는 '한국 정부는 시정 개선에 관하여 통감의 지도를 수할 사'란 치욕적인 조목으로 시작된 '한일 신협약'에 따라, 더욱 그 사업을 강행하고 역둔토의 대부분과 삼림 원야들을 모조리 국유로 편입시키는 등 교묘한 구실과 방법으로써 농민들로부터 빼앗은 뒤, 다시 불하하는 형식으로 동척과 일인 수중에 옮겨 놓던 그 해괴 망측한 처사들이 문득 내 머릿속에도 떠올랐다.

"쥑일 놈들!"

건우 할아버지는 그렇게 해서 다시 국회 의원, 다음은 하천 부지의 매립 허가를 얻은 유력자…… 이런 식으로 소유자가 둔갑되어 간 사연들을 죽 들먹거리더니,

"이 꼴이 되고 보니 선조 때부터 둑을 맨들고 물과 싸워 가며 살아온 우리들은 대관절 우찌 되는기요?"

그의 격격한 목소리에는, 건우가 지각을 하고 꾸중을 듣던 날 '나룻배 통학생임더' 하던 때의, 그 무엇인가를 저주하듯 한 감정이 꿈틀거리고 있는 것 같았다. 얼마나 그들의 땅에 대한 원한이 컸던가를 가히 짐작할 수가 있었다.

"섬사람들도 한 번 뻗대 보시지요?"

이렇게 슬쩍 건드려 봤더니, 이번엔 윤춘삼 씨가 얼른 그 말을 이어받았다.

"선생님은 그런 걸 잘 알면서 그러네요. 우리 겉은 기 멀 알며, 무슨 힘이 있입니꺼. 하도 하는 짓들이 심해서 한분 해 보기는 해 봤지요. 그 문딩이 떼를 싣고 왔을 때 말입더……."

윤춘삼 씨는 그 때의 화가 아직도 사라지지 않는 듯이 남은 술을 꿀꺽 들이켰

다.

"쥑일 놈들!"

마치 그들의 입버릇인 듯 되어 있는 이 말을 안주처럼 되씹으며 윤춘삼 씨는 문둥이들과 싸운 얘기를 꺼냈다.

— 큰 도둑질은 언제나 정치하는 놈들이 도맡아 놓고 한다는 게 서두였다. 그러면서도 겉으로는 동포애니 우리들의 현 실정이 어떠니를 앞세우겠니! 그 때만 해도 불쌍한 문둥이들에게 살 곳과 일거리를 마련해 준다면서 관청에서 뜻밖에 웬 문둥이들을 몇 배에 싣고 그 조마이섬을 찾아왔더란 거다. 그야말로 섬사람들에게는 아닌 밤중에 홍두깨 내미는 격으로…… 옳아, 이건 어느 놈의 엉큼순지는 몰라도 필연 이 섬을 송두리째 집어삼킬 꿍심으로 우릴 몰아내기 위해서 한때 문둥이를 이용하는 거라고…… 누군가의 입에서부터 이런 말이 퍼지기 시작하고, 그 섬 사람들뿐 아니라 이웃 섬사람들까지 한둥치가 되어 그 문둥이 떼를 당장 내쫓기로 했더란 거다.

상대방은 자다가 호박을 주운 격인 병신들인데 오자마자 그 꼴을 당하고 보니 어리둥절은 하였지만, 그렇다고 호락호락 떠나갈 배짱들은 아니었다. 결국 나가라느니, 못 나가겠느니 싸움이 벌어졌다.

"그 때 바로 이 갈밭새 부자가 앞장을 안 섰능기요. 어데, 그 때 문딩이한테 물린 자국 한분 봅시더……."

윤춘삼 씨는 하던 말을 별안간 멈추고, 건우 할아버지 쪽을 쳐다보았다, 그리고는 골동품 같은 마도로스 파이프를 뻑뻑 빨고만 있는 건우 할아버지의 왼쪽 팔을 억지로 걷어올렸다. 나이에 관계 없이 아직도 우악스러워 보이는 어깻죽지 바로 밑에 커다란 흉터가 하나 남아 있었다.

"한 놈이 영감 여길 어설피 물고 늘어지다가 그만 터졌거든!"

윤춘삼 씨는 자랑삼아 이야기를 이었다.

— 그렇게 악을 쓰는 문둥이들에 대해서 몽둥이, 팽이, 쇠스랑 할 것 없이 마구 들이대고 싸웠노라고. 그래서 이쪽에도 물론 부상자가 났지만, 괜히 문둥이들이 많이 상하고, 덕택에 자기와 건우 할아버지를 비롯해서 많은 섬사람들이 그야말

로 문둥이 떼처럼 줄줄이 경찰에 붙들려 가고…… 그러나 뒷일이 더 켕겼던지 관청에서는 그 '기막힌 동포애'를 포기하고 문둥이들을 도로 싣고 갔다는 얘기였다.

"그 바람에 저 사람은 육이오 때 감옥살일 또 안 했능기요. 머 예비검거라 카드나……"

건우 할아버지가 이렇게 한 마디 끼우니,

"그거는 송아지 때문이라 캐도……"

"누명을 써도 문딩이 뺄갱이는 되기 싫은 모양이제? 송아지 뺄갱이는 좋고……"

건우 할아버지의 이런 농에는 탓하지 않고서,

"그런 짓들 하다가 결국 그것들이 안 망했나."

윤춘삼 씨는 지금도 고소한 듯이 웃었다,

"다른 패들이 나와도 머 벨 수 있다나?"

건우 할아버지는 내처 같은 표정을 하였다,

"그놈이 그놈이란 말이지? 입으로만 머니머니 해댔지, 밭 맨드라 카니 제우(겨우) 맨들어 논 강둑이나 파헤치고, 나리(나루) 막는다 카면서 또 섬이나 둘러 마실라카이……"

윤춘삼 씨도 그리 밝은 표정은 아니었다.

"×선생님!"

건우 할아버지가 별안간 그 그로테스크한 얼굴을 내게로 돌렸다.

"우리 거무란 놈 말을 들으니 선생님은 글을 잘 씬다 카데요? 우리 섬에 대한 글 한분 써 보이소. 멋지기! 재밌실 낌데이, 지발 그 썩어 빠진 글을랑 말고……"

"썩어 빠진 글이라뇨?"

가끔 잡문 나부랭이를 써 오던 나는 지레 찌릿해졌다.

"와 그 신문 같은 데도 그런 기 수타(많이) 난다 카데요. 남은 보릿고개를 못 냉기서 솔가지에 모가지들을 매다는 판인데, 낙동강 물이 파아랗니 푸르니 어쩌니…… 하는 것들 말임더."

갈밭새 영감이 이렇게 열을 내기 시작하자, 곁에 있던 윤춘삼 씨가,

"허허이, 우리 선생님이 오늘 잘못 걸렸네요. 이 영감이 보통이 아임데이. 그래도 선배의 씨라꼬……."

핀잔 비슷이 말했지만, 건우 할아버지는 벌인 춤이 되어 버렸다.

"하기싸 시인들이니칸에 훌륭하겠지요. 머리도 좋고…… 선생도 시인 아닙니꺼. 그런데 와 우리 농사꾼이나 뱃놈들의 이바구니는 통 안 쓰는기요? 추접다꼬? 글 베린다꼬 그라능기요?"

입이 말을 한다기보다 차라리 수염이 떨어댄다고 느껴질 정도로, 건우 할아버지는 열을 냈다.

"그만 하소, 영감이 머 글이나 이르능기요. 밤낮 한다는 기 '곡구롱 우는 소리'지. 어데 그기나 한분 해 보소."

윤춘삼 씨가 또 참견을 했다.

"곡구롱 우는 소리라뇨?"

나도 윤 씨의 그 말에 귀가 쏠렸다. 어떤 고시조가 문득 생각났기 때문이다.

"어데, 해 보소, 모초럼 선생님을 모신 자리니."

하는 윤춘삼 씨의 말에, 그는 괜한 소리를 했구나 하는 표정을 지으며, 그 꺽꺽한 목청에 느린 가락을 넣기 시작했다.

곡구롱 우는 소리에 낮잠 깨어 일러보니
작은아들 글 이르고 며늘아기 베 짜는데 어린 손자는 꽃놀이한다,
마초아 지어미 술 거르며 맛보라 하더라.

건우 할아버지는 갑자기 침착해진 채 눈을 지그시 감고 불렀다. 땀에 번지르르한 관자놀이 짬에 가뜩이나 굵은 맥이 한 줄 불쑥 드러나 보이기까지 하였다. 가락은 육자배기에 가까웠으나 내용은 역시 내가 생각했던 오 아무개의 고시조였다.

"이 노래 하나만은 정말 떨어지게 잘한다카이?"

윤춘삼 씨는 나 못지 않게 감탄을 하면서 그가 노래를 즐겨 부르는 사연을 대강 이렇게 말했다. — 그러니까, 그의 증조부 되는 분이 옛날 서울에서 무슨 벼슬깨나 하다가 그놈의 당파 싸움에 휘말려서 억울하게 그 곳 조마이섬으로 귀양인지 피신인지를 해 와 살았는데, 그분이 살아 계실 때 즐겨 읊던 시조란 것이었다.

사연을 듣고 보니, 새삼 생각되는 바가 있었다. 그 노래를 부를 때의 갈밭새 영감의 표정에, 은근히 누군가를 사모하는 듯한 빛이 엿보였을 뿐 아니라, 그 꺽꺽한 목청에도 무엇인가를 원망하는 듯, 혹은 하소하는 듯한 가락이 확실히 떨리고 있었기 때문이다. 착각이 아니리라! 동시에 나는 아까 본 건우 군의 집 사립 밖에 해묵은 수양버들 몇 그루가 서 있던 광경이 새삼 기억에 떠오르고, 건우 어머니의 수인사 태도나 집안을 다스리는 범절이 어딘지 모르게 체통이 있는 선비 가문의 후예같이 짚어졌다.

"아드님은 육이오 때 잃으셨다지요?"

내가 술을 한 잔 더 권하며 위로 삼아 물으니까,

"야……, 큰놈은 그래서 빼도 못 찾기 되고 작은놈은 머 '사모아 섬' 이라 카던 기요, 그 곳 바닷속에 너어(넣어) 버렸지요."

"사모아 섬?"

나는 그의 기구한 운명을 생각했다.

"야, 삼치잡이 배를 탔거던요……."

이러고 한숨을 쉬는 건우 할아버지의 뒤를 곁에 있던 윤춘삼 씨가 또 받아 이었다.

"와 언젠가 신문에도 짜다라(많이) 안 났던기요. '허리켄'인가 먼가 하는 폭풍을 만내 시운찮은 우리 삼칫배들이 마구 결딴이 난 일 말임더."

나도 건우 할아버지도 더 말이 없는데, 윤춘삼 씨가 혼자 화를 내듯,

"낙동강 잉어가 띠이 정지(부엌) 바닥에 있던 부지깽이도 띤다 카듯이, 배도 남 씨다가 베린 걸 사 가주고 제북(제법) 원양 어업인가 먼가 숭(흉)내를 낼라 카다가 배만 카에는 사람들까지 떼죽음을 안 시켰능기요. 거에다가(게다가) 머 시체도 몬 찾았거이와 회사가 워낙 시언찮아 노오니 위자료란 기나 어디 지대로 나왔능기

요. 택도 앙이지, 택도 앙이라!"

"없는 놈이 할 수 있나. 그저 이래 죽고 저래 죽는 거지 머!"

갈밭새 영감은 이렇게 내뱉듯이 해 던지고선, 아까부터 손 안에서 만지작거리고 있던 두 알의 가래 열매를 별안간 세차게 달가닥대기 시작했다, 마치 그렇게라도 함으로써 세상의 모든 근심 걱정을 잊어버리기나 하려는 듯이. 어찌 들으면 남의 신경을 곤두서게 하는 그 딱딱한 소리가, 실은 어떤 깊은 분노의 분출을 억제하는 그의 마음의 울부짖음 같기도 했다.

그러나 나는 이내, 따그르르 따그르르 하는 그 소리가, 바로 나룻가 갈밭에서 요란스럽게 들려오는 진짜 갈밭새들의 약간 처량스런 울음소리와 흡사하다 느꼈다. 한편 또 조마이섬의 갈밭 속에서 나고 늙어 간다는 데서 지어졌으리라 믿어왔던 갈밭새란 별명에, 어쩜 그가 즐겨 굴리는 그 가래 소리가 갈밭새의 울음소리와 비슷한 데 연유되지는 않았을까 하는 생각이 들기도 했다.

세 사람은 한참 동안 말이 없었다. 갓 나온 듯한 흰 부나비 두 마리가 갈팡질팡 희미한 전등에 부딪칠 뿐이었다. 파닥거리는 소리도 없이.

그리고 두어 달이 지났다.

낙동강 물이 몇 차례 불었다 줄었다 하는 동안에 그 해 여름도 어느덧 막바지에 접어들었다. 갈대도 이제 길길이 자라서, 가뜩이나 섬사람들의 눈에도 잘 띄지 않는 갈밭새들이, 더욱 깃들이기 좋을 만큼 우거진 무렵이었다. 아침저녁 그 속에서 갈밭새들이 한결 신나게 따그르르 따그르르 지저귀어 대면 머잖아 갈목도 빠져 나온다 한다. 물론 학교도 방학이 끝날 무렵이다.

건우는 그 동안 그 지긋지긋한 지각 걱정을 안 해도 좋았다. 한나절이면 그야말로 물거미처럼 물 위를 동동 떠다녀도 무방했다.

아닌 게 아니라 한여름 동안 얼마나 물과 볕에 그을었는지, 마지막 소집날께 나타난 건우의 얼굴은, 사시 장철 바다에서 산다는 즈 할아버지 못잖게 검둥이가 되어 있었다.

"어지간히 그을었구나. 할아버지와 어머니도 잘 계시니?"

늦게까지 어름거리는 그를 보고 일부러 물어 봤더니,

"예, 수박 자시러 오시라 캅디더."

어머니의 전갈일 테지, 딴소리까지 했다. 까막딱지가 묻힐 정도로 새까매진 얼굴이라 이빨이 유난히 희게 빛났다.

"집에서 수박을 심었던가?"

"예, 언제쯤 오실랍니꺼?"

숫제 다그쳐 묻는 것이었다.

"글쎄 언제 한번 가지."

"꼭 모시고 오라 카던데요?"

"그래, 오늘은 안 되고, 여가 봐서 한번 갈 테니까."

나는 그의 좁다란 어깨를 툭 쳐주며 돌려보냈다. 처서가 낼 모레니까 수박도 한물 갈 때리라. 이왕이면 처서께쯤 한번 가볼까 싶었다.

그런데 공교히도 그 처서날에 비가 내리기 시작했다. 처서에 비가 오면 독 안의 곡식도 준다는 하필 그 날에 추적추적 비가 내리기 시작했으니, 내가 건우네 집으로 가고 안 가고가 문제가 아니라, 그러한 경험과 속담 속에 살아온 농촌 사람들의 찌푸려질 얼굴들이 먼저 눈에 떠올랐다.

게다가 이건 이른바 칠팔월 긴 장마가 아니라, 하루 이틀, 그러다가 사흘째부터는 바로 억수로 변해 가더니 마침내 광풍까지 겹쳐서 온통 폭풍으로 바뀌고 말았다. 육십 년 이래 처음이니 뭐니 하고 떠드는 라디오나 신문들의 신나는 듯한 표현들은 나중에 있는 얘기고, 아무튼 그 날 새벽에는 하늘이 내려앉고 땅이 뒤흔들리기나 하듯이 우레 번개가 잦고 비바람이 사나웠다.

이렇게 되면 속담 말로 '칠월 더부살이 주인 마누라 속곳 걱정' 정도의 장마 경황이 아니다. 더부살이도 우선 제 살 구멍 찾기가 급하다. 반면 제 한 몸이나 제 집 구석에 별탈만 없으면 남의 불행쯤은 오히려 구경 삼아 보아 넘기는 게 도회지 사람들의 버릇이다.

한창 천지가 진동하던 몇 시간 동안은 옴짝달싹도 않던 사람들이, 비가 좀 뜨음하니까 사립 밖으로 꾸역꾸역 기어나오기가 바빴다. 늙은이나 어린애들은 하불실 가까운 개울가쯤 나가면 족하지만, 어른들은 그 정도로는 한에 차질 않는다.

"낙동강이 넘는다지?"

"구포 다리가 우투룹단다!"

가납사니 같은 도시 사람들은 제멋대로 그럴싸한 소문을 퍼뜨리며, 소위 물 구경에 미쳐서 낙동강이 내려다보이는 언덕으로, 산으로 올라들 갔다.

내가 집을 나선 것은 반드시 그런 호기심에서만이 아니었다. 다행히 하단 방면으로 가는 버스가 통한다기에 얼른 그것을 집어 탔다. 군데군데 시뻘건 뻘물이 개울을 이루고 있는 길을, 차는 철버덕철버덕 기어가듯 했다. 대티 고개서부터 내 눈은 벌써 김해 들을 더듬었다.

"저런……!"

건우네 집이 있는 조마이섬 일대는 어느덧 벌건 홍수에 잠겨 가고 있지 않은가! 수박이 문제가 아니다. 다시 흩날리기 시작하는 차창 밖의 빗속을 뚫고서, 내 시선은 잘 보이지도 않는 조마이섬 쪽으로 얼어붙었다. 동시에 '나룻배 통학생임더!' 하던 건우 군의 가냘픈 목소리가 갑자기 귀에 쟁쟁 되살아나는 것 같았다.

고개 너머서부터 차는 더욱 끼우뚱거렸다. 논두렁을 밀고 넘어오는 물살이 숫제 쏴 하는 소리까지 내면서 길을 사뭇 덮었다. 때로는 길과 논밭이 얼른 분간이 안 되어, 가로수를 어림해서 달리기도 했다. 그럴 때마다 차 안의 손님들은 한층 더 떠들어댔다. 대부분이 무슨 사연들이 있어서 가는 사람들이었지만, 그러한 사연들보다 우선 눈앞의 사정에 더욱 정신을 파는 것 같았다.

하단 나루께는 이미 발목물이 넘었다. '사라호'에 덴 경험이 있는 그곳 주민들은 잽싸게 이불이랑 세간 부스러기를 산으로 말끔 옮겨 놓았고, 부랴부랴 끌어올린 목선들이 여기저기 나둥그러져 있는 길 위에는, 볼멘 소리를 내지르는 아낙네와 넋 잃은 듯한 사내들이 경황없이 서성거릴 뿐이었다. 물론 나룻배가 있을 리 없었다. 예측 안 한 바는 아니지만, 행여나 싶었던 마음에도 실망은 컸다.

배 없는 나루터를 비롯해서 가까운 강가에는, 경비를 나온 듯한 소방대원 같은 복장의 사람들과 순경 한 사람이 버티고 있었다. 아무리 가까이 오지 말라, 혹은 가지 말라 외쳐대도 사람들은 들은 체 만 체했다. 물이 점점 더 붇고 있는 모양이었다.

나는 닭 쫓던 개 지붕 쳐다보듯이 밀려오는 강물만 맥없이 바라보았다. 어느 산이라도 뒤덮었는지 황토로 물든 물굽이가 강이 차게 밀려 내렸다. 웬만한 모래톱이고 갈밭이고 남겨 두지 않았다. 닥치는 대로 뭉개고 삼킬 따름이었다. 그러고도 모자라는 듯 우르르 하는 강울림 소리는 더욱 무엇을 노리는 것같이 으르렁댔다.

둑이 넘을 정도로 그악스럽게 밀려 내리는 것은 벌건 물굽만이 아니었다. 얼마나 많은 들녘들을 휩쓸었는지, 보릿대랑 두엄더미들이 무더기 무더기로 흘러내리는가 하면, 수박이랑 외, 호박 따위까지 끼리끼리 줄을 지어 떠내려왔다. 이상스런 것은 그러한 것들이 마치 서로 약속이라도 한 듯이 모두 강 한가운데로만 줄을 지어 지나가는 것이었다.

"쳇, 용케도 피해 간다!"

저만큼 떨어진 데서 장대 끝에 접낫을 해 단 억척보두들이 둥글둥글한 수박의 행렬을 향해 군침들을 삼켰다.

"그까진 수박은 건지서 머할라꼬? 하불실 돼지 새끼라도 아 담아 내야지?"

이런 농지거리도 들렸다. 역시 접낫을 해 든 주제에. 이들은 그저 물구경을 나온 것이 아니라, 그런 가운데서도 엄연히 생활을 계산하고 있는 것이었다.

나는 그들의 대담한 태도와 농담에 잠깐 정신을 팔다가, 다시 조마이섬이 있는 쪽으로 눈을 돌렸다. 부슬비가 계속 광풍에 흩날리고 있었다. 얼핏 홍적기(洪積期)를 연상케 하는 몽롱한 안개비 속이라, 어디가 어딘지 분별할 도리가 없었다.

'건우네 집은 벌써 홍수에 잠기지나 않았을까?'

불안한, 그리고 불길한 예감이 자꾸 들기 시작했다.

"물이 이 정도로 불어나면 건너편 조마이섬께는 어찌 되지요?"

생면 부지한 접낫패들에게 불쑥 묻기까지 하였다.

"조마이섬?"

돼지 새끼를 안아 내겠다던 키다리가 나를 홀끗 쳐다보더니,

"맹지면에서는 땅이 조금 높은 편이라 카지만, 물이 이래 불으면 마찬가지지요. 만약 어제 그런 소동이 안 일어났이문 밤새 무슨 탈이 났을지도 모를까요."

"어제 무슨 일이라도 있었던가요?"

나는 신경이 별안간 딴 곳으로 쏠렸다.

"있다 뿐이라요? 문딍이 쫓아낼 때보다는 덜했겠지만, 매립(뽀포)인강 먼강 한 답시고 밀가리만 잔뜩 띠이 처먹고 그저 눈가림으로 해 놓은 둘(둑)을 섬사람들이 우 대들어서 막 파헤쳐 버리고, 본래대로 물길을 티났다 카드만요. 글안했문……."

키다리는 혼자서 신을 내가며 떠들었다.

"쓸데없는 소리 말게, 괜히 혼날라꼬."

곁에 있던 약삭빠른 얼굴의 사내가 이렇게 불쑥 쏘아붙이듯 하더니, 마침 저만큼 떠내려오는 널빤지를 향해 잽싸게 접낫을 던졌다. 그러나 걸리진 않았다. 그렇게 허탕을 친 게 마치 이쪽의 잘못이나 되는 듯,

"조마이섬에 누가 있소?"

내뱉듯한 소리가 짐짓 퉁명스러웠다.

"건우란 학생이 있어서……."

나는 일부러 학생의 이름까지 대보았다. 약삭빠른 눈초리가 다시 물굽이만 쏘아보고 말이 없으니까, 또 키다리가,

"그 아아 아배가 누군교?"

하고 나를 새삼 쳐다보았다.

"아버진 없고, 즈 할아버지 별명이 갈밭새 영감이라더군요."

나는 건우 할아버지의 이름이 얼른 생각나지 않았다.

"아, 그렁기요, 좋은 노인임더."

키다리는 접낫대를 세워 들더니,

"조마이섬의 인물 아잉기요. 어지(어제) 아침 이 곳을 지내갔는데, 뒤 대강 알아봤거든……. 가고 난 뒤 얼마 안 돼서 그 일이 났단 말이여."

말머리가 어느덧 자기들끼리로 돌아갔다. 나는 굳이 파고 묻지 않았다.

그 때 마침 판잣집 용마루 비슷한 길다란 나무가 잠겼다 떴다 하며 떠내려가자, 조금 떨어진 신신바위 쯤에서 별안간 쬐깐 쪽배 하나가 쏜살같이 나타나더니, 기어코 그놈에게 달라붙어서 한참 파도와 싸우며 흐르다가 마침내 저 아래쪽 기슭

에 용케 밀어다 붙였다. 박수를 치기까지는 모두 숨을 죽이고 바라보기만 했다. 용감하다기보다 차라리 처참한 광경이었다. 나는 거기서 누구에게도 보장을 받아 오지 못한 절박한 생활을 읽었다. 한 표의 값어치로서가 아니라, 다만 살기 위해서 스스로 죽을 모험을 무릅쓰는 그러한 행위는, 부질없이 그것을 경계하거나 방해하는 힘을 물리침으로써만 오히려 목숨 그 자체를 이어 갈 수 있다는 산 증거 같기도 했다.

'갈밭새 영감이나 송아지 뻘갱이도 그냥 있지는 않았으리라!'

나는 조마이섬의 일이 불현듯 더 궁금해져서 이내 구포 가는 버스를 잡아탔다. 다리만 건너면 조마이섬 가까이까지 갈 수 있으리라 믿었다.

구포 다릿목에서 차를 내렸으나 물은 이미 위험 수위를 훨씬 돌파해서, 다리는 통금이 돼 있었다. 비상 경계의 붉은 깃발이 찢어질 듯 폭풍에 펄럭이고, 다릿목을 건너지른 인줄 곁에는 한국인 순경과 미군이 버티고 있었다. 무거워 보이는 고무 비옷에 철모를 푹 눌러 쓰고 방망이를 해 든 폼이 여간 엄중해 뵈지 않았다.

그런데도 무슨 핑계를 꾸며 대고 용케 건너가는 사람들이 있었다. 더러는 다리 위에서 유유히 물 구경을 하는 사람들도. 나도 간신히 그들 틈에 끼였다. 우르르르 하는 강울림은 다리 위에서 듣기가 한결 우람스러웠다.

통행 금지의 팻말이 서 있어도 수해 시찰을 나온 듯한 새까만 관용차만은 사뭇 물을 튀기며 지나갔다. 바람이 휘몰아칠 때는 거기에 날리기나 하듯이 더욱 빨리 지나갔다. 요컨대 일종의 모험이기도 했으리라. 안에 타고 있는 얼굴들은 알 길이 없었지만 어련히 심각한 표정들을 했으랴 싶었다.

내려다봄으로 해서 한결 사나운 물굽이가 숫제 강을 주름 잡듯 둘둘 말려 오다간, 거의 같은 지점에서 쏴아 하고 부서졌다. 그럴 때마다 구슬, 아니 퉁방울 같은 물거품이 강 위를 휘덮고, 때로는 바람결을 따라서 다리 위까지 사뭇 퉁겼다. 그러한 강 한가운데를 잇따라 줄을 지어 떠내려오는 수박이랑 두엄더미들이, 하단서 볼 때보다 훨씬 많았다. 말하자면 일종의 장관에 가까웠다.

"아까 그 송아지는 정말 아깝던데……."

이런 뚱딴지 같은 소리도 퍼뜩 귓가를 스쳐 갔다.

조마이섬이 있는 먼 명지면 쪽은 완전히 물바다로 보였다. 구름을 이고 한가하던 원두막들은 다시 찾아볼 길이 없고, 길찬 포플러나무들도 겨우 대공이만은 남은 듯, 바람에 누웠다 일어났다 했다.

지루하게 긴 다리를 지루하게 건너, 물구경 나온 인파를 헤치고 강둑 길을 얼마 못 갔을 때였다. 뜻밖에 거기서 윤춘삼 씨와 마주쳤다. 헐레벌떡 빗속을 뛰어오던 송아지 뻘갱이 ― 아니 윤춘삼 씨는, 머리끝에서 발끝까지 온통 물에서 막 건져 올린 사람처럼 젖어 있었다. 하긴 내 꼴도 그랬을 테지만.

"우짠 일인기요?"

하고 덥석 내 손을 검잡는 윤춘삼 씨는, 그저 반갑기보다 숫제 고마워하는 기색까지 보였다.

"조마이섬은 어찌 됐소?"

수인사란 게 이랬더니,

"말 마이소. 자, 저리 가서 이야기나 합시더……."

그는 나를 도로 다릿목 쪽으로 끌었다.

"아니, 섬 쪽으로 가 보려 했는데요?"

"가야 아무것도 없소. 모두 피난소로 옮기고, 남은 건 물바다뿐임더. 우짤라꼬 이놈의 하늘까지."

별안간 또 한 줄기 쏟아지는 비도 피할 겸 윤춘삼 씨는 나를 다릿목 어떤 가겟집으로 안내했다. 언젠가 하단서 같이 들렀던 집과 거의 비슷한 차림의 주막집이었다.

둘 사이에는 한참동안 말이 없었다. 너무나 다급하고 또 수다한 말들이 두 사람의 입을 한꺼번에 봉해 버렸다 할까!

"건우네 가족도 무사히 피난했겠지요?"

먼저 내 입에서 아까부터 미뤄 오던 말이 나왔다.

"야……."

해놓고도 어쩐지 말끝이 석연치 않았다.

"집들은 물론 결딴이 났겠지만, 사람은 더러 상하진 않았던가요?"

나는 이런 질문을 해 놓고, 이내 후회했다. 으레 하는 빈 걱정 같아서.

"집이고 농사고 머 있능기요. 다행히 목숨들만은 건졌지만, 그 바람에 갈밭새 영감이 또 안 끌려갔능기요."

윤춘삼 씨는 가슴이 내려앉는 듯한 무거운 한숨을 내쉬었다.

"건우 할아버지가?"

나는 하단서 그 접낫패에게 언뜻 들은 얘기를 상기했다.

"그래서 내가 지금 경찰서꺼정 갔다 오는 길인데, 마침 잘 만냈심더. 글 안 해도……."

기진맥진한 탓인지, 그는 내가 권하는 술잔도 들지 않고 하던 이야기만 계속했다.

바로 어제 있은 일이었다. 하단서 들은 대로 소위 배짱들이 만들어 둔 엉터리 둑을 허물어 버린 얘기였다.

― 비는 연 사흘 억수로 쏟아지지, 실하지도 않은 둑을 그대로 두었다가 물이 더 불었을 때 갑자기 터진다면 영락없이 온 섬이 떼죽음을 했을 텐데, 마침 배에서 돌아온 갈밭새 영감이 설두를 해서 미리 무너뜨렸기 때문에 다행히 인명에는 피해가 없었다는 것이다.

"그런데 와 건우 할아버진 끌고 갔느냐고요?"

윤춘삼 씨는 그제야 소주를 한 잔 훅 들이켜고 다음을 계속했다. ― 섬사람들이 한창 둑을 파헤치고 있을 무렵이었다 한다. 좀더 똑똑히 말한다면, 조마이섬 서쪽 강둑길에 검정 지프차가 한대 와 닿은 뒤라 한다. 웬 깡패같이 생긴 청년 두 명이 불쑥 현장에 나타나더니 둑을 허물어뜨리는 광경을 보자마자 이내 노발대발 방해를 하기 시작하더라고. 엉터리 둑을 막아 놓고 섬을 통째로 집어삼키던 소위 유력자의 앞잡인지 뭔지는 모르되, 아무리 타일러도, "여보, 당신들도 보다시피 물이 안팎으로 이렇게 불어나는데 섬사람들은 어떻게 하란 말이오?" 해 봐도, 들어 주긴커녕 그 중 힘깨나 있어 보이는, 눈이 약간 치째진 친구가 되레 갈밭새 영감의 괭이를 와락 뺏더니 물 속으로 핑 집어던졌다는 거다. 그리곤 누굴 믿고 하는 수작일 테지만 후욕패설을 함부로 뇌까리자, 순간 화가 머리 끝까지 치밀었을 갈

밭새 영감도,

"이 개 같은 놈아, 사람의 목숨이 중하냐, 네놈들의 욕심이 중하냐?"

말도 채 끝내기 전에 덜렁 그자를 들어 물 속에 태질을 해버렸다는 것이다. 상대방은 '아이고' 소리도 못 해 보고 탁류에 휘말려 가고, 지레 달아난 녀석의 고자질에 의해선지 이내 경찰이 둘이나 달려왔더라고.

"내가 그랬소!"

갈밭새 영감은 서슴지 않고 두 손을 내밀었다는 거다. 다행히도 벌써 그 때는 둑이 완전히 뭉개지고, 섬을 치덮던 탁류도 빙 에워 돌며 뭉그적뭉그적 빠져나가고 있었다는 것이다.

"정말 우리 조마이섬을 지키다시피 해 온 영감인데…… 살인죄라니 우짜문 좋겠능기요?"

게까지 말하고 나를 쳐다보는 윤춘삼 씨의 벌건 눈에서는 어느덧 닭똥 같은 눈물이 뚝뚝 떨어지기 시작했다.

법과 유력자의 배짱과 선량한 다수의 목숨……. 나는 이방인처럼 윤춘삼 씨의 캉캉한 얼굴을 건너다보았다.

폭풍우는 끝났다. 60년래 처음이니 뭐니 하고 수다를 떨던 라디오와 신문들도 이젠 거기에 대해선 감쪽같이 말이 없었다. 그저 몇몇 일간 신문의 수해 구제 의연란에 다소의 금액과 옷가지들이 늘어 갈 뿐이었다.

섬사람의 애절한 하소연에도 불구하고 육십이 넘은 갈밭새 영감은 결국 기약 없는 감옥살이로 넘어갔다.

그리고 9월 새학기가 되어도 건우 군은 학교에 나타나지 않았다. 끝내 돌아오지 않았다. 그의 일기장에는 어떠한 글이 적힐는지.

황폐한 모래톱 ─ 조마이섬을 군대가 정지를 하고 있다는 소문이 들렸다.

16....

젊은 느티나무

강신재(康信哉, 1924~2001) ●● 서울에서 출생했다.
이화여전을 중퇴하고 결혼하였다. 1949년 〈문예〉에 단편 〈얼굴〉〈정순이〉를 김동리 추
천으로 발표하여 문단에 데뷔하였다.
1950년대의 한국전쟁과 1960년대 산업화 과정에서 나타나는 애정 풍속도를 세련되게
묘사하는 작가로 평가받는다. 소재적인 측면에서는 불륜과 삼각관계 등 사회적으로 인
정받지 못하는 애정관계를 다루면서 사랑과 도덕 사이에서 갈등하는 남녀의 심리를 감
각적이고 신선한 문체로 속되지 않게 표현함으로써 대중 소설의 위상을 한 단계 끌어올
렸다.
대표 작품은 〈임진강 민들레〉〈오늘과 내일〉〈이 찬란한 슬픔을〉〈포말〉〈절벽〉〈해방촌
가는 길〉〈파도〉〈그들의 행진〉 등이 있다.

16 젊은 느티나무

강신재

1.

그에게는 언제나 비누 냄새가 난다.

아니, 그렇지는 않다. 언제나라고는 할 수 없다.

그가 학교에서 돌아와 욕실로 뛰어가서 물을 뒤집어쓰고 나오는 때면 비누 냄새가 난다. 나는 책상 앞에 돌아앉아서 꼼짝도 하지 않고 있더라도 그가 가까이 오는 것을 — 그의 표정이나 기분까지라도 넉넉히 미리 알아차릴 수 있다.

티셔츠로 갈아입은 그는 성큼성큼 내 방으로 걸어 들어와 아무렇게나 안락의자에 주저앉든가, 창가에 팔꿈치를 집고 서면서 나에게 빙긋 웃어 보인다.

"무얼 해?"

대개 이런 소리를 던진다.

그런 때에 그에게서 비누 냄새가 난다. 그리고 나는 나에게 가장 슬프고 괴로운 시간이 다가온 것을 깨닫는다. 엷은 비누의 향료와 함께 가슴 속으로 저릿한 것이 퍼져 나간다 — 이런 말을 하고 싶었던 것이다.

"뭘해?"

하고, 한마디를 던져 놓고는 그는 으레 눈을 좀더 커다랗게 뜨면서 내 얼굴을 건너다본다.

그 눈동자는 내 표정을 살피려는 것 같기도 하고 어쩌면 그보다도, 나에게 쾌활하게 웃고 떠들라고 권하고 있는 것 같기도 하다. 또 어쩌면 단순히 그 자신의 명랑한 기분을 나타내고 있는 것에 불과한지도 모른다.

어느 편일까?

나는 나의 슬픔과 괴롬과 있는 대로의 지혜를 일점에 응집시켜 이 순간 그의 눈 속을 응시하지 않을 수 없다.

나는 알고 싶은 것이다.

그의 눈 속에 과연 내가 무엇으로 비치는가?

하루 해와, 하룻밤 사이, 바위를 씻는 파도 소리 같이, 가슴에 와 부딪고 또 부딪고 하던 이 한 가지 상념에 나는 일순 전신을 불살라 본다.

그러나 매일 되풀이하며 애를 쓰지만 나는 역시 알 수가 없다. 그의 눈의 의미를 헤아릴 수가 없다. 그래서 나의 괴롬과 슬픔은 좀더 무거운 것으로 변하면서 가슴속으로 가라앉아 버리는 것이다.

그리고 다음 찰나에는 나는 그만 나의 자연스러운 위치 — 그의 누이 동생이라는, 표면으로 보아 아무 시스러움도 불안정함도 없는 나의 위치로 돌아가 있지 않으면 안 될 것을 깨닫는다.

"인제 오우?"

나는 이렇게 묻는다.

그가 원한 듯이 아주 쾌활한 어투로, 이 경우에 어색하게 군다는 것이 얼마만한 추태인가를 나는 알고 있다.

내 목소리를 듣고는 그도 무언지 마음 놓였다는 듯이,

"응, 고단해 죽겠어. 뭐 먹을 거 좀 안 줄래?"

두 다리를 쭈욱 뻗고 기지개를 켜면서 대답을 한다.

"에에, 성화라니깐, 영작 숙제가 막 멋지게 씌어져 나가는 판인데……."

나는 그렇게 투덜거려 보이면서 책상 앞에서 물러난다.

"어디 구경 좀 해. 여류 작가가 될 가능성이 있는가 없는가 보아줄게."

그는 손을 내밀며 몸까지 앞으로 썩하니 기울인다.

"어머나, 싫어!"

나는 노트를 다른 책들 밑에다 잘 감추어 두고 아래층으로 내려가서 냉장고 문을 연다.

뽀오얗게 얼음이 내뿜은 코카콜라와 크래커, 치즈 따위를 쟁반에 집어 얹으면서 내 가슴은 비밀스런 즐거움으로 높다랗게 고동치기 시작한다.

그는 왜 늘 내 방에 와서 먹을 것을 달라고 할까? 언제나 냉장고 앞을 그냥 지나 버리고는 나에게 와서 달라고 조른다.

어떤 게으름뱅이라도 냉장고 문을 못 열 까닭은 없고, 또 누구를 시키는 것이 좋겠다면 부엌 사람들께 한마디 하는 편이 나을 것이다.

군소리를 지껄대거나 오래 기다리게 하거나 그렇지 않더라도 줄곧 먹을 것을 엎지르거나 내려뜨리거나 하는 나를 움직이기보다는 쉬울 것이 확실하다.

(어쩐 셈인지 나는 이런 따위 일이 참말 서툴다. 좀 얌전하고 재빠르게 보이려고 하여도 도무지 그렇게 되질 않는다.)

쟁반을 들고 돌아와 보면 그는 창 밖의 덩굴장미께로 시선을 던지고 옆얼굴을 보이며 앉아 있다. 무엇을 생각하는지, 내가 곁에 있을 때는 보이지 않는 조용히 가라앉은 눈초리를 하고 있다. 까무레한 피부와 꽤 센 윤곽을 가진 그의 얼굴을 이런 각도에서 볼 때 나는 참 좋아진다. 나에게는 보이려 하지 않는, 혼자만의 표정도 무언지 가슴에 와 부딪는다.

그의 머리통은 아폴로의 그것처럼 모양이 좋다. 아주 조금 곱슬거리는 머리카락이 몇 올 앞이마에 드리워 있다.

"고수머리는 사납다던데."

언젠가 그렇게 말하였더니,

"아니, 그렇지 않아. 숙희, 정말 그렇지 않아."

하고, 그는 진심으로 변명을 하려 드는 것이었다. 나는 그저 농담을 하였을 뿐이었는데…….

오늘도 그는 그렇게 내 방에서 쉬고 나더니,

"정구 칠까?"

하며 자리에서 일어섰다.

"응."

"아니, 참 내일부터 중간 시험이라구 하잖았든가?"

"괜찮아. 그까짓 거……."

사실 시험이고 무엇이고 없었다. 나는 옷 서랍을 덜컹거리며 흰 쇼츠와 곤색 셔츠를 끄집어내었다.

"괜히 낙제하려구."

하면서도 그는 이내 라킷을 가지러 방을 나갔다.

햇볕은 따가웠으나 나뭇잎들의 싱싱한 초록 사이로 서늘한 바람이 지나가곤 한다. 우리는 뒷산 밑 담장께로 걸어갔다. 낡은 돌담의 좀 허수룩한 귀퉁이를 타고 넘어서 옆집 코트로 미끄러져 들어간다.

옆집이라고 하는 것은 구왕가에 속한다는 토지의 일부인데 기실 집이라고는 까마득히 떨어져서 기와집이 두어 채 늘어서 있고 이쪽은 휘엉하니 비어 있는 공터였다.

그 낡은 기와집에 사는 사람들은 이 공터를 무슨 뜻에선지 매일 쓸고 닦고 하여서 장판처럼 깨끗이 거두어 오고 있었다.

"아깝게시리……. 테니스 코트나 만들면 좋겠는데, 응 그러면 어떨까?"

어느 날 돌담에 가 걸터앉아서 내려다보던 끝에 그런 제의를 했다.

처음에는 그는 움직이려 하지 않았으나 결국 건물께로 걸어가서 이야기를 해 보았다.

이튿날 우리는 석회를 들고 가 금을 그었다. 또 며칠 후에는 네트를 치고 땅을 깎아 아주 정식으로 코트를 만들어 버렸다.

그렇게까지 할 줄은 몰랐을 주인이 야단을 치면 걷어 버리자고 주춤거리며 일을 했는데 호호백발의 할아버지인 그 집주인은 호령을 하지 않을 뿐더러 가끔 지팡이를 끌고 나와 플레이를 구경하는 것이었다.

이렇게 나이 많은 노인네의 표정은 언제나 나에게는 판정하기 어려운 것이지만 특히 이 할아버지의 경우는 그러하였다. 구태여 말한다면 웃고 있는 것 같기도 하고 신기해 하고 있는 것 같기도 했지만 또 동시에 하늘 밖의 일을 생각하는 듯 아득해 보이기도 하였으니 기묘했다.

한두 번은 담을 넘는 나의 기술을 적이 바라보고 분명히 무슨 말을 할 듯이 하더니 그만 입을 봉하고 말았다. 말을 했자 들을 법하지도 않다고 짐작을 대었는지 알 수 없었다. 어쨌든 그곳은 아주 좋은 우리의 놀이터인 것이다.

물리학 전공의 그는 상당히 공부에도 몰리고 있는 눈치였으나 운동을 싫어하는 샌님도 아니었다.

테니스를 나는 여기 오기 전에도 하고 있었지만 기술이 부쩍 는 것은 대부분 그의 덕분이다. 그가 내 시골 학교의 코치보다도 더 훌륭한 솜씨를 갖고 있음을 알았을 때의 나의 만족이란 이루 말할 수도 없는 것이었다.

머리가 둔한 사람이 나는 도저히 좋아질 수 없지만 또 운동을 전연 모른다는 사람도 매력적이라고 생각할 수 없다. 스포츠는 삶의 기쁨을 단적으로 맛보여 준다. 공을 따라 이리저리 뛰면서 들이마시는 공기의 감미함이란 아무것에도 비할 수 없다.

나는 오늘 도무지 컨디션이 좋지가 못하였다. 이렇게 엉망진창인 때면 엉망진창인 대로, 또 턱없이 좋으면 좋은 그대로 적당히 이끌고 나가 주는 그의 솜씨가 적이 믿음직해질 따름이었다.

"와아, 참 안 된다. 퇴보일로인가 봐."

"괜찮아. 아주 더워지기 전에 지수랑 불러서 한 번 시합을 할까?"

하늘이 리라빛으로 물들 무렵 우리는 볼들을 주어 들고 약수터께로 갔다.

바위 틈으로 뿜어 나는 물은 이가 시리도록 차갑고 광물질적으로 쌉쓰름하다.

두 손으로 표주박을 만들어 떠내 가지고는 코를 틀어막고 마신다. 바위 위로 연두색 버들잎이 적이 우아하게 늘어지고, 빨간 꽃을 다닥다닥 붙인 이름 모를 나무도 한 그루 가지를 펼친 것으로 보아, 이런 마심새를 하라는 샘터는 아닌 모양 같지만 우리는 늘 그렇게 하여 왔다.

"약수라니 많이 마셔. 약의 효험이나 좀 볼지 아나?"

"멋 때매?"

"멋 때매는? 정구 좀 잘 치게 되나 보려구 그러지."

이렇게 시끌덤벙 떠들던 샘가였다.

그런데 오늘 바위 언저리에는 조그만 표주박이 하나 놓여 있었다. 필시 그 할아버지가 갖다 놓아둔 것이 분명하였다.

"오늘부터 얌전히 마셔야 해."

"산신령님이 내려다보신다."

정말 한동안 음전하게 앉아서 쉬었다. 그리고 그는 허리를 굽혀 표주박으로 물을 떴다. 그는 그것을 내 입가에 대어 주었다. 조용한, 낯선 표정을 하고 있었다. 나에게는 보이는 일이 없는, 자기 혼자만의 얼굴의 하나인 것 같았다.

나는 아주 조금만 마셨다. 그리고 얼굴을 들어 그를 바라다보고 있었다. 그는 나머지를 천천히 자기가 마셨다.

그리고 표주박을 있던 자리에 도로 놓았으나 아주 짧은 사이 어떤 강한 감정의 움직임이 그 얼굴을 휘덮은 것 같았다. 그는 내 쪽을 보지 않았다.

나는 돌연 형언하기 어려운 혼란 속에 빠져들어 갔으나 한 가지의 뚜렷한 감각을 놓쳐 버리지는 않았다. 그것은 기쁨이었다.

나는 라킷을 둘러메고 담장께로 걸어갔다.

〈오빠.〉

그는 나에게는 그런 명칭을 가진 사람이었다.

〈오빠.〉

그것은 나에게 있어 무리와 부조리의 상징 같은 어휘이다.

그 무리와 부조리에 얽힌 존재가 나다.

나는 키보다 높은 담장 위에서 뛰어내렸다. 그리고 뒤도 안 돌아보고 정원 안을 걸어갔다.

운동화를 벗어 들고 맨발로 걷는다. 까실까실하면서도 부드러운 잔디의 촉감이 신이나 양말을 신고 디딜 생각을 없이 한다.

"발바닥에 징을 박아 줄까? 어디든지 구두 안 신고 다니게 말야."

그는 옆에 있는 때면 이런 소리를 한다.

"맨발로 물 위를 걸으면 고향에 온 것 같아. 아니 내가 나 자신에게 돌아온 것 같은 그런 맘이 드는 걸……."

나는 중얼중얼 그런 소리를 지껄이는 것이나 저녁 이맘때가 되면 별안간 거의 수습할 수 없을 만큼 감정이 엉클리곤 하므로 그 뒤로는 할멈처럼 입을 봉하고 아무런 대꾸도 하질 않는다.

시무룩해 가지고 테러스 앞에 오면 ─ 그 안 넓은 방에 깔린 자색 양탄자, 이곳저곳에 놓인 육중한 가구, 그 안에 깃들인 신비한 정적, 이런 것들을 넘겨다 보면 ─ 그리고 주위에 만발한 작약, 라일락의 향기, 짙어진 풀내가 한데 엉겨 뭉긋한 이 속에 와서 서면 ─ 나는 내 존재의 의미가 별안간 아프도록 뚜렷이 보랏빛 공기 속에 떠 있는 것을 보는 것이다.

내가 잠시 지녔던 유쾌함과 행복은 끝내 나의 것일 수는 없고, 그것은 그대로 실은 나의 슬픔과 괴로움이었다는 기묘한 도착(倒錯)을, 나는 어떻게도 처리할 길이 없다.

오누이…….

동생…….

이런 말은 내 맘속에 혐오와 공포를 자아낸다.

싫다.

확실히 내가 느껴 온 기쁨과 즐거움은 이런 범주 내에서 허용될 수 있는 것이 아니었다.

날마다 경험하는 이 보랏빛 공기 속에서의 도착은 참 서글픈 감촉을 갖고 있었다. 나는 그의 곁에 더 오래 머무를 용기조차 없어진다.

검은 눈을 껌벅이면서 그는 또 농담이라도 할 것이다. 내게 더 웃고 더 쾌활해지라고 무언중에 명령할 것이다.

그가 내게 해 줄 수 있는 일은 그것뿐이다.

오늘 나는 가슴속에 강렬한 기쁨을 안았던 까닭에 비참함도 더 한층 큰 것만 같았다.

나는 그곳에 한동안 서 있었다. 그리고 볼을 불룩하니 해 가지고 마루로 올라갔다.

번들거리는 마룻바닥에 부연 발자국이 남아난다. 그렇게 마루가 더럽혀지는 것이 어쩐지 약간 기분 좋다. 몸을 씻고는 옷을 갈아입으면서 창으로 힐끗 내다보았더니 그는 등나무 밑 걸상에 앉아 있었다. 무릎 위에 팔꿈을 짚고 월계 숲게로 시선을 던진 모양이 무언지 고독한 자세 같아 보였다. 그도 조금은 괴로운 것일까? 흠, 그러나 무슨 도리가 있담? 까닭 없이 그에 대해 잔인해지면서 나는 그렇게 혼잣말을 하였다.

나는 방에 불도 켜지 않고 밖에서 보이지 않을 구석에 가만히 앉아 내다보고 있었다.

주위가 훨씬 어두워진 연에 그는 벤치에서 일어났다. 그리고 사라지기 전에 한참 내 창문께를 보며 서 있었다.

나는 어느때까지나 불을 켜지 않았다.

저녁을 먹으러 내려가지도 않았다.

그 대신에 그가 마시다 만 코오크의 잔을 집어들었다. 그리고 가만히 입술을 대었다. 아까 그가 내가 마신 표주박에 입술을 대었듯이……

2.

〈그〉를 무어라고 부르면 마땅할까.

오빠라고 불러야 한다는 것이 나의 운명이다.

재작년 늦겨울 새하얀 눈과 얼음에 뒤덮여서 서울의 집들이 마치 얼음 사탕처럼 반짝이던 날 므슈 리에게 손목을 끌리다시피 하며 이곳에 도착한 나에게 엄마는 그를 이렇게 소개했다.

"숙희의 오빠예요. 인사를 해. 이름은 현규라고 하고."

저 진보랏빛 양탄자 위에 서서 나는 그의 얼굴을 바라보았다.

"문리과 대학의 수재란다. 우리 숙희두 시골서는 꽤 재원이라고들 하지만 서울 왔으니까 좀 어리벙벙할 테지. 사이좋게 해 줘요."

엄마의 목소리는 가벼웠으나 눈에는 두려움이 어려 있는 것 같았다. 엄마는 열심히 청년의 큰 눈을 주시하고 있었다.

V네크의 다갈색 스웨터를 입고 그보다 엷은 빛깔의 셔츠 깃을 내 보인 그는, 짙은 눈썹과 미간 언저리에 약간 위압적인 느낌을 갖고 있었으나 큰 두 눈은 서늘해 보였고, 날카로움과 동시에 자신(自信)에서 오는 너그러움, 침착함 같은 것을 갖고 있는 듯해 보였다. 전체의 윤곽이 단정하면서도 억세고, 강렬한 성격의 사람일 것 같았다. 다만 턱과 목 언저리의 선이 부드럽고 델리킷하여 보였다.

'키도 어깨 폭도 표준형인 듯하고 ─ 흐응, 우선 수재 비슷해 보이기는 하는 걸 ─.'

하고 나는 마음 속으로 채점을 하였다. 물론 겉 몸매만으로 사람을 평가할 만큼 나는 어리석은 계집애는 아니었지만.

내가 그의 눈을 쏘아보자, 그는 눈이 부신 사람 같은 표정을 하면서 입술 한쪽으로 조금 웃었다. 그것은 약간 겸연쩍은 것 같기도 하였지만, 혼자 고소하고 있는 것 같이도 보였다. 자기를 재어 보고 있는 내 맘속을 환히 들여다보는 때문일까? 그러자 나는 반대로 날카로운 관찰을 당하고 있는 듯한 긴장을 느꼈다.

그러나 그는 지극히 단순한 태도로,

"참 잘 왔어요. 집이 이렇게 너무 쓸쓸해서 아주 좋지 못했는데……"

하고 한 손을 내밀어서 내 손을 잡았다.

나를 도무지 어린애로만 보았다는 증거일 게고 또 아마 엄마의 감정을 존중한 결과였을 것이다.

아닌 게 아니라 엄마의 얼굴에는 일순 안도와 만족의 표정이 물결처럼 퍼져 갔다. 나는 이 청년이 엄마에게 어떤 존재인지를 짐작하였다. 말하자면 그들 인공적(?) 모자 관계에 있어서는 항상 세심한 배려가 상호간에 베풀어져야 하는 것이다.

므슈 리는 매우 대범한 성질이어서 만사를 복잡하게 받아들이지는 않는 것 같았다. 그는 그저 미소를 띠고 우리를 바라다볼 뿐이고, 내가 고단할 게라는 소리를 몇 번이나 하였다.

어쨌든 그는 그로부터 나를 숙희라고, 쉽고도 간단하게 불러오고 있다.

"헤이, 숙!"

하기도 한다. 그리고 나에게 무조건 관대하였다. 지나칠 만큼. 그래서 때로는 섭섭할 만큼.

그러므로 그가 이즈음 내 방에 와서 배가 고프다고 한다거나 손 같은 데에 약을 발라 달라고 하게 된 것은 나에게는 대단히 귀중한 변화인 것이다.

그것은 어쨌든 내 편에서는 그를 오빠라고는 도저히 부를 수 없었다. 처음에는 너무 생소하여서, 그리고 나중에는 또 다른 이유들로.

이것은 므슈 리를 아버지라고 부르기 어렵기보다는 몇 갑절이나 힘든 일이었다. 나는 자기가 대단한 고집쟁이인지, 또는 부끄럼쟁이인지 분간할 수 없다. 나의 이런 곤란을 그도 엄마도 어느 정도 알고 있는 모양으로 요즈음은 내가 그 말을 피하려고 이리저리 애를 쓰지 않고도 적당한 대답을 할 수 있도록 저 편에서 고려하여 말을 걸어 준다. 이런 의미에서 사양 없이 나를 곤경에 몰아넣곤 하는 것은 므슈 리 한 사람뿐이다.

서울 와서 일년 남짓 지내는 새에 나는 여러 모로 조금씩 달라진 것 같다. 멋을 내는 방법도 배웠고 키가 커지고 살결도 희어졌다. 지난 사월에는 미스 E여고에 당선되어서 하룻동안 학교의 퀸 노릇을 하였다. 바스트가 약간 모자랄 거라고 나는 생각하고 있었는데 압도적으로 표가 많이 나와서 내가 오히려 놀랐다. 엄마는 좋아서 어쩔 줄 몰랐고 므슈 리는 기막히게 비싼 팔목시계를 사 주었다.

그(현규)는 별 말을 하지 않았다. 농담조차 하지 않았다. 축하한다고 한 번 그것도 아주 거북살스런 투로 말하고는 무언지 수줍은 것 같은 얼굴을 하고 있었다. 그런 것을 보니까 나는 썩 기분이 좋았다.

삶의 기쁨이란 말을 나는 이제 이해한다.

이 집의 공기는 안락하고 쾌적하고, 엄마와 므슈 리와의 관계로 하여 약간 로맨틱한 색채가 감돌고 있기도 하다. 서울의 중심에서 떨어진 S촌의 숲속의 환경도 내 마음에 들고, 므슈 리가 오래 전부터 혼자 살아 왔다는 담장이덩굴로 온통 뒤덮인 낡은 벽돌집도 기분에 맞는다.

그(현규)는 엄마에게 예절 바르고 친절하고, 므슈 리는 내가 건강하고 행복스런 얼굴만 하고 있으면 어느 때고 지극히 만족해 하고 있다. 그는 어느 사립 대학의 경제학 교수인데 약간 뚱뚱하고 약간 호인다워 보인다. 불란서와 아무 관계도 없는 그를 므슈라고 속으로 부르고 있는 까닭은 어느 불란서 영화에서 본 한 불쌍한 아버지의 모습과 그가 닮아 있기 때문이다. 므슈 리는 불쌍하지 않다. 오히려 지금은 참 행복하다. 그러나 이렇게 호의 덩어리 같은 사람은 자칫하면 — 주위가 나쁘면 — 엉망으로 불행해질 것 같이 보이는 것이다.

괴테의 베르테르 같은 청년의 비극에는 날카로운 아름다움이 있다. 그러나 우리 므슈 리 같은 타입의 슬픔에는 오직 비참만이 있을 듯하다. '우리 엄마가 그의 곁에 와 준 것은 얼마나 다행한 일이었을까!'

엄마는 줄곧 집에만 들어앉아 있으나 행복해 보였고 예부터 특징이던 부드러운 목소리가 한층 더 부드러워진 것 같다. 다만 엄마는 엄마의 행복에 대해서 한편으로 죄스러움 같은 것을 느끼고 있는 듯한 눈치로서 그래서 바깥으로 나다니지도 않고 큰 소리로 웃는 일도 없는 것 같았다. 그러나 그는 늘 고운 옷을 입고 있었고 엷게 화장을 하고 있었다. 이 일도 내 마음에 흡족하였다.

그러나 이곳에는 뜻하지 않은 괴로움이 또한 있었다. 현규에 대한 감정은 언제나 내 맘을 무겁게 하고 있다. 너무나 고통스럽게 여겨질 때에는 여기 오지를 말았더면 하고 혼자 중얼대는 일도 있다. 그러나 그 생각은 오래 가지 않는다. 나는 만약 내 생애에서 한 번도 그를 만나는 일이 없이 죽고 말 경우라는 것을 생각해 보면 가슴이 서늘해지기까지 한다. 아무 일도 이루어지지 않아도 좋았다. 나는 그를 만났다는 일만으로 세상의 어느 여자보다도 행복한 것이다.

그의 곁에서 호흡하고 있는 기쁨을 무엇으로 바꿀 수 있을까?

그러나 나는 여전히 슬프고 초조한 것도 사실이다. 정직히 말한다면 내 기분은 일분마다 달라진다.

므슈 리가 요즘 외국을 여행중인 것은 내게는 하나의 구원과도 같다.

아침마다 행복 그것 같은 얼굴로 인사를 하지 않아도 좋고 저녁마다 시간에 식당에 내려가지 않아도 좋기 때문이다.

"돌아오실 때까지 눈감아 줘, 응 엄마, 시간 지키는 거 나 질색인 줄 알잖우? 먹고 싶은 때 먹고 안 먹고 싶은 때 안 먹고 그렇게, 응?"

므슈 리가 떠나는 즉시로 나는 엄마에게 이렇게 교섭을 하였다. 사실 현규의 얼굴을 보는 일이 두려운 때가 점점 찾아오는 것만 같다.

그는 대개 엄마와 함께 저녁을 드는 모양이었다.

3.

예절 바른 그가 식당에서 엄마의 상대를 하고 있을 동안 나는 멍하니 창가에 앉아서 저물어 가는 하늘을 바라다보고 있다.

군데군데 작은 집들이 몰려 있는 촌락과, 풀숲과 번득이는 연못 같은 것들이 있는 넓은 들판 너머에 무디게 빛나며 강이 흐르고 있다. 강은 날씨와 시간에 따라 푸라치니같이 반짝이기도 하고 안개처럼 온통 보얗게 흐려 버리기도 한다. 하늘이 보랏빛으로부터 연한 잿빛으로 변하여 가는 무렵이면 그 강도 부드러운 회색 구름과 한덩이가 되었다.

나는 여러 가지 감정이 뒤범벅이 된 혼란 상태에서 자기를 건져내야 한다고 어두운 강물을 바라보며 늘 생각하는 것이었다. 마음 가는 대로 몸을 내맡길 수 없는 것이 나의 입장이고 또 그 마음 가는 일 자체에 대해서도 분열된 생각을 수습할 수가 없었다.

현규를 사랑한다는 일 가운데 죄의식은 없었다. 그런 것은 있을 수 없었다. 그러나 엄마와 므슈 리를 그런 의미에서 배반하는 것은 곧 네 사람 전부의 파멸을 의미하는 것이었다. 파멸이라는 말의 캄캄하고 무서운 음향 앞에 나는 떨었다.

이곳에 오기 전에 나는 시골 외할아버지 집에 있었다. 삼사 년 전까지는 엄마와도 함께, 그리고 그 후로는 할머니, 할아버지와 단 셋이서, 일하는 사람들은 여럿 있었고 과수원을 지키는 개도 여러 마리, 그 중에는 내가 특별히 귀여워한 진돗개 복동이도 있었지만 나는 언제나 못 견딜 만큼 적적하였다. 엄마가 서울로 떠난 후에는 마음이 막 쓰라린 것을 참아야 했지만 그 엄마가 같이 있었을 때에라도 나는 우리의 생활에서 마음 든든하다거나 정말로 유쾌하다거나 하는 느낌을 가져 본 일은 없다.

젊고 아름다운 엄마가 언제나 조용히 집안에서 세월을 보내고 있는 일은 내게 어떤 고통을 주었다. 그 무릎 위에는 늘 내게 지어 입힐 고운 헝겊 조각이나 털실 같은 것이 얹혀 있었지만, 그리고 그 입에서는 늘 나에 관한 이야기가 흘러나왔지만 나는 그것이 불만이고 불안하기조차 하였다.

그런 걸 만들어 주지 않아도 좋으니 다른 애들 엄마처럼 집안 살림에 볶이어서 때로는 악도 쓰고 나더러 야단도 치고 어린애도 둘러 업고 다니고 — 말하자면 그녀 자신의 생활을 하고 있으면 나도 흐뭇할 것 같았다. 할아버지도 나에게와 마찬가지로 엄마에게도 그저 유하고 부드럽기만 하였다.

엄마의 그림자 같은 생활은 언제부터 시작되었는지 기억할 수 없다. 사변과 함께 우리가 시골 할아버지 댁으로 내려가던 때 그러니까 지금부터 십 년쯤 전에도 이미 그랬고 또 그보다 전 서울서 국민학교에 입학하던 즈음에도 역시 그런 느낌이던 것을 잊지 않고 있다.

〈아버지〉에 관하여 나는 아무것도 모른다. 〈돌아가셨다〉는 설명을 언젠가 들은 적이 있었으나 어쩐지 정말 같지 않다는 인상으로 남아 있었다. 사변 후에,

"너의 아버지는 돌아가셨다."

하고 할머니가 일러 주셨는데 이때의 말투에는 특별한 것이 깃들여 있어서 그 후로는 그것이 진심이거니 여기고 있다. 아마 나의 엄마와 아버지는 내가 아주 어릴 때부터 별거하고 있었고 그러는 사이 그들은 다시 만나는 일도 없이 사별하고만 모양이었다. 어쨌든 나는 내 부친에 관해서 아무런 지식도 감정도 갖고 있지 않다. 〈윤〉이라는 내 성이 그로부터 물려받은 유일의 것이지만 흔한 성이라고 느낄 뿐이다.

므슈 리가 피난지에서 할아버지의 과수원을 찾아온 것은 어떤 경위를 지난 뒤였는지 나는 알 수 없다. 그날 나뭇가지에 걸터앉아서 사과를 베어먹고 있노라니까 좀 뚱뚱한 낯선 신사가 걸어왔다. 대문 앞에서 망설이듯이 멈추었다가 모자를 벗어 들고 걸어 들어왔다. 나무 밑을 지나갈 적에 사과씨를 떨구었더니 발을 멈추고 쳐다보았으나 웃지도 않고 그냥 가 버렸다. 도무지 어수선하기만 하다는 얼굴이었다. 나중에 방안에서 정식으로 인사를 하였는데 그때의 판단으로는 나무 위로부터 환영받은 일은 까맣게 기억하지 못하는 것 같았다.

그는 하룻밤 체류하지도 않고 되돌아갔다. 그리고 할아버지와 할머니에게는 대단히 중요한 의논 거리가 생긴 모양이었다. 밤에 가끔 사과밭 사이를 혼자 걷는 엄마를 보게 되었다.

므슈 리는 한 번 더 다녀갔다. 그리고 얼마 후에 엄마는 상경하였다.

"애초에 그렇게 혼인을 정했더면 애 고생을 안 시키는 걸······."

어느 날 옆방에서 할머니가 우시며 수군수군 그런 소리를 하시는 걸 듣고 놀랐다.

"그럼 우리 숙희는 안 태어났을 것 아뇨? 공연한 소릴······."

"그저 팔자 소관이죠. 경애가 생각을 잘못 먹었다느니보다도······."

애어멈이라고 하지 않고 그렇게 엄마의 이름을 대는 것을 듣고 나는 엄마의 젊은 시절을 생각하며 미소지었다.

그림자처럼 앉아서 내 블라우스 같은 것을 매만지는 엄마를 보는 서글픔은 이제 없어졌다. 엄마가 그럭저럭 행복해진 듯한 것은 기뻤으나 뼈저리게 쓸쓸한 것도 사실이었다. 나는 밤낮 커단 소리로 노래를 부르고 있었다. 산모퉁이 길을 학교에서 돌아오는 때에도 사과나무의 흰 꽃 밑에서, 또 빨간 봉선화가 핀 마당에서도,

"이애야, 그렇게 큰 소릴 내면 남들이 웃는다."

할머니는 가끔 진정으로 그런 소리를 하셨다. 재작년 늦은 겨울 므슈 리가 내려와서 나를 데려가겠다고 우겨댔을 때에 제일 놀란 사람은 나 자신이었다. 두 분 노인네도 더러 망설였다. 그러나 므슈 리의 끈기 있는 태도에 양보를 하는 수밖에

없는 눈치여서, 노인네들은 그만 풀이 없었다. 나는 므슈 리가 할머니 할아버지에게,

"무엇보다 엄마가 그걸 원하고 있으니까요. 말은 안 하지만 절실히 바라고 있는 걸 내가 아니까요."

하고, 열심히 이야기하는 것을 보다가 그만 싱그레 웃고 말았다. 나 보기에 할아버지 할머니는 이미 설복되어서, 므슈 리가 만약 그 연설을 잠시 끊기만 한다면 이내 대답을 할 것 같은데 그는 마치 그들이 결단코 나를 놓지는 않으리라고 굳이 믿는 사람처럼 애걸복걸을 하는 것이었다. 그가 말을 하면서 나를 힐끗 보았을 때 나는 조그맣게 끄떡여 보였다. 그랬더니 그는 말을 뚝 끊고 벙글 웃더니 손수건을 꺼내서 이마를 닦았다.

이래서 나는 서울 E여고로 전학을 하였다.

나는 생각한다.

므슈 리와 엄마는 부부이다. 내가 그를 아버지라고 부르기 어려운 것은 거의 그런 말을 발음해 본 적이 없는 습관의 탓이 크다.

나는 그를 좋아할 뿐더러 할아버지 같은 이로부터 느끼던 것의 몇 갑절이나 강한 보호 감정? 부친다움 같은 것도 느끼고 있다.

그러나 나는 그의 혈족은 아니다.

현규와도 마찬가지다. 그와 나는 그런 의미에서는 순전한 타인이다. 스물두 살의 남성이고 열여덟 살의 계집아이라는 것이 진실의 전부이다. 왜 나는 이 일을 그대로 알아서는 안 되는가?

나는 그를 영원히 아무에게도 주기 싫다. 그리고 나 자신을 다른 누구에게 바치고 싶지도 않다. 그리고 우리를 비끄러매는 형식이 결코 〈오누이〉라는 것이어서는 안 될 것을 알고 있다.

나는 또 물론 그도 나와 마찬가지로 같은 일을 같은 즐거움일 수는 없으나 같은 이 괴로움을.

이 괴로움과 상관이 있을 듯한 어떤 조그만 기억, 어떤 조그만 표정, 어떤 조그만 암시도 내 뇌리에서 사라지는 일은 없다. 아아, 나는 행복해질 수는 없는 걸까?

행복이란 사람이 그것을 위하여 태어나는 그 일을 말함이 아닌가?

초저녁의 불투명한 검은 장막에 싸여 짙은 꽃향기가 흘러든다. 침대 위에 엎드려서 나는 마침내 느껴 울고 만다.

4.

"숙희야, 나 이런 것 주웠는데……."

일요일 아침 아래층으로 내려가니까 소파에 앉아 있던 엄마가 손에 쥐었던 봉투 같은 것을 들어 보였다.

"뭔데?"

나는 가까이 갔다.

그리고 좀 겸연쩍어졌지만 하는 수 없이,

"어디서 주웠소, 이걸?"

하면서, 손을 내밀어 그것을 잡으려고 하였다.

"잠깐……. 거기 좀 앉아 보아."

엄마는 짐짓 긴장한 낯빛을 감추려고 하면서 앞의 의자를 가리켰다.

나는 속으로 픽 하고 웃음이 나왔으나 잠자코 거기에 가 걸터앉았다.

지수는 K장관의 아들이다. 언덕 아래 만리 장성 같은 우스꽝한 담을 둘러친 저택에 살고 있다. 현규랑 함께 정구를 치는 동무이고 어느 의과 대학의 학생인데 큼직큼직하고 단순하게 생겨 있었다. 지이프차에다가 유치원으로부터 고등 학교까지의 동생들을 그득 싣고 자기가 운전을 하여 가곤 한다.

나도 두어 번 그 차를 얻어 탄 일이 있다. 한 번은 현규와 함께였으니까 사양할 것도 없었고 다른 한 번은 시내에서 돌아오는 길목이라 굳이 싫다는 것도 이상할 것 같아서 탔다.

"작은 학생들이 오늘은 하나도 없군요."

"나 있는 데까지 시간 안에 오는 놈은 태워 가지고 오고 그 밖엔 뿔뿔이 재주대로 돌아오깁니다. 기차나 마찬가지죠."

그러한 그가 걸맞지 않게 적이 섬세한 표현으로 러브레터를 써 보냈다고 해서 나는 우습게 생각하는 것은 아니다. 그러나 엄마의 엄숙한 표정은 역시 약간 넌센스가 아닐 수 없었다.

"글쎄, 이게 어디서 났을까?"

"등나무 밑 걸상에서."

"오라, 참 게다 놨었군."

"오오라, 참이 아니야. 숙희는 만사에 좀더 조심성이 있어야 해요. 운동을 하구 난 담에두 그게 뭐야? 라킷은 밤낮 오빠가 치워놓던데."

흐훙 하고 나는 웃었다.

"편지 보낸 사람에게 첫째 미안한 일 아니야?"

"참 그래. 엄마 말이 옳아."

그리고 나는 편지를 잡아채었다.

"귀중한 물건인가? 엄마 좀 읽어 봄 안 되나?"

"읽어 봐두 괜찮아. 안 되는 거라면 게다 놔둘까? 감추지."

나는 조금 성가셔졌다.

"그럼 안심이군. 사실은 벌써 읽어 봤어."

"아이, 엄마두."

"그런데 엄마가 얘기하고 싶은 건 숙희가 자기 주위에 일어나는 일들을 ― 이런 편지에 관한 거라든지 또 그 밖의 일들을, 혼자 처리하지 말고 그 요점만이라도 엄마한테 의논해 주었으면 좋겠어. 그건 그렇게 해야만 하는 거야."

듣고 있는 사이에 나는 점점 우울해져서 잠시라도 속히 이 자리에서 떠나고 싶은 생각밖에는 없어졌다.

"엄마가 언제나 숙희 편에 서서 생각하리라는 건 알고 있겠지?"

"응."

나는 선 대답을 해 놓고 천천히 밖으로 걸어나갔다.

〈엄마의 아들을 사랑하고 있어요.〉

이렇게 말한다면 엄마는 어떤 모양으로 내 편에 서 줄까?

엄마 힘에는 미치지 않는 일이었다. 므슈 리의 힘에도 미치지 않는 일이었다.

나는 편지를 주머니에 구겨 넣고 아침 이슬로 무릎까지 폭삭 적시면서 경사진 풀밭을 걸어 내려갔다. 되도록 사람을 만나지 않을 방향으로 — 멀리 늪이 바라다보이는 쪽으로 천천히 걸음을 옮겨갔다. 아카시아의 숲이니 보리밭이니 잡목 곁을 지나갔다.

현규와의 사이는 요즘 어느때보다도 비관적인 상태에 놓여 있는 것 같았다. 나는 그와 마주치기를 피하고 있는 것 같았다. 나는 그와 마주치기를 피하고 있었다. 웃고 농담을 하고 아무것도 아닌 체 헤어지는 고통이 참기 어려운 것이다. 그가 예사 얘기를 하여도 나는 공연히 화를 냈다. 그러면 그는 상대를 안 해 주었다.

머리 위에서 새들이 우짖었다. 하늘은 깊은 바닷물 속 같이 짙푸르고 나무 잎새들은 빛났다. 여름이 무르익어 가고 있었다. 상수리 숲이 늪의 방향을 가려 버렸으므로 나는 풀 위에 앉아 턱을 괴고 생각에 잠겼다.

세계적인 발레리나가 되어 보석처럼 번쩍이면서 무대 위에서 그를 노려보아 줄까?(한 번도 귀담아 들은 적은 없지만 내 발레 선생은 늘 나에게 야심을 가지라고 충동을 한다.) 그러면 그는 평범한 못생긴 와이프를 데리고 보러 왔다가 가슴이 아파질 터이지. 아주 짧은 동안 그것은 썩 좋은 생각인 듯 내 맘속에 머물렀다. 그리고는 물거품처럼 사라져 없어졌다. 그리고는 이어 그에게 아무것도 바라지를 말고 식모처럼 그저 봉사만 하는 일에 감사를 느끼자는 생각이 떠올랐다. 그러자 슬픈 마음이 들기도 전에 발등 위로 눈물이 한 방울 굴러 떨어졌다.

나는 일어나서 돌아가려고 하였다. 그때 와삭거리고 풀 헤치는 소리가 등 뒤에서 나며 늘씬하게 생긴 세터가 한 마리 나타났다. 그 줄을 쥐고 지수가 걸어왔다. 건강한 체구에 연회색 스포츠 웨어가 잘 어울린다. 그의 뒤에서 열 살 전후의 사내애와 계집아이가 둘 장난을 치면서 달려나왔다. 지수는 나를 보고 좀 당황한 듯하였으나 이내 흰 이를 보이고 웃으면서 다가왔다.

"안녕하셨어요? 산봅니까?"

"네, 돌아가는 길이에요."

아이들은 우리를 새에 두고 떠들어대면서 잡기 내기를 한다. 지수는 한 아이를 붙들어 세터를 맨 줄을 들려주고는 어서 앞으로들 가라고 손짓하였다.

우리는 잠자코 한동안 함께 걸었다. 아카시아의 숲새 길에서 그는 앞을 향한 채 불쑥,

"편지 보아 주셨소?"

하고, 겸연쩍은 듯한 소리를 내었다.

"네."

"회답은 안 주세요?"

나는,

"네. 어떻게 써야 할지 모르겠어요."

했다.

그는 성급하게 고개를 끄떡거렸다. 귀가 좀 빨개진 것 같았다.

"그러나 여하간 제 의사를 알아주시긴 했겠죠?"

나는 그렇다고 하였다. 그리고 이야기를 끝내기 위해서 현규가 가까이 또 정구를 치자고 하더라는 말을 했다.

"네, 가죠."

그도 단번에 기운을 회복하며 대답하였다.

그는 휘파람을 불기 시작했다. 그의 휘파람을 들으며 집 가까이까지 왔다.

"오늘 대단히 기뻤습니다. 감사합니다."

그는 조금 슬픈 어조로 인사를 하였다. 그리고 내 어께로 기어오르는 풀벌레를 떨구어 주었다.

"안녕히 가세요. 그리구 연습 많이 하세요. 저희들 팀은 아주 세졌으니깐요."

그는 다른 일을 생각하고 있는 듯 입술을 문 채 끄떡끄떡 하였다.

잡석을 접은 좁단 충계를 뛰어오르자, 나는 곧장 내 방으로 올라갔다. 지수가 하듯이 휘파람을 불고 있었다. 어쨌건 기운을 잃어서는 안 된다는 생각이었다. 내 팔뚝이나 스커어트에는 아직도 풀과 이슬의 냄새가 묻어 있는 듯했다. 나는 기운차게 반쯤 열린 도어를 밀치고 들어선다.

뜻밖에도 거기에는 현규가 이쪽을 보며 서 있었다. 내가 없을 때에 그렇게 들어오는 일이 없는 그라 해서 놀란 것은 아니었다. 그는 몹시 화를 낸 얼굴을 하고 있

었다. 너무도 맹렬한 기세에 나는 주춤한 채 어떻게 할지를 모르고 있었다.

"어딜 갔다 왔어?"

낮은 목소리에 힘을 주고 말한다.

"……."

"편지를 거기 둔 건 나 읽으라는 친절인가?"

그는 한 발 한 발 다가와서, 내 얼굴이 그 가슴에 닿을 만큼 가까이 섰다.

"……."

"어디 갔다 왔어?"

나는 입을 꼭 다물었다.

죽어도 말을 할까 보냐고 생각했다.

별안간 그의 팔이 쳐들리더니 내 뺨에서 찰각 소리가 났다.

화끈하고 불이 일었다. 대번에 눈물이 빙글 돌았으나 그는 거들떠보지도 않고 방을 나가 버렸다.

나는 멍청하니 창 밖으로 시선을 던졌다.

연회색 셔츠를 입은 지수가 숲새 길을 걸어가고 있는 것이 보였다. 그리고 조금 전에 지수가 풀벌레를 털어 주던 자리도 손에 잡힐 듯이 내려다보였다.

전류 같은 것이 내 몸 속을 달렸다. 나는 깨달았다. 현규가 그처럼 자기를 잃은 까닭을. 부풀어오르는 기쁨으로 내 가슴은 금방 터질 것 같았다. 나는 침대 위에 몸을 내던졌다. 그리고 새우처럼 팔다리를 꼬부려 붙였다. 소리내며 흐르는 환희의 분류가 내 몸 속에서 조금도 새어나가지 못하도록.

5.

나는 어떻게 하면 좋을까?

밤에 우리는 어두운 숲 속을 산보하였다.

어두운 숲 속에서 우리는 손을 잡고 걸었다.

그리고 나는 그에게 안겨 버렸다.

나는 어떻게 하면 좋을까?

어떻게 해야 할지 점점 더 알 수 없어진다.

여하간 나는 숲속에 가는 일을 그만두어야 한다.

지금 확실히 말할 수 있는 일은 그것뿐이다.

학교에서 돌아오니까 엄마가 기다린다고 안방으로 가라고 했다. 요즈음 인사도 않고 나가고 들어오던 나는 우선 가슴이 철썩 내려앉았다.

"인제 오니? 그런데 얼굴이 파랗구나. 어디 나쁜 것 아닌가?"

엄마는 내 이마에 손을 얹어 보았다.

"오빠는 밤 늦어야 돌아오고 숙회도 이렇게 부르지 않음 보기 어렵고……"

엄마는 조금 웃었다. 아무것도 알지 못하는 웃음 같았다.

"편지가 왔는데 어쩌면 엄마가 미국에 가야 할지 모르겠어. 그렇게 되면 일 년이나 아마 그쯤은 못 돌아올 것 같은데 숙회하고 오빠를 버리고 가기도 어렵고……. 그래 싫다고 몇 번이나 회답을 냈지만……"

엄마는 조금 외면을 하였다.

"어떨까? 오빠는 찬성을 해 주었는데."

그러면서 내 눈 속을 들여다보았다.

"나도 좋아요."

우리는 그러면 구체적으로 어떻게 할지는 내일이라도 의논하지. 큰댁 할머니더러 와 계셔 달랄까? 그래도 미덥잖긴 마찬가지고……

큰댁의 꼬부랑 할머니는 사실 오나 마나 마찬가지였다. 엄마가 없는 이 집에서 어떤 일이 일어나려고 하는 걸까?

현규와 단 둘이 있어야 할 일을 생각하니 얼굴에서 핏기가 가시었다. 아무도 막아낼 수 없는, 운명적인 사건이, 이미 숲속에 가지 않는 것쯤으로는 어찌할 수도 없는 벅찬 일이 생기고야 말 것이다.

잠을 잘 수 없었다. 내 온 신경은 가엾은 상처처럼 어디를 조금만 건드려도 피를 흘렸다.

며칠이 지나니까 나는 더 견딜 수 없어졌다. 할머니한테 갔다 온다고 우겨대어서 서울을 떠났다.

다시는 그곳에 돌아가지 않으리라고 결심하였다. 다시는 학교에 다니지도 않으리라고 마음먹었다. 내 삶은 일단 여기서 끝막았다고 그렇게 생각을 가져야만 이 모든 일이 수습될 것 같이 여겨졌다. 그것은 칼로 살을 도려내는 듯한 아픔이었다. 그러나 다른 무슨 일을 내 머리로 생각해 낼 수 있었을까?

날이면 날마다 나는 뒷산에 올라갔다. 한 시간 남짓한 거리에 여승들의 절이 있다. 나는 절이라는 곳이 몹시 싫었으나 거기를 좀더 지나가면 맘에 드는 장소가 나타났다. 들장미의 덤불과 젊은 나무들의 초록이 바람을 바로 맞는 등성이였다.

바람을 받으면서 앉아 있곤 하였다. 젊은 느티나무의 그루 사이로 들장미의 엷은 훈향이 흩어지곤 하였다.

터키즈블루의 원피스 자락 위에 흰 꽃잎은 찬란한 하늘 밑에서 이내 색이 바래고 초라하게 말려들었다.

그리고 있다가 시선을 들었다. 다음 찰나에 나는 나도 모르게 일어서 있었다.

현규였다.

그는 급한 비탈을 올라오고 있었다. 입을 일자로 다물고 언젠가처럼 화를 낸 것 같은 얼굴이었다. 아니 일자로 다문 입은 좀 슬퍼 보여서 화를 낸 것 같은 얼굴은 아니었다.

그가 이삼 미터의 거리까지 와서 멈추었을 때 나는 내 몸이 저절로 그 편으로 내달은 것 같은 착각을 느꼈다. 사실은 그와 반대로 젊은 느티나무 둥치를 붙든 것이었다.

"그래, 숙희, 그 나무를 놓지 말어. 놓지 말고 내 말을 들어."

그는 자기도 한두 걸음 뒤로 물러서면서 말하였다. 그 얼굴에는 무언지 참담한 것이 있었다.

"숙희는 돌아와서 학교에 가야 해. 무엇이고 다 잊고 공부를 해야 해. 나도 그렇게 할 작정이니까. 우리는 헤어져 있어야 해. 헤어져서 공부해야 해. 어머니가 떠나시려면 비용도 들 테니까 집은 남 빌려 주자고 말씀드렸어. 내가 갈 곳도 생각해 놓고. 숙희도 어머니 친구 댁에 가 있으면 될 거야. 그렇게 헤어져 있어야 하지만, 숙희, 우리에겐 길이 없는 것은 아니야. 내 말을 알아 들어줄까?"

그는 두 발로 땅을 꾹 딛고 서서 말하였다. 나는 느티나무를 붙들고 가늘게 떨고 있었다.

"그때 숲속에서의 일은 우리에게는 어찌할 수도 없는 진실이었다. 우리는 이 일을 부정하고는 살아가지도 못할 게다. 우리는 만나기 위해서 헤어지는 것이야. 우리에겐 길이 없지 않아. 외국엘 가든지……."

그는 부르쥔 손등으로 얼굴을 닦았다.

"내 말을 알아 줄까, 숙희?"

나는 눈물을 그득 담고 끄덕여 보였다. 내 삶은 끝나 버린 것이 아니었다. 나는 그를 더 사랑하여도 되는 것이었다.

"이제는 집에 돌아오겠다고 약속해 주겠지? 내일이건 모레건 되도록 속히……."

나는 또 끄덕여 보였다.

"고마워, 그럼."

그는 억지로처럼 조금 미소하였다.

그리고 빙글 몸을 돌려 산비탈을 달려 내려갔다.

바람이 마주 불었다.

나는 젊은 느티나무를 안고 웃고 있었다. 펑펑 울면서 온 하늘로 퍼져 가는 웃음을 웃고 있었다. 아아, 나는 그를 더 사랑하여도 되는 것이었다.

전광용

17····

꺼삐딴 리

전광용(全光鏞, 1919~1988) ●● 함경남도 북청에서 출생했다.
호는 백사(白史). 1939년 동아일보에 동화 〈별나라 공주와 토끼〉가 입선, 1955년 조선
일보 신춘문예에 〈흑산도〉가 당선되어 등단하였다. 대학시절 연극 활동에 깊은 관심을
기울였으며, 이 후 대학 교수와 소설가의 일을 병행하면서 많지 않은 작품을 발표하면서
도 정교한 구조의 작품을 쓴 것으로 평가된다. 1962년에 세속적이고 출세지상주의적인
'이인국' 이라는 인물을 주인공으로 한 〈꺼삐딴 리〉를 발표하면서 동인문학상을 수상하
였다.
대표 작품은 〈동혈인간〉 〈지층〉 〈해조도〉 〈사수〉 〈태백산맥〉 〈나신〉 〈곽서방〉 등이 있
다.

17 꺼삐딴 리

전광용

수술실에서 나온 이인국(李仁國) 박사는 응접실 소파에 파묻히
듯이 깊숙이 기대어 앉았다.

그는 백금 무테 안경을 벗어 들고 이마의 땀을 닦았다. 등골에 축축이 밴 땀이
잦아 들어감에 따라 피로가 스며 왔다. 두 시간 이십 분의 집도. 위장 속의 균종(菌
腫) 적출. 환자는 아직 혼수 상태에서 깨지 못하고 있다.

수술을 끝낸 찰나 스쳐 가는 육감 그것은 성공 여부의 적중률을 암시하는 계시
같은 것이다. 그러나 오늘은 웬일인지 뒷맛이 꺼림칙하다.

그는 항생질 의약품이 그다지 발달하지 않았던 일제 시대부터 개복 수술에 최
단 시간의 기록을 세웠던 것을 회상해 본다.

맹장염이나 포경 수술, 그 정도의 것은 약과다. 젊은 의사들에게 맡겨 버리면 그만이다. 대수술의 경우에는 그렇게 방임할 수만은 없다. 환자 측에서도 대개 원장의 직접 집도를 조건부로 입원시킨다. 그는 그것을 자랑으로 삼아 왔고 스스로 집도하는 쾌감을 느꼈었다.

그의 병원 부근은 거의 한 집 건너 병원이랄 수 있을 정도로 밀집한 지대다. 이름 없는 신설 병원 같은 것은 숫제 비 장날 시골 전방처럼 한산한 속에 찾아오는 손님을 기다리고 있는 형편이다.

그러나 이인국 박사는 일류 대학 병원에까지 손을 쓰지 못하여 밀려오는 급환자들 틈에 끼여 환자의 감별에는 각별한 신경을 쓰고 있다.

그것은 마치 여관 보이가 현관으로 들어서는 손님의 옷차림을 훑어보고 그 등급에 맞는 방을 순간적으로 결정하거나 즉석에서 서슴지 않고 거절하는 경우와 흡사한 것이라고나 할까.

이인국 박사의 병원은 두 가지의 전통적인 특징을 가지고 있다.

병원 안이 먼지 하나도 없이 정결하다는 것과, 치료비가 여느 병원의 갑절이나 비싸다는 점이다.

그는 새로운 환자의 초진(初診)에서는 병에 앞서 우선 그 부담 능력을 감정하는 데서부터 시작한다. 신통하지 않다고 느껴지는 경우에는 무슨 핑계를 대든가, 그것도 자기가 직접 나서는 것이 아니라 간호원더러 따돌리게 하는 것이다.

그렇게 중환자가 아닌 한 대부분의 경우, 예진(豫診)은 젊은 의사들이 했다. 원장은 다만 기록된 진찰 카드에 따라 환자의 증세와 아울러 경제 제도를 판정하는 최종 진단을 내리면 된다.

상대가 지기(知己)나 거물급이 아닌 한 외상이라는 명목은 붙을 수가 없었다. 설령, 있다 해도 이 양면 진단은 한 푼의 미수(未收)나 결손도 없게 한, 그의 인생을 통한 의술 생활의 신조요 비결이었다.

그러기에 그의 고객은, 왜정 시대는 주로 일본인이었고, 현재는 권력층이 아니면 재벌의 셈속에 드는 축이어야만 했다.

그의 일과는 아침에 진찰실에 나오자 손가락 끝으로 창틀이나 탁자 위를 훑어 무테 안경 속 움푹한 눈으로 응시하는 일에서 출발한다.

이때 손가락 끝에 먼지만 묻으면 불호령이 터지고, 간호원은 하루 종일 원장의 신경질에 부대껴야만 한다.

아무튼 그의 단골 고객들은 그의 정결한 결벽성에 감탄과 경의를 표해 마지않는다.

1·4 후퇴시 청진기가 든 손가방 하나를 들고 월남한 이인국 박사다. 그는 수복되자 재빨리 셋방 하나를 얻어 병원을 차렸다. 그러나 이제는 평당 50만 환을 호가하는 도심지에 타일을 바른 2층 양옥을 소유하게 되었다. 그는 자기 전문인 외과 외에 내과, 소아과, 산부인과 등 개인 병원을 집결시켰다. 운영은 각자의 호주머니 셈속이었지만, 종합 병원의 원장 자리는 의젓이 자기가 차지하고 있다.

이인국 박사는 양복 조끼 호주머니에서 십팔금 회중 시계를 꺼내어 시간을 보았다.

2시 40분!

미국 대사관 브라운 씨와의 약속 시간은 이십 분밖에 남지 않았다. 이 시계에도 몇 가닥의 유서 깊은 이야기가 숨어 있다. 이인국 박사는 시계를 볼 때마다 참말 '기적'임에 틀림없었던 사태를 연상하게 된다.

왕진 가방과 38선을 넘어온 피난 유물의 하나인 시계, 가방은 미군 의사에게서 얻은 새것으로 갈아 매어 흔적도 없게 된 지금, 시계는 목숨을 걸고 삶의 도피행을 같이 한 유일품이요, 어찌 보면 인생의 반려(伴侶)이기도 한 것이다.

밤에 잘 때에도 그는 시계를 머리맡에 풀어놓거나 호주머니에 넣은 채로 버려 두지 않는다. 반드시 풀어서 등기 서류, 저금 통장 등이 들어 있는 비상용 캐비닛 속에 넣고야 잠자리에 드는 것이었다. 거기에는 또 그럴 만한 연유가 있었다. 이 시계는 제국 대학을 졸업할 때 받은 영예로운 수상품이다. 뒤쪽에는 자기 이름이 새겨져 있다.

그 후 삼십여 년, 자기 주변의 모든 것이 변하여 갔지만 시계만은 옛모습 그대로다. 주변뿐만 아니라 자기 자신은 얼마나 변한 것인가. 이십대 홍안을 자랑하던 젊음은 어디로 사라진 것인지 머리카락도 반백이 넘었고 이마의 주름은 깊어만 간다. 일제 시대, 소련국 점령하의 감옥 생활, 6·25 사변, 삼팔선, 미군 부대, 그동안 몇 차례의 아슬아슬한 죽음의 고비를 넘긴 것인가.

'월삼 17석.'

우여곡절 많은 세월 속에서 아직도 제 시간을 유지하는 것만도 신기하다. 시간을 보고는 습성처럼 째각째각 소리에 귀기울이는 때의 그의 가느다란 눈매에는 흘러간 인생의 축도가 서리는 것이었다. 그 속에서도 각모(角帽)와 쓰메에리 학생복을 벗어버리고 신사복으로 갈아입던 그날의 감회를 더욱 새롭게 해주는 충동을 금할 길 없는 것이었다.

이인국 박사는 수술 직전에 서랍에 집어넣었던 편지에 생각이 미쳤다.

미국에 가 있는 딸 나미. 본래의 이름은 일본식의 나미코다. 해방 후 그것이 거슬린다기에 나미로 불렀고 새로 기류계에 올릴 때에는 코(子)를 완전히 떼어 버렸다.

나미짱 딸의 모습은 단란하던 지난날의 추억과 더불어 떠올랐다.

온 집안의 재롱둥이였던 나미, 그도 이젠 성숙했다. 그마저 자기 옆에서 떠난 지금, 새로운 정에서 산다고는 하지만 이인국 박사는 가끔 물밀어 오는 허전한 감을 금할 길이 없었다.

아내는 거제도 수용소에 있을 때 죽었고, 아들의 생사는 지금껏 알 길이 없다.

서울에서 다시 만나 후처로 들어온 혜숙(蕙淑), 이십 년의 연령차에서 오는 세대의 거리감을 그는 억지로 부인해 본다. 그러나 혜숙의 피둥피둥한 탄력에 윤기가 더해 가는 살결에 비해 자기의 주름 잡힌 까칠한 피부는 육체적 위축함마저 느끼게 하는 때가 없지 않았다.

그들 사이에서 난 돌 지난 어린것, 앞날이 아득한 이 핏덩이만이 지금의 이인국 박사의 곁을 지켜주는 유일한 피붙이다.

이인국 박사는 기대와 호기에 가득 찬 심정으로 항공 우편의 피봉을 뜯었다.

전번 편지에서 가타부타 단안은 내리지 않고 잘 생각해서 결정하라고 한 그후의 경과다.

'결국은 그렇게 되고야 마는 건가……'

그는 편지를 탁자 위에 밀어 놓았다. 어쩌면 이러한 결말은 딸의 출국 이전에서 부터 이미 싹튼 것인지도 모른다는 생각이 들었다.

대학에서 영문과를 택한 딸, 개인 지도를 하여 준 외인 교수, 스칼라십을 얻어 준 것도 그고, 유학 절차의 재정 보증인을 알선해 준 것도 그가 아닌가. 우연한 일 은 아니다.

그러한 시류에 따라 미국 유학을 해야만 한다고 주장한 것은 오히려 아버지 자 기가 아닌가.

동양학을 연구하고 있는 외인 교수. 이왕이면 한국 여성과 결혼했으면 좋겠다 던 솔직한 고백에, 자기의 학문을 위한 탁월한 견해라고 무심코 찬의를 표한 것도 자기가 아니던가. 그것도 지금 생각하면 하나의 암시였음이 분명하지 않은가.

이인국 박사는 상아로 된 오존 파이프를 앞니에 힘을 주어 지그시 깨물며 눈을 감았다.

꼭 풀 쑤어 개 좋은 일을 한 것만 같은 몸서리가 느껴졌다.

'더러운 년 같으니, 기어코…….'

그는 큰기침을 내뱉었다.

그의 생각은 왜정 시대 내선 일체(內鮮一體)의 혼인론이 떠돌던 이야기에 꼬리 를 물었다. 그때는 그것을 비방하거나 굴욕처럼 느끼지는 않았다. 오히려 당연한 것으로 해석했고 어찌 보면 우월한 것으로 생각하지 않았던가. 그런데 이 경우 는…….

그는 딸의 편지 구절을 곱씹었다.

'애정에 국경이 있어요?'

이것은 벌써 진부하다. 아비도 학창 시절에 그런 풍조는 다 마스터했다. 건방지 게, 이게 새삼스레 아비에게 설교조로…… 좀더 솔직하지 못하고…….

그러니 외딸인 제가 그런 국제 결혼의 시금석이 되겠단 말인가.

'아무튼 아버지께서 쉬 한 번 오신다니 최종 결정은 아버지의 의향에 따라 결 정할 예정입니다만…….'

그래 아버지가 안 가면 그대로 정하겠단 말인가.

이인국 박사는 일대 잡종(一大雜種)의 유전 법칙이 떠오르는지 머리를 내저었다. '흰둥이 외손자' 생각만 해도 징그럽다.

그는 내던졌던 사진을 다시 집어들었다.

대학 캠퍼스 같은 석조전의 거대한 건물, 그 앞의 정원, 뒤쪽에 짝을 지어 걸어가는 남녀 학생, 이 배경 속에 딸과 그 외인 교수가 나란히 어깨를 짚고 서서 웃음을 짓고 있다.

'흥 놀기는 잘들 논다……'

응, 신음 소리를 치며 그는 자리에서 일어섰다. 아무튼 미스터 브라운을 만나 이왕 가는 길이면 좀더 서둘러야겠다. 그 가장 대우가 좋다는 국무성 초청 케이스의 확정 여부를 빨리 확인해야겠다는 생각이 조바심을 쳤다.

그는 아내 혜숙이 있는 살림방 쪽으로 건너갔다.

"여보, 나미가 기어코 결혼하겠다는구려."

"그래요……"

아내의 어조에는 별다른 감동이나 의아도 없음을 이인국 박사는 직감했다.

그는 가능한 한 혜숙이 앞에서 전실 소생의 애들 이야기를 하는 것을 삼가해 왔다.

어떻게 보면 나미의 미국 유학을 간접적으로 자극한 것은 가정 분위기의 소치라는 자격지심이 없지 않기도 했다.

나미는 물론 혜숙을 단 한 번도 어머니라고 불러 준 일이 없었다.

혜숙이 또한 나미 앞에서 어머니라고 버젓이 행세한 일도 없었다.

지난날의 간호원과 오늘의 어머니, 그 사이에는 따져서 표현할 수 없는 미묘한 감정들이 복제되어 있었다.

"선생님의 일이라면 무엇이든지 돕겠어요."

서울에서 이인국 박사를 다시 만났을 때 마음속 그대로 털어놓은 혜숙의 첫마디였다.

처음에는 혜숙이도 부인의 별세를 몰랐고, 이인국 박사도 혜숙이의 혼인 여부를 참견하지 않았다.

혜숙은 곧 대학 병원을 그만두고 이리로 옮겨 왔다.

나미는 옛정이 다시 살아 혜숙을 언니처럼 따랐다.

이들의 혼인이 익어 갈 때 이인국 박사는 목에 걸리는 딸의 의향을 우선 듣기로 했다.

딸도 아버지의 외로움을 동정하고 있었다. 자기 자신 아버지의 시중이 힘에 겨웠고 또 그 사이 실지의 아버지 뒤치다꺼리를 혜숙이 해왔으므로 딸은 즉석에서 진심으로 찬의를 표했다.

그러나 시간이 흐를수록 혜숙과 나미의 간격은 벌어졌고, 혜숙은 남편과의 정상적인 가정 생활에서 나미가 장애물이 되는 것 같은 느낌을 차츰 가지게 되었다.

혜숙 자신도 처음에는 마음 놓고 이인국 박사를 남편이랍시고 일대일로 부르진 못했다.

나미의 출발, 그 후 어린애의 해산, 이러한 몇 고개를 넘는 사이에 이제 겨우 아내답게 늠름히 남편을 대할 수 있고 이인국 박사 또한 제대로의 남편의 체모로 아내에게 농을 걸 수 있게끔 되었다.

"기어코 그 외인 교수와 가까워지는 모양인데."

이인국 박사는 아내의 얼굴을 직시하지는 못하고 마치 독백하듯이 뇌까렸다.

"할 수 있어요. 제 좋다는 대로 해야지요."

마치 남의 이야기를 하는 것처럼 이인국 박사에게는 들려 왔다.

"글쎄, 하기는 그렇지만……."

그는 입맛만 다시며 더 이상 계속하지 못했다.

잠을 깨어 울고 있는 어린것에게 젖을 물리고 있는 아내의 젊은 육체에서 자극을 느끼면서 이인국 박사는 자기 자신이 죄를 지은 것만 같은 나미에 대한 강박 관념을 금할 길이 없었다.

저 어린것이 자라서 아들 원식(元植)이나 또 나미 정도의 말상대가 될래도 아직 이십여 년의 세월이 흘러야 한다.

그때 자기는 칠십이 넘는 할아버지다.

현대 의학이 인간의 평균 수명을 연장하고, 암 같은 고질이 아닌 한 불의의 죽음은 없다 하지만, 자기 자신이 의사이면서 스스로의 생명 하나를 보장할 수 없다.

'마누라도 눈 앞에서 나는 새 놓치듯이 죽이지 않았던가.'

아무리 해도 저 놈이 대학을 나올 때까지는 살아야 한다. 아무렴, 때가 때인 만큼 미국 유학까지는 내 생전에 시켜주어야지.

하기야 그런 의미에서도 일찌감치 미국 혼반을 맺어 두는 것도 그리 해로울 건 없지 않나. 아무렴 우리보다는 낫게 사는 사람들인데. 남 좀 보기 체면이 안 서서 그렇지.

그는 자위인지 체념인지 모를 푸념을 곱씹었다.

"여보, 저걸 좀 꾸려요."

이인국 박사의 말씨는 점잖게 가라앉았다.

"뭐 말이에요?"

아내는 젖꼭지를 물린 채 고개만을 돌려 되묻는다.

"저 병 말이오."

그는 화장대 위에 놓은 골동품을 가리켰다.

"어디 가져 가서요?"

"저 미 대사관 브라운 씨 말이야. 늘 신세만 졌는데……."

아내가 꼼꼼히 싸놓은 포장물을 들고 이인국 박사는 천천히 현관을 나섰다. 벌써 석간 신문이 배달되었다.

아무리 생각해도 그것은 분명 기적임에 틀림없는 일이었다. 간헐적으로 반복되어 공포와 감격을 함께 휘몰아치는 착잡한 추억. 늘 어제일 마냥 생생하기만 하다.

1945년 8월 하순.

아직 해방의 감격이 온 누리를 뒤덮어 소용돌이칠 때였다.

말복(末伏)도 지난 날씨언만 여전히 무더웠다. 이인국 박사는 이 며칠 동안 불안과 초조에 휘둘려 잠도 제대로 자지 못했다. 무엇인가 닥쳐올 사태를 오돌오돌 떨면서 대기하는 상태였다.

그렇게 붐비던 환자도 얼씬하지 않고 쉴 사이 없던 전화도 뜸하여졌다. 입원실은 최후의 복막염 환자였던 도청의 일본인 과장이 끌려간 후 텅 비었다.

조수와 약제사는 궁금증이 나서 고향에 다녀오겠다고 떠나갔고 서울 태생인 간호원 혜숙만이 남아 빈집 같은 병원을 지키고 있었다.

이층 삼조 다다미방에 혼도시와 유카다 바람에 뒹굴고 있던 이인국 박사는 견디다 못해 부채를 내던지고 일어났다.

그는 목욕탕으로 갔다. 찬물을 펴서 대야째로 머리에서부터 몇 번이고 내리부었다. 등줄기가 시리고 몸이 가벼워졌다.

그러나 수건으로 몸을 닦으면서도 무엇인가 짓눌려 있는 것 같은 가슴속의 갑갑증을 가셔 낼 수는 없었다.

그는 창문으로 기웃이 한길가를 내려다보았다. 우글거리는 군중들은 아직도 소음 속으로 밀려가고 있다.

굳게 닫혀 있는 은행 철문에 붙은 벽보가 한길을 건너 하얀 윤곽만이 두드러져 보인다.

아니 그곳에 씌어 있는 구절.

'친일파, 민족 반역자를 타도하자.'

옆에 붙은 동그라미를 두 겹으로 친 글자가 그대로 눈앞에 선명하게 보이는 것만 같다.

어제 저물녘에 그것을 처음 보았을 때의 전율이 되살아왔다.

순간 이인국 박사는 방쪽으로 머리를 홱 돌렸다.

'나야 괜찮겠지······.'

혼자 뇌까리면서 그는 다시 부채를 들었다. 그러나 벽보를 들여다보고 있을 때 자기와 눈이 마주치는 순간, 일그러지는 얼굴에 경멸인지 통쾌인지 모를 웃음을 비죽이 흘리면서 아래 위로 훑어보던 그 춘석이 녀석의 모습이 자꾸만 머릿속으로 엄습하여 어두운 밤에 거미줄을 뒤집어 쓴 것처럼 께름텁텁하기만 했다.

그간놈 하고 머리에서 씻어 버리려 해도 거머리처럼 자꾸만 감아 붙는 것만 같았다.

벌써 육 개월 전의 일이다.

형무소에서 병보석으로 가출옥되었다는 중환자가 업혀서 왔다.

휑뎅그런 눈에 앙상하게 뼈만 남은 몸을 제대로 가누지도 못하는 환자. 그는 간호원의 부축으로 겨우 진찰을 받았다.

청진기의 상아 꼭지를 환자의 가슴에서 등으로 옮겨 두 줄기의 고무줄에서 감득되는 숨소리를 감별하면서도, 이인국 박사의 머릿속은 최후 판정의 분기점을 방황하고 있었다.

입원시킬 것인가, 거절할 것인가…….

환자의 몰골이나 업고 온 사람의 옷매무새로 보아 경제 정도는 뻔한 일이라 생각되었다.

그러나 그것보다도 더 마음에 켕기는 것이 있었다. 일본인 간부급들이 자기 집처럼 들락날락하는 이 병원에 이런 사상범을 입원시킨다는 것은 관선 시의원이라는 체면에서도 떳떳치 못할 뿐더러, 자타가 공인하는 모범적인 황국 신민(皇國新民)의 공든 탑이 하루아침에 무너지는 결과를 가져오는 것이라는 생각이 들었다.

순간 그는 이런 경우의 가부 결정에 일도양단하는 자기 식으로 찰나적인 단안을 내렸다.

그는 응급 치료만 하여 주고 입원실이 없다는 가장 떳떳하고도 정당한 구실로 애걸하는 환자를 돌려 보냈다.

환자의 집이 병원에서 멀지 않은 건너편 골목 안에 있다는 것은 후에 간호원에게서 들었다. 그러나 그쯤은 예사로운 일이었기에 그는 그대로 아무렇지도 않게 흘려 버렸다.

그런데 며칠 전 시민 대회 끝에 있는 해방 경축 시가 행진을 자기도 흥분에 차 구경하느라고 혜숙이와 함께 대문 앞에 나갔다가, 자위대 완장을 두르고 대열에 끼인 젊은이와 눈이 마주쳤다.

이쪽을 노려보는 청년의 눈에서 불똥이 튀는 것 같은 살기를 느꼈다.

무슨 영문인지 모르고 어리벙벙하던 이인국 박사는, 그것이 언젠가 입원을 거절당한 사상범 환자 춘석이라는 것을 혜숙에게서 듣고야 슬금슬금 주위의 눈치를 살피며 집으로 기어 들어왔다.

그 후 그는 될 수 있는 대로 거리로 나가는 것을 피하였지마는 공교롭게도 어제 저녁에 그 벽보 앞에서 마주쳤었다.

갑자기 밖이 와자지껄 떠들어대었다. 머리에 깍지를 끼고 비스듬히 누워서 갈피를 잡을 수 없는 생각에 골몰하던 이인국 박사는 일어나 앉아 한길 쪽에 귀를 기울였다. 들끓는 소리는 더 커졌다. 궁금증에 견디다 못해 그는 엉거주춤 꾸부린 자세로 밖을 내다보았다. 포도에 뒤끓는 사람들은 손에 손에 태극기와 적기(赤旗)를 들고 환성을 올리고 있었다.

'무엇일까?'

그는 고개를 갸웃하며 다시 자리에 주저앉았다.

계단을 구르며 급히 올라오는 발자국 소리가 들려 왔다. 혜숙이다.

"아마 소련군이 들어오나 봐요. 모두들 야단법석이에요……."

숨을 헐떡이며 이야기하는 혜숙이의 말에 이인국 박사는 아무 대꾸도 없이 눈만 껌벅이며 도로 앉았다. 여러 날에 라디오에서 오늘 입성 예정이라고 했으니 인제 정말 오는가 보다 싶었다.

혜숙이 내려간 뒤에도 이인국 박사는 한참 동안 아무 거동도 못 하고 바깥쪽을 내다보고만 있었다.

무엇을 생각했던지 그는 움찔 자리에서 일어났다. 그리고는 벽장문을 열었다. 안쪽에 손을 뻗쳐 액자들을 끄집어내었다.

'국어 상용[國語(日語) 상용]의 가(家)'

해방되던 날 떼어서 집어넣어 둔 것을 그 동안 깜박 잊고 있었다.

그는 액자의 뒤를 열어 음식점 면허장 같은 두터운 모조지를 빼내어 글자 한자도 제대로 남지 않게 손끝에 힘을 주어 꼼꼼히 찢었다.

이 종잇장 하나만 해도 일본인과의 교제에 있어서 얼마나 떳떳한 구실을 할 수 있었던 것인가. 야릇한 미련 같은 것이 섬광처럼 머릿속을 스쳐갔다.

환자도 일본말 모르는 축은 거의 오는 일이 없었지만 대의 관계는 물론 집안에서도 일체 일본말만을 써 왔다. 해방 뒤 부득이 써 오는 제 나라 말이 오히려 의사

표현에 어색함을 느낄 만큼 그에게는 거리가 먼 것이었다.

　마누라의 솔선 수범하는 내조지공도 컸지만 애들까지도 곧잘 지켜 주었기에 이 종잇장을 탄 것이 아니던가. 그것을 탄 날은 온 집안이 무슨 경사나 난 것처럼 기뻐들 했다.

　"잠꼬대까지 국어로 할 정도가 아니면 이 영예로운 기회야 얻을 수 있겠소." 하던 국민 총력 연맹 지부장의 웃음 띤 치하 소리가 떠올랐다.

　그 순간, 자기 자신은 아이들을 소학교로부터 일본 학교에 보낸 것을 얼마나 다행으로 여겼던 것인가.

　그는 후 한숨을 내뿜었다. 그리고는 지금 통장의 잔액을 깡그리 내주던 은행 지점장의 호의에 새삼 고마움을 느끼는 것이었다.

　그것마저 없었더라면…… 등골에 오싹하는 한기가 느껴 왔다.

　무슨 정치가 오든 그것만 있으면 시내 사람의 절반 이상이 굶어 죽기 전에야 우리 집 차례는 아니겠지. 그는 손금고가 들어 있는 안방 단스를 생각하면서 혼자 중얼거렸다.

　이인국 박사는 무슨 일이 일어나도 꼭 자기만은 살아남을 것 같은 막연한 기대를 곱씹고 있다.

　주위가 어두워 왔다.

　지축이 흔들리는 것 같은 동요와 소름이 가까워졌다. 군중들의 환호성이 터져 나왔다. 만세 소리가 연방 계속되었다.

　세상 형편을 알아보려고 거리에 나갔던 아내가 돌아왔다.

　"여보, 당꾸 부대가 들어왔어요. 거리는 온통 사람들 사태가 났는데 집안에 처박혀 뭘 하구 있어요……."

　어둠 속에서 아내의 음성은 격했으나 감격인지 당황인지 알 길이 없었다.

　'계집이란 저렇게 우둔하구두 대담한 것일까…….'

　이인국 박사는 엷은 어둠 속에서 마누라 쪽을 주시하면서 입맛을 다셨다.

　"불두 엽때 안 켜구."

　마누라가 전등 스위치를 틀었다. 이인국 박사는 백 촉 전등이 너무 환한 것이 못마땅했다.

"불은 왜 켜는 거요?"

"그럼 켜지 않구 캄캄한데…… 자 어서 나가 봅시다."

마누라가 이끄는 데 따라 이인국 박사는 마지못하면서 시침을 떼고 따라 나섰다.

헤드라이트의 눈부신 광선. 탱크 부대의 진주는 끝을 알 수 없이 계속되고 있다.

이인국 박사는 부신 불빛을 피하면서 가로수에 기대어 섰다. 박수와 환호성, 만세 소리가 그칠 줄 모르는 양안(兩岸)을 끼고 탱크는 물밀듯 서서히 흘러간다. 위 뚜껑을 열고 반신을 내민 중대가리의 병정은 간간이 '우라아' 하면서 손을 내흔들고 있다.

이인국 박사는 자기와는 아무 관련도 없는 이방 부대라는 환각을 느끼면서 박수도 환성도 안 나가는 멋쩍은 속에서 멍하니 쳐다보고만 있다. 그는 자기의 거동을 주시하지나 않나 해서 주위를 두리번거렸다.

그러나 아무도 그에게는 관심을 두는 일 없이 탱크를 향하여 목청이 터지도록 거듭 만세만 부르고 있지 않은가.

'어떻게 되겠지……'

그는 밑도 끝도 없는 한마디를 뇌이면서 유유히 집으로 들어왔다.

민요 뒤에 계속 되던 행진곡이 그치고 주둔군 사령관의 포고문이 방송되고 있다.

이인국 박사는 라디오 앞에 다가앉아 귀를 기울였다.

시민의 생명, 재산은 절대 보장한다. 각자는 안심하고 자기의 직장을 수호하라. 총기, 일본도 등 일체의 무기 소지는 금하니 즉시 반납하라는 등의 요지였다.

그는 문득 단스 속에 넣어 둔 엽총에 생각이 미치었다. 그러면 저것도 바쳐야 하는 것일까. 영국에 쌍발, 손때 묻은 애완물같이 느껴져 누구에게 단 한 번 빌려 주지 않았던 최신형 특제품이었다.

이인국 박사는 다이얼을 돌렸다. 대체 서울에서는 어떻게들 하고 있는 것일까.

거기도 마찬가지다. 민요가 아니면 행진곡이 나오고 그러다가는 건국 준비 위원회의 누구인가의 연설이 계속된다.

대체 앞으로 어떻게 될 것인가 궁금증을 해결할 방법이 없다.

해방 직후 이삼 일 동안은 자기도 태연하였지만 뻔질나게 드나들던 몇몇 친구들도 소련군 입성이 보도된 이후부터는 거의 나타나질 않는다. 그렇다고 자기 자신이 뛰어다니며 물을 경황은 더욱 없다.

밤이 이슥해서야 중학교와 국민학교를 다니는 아들딸이 굉장한 구경이나 한 것처럼 탱크와 로스케의 이야기를 늘어놓으며 돌아왔다.

그들은 아버지의 심중은 아랑곳없다는 듯이 어머니, 혜숙이와 함께 저희들 이야기에만 꽃을 피우고 있었다.

앞일은 대체 어떻게 전개될 것인지 뛰어넘을 수가 없는 큰 바다가 가로놓인 것만 같았다. 풀어낼 수 있는 실마리가 전연 다듬어지지 않는 뒤헝클어진 상념 속에서 그래도 이인국 박사는 꺼지려는 짚불을 불어 일으키는 심정으로 막연한 한 가닥의 기대만을 끝내 포기하지 않은 채 천장을 멍청히 쳐다보고만 있었다.

지난 일에 대한 뉘우침이나 가책 같은 건 아예 있을 수 없었다.

자동차 속에서 이인국 박사는 들고 나온 석간을 펼쳤다.

일면의 제목을 대강 훑고 난 그는 신문을 뒤집어 꺾어 삼면으로 눈을 옮겼다

'북한 소련 유학생 서독으로 탈출'

바둑돌 같은 굵은 활자의 제목. 왼편 전단을 차지한 외신 기사. 손바닥만한 사진까지 곁들여 있다.

그는 코허리에 내려온 안경을 올리면서 눈을 부릅떴다.

그의 시각은 활자 속을 헤치고 머릿속에는 아들의 환상이 뒤엉켜 들이차 왔다. 아들을 모스크바로 유학시킨 것은 자기의 억지에서였던 것만 같았다.

출신 계급, 성분, 어디 하나 부합될 조건이 있었단 말인가. 고급 중학을 졸업하고 의과 대학에 입학된 바로 그해다.

이인국 박사는 그때나 지금이나 자기의 처세 방법에 대하여 절대적인 자신을 가지고 있다.

"애, 너 그 노어 공부를 열심히 해라."

"왜요?"

아들은 갑자기 튀어나오는 아버지의 말에 의아를 느끼면서 반문했다.

"야 원식아, 별수없다. 왜정 때는 그래도 일본말이 출세를 하게 했고 이제는 노어가 또 판을 치지 않니. 고기가 물을 떠나서 살 수 없는 바에야 그 물 속에서 살 방도를 궁리해야지. 아무튼 그 노서아 말 꾸준히 해라."

아들은 아버지 말에 새삼스러이 자극을 받는 것 같진 않았다.

"내 나이로도 인제 이만큼 뜨내기 회화쯤은 할 수 있는데, 새파란 너희 낫세로야 그걸 못 하겠니?"

"염려 마세요, 아버지……."

아들의 대답이 그에게는 믿음직스럽게 여겨졌다.

이인국 박사는 심각한 표정으로 말을 이었다.

"어디 코큰 놈이라구 별것이겠니, 말 잘해서 진정이 통하기만 하면 그것들두 다 그렇지……."

이인국 1박사는 끝내 스텐코프 소좌의 배경으로 요직에 있는 당 간부의 추천을 받아 아들의 소련 유학을 결정 짓고야 말았다.

"여보, 보통으로 삽시다. 거저 표나지 않게 사는 것이 이런 세상에선 가장 편안할 것 같아요, 이제 겨우 죽을 고비를 면했는데 또 재까지 그 '높이 드는' 복판에 휘몰아 넣으면 어쩔라구……."

"가만있어요. 호랑이두 굴에 가야 잡는 법이오. 무슨 세상이 되든 할 대로 해 봅시다."

"그래도 저 어린것을 어떻게 노서아까지 보낸단 말이오."

"아니, 중학교 야들도 가지 못해 골들을 싸매는데, 대학생이 못 가 견딜라구."

"그래도 어디 앞 일을 알겠소……."

"괜한 소리, 재가 소련 바람을 쏘이구 와야 내게 허튼 소리 하는 놈들도 찍소리를 못 할 거요. 어디 보란 듯이 다시 한 번 살아 봅시다."

아들의 출발을 앞두고, 걱정하는 마누라를 우격다짐으로 무마시키고 그는 아들의 유학을 관철하였다.

'흥 혁명 유가족두 가기 힘든 구멍을 이인국의 아들이 뚫었으니 어디 두구 보자……'

그는 만장의 기염을 토하며 혼자 중얼거리고는 희망에 찬 미소를 풍겼다.

그 다음해에 사변이 터졌다.

잘 있노라는 서신이 계속하여 왔지만 동란 후 후퇴할 때까지 소식은 두절된 대로였다.

마누라의 죽음은 외아들을 사지로 보낸 것 같은 수심에도 그 원인이 있었다고 그는 생각하고 있다.

이인국 박사는 신문 다치키리 속에 채워진 글자를 하나도 빼지 않고 다 훑어 내려갔다.

그러나 아들의 이름에 연관되는 사연은 한마디도 없었다.

'이 자식은 무얼 꾸물꾸물하느라고 이런 축에도 끼지 못한담…… 사태를 판별하고 임기 응변의 선수를 쓸 줄 알아야지, 멍추 같이……'

그는 신문을 포개어 되는 대로 말아 쥐었다.

'개천에서 용마가 난다는데 이건 제 애비만도 못한 자식이야.'

그는 혀를 찍찍 갈겼다.

'어쩌면 가족이 월남한 것조차 모르고 주저하고 있는 것이나 아닐까. 아니 이제는 그쪽에도 소식이 가서 제게도 무언중의 압력이 퍼져 갈 터인데…… 역시 고지식한 놈이 아무래도 모자라……'

그는 자동차에서 내리자 건가래침을 내뱉었다.

'독또오루 리, 내가 책임지고 보장하겠소. 아들을 우리 조국 소련에 유학시키시오.'

스텐코프의 목소리가 고막에 와 부딪는 것만 같았다.

자위대가 치안대로 바뀐 다음 날이다. 이인국 박사는 치안대에 연행되었다.

시멘트 바닥에 무릎을 꿇고 앉은 그는 입술이 파랗게 질려 있었다. 하반신이 저려 오고 옆구리가 쑤신다. 이것만으로도 자기의 생애를 통한 가장 큰 고역이라고 그는 생각하고 있다. 그러나 그것보다는 앞으로 닥쳐올 얘기할 수 없는 사태가 공포 속에 그를 휘몰았다.

지나가고 지나오는 구둣발 소리와 목덜미에 퍼부어지는 욕설을 들으면서 꺾이듯이 축 늘어진 그의 머리는 들릴 줄을 몰랐다.

시간만이 흘러가고 있었다.

그의 머릿속에는 짓눌렸던 생각들이 하나씩 꼬리를 치켜들기 시작했다.

'이럴 줄 알았더라면 어디든지 가 숨거나, 진작으로 남으로라도 도피했을걸…… 그러나 이 판국에 나를 감싸줄 사람이 어디 있담. 의지할 곳은 다 나와 같은 코스를 밟았거나 조만간에 밟을 사람들이 아닌가. 일본인! 가장 믿었던 성벽이 다 무너지고 난 지금 누구를……'

'그래도 어떻게 되겠지……'

이 막연한 기대는 절박한 이 순간에도 그에게서 완전히 떠나 버리지는 않았다.

'다행이다. 인민 재판의 첫 코에 걸리지 않은 것만 해도. 끌려간 사람들의 행방은 전혀 알 길이 없다. 즉결 처형을 당했다는 소문도 떠돈다. 사흘의 여유만 더 있었더라면 나는 이미 이곳을 떴을지도 모른다. 다 운명이다. 아니 그래도 무슨 수가 있겠지……'

"쪽발이 끄나풀, 야 이 새끼야."

고함 소리에 놀라 이인국 박사는 흠칫 머리를 들었다.

때도 묻지 않은 일본 병사 군복에 완장을 찬 젊은이가 쏘아 보고 있다. 춘석이다.

이인국 박사는 다시 쳐다볼 힘도 없었다. 모든 사태는 짐작되었다.

이제는 죽는구나, 그는 입 속으로 뇌까렸다.

"왜놈의 밑바시, 이 개새끼야."

일본 군용화가 그의 옆구리를 들이찬다.

"이 새끼, 어디 죽어 봐라."

구둣발은 앞뒤를 가리지 않고 전신을 내지른다.

등골 척수에 다급한 충격을 받자 이인국 박사는 비명을 지르고 꼬꾸라졌다.

그는 현기증을 일으켰다. 어깻죽지를 끌어 바로 앉혀도 몸을 가누지 못하고 한쪽으로 쓰러졌다.

"민족과 조국을 팔아먹은 이 개돼지 같은 놈아, 너는 총살이야, 총살……."

어렴풋이 꿈 속에서처럼 들려 왔다. 그러나 그에게는 그 말도 아무런 반항을 일으키지 못했다.

시간이 얼마나 흘렀을까. 자기 앞자락에서 부스럭거리는 감촉과 금속성의 부스럭거리는 소리를 듣고 어렴풋이 정신을 차렸다.

노란 털이 엉성한 손목이 시계줄을 끄르고 있다. 그는 반사적으로 앞자락의 시계 주머니를 부둥켜 쥐면서 손의 임자를 힐끔 쳐다보았다. 눈동자가 파란 중대가리 소련 병사가 시계 줄을 거머쥔 채 이빨을 드러내고 히죽이 웃고 있다.

그는 두 손으로 있는 힘을 다해 양복 안주머니를 감싸 쥐었다.

"홍…… 야쁘스키……."

병사의 눈동자는 점점 노기를 띠어 갔다.

"아니, 이것만은!"

그들의 대화는 서로 통하지 않는 대로 손아귀와 눈동자의 대결은 그대로 지속되고 있었다.

병사는 뒷박만한 손으로 이인국 박사의 손가락 끝에서 시계를 채어 냈다. 시계 줄은 끊어져 고리가 달린 끝머리가 이인국 박사의 손가락 끝에서 달랑거렸다.

병사는 밖으로 나가 버렸다.

"죽음과 시계……."

이인국 박사는 토막난 푸념을 되풀이하고 있다.

양쪽 팔목에 팔뚝 시계를 둘씩이나 차고도 만족이 안 가 자기의 회중 시계까지 앗아 가는 그 병정의 모습을 머릿속에 똑똑히 되새겨 갈 뿐이다.

감방 속은 빼곡이 찼다.

그러나 고참자와 신입자의 서열은 분명했다. 달포가 지나는 사이에 맨 안쪽 똥통 위에 자리잡았던 이인국 박사는 삼분지 이의 지점으로 점차 승격되었다.

그는 하루종일 말이 없었다. 범인 속에 섞여 있던 감방 밀정이 출감된 다음 날부터 불평만을 늘어놓던 축들이 불려 나가 반송장이 되어 들어왔지만, 또 하루 이틀이 지나자 감방 속의 분위기는 여전히 불평과 음식 이야기로 소일되었다.

이인국 박사는 자기의 죄상이라는 것을 폭로하기도 싫었지만 예전에 고등계 형사들에게서 실컷 얻어들은 지식이 약이 되어 함구령이 지상 명령이라는 신념을 일관하고 있었다.

그는 간밤에 출감한 학생이 내던지고 간 노어 회화 책을 첫장부터 꼼꼼히 뒤지고 있을 뿐이다.

등골이 쏘고 옆구리가 결려 온다. 이것으로 고질이 되는가 하는 생각이 없지 않다. 아침저녁으로 기온이 사뭇 내려가고 있다. 아무리 체념한다면서도 초조감을 막을 길 없다.

노어 책을 읽으면서도 그의 청각은 늘 감방 속의 이야기를 놓치지 않고 있다.

그들이 예측하는 식대로의 중형으로 치른다면 자기의 죄상은 너무도 어마어마하다. 양곡 조합의 쌀을 몰래 팔아먹은 것이 칠 년, 양민을 강제로 보국대에 동원했다는 것이 십 년, 감정적인 즉결이 아니라 법에 의한 처단이라고 내대지만 이 난리 판국에 법이고 뭣이고 있을까. 마음에만 거슬리면 총살일 판인데…….

'친일파, 민족 반역자, 반일 투사 치료 거부, 일제의 간첩 행위…….'

이건 너무도 어마어마한 죄상이다. 취조할 때 나열하던 그대로 한다면 고작해야 무기 징역, 사형감인지도 모른다.

그는 방안을 둘러보며 후 큰 숨을 내쉬었다.

처마 밑에 바싹 달라붙은 환기창에서 들이비치던 손수건만한 햇살이 참대자처럼 길어졌다가 실오리만큼 가늘게 떨리며 사라졌다. 그 창살을 거쳐 아득히 보이는 가을 하늘이 잊었던 지난 일을 한 덩어리로 얽어 휘몰아 오곤 했다. 가슴이 짜릿했다.

밖의 세계와는 영원한 단절이다.

그는 눈을 감았다. 마누라, 아들, 딸, 혜숙이, 누구누구…… 그러다가 외과계의 원로 이인국 박사에 이르자, 목구멍이 타는 것 같이 꽉 막혔다.

그는 헛기침을 하고 침을 삼켰다.

'그럼, 어쩐단 말이야, 식민지 백성이 별수 있었어. 날구 뛴들 소용이 있었느냐 말이야, 어느 놈은 일본놈한테 아첨을 안 했어. 주는 떡을 안 먹은 놈이 바보지. 홍, 다 그놈이 그놈이었지.'

이인국 박사는 자기 변명을 합리화시키고 나면 가슴이 좀 후련해 왔다.

거기다 어저께의 최종 취조 장면에서 얻은 소련 고문관의 표정은 그에게 일루의 희망을 던져 주는 것이 있었다. 물론 그것이 억지의 자위일지도 모른다고 생각되었지만.

아마 스텐코프 소좌라고 했지. 그 혹부리 장교, 직업이 의사라고 했을 때, 독또오루 독또오루 하고 고개를 기웃거리던 순간의 표정, 그것이 무슨 기적의 예감 같기만 했다.

이인국 박사는 신음 소리에 놀라 눈을 떴다.

복도에 켜져 있는 엷은 전등 불빛이 쇠창살을 거쳐 방 안에 줄무늬를 놓으며 비쳐 들어왔다. 그는 환기창 쪽을 올려다보았다. 아직도 동도 트지 않은 깜깜한 밤이다.

생똥 냄새가 코를 찌른다. 바짓가랑이 한쪽이 축축하다. 만져 본 손을 코에 갖다 댔다. 구역질이 난다. 역시 똥 냄새다.

옆에 누운 청년의 앓는 소리는 계속되고 있다. 찬찬히 눈여겨보았다. 청년 궁둥이도 젖어 있다.

'설산가 보다.'

그는 살창문을 흔들며 교화 소원을 고함쳐 불렀다.

"뭐야!"

자다가 깬 듯한 흐린 소리가 들려 왔다.

"환자가…… 이거, 봐요."

창살 사이로 들여다보는 소원의 얼굴은 역광 속에서 챙 붙은 모자 밑의 둥그스름한 윤곽밖에 알려지지 않는다.

이인국 박사는 청년의 궁둥이께를 손가락으로 가리키며 들여다보고 있다.

"이거, 피로군, 피야."

그는 그제서야 붉은 빛을 발견하곤 놀란 소리를 쳤다.

"적리야, 이질……."

그는 직업 의식에서 떠오르는 대로 큰 소리를 질렀다.

"뭐, 적리?"

바깥 소리는 확실히 납득이 안 간 음성이다.

"피똥 쌌소, 피똥을…… 이것 봐요."

그는 언성을 더욱 높였다.

"응, 피똥……."

아우성 소리에 감방 안의 사람들은 하나 둘 눈을 뜨며 저마다 놀란 소리를 쳤다.

"적리, 이건 전염병이오, 전염병."

"뭐. 전염병……."

그제서야 교화소원이 문을 열고 들어왔다.

얼마 후 환자는 격리되었고 남은 사람들은 똥을 닦느라고 한참 법석을 치고 다시 잠을 불러일으키질 못했다.

이튿날 미결감 다른 감방에서 또 같은 증세의 환자가 두셋 발생했다. 날이 갈수록 환자는 늘기만 했다.

이 판국에 병만 나면 열의 아홉은 죽는 길밖에 없다고 생각한 이인국 박사는 새로운 위험에 사로잡히기 시작했다.

저녁 후 이인국 박사는 고문관실로 불려 나갔다.

"동무는 당분간 환자의 응급 치료실에서 일하시오."

이게 무슨 청천 벽력 같은 기적일까, 그는 통역의 말을 의심했다.

소련 장교와 통역관을 번갈아 쳐다보고 있는 그의 눈동자는 생기를 띠어 갔다.

"알겠소 엥……."

"네."

다짐에 따라 이인국 박사는 기쁨을 억지로 감추며 평범한 어조로 대답했다.

'글쎄 하늘이 무너져도 솟아날 구멍은 있다니까.'

그는 아무 표정도 나타내지 않으려고 이를 악물었다.

죽어 넘어진 송장이 개 치우듯 꾸려져 나가는 것을 보고 이인국 박사는 꼭 자기 일 같이만 느껴졌다.

'의사, 이것은 나의 천직이다.'

그는 몇 번이고 감격에 차 중얼거렸다. 그는 있는 힘을 다해 자기 담당의 환자를 치료했다. 이러한 일은 그의 실력이 혹부리 고문관의 유다른 관심을 끌게 한 계기를 만들어 주었다.

사상범을 옥사시키는 경우는 책임자에게 큰 문책이 온다는 것은 훨씬 후에야 그가 안 일이다.

소련 군의관에게 기술이 인정된 이인국 박사는 계속 병원에서 근무하게 되었다. 그러나 죄상 처벌의 결말에 대해서는 알 길이 없었다.

그는 이 절호의 기회를 최대한으로 활용하고 싶었다. 이제는 죽어도 여한이 없을 것만 같았다.

이렇게 하여 이 보이지 않는 구속에서까지 완전히 벗어날 수는 없을까.

그는 환자의 치료를 하면서도 늘 스텐코프의 왼쪽 뺨에 붙은 오리알 만한 혹을 생각하고 있었다.

불구라면 불구로 볼 수 있는 그 혹을 가지고 고급 장교에까지 승진했다는 것은, 소위 말하는 당성(黨性)이 강하거나 그렇지 않으면 전공(戰功)이 특별했음에 틀림없다는 생각이 들었다.

그것 하나만 물고 늘어지면 무엇인가 완전히 살아날 틈새기가 생길 것만 같았다.

이인국 박사의 뜨내기 노어도 가끔 순시하는 스텐코프와 인사말을 주고받을 수 있을 정도로 진전되었다.

이 안에서의 모든 독서는 금지되었지만 노어 교본과 당사(黨史)만은 허용되었다.

이인국 박사는 마치 생명의 열쇠나 되는 듯이 초보 노어 책을 거의 암송하다시피 했다.

크리스마스를 전후하여 장교들의 주연이 베풀어지는 기회가 거듭되었다.

얼근히 주기를 띤 스텐코프가 순시를 돌았다.

이인국 박사는 오늘의 이 기회를 놓치지 않겠다고 마음먹었다.

수일 전 소군 장교 한 사람이 급성 맹장염이 터져 복막염으로 번졌다.

그 환자의 실을 뽑는 옆에 온 스텐코프에게 이인국 박사는 말 절반 손짓 절반으로 혹을 수술하겠다는 의사를 표명했다.

스텐코프는 '하라쇼'를 연발했다.

그 후 몇 번 통역을 사이에 두고 수술 계획에 대한 자세한 의사를 진술할 기회가 생겼다.

이인국 박사는 일본인 시장의 혹을 수술하던 일을 회상하면서 자신있는 설복을 했다.

'동경 경응 대학 병원에서도 못하겠다는 것을 내가 거뜬히 해치우지 않았던가.'

그는 혼자 머릿속에서 자문 자답하면서 이번 일에 도박 같은 심정으로 생명을 걸었다.

소련 군의관을 입회시키고 몇 차례의 예비 진단이 치러졌다.

수술일은 왔다.

이인국 박사는 손에 익은 자기 병원의 의료 기재를 전부 운반하여 오게 했다.

군의관 세 사람이 보조하기로 했지만 집도는 이인국 박사 자신이 했다. 야전 병원의 젊은 군의관들이란 그에게 있어선 한갓 풋내기로밖에 보이지 않았다.

그는 수술을 진행하는 동안 그들 군의관들을 자기 집 조수 부리듯 했다. 집도 이후의 수술대는 완전히 자기 진단하의 왕국이라고 생각되었다.

그러나 아까 수술 직전에 사인한, 실패되는 경우에는 총살에 처한다는 서약서가 통일된 정신을 순간순간 흐려 놓곤 했다.

수술대에 누운 스텐코프의 침착하면서도 긴장에 찼던 얼굴, 그것도 전신 마취가 끝난 후 삼 분이 못 갔다.

간호부는 가제로 이인국 박사의 이마에 내 맺힌 땀방울을 연방 찍어내고 있다.

기구가 부딪는 금속성과 서로의 숨소리만이 고촉의 반사등이 내리비치는 방안의 질식할 것 같은 침묵을 헤살 짓고 있다.

수술은 예상 이상의 단시간으로 끝났다.

위생복을 벗은 이인국 박사의 전신은 땀으로 흠뻑 젖었다.

완치되어 퇴원하는 날 스텐코프는 이인국 박사의 손을 부서져라 쥐면서 외쳤다.

"꺼비딴 리, 스바씨보."

이인국 박사는 입을 헤벌리고 웃기만 했다. 마음의 감옥에서 해방된 것만 같았다.

"아진, 아진…… 오첸 하라쇼."

스텐코프는 엄지손가락을 높이 들면서 네가 첫째라는 듯이 이인국 박사의 어깨를 치며 칭찬했다.

다음 날 스텐코프는 이인국 박사를 자기 방으로 불렀다.

그가 이인국 박사에게 스스로 손을 내밀어 예절적인 악수를 청한 것은 이것이 처음이었다.

'적과 적이 맞부딪치면서 이렇게 백팔십 도로 전환될 수가 있을까. 노랑 대가리도 역시 본심에서는 하나의 인간임에는 틀림없는 것이 아닌가.'

"내일부터는 집에서 통근해도 좋소."

이인국 박사는 막혔던 둑이 터지는 것 같은 큰 숨을 삼켜 가면서 내쉬었다.

이번에는 이인국 박사가 스텐코프의 손을 잡았다.

"스바씨보, 스바씨보."

"혹 나한테 무슨 부탁이 없소?"

이인국 박사는 문득 시계가 머리에 떠올랐다.

그러면서도 곧이어 이 마당에 그런 이야기를 꺼낸다는 것은 오히려 꾀죄죄하게 보이지 않을까 하는 생각이 뒤따랐다. 그러나 아무래도 그 미련이 가셔지지 않았다.

이인국 박사는 비록 찾지 못하는 경우가 있더라고 솔직히 심중을 털어놓으리라고 마음먹었다.

그는 통역의 보조를 받아 가며 시간과 장소를 정확히 회상하면서 시계를 약탈당한 경위를 상세히 설명했다.

스텐코프는 혹이 붙었던 뺨을 쓰다듬으면서 긴장된 모습으로 듣고 있었다.

"염려없소, 독또우루 리. 위대한 붉은 군대가 그럴 리가 없소. 만약 있었다 하더라도 그것은 무슨 착각이었을 것이오. 내가 책임지고 찾도록 하겠소."

스텐코프의 얼굴에 결의를 띤 심각한 표정이 스쳐 가는 것을 이인국 박사는 똑바로 쳐다보았다.

'공연한 말을 끄집어내어 일껏 잘되어 가는 일이 부스럼을 만드는 것은 아닐까.'

그는 솟구치는 불안과 후회를 짓눌렀다.

"안심하시오, 독또우리 리, 하하하."

스텐코프는 말을 큰 웃음으로 넌지시 말끝을 막았다.

이인국 박사는 죽음의 직전에서 풀려나 집으로 향했다.

어느 사이 저렇게 노어로 의사 표시를 할 수 있게 되었느냐고 스텐코프가 감탄하더라는 통역의 말을 되뇌이면서…….

차가 브라운 씨의 관사 앞에 닿았다.

성조기를 보면서 이인국 박사는 그날의 적기(赤旗)와 돌려온 시계를 생각하고 있었다.

응접실에 안내된 이인국 박사는 주인이 나오기를 기다리면서 방안을 둘러보았다. 대사관으로는 여러 번 찾아갔지만 집으로 찾아온 것은 이번이 처음이다.

삼 년 전 딸이 미국으로 갈 때부터 신세진 사람이다.

벽 쪽 책꽂이에는 〈조선왕조실록(朝鮮王朝實錄)〉〈대동야승(大東野乘)〉 등 한적(漢籍)이 빼곡히 차 있고 한쪽에는 고서의 질책(帙冊)이 가지런히 쌓여져 있다.

맞은편 책상 위에는 작은 금동 불상 곁에 몇 개의 골동품이 진열되어 있다. 십이 폭 예서(隸書) 병풍 앞 탁자 위에 놓인 재떨이도 세월의 때문은 백자다.

저것들도 다 누군가가 가져다 준 것이 아닐까 하는 데 생각이 미치자 이인국 박사는 얼굴이 화끈해졌다.

　그는 자기가 들고 온 상감진사(象嵌辰砂) 고려 청자 화병에 눈길을 돌렸다. 사실 그것을 내놓는 데는 얼마간의 아쉬움이 없지 않았다. 국외로 내어 보낸다는 자책감 같은 것은 아예 생각해 본 일이 없는 그였다.

　차라리 이인국 박사에게는 저렇게 많으니 무엇이 그리 소중하고 달갑게 여겨지겠느냐는 망설임이 더 앞섰다.

　브라운 씨가 나오자 이인국 박사는 웃으며 선물을 내어놓았다. 포장을 풀고 난 브라운 씨는 만면에 미소를 띠며 기쁨을 참지 못하는 듯 탱큐를 거듭 부르짖었다.

　"참 이거 귀중한 것입니다."

　"뭐 대단한 것이 아닙니다만 그저 제 성의입니다."

　이인국 박사는 안도감에 잇닿은 만족을 느끼면서 브라운 씨의 기쁨에 맞장구를 쳤다.

　브라운 씨가 영어 반 한국말 반으로 섞어 하는 이야기를 들으면서 이인국 박사는 흐뭇한 기분에 젖었다.

　"닥터 리는 영어를 어디서 배웠습니까?"

　"일제 시대에 일본말 식으로 배웠지요. 예를 들면 '잣도 이즈 아 갓도' 식으루요."

　"그런데 지금 발음은 좋은데요. 문법이 아주 정확한 스텐더드 잉글리시입니다."

　그는 이 말을 들을 때 문득 스텐코프의 말이 연상됐다. 그러고 보면 영국에 조상을 가진다는 브라운 씨는 알(R) 발음을 그렇게 나타내지 않는 것 같게 여겨졌다.

　"얼마 전부터 개인 교수를 받고 있습니다."

　"아, 그렇습니까?"

　이인국 박사는 자기의 어학적 재질에 은근히 자긍을 느꼈다.

　브라운 씨가 부엌 쪽으로 갔다오더니 양주 몇 병이 놓인 쟁반이 따라 나왔다.

　"아무 거라도 마음에 드는 것으로 하십시오."

이인국 박사는 워드카 한 잔을 신통한 안주도 없이 억지로라도 단숨에 들이켜야 속이 시원해 하던 스텐코프를 브라운 씨 얼굴에 겹쳐 보고 있다.

그는 혈압 때문에 술을 조절해야 하는 자기 체질에 알맞게 스카치 한 잔을 핥듯이 조금씩 목을 축이면서 브라운 씨의 이야기를 들었다.

"그거, 국무실에서 통지 왔습니다."

이인국 박사는 뛸 듯이 기뻤으나 솟구치는 흥분을 억제하면서 천천히 손을 내밀어 악수를 청했다.

"탱큐, 탱큐."

어쩌면 이것은 수술 후의 스텐코프가 자기에게 하던 방식 그대로인지도 모른다는 생각이 들었다.

이인국 박사는 지성이면 감천이라고, 나의 처세법은 유에스에이에도 통하는구나 하는 기고만장한 기분이었다.

청자병을 몇 번이고 쓰다듬으면서 술잔을 거듭하는 브라운 씨도 몹시 즐거운 표정이었다.

"미국에 가서의 모든 일도 잘 부탁합니다."

"네, 염려 마십시오. 떠나실 때 소개장을 써드리지요."

"감사합니다."

"역사는 짧지만, 미국은 지상의 낙토입니다. 양국의 우호와 친선에 도움이 되기를 바랍니다……."

"탱큐……."

다음날 휴전선 지대로 같이 수렵하러 가기로 약속하고 이인국 박사는 브라운 씨 대문을 나섰다.

이번 새로 장만한 영국제 쌍발 엽총의 총신을 머리에 그리면서 그의 몸은 날기라도 할 듯이 두둥실 가벼웠다. 이인국 박사는 아까 수술한 환자의 경과가 궁금했으나 그것은 곧 씻겨져 갔다.

그의 마음 속에는 새로운 포부와 희망이 부풀어올랐다.

신체 검사는 이미 끝난 것이고 외무부 출국 수속도 국무성 통지만 오면 즉일될 수 있게 담당 책임자에게 교섭이 되어 있지 않은가? 빠르면 일주일 내에 떠나게 될지도 모른다는 브라운 씨의 말이 떠올랐다.

대학을 갓 나와 임상 경험도 신통치 않은 것들이 미국에만 갔다 오면 별이라도 딴 듯이 날치는 꼴이 사나왔다.

'어디 나두 댕겨오구 나면 보자!'

문득 딸 나미와 아들 원식의 얼굴이 한꺼번에 망막으로 휘몰아 왔다. 그는 두 주먹을 불끈 쥐며 얼굴에 경련을 일으키듯 긴장을 띠다가 어색한 미소를 흘려 보냈다.

'흥, 그 사마귀 같은 일본놈들 틈에서도 살았고, 닥싸귀 같은 로스케 속에서 살아났는데, 양키라고 다를까…… 혁명이 일겠으면 일구, 나라가 바뀌겠으면 바뀌구, 아직 이 이인국의 살 구멍은 막히지 않았다. 나보다 얼마든지 날뛰던 놈들도 있는데, 나쯤이야……'

그는 허공을 향하여 마음껏 소리치고 싶었다.

'그러면 우선 비행기 회사에 들러 형편이나 알아볼까……'

이인국 박사는 캘리포니아 특산 시가를 비스듬히 문 채 지나가는 택시를 불러 세웠다.

그는 스프링이 튈 듯이 부스에 털썩 주저앉았다.

"반도 호텔로……"

차창을 거쳐 보이는 맑은 가을 하늘이 이인국 박사에게는 더욱 푸르고 드높게만 느껴졌다.

18····
서울, 1964년 겨울

김승옥(金承玉, 1941~) ●● 일본 오사카에서 출생했다.
귀국 후 전남 순천에서 유년생활을 보냈다. 이 시절 바닷가의 체험은 나중에 그의 소설
의 주요 모티브가 되었다. 대학시절 〈산문시대〉 동인으로 활동하면서 김현, 최하림, 이
청준, 서정인 등과 교류하였는데, 이 동인들은 이후 우리 문학의 주된 산맥이 되었다.
1962년 한국일보 신춘문예에 〈생명 연습〉이 당선되어 문단에 데뷔하였다. 그 후 도시적
삶에 적응하려는 서민들의 애환, 1960년대 지적 우울 등을 감각적인 터치로 그린 작품
들이 많았다.
대표 작품은 〈무진기행〉〈누이를 이해하기 위하여〉〈환상수첩〉〈역사〉〈내가 훔친 여름〉
〈서울의 달빛 0장〉 등이 있다.

18 서울, 1964년 겨울

김승옥

1964년 겨울을 서울에서 지냈던 사람이라면 누구나 알고 있겠지만, 밤이 되면 거리에 나타나는 선술집 − 오뎅과 군참새와 세 가지 종류의 술 등을 팔고 있고, 얼어붙은 거리를 휩쓸며 부는 차가운 바람이 펄럭거리게 하는 포장을 들치고 안으로 들어서게 되어 있고, 그 안에 들어서면 카바이드 불의 길쭉한 불꽃이 바람에 흔들리고 있고, 염색한 군용(軍用) 잠바를 입고 있는 중년 사내가 술을 따르고 안주를 구워 주고 있는 그러한 선술집에서, 그날 밤, 우리 세 사람은 우연히 만났다. 우리 세 사람이란 나와 도수 높은 안경을 쓴 안(安)이라는 대학원 학생과 정체를 알 수 없었지만 요컨대 가난뱅이라는 것만은 분명하여 그의 정체를 꼭알고 싶다는 생각은 조금도 나지 않는 서른 대여섯 살짜리 사내를 말한다. 먼저 말을 주고받게 된 것은 나와 대학원생이었는데, 뭐 그렇고 그런 자기 소개가 끝났을 때는 나는 그가 안 씨라는 성을 가진 스물다섯 살짜리 대한민국 청년, 대학 구경을 해보지 못한 나로서는 상상이 되지 않는 전공(專攻)을 가진 대학원생, 부잣집 장남이라는 걸 알았고, 그는 내가 스물다섯 살짜리 시골 출신, 고등학교는 나오고 육군 사관학교를 지원했다가 실패하고 나서 군대에 갔다가 임질에 한 번 걸려 본 적이 있고, 지금은 구청 병사계(兵事係)에서 일하고 있다는 것을 아마 알았을 것이다.

자기 소개는 끝났지만, 그러고 나서는 서로 할 얘기가 없었다. 잠시 동안은 조용히 술만 마셨는데, 나는 새카맣게 구워진 참새를 집을 때 할 말이 생겼기 때문에 마음속으로 군참새에게 감사하고 나서 얘기를 시작했다.

"안 형, 파리를 사랑하십니까?"

"아니오. 아직까진……"

그가 말했다.

"김 형은 파리를 사랑하세요?"

"예."

라고 나는 대답했다.

"날 수 있으니까요. 아닙니다. 날 수 있는 것으로서 동시에 내 손에 붙잡힐 수 있는 것이니까요. 날 수 있는 것으로서 손 안에 잡아본 것이 있으세요?"

"가만 계셔 보세요."

그는 안경 속에서 나를 멀거니 바라보며 잠시 동안 표정을 꼼지락거리고 있었다. 그리고 말했다.

"없어요. 나도 파리밖에는……."

낮엔 이상스럽게도 날씨가 따뜻했기 때문에 길은 얼음이 녹아서 흙물로 가득했었는데 밤이 되면서부터 다시 기온이 내려가고 흙물은 우리의 발밑에서 다시 얼어붙기 시작했다. 쇠가죽으로 지어진 내 검정 구두는 얼고 있는 땅바닥에서 올라오고 있는 찬 기운을 충분히 막아내지 못하고 있었다. 사실 이런 술집이란, 집으로 돌아가는 길에 잠깐 한잔하고 싶은 생각이 든 사람이나 들어올 데지, 마시면서 곁에 선 사람과 무슨 얘기를 주고받을 데는 되지 못하는 곳이다. 그런 생각이 문득 들었지만 그 안경쟁이가 때마침 나에게 기특한 질문을 했기 때문에 나는 '이 놈 그럴 듯하다'고 생각되어 추위 때문에 저려 드는 내 발바닥에 조금만 참으라고 부탁했다.

"김 형, 꿈틀거리는 것을 사랑하십니까?"

하고 그가 내게 물었던 것이다.

"사랑하구 말구요."

나는 갑자기 의기 양양해져서 대답했다. 추억이란 그것이 슬픈 것이든지 기쁜 것이든지 그것을 생각하는 사람을 의기 양양하게 한다. 슬픈 추억일 때는 고즈넉이 의기 양양해지고 기쁜 추억일 때는 소란스럽게 의기 양양해진다.

"사관학교 시험에서 미역국을 먹고 나서도 얼마 동안, 나는 나처럼 대학 입학 시험에 실패한 친구 하나와 미아리에 하숙하고 있었습니다. 서울은 그때가 처음이었죠, 장교가 된다는 꿈이 깨어져서 나는 퍽 실의에 빠져 있었습니다. 그때 영영 실의해 버린 느낌입니다. 아시겠지만 꿈이 크면 클수록 실패가 주는 절망감도 대단한 힘을 발휘하더군요. 그 무렵 재미를 붙인 게 아침의 만원된 버스간이었습니다. 함께 있는 친구와 나는 하숙집의 아침 밥상을 밀어 놓기가 바쁘게 미아리 고개 위에 있는 버스 정류장으로 달려갑니다. 개처럼 숨을 헐떡거리면서 말입니다. 시골에서 처음으로 서울에 올라온 청년들의 눈에 가장 부럽고 신기하게 비치는 게 무언지 아십니까? 부러운 건 뭐니뭐니 해도, 밤이 되면 빌딩들의 창에 켜지는 불빛, 아니 그 불빛 속에서 이리저리 움직이고 있는 사람들이고, 신기한 건 버스간 속에서 일 센티미터도 안 되는 간격을 두고 자기 곁에 예쁜 아가씨가 서 있다는 사실입니다. 때로는 아가씨들과 팔목의 살을 대고 있기도 하고 허벅다리를 비비고서 있을 수도 있어서 그것 때문에 나는 하루 종일 시내 버스를 이것저것 갈아타면서 보낸 적도 있습니다. 물론 그날 밤에는 너무 피로해서 토했습니다만⋯⋯."

"잠깐, 무슨 얘기를 하시자는 겁니까?"

"꿈틀거리는 것을 사랑한다는 얘기를 하려던 참이었습니다. 들어보세요. 그 친구와 나는 출근 시간의 만원 버스 속을 스리꾼들처럼 안으로 비집고 들어갑니다. 그리고 자리를 잡고 앉아 있는 젊은 여자 앞에 섭니다. 나는 한 손으로 손잡이를 잡고 나서, 달려오느라고 좀 멍해진 머리를 올리고 있는 손에 기댑니다. 그리고 내 앞에 앉아 있는 여자의 아랫배 쪽으로 천천히 시선을 보냅니다. 그러면 처음엔 얼른 눈에 뜨이지 않지만 시간이 조금 가고 내 시선이 투명해지면서부터 나는 그 여자의 아랫배가 조용히 오르내리는 것을 볼 수 있습니다……."

"오르내린다는 건……호흡 때문에 그러는 것이겠죠?"

"물론입니다. 시체의 아랫배는 꿈쩍도 하지 않으니까요. 하여튼…… 나는 그 아침의 만원 버스간 속에서 보는 젊은 여자 아랫배의 조용한 움직임을 보고 있으면 왜 그렇게 마음이 편안해지고 맑아지는지 모르겠습니다. 나는 그 움직임을 지독하게 사랑합니다."

"퍽 음탕한 얘기군요."

라고 안은 기묘한 음성으로 말했다. 나는 화가 났다. 그 얘기는, 내가 만일 라디오의 박사 게임 같은 데에 나가게 돼서 '세상에서 가장 신선한 것은?'이라는 질문을 받게 되었을 때, 남들은 상추니 오월의 새벽이니 천사의 이마니 하고 대답하겠지만 나는 그 움직임이 가장 신선한 것이라고 대답하려니 하고 일부러 기억해 두었던 것이었다.

"아니 음탕한 얘기가 아닙니다."

나는 강경한 태도로 말했다.

"그 얘기는 정말입니다."

"음탕하지 않다는 것과 정말이라는 것 사이엔 어떤 관계가 있죠?"

"모르겠습니다. 관계 같은 것은 난 모릅니다. 요컨대……."

"그렇지만 고 동작은 '오르내린다'는 것이지 꿈틀거린다는 것은 아니군요. 김 형은 아직 꿈틀거리는 것을 사랑하지 않으시구먼."

우리는 다시 침묵 속으로 떨어져서 술잔만 만지작거리고 있었다. 개새끼, 그게 꿈틀거리는 게 아니라고 해도 괜찮다, 하고 나는 생각하고 있었다. 그런데 잠시 후에 그가 말했다.

"난 지금 생각해 봤는데, 김 형의 그 오르내림도 역시 꿈틀거림의 일종이라는 결론을 얻었습니다."

"그렇죠?"

나는 즐거워졌다.

"그것은 틀림없는 꿈틀거림입니다. 난 여자의 아랫배를 가장 사랑합니다. 안 형은 어떤 꿈틀거림을 사랑합니까?"

"어떤 꿈틀거림이 아닙니다. 그냥 꿈틀거리는 거죠. 그냥 말입니다. 예를 들면 ……데모도…….'"

"데모가? 데모를? 그러니까 데모…….'"

"서울은 모든 욕망의 집결지입니다. 아시겠습니까?"

"모르겠습니다."

라고 나는 할 수 있는 한 깨끗한 음성을 지어서 대답했다.

그 때 우리의 대화는 또 끊어졌다. 이번엔 침묵이 오래 계속되었다. 나는 술잔을 입으로 가져갔다. 내가 잔을 비우고 났을 때 그도 잔을 입에 대고 눈을 감고 마시고 있는 게 보였다. 나는 이젠 자리를 떠나야 할 때가 되었다고 다소 서글픈 기분으로 생각했다. 결국 그렇고 그렇다. 또 한 번 확인된 것에 지나지 않다고 생각하면서, '자 그럼 다음에 또……'라고 말할까 '재미있었습니다'라고 말할까, 궁리하고 있는데 술잔을 비운 안이 갑자기 한 손으로 내 한쪽 손을 살며시 잡으면서 말했다.

"우리가 거짓말을 하고 있었다고 생각하지 않으십니까?"

"아니오."

나는 좀 귀찮은 생각이 들었다.

"안 형은 거짓말을 했는지 모르지만 내가 한 얘기는 정말이었습니다."

"난 우리가 거짓말을 하고 있었던 것 같은 느낌이 듭니다."

그는 붉어진 눈두덩을 안경 속에서 두어 번 끔벅거리고 나서 말했다.

"난 우리 또래의 친구를 새로 알게 되면 꼭 꿈틀거림에 대한 얘기를 하고 싶어집니다. 그래서 얘기를 합니다. 그렇지만 얘기는 오 분도 안 돼서 끝나 버립니다."

나는 그가 무슨 이야기를 하고 있는지 알 듯하기도 했고 모를 것 같기도 했다.

"우리 다른 얘기합시다."

하고 그가 다시 말했다.

나는 심각한 얘기를 좋아하는 이 친구를 골려 주기 위해서, 그리고 한편으로는 자기의 음성을 자기가 들을 수 있는 취한 사람의 특권을 맛보고 싶어서 얘기를 시작했다.

"평화 시장 앞에서 줄지어 선 가로등 중에서 동쪽으로부터 여덟 번째 등은 불이 켜져 있지 않습니다……."

나는 그가 좀 어리둥절해 하는 것을 보자 더욱 신이 나서 얘기를 계속했다.

"그리고 화신 백화점 육 층의 창들 중에서는 그 중 세 개에서만 불빛이 나오고 있었습니다."

그러자 이번엔 내가 어리둥절해질 사태가 벌어졌다. 안의 얼굴에 놀라운 기쁨이 발하기 시작했기 때문이다.

그가 빠른 말씨로 얘기하기 시작했다.

"서대문 버스 정류장에는 사람이 서른두 명 있는데 그 중 여자가 열일곱 명이고 어린애는 다섯 명, 젊은이는 스물한 명, 노인이 여섯 명입니다."

"그건 언제 일이지요?"

"오늘 저녁 일곱 시 십오 분 현재입니다."

"아."

하고 나는 잠깐 절망적인 기분이었다. 그 반작용인 듯 굉장히 기분이 좋아져서 털어놓기 시작했다.

"단성사 옆골목의 첫번째 쓰레기통에는 초콜릿 포장지가 두 장 있습니다."

"그건 언제?"

"지난 십사일 저녁 아홉 시 현재입니다."

"적십자 병원 정문 앞에 있는 호도나무의 가지 하나는 부러져 있습니다."

"을지로 삼가에 있는 간판 없는 한 술집에는 미자라는 이름을 가진 색시가 다섯 명 있는데, 그 집에 들어온 순서대로 큰 미자, 둘째 미자, 셋째 미자, 넷째 미자, 막내 미자라고 합니다."

"그렇지만 그건 다른 사람들도 알고 있겠군요. 그 술집에 들어가 본 사람은 꼭 김 형 하나뿐이 아닐 테니까요."

"아 참, 그렇군요. 난 미처 그걸 생각하지 못했는데. 난 그 중에 큰 미자와 하룻저녁 같이 잤는데 그 여자는 다음날 아침 일수(日收)로 물건을 파는 여자가 왔을 때 내게 팬티 하나를 사주었습니다. 그런데 그 여자가 저금통으로 사용하고 있는 한 되들이 빈 술병에는 돈이 백십 원 들어 있었습니다."

"그건 얘기가 됩니다. 그 사실은 완전히 김 형의 소유입니다."

우리의 말투는 점점 서로를 존중해 가고 있었다.

"나는……"

하고 우리는 동시에 말을 시작하기도 했다. 그럴 때는 번갈아서 서로 양보했다.

"나는……"

이번에는 그가 말할 차례였다.

"서대문 근처에서 서울역 쪽으로 가는 전차의 트롤리가 내 시야에서 꼭 다섯 번 파란 불꽃을 튀기는 것을 보았습니다. 그건 오늘 밤 일곱 시 십오 분에 거길 지나가는 전차였습니다."

"안 형은 오늘 저녁엔 서대문 근처에서 살고 있었군요."

"예 서대문 근처에서만……"

"난 종로 이가 쪽입니다. 영보 빌딩 안이 있는 변소 문의 손잡이 조금 밑에는 약 이 센티미터 가량의 손톱 자국이 있습니다."

하하하하, 하고 그는 소리 내어 웃었다.

"그건 김 형이 만들어 놓은 자국이겠지요?"

나는 무안했지만 고개를 끄덕이지 않을 수 없었다. 그건 사실이었다.

"어떻게 아세요?"

하고 나는 그에게 물었다.

"나도 그런 경험이 있으니까요."

그가 대답했다.

"그렇지만 별로 기분 좋은 기억이 못 되더군요. 역시 우리는 그냥 바라보고 발견하고 비밀히 간직해 두는 편이 좋겠어요. 그런 짓을 하고 나서는 뒷맛이 좋지 않더군요."

"난 그런 짓을 많이 했습니다만 오히려 기분이 좋았……."

좋았다고 말하려고 했는데, 갑자기 내가 했던 모든 그것에 대한 혐오감이 치밀어서 나는 말을 그치고 그의 의견에 동의하는 고갯짓을 해버렸다.

그러나 그 때 나는 이상스럽다는 생각이 들었다. 내가 약 삼십 분 전에 들은 말이 틀림없다면 지금 내 옆에서 안경을 번쩍이고 앉아 있는 친구는 틀림없는 부잣집 아들이고 높은 공부를 한 청년이다. 그런데 왜 그가 이래야만 되는가?

"안 형이 부잣집 아들이라는 것은 사실이겠지요? 그리고 대학원 학생이라는 것도……."

내가 물었다.

"부동산만 해도 대략 삼천만 원쯤 되면 부자가 아닐까요? 물론 내 아버지 재산이지만 말입니다. 그리고 대학원생이라는 건 여기 학생증이 있으니까……."

그러면서 그는 호주머니를 뒤적거리면서 지갑을 꺼냈다.

"학생증까진 필요 없습니다. 실은 좀 의심스러운 게 있어서요. 안형 같은 사람이 추운 밤에 싸구려 선술집에 앉아서 나 같은 친구나 간직할 만한 일에 대해서 얘기하고 있다는 것이 이상스럽다는 생각이 방금 들었습니다."

"그건……그건……."

그는 좀 열띤 음성으로 말했다.

"그건……그렇지만 먼저 물어 보고 싶은 게 있는데요. 김 형이 추운 밤에 밤거리를 다니는 이유는 무엇입니까?"

"습관은 아닙니다. 나 같은 가난뱅이는 호주머니에 돈이 좀 생겨야 밤거리에 나올 수 있으니까요."

"글쎄 밤거리에 나오는 이유는 무엇입니까?"

"하숙방에 들어앉아서 벽이나 쳐다보고 있는 것보다는 나으니까요."

"밤거리에 나오면 뭔가 좀 풍부해지는 느낌이 들지 않습니까?"

"뭐가요?"

"그 뭔가가. 그러니까 생(生)이라고 해도 좋겠지요. 김 형이 왜 그런 질문을 하는지 그 이유를 조금은 알 것 같습니다. 내 대답은 이렇습니다. 밤이 됩니다. 난 집에서 거리로 나옵니다. 난 모든 것에서 해방된 것을 느낍니다. 아니, 실제로는 그렇지 않을지도 모르지만 그렇게 느낀다는 말입니다. 김 형은 그렇게 안 느낍니까?"

"글쎄요."

"나는 사물의 틈에 끼여서가 아니라 사물을 멀리 두고 바라보게 됩니다. 안 그렇습니까?"

"글쎄요. 좀……."

"아니 어렵다고 말하지 마세요. 이를테면 낮엔 그저 스쳐 지나가던 모든 것이 밤이 되면 내 시선 앞에서 자기들의 벌거벗은 몸을 송두리째 드러내 놓고 쩔쩔맨단 말입니다. 그런데 그게 의미가 없는 일일까요? 그런, 사물을 바라보며 즐거워한다는 일이 말입니다."

"의미요? 그게 무슨 의미가 있습니까? 난 무슨 의미가 있기 때문에 종로 이가에 있는 빌딩들의 벽돌 수를 헤아리는 일을 하는 게 아닙니다. 그냥……."

"그렇죠? 무의미한 겁니다. 아니 사실은 의미가 있는지도 모르지만 난 아직 그걸 모릅니다. 김 형도 아직 모르는 모양인데 우리 한 번 함께 그거나 찾아볼까요. 일부러 만들어 붙이지는 말고요."

"좀 어리둥절하군요. 그게 안 형의 대답입니까? 난 좀 어리둥절한데요. 갑자기 의미라는 말이 나오니까."

"아 참, 미안합니다. 내 대답은 아마 이렇게 된 것 같군요. 그냥 뭔가 뿌듯해지는 느낌이 들기 때문에 밤거리로 나온다고."

그는 이번엔 목소리를 낮추어서 말했다.

"김 형과 나는 서로 다른 길을 걸어서 같은 지점에 온 것 같습니다. 만일 이 지점이 잘못된 지점이라고 해도 우리 탓은 아닐 거예요."

그는 이번엔 쾌활한 음성으로 말했다.

"자, 여기서 이럴 게 아니라 어디 따뜻한 데 가서 정식으로 한잔씩 하고 헤어집시다. 난 한 바퀴 돌고 여관으로 갑니다. 가끔 이렇게 밤거리를 쏘다니는 밤엔 꼭 여관에서 자고 갑니다. 여관엘 찾아든다는 프로가 내게는 최고죠."

우리는 각기 계산하기 위해서 호주머니에 손을 넣었다. 그때 한 사내가 우리에게 말을 걸어왔다. 우리 곁에서 술잔을 받아 놓고 연탄불에 손을 쬐고 있던 사내였는데, 술을 마시기 위해서 거기에 들어온 것이 아니라 불이 쬐고 싶어서 잠깐 들렀다는 꼴을 하고 있었다. 제법 깨끗한 코트를 입고 있었고 머리엔 기름도 얌전하게 발라서 카바이드의 불꽃이 너풀댈 때마다 머리칼의 하이라이트가 이리저리 움직이고 있었다. 그러나 어디선지는 분명하지는 않았지만 가난뱅이 냄새가 나는 서른 대여섯 살짜리 사내였다. 아마 빈약하게 생긴 턱 때문이었을까. 아니면 유난히 새빨간 눈시울 때문이었을까. 그 사내가 나나 안(安) 중의 어느 누구에게라고 할 것 없이 그냥 우리 쪽을 향하여 말을 걸어 온 것이다.

"미안하지만 제가 함께 가도 괜찮을까요? 제게 돈은 얼마 있습니다만……."

이라고 그 사내는 힘없는 음성으로 말했다.

그 힘없는 음성으로 봐서는 꼭 끼워 달라는 건 아니라는 것 같았지만, 한편으로는 우리와 함께 가고 싶은 생각이 간절하다는 것 같기도 했다. 나와 안은 잠깐 얼굴을 마주 보고 나서,

"아저씨 술값만 있다면……."

이라고 내가 말했다.

"함께 가시죠."

라고 안도 내 말을 이었다.

"고맙습니다."

하고 그 사내는 여전히 힘없는 음성으로 말하면서 우리를 따라왔다.

안은 일이 좀 이상하게 되었다는 얼굴을 하고 있었고, 나 역시 유쾌한 예감이 들지는 않았다. 술좌석에서 알게 된 사람끼리는 의외로 재미있게 놀게 되는 것을 몇 번의 경험으로 알고 있었지만, 대개의 경우, 이렇게 힘없는 목소리로 끼여드는 양반은 없었다. 즐거움이 넘치고 넘친다는 얼굴로 요란스럽게 끼여들어야만 일이

되는 것이었다. 우리는 갑자기 목적지를 잊은 사람들처럼 사방을 두리번거리면서 느릿느릿 걸어갔다. 전봇대에 붙은 약 광고판 속에서는 예쁜 여자가 춤지만 할 수 있느냐는 듯한 쓸쓸한 미소를 띠고 우리를 내려다보고 있었고, 어떤 빌딩의 옥상 에서는 소주 광고의 네온사인이 열심히 명멸하고 있었고, 소주 광고 곁에서는 약 광고의 네온사인이 하마터면 잊어버릴 뻔했다는 듯이 황급히 꺼졌다간 다시 켜져 서 오랫동안 빛나고 있었고, 이젠 완전히 얼어붙은 길 위에는 거지가 돌덩이처럼 여기저기 엎드려 있었고, 그 돌덩이 앞을 사람들이 힘껏 웅크리고 빠르게 지나가 고 있었다. 종이 한 장이 바람에 쉭 날리어 거리의 저쪽에서 이쪽으로 날아오고 있었다. 그 종잇조각은 내 발밑에 떨어졌다. 나는 그 종잇조각을 집어들었는데 그 것은 '미희(美姬) 서비스, 특별 염가(特別廉價)'라는 것을 강조한 어느 비어 홀의 광고지였다.

"지금 몇 시쯤 되었습니까?"

라고 힘없는 아저씨가 안에게 물었다.

"아홉 시 십 분 전입니다."

라고 잠시 후에 안이 대답했다.

"저녁들은 하셨습니까? 난 아직 저녁을 안 했는데, 제가 살 테니까 같이 가시겠 어요?"

하고 힘없는 아저씨가 이번엔 나와 안을 번갈아 보며 말했다.

"먹었습니다."

하고 나와 안은 동시에 대답했다.

"혼자서 하시죠."

라고 내가 말했다.

"그만두겠습니다."

힘없는 아저씨가 대답했다.

"하세요. 따라가 드릴 테니까요."

안이 말했다.

"감사합니다. 그럼……."

우리는 근처의 중국 요릿집으로 들어갔다. 방으로 들어가서 앉았을 때, 아저씨는 또 한 번 간곡하게 우리가 뭘 좀 들 것을 권했다. 우리는 또 한 번 사양했다. 그는 또 권했다.

"아주 비싼 걸 시켜도 괜찮겠습니까?"

라고 나는 그의 권유를 철회시키기 위해서 말했다.

"네, 사양 마시고."

그가 처음으로 힘있는 목소리로 말했다.

"돈을 써 버리기로 결심했으니까요."

나는 그 사내에게 어떤 꿍꿍이속이 있는 것만 같은 느낌이 들어서 좀 불안했지만, 통닭과 술을 시켜 달라고 했다. 그는 자기가 주문한 것 외에 내가 말한 것도 사환에게 청했다. 안은 어처구니없는 얼굴로 나를 보았다. 나는 그때 마침 옆방에서 들려오고 있는 여자의 불그레한 신음 소리를 듣고만 있었다.

"이 형도 뭘 좀 드시죠?"

라고 아저씨가 안에게 말했다.

"아니 전……."

안은 술이 다 깬다는 듯이 펄쩍 뛰고 사양했다.

우리는 조용히 옆방의 다급해져 가는 신음 소리에 귀를 기울이고 있었다. 전차의 끽끽거리는 소리와 홍수 난 강물 소리 같은 자동차들의 달리는 소리도 희미하게 들려 오고 있었고 가까운 곳에선 이따금 초인종 울리는 소리도 들렸다. 우리의 방은 어색한 침묵에 싸여 있었다.

"말씀드리고 싶은 게 있는데요."

마음씨 좋은 아저씨가 말하기 시작했다.

"들어 주시면 고맙겠습니다…… 오늘 낮에 제 아내가 죽었습니다. 세브란스 병원에 입원하고 있었는데……."

그는 이젠 슬프지도 않다는 얼굴로 우리를 빤히 쳐다보며 말하고 있었다.

"네에에."

"그거 안되셨군요."

라고 안과 나는 각각 조의를 표했다.

"아내와 나는 참 재미있게 살았습니다. 아내가 어린애를 낳지 못하기 때문에 시간은 몽땅 우리 두 사람의 것이었습니다. 돈은 넉넉하지 못했습니다만 그래도 돈이 생기면 우리는 어디든지 같이 다니면서 재미있게 지냈습니다. 딸기철엔 수원에도 가고, 포도철에 안양에도 가고, 여름이면 대천에도 가고, 가을엔 경주에도 가보고, 밤엔 영화 구경, 쇼 구경하러 열심히 극장에 쫓아다니기도 했습니다……."

"무슨 병환이셨던가요?"

하고 안이 조심스럽게 물었다.

"급성 뇌막염이라고 의사가 그랬습니다. 아내는 옛날에 급성 맹장염 수술을 받은 적도 있고, 급성 폐렴을 앓은 적도 있다고 했습니다만 모두 괜찮았는데 이번의 급성엔 결국 죽고 말았습니다…… 죽고 말았습니다."

사내는 고개를 떨구고 한참 동안 무언지 입을 우물거리고 있었다. 안이 손가락으로 내 무릎을 찌르며 우리는 꺼지는 게 어떻겠느냐는 눈짓을 보냈다. 나 역시 동감이었지만 그때 그 사내가 다시 고개를 들고 말을 계속했기 때문에 우리는 눌러 앉아 있을 수밖에 없었다.

"아내와는 재작년에 결혼했습니다. 우연히 알게 되었습니다. 친정이 대구 근처에 있다는 얘기만 했지 한 번도 친정과는 내왕이 없었습니다. 난 처갓집이 어딘지도 모릅니다. 그래서 할 수 없었어요."

그는 다시 고개를 떨구고 입을 우물거렸다.

"뭘 할 수 없었다는 말입니까?"

내가 물었다. 그는 내 말을 못 들은 것 같았다. 그러나 한참 후에 다시 고개를 들고 마치 애원하는 듯한 눈빛으로 말을 이었다.

"아내의 시체를 병원에 팔았습니다. 할 수 없었습니다. 난 서적 외판원에 지나지 않습니다. 할 수 없었습니다. 돈 사천 원을 주더군요. 난 두 분을 만나기 얼마 전까지도 세브란스 병원 울타리 곁에 서 있었습니다. 아내가 누워 있을 시체실이 있는 건물을 알아보려고 했습니다만 어딘지 알 수 없었습니다. 그냥 울타리 곁에 앉아서 병원의 큰 굴뚝에서 나오는 희끄무레한 연기만 바라보고 있었습니다. 아내는 어떻게 될까요? 학생들이 해부 실습하느라고 톱으로 머리를 가르고 칼로 배를 째고 한다는데 정말 그러겠지요?"

우리는 입을 다물고 있을 수밖에 없었다. 사환이 다쿠앙과 양파가 담긴 접시를 갖다 놓고 나갔다.

"기분 나쁜 얘길 해서 미안합니다. 다만 누구에게라도 얘기하지 않고서는 견딜 수 없었습니다. 한 가지만 의논해 보고 싶은데, 이 돈을 어떻게 하면 좋을까요? 저는 오늘 저녁에 다 써버리고 싶은데요."

"쓰십시오."

안이 얼른 대답했다.

"이 돈이 다 없어질 때까지 함께 있어 주시겠어요?"

사내가 말했다. 우리는 얼른 대답하지 못했다.

"함께 있어 주십시오."

사내가 말했다. 우리는 승낙했다.

"멋있게 한 번 써 봅시다."

라고 사내는 우리와 만나 후 처음으로 웃으면서, 그러나 여전히 힘없는 음성으로 말했다.

중국집에서 거리로 나왔을 때는 우리는 모두 취해 있었고, 돈은 천 원이 없어졌고, 사내는 한쪽 눈으로는 울고 다른 쪽 눈으로는 웃고 있었고, 안은 도망갈 궁리를 하기에도 지쳐 버렸다고 내게 말하고 있었고, 나는 "악센트 찍는 문제를 모두 틀려 버렸단 말야, 악센트 말야"라고 중얼거리고 있었고, 거리는 영화에서 본 식민지의 거리처럼 춥고 한산했고, 그러나 여전히 소주 광고는 부지런히, 약 광고는 게으름을 피우며 반짝이고 있었고, 전봇대의 아가씨는 '그저 그래요'라고 웃고 있었다.

"이제 어디로 갈까?"

하고 아저씨가 말했다.

"어디로 갈까?"

안이 말하고,

"어디로 갈까?"

라고 나도 그들의 말을 흉내 냈다.

아무 데도 갈 데가 없었다. 방금 우리가 나온 중국집 곁에 양품점의 쇼윈도가 있었다. 사내가 그쪽을 가리키며 우리를 끌어당겼다. 우리는 양품점 안으로 들어갔다.

"넥타이를 하나 골라 가져. 내 아내가 사주는 거야."

사내가 호통을 쳤다.

우리는 알록달록한 넥타이를 하나씩 들었고, 돈은 육백 원이 없어져 버렸다. 우리는 양품점에서 나왔다.

"어디로 갈까?"

라고 사내가 말했다.

갈 데는 계속해서 없었다. 양품점의 앞에는 귤장수가 있었다.

"아내는 귤을 좋아했다."

고 외치며 사내는 귤을 벌여 놓은 수레 앞으로 돌진했다. 돈 삼백 원이 없어졌다.

우리는 이빨로 귤껍질을 벗기면서 그 부근에서 서성거렸다.

"택시!"

사내가 고함쳤다.

택시가 우리 앞에서 멎었다. 우리가 차에 오르자마자 사내는,

"세브란스로!"

라고 말했다.

"안 됩니다. 소용없습니다."

안이 재빠르게 외쳤다.

"안 될까?"

사내는 중얼거렸다.

"그럼 어디로?"

아무도 대답하지 않았다.

"어디로 가시는 겁니까?"

라고 운전수가 짜증난 음성으로 말했다.

"갈 데가 없으면 빨리 내리쇼."

우리는 차에서 내렸다. 결국 우리는 중국집에서 스무 발짝도 더 벗어나지 못하고 있었다.

거리의 저쪽 끝에서 요란한 사이렌 소리가 나타나서 점점 가깝게 달려들었다. 소방차 두 대가 우리 앞을 빠르고 시끄럽게 지나쳐 갔다.

"택시!"

사내가 고함쳤다.

택시가 우리 앞에 멎었다. 우리가 차에 오르자마자 사내는,

"저 소방차 뒤를 따라갑시다."

라고 말했다.

나는 귤 껍질 세 개째를 벗기고 있었다.

"지금 불구경하러 가고 있는 겁니까?"

라고 안이 아저씨에게 말했다.

"안 됩니다. 시간이 없습니다. 벌써 열 시 반인데요. 좀더 재미있게 지내야죠. 돈은 이제 얼마 남았습니까?"

아저씨는 호주머니를 뒤져서 돈을 모두 털어냈다. 그리고 그것을 안에게 건네줬다. 안과 나는 세어 봤다. 천구백 원하고 동전이 몇 개, 십 원짜리가 몇 장이 있었다.

"됐습니다."

안은 다시 돈을 돌려주면서 말했다.

"세상엔 다행히 여자의 특징만 중점적으로 내보이는 여자들이 있습니다."

"내 아내 얘깁니까?"

라고 사내가 슬픈 음성으로 물었다.

"내 아내의 특징은 잘 웃는다는 것이었습니다."

"아닙니다. 종삼(鐘三)으로 가자는 얘기였습니다."

안이 말했다.

사내는 안을 경멸하는 듯한 웃음을 띠며 고개를 돌려 버렸다. 그러는 사이에 우리는 화재가 난 곳에 도착했다. 삼십 원이 없어졌다. 화재가 난 곳은 아래층인 페인트 상점이었는데 지금은 미용 학원 이층에서 불길이 창으로부터 뿜어 나오고 있었다. 경찰들의 호각 소리, 소방차들의 사이렌 소리, 불길 속에서 나는 탁탁 소리, 물줄기가 건물의 벽에 부딪쳐서 나는 소리. 그러나 사람들의 소리는 아무것도 나지 않았다. 사람들은 불빛에 비쳐 무안당한 사람들처럼 붉은 얼굴로 정물처럼 서 있었다.

우리는 발밑에 굴러 있는 페인트 통을 하나씩 궁둥이 밑에 깔고 웅크리고 앉아서 불구경을 했다. 나는 불이 좀더 오래 타기를 바랐다. 미용 학원이라는 간판에 불이 붙고 있었다. '원' 자에 불이 붙기 시작했다.

"김 형, 우리 얘기나 합시다."

하고 안이 말했다.

"화재 같은 건 아무것도 아닙니다. 내일 아침 신문에서 볼 것을 오늘 밤에 미리 봤다는 차이밖에 없습니다. 저 화재는 김 형의 것도 아니고 내 것도 아니고 이 아저씨 것도 아닙니다. 그렇기 때문에 난 화재엔 흥미가 없습니다. 김 형은 어떻게 생각하십니까?"

"동감입니다."

물줄기 하나가 불타고 있는 '학'으로 달려들고 있었다. 물이 닿는 곳에선 회색 연기가 피어 올랐다. 힘없는 아저씨가 갑자기 힘차게 깡통으로부터 일어섰다.

"내 아냅니다."

하고 사내는 환한 불길 속을 손가락질하며 눈을 크게 뜨고 소리쳤다.

"내 아내가 머리를 막 흔들고 있습니다. 골치가 깨질 듯이 아프다고 머리를 막 흔들고 있습니다. 여보……."

"골치가 깨질 듯이 아픈 게 뇌막염의 증세입니다. 그렇지만 저건 바람에 휘날리는 불길입니다. 앉으세요. 불 속에 아주머님이 계실 리가 있습니까?"

라고 안이 아저씨를 끌어 앉히며 말했다. 그러고 나서 안은 나에게 나지막하게 속삭였다.

"이 양반, 우릴 웃기는데요."

나는 꺼졌다고 생각하고 있던 '학'에 다시 불이 붙고 있는 것을 보았다. 물줄기가 다시 그곳으로 뻗어 가고 있었다. 그러나 물줄기는 겨냥을 잘 잡지 못하고 이리 저리 흔들리고 있었다. 불은 날쌔게 '용' 자를 핥고 있었다. 나는 '미'까지 어서 불붙기를 바라고 있었고 그리고 그 간판에 불이 붙은 과정을 그 많은 불구경꾼들 중에서 나 혼자만 알고 있기를 바랐다. 그러나 그때 문득 나는 불이 생명을 가진 것처럼 생각되어서, 내가 조금 전에 바라고 있던 것을 취소해 버렸다.

무언가 하얀 것이 우리가 웅크리고 앉아 있는 곳에서 불타고 있는 건물 쪽으로 날아가는 것이 보였다. 그 비둘기는 불 속으로 떨어졌다.

"무엇이 불 속으로 날아 들어갔지요?"

내가 안을 돌아다보며 물었다.

"예, 뭐가 날아갔습니다."

안은 나에게 대답하고 나서 이번엔 아저씨를 돌아다보며,

"보셨어요?"

하고 그에게 물었다.

아저씨는 잠자코 앉아 있었다. 그때 순경 한 사람이 우리 쪽으로 달려왔다.

"당신이다."

라고 순경은 아저씨를 한 손으로 붙잡으면서 말했다.

"방금 무엇을 불 속에 던졌소?"

"아무것도 안 던졌습니다."

"뭐라구요?"

순경은 때릴 듯한 시늉을 하며 아저씨에게 소리쳤다.

"내가 던지는 걸 봤단 말요. 무얼 불 속에 던졌소?"

"돈입니다."

"돈?"

"돈과 돌을 수건에 싸서 던졌습니다."

"정말이오?"

순경은 우리에게 물었다.

"예, 돈이었습니다. 이 아저씨는 불난 곳에 돈을 던지면 장사가 잘 된다는 이상한 믿음을 가졌답니다. 말하자면 좀 돌았다고 할 수 있는 사람이지만 나쁜 짓을 결코 하지 않는 장사꾼입니다."

안이 대답했다.

"돈은 얼마였소?"

"일 원짜리 동전 한 개였습니다."

안이 다시 대답했다.

순경이 가고 났을 때 안이 사내에게 물었다.

"정말 돈을 던졌습니까?"

"예."

우리는 꽤 오랫동안 불꽃이 튀는 탁탁 소리에 귀를 기울이고 있었다. 한참 후에 안이 사내에게 말했다.

"결국 그 돈은 다 쓴 셈이군요…… 자, 이젠 약속이 끝났으니 우린 가겠습니다. 안녕히 계십시오."

라고 나는 아저씨에게 작별 인사를 했다.

안과 나는 돌아서서 걷기 시작했다. 사내가 우리를 쫓아와서 안과 나의 팔을 반쪽씩 붙잡았다.

"나 혼자 있기가 무섭습니다."

그는 벌벌 떨며 말했다.

"곧 통행 금지 시간이 됩니다. 난 여관으로 가서 잘 작정입니다."

안이 말했다.

"난 집으로 갈 겁니다."

내가 말했다.

"함께 갈 수 없겠습니까? 오늘 밤만 같이 지내 주십시오. 부탁합니다. 잠깐만 저를 따라와 주십시오."

사내는 말하고 나서 나를 붙잡고 있는 자기의 팔을 부채질하듯이 흔들었다. 아마 안의 팔에 대해서도 그렇게 했으리라.

"어디로 가자는 겁니까?"

나는 아저씨에게 물었다.

"여관비를 구하러 잠깐 이 근처에 들렀다가 모두 함께 여관으로 갔으면 하는데요."

"여관에요?"

나는 내 호주머니 속에 든 돈을 손가락으로 계산해 보며 말했다.

"아닙니다. 폐를 끼쳐 드리고 싶지 않습니다. 잠깐만 절 따라와 주십시오."

"돈을 빌리러 가는 겁니까?"

"아닙니다. 받아야 할 돈이 있습니다."

"이 근처에요?"

"예, 여기가 남영동이라면."

"아마 틀림없는 남영동인 것 같군요."

내가 말했다.

사내가 앞장을 서고 안과 내가 그 뒤를 쫓아서 우리는 화재로부터 멀어져 갔다.

"빚 받으러 가기에는 시간이 너무 늦었습니다."

안이 사내에게 말했다.

"그렇지만 저는 받아만 합니다."

우리는 어느 어두운 골목길로 들어섰다. 골목의 모퉁이를 몇 개인가 돌고 난 뒤에 사내는 대문 앞에 전등이 켜져 있는 집 앞에서 멈췄다. 나와 안은 사내로부터 열 발짝쯤 떨어진 곳에서 멈췄다. 사내가 벨을 눌렀다. 잠시 후에 대문이 열리고, 사내가 대문 앞에 선 사람과 말하는 소리가 들렸다.

"주인 아저씨를 뵙고 싶은데요."

"주무시는데요."

"그럼 아주머니는?"

"주무시는데요."

"꼭 뵈어야겠는데요.

"기다려 보세요."

대문이 다시 닫혔다. 안이 달려가서 사내의 팔을 잡아 끌었다.

"그냥 가시죠?"

"괜찮습니다. 받아야 할 돈이니까요."

안이 다시 먼저 서 있던 곳으로 걸어왔다. 대문이 열렸다.

"밤 늦게 죄송합니다."

사내가 대문을 향해 고개를 숙이며 말했다.

"누구시죠?"

대문은 잠에 취한 여자의 음성을 냈다.

"죄송합니다. 이렇게 너무 늦게 찾아와서 실은……."

"누구시죠? 술 취하신 것 같은데……."

"월부 책값 받으러 온 사람입니다."

하고, 사내는 비명 같은 높은 소리로 외쳤다.

"월부 책값 받으러 온 사람입니다."

이번엔 사내는 문기둥에 두 손을 짚고 앞으로 뻗은 자기 팔 위에 얼굴을 파묻으며 울음을 터뜨렸다.

"월부 책값 받으러 온 사람입니다. 월부 책값……."

사내는 계속해서 흐느꼈다.

"내일 낮에 오세요."

대문이 탕 닫혔다.

사내는 계속해서 울고 있었다. 사내는 가끔 '여보'라고 중얼거리며 오랫동안 울고 있었다. 우리는 여전히 열 발짝쯤 떨어진 곳에서 그가 울음을 그치기를 기다리고 있었다. 한참 후에 그가 우리 앞으로 비틀비틀 걸어왔다. 우리는 모두 고개를 숙이고 어두운 골목길을 걸어서 거리로 나왔다. 적막한 거리에는 찬바람이 세차게 불고 있었다.

"몹시 춥군요."

라고 사내는 우리를 염려한다는 음성으로 말했다.

"추운데요. 빨리 여관으로 갑시다."

안이 말했다.

"방을 한 사람씩 따로 잡을까요?"

여관에 들어갔을 때 안이 우리에게 말했다.

"그게 좋겠지요?"

"모두 한방에 드는 게 좋겠어요."

라고 나는 아저씨를 생각해서 말했다.

아저씨는 그저 우리 처분만 바란다는 듯한 태도로, 또는 지금 자기가 서 있는 곳이 어딘지도 모른다는 태도로 멍하니 서 있었다. 여관에 들어서자 우리는 모든 프로가 끝나 버린 극장에서 나오는 때처럼 어찌할 바를 모르고 거북스럽기만 했다. 여관에 비한다면 거리가 우리에게 더 좋았던 셈이었다. 벽으로 나누어진 방들, 그것이 우리가 들어가야 할 곳이었다.

"모두 같은 방에 들기로 하는 것이 어떻겠어요?"

내가 다시 말했다.

"난 아주 피곤합니다."

안이 말했다.

"방은 각각 하나씩 차지하고 자기로 하지요."

"혼자 있기가 싫습니다."

라고 아저씨가 중얼거렸다.

"혼자 주무시는 게 편하실 거예요."

안이 말했다.

우리는 복도에서 헤어져 사환이 지적해 준, 나란히 붙은 방 세 개에 각각 한 사람씩 들어갔다.

"화투라도 사다가 놉시다."

헤어지기 전에 내가 말했지만,

"난 아주 피곤합니다. 하시고 싶으면 두 분이나 하세요."

하고 안은 말하고 나서 자기의 방으로 들어가 버렸다.

"나도 피곤해 죽겠습니다. 안녕히 주무세요"

라고 나는 아저씨에게 말하고 나서 내 방으로 들어갔다. 숙박계엔 거짓 이름, 거짓 주소, 거짓 나이, 거짓 직업을 쓰고 나서 사환이 가져다 놓은 자리끼를 마시고 나는 이불을 뒤집어 썼다. 나는 꿈도 안 꾸고 잘 잤다

다음날 아침 일찍 안이 나를 깨웠다.

"그 양반 역시 죽어 버렸습니다."

안이 내 귀에 입을 대고 그렇게 속사였다.

"예?"

나는 잠이 깨끗이 깨어 버렸다.

"방금 그 방에 들어가 보았는데 역시 죽어 버렸습니다."

"역시 ……"

나는 말했다.

"사람들이 알고 있습니까?"

"아직까진 아무도 모르는 것 같습니다. 우선 빨리 도망해 버리는 게 시끄럽지 않을 것 같습니다."

"사실이지요?"

"물론 그렇겠죠."

나는 급하게 옷을 주워 입었다. 개미 한 마리가 방바닥을 내 발이 있는 쪽으로 기어오고 있었다. 그 개미가 내 발을 붙잡으려고 하는 것 같은 느낌이 들어서 나는 얼른 자리를 옮겨 디디었다.

밖의 이른 아침에는 싸락눈이 내리고 있었다. 우리는 할 수 있는 한 빠른 걸음으로 여관에서 멀어져 갔다.

"난 그가 죽으리라는 것을 알고 있었습니다."

안이 말했다.

"난 짐작도 못했습니다."

라고 나는 사실대로 이야기했다.

"난 짐작하고 있었습니다."

그는 코트의 깃을 세우며 말했다.

"그렇지만 어떻게 합니까?"

"그렇지요. 할 수 없지요. 난 짐작도 못 했는데……."

내가 말했다.

"짐작했다고 하면 어떻게 하겠어요?"

그가 내게 물었다.

"씨팔것, 어떻게 합니까? 그 양반 우리더러 어떡하라는 건지……."

"그러게 말입니다. 혼자 놓아두면 죽지 않을 줄 알았습니다. 그게 내가 생각해 본 최선의, 그리고 유일한 방법이었습니다."

"난 그 양반이 죽으리라는 짐작도 못 했으니까요. 씨팔것, 약을 호주머니에 넣고 다녔던 모양이군요."

안은 눈을 맞고 있는 어느 앙상한 가로수 밑에서 멈췄다. 나도 그를 따라가서 멈췄다. 그가 이상하다는 얼굴로 나에게 물었다.

"김 형, 우리는 분명히 스물다섯 살짜리죠?"

"난 분명히 그렇습니다."

"나도 그건 분명합니다."

그는 고개를 한번 기웃했다.

"두려워집니다."

"뭐가요?"

내가 물었다.

"그 뭔가가, 그러니까……."

그가 한숨 같은 음성으로 말했다.

"우리가 너무 늙어 버린 것 같지 않습니까?"

"우린 이제 겨우 스물다섯 살입니다."

나는 말했다.

"하여튼……."

하고 그가 내게 손을 내밀며 말했다.

"자, 여기서 헤어집시다. 재미 많이 보세요."

하고 나도 그의 손을 잡으며 말했다.

우리는 헤어졌다. 나는 마침 버스가 막 도착한 길 건너편의 버스 정류장으로 달려갔다. 버스에 올라서 창으로 내어다 보니 안은 앙상한 나뭇가지 사이로 내리는 눈을 맞으며 무언가 곰곰이 생각하고 서 있었다.

19....

병신과 머저리

이청준(李淸俊, 1939~2008) ●● 전라남도 장흥에서 출생했다.
1965년 〈사상계〉에 〈퇴원〉이 당선되어 등단하였다. 그의 작품은 추리 소설적 기법과 액
자소설을 즐겨 쓰며, 이 형식적 특성을 통해 주제를 심화해 가는 독특한 경지를 열었다.
즉 이야기가 중첩되면서 서사적 사건과 바깥 이야기 또는 작가의 삶이 융해되면서 주제
의식을 강화해 간다. 많은 작품들이 영화화되기도 하고 번역되어 외국에 소개되는 등 한
국문학의 대표라 할 수 있다.
대표 작품은 〈별을 보여 드립니다〉 〈소문의 벽〉 〈매잡이〉 〈잔인한 도시〉 〈서편제〉 〈선학
동 나그네〉 〈비화밀교〉 〈당신들의 천국〉 〈낮은 데로 임하소서〉 등이 있다.

19 병신과 머저리

이청준

화폭은 이 며칠 동안 조금도 메워지지 못한 채 넓게 나를 압도하고 있었다. 학생들이 돌아가 버린 화실은 조용해져 있었다. 나는 새 담배에 불을 붙였다.

형이 소설을 쓴다는 기이한 일은, 달포 전 그의 칼 끝이 열 살배기 소녀의 육신으로부터 그 영혼을 후벼내 버린 사건과 깊이 관계가 되고 있는 듯했다. 그러나 그 수술의 실패가 꼭 형의 실수라고만은 할 수 없었다. 피해자 쪽이 그렇게 생각했고, 근 십 년 동안 구경만 해 오면서도 그쪽 일에 전혀 무지하지만은 않은 나의 생각이 그랬다. 형 자신도 그것은 시인했다. 소녀는 수술을 받지 않았어도 잠시 후에는 비슷한 길을 갔을 것이고, 수술은 처음부터 절반도 성공의 가능성이 없었던 것이었다. 무엇보다 그런 사건은 형에게서뿐 아니라 수술중엔 어느 병원에서나 일어날 수 있는 종류의 것이었다. 그러나 어쨌든 그 일이 형에게는 하나의 사건이었다. 그 일이 있은 후로 형은 차츰 병원 일에 등한해지기 시작했다. 처음에는 가끔씩 밤에 시내로 가서 취해 돌아오는 일이 생기더니 나중에는 아주 병원 문을 닫고 들어앉아 버렸다. 그리고는 아주머니까지 곁에 오지 못하게 하고 진종일 방에만 틀어박혀 있다가, 밤이 되면 시내로 가서 호흡이 다 답답해지도록 취해 돌아오곤 하였다.

방에 그렇게 틀어박혀 있는 동안 형은 소설을 쓴다는 것이었다. 처음에 나는 형의 그 소설이란 것에 대해서 별난 관심을 갖지 않았었다. 다만 열 살배기 소녀의 사망이 형에게 그만한 사건일 수 있을까, 그렇다면 형은 그 사건을 어떤 식으로 받아들였기에 소설까지 쓴다는 법석을 부리는 것인가 하는 정도였다. 그러다가 어느 날 밤 우연히 그 몇 장을 들추어 보다 나는 깜짝 놀라고 말았다. 놀랐다고 하는 것은 그것이 소설이기 때문이거나 의사라는 형의 직업 때문이 아니었다. 언어 예술로서의 소설이라는 것은 나 따위 화실이나 내고 있는 졸때기 미술 학도가 알 턱이 없다. 그것은 나를 크게 실망시키지도 않는다. 그러니까 내가 지금 형의 소설에 대해 말하고 있는 것은 문학적 관심과는 거리가 먼 것일 수밖에 없다. 형의 소설이 문학 작품으로는 이야깃거리가 못 된다는 것이 아니라 나는 그것에 대해서 잘 알고 있질 못하다는 말이다. 내가 놀란 것은 형이 그 소설에서 그토록 오래 입을 다물고 있던 십 년 전의 패잔(敗殘)과 탈출에 관한 이야기를 쓰고 있었기 때문이었다.

형은 자신의 말대로 외과 의사로서 째고 자르고 따내고 꿰매며 이십 년 동안을 조용하게만 살아온 사람이었다. 생(生)에 대한 회의도, 직업에 대한 염증도, 그리고 지나가 버린 시간에 대한 기억도 없는 사람처럼 끊임없이, 그리고 부지런히 환자들을 돌보아 왔다. 어찌 보면 아무리 많은 환자들이 자기의 칼끝에서 재생의 기쁨을 얻어 돌아가도 형으로서는 아직 만족할 수 없는, 그래서 아직도 훨씬 더 많은 생명을 구해 내도록 계시를 받은 사람처럼 자기의 칼끝으로 몰러드는 생명들을 기다리고 있었다. 그런 형의 솜씨는 또한 신중하고 정확해서 적어도 그 소녀의 사건이 있기 전까지는 단 한번의 실수도 없었다. 그 밖에 형에 대해서 내가 확실하게 알고 있는 것은 거의 아무것도 없는 셈이었다. 다만 지금 아주머니에 관해서는 좀더 이야기를 할 수 있을 것 같다. 아주머니에게는 미안한 말이지만, 결혼 전 형은 귀와 눈이 다 깊지 못하고 입술이 얇은 그 여자를 사이에 두고 그 여자의 다른 남자와 길고 힘든 싸움을 벌였었다. 그런데 어떻게 된 셈인지 내가 별 반 승점(勝點)을 주지도 않았고, 질긴 신념도 없으리라 여겼던 형이 마침내는 그 여자와 결혼을 하게 되었다. 결혼을 하고 나서도 녹록치 않은 아주머니와 깊이 가라앉은 형의 성격 사이에는 별로 대단한 말썽을 일으킨 일이 없었다. 풍파가 조금 있었다면 그것은 성격 탓이 아니라 어느 편의 결함인지 모르나 그들 사이에는 아직 아이를 갖지 못하고 있다는 것이 언제나 그 원인이었다. 그것은 그러나 누구에게나 당연한 일로 여겨지는 그런 것이었다. 어떻든 형이 그렇게 지낼수 있는 것은 형의 인내와 모든 인간성에 대한 긍정적인 사고의 덕이 아닌가 생각되기도 했으나, 그것 역시 자신있게 말할 수 있는 것은 아니었다. 형에 대하여 알고 있다는 것은 그것뿐이었다. 그리고는 확실하지 못한 대신 형에게는 내가 언제나 궁금하게 여기고 있던 일이 한가지 더 있었다. 그것은 형이 6 · 25사변 때 강계(江界) 근방에서 패잔병으로 낙오된 적이 있었다는 사실과, 나중에는 거기서 같이 낙오되었던 동료를(몇이었는지는 정확지 않지만) 죽이고 그 때는 이미 38선 부근에서 격전을 벌이고 있는 우군 진지까지 무려 천 리 가까운 길을 탈출해 나온 일이 있었다는 사실에 대해서였다. 그러나 형은 그 때 낙오의 경위가 어떠했으며, 어떤 동료를, 그리고 왜 어떻게 죽이고 탈출해 왔던가, 또는 그 천릿길의 탈출 경위가 어떠했었는가 하는 이야기들은 한 번도 털어놓은 일이 없었다.

　어느 땐가 딱 한 번, 형은 술걸레가 되어 돌아와서 자기가 그 천릿길을 살아 도망나올수 있었던 것은 그 동료를 죽였기 때문이라고 한 적이 있었을 뿐이다. 이상한 이야기였다. 나는 그 말을 이해할 수 없었으려니와 다음부터는 형이 그런 자기의 말까지도 전혀 모른 체해 버렸기 때문에 나는 그런 일이 있었던 것이 사실이었는지조차도 확언할 수가 없는 형편이 되고 말았다. 그런데 형은 요즘 쓰고 있다는 소설에서 바로 그 이야기를 시작한 것이다. 나의 화폭이 갑자기 고통스러운 넓이로 변하면서 손을 긴장시켜 버린 것은 분명히 그 형의 이야기를 읽기 시작하면서부터였다. 더욱이 요즘 형은 내가 가장 궁금하게 여기는 곳에 와서 이야기를 딱 멈추고 있는 것이다. 문제는 형이 이야기를 멈추고 있는 동안 나는 나의 일을 할 수가 없는 것이었다. 이야기의 결말을 생각하는 동안 화폭은 며칠이고 선(線) 하나 더해지지 못하고 고통스러운 넓이로 나를 괴롭히고만 있었다. 이야기의 끝이 맺어질 때까지 정말 나는 아무것도 할 수가 없는 것이다.

창으로 흘러든 어둠이 화실을 채우고 네모 반듯한 나의 화폭만을 희게 남겨 두었을 때 나는 그만 자리에서 일어섰다.

그 때 그림자처럼 혜인이 문을 들어서 있는 것을 알았다. 나는 불을 켰다. 그녀는 꽤 오래 그러고 서서 기다렸던 듯 움직이지 않은 어깨가 피곤해 보였다. 불을 켜자 그녀는 불빛을 피해 머리를 좀 숙여서 그늘을 만들었다.

"나가실까요?"

나는 다시 불을 껐다.

왜 왔을까. 이 여자에게는 아직도 정리되지 않은 감정이 남아 있었던가. 그녀가 별반 이유도 없이 나의 화실을 나오지 않게 되었을 때 나는 얼마나 황급히 나의 감정을 정리해 버렸던가.

혜인은 형 친구의 소개로 나의 화실에 나오게 된 학사 아마추어였다.

학생들이 유난히 일찍 화실을 비워 주던 날. 내가 석고상 앞에 혼자 서 있는 그녀의 뒤로 가서 귓밑에다 콧김을 뿜었을 때 그녀는 내게 입술을 주고 나서, 그것은 내가 그림을 그리는 사람이기 때문이라고 했다. 그리고 어느날 그녀는 이제 화실을 나오지 않겠으며 나로부터도 아주 떠나가는 것이라고 했다. 이유는 단지 내가 그림을 그리는 사람이기 때문이라면서, 그 꽃잎같이 고운 입술을 작게 다물어 버렸던 것이다. 나는 혜인에게 아무것도 주장하지 못했다. 아무것도 주장할 수 없으며, 떠나보내는 슬픔을 견디는 것이 더 쉽고 홀가분하리라는 것을 알고 있는 자신이 화가 났지만, 결국 나는 그녀의 말대로 그림을 그리는 사람 이상이 될 수는 없었다.

"청첩장 드리러 왔어요."

다방에 마주앉아 혜인은 흰 사각봉투를 꺼내 놓으며 말했다.

나는 실없이 웃었다.

혜인은 그 후로도 한번 화실을 찾아온 일이 있었다. 그 때 혜인을 다방으로 안내하고 마주앉아서 아무렇지도 않은 자신을 발견하고 나는 그녀가 정말로 나로부터 떠나가 버린 것을 알았다. 혜인 역시 그런 나에게 아무렇지도 않게 자기는 어떤 개업 의사와 쉬 결혼을 하리라고 했었다. 그것은 화실을 그만두기 전부터 작정한 일이었노라고.

"모렌데 오시겠어요?"

아예 혼자인 것처럼 멀거니 앉아 있는 나에게 혜인이 사각봉투를 만지작거리며 물었다. 목소리가 까마득하게 멀었다.

그 날 밤, 아주머니에게 그런 말을 했을 때 아주머니는 갑자기 목소리에 희열을 담으며 말했다.

"도련님, 그럼 그 아가씨 결혼식엔 가 보실래요?"

아주머니도 물론 혜인을 알고 있었다. 아주머니는 아마 실수한 배우에게 박수를 치며 좋아할 여자임에 틀림없을 것이다. 나는 그런 박수를 받은 배우처럼 난처했다. 그 때 나는 뭐라고 했던가. 인부(人夫)를 한 사람 사서 보내리라고, 아마 그 사람으로도 혜인의 결혼에 대한 내 축원의 뜻을 충분히 전할 수 있을 것이라고. 그것은 치사한 질투가 아니었다. 사실 지금도 나는 혜인과의 화실 시절과 청첩장을 만지작거리고 있는 지금 그녀의 이야기와 또 그녀의 결혼, 모든 것에 관심이 가지 않았다.

"화가 나지 않은 게 이상하군요."

나는 하품처럼 대답했다.

"그러고 보니 도련님은 성질이 퍽 칙칙한 데가 있으시더군요."

그 날 밤, 아주머니는 그렇게 말했었다. 아주머니는 다른 사람의 일을 이야기하기 좋아했다. 그렇다고 그녀의 관심이 다른 사람에게 머무르고 있는 것은 아니었다.

"아주머닌 처녀 시절 형님과는 약간 밑진다는 생각으로 결혼을 하셨을 줄 아는데, 형에게 무슨 그럴 만한 꼬임수라도 있었습니까?"

나는 혜인의 일과 형의 일에 관심을 반반 해서 물었다.

"어딘지 좀 악착같은 데가 있었던 것이요. 단순하다는 이야기가 될지도 모르겠네요. 머리가 복잡한 삶은 한 가지 일에 악착같을 수가 없거든요. 여자는 복잡한 것은 싫어해요. 말하자면 좀 마음을 놓고 의지할 수 있으리라고 생각이 들었더란 말이지요. 나이든 여자는 화려한 꿈은 꾸지 않는 법이니까 당연한 생각 아녜요?"

형에 대해서 아주머니는 완전히 정확하지는 못했다. 그러나 그런 생각이 여자의 일반 통념이라는 그녀의 비약을 탓하고 싶지는 않았었다.

"전 또 일이 있습니다."

나는 갑자기 형의 소설이 생각나서 훌쩍 커피를 마시고 일어섰다. 나의 화폭이 고통스러운 넓이로 눈앞을 지나갔다.

혜인은 말없이 따라 일어섰다.

"아무 말씀도 해 주시지 않는군요."

문 앞에서 혜인은 나의 말을 한 마디라도 듣지 않고는 돌아가지 않겠다는 듯이 발길을 딱 멈추어 섰다.

"그 아가씬 잊으세요. 여자가 그런 덴 오히려 표독한 편이니까요."

그 날 밤 꼭 한 번 근심스러운 얼굴로 말하던 아주머니의 단정은 결코 혜인에게 적용될 수 있는 것은 아닌 것 같았다. 그렇지 않다면 혜인은 여자가 좋아한다는 연극을 하고 있을 것이었다.

나는 돌아서 버렸다.

예상대로 집에는 형이 돌아와 있지 않았다.

― 진창에 앉은 듯 취해 있겠지.

나는 저녁을 끝마친 대로 곧장 형의 방으로 가서 서랍을 뒤졌다. 소설은 언제나 같은 곳에 있었다. 형은 아주머니나 나를 경계하는 것 같지 않았다.

"형님을 갑자기 문호로 아시는군요."

아주머니는 관심이 없었다. 소리를 귀로 흘리며 나는 성급하게 원고 뭉치의 뒤쪽을 펼쳤다. 그러나 이야기는 전 날 그대로 한 장도 더 나가지 못하고 있었다. 휴지통에 파지를 내놓은 것이나 하루 종일 책상에 매달려 있었다는 아주머니의 말을 들으면 형은 무척 애를 쓰기는 했던가 보았다. 망설이는 것이었다. 이야기의 결말에 대해서, 아니 하나의 살인에 대해서 형은 무던히도 망설이고 있다. 그것은 마치 그 답답하도록 넓은 화폭 앞에 초조히 앉아 있기만 하다가 집으로 돌아와 버리곤 하는 나를 일부러 형이 골리고 있는 것 같기도 했다. 나는 다시 서랍을 정리해 두고 나의 방으로 돌아왔다. 일찌감치 자리를 깔고 누웠으나 눈이 감기지 않았다. 눈을 감으면 곧 잠이 들던 편리한 습관은 고등학교 때까지뿐이었다. 나대로 소설의 결말을 얻어 보려고 몇 밤을 새웠던 상념이 뇌수로 번져 나왔다.

소설의 서두는 이미지가 선명한 하나의 서장(序章)으로 시작되고 있었다. 그것은 형의 소년 시절의 한 회상이었다 〈나〉 (얼마나 형이 객관화되고 있는지는 모르지만 이것은 그 소설 속의 주인공이다. 이하 〈 〉 표 는 소설문의 직접 인용) 는 어렸을 때 노루 사냥을 따라간 일이 있었다. 그 즈음 〈나〉의 고향 마을에는 가을부터 이듬해 초봄까지 꼭꼭 사냥꾼이 찾아들었다. 그리고 가을에는 멧돼지를, 겨울과 봄으로는 노루 사냥을 했다. 겨울이면 특히 마을 사람 가운데 날품 몰이꾼을 몇 사람씩 데리고 산으로 들어갔다. 양솥을 산으로 메고 가서 사냥한 것을 끓여 먹었다. 겨울철 할 일이 없는 마을 사람들은 몰이꾼을 자원했고, 사냥꾼이 뜸해지면 그들은 사냥꾼이 마을로 들어오기를 기다리는 것이었다.

눈이 산들을 하얗게 덮은 어느 겨울 날, 방학을 맞아 고향 마을로 돌아와 있던 〈내〉가 그 몰이꾼들에 끼어 함께 사냥을 따라 나선 일이었다. 그 날은 이상하게도 한낮이 기울 때까지 아무것도 걸리는 것이 없었다. 〈나〉는 다른 어른 한 사람과 함께 어느 능선 부근 바위 틈에서 언 밥으로 시장기를 쫓고 있었다. 그 때 능선 너머에서 갑자기 한 발의 총 소리가 울려 왔다. 그 총소리에 대해서 형은 이렇게 쓰고 있었다.

〈나는 총 소리를 듣자 목구멍으로 넘어가던 것이 갑자기 멈춰 버린 것 같았다.

싸늘한 음향 ─ 분명한 살의와 비정이 담긴 그 음향이 넓은 설원을 메아리쳐 올 때, 나는 부질없는 호기심에 끌려 사냥을 따라 나선 일을 후회하기 시작했다.〉

그러나 총알은 노루를 맞히지 못했다. 상처를 입은 노루는 설원에 피를 뿌리며 도망쳤다. 사냥꾼과 몰이꾼은 눈 위에 방울방울 번진 핏자국을 따라 노루를 쫓았다. 핏자국을 따라가면 어디엔가 노루가 피를 쏟고 쓰러져 있으리라는 것이었다. 〈나〉는 흰눈을 선명하게 물들이고 있는 핏빛에 가슴을 섬뜩거리며 마지못해 일행을 쫓고 있었다. 총소리를 처음 들었을 때와 같은 후회가 가슴에서 끝없이 피어올랐다. 〈나〉는 차라리 노루가 쓰러져 있는 것을 보기 전에 산을 내려가 버리고 싶었다. 그러나 〈나〉는 망설이기만 할 뿐 가슴을 두근거리며 해가 저물 때까지도 일행에서 벗어나지 못하고 있었다. 핏자국은 끝나지 않았고, 〈나〉는 어스름이 내릴 때에야 비로소 일행에서 떨어져 집으로 되돌아왔다. 그리고 〈나〉는 곧 굉장히 앓아 누웠기 때문에, 다음 날 그들이 산을 세 개나 더 넘어가서 결국 그 노루를 찾아냈다는 이야기는 자리에서 소문으로만 듣게 되었다. 그러나 나는 그것만으로도 몇 번이고 끔찍스러운 몸서리를 치곤 하였다.

서장은 대략 그런 이야기였다. 물론 내가 처음에 이 서장을 읽은 것은 아니었다. 어느 중간을 읽다간 문득 긴장하여 처음부터 이야기를 다시 읽게 된 것이었지만, 여기에서도 나는 그 총소리하며 노루의 핏자국이나 눈빛 같은 것들이 묘한 조화 속에 긴장기 어린 분위기를 이루고 있음을 느꼈다. 사실 여기서도 암시하고 있듯이 형의 소설은 전반에 걸쳐서 무거운 긴장과 비정기가 흐르고 있었다.

형의 내력에 대한 관심도 문제였지만, 형의 소설이 나를 더욱 더 초조하게 하는 것은 그것이 이상하게 나의 그림과 관계가 되고 있는 것 같은 생각 때문이었다. 그것은 어쩌면 사실일 수도 있었다. 혜인과 헤어지고 나서 나는 갑자기 사람의 얼굴이 그리고 싶어졌다. 사실 내가 모든 사물에 앞서 사람의 얼굴을 한번 그리고 싶다는 생각은 막연하게나마 퍽 오래 지니고 있던 것이었다. 그러니까 혜인과 헤어지게 된 것이 그 모든 동기라고 할 수는 없지만, 어쨌든 그 무렵 그런 충동이 새로워진 것은 사실이었다.

나의 그림에 대해서는 더 이야기하고 싶지 않다. 그것은 견딜 수 없이 괴로운 일이다. 그리고 나는 내가 그것에 대해서 생각하고 화필과 물감을 통해서 의미를 부여하고자 하는 것의 십분의 일도 설명할 수가 없을 것이다. 다만 나는 인간의 근원에 대해 생각을 좀더 깊게 하지 않으면 안 된다는 느낌이 절실했던 점만은 지금도 고백할 수가 있을 것이다. 하여 에덴으로부터 그 이후로는 아벨이라든지 카인, 또 그 인간들이 지니고 의미하는 속성들을 논리 없이 생각해 보곤 하였다. 그러나 어느 것도 전부를 긍정할 수는 없었다. 단세포 동물처럼 아무 사고도 찾아볼 수 없는 에덴의 두 인간과 창세기적 아벨의 선 개념, 또 신으로부터 영원한 악으로 단죄받은 카인의 질투 — 그것은 참으로 인간의 향상 의지로서 선을 두렵게 했을는지도 모른다 — 그 이후로 나타난 수많은 분화, 선과 악의 무한정한 배합 비율…… 그러나 감격으로 나의 화필이 떨리게 하는 얼굴은 없었다. 실상 나는 그 많은 얼굴들 사이를 방황하고 있었는지도 모를 일이었다. 하지만 안타까운 것은 혜인 이후 나는 벌써 어떤 얼굴을 강하게 예감하고 있다는 것이었다. 아직은 내가 그것과 만날 수가 없었을 뿐이었다. 둥그스름한 그러나 튀어 나갈 듯이 긴장한 선으로 얼굴의 외곽선을 떠놓고(그것은 나에게 있어 참 이상한 방법이었다) 나는 며칠 동안 고심만 했다.

그러던 어느 날, 그 소설이라는 것이 시작되기 바로 전날이었을 것이다. 형이 불쑥 나의 화실에 나타났다. 그는 낮부터 취해 있었다. 숫제 나의 일은 제쳐놓고 학생들에게 매달려 있는 나에게 형은 시비조로 말하는 것이었다.

"흠! 선생님이 그리는 사람은 외롭구나. 교합 작용이 이루어지는 기관은 하나도 용납하지 않았으니……."

얼굴의 윤곽만 떠 놓은 나의 화폭을 완성된 것에서처럼 형은 무엇을 찾아내려는 듯 요리조리 뜯어보고 있었다. 나는 물끄러미 그 형을 바라보았다.

"그건 아직 시작인걸요."

"뭐, 보기에 따라서는 다 된 그림일 수도 있는 걸…… 하나님의 가장 진실한 아들일지도 몰라. 보지 않고 듣지 않고 오직 하나님의 마음만으로 살아가는. 하지만, 눈과 입과 코…… 귀를 주면…… 달라질 테지 — 한데, 선생님은 어느 편이지?"

형은 그림과 나를 번갈아 쳐다보았다. 그 눈은 무엇을 열심히 찾고 있는 것이었다. 그러나 그것은 이미 밖에서 찾을 것이 아무것도 없는 줄을 알고 있는 눈이었다. 나는 어리둥절해 있기만 했다.

"흥, 나를 무시하는군. 사람의 안팎은 논리로만 규명될 수 있는 것이 아니라는 건 예술가도 이 의사에게 동의해 줄 테지. 그렇다면 내 얘기도 조금은 맞는 데가 있을는지 몰라. 어때, 말해 볼까?"

형은 도시 종잡을 수 없는 말을 했다. 무엇인가 열심이라는, 열심히 말하고 싶어한다는 것만은 알수 있었다.

"그 새로 탄생할 인간의 눈은, 그리고 입은 좀더 독이 흐르는 쪽이어야 할 것 같은데…… 희망은 ― 이건 순전히 나의 생각이지만, 선(線)이 긴장을 하고 있다는 것이야."

이상하게도 형은 나의 그림에 대해서 이야기를 하고 있었다.

그 날 저녁, 모처럼 술을 사겠다는 형을 따라 화실을 나와 화실 근처를 지나고 있을 때였다. 우산을 써도 좋고 안 써도 좋을 만큼씩 비가 내리고 있었다. 부지런한 사람은 우산을 썼지만 우리는 물론 쓰지 않고 걸었다.

ㅈ은행 신축 공사장 앞에는 늘 거지아이 하나가 꿇어 엎드려 있었다. 열 살쯤나 보는 그 소녀 거지는 머리를 어깨 아래로 박고 두 팔을 앞으로 내밀어서 손을 벌리고 있었다. 그 손에는 언제나 흑갈색 동전이 두세 닢 놓여 있었다. 한데 우리가 그 앞을 지날 때였다. 앞서 걷던 형의 구둣발이 소녀의 그 내어민 손을 무심한 듯 밟고 지나가는 것이 아닌가. 놀란 것은 거지아이보다 내쪽이었다. 형의 발걸음은 유연했다. 발바닥이 손을 깔아 뭉개는 감촉을 느끼지 못한 것 같았다. 더욱 이상한 것은 그 때 깜짝 놀라 머리를 들었던 소녀가 벌써 저만큼 멀어져 가고 있는 형의 뒤를 노려볼 뿐 소리도 지르지 않은 것이었다. 나는 소녀의 손을 내려다 보았다. 아무렇지도 않았다. 소녀는 다시 자세를 잡았다. 나는 울컥 화가 치밀어 올랐으나, 그것을 꾹 참아 넘기며 앞서 가는 형을 조용히 뒤따랐다. 분명 형은 스스로에게 무엇인가를 확인하고 있는 것 같은, 그리고 화실에서 지껄이던 말들이 결코 우연한 이야기들만이 아니었던 것 같은 생각이 들었다. 그것은 그 며칠 전에

형이 저지른 실수 그것 때문일 거라고 나는 혼자 추리를 해보았다. 하지만 그것은 형의 실수는 아니었다. 그러나 중요한 것은 형의 칼끝이 그 소녀의 몸에 닿은 후에 소녀의 숨이 끊어진 것이었다.

건널목에 이르러 신호등이 막히자 형은 비로소 나를 돌아다보았다. 형의 눈은 무엇인가 나에게 묻고 있는 것 같았다. 절대로 대답을 할 수 없으리라고 믿는 그런 것을 자랑스럽게 묻고 있는 눈이었다.

"아까 형님은 일부러 그러신 것 같았어요."

형이 자주 드나들었던 듯한 어떤 홀로 들어가서 자리를 정하자 나는 극도로 관심을 아끼는 목소리로 말했다.

"뭘?"

형은 시치미를 뗐다.

"거지 아이의 손을 밟아 버린 거 말입니다."

나는 오히려 귀찮아하는 목소리로 말했다. 형은 잠시 당황하는 얼굴을 했다. 아무 생각도 없이 그저 그렇게 해야 한다는 생각 때문에 당황해 보이는.

"하지만 별수 없더군요, 형님도. 발이 말을 잘 듣지 않았던 모양이죠. 아이가 별로 아파해 하지 않은 것 같았어요. 형님은 나 때문에 뒤를 돌아보지 못해서 모르실 테지만."

형은 그 다음 날부터 소설을 쓰기 시작했고, 그러자 나는 그림에 손을 댈 수 없게 되어 버린 것이었다. 형은 이야기의 본 줄거리는 대강 다음과 같은 것이었다. 그것은 6·25사변 전의 국군 부대 진중에서부터 시작되었다.

진중 생활에서 형은 두 사람에 대해 초점을 맞추고 있었다. 한 사람은 오관모라고 하는 이등중사(당시 계급)였는데, 그는 언제나 대검(帶劍)을 한 손에 들고 영내를 돌아다니는 습관이 있었다. 키가 작고 입술이 푸르며 화가 나면 눈이 세모로 이그러지는 독 오른 배암 같은 인상의 사내였다. 그는 부대에 신병이 들어오기만 하면 다짜고짜 세모눈을 해 가지고 대검을 코밑에다 꼬나 대며 '내게 배를 내미는 놈은 한 칼에 갈라 놓는다'고 부술듯이 위협을 하여 기를 꺾어 놓는 것이었다. 그리고 그 날 밤으로 가엾은 신병들은 관모가 낮에 배를 내밀지 말라던 말의 뜻을 괴상한 방법으로 이해하게 되곤 하였다. 관모에게 배를 내미는 사람이 몇이나 되었는진 알 수가 없지만 관모가 그 신병들의 '배를 갈라놓는' 일은 한 번도 없었다. 그러던 어느 날, 관모네 중대에 또 한 사람의 신병이 왔다. 그가 바로 형의 이야기에서 초점을 맞추어지고 있는 다른 한 사람인데, 그는 김 일병이라고만 불리고 있었다. 얼굴의 선이 여자처럼 곱고 살이 두꺼운 편이었는데, '콧대가 좀 고집스럽게 높았다'는 점을 제외하면 김 일병은 관모가 세모눈을 지을 필요도 없을 만큼 유순한 얼굴을 하고 있었다. 그런데 어떻게 된 셈인지 바로 다음 날부터 관모는 꼬리 밟힌 독사처럼 약이 바짝 올라서 김 일병을 두들겨 패기 시작했다. 〈나〉는 김 일병의 코가 제 값을 하나 보다고 생각했으나 그런 장난스런 생각은 잠깐뿐이었다.

〈내가 뒷산에서 의무대의 들것 조립에 쓸 통나무를 베어 들고 관모네 중대의 변소 뒤를 돌아오고 있을 때였다. 관모가 김 일병을 엎드려 놓고 빗자루를 거꾸로 쥐고 서투른 백정 개 잡듯 정신없이 매질을 하고 있었다. 관모는 나를 보자 빗자루를 버리고 대뜸 나에게서 통나무를 나꿔 갔다. 미처 어찌 할 사이도 없이 관모의 세찬 숨소리와 함께 김 일병의 엉덩이 살을 파고드는 통나무의 둔중한 타격음이 산골을 퍼져 나갔다. 그러나 김 일병은 무서울 정도로 가지런한 자세로 관모의 매를 맞고 있었다. 김 일병이 관모의 매질에 한 번도 굴복한 적이 없다는 소문이 있었고, 그것이 더욱 관모를 약오르게 한다고는 했으나, 나는 당장 눈앞에 숙연해 있는 김 일병의 자세를 믿을 수가 없었다. 김 일병의 자세는 절대로 흐트러지지 않았다. 관모는 괴상한 울음 소리 같은 것을 입에 물며 뻘뻘 흘리고 있었다. 끔찍스러운 광경이었다. 그것은 마치 김 일병이 그만 굴복해 주기를 관모가 애원하고 있는 형국이었다. 그러자 나는 마침내 이상한 것을 보고 말았다. 내가 관모와 김 일병 사이로 끼어들어 내내 그 기이한 싸움의 구경꾼이 되어 버린 동기는 아마 내가 그것을 보게 된 데 있었던 것 같았다. 언제까지나 자세를 허물어뜨리지 않을 것 같던 김 일병이 마침내는 천천히 머리를 들어 나를 올려다보았는데, 그 때 나는 갑자기 호흡이 멈추어 버린 것처럼 긴장이 되고 말았다.〉

그 때 〈내〉가 김 일병에게서 보았던 것은 김 일병의 눈빛이었다. 허리 아래에서 타격이 있을 때마다 김 일병의 눈에서는 〈파란 불꽃〉 같은 것이 지나갔다는 것이었다.

여기서 형은 그 눈빛에 관해서 상당히 길게 설명을 하고 있었다. 그리고도 미심했던지 형은 원고지를 두 장이나 여분으로 남기고 지나갔다. 혹은 그 눈빛에 관해서 좀더 설득력 있게 이야기를 바꾸어 보려는 것이었는지도 모른다. 어떻든지 형은 그 순간에 적어도 그 파란 눈빛의 환각에 빠졌을 만큼 강렬한 경험을 견디고 있었던 것이 사실인 것 같았다. 형의 소설적 상상력은 절대로 그런 것을 상정해 낼 수 있을 정도는 아니기 때문이다.

〈그러나 김 일병은 그 눈을 무섭게 까뒤집으며 으 으 으 하는 신음과 함께 몸을 비틀어 버렸다. 관모가 울상이 되어 김 일병에게 달려들어 그 꿈틀거리는 육신을 타고 앉아 미친 듯이 하체를 굴러 댔다.〉

〈나〉는 다음에도 여러 번 그 기이한 싸움을 구경했다. 그 때마다 〈나〉는 김 일병의 〈파란 빛〉이 지나 가는 눈을 지키면서 속으로 관모의 매질에 힘을 주고 있었다. 그런 때 〈나〉는 그 눈빛을 보면서 이상한 흥분과 초조감에 몸을 떨면서 더 세게 더 세게 하고 관모의 매질을 재촉하는 것이었다.

〈이상한 일이었다. 나는 왜 그렇게 초조하고 흥분했었는지, 또 나는 누구를 편들고 있었는지, 그런 것을 하나도 모른 채, 그리고 그 기이한 싸움은 끝이 나지 않은 채 6·25 사변이 터지고 말았다.〉

이야기는 거기서 한 단이 끝났다. 그러나 아직 이야기기의 초점은 들어나지 않고 있었다. 이야기의 초점이란 형이 패잔 때 죽였노라고 했던, 그를 죽였기 때문에 그 먼 탈출에 성공할 수 있었노라던 일에 대한 것 말이다. 하지만 나중까지 가 보면 형은 이야기를 위해서 사건을 상당히 생략하고 초점을 향해 치밀하게 이야기를 집중시켜 가고 있음을 알 수 있다.

다음에는 형은 곧 그 패잔에 관해서 이야기하기 시작했다. 강계 어느 산골에 있는 동굴로 장소를 옮겨 갔다.

둥굴 바같은 〈지금〉 눈이 내리고 있고 〈나〉는 굴 어귀에 드러누워 머리를 반쯤 밖으로 내놓고 눈을 맞고 있다. 그 안쪽에 오관모 이등 중사가 아직 차림이 멀쩡한 군복으로 앉아 있고, 굴의 가장 안쪽 벽 아래에는 김 일병이 가랑잎에 싸여 누워 있다. 〈나〉는 그리고 엎드려서 한창 눈에 덮이고 있는 골짜기를 내려다 보면서도 신경은 줄곧 관모에게 가 있고, 관모 역시 입가에 허연 침이 몰리도록 갈대를 씹어 뱉곤 했으나, 낮게 뜬 눈은 〈나〉의 등에 고정되어 있다. 그런 긴장을 형은 〈지금 눈이, 첫눈이 내리고 있기 때문〉이라고 간단히 말하고 지나갔다. 그런 간단한 비약이 (이것은 꽤 나중에 밝혀지고 있지만, 이야기를 쉽게 하기 위해서 먼저 밝히는 것이 좋을 것 같다) 다른 두 사람을 잊어버린 듯 의식이 깊이 숨어 버린 눈을 하고 있다.

〈어느 곳인지는 모른다. 강계 북쪽, 하루나 이틀 뒤면 우리는 압록강 물을 볼 수 있으리라는 것이었다. 그러나 그 날 새벽 우리는 갑자기 전쟁 개입설이 돌던 중공군의 기습을 받았다. 별로 전투다운 전투를 겪어 보지도 못하고 여기까지 밀려 온 우리는 처음으로 같은 장소에서 꼬박 하룻동안을 총 소리와 포성 속에서 지냈다. 어느 쪽이나 촌보의 양보도 없이 버티었다. 다음 날 새벽 부상병을 나르던 내가 오른쪽 팔이 겨드랑 부근에서 동강나간 김 일병을 발견하고 바위 밑으로 끌고 가서 응급 지혈을 하고 있을 때였다. 별안간 총 소리가 남으로 이동하기 시작했다. 아직 정신을 돌리지 못한 김 일병 때문이기도 했지만, 총소리는 미처 내가 어떻게 할 사이도 없이 갑자기 남쪽으로 내려가 버렸고, 중공군이 이내 수런수런 산을 누비고 지나갔다. 금방 날이 밝았다. 그러나 그 때는 이미 골짜기가 중공군의 훨씬 후방이 되어 있었다. 나는 바위 밑으로 옴지락도 못하고 한나절을 보냈다. 포성이 남쪽으로 남쪽으로 사라져 가고 중공군도 뜸해졌다. 그 날 해가 질 무렵에야 김 일병은 정신을 조금 돌렸다. 다음 날은 뜸뜸하던 포성마저 사라지고 중공군의 발길이 딱 끊어졌다. 전쟁이 늘 그렇듯이, 대충만 훑고 지나가면 뒤에 남은 것은 제 풀에 소멸해 버리거나 이미 전쟁과는 상관 없을 만큼 힘을 잃어버리게 마련. 중공군은 골짜기를 버리고 갔다. 혹시 부상당한 적의 패잔병 따위가 남아 있는 것을 눈치채었다 해도 그들은 그냥 지나가 버렸을 것이다. 하여, 이제 골짜기는 정적과 가을 햇볕으로 가득할 뿐이었다. 하지만 나는 불안했다. 싸움터에서 흩어진 건빵 봉지와 깡통 몇 개를 모아가지고 김일병을 부축하며 좀더 깊고 안전한 곳으로 은

신처를 찾아 나섰다. 김 일병의 상처는 경과가 좋은 편이지만, 포성마저 사라져 버린 지금 국군을 찾아 떠나기는 불가능한 일이었다 — 포성이 곧 되돌아오겠지 — 안전한 곳에서 기다려 보자.

골짜기를 타고 올라와서 잣자무 숲을 빠져나오니 산정까지 이어진 초원이 나섰다. 거기서 관목을 타고 올라오다 나는 동굴을 하나 발견했다. 내가 그 동굴 앞에서 김 일병을 부축한 채 안을 기웃거리고 있을 때였다.

"어떤 놈들이 주인 허락도 없이 남의 집을 기웃거리고 있어!"

소스라쳐 돌아보니 건너편 숲속에서 우리 쪽에다 총을 겨눈 채 웃고 있는 사람이 있었다. 관모였다.

"고기가 먹고 싶던 참이라 마침 방아쇠 당길 뻔했다."

관모는 총을 거두고 훌쩍 뛰어왔다. 그러고는 내가 부축하고 있던 김 일병의 팔을 들춰 보더니,

"이런! 넌 별로 쓸모가 없겠군."

하며 혀를 차는 것이었다. 그리고 나의 어깨를 툭 쳤다.

"하지만 고맙지 뭐냐. 적정을 살피러 가래 놓고 다급해지니까 저희들만 싹 꽁무니를 빼 버린 줄 알았더니 너희들이 날 기다려 줬으니."

거기까지 이야기한 다음 소설은 다시 눈이 오고 있는 동굴로 돌아왔다.

오관모는 질경질경 씹고 있던 갈대를 뱉어 버리고 구석에 세워둔 카빈 총을 짊어지고 동굴을 나갔다. 그는 〈장소〉와 인적을 탐색하러 간 것이었다. 관모는 〈이〉 골짜기에서 총 소리를 내도 좋을가를 미리 탐색할 만큼은 지략이 있었다. 이제 동굴에는 〈나〉와 김 일병뿐이었다.

〈우리는 우선 전투 지역에 흩어진 식량거리를 한데 모아 놓고 동굴로 날랐다. 많은 것은 아니었으나 우리는 그것을 하루분이나 이틀분씩만 가볍게 날라 올렸기 때문에 며칠을 두고 산을 내려가지 않으면 안 되었다. 그것은 우리가 아직도 군인이라는 유일한 행동이기도 했다. 김 일병을 남겨 놓고 둘이는 매일 한 차례씩 산을 내려갔다. 그러나 사실을 말하자면 그런 모든 행동의 결정은 관모가 내렸고, 관모는 그렇게 함으로써 김 일병을 제외한 둘이만의 시간을 가지려는 눈치를 여

러 번 보였다. 동굴에서의 관모는 언제나 이야기의 주변만 돌고 있는 것 같았다. 그래서 그에게는 틀림없이 따로 하고 싶어하는 이야기가 있는 듯한 눈치가 느껴지곤 했었다. 그러나 막상 둘이 되었을 때도 관모는 어떤 이야기의 주변만 맴돌 뿐 불쑥 말을 꺼내지는 못했다.

그러던 어느 날, 그 날도 둘이서 산 아래의 것들을 마지막으로 모두 메어 오던 날이었다.

산을 앞장 서 오르던 관모가 발을 멈추고 돌아보며 불쑥 물어 왔다.

"포성은 인제 안 오려나 보지?"

"겨울을 나면서 천천히 기다려야지."

나는 숨을 몰아쉬며 무심결에 대답했다. 그 때 관모가 조금 웃었다.

"요걸로 얼마나 지낼까?"

관모는 자기의 어깨에 맨 쌀자루를 툭툭 쳐 보였다. 그러는 관모의 표정이 변했다.

"입을 줄이는 수밖에 없지."

말하고 나서 관모는 획 몸을 돌려 다시 산을 오르기 시작했다. 나는 얼핏 그의 말뜻을 알아들을 수가 없었다. 대꾸를 못하고 아직 그 말을 씹으며 뒤를 따르고 있으니까 관모는 다시 발을 멈추고 돌아서서는,

"다 내게 맡기고 너 같은 참새 가슴은 구경만 하면 돼. 위생병은 그런 일에는 적당치 않으니까. 한데…… 언제가 좋을까?"

그는 찬찬히 나의 얼굴을 들여다보았다. 그리고 그는 모든 것을 이미 정해 놓았던 듯 별로 생각해 보지도 않고 잘라 말했다.

"첫눈이 오는 날이 좋겠어. 그 사이에 포성이 오면 또 생각을 달리 해도 될 테니까."

관모는 금방 눈이 떨어지기라도 할 것처럼 하늘을 쳐다보는 것이었다. 그 날 밤 관모는 또 나에게로 왔다. 그러나 나는 다른 어느 때보다 불쾌한 듯 그를 쫓았다. 사실로 그것은 불쾌한 일이었다.

우리가 이 동굴로 온 첫날 밤, 막 잠이 든 뒤였다. 동굴의 어둠 속에서 나는 몸이

거북해서 다시 눈을 뜨고 말았다. 정신이 들고 보니 엉덩이 아래를 뭉툭한 것이 뿌듯이 치받고 있었다. 귀밑에서 후끈거리는 숨결을 의식하자 나는 울컥 기분이 역해져서 몸을 비틀었다. 그러나 놈은 가슴으로 나의 등을 굳게 싸고 있었다.

"가만있어……."

관모가 귀밑에서 황급히, 그러나 낮게 속삭였다. 나는 견딜 수가 없었다. 구렁이처럼 감겨드는 놈을 매섭게 밀쳐 버리고 바닥에 등을 꽉 붙이고 누웠다. 그는 한동안 숨을 죽이고 있더니 할 수 없었는지 가랑잎을 부스럭거리며 안쪽으로 굴러갔다. 나는 눈을 감았다. 그리고 희한하게도 관모가 김 일병에게서 낮에 말했던 〈쓸모〉를 찾아 낸 소리를 듣고 있었다.

아마 그것은 김 일병이 관모에게 뒤를 맡긴 최초의 일이었을 것이다.

다음 날, 김 일병의 표정은 별로 달라지질 않고 있었다. 오히려 얼마쯤 명랑해진 쪽이었다. 그 사이 김 일병에게서 의식하지 못했던 그 눈빛마저 되살아난 것 같았다. 포성의 이야기, 곧 포성이 되돌아오게 될 거라는 이야기를 해 주었을 때 김 일병은 잠깐 그런 눈을 했다. 관모는 김 일병을 별로 괴롭히지 않았다. 김 일병의 상처는 더 나빠지지는 않았으나 결코 위생병 옆에서는 좋아질 수도 없는 만큼 큰 것이었다. 그렇게 며칠을 지나던 어느 날 밤 관모가 다시 나에게로 와서 더운 입김을 뿜어댔다. 김 일병에게서는 냄새가 난다고 했다. 나는 관모를 다시 김 일병에게로 쫓아 버렸다. 그러나 그 며칠 뒤부터 관모는 절대로 다시 김 일병에게로는 가지 않았다. 그러다가 그 첫눈에 관한 이야기를 시작했다. 사실 김 일병의 상처에서는 견딜 수 없을 만큼 냄새가 났다. 그 날 밤도 관모는 김 일병에게 가지 않았다. 관모는 밤마다 나의 귀밑에서 더운 입김만 뿜다가 떨어져가곤 했다. 내가 할 수 있는 것은 등을 바닥에서 떼지 않는 것뿐이었다. 초겨울로 접어들었는 데도 눈은 무척 더뎠다. 이제 김 일병에게서는 아무리 포성의 이야기를 해도 그 기이한 눈빛을 하지 않았고, 나중에는 하루 한 번씩 내가 소독약을 발라 주는 것조차 거절하고 있었다. 건빵 가루로 쑤어 준 미음을 받아 먹던 것도 이미 사흘 전의 일, 포성에 대한 희망은 까마득한 채 드디어 첫눈이 내리게 된 것이다.

여기서 그 첫눈에 관한 비약은 완전히 해명이 된 셈이었다.

〈어둠이 차오르기 시작한 골짜기 아래서 가물가물 관모가 올라오고 있었다. 관모는 조금 오르고는 한참씩 멈춰 서서 동굴을 쳐다보곤 했다. 긴장 때문에 사지가 마비되어 오는 것 같았다. 나는 후닥닥 김 일병 쪽으로 가서 그의 눈을 들여다 보았다. 그 눈동자는 천정의 어느 한 점에 고정되어 있었으나 시신경은 이미 작용을 멈춰 버린 것 같았다. 그 눈은 시신경의 활동보다 먼저 그의 안이 텅 비어 버린 것을 말해 주는 것이었다. 가끔씩 눈꺼풀이 내려와서 그 눈알을 썻고 올라가는 것이 그가 아직 살아 있다는 유일한 증거였다.

"눈이 오고 있다, 김 일병."

나는 부드러운 목소리로 아무렇지 않게 말하고 나서 김 일병의 눈을 들여다보았다. 그 눈에는 아무런 표정도 스치지 않았다.

"김 일병, 눈이 오고 있어."

나는 좀더 큰 소리로 말했으나 김 일병의 표정이 여전히 변하지 않는 것을 보고는 문득 손을 놀려 김 일병의 상처에 처맨 천을 풀었다. 말라붙은 피고름이 헝겊이 빳빳하게 엉겨 있었다. 그것을 풀어내자 나는 흠칫 놀라 숨을 들이쉬었다. 상처 벽이 흙벼랑처럼 무너져 가고 있었다. 나는 다시 김 일병의 눈을 보았다. 아 그런데 김 일병은 나의 말을 알아들은 것일까. 아니면 아까 분위기가 말해 준 모든 것을 이미 알아차리고 자기의 가장 깊은 곳으로 들어가서 마지막 생명의 소리에 귀를 기울여보고 있었던 것일까. 뜻밖에도 그의 눈에 맑은 액체가 가득히 차올라 있었다. 그리고 그것을 밀어 내지 않으려는 듯이 눈꺼풀은 오래 동작을 그치고 있었다. 그 눈물을 되삼켜 버린 듯 그의 눈이 다시 건조해졌다. 눈동자가 뜻 없이 천정의 한 점을 응시하고 있었다.

그 때 나는 김 일병이 죽어도 좋다고 생각했다.

이야기는 거기까지였다. 그러니까 형이 죽였다고 한 것은 아마도 김 일병이었을 것이지만, 그것이 누구의 행위일는지는 아직도 그리 확실하지가 않았다. 확실치 않은 것은 관모에 대해서도 마찬가지였지만, 어쨌든 거기에서 형이 천릿길을 탈출한 힘을 얻을 수 있었다면 그것은 가해자가 누구냐인가는 문제가 아니었다. 형은 이미 살인을 저지른 것이었다. 그리고 형은 지금 그 이야기를 함으로써 관념 속에서 살인을 되풀이하려는 것이었다. 그러나 그는 망설이고 있었다. 그것은 마치 소설의 서장으로 쓰인 눈과 사냥의 이야기에서, 그리고 관모와 김 일병의 눈빛 사이에서 아무것도 하지 못하고 초조하게 망설이고 있는 〈나〉를 연상케 했다. 수술에 실패한 소녀에 관해서만 생각지 않는다면, 형은 지금 무슨 이유로 그 때의 살인의 이야기를 하고 있는지, 그리고 그 살인의 기억을 되새기고 있는지도 알 수가 없었다. 더욱이 그 살인의 기억 속에 이야기의 결말을 망설이고 있는지 형의 심사를 알 수가 없었다.

매일 저녁 나는 그 형의 소설을 뒤져 보고 어서 끝이 나기를 기다렸지만, 관모는 항상 아직 골짜기 아래서 가물거리고 있었고, 김 일병은 형의 결정을 기다리고만 있었다.

무엇보다 나는 형이 그러고 있는 동안 화실에서 나의 일을 할 수가 없었다.

다음 날 내가 아침을 먹고 집을 나올 때까지 형은 얼굴을 내밀지 않았다. 나는 낮 동안은 될수록 형의 소설을 생각지 않고 나의 작업에만 전념해 보리라 마음을 다지고 일찍 화실로 나갔다. 그러나 나는 화가 앞에 앉을 마음의 준비가 없이는 아무것도 되지 않는다는 것을 알고 있었다. 나는 유리창 앞으로 가서 담배를 피워 물었다. 화실로 학생들이 나오는 시간은 오후부터였다. 현기증이 나도록 넓은 화폭 앞에서 나는 결국 형의 소설만을 생각했다. 그 이야기 가운데의 누가 나의 화폭에서 재생되기라도 할 듯 그것의 결말을 보지 않고는, 형이 김 일병을 죽이기 전에는, 나의 일을 할 수가 없었다. 결말은 명백히 유추될 수 있었다. 형은 언젠가 자기가 동료를 죽였다고 말했지만, 형의 약한 신경은 관모의 행위에 대한 방관을 자기의 살인 행위로 받아들인 것인지도 모를 일이었다. 그렇다면 형은 가엾은 사람이었다. 그리고 미웠다. 언제나 망설이기만 하고 한 번도 스스로 행동하지 못하고 남의 행동의 결과나 주워 모아다 자기 고민거리로 삼는 기막힌 인텔리였다. 자기의 실수만도 아닌 소녀의 사건을 자기 것으로 고민함으로써 역설적으로 양심을 확인하려 하였다. 그리고 자신을 확인하고 새로운 삶의 힘을 얻으려는 것이었다.

그러나 요즘 형은 그 관념 속의 행위마저도 마지막을 몹시 주저하고 있었다. 악질인 체했을 뿐 지극히 비루하고 겁 많은 사람이었다. 영악하고 노회한 그의 양심이 그것을 용납지 않은 모양이었다.

나는 화실 학생들의 등 뒤에서 그들의 화폭만을 기웃거리다가 어스름 전에 집으로 돌아오고 말았다. 역시 형은 나가고 없었다. 나는 우선 형의 방으로 가서 원고부터 조사했다. 어제나 마찬가지였다. 원고를 다시 집어넣어 두고 방을 나왔다. 몸을 씻고 저녁을 먹고 아주머니와 몇 마디 농담을 주고받는 동안 나는 줄곧 화가 나서 견딜 수가 없었다. "도대체 형이란 자는……."으로부터 시작해서 생각해 낼 수 있는 욕설은 모조리 쏟아 놓고 싶었다. 그러나 그것은 꼭 형을 두고 하는 생각만은 아니었다. 그저 욕을 하고 싶다는 것, 욕할 생각이라도 하고 있지 않으면 한순간도 견뎌 배길 수 없을 듯한 노여움 같은 것이 속에서 부글거렸다. 아주머니가 오랜만에 바람 좀 쐬고 오겠다고 집을 나간 다음, 나는 다시 형의 방으로 가서 쓰다 둔 소설과 원고지를 들고 나의 방으로 갔다. 기다릴 수가 없었다. 나는 화풀이라도 하는 마음으로 표범 토끼 잡듯 김 일병을 잡았다. 김 일병의 살해범이 누구인지 확실치도 않은 것을 〈나〉로 만들어 버렸다. 그러니까 〈내〉 (여기서는 형이라고 해야 좋겠다)가 관모가 오기 전에 김 일병을 끌고 동굴을 나와서 쏘아 버리는 것으로 소설을 일단 끝내 버렸다. 형은 다음에 탈출 이야기를 이을 것인지 모르지만 그것은 아무래도 좋았다. 관모의 말처럼 망설이고 두려워하기만 하는 형(〈나〉)의 참새 가슴이 벌떡거리는 것을 그리다 나는 새벽녘에야 조금 눈을 붙였다.

다음 날, 나는 화폭에 약간 손을 댔다. 그러고 나서 한동안 묘한 흥분기 속에서 헤어나지를 못했다. 혜인의 결혼식을 무의식중에나마 의식하고 있었던 때문이었는지도 모른다. 실상 나는 혜인의 결혼식을 가 보는 게 옳을는지 모른다는 생각이 들기도 했지만, 오랜만에 제법 손이 풀리는 것 같아서 그것을 금방 잊어버리고 있었다. 그런데 점심을 먹고 들어와서 막 아이들을 기다리고 있는 참에 뜻밖에 그때쯤 식장에 서 있을 혜인에게서 속달이 왔다. 하루가 지난 뒤에 뜯어 보든지 아주 잊어버려지기를 바라면서 봉투를 서랍 속에 던져 넣어 버렸다. 그러고는 아직 좀 이른 시간이었으나 아이들을 기다렸다. 그것들이 옆에 있어 주는 것이 좋을 것 같았다. 그러나 그 때 문을 벌컥 열고 들어선 것은 눈이 벌겋게 충혈된 형이었다.

사실 나는 어젯밤 형의 이야기에 손을 대 놓고 형이 아주 모른 체하리라고는 생각지 않았었다. 그러나 나는 모처럼 화폭에 손을 댈 수 있었고, 막연하게나마 혜인의 결혼이 머리에 젖어 있어서 미처 형이 그렇게 나타나리라고는 생각을 못하고 있었던 것이다.

형은 문에 기대어 서서 문을 잘못 들어선 사람처럼 방안을 한 번 휘둘러보고 나서야 천천히 나의 곁으로 다가왔다.

"혜인인가…… 그 아가씨 결혼식엔 안 가니?"

형은 물끄러미 나의 화폭을 바라보면서 말했다. 예사스런 목소리와는 다르게 화폭에 가 닿은 식지가 파르르 떨리고 있었다. 혜인은 원래 형 친구의 소개로 나의 화실을 나왔던 터이니까 형도 그건 알고 있을 것이었다. 그렇다면 형은 혜인에 대해서, 그리고 그 여자의 남자에 대해서도 알 만한 것은 알고 있을 것이었다. 하지만 그게 내게 무슨 상관이란 말인가.

"형님의 관심은 그런 데 있는 게 아닐 텐데요."

나는 도사리는 소리를 했다.

"아가씨를 뺏긴 것 외에는 넌 썩 현명한 편이다."

형은 웃었다. 그러자 나는 갑자기 초조해졌다.

"제게 감사하러 오신 것 같지는 않군요."

"그럼. 더욱이 그런 오해를 하고 있을까 봐서."

하면서 형은 손가락으로 화폭을 꾹 눌러서 구멍을 내 버렸다. 나는 반사적으로 자리에서 일어섰다. 형이 한 손으로 구멍을 넓히면서 다른 한 손으론 내게 그냥 앉으라는 시늉을 해 왔다.

"좀 똑똑한 아우를 두고 싶을 뿐이야. 화를 내지 말았으면 해. 난 너의 기분 나쁜 쌍통을 상대하기에는 지금 너무 기분이 좋아 있어. 다만 이 그림은 틀렸어, 난 잘 모르지만. 틀림없이 넌 뭔가 잘못 알고 있으니까. 곧 알게 될 거야. 늦었을지 모르지만 난 이제 결혼식엘 가 봐야겠어. 신랑도 아는 처지라 말이다."

그리고 형은 나가 버렸다. 어깨가 퍽 자신 있게 흔들리고 있었다. 나는 한동안 형이 사라진 문을 멍하니 바라보고만 있었다. 눈을 돌렸을 때 폭풍에 시달린 돛폭처럼 나의 화폭은 흉하게 너덜거리고 있었다. 나는 갑자기 생각이 난 듯 서랍에서 혜인의 편지를 꺼내어 잠시 손가락 사이에서 부피감을 느껴 보다가 봉투를 뜯었다.

인제 갑니다. 새삼스럽다구요? 하지만 그젯밤 선생님은 제가 이제 정말로 떠나간다는 인사말을 하게 해 주지도 않으셨지요. 그건 선생님께서 너무 연극을 싫어하기 때문이라시겠죠. 저를 위해 축복해 주시라고는 하지 않습니다. 다만 안녕히 계시라고 분명한 목소리로 말을 했어야 했고, 그걸 못했기 때문에 다시 이런 연극을 하는 거예요.

결혼식을 하루 앞둔 신부의 편지라고 겁내실 필요는 없어요. 어떤 일도 선생님은 책임을 지려고 하지 않으셨고, 저는 선생님에게 책임을 지워 보려는 모든 노력에서 한 번도 이긴 적이 없으니까요. 결국 선생님은 책임을 질 수 있는 일이 아무것도 없음을 알았어요. 혹은 처음부터 책임을 지지 않도록 하는 일이 이미 책임 있는 행위라고 생각하고 계실지 모르겠어요. 감정의 문제까지도 수식을 풀고 해답을 얻어 내는 그런 방법이 사용될 수 있으리라고 생각하시는지 모르지만, 그것도 결국 선생님은 아무것도 책임질 능력이 없다는 증거지요. 왜냐하면 선생님의 해답은 언제나 모든 것이 자신의 안으로 돌아가는 것뿐이었으니까요.

선생님을 언제나 그렇게 만든 것은 선생님이 지니고 계신 이상한 환부(患部)였을 것입니다. 내일 저와 식을 올릴 분은 선생님의 형님되시는 분을 6·25전쟁의 전상자라고 하더군요. 처음에는 저는 그 말을 알아들을 수가 없었지만 요즘의 병원 일과 소설을 쓰신다는 일, 술(놀라시겠지만 그 분은 선생님의 형님과 친구랍니다)에 관한 모든 이야기를 듣고는 어느 정도 납득이 갔어요. 그렇지만 정말로 저는 선생님에 대해서는 알 수가 없었어요. 6·25의 전상이 자취를 감췄다고 생각하면 오해라고, 선생님의 형님은 아직도 그 상처를 앓고 있다고 하시는 그 분의 말을 듣고 저는 선생님을 생각했어요. 그렇다면 이유를 알 수 없는 환부를 지닌, 어쩌면 처음부터 환부다운 환부가 없는 선생님은 도대체 무슨 환자일까요. 더욱이 그 증상은 더 심한 것 같았어요. 그 환부가 어디에 위치해 있는지, 그것이 무슨 병인지조차 알 수 없다는 점에서 선생님의 증상은 더욱더 무겁고 위험해 보였지요. 선생님의 형님은 그 에너지와 어디에 근원했건 자기를 주장해 왔고, 자기의 여자를 위해서 뭔가 싸워 왔어요

몇 번의 입맞춤과 손길을 허락한 대가로 말씀드리는 것은 아닙니다. 제가 치료를 해 드릴 수 있었으면 하고 생각했었지만, 그것은 결국 선생님 자신의 힘으로밖에 치료될 수 없는 것이라는 것을 알게 되었습니다. 그렇게 되기를 빌 뿐입니다.

그리고 이제 저는 어떻든 행복해지고 싶으며, 그러기 위해선 누구보다 먼저 자신이 자신을 용서해야 하리라는 조그만 소망 속에 이 글을 끝맺겠어요.

영영 열리지 않을 문의 성주(城主)에게
혜인올림

"도련님, 오늘은 이 집에 무슨 못 불 바람이 불었나 보죠?"

가까스로 아이들을 돌보고 집으로 돌아오자, 아주머니는 전에 없이 웃는 얼굴이었다.

"바람이라뇨?"

나는 말하면서 힐끗 형의 방을 들여다보았다. 형은 역시 부재중이었다.

"도련님 얼굴이 다른 날과 달라요."

그것은 정말일는지 모른다. 아주머니 자신의 표정이 다른 날과는 다르기 때문이다.

"무슨 일이 있었나요?"

"형님이 내일부터 병원 일을 시작하시겠대요."

아주머니는 어서 누구에게라도 그 말을 하려고 기다리고 있었던 듯 더 이상 참지 못하고 웃음의 비밀을 털어놓았다.

나는 형의 방으로 뛰어 들어가서 서랍을 열고 원고 뭉치를 꺼냈다. 잠시 나의 뇌수는 어떤 감정의 유발도 유보하고 있었다. 소설의 끝부분을 펼쳤다. 그리고는 거기 선 채로 나의 시선은 원고지를 쫓기 시작했다. 나의 감정은 다시 한 번 진공 속으로 빠져 들어갔다. 등을 보이고 쫓기던 사람이 갑자기 돌아섰을 때처럼 나는

긴장했다. 형의 소설은 끝이 달라져 있었다. 형은 내가 쓴 부분을 잘라 내고 자신이 다시 끝을 맺어 놓고 있었다. 형의 경험은 이 소설 속에서 얼마만큼 사실성을 유지하고 있는지는 모른다. 혹은 적어도 이 끝부분만은 형의 완전한 픽션인지도 모른다. 형은 나의 추리를 완전히 거부해 버리고 있었다.

〈나〉는 관모가 나타날 때까지 동굴을 들락날락하고만 있다. 드디어 관모는 동굴까지 올라왔다. 그 얼굴이 어둠 속에서 땀에 번들거렸다. 그는 대뜸 〈동강나간 팔 핑계를 하고 드러누워 처먹고만 있을 테냐〉고 하며, 〈오늘은 네놈도 같이 겨울 준비를 해야겠다〉면서 김 일병을 일으켜 끌고 동굴을 나간다. 〈내〉가 불현듯 관모의 팔을 붙잡는다. 관모가 독살스런 눈으로 〈나〉를 쏘아본다. 〈나〉는 아무말도 못하고 고개를 떨어뜨린다. 〈넌 구경이나 하고 있어……〉 타이르듯 낮게 말하고 관모는 김 일병을 앞세우며 산을 내려간다. 말끝에서 나는 〈이 참새 가슴아〉 하고 말하고 싶어하는 관모의 소리를 들은 듯싶었다. 뜻밖의 기동으로 침착하게 발길을 내려 걷고 있는 김 일병은 단 한 번 길을 내려가면서 〈나〉를 돌아본다. 그러나 그 눈에는 아무것도 찾아볼 수가 없다. 둘은 눈길에 검은 발자국을 내며 골짜기로 내려갔다. 그리고 그들이 골짜기의 잣나무 숲으로 아물아물 숨어 들어가 버릴 때까지 〈나〉는 거기에 못박힌 듯 붙어 서 있기만 했다. 어느덧 눈은 그치고 눈 위를 스쳐 온 바람이 관목 사이로 기분 나쁜 소리를 내며 빠져나갔다. 드문드문 뚫린 구름장 사이로는 바쁜 별들이 서쪽으로 서쪽으로 흐르고 있었다. 조금 뒤에 골짜기에서는 한 발의 총 소리가 적막을 깼다. 그 소리는 골짜기를 한 바퀴 돌고 난 다음 남쪽 산등성이로 긴 꼬리를 끌며 사라져 갔다. 〈나〉는 비로소 잠에서 깨어난 듯 깜짝 놀란다.

〈그 총 소리는 나의 가슴 속 깊이 어느 구석엔가 숨어서 그 전쟁터의 수많은 총 소리에도 지워지지 않고 남아 있었던 선명한 기억 속의 것이었다. 어린 시절, 노루 사냥을 갔을 때에 설원에 메아리치던 그 비정과 살의를 담은 싸늘한 음향이었다.〉

그러자 〈나〉의 눈앞에는 그 설원의 끝없이 번져 가는 핏자국이 떠올랐다. 그 때 또 한 발의 총 소리가 메아리쳐 올랐다. 〈나〉는 몸을 부르르 떨고 나서 동굴 구석에 남은 한 자루의 총을 걸어메고, 그 〈핏자국〉을 따라 산을 내려갔다. 〈오늘은 그 노루를 보고 말겠다. 피를 토하고 쓰러진 노루를.〉 〈날더러는 구경만 하라고? 그렇지. 잔치는 언제나 너희들뿐이었지.〉 이런 말들이 〈내〉가 그 〈핏자국〉을 따라가는 동안에 수없이 되풀이되고 있었다.

그 핏자국은 끝날 것 같지 않았다. 끝없이 눈 위로 계속되었다. 나는 뛰었다. 그 핏자국은 관모들이 눈을 헤치고 간 발자국이었다는 것을 안 것은 내가 가시나무에 이마를 할퀴고 정신을 다시 차렸을 때였다.

이마에 섬뜩한 촉감을 느끼고 발을 멈추어 섰을 때 나의 뒤에서는 가시나무가 배를 움켜 쥐며 웃고 있는 것처럼 커다란 키를 흔들고 있었다. 나는 잣나무 숲속으로 들어서 있었다. 이마에 손을 대어 보니 미끄럽고 검은 것이 묻어났다. 손가락을 뿌리고 다시 발자국을 따라 몸을 움직이려고 했을 때였다.

"어딜 가는 거야."

송곳 같은 소리가 귀에 와 들이박혔다. 나는 흠칫 놀라 발을 멈추고 주위를 둘러보았다. 발자국이 사라진 쪽과는 반대편 언덕 아래서 관모가 총을 내쪽으로 받쳐들고 서 있었다. 어둠 속에 허연 이를 드러내놓고 있었다. 웃고 있는 것 같았다. 내가 발을 멈추자 그는 총을 내리고 나에게로 다가왔다.

"너 같은 참새 가슴은 보지 않는 게 좋아. 모른 체하고 있으래지 않나."

관모는 쓰다듬어 줄 듯이 목소리가 낮았다.

— 하지만 나는 오늘 밤, 노루를 보고 말겠다. 피를 토하고 쓰러진 노루를.

나는 관모를 무시하고 천천히 몸을 돌렸다.

"가지 마라!"

이상하게 가라앉은 목소리가 나를 쫓아왔다. 노리쇠가 한 번 후퇴했다. 전진하는 금속성이 뒤로부터 나의 뇌수를 쪼았다. 뇌수가 아팠다. 나는 등 뒤로 독사 눈깔처럼 까맣게 나를 노리고 있을 총구를 의식했다.

— 또 뒤를 주고 섰구나, 뒤를.

"포성이 다시 올 희망은 없다. 먹을 게 없어지면 우리가 찾아가야 한다. 난 아직 네가 필요하다. 그것은 너도 마찬가지다."

"……."

"돌아서라."

― 그렇지, 돌아서야지. 이렇게 뒤를 주고서야 어디.

나는 돌아섰다.

관모는 그제야 안심한 듯 내게 향했던 총을 내리고 나에게로 걸어왔다. 어깨라도 짚어 줄 것 같은 태도였다. 그 순간이었다. 나의 총은 다급한 금속성을 퉁기고 몸은 납작 땅바닥 위로 엎드렸다. 관모의 몸도 따라 땅 위로 낮아지고 거의 동시에 두 발의 총 소리가 또 한 번 골짜기의 정적을 깼다. 그 모든 것은 거의 한순간에 일어난 일이었다.

총 소리가 사라지자 골짜기는 다시 무거운 고요가 차올랐다. 나는 머리를 조금 들고 관모 쪽을 응시했다. 흰 눈 위에 관모는 검게 늘어진 채 미동도 없었다. 나는 엎드린 채 몸을 움직여 보았다. 이상한 데가 없었다. 당황한 관모의 총알은 조준이 되지 않았을 것이었다.

다시 관모 쪽을 살폈다. 가슴께서부터 눈 위로 검은 반점이 스멀스멀 번져 나오고 있었다. 나는 거기에서 눈을 떼지 않은 채 상체부터 조금씩 몸을 일으켰다. 그리고는 총을 비껴 쥐고 조심조심 관모 쪽으로 다가갔다. 가슴께서 쏟아진 피가 빠른 속도로 눈을 물들이고 있었다. 금세 나의 발을 핥고 들 기세였다. 나무들은 높고 산골은 소름끼치는 고요가 짓누르고 있었다. 이상스런 외로움이 뼈 속으로 배어들었다. 그 때 갑자기 관모가 몸을 꿈틀했다. 그리고는 계속해서 조금씩 꿈틀거렸다. 그것은 모래성에서 모래가 조금씩 흘러내리는 것처럼 작고 신경에 닿아 오는 것이었다. 나는 겁이 나기 시작했다. 어느 새 핏자국은 눈을 타고 나의 발등을 덮었다. 나는 한참 동안 두려운 눈으로 관모의 움직임을 지켜보고 있었다. 입으로 짠 것이 흘러들었다. 손으로 이마를 짚었다. 생채기에서 볼로 미끈한 것이 흐르고 있었다.

관모의 움직임은 더 커 가는 것 같았다. 금방 팔을 짚고 일어나 앉을 것 같은 생각이 들었다. 짠 것이 계속해서 입으로 흘러들어왔다. 나는 천천히 총대를 받쳐들고 관모를 겨누었다.

탕!

총 소리는 산골의 고요를 멀리까지 쫓아 버리려는 듯 골짜기를 샅샅이 훑고 나서 등성이 너머로 사라졌다.

그 소리의 여운을 타고 그리움 같은 것이 가슴으로 젖어들었다. 문득 수면에 어리는 그림자처럼 희미한 얼굴이 떠올랐다. 그것은 웃고 있는 것 같았다. 그리고 좀더 확실해지기만 하면 나는 그 얼굴을 알아볼 수도 있을 것 같았다. 오래 전부터 나와 익숙했던, 어쩌면 어머니의 뱃속에도 있기 이전부터 이미 알고 있었던 것 같은 그리운 얼굴이었다. 그러나 생각이 나지 않았다. 안타까웠다. 생각이 나기 전에 그 수면 위의 그림자처럼 희미하던 얼굴은 점점 사라져 갔다. 나는 눈을 감았다. 그리고 계속해서 방아쇠를 당겼다. 총 소리가 다시 산골을 메웠다. 짠 것이 입으로 자꾸만 흘러 들어왔다.

탄환이 다하고 총 소리가 멎었다.

피투성이의 얼굴이 웃고 있었다. 그것은 나의 얼굴이었다.

선 채로 소설을 다 읽고 나서 나는 비로소 싸늘하게 식은 저녁상과 싸늘하게 기다리고 있는 아주머니를 의식했다. 몸을 씻은 다음 상 앞에 앉아서도 나는 아직 아주머니에게 눈을 주지 않고 있었다. 나의 추리는 완전히 빗나갔다. 그러나 그런 건 생각할 필요가 없었다. 소설의 마지막에서 형은 퍽 서두른 흔적이 보였지만 결코 지워지지 않는 연필로 그린 듯한 강한 선(線)으로 얼굴을 이야기하고 있었다. 형이 낮에 나의 그림을 찢은 이유가 거기 있었다. 내일부터 병원 일을 시작하겠다던 말을 알 수 있을 것 같았다. 그리고 동료를 죽였기 때문에 천릿길의 탈출에 성공할 수 있었던 수수께끼의 해답도 거기 있었다.

나는 상을 물리고 나서 담배를 피워 물고 마루로 걸터앉았다.

"형님은 소설 다 끝맺어 놨지요?"

아주머니가 곁에 와 앉았다.

"네, 읽어 보셨어요?"

"아니요, 그저 그런 것 같아서요."

여자들의 직감은 타고난 것이었다. 지극히 촉각에 예민한 곤충처럼 모든 것을 피부로 느끼고 알아 냈다.

"이상한 일이군요. 알 수가 없어요…… 형님은."

나는 아주머니의 말을 알 수 있었다.

"도련님도 마찬가지예요."

"제게도 모르실 데가 있나요?"

"요즘, 통 술을 잡수시지 않는 것, 그 아가씨에 대한 복수예요?"

아주머니는 복잡한 이야기를 싫어했다. 이야기를 따라가기가 힘들어지면 언제나 나의 꼬리를 끌어 잡아당겨 뒷걸음질을 시켜서 맥을 못추게 해 오곤 했다.

"그 아가씬 오늘 결혼해 버렸어요."

열 한시가 조금 지났을 때에 대문이 열리고 형이 들어오는 소리가 났다. 나는 천정을 쳐다보고 누워서 형의 거동 하나하나를 귀로 감시하고 있었다. 형은 몹시 취한 모양이었다. 화난 짐승처럼 숨을 식식거리며 아주머니의 말에는 대꾸도 하지 않고 방으로 들어갔다. 조금 뒤에 형은 다시 문을 열고 나왔다. 그리고는 무슨 종이를 북북 찢어댔다. 성냥을 그어 거기 붙이는 소리가 나고는 잠시 조용해졌다. 형은 노래 같은 소리를 내다가는 뭐라고 중얼중얼 혼잣말을 하기도 했다. 아주머니가 곁에 서서 형을 내려다보고 있을 것이었다. 형 쪽에서 바라지도 않았지만 아주머니는 술 취한 형을 도와 준 일이 없었다.

붉은 화광이 창문에 비쳤다.

— 무엇을 태우고 있을까.

종이 찢는 소리가 이따금씩 들렸다. 나는 벌떡 일어나 문을 열고 밖으로 나갔다. 아주머니가 먼저 나를 보았다. 아무 표정도 없었다. 형은 맷돌을 타고 앉아서 그 원고 뭉치를 한 장 한 장 뜯어 내어 불에다 던져 넣고 있었다. 한참 만에야 형은 천천히 고개를 돌려 나를 쳐다보았다. 그 얼굴이 비죽비죽 웃고 있었다. 형은 다시 불붙고 있는 원고지 쪽으로 얼굴을 돌려 버렸다.

"병신 새끼!"

형은 나에겐지, 형 아닌 다른 사람에게라기에는 너무나 탈진한 목소리로 중얼거렸다. 그러나 그것은 나에게 한 말이었다. 다음 순간 형은 다시 나를 똑바로 쳐다보았다.

"너의 그 귀여운 아가씨는 정말 널 싫어했니?"

— 형님은 6 · 25 전상자랍니다.

하려다 나는 아직도 형이 하고 싶은 말이 있으리라 생각하고 순순히 머리를 끄덕였다.

"병신 새끼……."

이번에는 형이 손으로는 연신 원고지를 찢어 불에 넣으면서도 눈길만은 내쪽을 향해 분명하게 말했다.

"그래 도망간 아가씨의 얼굴을 그리고 싶어졌군!"

나는 아직도 더 참을 수 있다고 생각했다. 아주머니는 여전히 형과 나의 얼굴을 무표정하게 번갈아 보고만 서 있었다.

"다 소용없는 짓이야…… 오해였어."

형은 다시 중얼거리는 투였다. 나는 지금 형에게 원고를 불태우는 이유를 이야기시키려는 것은 소용없는 일일 것 같았다. 방으로 들어가려고 했다.

"거기 있어!"

형이 벌떡 몸을 일으키는 체하며 호령을 했다.

"기껏해야 김 일병이나 죽인 주제에…… 임마, 넌 이걸 모두 읽고 있었지…… 불쌍한 김 일병을…… 그 아가씨가 널 싫어한 건 너무 당연했어."

순서는 뒤범벅이었지만 무엇을 이야기하려는 것인지는 분명했다. 나는 형을 쏘아보았으나, 그 때 형도 나를 마주 쏘아보았기 때문에 시선을 흘리고 말았다. 형은 눈으로 나를 쏘아본 채 한 손으로는 계속 원고를 뜯어 불에 넣고 있었다.

"임마, 넌 머저리 병신이다. 알았어?"

형이 또 소리를 꽥 질렀다. 그리고 그것은 지극히 당연한 말이었다는 듯이 머리를 두어 번 끄덕이고 나서는,

"그런데 말이야……."

갑자기 장난스럽게 손짓을 했다. 형은 손에서 원고 뭉치를 떨어뜨리고 나의 귀

를 잡아 끌었다. 술냄새가 호흡을 타고 내장까지 스며들 것 같았다. 형은 아주머니까지도 들어서는 안 될 이야기나 된 것처럼 귀에다 입을 대고 가만히 속삭이는 것이었다.

"넌 내가 소설을 불태우는 이유를 묻지 않는군……."

너무나 정색을 한 목소리여서 형의 얼굴을 보려고 했으나 형의 손이 귀를 놓아주지 않았다.

"그런데 너도 읽었겠지만, 거 내가 죽인 관모놈 있지 않아, 오늘 밤 나 그놈을 만났단 말야."

그러고는 잠시 말을 끊고 나를 찬찬히 살펴보고 있었다. 그 눈은 술에 젖어 있었으나, 생각이 멀리 있는 것처럼 보이는 것은 결코 술 때문만은 아닌 것 같았다. 그러자 형은 이제 안심이라는 듯 큰 소리로,

"그래 이건 쓸데없는 게 되어 버렸지…… 이 머저리 새끼야!"

하고는 나의 귀를 쭉 밀어 버렸다.

다시 원고지를 집어 사그라드는 불집에 집어 넣었다.

"한데 이상하거든…… 새끼가 날 잘 알아보질 못한단 말이야…… 일부러 그런 것 같지도 않았는데……?"

불을 보면서 형은 계속 중얼거렸다.

"내가 이제 놈을 아주 죽여 없앴으니 내일부턴…… 일을 하리라고 생각하고 자리를 일어서서 홀을 나오려는데…… 그렇지 바로 문에서 두 걸음쯤 남았을 때였어. 여어, 너 살아 있었구나 하고 누가 등을 탁 치지 않나 말야."

형은 나를 의식하고 이야기하는 것 같기도 하고 혼자 중얼거리는 것 같기도 했다.

"놀라 돌아보니 아 그게 관모놈이 아니냔 말야. 한데 놈이 그래 놓고는 또 영 시치밀 떼지 않아. 이거 미안하게 됐다구…… 두려워서 비실비실 물러나면서…… 내가 그 사이 무서워진 걸까……하긴 놈은 내가 무섭기도 하겠지. 어쨌든 나는 유유히 문까지는 걸어 나왔어. 그러나…… 문을 나서서는 도망을 쳤지…… 놈이 살아 있는데 이런 게 이제 무슨 소용이냔 말야."

형은 나머지 원고 뭉치를 마저 불집에 집어넣고 나서 힐끗 나를 보았다.

"이 참새 가슴 같은 것, 뭘 듣고 있어. 썩 네 굴로 꺼져!"

소리를 꽥 지르는 통에 나는 방으로 쫓겨 들어오고 말았다.

비로소 몸 전체가 까지는 듯한 아픔이 전해 왔다. 그것은 아마 형의 아픔이었을 것이다. 형은 그 아픔 속에서 이를 물고 살아 왔다. 그는 그 아픔이 오는 곳을 알고 있는 것이다. 그리하여 그것은 견딜 수 있었고, 그것을 견디는 힘은 오히려 형을 살아있게 했고 자기를 주장할 수 있게 했다. 그러던 형의 내부는 검고 무거운 것에 부딪혀 지금 산산조각이 나고 있었다.

그렇다고 해도 이제 형은 곧 일을 시작하게 될 것이다. 형은 자기가 솔직하게 시인할 용기를 가지고, 마지막에는 관모의 출현이 착각이든 아니든, 사실로서 오는 것에 보다 순종하여, 관념을 파괴해 버릴 수 있는 힘이 있었다. 무엇보다도 형은 그 아픈 곳을 알고 있었으니까. 어쨌든 형은 지금까지 지켜 온 그 아픈 관념의 성은 무너지고 말았지만, 그만한 용기는 계속해서 형에게 메스를 휘두르게 할 것이다. 그것은 무서운 창조력일 수도 있었다.

그러나 —

나는 멍하니 드러누워 생각을 모으려고 애를 썼다.

나의 아픔은 어디서 온 것인가. 혜인의 말처럼 형은 6·25의 전상자이지만, 아픔만이 있고 그 아픔이 오는 곳이 없는 나의 환부는 어디인가. 혜인은 아픔이 오는 곳이 없으면 아픔도 없어야 할 것처럼 말했지만, 그렇다면 지금 나는 엄살을 부리고 있다는 것인가.

나의 일은, 그 나의 화폭은 깨어진 거울처럼 산산조각이 나 있었다. 그것을 다시 시작하기 위하여 나는 지금까지보다 더 많은 시간을 망설이며 허비해야 할지도 모른다.

어쩌면 그것은 나의 힘으로는 영영 찾아내지 못하고 말 얼굴일는지도 모를 일이었다. 나의 아픔 가운데에는 형에게서처럼 명료한 얼굴이 없었다.

20····

동행

전상국(全商國, 1940~) ●● 강원도 홍천에서 출생했다.
1963년 조선일보 신춘문예에 대학 시절 경희대 문화상을 수상한 〈동행〉을 개작하여 출품한 작품이 당선되어 등단했다. 그의 작품은 크게 분단 현실을 주제로 한 것, 교단에서의 체험을 바탕으로 한 인간 탐구, 고향 상실의 아픔과 고향에의 회귀의식을 주체로 한 것 등으로 나누어 볼 수 있다. 그가 이런 실제 체험을 소설화하면서 일관되게 추구하고 있는 것은 인간의 삶에 있어서 폭력과 같은 부패성은 근원적으로 배재되어 있으며 그것에 의해 사회의 부정성은 싹튼다는 것이다.
대표 작품은 〈육아일기〉〈고려장〉〈아베의 가족〉〈우리들의 날개〉〈늪에서는 바람이〉〈하늘 아래 그 자리〉〈좁은길〉〈퇴장〉〈지빠귀 둥지 속의 뻐꾸기〉 등이 있다.

20 동행

전상국

발목까지 빠져드는 눈길을 두 사내가 터벌터벌 걷고 있었다. 우중충 흐린 하늘은 곧 눈발이라도 세울 듯, 이제 한창 밝을 정월 보름달이 시세를 잃고 있는 밤이었다.

앞서서 걷고 있는 사내는 작은 키에 다부져 보이는 체구였지만 그 걸음걸이가 어딘지 모르게 허전해 보였다.

이 사내로부터 두서너 걸음 뒤져 걷고 있는 사내는 멀쑥한 키에 언뜻 보아 맺힌 데 없다는 인상을 주면서도 앞선 쪽에 비해 그 걸음걸이는 한결 정확했다.

큰 키의 사내가 중절모를 눌러 쓰고 밤색 오버에 폭 싸이다시피 방한(防寒)에 빈틈이 없어 보이는가 하면 키 작은 사내는 희끔한 와이셔츠 위에 다만 양복 하나를 걸쳤을 뿐, 그 차림새가 퍽도 을씨년스러워 보였다. 그 양복이라는 것도 윗도리의 품이 좁디좁고 길이도 깡똥한 반면 아랫바지는 헐렁하게 크기만 해 걷어 올린 바짓가랑이에 눈이 녹아 붙어 걸음을 옮길 적마다 서걱거렸다. 그 작은 키에 어깨를 잔뜩 좁혀, 을씨년스럽고 초라한 모습이었다.

"정말 이렇게 동행을 얻어 다행입니다."

큰 키의 사내가 깡깡하면서도 어딘가 여유를 둔 나지막한 목소리로 말했다.

"예, 밤길을 혼자 걷기란 맹했죠. 더욱이 이런 산골 눈길은……."

하고, 앞서 걷던 작은 키의 사내가 어떤 생각으로부터 후다닥 벗어나기라도 한 듯, 생경한 목소리로 받았다.

그리고 곧 자기 쪽에서 말을 건네 왔다.

"참, 선생은 춘천에서 오신다기에 말씀입니다만, 혹시 어제 근화동에서 살인 사건이 생긴 걸 아시우?"

그러자 큰 키의 사내는 흠칫 몸을 추슬렀다가 좀 사이를 두어,

"살 — 인이라면…… 아, 네! 알구말구요. 사실 전 우연한 기회로 현장까지 봤습니다만…."

하고 조심스레 말끝을 흐렸다.

그러자 키 작은 사내가 주춤 멈춰 서서 다그치듯,

"허, 현장엘? 그래요? 그 술집에 선생이 가 보셨다구……?"

다시 몇 걸음 떼어 놓다가 말을 이었다.

"근데, 거 — 말입니다. 그 살인범을 경찰에선 쉬 잡아낼 수 있겠습니까? 뭐, 단서 같은 거라두……."

그러자, 큰 키의 사내는 잠깐 머뭇거리다, 글쎄요, 그건 잘 모르겠군요. 중얼거리듯 잘라 놓곤 이어,

"그런데 노형은 아까 원주에서 오신다고 하신 듯한데 어떻게 벌써 그 사건을 그렇게…… 역시 소문이란……."

그냥 흘려 넘기는 투였다.

그러나 이때 키 작은 사내가 주춤 멈춰 서며,

"아아니 선생, 이거 왜 이러슈, 내가 언제 원주에서 온다고 했단 말이유?"

무턱대고 시비조였다.

"아, 그러십니까? 제가 그만……."

그제야 멈춰 섰던 사내가 다시 걸음을 옮겨 놓기 시작했다. 큰 키의 사내도 어깨를 한 번 으쓱 위로 추키곤 앞선 쪽의 뒤를 부지런히 따라붙었다.

그렇게 상당한 거리를 서로 한 마디의 대화도 없이 눈길을 터벌터벌 걷던 그들이 문득 고개를 쳐들었을 때, 그들 시야에 꽤 넓은 평지를 사이에 두고 좀 멀찍이 놓인 산마루가 희미한 채 그 윤곽을 드러냈다.

작은 키의 사내가 걸음을 멈추고 엉거주춤한 자세로 질금질금 소변을 보기 시작했다. 이때 큰 키의 사내는 바짓가랑이와 오버 자락에 엉겨 붙은 눈을 털어 내다가 불쑥,

"저 재 너머가 바루 와야리겠습니다그려?"

하고 무슨 변명이라도 하듯, 초행이라 놔서…… 했다.

그러나 키 작은 쪽은 대꾸도 없이 바지 단추를 더듬거려 채우다간,

"가만있자…… 이 길루 내처 가면 엔간히 돌 게구……."

곧 뒷사내를 향해,

"선생, 우리 일루 질러갑시다."

그런 다음 이쪽 대답은 아랑곳없다는 듯 지금 그들이 걸어온 한길을 벗어나 도무지 길이 있을 것 같지 않은, 그냥 눈 덮인 밭으로 터벌터벌 걸어 들어가고 있었다.

"질러가는 겁니까? 허지만 이 눈에 저 고갤…… 좀 돌더라두……."

언제나 말미를 흐리곤 하는 큰 키의 사내가 아직 한길에서 내려서지도 않은 채 머뭇댔다.

"맘대루 허슈, 난 일루 가겠수다."

뒤도 돌아보지 않은 채 작은 키의 사내는 터벌터벌 발목까지 빠져드는 흰 눈발을 걸어 나갔다.

그러자 큰 키의 사내는 퍽 난처하다는 듯 한동안 망설이다가,

"여보시오, 노형, 나 잠깐!"

그러나 키 작은 사내는 뒤도 돌아보지 않았다.

큰 키의 사내는 무슨 결심이라도 한 듯 어깨를 한 번 으쓱 추켜올리곤 한길에서 내려서 앞서 간 쪽의 발자국을 조심스레 되밟아 나갔다.

앞서 가던 쪽이 밭두렁에서 발을 헛디뎌 앞으로 넘어졌다. 그러나 곧바로 몸을 세워 옷에 묻은 눈을 털 생각도 않고 그냥 걷고만 있었다. 그렇게 키 작은 쪽이 허청거릴 적마다 큰 키의 사내는 오버 주머니에서 가죽장갑 낀 손을 빼어 줄타기하듯 조심스레 발을 옮기곤 했다.

바짓가랑이에 붙은 눈을 열심히 털면서.

그들이 지금 가로지른 평지가 끝난 바로 앞에 하천이 하나 가로놓여 있었다.

"여길 건너야 할 텐데……."

작은 키의 사내가 벌써 아래로 내려서면서 중얼거렸다. 언뜻 보기에 거기 개울이 있다고 보기엔 어려웠다. 다만 잘잘거리는 물소릴 듣고야 바로 앞에 막아 선 산기슭을 타고 개울이 흐르고 있다는 걸 짐작할 수밖에 없었던 것이다.

"얼음이 잘 얼었을까요? 물이 많진 않을 것 같습니다만……."

큰 키의 사내가 조심스레 개울로 내려서며 말했지만 역시 앞선 쪽은 대답이 없었다.

온통 눈으로 덮인 개울은 처음엔 자갈이 밟혔다. 좀더 들어가자 덧물이 흘렀다가 언 층이 발 닿는 곳마다 부적부적 소릴 냈다. 큰 키의 사내는 언제나 앞선 쪽의 발자국을 되디디며 그것도 못 미더운지 몇 번씩 발을 굴러 보곤 했다.

이때 앞서 걷던 사내가 뒤로 돌아서며, 여긴 안 되겠수다 ─ 중얼거리는 거와 동시에 그의 한쪽 발이 뿌지직 얼음을 깨뜨렸다. 그러자 사내는 다시 몸을 돌려 꺼져 드는 얼음 위를 철벅철벅 걸어가며,

"어어, 물 차다!"

꺼져 버린 얼음 조각들이 흐르는 물에 처르르 씻겨 내리고 있었다. 눈 덮여 희던 개울 바닥이 그가 걸어 나간 뒤를 좇아 차츰차츰 검은 빛으로 번져 나갔다.

그렇게 찬물 속을 철벅거리며 개울을 다 건넌 사내는 이쪽에서 아직 어쩌지 못

해 서성거리고 있는 큰 키의 사내를 향해 소리치는 것이었다.

"제엔장, 일룬 안 되겠수다. 여긴 여울이라 놔서……."

키 작은 사내는 산기슭을 타고 개울 상류로 거슬러 오르고 있었다. 이쪽 사내는 안절부절못하는 몸짓으로 역시 같은 방향으로 거슬러 오르며 눈을 항시 건너편 사내에게서 뗄 줄 몰랐다.

그렇게 얼마쯤 허둥대고 걷다가 큰 키의 사내는 무턱대고 개울로 들어섰다. 다행히 여울이 아닌 모양이어서 쉽게 건널 수 있었다. 그러나 키 작은 사내는 이쪽에 눈 한 번 주는 법 없이 서벅서벅 제 발길만 옮기고 있었다. 큰 키의 사내는 꽤 허덕댄 다음에야 앞선 쪽을 따라갈 수 있었다.

역시 앞 사내의 발자국을 되밟으며 따라 걷던 큰 키의 사내는 힉 ― 한 번 혼자 웃었다. 앞 사내의 바지가 정강이까지 온통 물에 젖어 있어 차츰 얼어들고 있는 것이었다.

"노형, 그거 그렇게 젖어서 어떻게 합니까? 진작 이 위로 건너실걸……."

"제에기랄, 누가 아니래우. 근데 옷은 이렇게 벌써 삐쩍 얼어드는데 이놈의 발이 통 안 시렵다니……."

잠시 사이를 두었다간,

"그래, 꼭 그날 밤도 이랬지! 제기랄……."

신음하듯 중얼댔다. 그러자 큰 키의 사내가, 그날 밤이라뇨……? 하고 불쑥 물었다. 그러나 앞선 사내는 대꾸 없이 개울 상류를 향해 자꾸 치오르며 옆 산비탈을 올려다보곤 했다.

금세 눈이 내릴 듯 우중충 흐린 밤이었지만 날은 퍽 차가웠다.

드디어 키 작은 사내의 바짓가랑이가 데거덕거리기 시작했다.

그렇게 자꾸 산비탈을 훔쳐보며 개울 기슭을 따라 작은 키의 사내가 다시 주춤 멈춰 섰다.

"하, 이거 아무래도 잘못 잡았지……."

그러면서 사방을 두리번거렸다.

"눈에 홀린다더니, 정말 눈길을 걷기란 힘이 듭니다그려."

오버 자락의 눈을 털면서 큰 키의 사내가 말했다.

"선생한텐 정말 미안하우, 제에기랄, 이놈의 델 와 본 지도 꽤 오래 돼 놔서……."

"그럼 여기가 고향……?"

그러나 키 작은 사내는 이쪽 말은 염두에도 없다는 듯 제 궁리에 잠겼다가,

"에라, 내친 김에 좀더 올라가 볼 수밖에 ― ."

하고 다시 데걱거리며 걷기 시작했다.

그렇게 한참을 걸었다. 그러나 앞선 쪽의 사내는 다시 걸음을 멈추며 속으로 가만히 한숨을 몰아쉬는 것이었다. 이때 함께 멈춰 발을 탁탁 구르며 주위를 두리번대던 큰 키의 사내가 한쪽을 가리켜 보였다.

산을 끼고 흐르던 개울이 점차 산비탈과 그 거리를 벌리면서 그 중간쯤에 집 한 채가 오똑 눈에 띄었다. 누가 먼저 말을 낸 것도 아닌데 그들은 그 쪽으로 발을 옮기고 있었다.

집 앞의 길은 꽤 넓게 눈이 쓸려 있었다. 눈이 쓸리고 거뭇거뭇 드러난 맨땅에 이르러 그들은 옷에 묻은 눈을 털었다. 키 작은 쪽의 바짓가랑이는 달라붙은 눈덩이와 함께 데걱데걱 얼어 있었다.

키 작은 사내가 사립문 앞으로 다가갔다.

이때 허리를 굽히고 열심히 눈을 털던 큰 키의 사내가 쿳쿳 ― 기침을 하기 시작했다. 꽤 밭은, 그리고 사뭇 어깨를 움츠린 채였다. 기침이 멎자 그는 눈 위에 무엇인가 뱉었다. 짙은 자국이 눈 위에 드러났다. 발로 즉시 그 자국을 뭉개 버렸다. 그리고 손수건을 꺼내어 거기에 무엇인가 또 뱉었다. 그 손수건을 유심히 들여다본 다음 다시 입 언저리를 말끔히 닦았다.

"많이 변했군 이런 데 집이 다 있구, 헌데 이눔의 집은 초저녁부터 자빠져 자는 건가?"

키 작은 사내가 사립문 위로 고개를 세워 들고 안을 기웃거리다가 언성을 높여,

"여보시우, 쥔장! 거 말 좀 물어 봅시다."

그러나 안에선 기척이 없었다.

제엔장, 눈까지 친 걸 보면 빈 집이 아닌 건 분명한데 하고, 키 작은 사내가 사립문을 마구 흔들어 대기 시작했다. 사립문에 달린 깡통이 쩔렁쩔렁 울렸다.

그러기를 한참, 드디어 안에서 두런거리는 소리가 들리는가 싶더니,

"거, 누구유? 첫잠에 그만 빠져서……."

하고 남자의 목소리가 들렸다.

그러나 키 작은 사내는 자꾸 사립문만 흔들어 댔다.

그제야 방문이 빼끔 열리며,

"뉘세유?"

이번엔 여자였다.

"거 말 줌 물어 봅시다. 구듬치 고개가 어디쯤 되우?"

그러자 빼끔히 열린 문 사이로 남자의 목소리가 새어 나왔다.

"거 누군지 구듬치 고갤 찾는 걸 보니 와야릴 가는가 본데, 에이 여보슈, 길을 영 잘못 잡았수다. 좀 돌더라두 큰길로 갈 것이지, 거 됨됨이가 어리석고 미련하게시리. 미욱하게시리 이 눈길에 구듬칠 넘다니!"

쯧쯧, 혀까지 차고 있었다.

작은 키의 사내가 그 말에 응수라도 하듯 세차게 사립문을 흔들어 대며,

"아니 여보, 누가 얼루 가든 이거 왜 이래? 거 주인 좀 이리 나오슈!"

사뭇 깡깡한 시비조였다.

"에이그 손님, 참으세유. 우리 으른은 몸이 불편해서 못 나오세유. 구듬치 고갤 넘으실려구 허세유? 그럼 저 앞에 개울을 따라서 한참 내려가셔야 해유."

"알았수다. 실은 나두 와야리 사람이유. 댁에선 여기 산 지가 얼마 됐는지 모르겠소만 혹시 최억구라구 아시겠수? 바루 내가 최억구란 말이유……."

언 바짓가랑이를 데걱거리며 몸을 돌리던 키 작은 사내가 말했다.

방문을 열고 섰던 아낙네가, 최억구유? 최억구…… 하고 중얼거렸다.

그러자 갑자기 놀란 남자의 목소리가 방 안으로부터 튕겨 나왔다.

"엥? 최억구라구? 분명 억구랬다! 아아니, 그런데 그 사람이 정신이 있나? 와야릴 제 발루……."

그러나 최억구라고 씹어뱉듯 이름을 밝힌 키 작은 사내는 방 안에서 굴러나오는 소리엔 아랑곳없다는 듯, 흥, 콧바람을 날리며,

"선생, 가십시다. 제기랄, 좀 서 있으려니 발이 비쩍 얼어드는군……."

심한 기침을 끝내고 아직 말 한 마디 없이 서 있던 큰 키의 사내가 입을 열었다.

"노형, 발이 그렇게 얼어선 안 됩니다. 예서 좀 녹여 가지구 가십시다."

그러나 최억구는 이미 저만큼 앞서 걸으며 혼잣말하듯 얼어서 안 될 것도 별루 없수다 — 했다.

그 기세에 머쓱해진 큰 키의 사내 역시 그냥 덤덤히 키 작은 사내를 따라 나섰다.

두 사내는 조금 전 자기들이 밟고 올라온 눈길을 되밟으며 개울의 흐름을 따라 산비탈을 끼고 내려갔다.

"이거 정말 안됐수! 거 아까 선생 말대루 큰길루 가야 하는 건데, 선생 고생이 말이 아니외다."

아까와는 달리 푹 누그러진 음성으로 얘길 시작한 억구는 이어,

"우습지만, 선생이 와야릴 우째 가시는지 여쭤 보지두 못했네유. 그래, 하필 이 설한(雪寒)에 춘천에서 와야린 뭣 하러 가시는 거유?"

그냥 예사롭게 묻는 투였다.

큰 키의 사내는 좀 당황한 듯 공연히 발을 힘주어 쿵쿵 울려 디디다간,

"예, 뭐 일이…… 하, 이거 죄송합니다. 사삿일이 돼 놔서, 말씀드리기가……."

더듬거렸다.

"사삿일이시라면……."

하고 좀 사이를 두었다가 이어,

"아, 그럼 휴양이라두?"

큰 키의 사내는 흠칫 놀란 듯,

"네? 휴양……? 아, 네, 몸이 좀……."

이렇게 어물어물 말미를 흐렸다.

"역시 몸이? 아까 기침을 하실 때 객혈이 있으시기에……."

"보셨군요. 예, 약두 무척 썼지요. 하지만 그게 좀체루. 역시…… 제 병은 자기가 잘 알지 않습니까!"

다시 큰 키의 사내는 터져 나오는 기침을 참느라고 쿳쿳 ― 했다.

"그럼 결국……."

말이 무심결에 뛰어나온 걸 엄폐라도 하듯,

"참, 선생은 뭘 하시우? 내 보기엔 어디 관공서에라두 나가시는 것 같은데……."

"예, 뭐, 그저…… 길이 참 맹했다!"

주춤 몸을 가누며 중절모를 벗어 들었다가 다시 눌러 쓰는 큰 키의 사내였다.

"노형 고향이 와야리시라면 거기 친척이 많으시겠습니다그려……."

억구에게로 질문을 돌리고 있었다.

"친척? 하아, 친척이라…… 제에기랄……."

억구는 걸음을 잠깐 멈추며 허리춤을 고쳐 올린 다음 씹어뱉듯,

"가친이 계시죠. 우리 아버지 말입네다."

하고는 하하하…… 허탈하게 웃어 댔다.

"아, 그러십니까. 춘부장께서 아직…… 부럽습니다."

"아직 죽지 않았느냐구요? 부럽다구요?"

그렇게 다그치던 억구가 다시 허탈한 웃음을 웃었다.

눈 덮인 산골 밤은 냉랭하고 적연(寂然)하기만 했다. 다만 개울물 흐르는 소리가 잘잘 두 사내의 눈 밟아 나가는 소리에 어울려지곤 할 뿐이었다.

하늘은 곧 눈을 쏟을 듯 점점 어둑해지기 시작했다. 억구의 언 바짓가랑이가 제법 데걱거리고 있었다.

앞서 걷던 억구가 멈춰 섰다.

거뭇거뭇 송림이 우거진 고갯마루를 치어다봤다. 구듬치 고개라는 것이었다.

큰 키의 사내가 두어 번 발을 구르며 오버 주머니에서 담배를 꺼내어 피봉을 뗐다. 그리고 한 개비를 뽑아 억구에게 내밀었다. 담배를 받아 드는 억구의 맨손이 뻣뻣하게 얼어 있음을 그의 엉거주춤한 손가락을 보아 곧 알 수 있었다. 키 큰 쪽

도 한 개를 빼어 물고 성냥을 찾아 가죽장갑 긴 채 불을 댕겼다.

성냥불에 담배를 대고 빠는 억구의 턱이 심하게 떨고 있었다. 첫 성냥개비는 허탕이 됐다. 다시 성냥을 그어 대는 큰 키의 사내 시선이 모가 난 억구의 얼굴을 날카롭게 뜯어보고 있었다.

"그래, 와야릴 갈래면 꼭 저놈의 고갤 넘어야 한단 말이우? 내애 참!"

생뚱같이 중얼거리는 억구의 말을 큰 키의 사내가 사뭇 송구스럽다는 투로 받았다.

"전 여기가 초행이라 놔서……."

그러나 억구는 흥, 콧바람을 날리며,

"왜 이러슈, 이거! 내가 여길 지릴 몰라 그걸 선생한테 물은 거유?"

하고 튕기듯 퉁명을 부렸다. 그리고 담배를 몇 모금 거듭 빨아 연기를 내뿜으며,

"제에기랄, 저놈의 고갤 내가 꼭 넘어야 하는 이유가 도대체 뭐야?"

혼자 소릴 했다.

큰 키의 사내는 조용히 억구의 옆모습만 뜯어보고 서 있었다.

문득 옆 사내의 시선을 알아차리기라도 한 듯 억구는 담배를 손끝까지 타들도록 거듭거듭 빨아 대곤 획 집어던지며 고개를 향해 터덜터덜 오르기 시작했다. 언 바짓가랑이를 데걱거리며.

데걱거리며 고개를 향해 걷기 시작한 억구에게 시선을 떼지 않고 서 있던 큰 키의 사내가 아랫입술을 지그시 물었다. 그리고 고개를 두어 번 끄덕인 다음 억구의 뒤를 따랐다. 터져 나오는 기침을 쿳쿳 — 참아가며.

고개로 접어드는 산 기슭, 보득솔밭을 지나며 먼저 입을 뗀 것은 억구였다.

"제에기랄, 우리 어렸을 적만 해두 이 보득솔밭엔 토끼두 숱했는데…… 거, 눈이라두 좀 빠졌을 땐 그저 두어 마리 때려잡긴 예사였소만…… 그런데 거 토끼란 짐승은 눈엔 영 맥을 못씁데다."

그러자 큰 키의 사내가 회고조로 천천히 말을 받았다.

"이거 토끼 얘기가 나왔으니 생각이 납니다만……."

중학 이 학년 때인가 전교생이 학교 뒷산으로 식수를 나갔다. 이제 싸릿순이 파랗게 터져 오르는 싸리밭에서 토끼똥을 주워 든 아이들이 장난삼아, 토끼 여기 있다아 — 하자 여기저기서 웅성대다 보니 그게 그냥 토끼 사냥이 돼 버렸다. 상급반에서 정말 한 마디 풍겨 놓은 것이다.

그러나 스크럼이 허술한 몰이여서 그놈은 이내 포위망을 빠져 나가고 말았지만 어쩌다 이제 겨우 발발 기어다니는 새끼 한 마리를 붙잡았다. 토끼 새끼를 번쩍 쳐들어 둘러선 아이들에게 구경을 시킨 생물 선생은 싱글거리며 봄볕에 노곤히 지쳐 있는 이쪽에게 그것을 건네주며, 잘 가지고 있어라 — 했다. 얼결에 새끼 토끼를 받아 든 이쪽은 생물 선생의 말을 들으면서 그만 헛구역질을 했다. 이놈을 생물 시간에 해부를 해보이겠다는 것이었다. 해부를 한 다음에는요? 하고 어떤 녀석이 장난조로 묻자, 하 그건 너희들이 아직 잘 모를 테지만, 거 토끼고기가 뭐뭐에는 최고지 — 하는 생물 선생의 말을 받아 아이들은 합창하듯,

"토끼다리 술안주!"

했다.

"고오놈들."

과히 무서울 것 없는 호령이었다.

그러나 조막만한 토끼 새끼의 귀를 잡고 앉아 있는 이쪽은 요렇게 작은 걸 — 내심으로 툴툴대며 자꾸 헛구역질을 했다. 토끼 새끼의 가슴팍에 손을 대어 봤다. 파득파득 뛰고 있는 가슴팍에서 따스한 온기가 전해졌다.

이때 누군가,

"저기 에미 토끼 온다아!"

소릴 쳤다. 정말 칡빛 토끼 한 마리가 이리로 곧장 구르다시피 달려 내려오고 있었다.

"에미다, 에미! 야. 임마, 그 새낄 에미가 보두룩 번쩍 들어라. 번쩍……."

국어 선생이었다. 어미 토끼를 포위하기란 수월했다. 아이들이 와와 소리쳤다. 어미 토끼는 이리저리 핑핑 돌기만 했다. 그렇게 어쩔 줄 모르고 핑핑 돌기만 하던 어미 토끼가 갑자기 딱 멈춰 서며 이쪽의 번쩍 쳐들고 있는 새끼 토끼를 노려

보는 것이 아닌가. 이 당돌한 기세에 아이들도 주춤했다. 칡빛 어미 토끼의 쭈뼛 곤두선 두 귀와 까만 눈빛, 빛나는 눈알을 보자 이쪽은 부르르 몸을 떨었다. 그러자 이때 살기 차고 공포에 질린 표정으로 이쪽을 노려보던 그 어미 토끼가 씽하니 이쪽에게로 내달아오기 시작했다. 둘러섰던 아이들이 그제야 와와…… 소릴 쳤다. 새끼 토끼 역시 무어나 알기라도 한 듯 부들컹대며 끽끽거렸다. 이쪽은 어미 토끼의 눈에서 무엇인가 뻔쩍하는 걸 본 듯했다. 마치 불꽃 같은 ─ 순간, 새끼 토끼를 쳐들고 있던 이쪽은 그만 얼결에 비켜서고 말았다. 그 틈이 난 사이로 토끼가 빠져 나가 산으로 치뛰고 있었다. 치뛰는 토끼를 쫓는다는 건 무모한 것이었다. 모두들 악을 쓰다시피 이쪽에게 욕을 해 대고 있었다. 그러나 정작 이쪽은 멍하니 선 채로 치뛰는 어미 토끼를 바라보고 있을 뿐이었다. 토끼 새끼의 두 귀를 움켜쥔 손바닥에 땀이 배었음을 늦게야 깨달았다. 거, 인간이나 동물이나 모성애란 무섭거든 ─ 하고 입을 연 국어 선생님은 금세 입을 해벌리며

"하, 그놈 꽤 크던걸, 그으거 참……."

이쪽에게 힐끔 눈살을 주면서였다.

"하아, 그럼 누군 입맛을 안 다시겠소? 그때 선생님께선 욕깨나 먹게 됐수다 뭐."

흠흠 웃으며 억구가 말했다. 그러자 자못 정색을 한 큰 키의 사내는,

"욕이 문젭니까? 그보다두 다음 생물 시간에 벌어질 일을 생각하니……."

하다간 그냥 겸연쩍게 웃어 버리고 말았다.

"그래, 다음날 고 조막만한 토끼 새낄 해불 합디까? 고 고긴 술안줄 하구……?"

억구가 다시 흠흠 웃었다. 하자 큰 키의 사내는 보득솔을 붙잡고 끙끙 힘을 써 오르며,

"글쎄 그게……."

잠시 사이를 두었다가,

"그날 밤 꽤 피곤했지만 잠이 통 오질 않더군요. 그 어미 토끼의 도사리고 노려 보던 눈, 그리고 배를 째이는 새끼 토끼의 환상이 자꾸…… 그예 난 생물 선생네 토끼장의 위치를 짐작하며 잠자리에서 빠져나오고야 말았습죠."

하자, 억구는 그 예의 조소 섞인 웃음을 흠흠 하며,

"하, 선생이 왜 일어났는가 내 알겠수다. 물론 그 새끼 토낄 구해 주셨겠구만. 그러구 보니 선생두 어렸을 적엔 어지간하게시리 거 뭐랄까……."

그러나 큰 키의 사내는 그 말을 가로채,

"글쎄 그게 그렇게 되지가 못하구……."

하고 또 긴 말을 이을 기세를 보이자, 억구는 얼른 말미를 낚아,

"여하튼 선생 애길 듣고 보니 난 사실 부끄럽수다. 그럼 선생, 이번엔 내 애길 한 번 들어 보실라우? 이렇게 눈이라두 푹 빠진 날이면 늘 생각이 납니다만 이놈은 원래 종자가 악종이었습니다."

아홉 살인가 그럴 때였다. 자기 집 앞 보리밭에서 눈을 뭉치고 있었다. 처음엔 주먹만하게 뭉쳐서 그것을 눈 위로 굴렸다. 주먹만하던 게 차츰차츰 커지기 시작했다. 아기 머리통만하게, 더 커지면서 물동이만하게, 억구는 자꾸 자꾸 굴렸다. 숨이 찼다. 장갑을 끼지 않은 손이 에듯 시렸지만 참았다. 꾹 참았다. 참아야만 했다. 뒤에 종종머리 계집애가 있었던 것이다. 눈덩이가 굴러 바닥이 드러난 곳에 푸릇푸릇 보리싹이 보였다. 그 드러난 자국을 쫓아 종종머리 예쁜 계집애가 따라오며 좋아라 손뼉을 치고 있었다. 마을 밤나무 숲에선 까치가 듣그럽게 울었다. 계집애 옆엔 강아지도 길길이 뛰며 따르고 있었다. 신이 난 억구는 자꾸자꾸 눈덩이를 굴렸다.

그러나 이게 웬일인가. 이미 한아름이 넘게 커진 눈덩이는 이제 바닥에서 뿌득뿌득 소리만 날 뿐 더 이상 움직이질 않았다. 눈덩이가 아홉 살짜리 힘에 부치게 컸던 것이다. 그러나 예쁜 종종머리 계집앤 자꾸 더 굴리란 것이다. 항아리만하게, 낟가리만 하게, 산만큼 크게, 아주아주 하늘 땅만큼 크게 만들라는 것이다. 억구는 그만 울상이 됐다. 안달했다. 이젠 손이 시린 걸 더 참을 수가 없었다.

그러나 이때 종종머리 계집애가 저쪽을 손가락질했다. 득수란 놈이 이쪽으로 눈덩이를 굴려오고 있지 않은가. 득수의 눈덩이가 점점 커지더니 잠시 후에 억구 것은 델 것도 못 되었다. 종종머리 계집앤 문제없이 득수 편이 됐다. 강아지까지였다.

억구는 그만 눈물이 징 솟았다. 더 참을 수 없이 손이 시렸다. 드디어 억구 앞까지 눈덩이를 굴려 온 득수가 씩 웃으며 파란 바탕에 노란 무늬 수놓은 장갑을 긴 손으로 억구 눈덩이를 손가락질하며

"애개, 쪼끄매……."

했다. 덩달아 종종머리 예쁜 계집애도,

"득수야, 쟤 거(나를 가리키는 그 계집애도 빨간 벙어리장갑을 끼고 있었지요.) 하구 막 싸워 봐, 누구 게 이기나!"

하는 것이었다. 그러자 득의양양해서 자기 눈덩이를 억구 것에다 굴려 오는 득수, 억구는 자기가 만든 눈덩이가 두 쪽으로 갈라지는 걸 보았다. 그리고 계집애가 좋아라 손뼉치는 소리도 들었다.

"문득 깨닫고 나니 난 득수놈의 장갑을 입에 물고 있더란 말이오. 헌데, 입 안엔 분명 장갑뿐인 게 아니었쥬. 난 그걸 뱉는 것까지 잊어버린 채 그저 멍하니 서 있었지 뭡니까."

이때 눈 위에 벌렁 나자빠졌던 득수가 제 손등을 보더니 그제야 아악! 하고 비명을 질렀다. 그렇게 기겁을 한 득수가 갑자기 시뻘건 눈으로 (놈이 커서 죽을 때도 역시 꼭 그런 눈으로 날 노려봅데다.) 뿌르르 일어서더니 억구가 아직 물고 있는 장갑을 낚아챘다. 그제야 입 안 가득히 괸 것을 눈 위에 뱉었다. 눈이 새빨갛게 물들었다. 억구는 입 안에 괴어 든 피를 거푸 뱉어냈다. 손등의 살이 떨어져 나간 득수가 펄펄 뛰면서 울어 대는 걸 힐끔거리며 억구는 자꾸자꾸 침만 뱉었다.

"허나 이빨 사이에 끼인 그놈의 장갑 실오래긴 영 나오질 않습니다그려!"

하고, 억구는 걷기를 잠깐 멈추고 몇 번 퉤, 침을 뱉고 나서 다시 이야길 이었다. 볼이 얼어서 발음이 제대로 안 되는지 더듬거려,

"마침 그때 아버님은 안 계셨지만, 난 계모한테 붙들려 꼬박 이틀을, 꼭 이틀하구두 한나절을 광 속에 갇혀 지냈수다. 컴컴한 광 속에 가마니를 깔고 앉아 자꾸 침을 뱉었죠. 그러나 아무리 해도 그 득수놈의 장갑 실오래긴 어떻게 빼낼 수가 없습데다. 속에선 불이 펄펄 일구, 그 망할 광 속은 왜 그리 캄캄하고 추운지! 제기랄, 내 그때 벌써 감옥소란 데가 이렇겠거니 생각했댐 알쪼 아니우?"

억구는 말을 맺으며, 다시 눈 쌓인 고갯길을 오르고 있었다. 그의 양복은 온통 눈투성이였다. 바짓가랑이에선 여전히 데걱데걱 언 소리가 났다.

보득솔밭을 지나 꽤 큼직한 송림 사잇길이었다. 소나무 위에 얹혔던 눈이 쏴르르 떨어져 내렸다. 억구가 다시 이야길 이어 갔다.

"난 기어코 득술 죽이고야 만 겁니다. 거 왜, 사변 때 말입니다. 파리 새끼 쥑이듯 사람 막 쥑일 때 말이죠. 놈을 죽일 때 보니 그놈은 왼손에 장갑을 끼고 있더군요. 차마 그걸 벗겨 버릴 순 없는데 울화통은 더 치밀더군요. 여하튼 난 득술 죽이고야 말았다 — 이겁니다. 허나 그뿐인 줄 아슈? 육친을, 즉 제 애비까지 잡아먹은 게 바로 나요. 이 최억구라는 인간입네다."

결국 이용당했더란 것이다. 어릴 적부터 동네의 천더기로 따돌림당하던 자기를 빨갱이들이 용하게 이용했더란 것이다. 무슨 위원회 부위원장이니 하는 감투를 떠억 씌워서. 그래 결국 자기 부친까지 참사를 당하게 하고 만 것이었다.

늙은 부친과 함께 한방에서 자고 있었다. 계모는 이미 억구가 철들기 시작할 무렵 달아나 버렸고, 그래 부친은 늘 억구에게 장가가길 원했던 것이다. 하지만 와야리에선 힘든 일일 수밖에.

억구는 눈을 멀뚱히 뜬 채 생각에 잠겨 있었다. 조금 전 소변 보러 밖에 나갔던 부친이 돌아보며 하던 말이 떠올랐다. 밖에 눈이 퍽 내렸다고, 올해의 눈 온 짐작으로 봐선 내년은 분명히 풍년일 게라고 — 하던 부친이 이불을 뒤집어쓰며 푸욱 한숨을 내쉬었던 것이다. 그 깊은 한숨 소리에 억구는 그만 잠을 뺏기고 만 것이다. 자기 때문에 마을도 한 번 변변히 못 나가고(그렇게 이 억구란 놈이 악종으로 날뛰었던 겁니다.) 방 안에서만 늘 풀이 죽어 있어야만 했던 부친의 한숨 소리에 자꾸 헛기침만 해 대던 억구였다.

그 밤, 부친은 죽창에 찔려 죽고, 어쩌다 자긴 이렇게 여기 살아 있다고 억구는 또 고개 오르기를 멈추며 조용히 한숨을 몰아쉬었다.

"우리 부자만 몰랐지. 동네에서들은 모두 국군이 머지않아 돌아온다는 걸 알고들 있었던 거죠. 결국 자기들 손으로 우릴 부잘 처치해 버리자는 생각들이었겠죠, 억구란 놈이 그렇게 죽어 마땅한 놈이었습네다."

그들이 고개 오르기를 잠시 쉬는 동안도 산속의 소나무 위에 얹혔던 눈은 제 무게가 겨운지 쏴르르 쏟아져 내리곤 했다.

"그날 밤, 난 집을 빠져 나와 뒷산으로 치뛰며 아버님의 비명을 들었수다. 득수 동생놈이 잡았다! 하고 소릴 치더군요. 잡았다, 하고 말입네다. 그래두 이놈은 살겠다고 정갱이까지 빠져드는 눈길을 맨발로 달아나구 있었죠."

그는 카악 가래침을 돋워 입 안에 꿀럭거리며,

"그러니까 그때 와야릴 떠나군 이번이 처음 가는 겁네다. 십 년이 넘는 오늘에야 아버님을 찾아가는 겁니다. 비록 무덤이지만……."

퉤— 가래침을 뱉어 버리고 다시 고개를 허우적허우적 오르기 시작했다. 큰 키의 사내는 이제 눈길을 걷기에 지칠 대로 지친 듯 헉헉 숨을 몰아쉬곤 했다. 그러나 억구의 얘기에 흠뻑 끌리고 있는 투였다.

드디어 우중충 흐렸던 하늘이 눈을 내리기 시작했다. 세상의 모든 것을 덮어 버리며, 그리고 순화시키는 그런 위력을 가진, 그리고 못 견딜 추억 같은 걸 뿌리면서 눈이 내렸다. 바람결에 눈발이 비끼고 있었다. 송림이 웅웅 적막한 음향을 냈다.

"그럼, 노형은 이제 와야리 사람들을 만날 생각이십니까?"

큰 키의 사내가 좀 가파른 눈길을 엉금엉금 기어오르며 숨가쁘게 말하자, 옆에서 기어오르던 억구가 주춤 멈추며 뒤를 향해,

"와야리 사람들을 만나겠느냐구요? 분명 선생이 그렇게 말씀하셨겄다? 만나겠느냐구— 흥, 만—나—겠—느냐구!"

억구는 거푸 되뇌며, 마치 얼빠진 사람처럼 웅얼거렸다. 그러다가 느닷없이 발끈 내질렀다.

"선생, 그래 내가 그 사람들을 만나지 못할 건 뭐유? 난 와야리서 낳구, 거기서 뼈가 굵었구, 가친이 게서 돌아가시구, 게다가 나두 사람인데 내가 왜 그 사람들을 못 만난단 말이우?"

이처럼 격하게 내쏟는 것이었다.

꽤나 격앙된 어조였다. 그러나 다시 푹 사그라진 어조로,

"난 어제두 와야리 놈을 하나 만났수다. 춘천에서 말이오. 바루 내가 죽인 거나 진배없는 그 득수놈의 동생을 만났다 이겁니다. 놈이 날 보자마자, 형님, 이거 반가워유…… 하지 않겠소. 사실 나도 처음엔 왈칵 반갑습데다. 놈을 술집으로 끌구 갔죠. 우린 과거 얘긴 될 수 있는 한 피했죠. 허나 술이 얼근해지자, 난 떠억 물어본 겁니다. 그래 자낸 우리 아버질 분명 잡았것다? 그런데 그 잡은 걸 어데다 묻었나? 하고 말이죠. 허니까 그 녀석 술이 확 깨는지, 그래두 놈은 내 맘을 풀어 볼 양으로 고분고분한 말투로, 우리 선대조 산소에 모셨노라구, 그리고 벌초까지 제가 매년 해왔단 겁니다. 우선 놈의 얘기가 고맙더군요."

신음하듯 말미를 흐렸다.

"네에! 득수라는 사람 동생을 어제 만나셨다구요? 그 김득칠일……."

그러자 억구는 후딱 놀란 듯,

"예, 어제 분명 그놈을 만났지요. 그런데 선생이 어떻게 그놈 이름을 아슈? 알길……."

조급스레 다그쳐 물었다.

"김득칠이가 맞죠? 서른셋, 직업은 면서기죠. 김득칠인 어제 근화동서 살해됐습니다."

큰 키의 사내가 차분한 어조로 말했다.

이제 억구가 휙 몸을 돌리며,

"나도 알구 있소. 득칠이가 소주병에 대가릴 맞아 죽은 걸 나도 알고 있단 말이오. 그런데 지금 선생은 꼭 내가 득칠일 죽인 범인이라두 되는 것처럼 생각하시는가 본데, 자, 선생, 내가 득칠일 죽였단 말이오?"

한 마리 곰처럼 도사려 앉아 밑의 사내를 노려봤다.

큰 키의 사내는 오른손을 오버 주머니에 찌른 채 두어 걸음 밑으로 물러서며 억구를 쳐다봤다.

이미 그들은 거의 고갯마루턱까지 올라와 있었다. 한동안 그들은 서로 마주 본 채 움직이지 않았다. 큰 키의 사내의 오른손은 아직 오버 주머니에 꾹 찔러 있었고 억구는 머리부터 온통 눈을 뒤집어쓰고 있었다. 눈은 자꾸 비껴 내렸다.

이윽고 큰 키의 사내가 오른쪽 손을 오버 주머니에서 빼며 모자를 벗었다. 모자에 하얗게 내려앉은 눈을 털면서 입을 열었다.

"공연한 오해를 하고 있는 것 같습니다그려. 제가 왜, 어제 근화동에서 그 현장을 우연히 봤다지 않습디까? 형사들이 죽은 사람의 증명서를 뒤지며 김득칠이니 뭐니 하길래…… 또 노형이 어제 만났다는 분이 그 죽은 사람 같아서 한 번 그래 본 것뿐입니다. 자, 그런데 이거 눈이 너무 오십니다그려……."

그러자 억구는 아무런 대꾸 없이 몸을 일으켜 걸음을 옮기기 시작했다.

이제 그들은 바람을 안고 내리막 눈길을 걷고 있었다. 걷는다기보다는 미끄러져 내려가고 있는 형편이었다. 그러나 앞선 것은 여전히 억구였다.

눈 덮인 송림이 웅웅 울고 있었다.

가끔 소나무 위에 얹혔던 눈 무더기가 쫘르르 쏟아져 내렸다. 부쩍 언 억구의 바짓가랑이는 연해 데걱거렸다.

"그래, 노형은 그동안 어떻게 지내셨습니까? 그날 밤 와야릴 떠난 후에 말입니다."

큰 키의 사내가 물었다.

"진작 물으실 줄 알았는데…… 결국 선생이 궁금한 건 사람을 죽인 놈이, 제 애비까지 죽인 빨갱이가 그동안 그 대가를 치렀느냐 이거죠? 즉 이 최억구란 놈이 형무소에서라두 도망쳐 오는 게 아니냔 그 말씀이죠?"

하며 억구는 또 그 예의 흠흠 조소 섞인 웃음을 웃었다.

그렇게 웃던 억구가 풀썩 미끄러져 주저앉았다. 주저앉는가 하자 어느 새 굴러 내리기 시작했다. 순간 큰 키의 사내는 긴장하면서 오른손을 오버 주머니에 넣었다. 역시 그도 몇 걸음 미끄러져 내리며,

"여보!"

외쳤다.

그러나 서너 바퀴 굴러내린 억구는 온통 눈에 묻혀 버린 채 꼼짝도 안 했다. 큰 키의 사내는 오른쪽 손을 주머니에 넣은 채 어쩔까 망설이는 표정으로 서 있기만 했다.

눈발은 더욱 세게 비껴 내리고.

이윽고 눈 속에 엎어져 있던 억구가 엉기엉기 길을 찾아 오르며 띄엄띄엄 중얼거렸다.

"하긴 나두 처음엔 몇 번이고 자수할 생각이었죠. 그러나 결국 난 자술 못하고 만 거죠. 난 그 광 속을 잊을 수가 없었던 거요. 그 광 속에서 이틀 동안이나 이빨 사이에 박힌 장갑 실오래길 빼려구 내가 얼마나 애를 썼는지 아슈? 침이 묻은 손은 자꾸 얼어들구, 실이 낀 잇몸의 살이 떨어져 피까지 나왔지만 난 그 장갑 실오래긴 아무래도 뺄 수가 없었던 거요. 예, 늘 생각을 한 거죠. 난 그 육실하게 춤구 캄캄한 광 속에선 실오래길 죽어두 빼낼 수가 없었다…… 이겁네다."

그는 흡사 술 취한 사람처럼 떠벌리며 기어올랐다.

큰 키의 사내는 얼마간 경계하는 몸짓을 하면서 그를 부축해 끌어올렸다.

다 기어올라온 억구는 눈 같은 건 털려고도 않은 채 우선 양복 윗주머니의 불룩한 곳을 더듬어 보는 것이었다.

그리고 다시 앞을 서서 고개를 내려가기 시작했다. 넋두리하듯 지껄여 대며,

"보시우, 선생. 징역이니 사형이니 어쩌구 하는 것에다 제 죄를 전부 뒤집어씌워 놓곤 자긴 떠억 시치밀 뗄 수가 있다고 생각하시우? 어쩜 그게 가능할지도 모르죠. 하나 이놈에겐 그 춤구 캄캄한 광 속의 기억이 있는 한…… 여하튼 산다는 게 무서웠습니다. 선생, 좀 어쭙잖은 말 같습니다만 늘 생각해 왔습네다. 내 운명이라는 게 가혹하지 않았으냐 하는 생각 말입네다. 미련하구 무식한 나지만 난 분명 알구 있었지요. 이건 분명 사람으로 태어나서 사람처럼 살아 보질 못했다는 사실 말입니다. 우선 난 잠을 잃어 버렸던 겁니다. 사람이 잠을 못 잔다는 건 마지막이 아닙니까? 그건 그렇다구 하더라두 이 최억구 놈 세상만사에 재밀 몰랐던 거요. 모든 게 나와는 거리가 멀구 하루하루 사는 게 그저 고역이었습네다. 이렇게 서른여섯 해를 살아온 납네다. 그래 놓으니 이 철저한 악종두, 이건 너무 억울하지 않으냐…… 하는 생각이 미치는 게 아니겠소……."

눈발은 여전히 푸슴푸슴 비껴 내리고 있었다. 눈이 하얗게 뒤집어쓴 채 내리막 눈길을 걷는 억구의 바짓가랑이가 데걱거리고 있었다. 송림이 웅웅 울며 나뭇가

지 위에 쌓였던 눈이 다시금 쫘르르 쏟아져 내렸다.

이때, 앞서서 내려가던 억구가 아까처럼 쭈르르 미끄러져 두어 바퀴 굴러 내렸다. 하자, 큰 키의 사내는 재빨리 오버 주머니에 손을 넣으려다 짐짓 긴장을 풀며 오버 깃을 추켜올렸다. 굴러 내린 억구가 이번엔 곧 일어나 걸으며 여전히 넋두릴 해 대고 있었다.

"내 어느 날 창녈 하나 찾아가질 않았겠소. 선생 같은 분네한텐 부끄럽수만 난 돈푼이라두 생기면 그런 데라두 가지 않군 못 견뎠습네다. 어쨌든 끌어안고 보면 제아무리 부처님이라도 열중해 버리고 말거든요. 그렇게 무엇에고 열중할 수 있다는 게 이놈에겐 여간 대견한 일이 아니었수다. 암 대견했죠. 그런데 어쩌다 그날 내게 걸려든 계집이라는 게 이건 정말 주물러 잡아 뺀 상판입데다. 눈칫밥만 사흘에 얻은 손님이라구 그 계집 입이 함박만하게 벌어지더군요. 아무리 못났대두 끼구 누웠으려니 사람의 정이란 묘해서 이런저런 얘길 주고받았죠. 얘기래야 그 잘나빠진 계집의 신파 같은 신세 타령이었소만…… 헌데, 내애 차암, 어이없어서. 글쎄 그 계집애가 갑자기 쿨쩍쿨쩍 울더란 말이오. 그렇게 쿨쩍거리며 울던 계집이 이번엔 또 천연덕스럽게 한다는 소리가 제 운명을 탓해서 우는 건 아니라구요, 기뻐서, 가슴이 벅차서 운다는 겁니다. 그게 무슨 소린고 하니 자기가 지금 이렇게 천댈 받고 살지만, 그게 도무지 억울하지가 않다나요. 억울할 게 뭐냔 겁니다. 그래. 그게 어쩨 그러냐 했더니, 그 계집 대답이 걸작입네다. 뭐라는고 하니, 자긴 죽었다가 다시 이 세상에 태어난다나요. 그건 틀림이 없다나요. 그때 지금 괄셀 받고 산 그만큼 잘 살아 보겠다는 겁니다. 자기 머릿속에 꽉 차 있는 건, 다시 태어나면 그땐 어떻게 살아 보겠다는 계획뿐이랍니다. '국회의원 외딸루 태어날지도 몰라요. 아버진 귀가 큰 데다가 얼굴이 잘생기구 또 기맥히게 인자하시지 뭐예요. 이렇게 눈에 선한걸요. 학교에 갈 땐 아버지 차로 가겠어요. 사내 동생 하나가 또 있음 좋겠어요. 걘 말 아니게 개구쟁이라니까요. 그래두 날 얼마나 따른다구요. 그 앤 영화 배울 만들었으면 좋겠는데……' 이렇게 꿈같은 소릴 하길래 내 말이, 오뉴월 쇠불알 떨어지길 기다리지 왜…… 했더니 그 계집 정색을 하는덴 내 그만 손들었수다. 그렇지 못하다면 지금 자기가 왜 이 고생을 하며 살겠느냔 겁니다. 안 그래요, 손님? 하지 뭐요. 제에기랄, 계집이 미쳐두…….”

억구는 이제 흡사 한 마리 흰 곰이 돼 있었다. 언 바짓가랑이가 걸음을 옮길 적마다 요란스레 데걱거렸다.

큰 키의 사내는 억구의 떠벌리는 말을 들으며 좀체로 입을 열지 않고 있었다. 그의 모자와 오버에도 온통 하얗게 눈이 내려앉고 있었다. 그는 가끔 터져 나오려는 기침을 쿳쿳 — 참는 것이었다.

“그 창년 다음 세상에서 잘 살아 보길 원하고 있었지만 난 그게 아니었수다. 보다는 이왕 이 세상에 나온 이상 한 번 태어난 값이나 해 보자, 한번쯤은 인간답게 살아 보구 싶었던 겁니다. 아마 나처럼 살려구, 그놈의 구렁텅이에서 벗어나려구 끈덕지게 버둥거린 놈두 드물 겝니다. 허지만, 선생, 그 보답이 뭔지 아시우?”

마치 시비라도 걸 듯한 기세였다가 곧 수그러진 어조로 말했다.

“자, 이제 됐수다. 여기가 바로 큰길입니다.”

걸음을 멈춘 억구는 엉거주춤 소변을 봤다. 그의 말대로 그들은 이미 그 험한 구듬치고개 눈길을 다 넘어 큰길에 다다라 있었던 것이다.

큰길에 이르고서부터 그들은 서로 나란히 서서 걸었다. 두 사내의 발이 터벌터벌 발목까지 빠지는 눈길 위에 점을 찍어 나가고 있었다.

먼저보다 바람기가 스러지면서 눈발은 이제 조용한 흩날림으로 변했다.

옆 산 소나무 위에 얹혔던 눈무더기가 좌르르 쏟아져 내렸다. 마치 자기 무게를 그렇게 나약한 소나무 가지 위에선 더 이상 지탱할 수 없다는 듯이…… 그 때 먼 곳에서 뚝 우지끈 소나무 가지 부러져 내리는 소리가 들려왔다.

그러자 이때 억구가 느닷없이 키 큰 사내의 앞을 막아서며,

“선생, 난 득수 동생놈을, 그 김득칠일 어제 죽였단 말이오, 이렇게 온통 눈이 내리는데 그까짓 걸 숨겨 뭘 하겠소. 선생은 아주 추악한, 사람을 몇씩이나 죽인 무서운 놈과 함께 서 있는 거유. 자, 날 어떻게 하겠수?”

그러면서 한 걸음 큰 키의 사내 앞으로 다가섰다.

큰 키의 사내는 후딱 몇 걸음 물러서며 오버 주머니에 오른손을 잽싸게 넣었다. 그의 시선은 억구가 양복 윗주머니의 불룩한 것을 움켜쥐고 있는 것에 머물러

있었다.

"아까두 말했지만, 그 술집에서 난 놈에게 이주걱됐죠. 그래 자넨 분명 우리 아버질 잡았것다? 그래 벌초를 매년 해 왔다구? 아 고마워, 고마워…… 하고 말입네다. 헌데 그 득칠일 난 그날 밤 죽이고야 만 것입니다. 글쎄, 나두 그걸 모르겠수다. 왜 내가 그 득칠일 죽였는지……."

여직 들어 보지 못한 맥빠진, 그렇게 풀이 죽은 목소리로 말했다.

그러나 큰 키의 사내는 묵묵히 억구의 얼굴을 뜯어보고만 있었다.

이윽고 억구가 큰 키의 사내 앞에서 몸을 돌리며 저쪽 산등성이를 가리켜 보였다.

"바루 저 산에 가친 산소가 있답니다. 우리 조부님 산소 옆이라는군요. 난 지금 거길 가는 겁니다. 가서 우선 무덤의 눈을 처드려야죠. 그리구 술을 한잔 올릴랍니다. 술을 올리면서 가친의 음성을 들을 겁니다. 올해두 눈이 퍽 내렸구나. 눈 온 짐작으루 봐선 내년두 분명 풍년이겠다만…… 하실 겁니다. 그리고 푹 한숨을 몰아쉬시겠죠. 그 한숨 소릴 들으면서 가친 옆에 누워야죠. 이젠 가친을 혼자 버려두고 달아나진 않을 겁니다."

그는 산으로 향한 생눈길을 몇 걸음 걷다가 다시 이쪽을 향해,

"참, 바루 저기 보이는 저 모퉁일 돌아감 거기가 바로 와야립니다. 가서서 우선 구장네 집을 찾아 몸을 녹이시우. 뜨끈뜨끈한 아랫목에 푹 몸을 녹이셔, 자, 그럼 난……."

산을 향해 생눈길을 걸어가는 그의 언 바짓가랑이가 서걱서걱 요란한 소리를 냈다.

어깨를 잔뜩 구부리고 흡사 한 마리 흰 곰처럼 산을 향해 걷는 억구의 을씨년스럽고 초라한 뒷모습에 눈을 주고 선 큰 키의 사내는 한참이나 그렇게 묵묵히 섰다가 문득 큰길 아래로 내려서 억구 쪽으로 따라가며,

"노 — 형, 잠깐!"

말소리 속에 강인한 무엇인가가 깔려 있는 듯싶었다.

언 바짓가랑이를 데걱거리며 걸어가던 억구가 주춤 멈춰서 이쪽으로 몸을 돌렸

다. 큰 키의 사내가 성큼성큼 다가갔다. 오버 안주머니에 손을 넣어 무엇인가 움켜쥔 그런 자세였다.

억구가 짐짓 몸을 추스르며 자기에게로 다가서는 큰 키의 사내 거동을 바라보고만 있었다.

억구 앞에 멈춰 선 큰 키의 사내가 할 말을 잊은 듯 멍청하니 고개를 위로 향했다. 고개를 약간 젖히고 입을 헤 — 벌린 채, 그의 이러한 생각하는 표정 위에 눈이 내려앉고 있었다.

— 그날 밤 난 생물 선생네 담을 빙빙 돌고만 있었지. 내 키보다두 낮은 담이었어. 난 거푸 담을 돌고만 있었지. 만약 내가 담을 넘어 들어간다면…… 그러나 난 담을 넘어서는 안 된다고 생각했다. 담이란 남이 들어오지 말라고 만들어 놓은 거니까. 들어오지 말라는 걸 들어가면 그건 나쁜 짓이니까, 그건 도둑놈이지. 난 나쁜 놈이 되는 건 싫었으니까. 무서웠던 거야. 나는 담만 돌며 생각했지. 오늘 갑자기 생물 선생넨 무서운 개를 얻어다 놓았을지도 모른다고. 또 어쩌면 선생이 설사 나서 변소에 웅크려 앉았을지도 모른다는 지레 경계를…… 그리고 남의 담을 넘는다는 건 분명 나쁜 짓이라고…… 무서웠던 거야. 결국, 난 새끼 토낄 구할 생각을 거두고 담만 돌다 돌아오고 말았지.

"아니 선생, 남을 불러 놓군 왜 그렇게 하늘만 쳐다보슈?"

억구가 말했다.

— 나쁜 놈이 되기가 싫었던 거야. 담을 넘는다는 건…….

큰 키의 사내가 한 걸음 물러섰다. 생각하는 표정을 거두지 못한 채.

산속 소나무 위에서 다시 눈무더기가 쏴르르 쏟아져 내렸다. 마치 그 연약한 나뭇가지 위에선, 그리고 거푸 내려 쌓이고 있는 눈의 무게를 더 이상 지탱할 수 없다는 듯.

억구가 다시 다그쳤다.

"선생, 발이 시립니다. 내가 여기 얼어붙어야 좋겠소? 원 별 양반도…… 자, 그럼…….."

억구가 다시 몸을 돌려 산을 행했다. 그가 몸을 돌리는 순간 그의 깡똥한 양복 윗주머니에 삐죽하니 2홉들이 소주병 노란 덮개가 드러나 보였다.

순간 망설이던 큰 키의 사내 얼굴에 어떤 결의의 빛이 스쳤다.

"아, 노형, 잠깐!"

억구가 바짓가랑이를 데걱거리며 다시 몸을 돌렸다. 순간 큰 키의 사내는 오른쪽 오버 주머니에서 서서히 손을 뺐다. 그리고 무엇인가 불쑥 억구 앞으로 내밀었다.

― 나는 담만 돌았지. 무서웠던 거야.

"이걸 나한테 주시는 겁니까?"

억구가 물었다.

"예, 드리는 겁니다. 아까 두 개비를 피웠으니까 꼭 열여덟 개비가 남아 있을 겁니다. 눈이 이렇게 많이 왔으니 올핸 담배도 풍년이겠죠. 그러나 제가 지금 드린 담배는 하루에 꼭 한 개씩만 피우셔야 합니다."

큰 키의 사내 얼굴에 엷은 미소가 번지고 있었다.

그리고 그는 담배 한 갑을 받아 든 채 멍청히 서 있는 억구에게서 몸을 돌려 마치 눈에 홀린 사람처럼 비척비척 큰길을 향해 걸어가고 있었다.

잔기침을 몇 번 쿳쿳 ― 하면서.

걸어가는 그의 등 뒤로 마치 울음 같은 억구의 외침이 따랐다.

"하루에 꼭 한 개씩 피우라구요? 꼭, 한 개씩, 피, 우, 라, 구, 요?"

그러면서 그는 느닷없이 웃음을 터뜨렸다.

ㅎㅎㅎㅎㅎㅎㅎ….

눈 덮인 산속, 아직 눈이 조용히 비껴 내리고 있는 밤이었다.

21....

징소리

문순태(文淳太, 1941~) ●● 전라남도 담양에서 출생했다.
1960년 「전남일보」 신춘문예에 시가 당선되고, 같은 해 「농촌중보」에 소설이 당선되면서 문단에 나섰다. 본격적인 문단 활동을 시작한 것은 「전남매일신문」 편집부장 시절인 1975년 이후로 1977년 첫 작품집 『고향으로 가는 바람』을 출간했다. 1978년 〈징소리〉를 통해 전남 장성댐 수몰민 '허칠복'을 주인공으로 삼아 현대사와 민중의 삶의 애환을 작품에 담기 시작해, 1981년 〈철쭉제〉를 통해 대를 이은 가족사의 비극과 갈등의 해소를 시도하기도 했다. 연재가 중단되었던 〈타오르는 강〉을 1987년 완간함으로써 우리 현대사를 둘러싼 민족의 애환을 작품으로 형상화하는 작업을 완성하게 되었다.
대표 작품은 〈징소리〉〈철쭉제〉〈타오르는 강〉 등이 있다.

21 징소리

문순태

1.

방울재 허칠복(許七福)이가 고향을 떠난 지 삼 년 만에 미쳐서 돌아와 징을 두들기며 댐을 막은 뒤부터 밀려드는 낚시꾼들을 쫓아 댔다.

덩실덩실 춤을 추며 징을 두들기는 칠복이의 모습은 나무탈을 쓴 도깨비 같다고들 했다.

그리고 그가 그렇게 된 것은 고향을 잃은 서러움, 아내를 빼앗긴 원한 때문이라고들 했다.

아무도 기다리는 사람이 없는 고향에 여섯 살 난 딸아이를 업고 불쑥 바람처럼 나타난 그는, 물에 잠겨 버린 지 삼 년째가 되는 방울재 뒷동산 각시바위에 댕돌

같이 앉아서는, 목이 터져라고 마을 사람들의 이름을 하나하나 불러 대는가 하면, 혼자서 고개를 끄덕거려 가며 오순도순 귀신 씨나락 까먹는 소리를 중얼거리다가도, 불컥 고개를 쳐들어 하늘을 찔러 보고, 창자가 등뼈에 달라붙도록 큰 소리로 웃어대고, 느닷없이 징을 두들기며 겅중겅중 도깨비춤을 추었다.

그런데 이상한 것은 그의 성질이 염병을 앓아 귀머거리가 된 사람처럼 물렁해지고, 바보처럼 느물느물해진 거였다. 황소같이 힘이 세고 성깔이 왈살스럽던 그는, 도깨비 춤추듯 징을 두들기다가도 방울재 사람들이 쫓아와서 한마디만 질러 대도 슬그머니 징채를 감추고 목을 움츠리는 거였다.

"덕칠아, 봉구야, 싸게싸게 갈치배미 나락 베러 가자."

징 징 징…… 징 징 징…….

칠복이는 징을 치며 장성호(長城湖) 물이 넘칠넘칠 떡갈나무 밑동을 핥아 대는 호숫가를 이리 뛰고 저리 뛰었다. 그가 징을 치고 겅중거릴 때마다 졸래졸래 아비를 따라다니는 여섯 살 난 그의 딸이 징소리에 맞춰 춤을 추듯 옴죽거렸다.

구름 한 가닥 없이 청명한 하늘에서는 명주실처럼 윤기 있는 늦가을의 햇볕이 선득선득 꽂혀 내리고 고속도로가 뻗고 산들이 삐끔하게 트인 장성읍 쪽으로 아슴히 보이는 댐 위에서부터 삽상한 바람은 수면을 조리질하듯 천천히 훑어 올라왔다.

"덕칠이, 봉구, 팔만이 몽땅 뒤졌는겨 살았는겨?"

칠복이는 부릅뜬 눈으로 호수를 찔러 보며 계속 징을 치고 목청껏 방울재 친구들의 이름을 불렀다.

호숫가에 띄엄띄엄 한가하게 낚싯줄을 드리운, 얼추 헤아려도 여남은 명이 넘을 것 같은 낚시꾼들은 난데없는 징소리에 벌떡벌떡 일어서서는 울화가 머리 끝까지 치민 얼굴로 각시바위 쪽의 칠복이를 꼬나보았다.

징 징 징…… 징 징 징…….

마치 하늘 어느 한구석이 무너져 내리는 소리 같기도 하고, 수많은 사람들이 떼 지어 울부짖는 소리와도 같은 징소리는 호수 안통 방울재 골짜기를 샅샅이 줴흔들었다.

"이봐, 빨리 꺼지지 못해?"

앙바틈한 체구에 챙이 길쭉한 빨간 운동모자를 비뚜름하게 눌러쓴 낚시꾼 하나가 실팍한 돌멩이를 집어 들고 무섭게 노려보며 소리를 치자, 칠복은 잽싸게 참나무 뒤로 몸을 피하고 잠시 조용해지더니, 이내 다시 징채가 부러지도록 힘껏 휘둘러 댔다. 그때 징소리는 징징징 우는 것이 아니고 와글바글 사뭇 방울재 골짜기의 너덜겅을 호수로 허물어 내리는 듯싶었다.

"저 미친놈이 끝내 훼방이여!"

낚시꾼들 대여섯 명이 당장 칠복이를 잡아 물 속에 처박을 기세로 각시바위 쪽으로 뛰어 올라갔으나, 칠복이는 참나무를 끼고 이리저리 피하며 잠시도 징채를 멈추지 않았다.

단숨에 칠복이를 붙잡지 못한 낚시꾼들은 더욱 화가 치밀어 씩씩거렸고, 칠복이는 칠복이대로 신이 나서, 딸아이마저 팽개친 채 두레패 상쇠놀음하듯 고개까지 까닥거리며 경중경중 뛰었다.

빨간 모자의 낚시꾼이 긴 작대기를 후려치는 바람에, 칠복이는 헉 외마디소리와 함께 아기다복솔 위로 꼬꾸라지고 말았다. 작대기에 허리를 얻어맞고 쓰러진 칠복이는 징을 빼앗기지 않으려고 가슴에 꼭 안았다.

칠복이가 꼬꾸라지자 대여섯 명의 낚시꾼들이 우르르 달려들어 발길로 엉덩이를 걷어차기도 하고, 어떤 사람은 그의 품에서 징을 빼앗으려고 했으나 그는 솔가지에 얼굴을 묻고 엉덩이를 하늘로 치켜올린 채 고슴도치처럼 몸을 도사렸다.

아비를 따라다니며 징소리에 맞춰 깡총대던 딸아이가 아빠를 부르며 울음을 터뜨리자, 그들은 비로소 발길질을 멎었다.

"미친 사람이니 용서해 줍쇼!"

그때, 호숫가에 가건물을 지어 놓고 낚시꾼이나 댐을 구경하러 온 관광객들을 상대로 술이며 매운탕을 끓여 파는 방울재 남자 셋이 허위허위 뛰어 올라와서 칠복이를 가로막아 서며 사정을 했다.

"아는 사람이우?"

낚시꾼이 물었다.

"한마을 사람이구먼유."

검적검적 점이 많은 얼굴이 발그레하게 술이 오른, 삐쩍 마른 봉구는 연신 허리를 굽적거렸다.

"이 마을에 사는 사람이란 말이우?"

"없어졌지라우."

"없어지다니 뭐가요?"

"방울재가 없어졌지라우. 몽땅 물에 쟁겨 뿌렸어유. 남은 것이라고는 저 뒷골 감나무뿐인갑네유."

봉구는 황새처럼 목을 길게 뽑아 그들이 서 있는 발부리 아래, 찰랑찰랑 허리가 물에 잠긴 채 빨갛게 익어가고 있는 접시감나무를 가리켰다.

"그러면 우리가 낚시질하고 있는 여기가 바로 방울재라는 마을이었단 말이우?"

나이가 지긋하고 턱끝이 도끼날처럼 날캄한 낚시꾼이 흥미가 있다는 말투로 물었다.

"그렇구먼유. 우리덜 지붕 위에다 낚시를 던지신 거나 마찬가지지유."

"히야, 지붕 위에서 낚시질이라!"

빨간 모자는 재미있다는 듯 웃었다.

"선생님들, 이 사람은 우리가 데려갈랍니다요."

"다시는 여기 못 오게들 허쇼."

"염려 놓으십쇼. 다리 모갱이를 작씬 분질러 놓겠으니께유."

방울재 사람들은 와살스럽게 칠복이의 어깻죽지를 잡아 일으켰다. 조금 전까지만 해도 신들린 사람처럼 경중대며 징을 두들기던 그 기세는 어디로 숨어 버렸는지, 그는 징을 가슴에 소중하게 두 팔로 꼭 껴안은 채 겁먹은 얼굴로 큰 눈을 뒤룩거렸다.

"미친 사람은 묶어 둬야 합니다. 에잇 재수 없어!"

낚시꾼들은 방울재 사람들이 칠복이를 끌고 내려가는 것을 보고 큰 소리로 다짐을 받고 나서 다시 낚시터에 앉았다.

"좀 올렸습니까요?"

칠복이를 끌고 내려간 줄 알았던 빼빼 마른 봉구가 빨간 모자 옆에 엉거주춤 무릎을 세워 앉으며 물었다. 그는 기왕 예까지 올라온 김에 매운탕 손님 하나라도 미리 잡아 두어야겠다는 생각으로 슬그머니 뒤에 처진 거였다.

"미친놈이 나타나서 훼방을 놓는 바람에 김 팍 새버렸소."

"옘병헌다고 미쳐 갖고 없어져 뿐진 고향에는 끄덕끄덕 돌아올 꺼유!"

"고향엔 찾아온 걸 보니 미친 사람인 아닌 게로군요."

"오락가락혀유."

봉구는 어룩어룩 때가 묻은 흰 와이셔츠 주머니에서 새마을담배를 꺼내 입에 물고 잠시 고개를 돌려 주막으로 끌려 내려가는 칠복이의 뒷모습을 보았다. 봉구와 칠복이는 방울재 안에서 누구보다 가까운 친구였다. 그들은 마을이 없어지기 전까지만 해도 방울재에서 앞뒷집에 나란히 처마 맞대고 살면서 너냐 나냐 친동기간처럼 가까웠다. 봉구는 부자였고 칠복이는 가난했지만 봉구는 칠복이 앞에서 조금도 있는 티를 보이지 않았다.

"저 미친놈이 또 징을 치고 지랄해 싸면 어디 낚시질을 하겠소?"

"아닙니다유. 그런 염려는 붙들어매십쇼. 앞으로 물가에 얼씬 못 하게 헐 꺼잉께유. 저놈이 날마다 훼방을 치면 낚시꾼들이 안 올 게고, 그람은 우린 굶어죽을 건디 그대로 내버려두겠어유?"

봉구는 입에서 담배를 빼들고 사뭇 흥분한 어조로 다급하게 말했다.

"왜 미쳤답니까?"

낚시꾼은 그냥 지나가는 말로 물었다.

"땜 때문이지라우. 고향을 잃고 도회지로 나갔다가 마누라꺼정 도둑맞고 오장이 회까닥 뒤집혔다고 허드만유."

"마누라를 도둑맞아요?"

빨간 모자는 조금씩 깐닥거리는 찌를 향해 시선을 팽팽하게 던지며 물었다.

"가난흐고 못난 촌놈 마다흐고 잘난 도회짓놈흐고 배가 맞은 거지유. 어이쿠 물었네요. 감잎은 되느만유."

빨간 모자가 아이들 손바닥만한 붕어를 낚아올리자, 봉구는 빠른 솜씨로 낚싯줄을 잡아 낚시에서 붕어를 빼 구덕에 넣고 입감까지 끼워주었다.

"그래서 미친 게로군!"

"고향 잃고 마누라꺼정 뺏겼으니 안 미치게 생겼남유?"

"미인이었소?"

낚시꾼은 흥미있다는 듯 피시시 웃음을 머금어 날리며 물었다.

"촌에 미인이 있간디유? 새끼 하나만 낳으면 철푸덕 엉덩판만 커지고 무신 매력이 있어야지유. 그래도 그 칠복이 여편네는 얼굴도 반반하고 도회지 바람을 묵어서 촌티는 벗었지라우. 칠복이헌티는 좀 과헌 여자지유."

"마누라 뺏기고 원, 챙피해서 지랄한다고 고향엔 와요?"

"그러다마다유. 하지만, 오죽했으면 고향에 뭐 볼거 있다고 다시 왔겠남유? 결국 우리덜도 도회지에 나갔다가 발을 못 붙이고 다시 돌아와서 이르케 낚시꾼들 덕으로 살아가고 있습니다만요, 으디 갈 데가 있어야지유. 굶어 죽어도 고향 선산에 뼈를 묻어야겠다는 생각 땜시……."

봉구는 푸우 한숨 섞인 담배 연기를 길게 내뿜으며, 멀고 회한에 가득한 눈으로 산자락 모퉁이 옛날 창평 고씨(昌平 高氏) 제각이 있던, 펀펀한 곳에 즐비하게 늘어선 매운탕집 주막들을 바라보았다. 지난봄까지만 해도 선산을 버리고는 죽어도 방울재를 떠나지 않겠다면서 처음부터 집을 뜯어 옮기고 그대로 눌러앉은 박팔만이네를 제하고, 다섯 집밖에 안 되었는데 벌써 열한 집으로 늘어났다.

새로 생긴 방울재 매운탕집들 앞으로는 아카시아 숲이 휘움하게 울타리처럼 둘러져 있고, 아카시아 숲 너머로는 호남고속도로와 연결되는 좁장한 신작로가 뻗쳐 들어오고, 그 길을 따라 낚시꾼들이 타고 온 자가용차들이 집 둘레 여기저기에 번쩍번쩍 햇빛을 쪼개어 날렸다. 봉구의 눈에는 모든 것이 슬프고 어쭙잖게만 보였다.

말이 보상금이지, 보상가격을 책정해 놓고도 일이 년 뒤에야 지불을 받고 보니, 이미 인근 농토값은 몇 배로 뛰어올라 대토(代土) 잡기에 어려웠고, 도회지로 나가서 살자 해도 전세방을 얻고 나면 자전거 하나 사기도 힘든지라, 아무 짓도 못하고 솔래솔래 곶감꼬치 빼먹듯 하다가는 두 손바닥 탈탈 털고 영락없이 알거지가 되고 만 집이 어디 한두 사람인가.

봉구 그 자신도 보상금 받아 가지고 읍에 나가서 버스정류장 옆에 가게를 얻어 쌀집을 냈으나 어찌 된 셈인지 남는 것은 없고 옴니암니 본전만 까먹게 되어 전셋돈이나마 가까스로 건져 다시 방울재로 돌아오지 않았는가.

"지붕 위에서 낚시질을 한다고 생각하니 기분이 이상합니다."

빨간 모자 낚시꾼은 뚜벅뚜벅 곧잘 말을 걸어왔다.

"사람들꺼정 한꺼번에 잼겨뿐 거이 더 마음 아프구먼유."

"누가 빠져 죽었나요?"

"죽은 거나 매한가지라우. 수십 년 동안 얼굴 맞대고 정붙이고 살아온 방울재 사람들을 시방 어디에 가서 찾을 겁니까유. 살아 남은 사람들은 몇 집 안 되지라우."

"예끼 여보슈, 난 또 무슨 소리라구!"

"선생님들은 우리 속 몰라유."

"땜이 원망스럽겠군요."

"으째서유?"

"고향을 삼켜 버렸으니까요."

"워디가유. 아무리 배우지 못했어도 우리가 그러키 앞뒤 꽉 맥힌 멍충이들이란 가유? 땜이 생겨서 많은 농민들이 가뭄 모르고 농사 잘 짓는 거이 을매나 잘헌 일인가유? 우리도 그 정도는 압니다유."

"그렇다면 됐습니다."

"그래도 고향이 없어져 뿔고 정든 사람들이 뿔뿔이 풍지박산되야 뿐겼는디 으째."

"딱하게 됐습니다."

"그러니께 우리는 뿌리 없는 나무여라우. 우리헌티 땅이 있소, 기술이 있소?"

빨간 모자가 대꾸를 해주지 않자, 봉구는 고개를 들어 다시 매운탕 집들 위로 내리뻗은 고속도로를 바라보았다. 자동차들이 바람처럼 쌩쌩 내달았다.

2.

호수 위에 검실검실 어둠이 내렸다. 호수를 한아름 보듬은 산 그림자가 칙칙하게 내려앉기 시작하면서 하늘의 구름들이 낮게 흐르더니 바람이 드세어지고 수면이 거칠어졌다.

어둠이 두꺼워지고 바람이 거칠어지자 낚시꾼들은 하나 둘 돌아가 버렸다.

어둠이 무겁게 찌누르는 호수에는 휘휘 하고 음산한 그림자들이 일렁이는 듯싶었다. 마치 방울재 사람들의 그림자 같았다.

칠복이는 조금 전 빨간 모자 낚시꾼이 앉았던 자리에 무릎을 세우고 두 손바닥으로 턱을 받쳐 들고 앉아서 우두커니 수면 위에 우줄거리는 칙칙하고 휘휘한 그림자들을 내려다보고 있었다. 그의 옆에는 딸아이가 두 팔로 아비의 세운 무릎을 껴안고 찰싹 달라붙어 있었다.

호수에서 사각사각 나락 베는 소리가 들렸다. 사람들의 두런거리는 말소리도 들렸다. 방울재와 방울재 사람들의 모습이 한눈에 죄 보였다. 금줄을 두른 마을 앞 윗당산의 늙은 팽나무와, 방울재에서는 칠복이 혼자만이 들어올린 큰 들독이 보였고, 이엉을 입힌 돌담과 판돌이네 탱자나무 울타리, 군데군데 말라붙은 쇠똥이 널린 고샅들, 빨간 고추가 널린 초가지붕이며, 두껍다리 옆 그의 집도 보였다. 외양간에 매여 있는 송아지가 음매 하고 우는 소리, 꿀꿀대는 돼지, 꼬꼬댁꼬꼬닭이 알 낳는 소리, 바람 모퉁이 공터에서 아이들이 공치기를 하며 와자지껄 떠들어대는 시끌시끌한 소리, 고샅이 쩡쩡 울리도록 아이들 이름을 부르는 소리, 이 자식 저 자식 죽일 놈 살릴 놈 욕을 퍼부어대며 싸우는 소리들이 귀에 쟁쟁하게 들려 왔다.

발그무레하게 꽃이 핀 살구나무 가지들 사이로 훨쩍 열린 순덕이네 싸리문과 살구꽃처럼 환한 순덕이의 탐스러운 얼굴도 보였다. 순덕이와 함께 만나곤 했던 상엿집 모퉁이의 아카시아 숲속에서는 그때처럼 휘휘한 바람 소리가 들려 왔다.

"아빠 추워, 집에 가아."

딸아이가 몸을 웅숭그리며 칭얼대자 그는 무릎을 열어 가랑이 사이에 넣고 꼭 안았다.

칠복이는 갈 곳이 없었다. 호수 속에 그의 집이 보였으나 물에 뛰어들 수가 없었다.

"저기 물 속에 우리 집이 뵈이쟈?"

칠복이는 손으로 가리키며 물었다.

"피이, 우리 집이 어딨어?"

"저어기, 물 속에. 바보야 우리 집도 안 뵈?"

"이잉 엄마아……!"

아이는 울음을 터뜨렸다.

"벼락 맞어 뒈질 년!"

그는 아내의 골통을 박살내기라도 하려는 듯 큰 돌을 집어 호수에 던졌다. 풍덩 하는 소리에 딸아이가 흠칫 놀랐다.

"이잉, 엄마한테 간다고 해놓고……."

"그래그래, 네 엄마는 저기 물 속에 있다. 물 속에 있는 엄마한테 갈래?"

칠복이는 버럭 고함을 지르며 딸을 떠밀어 내리려고 겁을 주자 아앙 큰 소리로 울어댔다.

"개만도 못한 녀언……."

그는 고개를 뒤로 젖버듬히 잦혀 별도 없이 시꺼먼 하늘을 쳐다보며 퍼허 하고 어처구니없는 웃음을 토해 내고 나서 다시 물에 잠긴 방울재를 내려다보았다.

족두리를 쓰고 원삼을 입은 순덕이의 모습이 보였다. 청실홍실을 드리운 합환주를 입에 댈 때 순덕이는, 게슴츠레한 눈으로 신랑인 칠복이를 훔쳐보면서 다른 사람이 눈치 안 채도록 싱긋이 웃어 보일 수 있을 만큼 여유를 보여 주었다.

삼 년 동안 식모살이를 하면서 도시 바람을 쐰 때문인지, 순덕이는 시골 처녀답지 않게 바라지고 슬거운 데가 있었다. 그런 순덕이를 방울재 칠복이 친구들은 너무 화딱 까졌다거니, 생긴 게 맷맷하여 어딘가 온전치 못한 여자라거니 하며 칠복이와는 어울리지 않는다고 하면서 그녀를 헐뜯고 은근히 훼방을 놓았던 것이었다.

그러나 칠복이 생각은 그렇지가 않았다. 매사에 생각이나 행동거지가 굼뜨고 사리가 분명한 순덕이가 꼭 필요했다.

　결혼을 한 지 한 달도 못 되어 순덕이는 도회지로 나가서 살자고 하였다. 그 말에 칠복은 섬뜩한 무서움을 느꼈다. 어려서 아버지를 잃고 홀어머니마저 병으로 죽어, 외할머니 치맛자락에 가려 눈칫밥 먹고 자라서 장가를 들 때까지, 방울재에서 삼십 리도 못 떨어진 정읍장과, 징병신체검사할 때 읍에 갔다 온 일 외에는 여지껏 대처 바람을 한 번도 마셔 보지 못한 그로서는 도회지에 나가 산다는 것은 마치 방울재 개울의 미꾸라지를 목포 앞바다에 넣는 것이나 진배없는 일인지라, 그 말을 들을 땐 가슴이 울렁거리고 눈앞이 캄캄했던 거였다.

　"전답도 없이 이런 촌구석에서 멀 바라고 사꺼시요."

　순덕이는 입버릇처럼 이렇게 되뇌곤 했었다.

　"우리도 논밭을 장만하면 될 거 아닌감."

　칠복이 생각에, 그녀가 한사코 도회지로 나가 살자고 한 것은 그녀 말마따나 전답이 없는 탓이라고 헤아리고, 뼈가 으스러지도록 밤낮을 안 가리고 일을 했다. 외가에서 장성하도록 머슴 노릇을 하다시피 해 주었는데도 외숙부는 그가 장가들자 겨우 개다리 초가삼간에, 방울재 큰애기들이 하룻밤 오줌만 싸질러 대도 새끼내가 넘치고 물난리가 나서 농사를 망친다는 하천부지 자갈논 일곱 되지기를 떼어 주었을 뿐이었다.

　"십 년 안에 방울재에서 일등 가는 부자가 될 꺼잉께 두고 보드라고잉."

　칠복이는 외양간과 돼지우리를 지어 해마다 배냇소를 기르고 힘에 부치도록 고지품을 빌려, 결혼한 지 삼 년 만에 문서 없는 하천부지 자갈논 서 마지기를 사들였다. 그대로만 간다면 그의 장담대로 십 년 안으로 방울재 일등 부자는 안 되어도 남부럽지 않을 만큼 포실하게 전답을 마련할 것이 분명했다.

　그러던 차에, 방울재에 댐을 막아 전답이 몽땅 물에 잠기게 된다는 것을 안 칠복이는 제정신이 아니었다. 사람 하나쯤 죽인다 해도 가슴을 꽉 메운 불덩이 같은 응어리가 없어질 것 같지가 않았다.

　"그렇게 머이라고 합뎌. 우리는 방울재에서 살 팔자가 못 된 거 아니오. 끙끙대쌓지만 말고 언능 도회지로 나갑시다."

칠복이의 매지매지 오장육부가 무클하게 녹아내리는 속마음을 알 턱이 없는 순덕이는 얼씨구나 싶은 얼굴로 엉덩이를 들썩거렸다.

홧김에 서방질하더라고, 칠복이는 문서 없는 전답에 대해서는 보상 한 푼 못 받은 채 광주시로 옮겨가, 임업시험장 옆 산동네 꼭대기에 쥐구멍만한 사글셋방을 얻어 들었다.

낯짝이 좋은 아내는 방울재를 떠나온 날부터 신바람나게 싸대 쌓더니, 사흘 만엔가 큰 식당 주방에서 일을 하게 되었으며 날마다 새벽같이 집을 나가서는 통금시간이 다 되어서야 돌아오곤 했다.

칠복이는 밤낮 방구석에서 딸아이와 노닥거릴 수만도 없기에 일자리를 찾아다녀 보았지만, 찾아가는 곳마다 무슨 기술이 있느냐는 물음이었고, 그때마다 그는 농사짓는 기술뿐이라고 부끄럼 없이 대답해 주곤 했다.

"농사짓는 기술도 기술이우? 차라리 마누라 배 타는 기술이 있다고 그러슈원!"

칠복이의 부끄럼 없는 대답에 그들은 기분 나쁘게 킬킬대고 웃어댔다.

그는 막일이라도 해보려고 새벽마다 양동 큰다리께 품팔이시장에 나가보았지만 팔려 나가는 것은 언제나 목수나 미장이, 도배장이, 타일공 따위의 경험이 있는 기술자들이고, 해가 머리 위에 벌겋게 떠오르도록 남는 것은 칠복이와 같은 무거리들뿐이었다. 그런 대로 지난 가을까지는 재수가 있는 날이면 질통꾼이나, 목도꾼, 모래와 자갈을 차에서 부리는 일 등 기술 없이 뚝심으로 하는 일에 간단히 팔려 나다니기도 했었는데, 날씨가 쌀쌀해지면서부터는 도무지 막일꾼 구하는 사람도 없어, 긴 겨울을 콧구멍만한 방에서 늙은 곰 겨울잠 자듯 처박혀 살았다.

칠복이는 아내가 벌어다 준 돈으로 가만히 앉아서 몸 편하게 살면서도 방울재의 봉구네 사랑방을 못 잊어 자나깨나 풀이 죽어 있었는데, 아내는 무슨 좋은 일이 그리 많은지 하루하루 얼굴에 생기가 돌고 새벽에 집을 나갈 때는 그 주제꼴에 얼굴 토닥거리며 화장을 하고 미장원에 들락거리며 모양을 내는 데 유난을 떠는 것 같았다.

봄이 오자 칠복이는 양동 품팔이시장에 나가는 것을 포기하고 혼자서 고향인 장성으로 돌아가, 수몰이 안 된 가까운 마을에서 모내기 일을 해 주었다. 농사철이라 농촌에서는 하루도 쉴새없이 바빠서 일자리는 얼마든지 있었으며, 방울재 사람들이나 방울재 사람들의 친척들이 더러 있어서 그런지, 도회지에서 막일하는 것보다는 마음이 편해서 좋았다.

광주에서는 도회지의 찌꺼기가 된 듯싶어 집 밖에 나가기가 그렇게도 부끄럽고 무서웠었는데, 비록 방울재는 아니지만 산과 들이며 하늘, 나무 한 그루 풀이파리 하나까지도 낯익어 조금도 뜨아하거나 부끄러운 마음이 없었다.

칠복이는 장성댐 아랫마을에서 모내기 한철 농사일을 하고, 다시 여름에는 장성읍 과수원에서 살충제도 뿌리고 사과며 복숭아도 따주어 이십만 원을 손에 쥐고 광주로 돌아왔다. 그는 아내를 설득해서 방울재는 없어졌더라도 다시 시골로 들어갈 결심이었다. 생각지도 않게 시골에는 그런대로 일거리가 많았고, 댐 아랫마을 노루목에 머슴으로 들어가면 소작논 다섯 마지기를 떼어 주고 식구들이 따로 한 집에서 살 수 있게 문간채를 내어 주겠다는 집도 있었다. 그는 어떻게 해서든지 아내와 같이 다시 시골로 돌아가고 싶었다. 아내가 끝까지 싫다고 한다면 코뚜레를 뚫어서라도 끌고 가야겠다고 단단히 마음을 공글리며, 아내가 기다리고 있을 광주로 가기 위해 마지막 밤버스를 탔다.

시골에 돈벌이를 하러 내려간 뒤에 한 달에 한두 차례씩 잠깐잠깐 아내와 딸아이 얼굴을 보고 오긴 했으나, 식구들 데리고 다시 시골로 돌아갈 가슴 부푼 생각 때문인지 여느 때와는 달리 쿵덕쿵덕 심장이 마구 뛰었다.

버스에서 내린 칠복이는 큰맘 먹고 사과 한 꾸러미와 저육 한 칼을 떠서 달랑달랑 들고 산동네를 향해 마음 졸이며 숨가쁘게 내달았다.

그는 아내가 식당에서 집에 돌아올 시간과 맞추기 위해 일부러 느지막이 밤버스를 탄 거였다. 합동주차장에 내려 대합실 시계를 보았더니 아내가 돌아오기는 약간 이른 것 같아 식당으로 찾아가서 같이 들어갈까 하다가, 아내가 먼저 집에 올라온 다음에 슬그머니 밤손님처럼 들어가 깜짝 놀래 주려고 지싯지싯 늑장을 부렸던 거다.

산동네 꼭대기까지 허위허위 단숨에 추어 올라간 칠복은 잠시 집앞에서 미적거리다가 까치발을 하고 손을 넣어 소리 안 나게 판자 대문을 따고 살금살금 그들이 세들어 살고 있는 작두샘 가에 있는 방쪽으로 갔다. 불이 꺼져 있는 것으로 보아 아내가 돌아오지 않았거나, 아니면 벌써 돌아와 잠을 청하고 있는 것인지도 모를 일이었다.

칠복이는 일부러 뒷문으로 가서 살그머니 문을 열고 들어가 더듬더듬 천장을 더듬어 때걱 전기 스위치를 돌렸다. 방에 불이 켜지는 순간, 칠복이의 눈이 확 뒤집히면서 앞이 깜깜해져 버렸다. 분명 그의 아내 임순덕이 외간 남자와 발가벗은 채한덩어리가 되어 있지 않겠는가. 이 장면을 보는 순간 그는 하늘이 와르르 무너지는 듯한 놀라움과 울분으로 온몸이 떨리면서 피가 뚝 멎어 버리는 것만 같았다.

아내와 남자가 펄떡 놀라 일어나 앉는 것과 함께 칠복이는 우르르 부엌으로 뛰어나갔다. 헉헉 숨을 몰아쉬며 식칼을 들고 다시 방으로 뛰어 들어왔을 때 아내와 남자는 이미 방 안에 없었다. 신을 꿸 겨를도 없이 판자문을 박차고 골목까지 뛰어나갔으나 그림자도 보이지 않았다.

그날 밤 칠복이는 눈이 뒤집혀 식칼을 들고 거리를 헤매고 돌아다니다가 경찰에 붙들려 경찰서에서 하룻밤 신세를 지기까지 했는데, 보호실에 갇힌 그는 이미 정신이 온전하지가 못해 더럭더럭 고함을 지르고 길길이 뛰었다.

다음날 산동네에 돌아와 보니 딸아이 혼자 집 밖에서 발을 뻗고 얼굴에 흙 범벅이 된 채 목이 쉬도록 울고 있었다. 그날부터 칠복이는 딸아이를 등에 업고 아내를 찾아 나섰다. 식당에도 가보았지만 그날 밤 이후로 나타나지 않는다는 거였다. 같이 도망친 남자가 누구인가도 알 길이 없었다. 아내를 찾다가 지친 그는 이제라도 돌아와 주기만 한다면 용서를 해줄 생각이었다. 아내가 그렇게 된 것은 모두 칠복이 자기 탓으로 치부할 수밖에 없었다. 자신이 못났기 때문에 아내가 식당에 나가게 된 것부터가 잘못이 아니겠는가 싶었다.

아내를 찾아다니느라고 시골에서 벌어 온 돈마저 모두 깨먹어 버리고, 얼마 안 남은 산동네 사글셋방값마저 찾아 쓴 칠복이는, 방울재에서 나올 때 나눠 가진 굿물인 징 하나만을 들고 거렁뱅이 신세가 되어 떠돌음했다.

칠복이는 거렁뱅이 신세가 되어 떠돌음하면서도 방울재에서 가지고 나온 징을 마치 그의 딸아이만큼이나 애지중지하였으며, 밤에 잠을 잘 때는 꼭 그 징을 베고 잤다. 그런데 그 징을 베고 잘 때마다 이상하게 그 징에서는 마치 방울재 할미산 너덜겅이 와르르 허물어지는 것 같은 소리가 귓속이 멍멍하게 들려오기도 하고, 또 어찌 들으면 방울재 사람들의 한 사람 한 사람 우는 소리가 아슴하게 흐느껴오곤 했다.

그때마다 방울재에 살던 시절이 눈에 선하게 떠올랐다.

칠복이는 징에서 고향 사람들이 그를 오라고 부르는 소리를 들었다. 그 소리를 들은 뒤 딸아이를 업고 꼬박 하루를 걸어 방울재에 닿았다.

"아빠, 배고파잉……."

잠이 든 줄로만 알았던 딸아이가 부스럭부스럭 상반신을 출썩거리며 칭얼대기 시작했다.

"천벌을 받을 녀언……."

칠복이는 다시 돌멩이를 집어 호수에 던지며 욕을 퍼부어 댔다.

"아빠……, 배고파."

"그려 그려, 마을로 내려가자."

칠복이는 딸을 업고 일어서며 별 없는 하늘을 쳐다보았다. 이따금씩 빗방울이 얼굴에 떨어졌으나, 그때마다 그의 정신은 더욱 맑아졌고, 정신이 맑아질수록 고향과 아내를 잃어버린 큰 슬픔이 목울대에 꽉 차올랐다.

"우리 집으로 가아……."

"우리 집? 물 속에 있는 집으로?"

"아빠 늘 그 소리뿐이네!"

"그러믄 어떤 집 말이냐?"

"순자네 집 같은 거!"

순자는 봉구의 딸이다.

"그래 그러믄 순자네 집으로 가자."

"순자네 말고, 우리 집으로 가아……."

"바보 멍충아, 이 세상이 다 우리 집이라고 생각혀!"

징소리 **447**

칠복이는 딸아이가 알아들을 수 없는 말을 혼잣말처럼 중얼거리며 검정 우단에 보석 몇 알이 흩어진 듯 불빛이 반짝이는 매운탕집들 쪽으로 내려갔다. 바람이 드세고 빗방울까지 비쳐 밤낚시꾼들은 하나도 눈에 띄지 않았다.

칠복이가 후미진 솔수평 모퉁이를 돌아 불빛이 출렁이는 매운탕집들 가까이 왔을 때, 빗방울이 후두둑 떡갈나무 잎들을 요란하게 두들겼다.

3.

봉구네 집에는 매운탕집을 하는 방울재 사람들이 모두 모였다. 그들은 장사가 안 되는 날이면, 옛날 방울재 윗당산머리 봉구네 사랑방에 모여 놀던 버릇대로 밤만 되면 찾아왔다.

하나, 이날 밤 모임은 좀 달랐다. 이날 밤에는 칠복이 문제로 모인 것이었다.

"당장 쫓아버려야 혀. 옛정도 좋지만 살고 봐야 헐 꺼이 아닌감!"

올봄에, 혼기가 다 찬 두 딸과 중풍에 걸려 거동을 못하는 병든 아내를 끌고 방울재로 다시 돌아온, 회갑줄에 앉은 강촌영감이 아까부터 와락와락 성깔을 부려가며 큰소리였다.

"차마 워치크롬 쫓아낼 거여."

봉구였다. 옛날에 위아랫집에서 처마 맞대고 살아온 정 때문에, 강촌영감의 의견에 찬성을 하지 못했다.

"봉구 말도 일리가 있재잉. 고향에 찾아온 사람을 워치기 쫓아낼 거요 잉."

덕칠이도 칠복이와 가깝게 지내 왔던 터라, 쫓아내자는 데에는 어딘가 마음이 꺼림칙했다.

"제정신 갖고, 먹고 살겄다고 헌담사 워떤 무지막지헌 놈이 고향 찾어온 사람을 쫓아내자고 허겠어?"

"암, 그러고 마니!"

"옴짝달싹 못허게 묶어 놓으면 으쩌겄소?"

덕칠이였다. 그는 봉구의 눈치를 살피며 말했다.

"묶어 놓으면 징을 치고 지랄염병은 안 헐 거 아닌고?"

"자석이 말짱헐 때는 암시랑 안 허다가도 날씨만 꾸무럭헐라치면 발광이
니……."

"그랑게 미쳤재."

"오늘 낮에도 나헌티 찾아와서는 여편네 찾으러 가겄담서 새끼를 좀 맡아 달라
고 허등만."

"그럴 때는 제정신이 든겨."

"좌우당간에 낚시터에서 미친놈이 징 치고 훼방친다는 소문이 나면 낚시꾼이
얼씬도 안 헐 거고, 그렇게 됨사 우리는 굶어죽는거 아닌가."

강촌영감은 칠복일 쫓아내자는 의견을 조금도 꺾지 않았다.

"그눔에 징을 뺏어서 물 속에 던져 베리까?"

"그러다 살인나게?"

아무도 칠복이에게서 징을 빼앗지는 못했다. 며칠 전에도 그가 낚시꾼들 사이
를 강변 덴 소 날뛰듯 하며 징을 두들기고 소리소리 질러, 방울재 사람들이 몰려
가서 징을 빼앗아 감춰 버렸었는데, 그때 칠복이는 눈을 허옇게 까뒤집고 쇠스랑
을 휘두르며 징을 내놓지 않으면 찍어 죽이겠다고 어쩌나 무섭게 어우르는 바람
에 슬그머니 두엄자리 속에 감춰둔 것을 꺼내 주지 않았던가.

"병신 같은 놈, 제 여편네 단속을 그렇게 잘했더라면 뺏기지 않았을 것잉만!"

봉구는 램프불 주위에 새까맣게 달라붙은 벌레들을 멀뚱히 바라보며 한숨 섞인
목소리로 걱정이 되어 한마디 뱉는다.

"오늘 밤에 당장 쫓아 베려!"

강촌영감이 벌떡 일어나서 큰 소리로 내질렀다.

"쫓아낸다고 갈 놈이우?"

"안 가겠다고 버티면 어쩔 거유."

덕칠이는 친구 된 입장이라, 참으로 난감하여 딱부러지게 매듭을 짓지 못하고
봉구의 눈치만을 살피는 듯싶었는데, 봉구 역시 강촌영감 말대로 당장 쫓아내자
는 말을 못하고 지싯지싯 말꼬리를 흐렸다.

"끌고 가서 차에 태워 보내 베려. 안 가겠다면 꽁꽁 묶어서 버스에 태우면 될 거

아니라고!"

강촌 영감의 말에 모두들 아무 대꾸도 하지 못했다.

"조금 있으면 잠자리 찾어올 테니께, 그때 인정사정 볼 것 없이 쫓아 베리는 거여!"

이때 칠복이가 아이를 등에 업고 고개를 길쭉하게 빼어 내밀어 봉구네 술청 안으로 들어섰다. 그들 부녀는 비를 맞아 머리칼이 능수버드나무처럼 휘주근하게 젖어 있었다.

"다들 여기 있었구만. 그러고 보니 옛날 봉구네 사랑방 친구들은 다 모였네그려."

칠복이는 아이를 평상에 내려놓고 손으로 머리의 빗방울을 훔쳐 뿌리며 반가운 얼굴로 두렷두렷 주위 사람들을 살폈다. 모두들 아무 말도 없이 칠복이만 물끄러미 쳐다보았다.

"어이 봉구, 우리 딸내미 식은밥 한 덩이 주소. 뱃속에 왕거지가 들앉았는지 쥐창시만헌 것이 밤낮 처묵어도 배가 고프다고 지랄이니!"

칠복이는 바보처럼 벌룸벌룸 이를 드러내놓고 웃으며 스스럼없이 봉구에게 한마디 던지고는, 평상 모서리에 철부덕 걸터앉아 소맷자락으로 촉촉하게 젖은 머리털을 닦고 문질렀다.

"칠복이 나 좀 보세!"

강촌영감이 시비투의 가시 걸린 목소리로 칠복이를 불렀다. 칠복이는 버릇대로 벌쭉 웃으며 강촌영감 쪽으로 얼굴을 돌렸고, 봉구와 덕칠이는 강촌영감의 입에서 무슨 말이 나올 것이라는 것을 뻔히 알고 있는 터라, 고개를 돌려 외면하려고 하였다.

"저 불렀어유?"

"자네 말이시, 우리가 이러고라도 묵고 사는 거이 배가 아픈가?"

"영감님……."

봉구가 강촌영감의 옆구리를 찔벅거리며 심한 말을 막으려고 했다.

그 사이 까무잡잡한 얼굴에 광대뼈가 유난히 툭 불거진 봉구 아내가 결코 달갑

잖은 얼굴로 칠복이 부녀의 상을 내왔는데, 그래도 밥그릇이 무춤하고 반찬도 자기네 식구들 먹는 그대로였다.

"칠복이 자네는 정신이 멀쩡헐 때는 방울재 사람이 영락없는디, 정신이 나가면 꼭 옛날 우리 마을에 불두더지(불도저) 들이댄 공사판 사람 같당께로."

강촌영감의 말에 칠복이는 왕방울눈을 꿈벅거릴 뿐이었다.

"어차피 고향이 없어졌는디, 고향 사람이라고 있겠는가? 자네 입장은 딱허지만 두루 어쩔 수 없어."

강촌영감은 여기까지 말하고 나서 괴로운 얼굴로 고개를 돌려 버린 채 말이 없었다.

"엠병헌다고 낚시질허는 디 가서 징을 치고 지랄여!"

마지못해 봉구는 혼자말처럼 입 안에서만 웅얼웅얼할 뿐이었다.

"당장 오늘 밤에 떠나게!"

"오늘 밤에유?"

칠복이는 뒤룩거리는 눈에서 왈칵 눈물이 쏟아질 것 같은 얼굴로 강촌영감과 친구들의 얼굴을 번갈아 쳐다보았다.

"매정헌 사람이라고 헐지 모르재만, 오늘 밤 우리덜 정을 싹둑 짝두질허는 수밖에 도리가 없네."

강촌영감도 내심은 칼로 심장을 도려내는 것만큼이나 괴로웠다. 그는 말을 하면서 연신 담배를 삐억삐억 빨아댔다.

"괜시리 없어진 고향 짝사랑허지 말어. 고향이고 여편네고 잊어뿔 건 냉큼 잊어뿌리야 살기가 쉬워!"

"강촌영감님, 부탁입니다유. 지발 쫓아내지만 마셔유. 다시는 훼방치지 않겠구면유. 이렇게 빌께유."

칠복이는 우르르 강촌영감에게로 달라붙어 어깻죽지며 팔을 붙들고 애원하다가는 그대로 땅에 무릎을 꿇고 비대발괄 빌어대는 게 아닌가.

이 모습을 본 봉구와 덕칠이, 강촌영감까지도 목울대에 모닥불이 타오르면서 시울이 시큰시큰했다.

"안 가겠다면 덕석몰이를 혀서라도 내쫓을 꺼여!"

강촌영감은 담배 연기를 허공에 토해 내며 결연히 말했다.

"봉구, 덕칠이, 팔만이 나를 내쫓지 말어. 고향에서 내쫓기면 워디로 갈 것인감. 이보게덜 내 사정 좀 봐줘!"

칠복이는 무릎을 꿇은 채 친구들의 아랫도리를 두 팔로 덥석 껴안으며 통사정을 해보았으나 그들 방울재 친구들은 도시 말이 없었다.

칠복이는 소리 내어 울고 싶었으나 이를 응등물고 참아 냈다. 강촌영감의 말마따나 고향이 없어져 버린 판국에 고향 사람인들 남아 있을 리 없지 않겠느냐는 생각이 들었다.

그런데 이상한 일이었다. 칠복이 자신이 참 알 수 없는 일은 때때로 그의 눈에 방울재와 방울재의 옛 사람들이 너무도 선명하게 보이면서, 그가 영락없이 방울재 사람들과 한데 어울려 살고 있는 환각에 정신을 가늠할 수 없게 된 거였다. 방울재를 삼킨 호수의 물도 거대한 댐도 보이지 않고 낯익은 하늘, 반갑게 맞아 주는 마을 사람들만이 눈에 가득 들어오고, 그럴 때는 정월 대보름날 밤 메기굿을 할 때처럼 어깨가 들썩거리면서 경중경중 춤을 추고 싶어져 징을 찾아 들고 나서는 거였다.

그러다가 온몸이 흠뻑 땀에 젖은 채 정신을 차리고 보면, 방울재와 낯익은 사람들은 온데간데없고 호수의 물만이 그를 삼킬 듯 넘실거리고 댐은 더욱 하늘 닿게 높아지는 듯싶었다.

"자네 정신 말짱허니께 허는 소리네만 좋은 얼굴로 헤어지세. 지발 부탁이니 지금 떠나도록 히여."

강촌영감이 볼멘소리로, 그러나 약간은 사정조로 말하고 나서 칠복의 겨드랑이에 손을 넣어 일으키려고 했다.

"낼 아침 떠나라 허고 싶네만, 정은 단칼에 자르는 거이 좋은겨."

칠복이는 아이를 업고 천천히 일어서서 희끄무레한 램프 불빛에 비춰보이는 침울하게 가라앉은 마을 사람들의 얼굴들을 하나하나 가슴속 깊이깊이 새기며 찬찬히 뜯어보았다. 그의 눈에서는 금방 눈물이 소나기처럼 주르륵 쏟아질 것만 같았다.

"핑 서둘러 나가면 광주 나가는 버스를 탈 꺼여!"

강촌영감이 앞서 술청을 나가며 하는 말이다. 강촌영감을 따라 칠복이가 고개를 떨구고 나갔고, 뒤이어 봉구와 덕칠이, 팔만이가 차례로 몸을 움직였다.

봉구네 주막에서 나온 그들은 칠복이를 앞세우고 미루나무가 두 줄로 가지런히 비를 맞고 늘어서 있는 자갈길 구신작로를 향해 어둠 속을 걸었다. 그들은 아무도 입을 열지 않았다. 칠복이의 등에 업힌 그의 딸아이가 캘록캘록 기침을 하자, 바짝 뒤를 따르던 봉구가 잠바를 벗어 덮어씌워 주었다.

빗방울은 점점 굵어졌고 호수를 훑고 온 물에 젖은 가을 바람에 으스스 몸이 떨렸다.

이따금씩 고속도로에서 자동차들이 헤드라이트로 눅눅한 어둠의 이 구석 저 구석을 쿡쿡 쑤셔 대는 바람처럼 내달았다. 자동차의 불빛이 길게 어둠을 가를 때마다 칠복이를 앞세우고 걷는 방울재 사람들의 가슴이 마치 총을 맞는 것만큼이나 섬짓섬짓했다.

신작로에 당도해서 조금 기다리자 읍으로 들어가는 헌털뱅이 버스가 왔으며, 그들은 서둘러 차를 세우고 칠복이를 밀어넣었다.

"징헌 고향 다시는 오지 말어."

봉구가 천 원짜리 두 장을 칠복이의 호주머니에 푹 쑤셔넣어 주며 울먹울먹한 목소리로 말했다.

칠복이가 무슨 말인가 하는 것 같았으나 부르릉 버스가 굴러가는 바람에 알아들을 수 없었다.

그들은 버스가 어둠 속에 묻히고 자동차 불빛이 보이지 않게 되어서야 말없이 돌아섰다.

한사코 가기 싫다는 칠복이 부녀를 억지로 버스에 태워 쫓아보낸 그날 밤, 방울재 사람들은 잠을 이룰 수가 없었다. 후두둑후두둑 빗방울이 굵어지고 땅껍질 벗겨 가는 소리가 드세어질 무렵, 봉구는 잠결에 아슴푸레하게 들려오는 징소리에 퍼뜩 놀라 일어나 앉았다.

"아니, 이 밤중에 무신 징소리당가?"

그는 마른기침을 토해 내고 삐그덕 방문을 열어, 송곳 하나 박을 틈도 없이 꽉 들어찬 어둠의 여기저기를 쑤석여 보았다. 어둠 속 어디선가 딸을 업은 칠복이가 휘주근하게 비에 젖은 채 바보처럼 벌쭉벌쭉 웃으면서 불쑥 나타날 것만 같았다.

그는 문을 안으로 걸어 잠그고 자리에 들어 아내의 툽상스러운 허리를 꼭 껴안고 잠을 청하려고 했으나, 땅껍질을 두드리는 빗방울 소리 사이사이로, 징소리가 쉬지 않고 큰 황소 울음처럼 사납고도 구슬프게 들려 왔기 때문에 잠시도 눈을 붙일 수가 없었다. 어쩌면 바람 소리와도 같은 그 징소리는 바로 뒤란의 아카시아 숲께에서 가깝게 들린 것 같다가도 다시 댐 쪽으로 아슴푸레 멀어져 가곤 했다.

"바람소린지, 징소린지."

봉구는 벌떡 일어나 더듬더듬 담배를 찾아 성냥불을 붙였다. 그는 좀처럼 잠을 이루지 못하고 몇 번인가 누웠다 앉았다 하며 담배만 피웠다. 자꾸만 귓바퀴를 후벼파고 들려오는 징소리가 오목가슴 깊숙이 가시처럼 걸린 때문이었다.

이날 밤, 팔만이도, 덕칠이도, 강촌영감도 다 같이 방울재 안통 여기저기서 쉴 새없이 들려오는 징소리 때문에 한숨도 잠을 이루지 못하고 뒤척였다.

징소리는 점점 더 가깝게, 그리고 때로는 상여 소리처럼 슬프게 들렸는데, 그 소리에 잠을 이루지 못한 방울재 사람들은, 그게 어쩌면 그들한테 쫓겨난 칠복이의 우는 소리일지도 모른다는 생각들을 다 같이 했다. 그 생각과 함께 징소리가 더욱 무서워졌으며 아침을 맞기조차 두려웠다.

22....

금시조

이문열(李文烈, 1948~) ●● 서울에서 출생했다.
어린 시절을 안동, 밀양 등에서 자랐다. 중학교 중퇴, 고교 중퇴 후 대입 검정시험, 서울
사대 중퇴 등 굴곡 많은 청소년기를 보냈다. 고시에 뜻을 두었으나 제대로 되지 않았고,
방황의 시기에 〈사람의 아들〉〈사라진 것들을 위하여〉〈이 황량한 역에서〉 등을 썼다.
또 그의 장편소설 〈영웅시대〉에 나오는 부친이 월북자였던 관계로 어린 시절 어려움을
겪었고, 정신적 방황에도 일정한 영향을 미친 것으로 짐작된다.
대표 작품은 〈우리들의 일그러진 영웅〉〈추락하는 것은 날개가 있다〉〈시인〉〈변경〉〈황
제를 위하여〉〈레테의 연가〉〈필론의 돼지〉 등이 있다.

22 금시조

이문열

무엇인가 빠르고 강한 빛줄기 같은 것이 스쳐간 느낌에 고죽(古竹)은 눈을 떴다. 얼마 전에 가까운 교회당의 새벽 종소리를 들은 것 같은데 어느새 아침이었다. 동쪽으로 난 장지 가득 햇살이 비쳐 드러난 문살이 그날 따라 유난히 새까맣다. 고개를 돌려 주위를 살피려는데 그 작은 움직임이 방안의 공기를 휘저은 탓일까, 엷은 묵향(墨香)이 콧속으로 스며들었다. 고매원(古梅園)인가, 아니, 용상 봉무(龍翔鳳舞)일 것이다. 연전(年前)에 몇 번 서실을 드나든 인연을 소중히 여겨 스스로 문외 제자(門外弟子)를 자처하는 박 교수가 지난 봄 동남아를 들러오는 길에 사왔다는 대만산의 먹이다. 그때도 이미 운필(運筆)은커녕 자리 보전을 하고 누웠을 때라 고죽은 왠지 그 선물이 고맙기보다는 서글펐었다. 그래서 고지

식한 박 교수가,

"머리맡에 갈아 두고 흠향(歆香)이라도 하시라고······."

하며 속마음 그대로 털어놓는 것을, 예끼, 이 사람, 내가 귀신인가, 흠향을 하게······ 하고 핀잔까지 주었지만, 실은 그대로 되고 말았다. 문안 오는 동호인들이나 문하생들을 핑계로, 육십 년 가까운 세월을 함께 지내 온 분위기를 바꾸지 않으려고 매일 아침 머리맡에서 먹을 가는 추수(秋水)의 갸륵한 마음씨에 못지않게 그 묵향 또한 좋았던 것이다.

묵향으로 보아 추수가 다녀간 것임에 틀림없었다. 조금 전에 그의 잠을 깨운 강한 빗줄기는 어쩌면 그 아이가 나가면서 연 장지문 사이로 새어든 햇살이었을 게다. 고죽은 그렇게 생각하며 살며시 몸을 일으켜 보았다. 마비되다시피한 반신 때문에 쉽지가 않다. 사람을 부를까 하다가 다시 마음을 돌리고 누웠다. 아침의 고요함과 평안과, 그리고 이제는 고통도 아무것도 아닌 쓸쓸함을 의례적인 문안과 군더더기 같은 보살핌으로 깨뜨리고 싶지 않았다.

참으로 ― 고죽은 천장의 합판 무늬를 멍하니 바라보며 생각했다 ― 이 한살이(生)에서 나는 오늘과 같은 아침을 얼마나 자주 맞았던가. 아무도 없이, 그렇다, 아무도 없이······. 몽롱한 유년에도 그런 날들은 수없이 떠오른다. 다섯인가 여섯인가 되던 어느 아침에도 그는 장지문 가득한 햇살을 혼자 맞은 적이 있다. 밖에는 숨죽인 곡성이 은은하고 ― 그러다가 흰 옷에 산발한 어머니가 그를 쓸어안고 혼절하듯 쓰러진 것은, 너무 오래 혼자 버려져 있다는 기분에 이제 한번 큰소리로 울음이나 터뜨려 볼까 하던 때였다. 또 있다. 그때는 제법 일여덟이 되었을 때인데 전날 어머님과 함께 잠이 들었던 그는 또 홀로 아침을 맞게 되었다. 역시 할머니가 와서 그를 쓸어안고 우시면서 이렇게 넋두리처럼 외인 것은 방안의 고요가 갑자기 섬뜩해져 문을 열고 나서려던 참이었다.

"아이고, 내 새끼, 이 불쌍한 새끼를 어쩔고? 그 몹쓸 년이, 탈상도 못 참아서······."

그 뒤 숙부의 집으로 옮긴 후에도 대개가 홀로 깨는 아침이었다. 숙모는 언제나 병들어 다른 방에 누워 있었고, 숙부는 집보다 밖에서 더 많은 밤을 새웠다. 그런 숙부의 서책(書冊) 냄새 배인 방에 홀로 잠드는 그로서는 또한 아침마다 홀로 깨어나지 않을 수 없었다.

생각이 유년으로 돌아가자 고죽은 어쩔 수 없이 지금과 같은 그의 삶 속으로 어린 그가 내던져진 첫날을 떠올렸다. 50년이 되는가, 아니면 60년? 어쨌든 열 살의 나이로 숙부의 손에 끌려 석담(石潭) 선생의 고가(古家)를 찾던 날이었다.

이상도 하지, 까마득히 잊고 지냈던 지난날의 어떤 순간을 뜻밖에도 뚜렷하고 생생하게 되살리게 되는 것 또한 늙음의 징표일까. 근년에 들수록 고죽은 그날의 석담 선생을 뚜렷하고 생생하게 기억할 수 있었다. 이제 갓 마흔에 접어들었건만 선생의 모습은 이미 그때 초로의 궁한 선비였다.

"어쩌겠나? 석담, 자네가 좀 맡아 줘야겠네. 내가 이 땅에만 있어도 죽이든 밥이든 함께 끓여먹고 거두겠네만."

숙부는 그렇게 말했다. 무슨 일인가로 쫓기고 있던 숙부는 기어이 국외로 망명할 결심을 굳힌 것이었다.

"병든 아내를 맡기는 터에 이 아이까지 처가에 짐이 되게 하고 싶지는 않네. 맡아 주게, 가형(家兄)의 한 점 혈육일세."

그러나 아무런 표정 없이 듣고 있던 석담 선생은 대답 대신 물었다.

"자네 상해, 상해 하지만 실제로 거기 뭐가 있는지 아는가? 말이 임시정부라고는 해도 집세도 못내 쩔쩔매는 판에 하찮은 싸움질로 지고 새고 한다더군, 거기다가 춘강(春江) 선생님께서 아직까지 거기 계신다는 보장도 없지 않은가?"

"여긴들 대단한 게 뭐 있겠나? 어쩌됐건 맡아 주겠는가, 못하겠는가?"

그러자 석담 선생은 한동안 말없이 그를 바라보더니 가벼운 한숨과 함께 대답했다.

"먹고 입히는 것이야 어떻게 해보겠네, 하지만 아이를 기른다는 것이 어찌 그뿐이겠는가……."

"고마우이, 석담. 그것만이면 족하네. 가르치는 일은 근심 말게. 이놈의 세상이 어찌될지 모르니 가르친들 무얼 가르치겠나? 성명 삼자는 이미 깨우쳐 주었으니 일단은 그것으로 되었네."

그렇게 말한 숙부는 그에게 돌아섰다.

"너 이 어른께 인사 올려라. 석담 선생님이시다. 내가 다시 너를 찾으러 올 때까지 부모처럼 모셔야 한다."

그러나 숙부는 끝내 다시 그를 찾으러 오지 않았다. 나중에, 그러니까 그로부터 이십 년이 훨씬 지난 후에야 환국하는 임시정부의 일행 사이에 늙은 숙부가 끼어 있더라는 소문을 들은 적이 있었지만, 그 무렵 무슨 일인가로 분주하던 그가 이듬해 상경했을 때는 이미 찾을 길이 없었다.

숙부와 동문이요, 오랜 지기였던 석담 선생은 퇴계(退溪)의 학통을 이었다는 영남 명유(明儒)의 후예였다. 웅혼한 필재와 유려한 문인화로 한말 3대가의 하나로 꼽히기도 하지만, 사실 스승 춘강이 일생을 흠모했다는 추사(秋史)처럼 예술가라기보다는 학자에 가까웠다.

"너 글을 배웠느냐?"

숙부가 떠나고 석담 선생이 그에게 처음으로 물은 말은 그러했다.

"동몽선습(童蒙先習)을 떼었습니다."

"그렇다면 소학(小學)을 읽어라. 그걸 읽지 않으면 몸둘 바를 모르게 된다."

그러나 그뿐이었다. 그 뒤 그는 몇 안 되는 선생의 문하생들 사이에서 몇 년이고 거듭 소학을 읽었지만 선생은 끝내 못 본 체했다. 그러다가 열셋 되던 해에 선생은 그를 난데없이 가까운 소학교로 데려갔다.

"세월이 바뀌었다. 너는 아직 늦지 않았으니 신학문을 익히도록 해."

결국 그의 유일한 학력이 된 소학교였다. 나중의 일이야 어찌 됐건, 그걸로 보아 선생에게는 처음부터 그를 문하(門下)로 거둘 뜻은 없었음에 틀림이 없었다.

돌아가신 스승을 떠올리게 되자 고죽의 눈길은 습관적으로 병실 모서리에 걸린 석담 선생의 진적(眞蹟)에 머물렀다. 모든 것이 넉넉지 못한 때에 쓴 것에다 오랫동안 표구를 하지 않은 채 보관해 온 터라, 종이는 바래고 낙관의 주사(朱砂)도 날아가 희미한 누른색을 띠고 있었지만 스승의 필력만은 여전히 살아 꿈틀거리고 있었다.

금시벽해 향상도하(金翅劈海 香象渡河)

불행히도 석담 선생은 외아들을 호열자로 잃고 또 특별히 제자를 택해 의발(衣鉢)을 전한 것도 아니어서, 임종 후로는 줄곧 석담의 고가를 지킨 고죽에게는 비교적 스승의 유품이 많았다. 그러나 장년을 분방히 떠다니는 동안 돌보지 않은 데다 동란까지 겹쳐 남아 있는 진적은 몇 점 되지 않았다. 언젠가 고죽은 병석에서 이제 머지않아 스승을 뵈올 터인 즉 후인(後人)의 용렬함을 어떻게 변명하겠는가, 하며 탄식한 적이 있는데 그 속에는 자신의 그와 같은 소홀함에 대한 뉘우침도 있었을 것이다. 그런데 그 중요한 예외가 지금의 액자였다. 그가 일평생 싫어하면서도 두려워하고, 이르고자 하면서도 넘어서고자 했던 스승의 가르침이 거기에 들어 있었기 때문이었다. 더 이상 붓을 놀릴 수 없는 요즈음에 와서도 그 액자의 자획 사이에서 석담 선생의 준엄한 눈길을 느낄 정도였다.

스물일곱 때의 일이었다. 조급한 성취감에 빠진 그는 스승에게 알리지도 않고 문하를 빠져나왔다. 좋게 말하면 자기 확인을 위해서였고 나쁘게 말해서는 자기 과시의 기회를 찾아서였다. 그리고 그 뒤 몇 달간 적어도 그 자신에게는 성공적인 유력(遊歷)이었다. 적파(赤坡)의 백일장에서는 장원을 했고, 내령(內嶺), 청하(淸夏), 두산(豆山) 등 몇 군데 남아 있던 영남의 서당에서는 진객이 되었으며, 더러는 산해진미에 묻혀 부호의 사랑에서 유숙하기도 했다. 석 달 뒤에 그동안 글씨나 그림을 받아가고 가져온 종이와 붓값 대신 받은 곡식을 한 짐 지어 돌아올 때만 해도 그의 호기는 만 장이나 치솟았다. 그러나 석담 선생의 반응은 뜻밖이었다.

"그걸 내려놓아라."

문앞을 가로막은 석담 선생은 먼저 짐꾼에게 메고 온 것을 내려놓게 했다. 그리고 이어 그에게도 말하였다.

"너도 필낭(筆囊)을 벗어 이 위에 얹어라."

도무지 거역할 엄두가 나지 않는 음성이었다. 그는 영문도 모르고 필낭을 벗어 종이와 곡식 꾸러미 위에 얹었다. 그러자 선생은 소매에서 그 무렵에는 당황(唐黃)으로 불리던 성냥을 꺼내더니 거기에다 불을 붙였다.

"선생님, 어쩔 작정이십니까?"

그제서야 황급하게 묻는 그에게 석담 선생은 냉엄하게 대답했다.

"네 숙부의 부탁도 있고 하니 한 식객으로는 내 집에 붙여두겠다. 그러나 그 선생님이란 말은 앞으로 결코 입에 담지 말아라. 아침에 붓을 쥐기 시작하여 저녁에 자기 솜씨를 자랑하는 그런 보잘것없는 환쟁이를 나는 제자로 기른 적이 없다."

그 뒤 고죽은 노한 스승의 용서를 받는 데 꼬박 2년이 걸렸다. 처음 문하의 끝자리를 얻을 때보다 훨씬 참기 어려운 혹독한 시련의 세월이었다. 그리고 지금 올려보고 있는 글귀는 바로 그 감격적인 사면(赦免)을 받던 날 석담 선생이 손수 써서 내린 것이었다.

글을 씀에, 그 기상은 금시조(金翅鳥)가 푸른 바다를 쪼개고 용을 잡아올리 듯하고, 그 투철함은 향상(香象)이 바닥으로부터 냇물을 가르고 내를 건너듯하라…….

그러고 보면 어렵고 어려웠던 입문의 과정도 고죽의 기억 속에는 일생을 가도 씻기지 않는 한과도 흡사한 빛 속에 싸여 있다.

그 어떤 예감에서였는지 석담 선생은 처음 그를 숙부에게서 떠맡을 때부터 차가운 경계로 대했다. 명문이라고는 해도 대를 이은 유자(儒者)의 집이라 본시 물려받은 살림도 많지 않았지만, 그리고 그 무렵은 그나마도 줄어 몇 안 되는 문인들이 봄가을에 올리는 쌀섬에 의지해 살아가고는 있었지만, 어린 그를 받아들인다는 것이 석담 선생의 심기를 건드릴 만큼 경제적인 부담은 아니었다. 거기다가 나중 그가 자라 거의 지탱할 수 없는 스승의 살림을 도맡아 살 때조차도 석담 선생의 그런 태도는 조금도 변하지 않았던 것으로 보아 거기에는 무언가 본질적인 문제가 있었다.

남들이 한두 해면 읽고 지나갈 소학을 몇 년씩이나 거듭 읽도록 버려둔 것이며, 열셋이나 된 그를 소학교 4학년에 집어넣어 굳이 자신의 학문과는 거리가 먼 곳으로 밀어낸 것도 석담 선생의 그런 태도와 연관을 가지는 것이었다.

그런데 거기 못지않게 이해할 수 없는 것은 그런 석담 선생에 대한 그 자신의 감정이었다. 스승의 생전 내내, 그는 스승에 대한 형언할 수 없는 사모와 그에 못지 않은 격렬한 미움으로 뒤얽혀 보내었다. 가만히 돌이켜보면, 그런 그의 감정 역시 어떤 필연적인 논리와는 멀었지만, 그것이 뚜렷이 자리잡기 시작한 시기만은 대강 짐작이 갔다. 열여섯에 소학교를 졸업하고 석담 선생의 집안에 남은 후부터 열여덟에 정식으로 입문할 때까지였다. 그동안 그는 학비를 도와주겠다는 당숙 한 분의 호의도 거절하고, 또 나날이 달라지는 세상과 거기에 상응하는 신학문에 대한 동경도 외면한 채, 가망 없는 석담 선생의 살림을 맡아 꾸려 나갔다. 이미 문인들이 가져오는 쌀섬으로는 부족하게 된 양식은 소작 내준 몇 뙈기 논밭을 스스로 부쳐 충당했고, 한 점의 땔감을 위해서는 이십 리 삼십 리 길도 마다하지 않았다.

사람들은 그런 그를 갸륵하게 여겼지만 실은 그때부터 그의 가슴에는 석담 선생을 향한 치열한 애증의 불꽃이 타오르고 있었다. 봄날 산허리를 스쳐가는 구름 그늘처럼, 또는 여름날 소나기가 씻어간 들판처럼, 가을 계곡의 물처럼, 눈 그친 후에 트인 겨울 하늘처럼 유유하고 신선하고 맑고, 고요하면서도 또한 권태롭고 쓸쓸하고 적막한 석담 선생의 삶은 그에게는 언제나 까닭 모를 동경인 동시에 불길한 예감이었다. 선생이 알 듯 말 듯한 미소에 젖어 조는 듯 서안(書案) 앞에 앉아 있을 때, 그리하여 당신의 영혼은 이제는 다만 지난 영광의 노을로서만 파악되는 어떤 유연한 세계를 넘나들 때나 신기(神氣)가 번득이는 눈길로 태풍처럼 대필(大筆)을 휘몰아갈 때, 혹은 뒤꼍 한 그루의 해당화 그늘 아래서 탈속한 기품으로 난을 뜨고 거문고를 어룰 때는 그대로 경건한 삶의 한 사표(師表)로 보이다가도, 그 자신이 돌보아 주지 않으면 반 년도 안 돼 굶어죽을 송장을 쳐야 할 것 같은 살림이나, 몇몇 늙은이와 이제는 열 손가락 안으로 줄어든 문인들을 빼면 일 년 가야 찾아주는 이 없는 퇴락한 고가나, 고된 들일에서 돌아오는 그를 맞는 석담 선생의 무력한 눈길을 대할 때면 그것이야말로 반드시 벗어나야 할 무슨 저주로운 운명처럼 느껴졌다.

그러나 결국 고죽의 삶을 지배한 것은 사모와 동경 쪽이었다. 새로운 세계의 강렬한 유혹을 억누르고 신학문을 포기했을 때 이미 예측됐던 것처럼 그는 어느새 자신도 모를 열정으로 석담 선생을 흉내내고 있었다. 문인들이 잊고 간 선생의 체본(體本), 선생이 버린 서화의 파지나 동도(同道)들과 주고받다 흘린 문인화 같은 것들이 그의 주된 체본이었지만 때로는 대담하게 문갑(文匣)에서 빼내기도 했다.

처음 한동안 그가 썼던 지필(紙筆)은 후년에 이르러 회상할 때조차도 가슴에 썰렁한 바람이 일게 하는 것들이었다. 작은 글씨는 스스로 만든 사판(沙板)이나 분판(粉板)에 선생의 문인들이 쓰다 버린 몽당붓을 주워서 익혔고 큰 글씨는 남의 상석(床石)에 개꼬리 빗자루로 쓴 후 물로 씻어내리곤 했다. 그가 맨 처음 자신의 붓과 종이를 가져 본 것은 선생 몰래 붓방과 지물포에 갈비(솔가리) 한 짐씩을 해다 준 후였다.

석담 선생은 나중에 그걸 고죽의 야망이라고 나무랐다지만, 그렇게 어려운 수련을 하면서도 그가 끝내 석담 선생에게 스스로 입문을 요청하기는커녕 자신의 뜨거운 소망을 비치기조차 않은 것은 그 둘의 관계로 보아 잘 믿어지지 않는다. 그러나 그것이야말로 그의 예술적인 자존심, 어떤 종류의 위대한 영혼에게서 발견되는 본능적인 오만이나 아니었던지.

그러던 어느 날이었다. 아침 일찍부터 석담 선생 내외가 나란히 집을 비워 그홀로 빈 집을 지키게 된 그는 선생의 서실을 치우다가 문득 야릇한 충동을 느꼈다. 그때까지의 연마를 한눈으로 뚜렷이 보고 싶다는 충동이었다. 마침 석담 선생이 간 곳은 백 리 길이 넘는 어떤 지방 유림의 시회(詩會)여서 그 날 안으로는 돌아올 수 없었다.

그는 곧 서탁을 펼치고 선생의 단계석(端溪石) 벼루에 먹을 갈기 시작했다. 선생의 법도에 따라 연진(硯脣)에 먹물 한 방울 튀기지 않고 묵지(墨池)가 차자 선생이 필낭에 수습하고 남긴 붓과 귀한 화선지를 꺼냈다.

먼저 그는 해서(楷書)로 안체(顔體) 쌍학명(雙鶴銘)을 임사(臨寫)했다. 추사(秋史)가 예천명(醴泉銘 : 구양순이 쓴 九成宮醴泉銘)을 정서(正書)를 익히는 데에 으뜸으로 치던 것처럼 석담 선생이 문인들에게 가장 힘써 익히기를 권하던 것인데, 종이와 붓이 익숙해짐과 동시에 체본과 흡사한 자획이 나왔다. 다음도 역시 안체 근례비(勤禮碑)…… 차츰 그는 참담하면서도 황홀한 경지로 빠져들었다.

그러다가 그가 돌연한 호통소리에 정신을 차린 것은 그 무렵 들어 익히기 시작한 난정서(蘭亭序) 첫머리 '영화구년세재계축……(永和九年歲在癸丑……)'을 막 끝낸 직후였다.

"이놈, 그만두지 못하겠느냐?"

놀란 눈을 들어 보니 어느새 어둑해진 방안에 석담 선생이 우뚝 서서 내려다보고 있었다. 호통소리는 높았지만 얼굴에는 노기보다 까닭 모를 수심과 체념이 서려 있었다. 그 곁에는 시(詩), 서(書), 화(畵), 위기(圍棋), 점복(占卜), 의약(醫藥) 등 일곱 가지에 두루 능하다 해서 칠능군자(七能君子)란 별호를 가진 운곡(雲谷) 최 선생이 약간 기괴하다는 표정으로 서 있었다.

당황한 그는 방안 가득 널려 있는 글씨들을 허겁지겁 주워 모았다. 예상과는 달리 석담 선생은 그런 그를 망연히 바라보고만 있었다. 그때 운곡이 나섰다.

"글씨는 두고 가거라."

허둥거리며 방안을 치운 후에 자신이 쓴 글씨를 들고 문을 나서는 고죽에게 이르는 말이었다. 그는 거의 반사적으로 시키는 대로 따랐다. 그러나 야릇한 호기심과 흥분으로 이내 사랑채 부근으로 돌아와 방안의 소리에 귀를 기울였다.

그 사이 불이 밝혀진 방안에서는 한동안 종이 부스럭거리는 소리만 들리더니 이윽고 운곡이 물었다.

"그래, 진실로 석담께서 가르치시지 않았단 말씀이오?"

"어깨 너머 배웠다면 모르되 나는 결코 가르친 바 없소."

석담 선생의 왠지 우울하고 가라앉은 대답이었다.

"그렇다면 실로 놀라운 일이오. 천품(天稟)을 타고났소."

"……."

"왜 제자로 거두시지 않으셨소?"

"비인부전(非人不傳) ― 운곡께서는 왕우군(王右軍 : 왕희지)의 말을 잊으셨소?"

"그럼 저 아이에게 가르침을 전하지 못할 만큼 사람답지 못한 데가 있단 말씀이오?"

"첫째로 저 아이에게는 재기(才氣)가 너무 승하오. 점획(點劃)을 모르고도 결구(結構)가 되고, 열두 필법을 듣지 않고도 조정(調停)과 포백(布白)과 사전(使轉)을 아오. 재기로 도근(道根)이 막힌 생래의 자장(字匠)이오."

"온후하신 석담답지 않으신 말씀이오. 석담께서 그 도근을 열어 주시면 될 것 아니겠소."

"그게 쉽겠소? 게다가 저 아이에게는 문자향(文字香)과 서권기(書卷氣)가 있을 리 없소. 그런데도 이 난(蘭)은 제법 간드러진 풍류로 어우러지고 있소."

"석담의 문하가 된 연후에도 문자향과 서권기에 빠질 리가 있겠소? 그만 거두시구려."

"본시 내가 맡은 것은 저 아이의 의식(衣食)뿐이었소. 나는 저 아이가 신학문이나 익혀 제 앞을 가리기를 바랐는데……."

"석담, 도대체 왜 그러시오? 인연이 없는 자도 배움을 구해 찾아들면 내쫓을 수 없는 법인데, 벌써 칠팔 년이나 한솥밥을 먹고 지낸 저 아이에게만 유독 냉정한 건 무슨 일이시오? 듣기에 저 아이는 벌써 몇 년째 석담의 어려운 살림을 도맡아 산다는데, 그 정성이 가긍하지도 않소?"

거기서 문득 운곡의 목소리에 결기가 서렸다. 운곡도 석담 선생과 그 사이의 기묘한 관계를 들은 게 있는 모양이었다.

"너무 허물하지 마시오. 실은 나 자신도 왜 저 어린아이가 마음에 걸리는지 알수 없소. 왠지 저 아이를 볼 때마다 이건 악연(惡緣)이다. 이런 기분뿐이오."

석담 선생의 목소리가 가볍게 떨렸다.

"그럼 이렇게 하는 것이 어떻겠소? 석담, 정 거리끼신다면 사흘에 한 번이라도 좋으니 저 아이를 내게 보내시오. 이미 저 아이는 이 길을 벗어나기는 틀린 것 같소."

그러자 한동안 방안에 침묵이 흘렀다. 이윽고 석담 선생의 낮으나 결연한 목소리가 들렸다.

"그러실 필요는 없소이다. 내가 길러 보겠소."

그때 석담 선생께서 악연이라 한 것은 무엇을 가리키는 말이었을까. 그리고 그렇게 말하면서도 갑자기 그를 받아들인 것은 무엇 때문이었을까.

고죽이 석담 문하에 정식으로 이름을 얹은 것은 그 다음날이었다. 하지만 그렇다고 무슨 엄숙한 입문 의식이 있었던 것은 아니었다. 그날도 여느때처럼 지게를 지고 대문을 나서는 고죽을 석담 선생이 불렀다.

"이제부터는 들일을 나가지 말아라."

마치 지나가면서 하는 듯한 말투였다. 그리고 갑작스런 명(命)에 어리둥절해 있는 고죽을 흘깃 건네보고는 약간 소리높여 재촉했다.

"지게를 벗고 사랑에 들란 말이다."

— 그것이 그들 사제간의 숙명적인 입문 의식이었다.

갑자기 방문을 여는 소리에 아련한 과거를 헤매이던 고죽의 의식이 현실로 돌아왔다. 잘 모아지지 않는 시선으로 문께를 보니 매향(梅香)이 들어서고 있었다. 그러자 이상하게 등줄기가 서늘해지며 눈앞이 밝아 왔다. 얼마나 원망스러웠으면 이리로 찾아왔을꼬 — 고죽은 회한과도 흡사한 기분에 젖어 다가오는 매향을 바라보았다. 그러나 아니었다.

"아버님, 일어나셨습니까?"

추수였다. 가만히 다가와 그의 안색을 살피는 그녀의 화장기 없는 얼굴에 짙은 수심이 끼어 있었다. 그는 힘을 다해 몸을 일으켰다. 그런 기색을 알아차렸던지 추수가 가만히 거들어 등받이에 기대 주었다. 몸을 일으키기가 어제보다 한결 불편해진 것이 그 자신에게도 저절로 느껴졌다.

"과일즙이라도 좀 내올까요?"

추수가 다시 물었다. 그는 대답 대신 그런 그녀의 얼굴을 멀거니 살피다가 힘없고 갈라진 목소리로 불쑥 물었다.

"네 어미를 기억하느냐?"

그가 이렇게 묻자, 추수가 놀란 듯한 눈길로 그를 올려다보았다. 마지막으로 데리고 살던 할멈이 죽은 후 7년이나 줄곧 그 곁에서 시중을 들어 왔지만 한 번도 들지 못한 물음이었기 때문인 것 같았다. 사실 그는 그보다 더 긴 세월을 매향의 이름조차 입에 담지 않았었다.

"사진밖에는……."

그럴 테지, 불쌍한 것. 핏덩이 같은 것을 친정에 떼어 두고 다시 기방(妓房)에 나간 지 이태도 안 돼 그 어리석은 짓을 저질렀으니…….

"그런데 아버님, 그건 왜……?"

"나는 조금 전에 네 어미가 들어오는 줄 알았다."

"……."

"원래가 늙어 죽을 상은 아니었지만, 그렇게 서두를 필요도 없었는데……."

그가 그렇게 말하며 새삼 비감에 젖는 것을 보자 일순 묘하게 굳어졌던 추수의 얼굴이 원래대로 풀어졌다.

"과일즙이라도 좀 내올까요?"

이윽고 분위기를 바꾸려고나 하는 듯이 추수가 다시 물었다. 그도 얼른 매향의 생각을 떨치며 대답했다.

"작설(雀舌) 달여 둔 것이 있으면 그거나 한 모금 내오너라."

그러나 추수는 잠깐 창을 열어 방안 공기를 갈아 넣은 후 조용히 방을 나갔다.

그 어떤 열정이 나를 그토록 세차게 휘몰았던 것일까 ─ 추수가 내온 식힌 작설을 마시면서 고죽은 처음 매향을 만나던 무렵을 회상했다. 서른다섯, 두 번째로 석담 선생의 문하를 떠난 그는 그로부터 십 년 가까운 세월을 이곳저곳 떠돌며 보냈었다.

이미 중일 전쟁이 가까운 때였지만, 아직도 유림이며 서원 같은 것이 한 실체로 명백을 잇고 있었고, 시회(詩會)며 백일장, 휘호회(揮毫會) 같은 것들이 이따금씩 열리고 있을 때였다. 시(詩) 서(書) 화(畵)에 두루 빼어났다. 해서 삼절(三絶) 선생이라고까지 불리던 석담의 전인(傳人)이었기 때문인지, 아니면 그 스승에게 꾸중을 들어가며 참가한 몇 번의 선전(鮮展) 입선(入選) 덕분인지 그의 여행은 억눌리고 찌든 시대에 비하면 비교적 호사스러웠다. 한 달에 한 번 정도는 팔도 어디선가 그에게 상좌(上座)를 내어주는 모임이 있었고, 한 고을에 하나쯤은 서화(書畵)

한 장에 한 달의 노자(路資)를 내줄 줄 아는 토호(土豪)가 남아 있었다.

고죽이 진주에 들르게 된 것도 그런 세월 중의 일이었다. 무슨 휘호회인가로 그 곳에서 잔치와 같은 열흘을 보내고 붓을 닦으며 행랑을 꾸리려는데 난데없는 인력거 한 채가 회장(會場)으로 쓰던 저택 앞에 머물러 그를 청했다. 전에도 없던 일은 아니었으나 재촉 속에 타고 나니 인력거는 당시 진주에서는 첫째가는 무슨 관(館)으로 들어갔다. 두 칸 장방에 상다리가 휘도록 요리상을 벌여 놓고 그를 기다리는 것은 뜻밖에도 대여섯의 일본사람과 조선인 두엇이었다. 서화를 아는 관공서의 장들과 개화된 지방 유지들이었다.

매향은 그 술자리에 불려 나온 기생들 중의 하나였다. 한창 술자리가 무르익어 갈 무렵 그 자리를 마련한 듯 보이는 동척(東拓)의 조선인 간부가 기생들을 향해 빙글거리며 물었다.

"누가 오늘 저녁에 이 선생님을 모시겠느냐?"

그러자 기생들 사이에서 간드러진 웃음이 한동안 일더니 그 중의 하나가 쪼르르 다가와 그 앞에서 다홍치마를 걷었다. 드러난 것은 화선지 같은 흰 비단 속치마였다. 스물 두어 살이나 될까, 화려한 얼굴도 아니었고 요염한 교태도 없었지만 이상하게도 사람을 끄는 데가 있는 여자였다. 보아 온 대로 필낭을 끄르면서도 그는 한꺼번에 치솟는 술기운을 느꼈다.

"네 이름이 뭐냐?"

"매향입니다."

그녀는 전혀 주위를 의식하지 않은 듯 당돌하게 대답했다. 오히려 당황한 쪽은 그였다.

"그럼 매(梅)를 한 그루 쳐야겠구나."

그는 애써 태연한 척 말했지만 붓 든 손이 떨리는 것은 어쩔 수 없었다. 그런데 나중까지도 알 수 없던 것은 그가 친 매였다. 떠나온 스승에 대한 자괴감 때문인지 그녀의 속치마에 떠오른 것은 그 자신의 매가 아니라 석담 선생의 매였다. 등걸은 마르고 비틀어지고, 앙상한 가지에는 매화 두어 송이, 그것도 거의가 아직 피지 않은 봉오리였다. 곁들인 글귀도 석담 선생의 것이었다.

매일생한불매향(梅一生寒不賣香)

　얼핏 보아서는 매향의 이름에서 딴 것 같지만, 일생을 얼어 지내도 향기를 팔지 않는다는 내용이 일제말 권번기(券番妓)의 속치마에 어떻게 어울리겠는가. 그러나 지금까지도 남 모르는 부끄러움으로 남아 있는 일은 정작 그 뒤에 있었다.
　"이 매가 어찌 이렇게 춥고 외롭습니까?"
　낙관이 끝나고 매향이 그렇게 물었을 때 그는 매향에게만 들릴 만큼 낮고 침중하게 대답했다.
　"정사초(鄭思肖)의 난에 뿌리가 드러나지 않은 걸 보았느냐?"

　그리고 뒤이어 역시 궁금히 여기는 좌중에게는 정월의 매화이기 때문이라고 설명했지만, 매향은 분명 알아듣는 눈치였다. 정사초의 난초를, 망국의 한과 슬픔을 표현하는 그 드러난 뿌리(露根)를.
　그 밤 매향은 스스럼없이 그에게 몸을 맡겼다.
　"이 추운 겨울밤에 제 속치마를 적시셨으니, 오늘 밤은 선생님께서 제 한몸을 거두어 주셔야겠습니다."
　그 뒤 그는 매향과 함께 넉 달을 보냈었다. 언젠가 흥겨움에 취해 넘은 봄꽃 화려한 영마루의 기억처럼 이제는 다만 즐거움과 달콤함의 추상만이 남아 있는 세월이었다. 그러다가 이윽고 그들의 날은 끝났다. 그가 망국의 한을 서화로 달래며 떠도는 선비가 아니었던 것처럼 그녀 역시 적장(敵將)을 안고 강물로 뛰어드는 의기(義妓)는 아니었다. 그가 자신도 모르는 열정에 휘몰려 떠도는 한낱 예인(藝人)에 불과하다면, 그녀 또한 돌보아야 할 부모 형제가 여덟이나 되는 가무기(歌舞妓)일 뿐이었다.
　둘은 처음부터 결정된 일을 실천하듯 미움도 원망도 없이 헤어졌다. 매향은 권번으로 돌아가고, 그는 그 무렵 전주에서 열리게 된 동문의 전람회를 바라고 떠났다. 그것이 이 세상에서 마지막 이별이었다.
　그런데 이듬해 가을에 그렇게 헤어진 매향이 자신의 씨로 지목되는 딸아이를 낳았다는 소문을 들었다. 그 때 마침 내설악(內雪嶽)의 산사(山寺) 사이를 헤매고 있던 그는 별 생각 없이 추수(秋水)란 이름을 지어 보냈다. 슬프도록 맑은 가을 계곡의 물이 그 아이의 앞날에 대한 어떤 예감으로 그의 의식 깊이 와 닿은 것일까.

그리고 다시 몇 년인가 후에 그는 매향이 죽었다는 소문을 들었다. 어떤 부호의 첩으로 들어앉은 그녀는 마나님의 등쌀에 견디다 못해 석 냥이나 되는 생아편을 물에 타 마시고 젊은 목숨을 스스로 끊었다는 것이었다. 비정이라 해야 할지, 매향의 그같은 불행한 죽음을 전해 들어도 그는 별다른 슬픔을 느끼지 못했다. 다만 그녀의 몸을 빌어 태어난 자기의 딸이 있었다는 것과 그 아이가 어디서 어떻게 지내고 있는가 하는 것을, 그것도 얼핏 떠올렸을 뿐이었다.

그러나 그가 정작 추수의 얼굴을 처음 대하게 된 것은 그가 살고 있는 도시의 여학교로 그녀가 진학을 하게 된 뒤의 일이었다. 불행하게 죽은 누이 덕분으로 그런 대로 한 살림 마련한 그녀의 외삼촌은 누이에 대한 감사를 하나뿐인 생질녀(甥姪女)를 돌보는 일로 대신한 탓에 그녀는 별로 어려움 없이 지내고 있었지만, 그는 가끔씩 딸을 만나러 그 여학교엘 들르곤 했다. 다가오는 노년과 더불어 새삼 그리워지는 혈육의 정을 달래기 위해서였다.

그러다가 그들 부녀가 한 집에 기거하게 된 것은 비교적 근년의 일이었다.

이 도시에 서실(書室)을 열고 집칸을 마련하여 정착하게 되면서부터 얻어 산 할멈이 죽자 다시 홀로가 된 그에게 월남전에서 남편을 잃고 역시 홀로가 된 추수가 찾아든 것이었다. 칠 년 전의 일로, 그때 추수의 나이는 가엾게도 스물여섯이었다.

탕제(湯劑) 마시듯 미음 한 공기를 마신 고죽은 억지로 몸을 일으켜 세웠다. 미음 그릇을 들고 나가던 추수가 비틀거리는 그를 부축하여 물었다.

"오늘도 나가시겠어요?"

"나가야지."

"어제도 허탕치시지 않았어요? 오늘은 김 군만 보내 둘러보게 하시지요."

"직접 나가봐야겠다."

지난 여름에 퇴원한 이래 거의 넉 달 동안 그는 하루도 거르지 않고 도심의 화랑가를 돌았다. 자신의 작품이 나오기만 하면 무조건 거두어들이는 것이었는데, 처음 거두어들일 때만 해도 특별히 이렇다 할 계획이 있었던 것은 아니었다. 그러나 지금은 차츰 어떤 결론으로 접근하고 있었다.

그것은 명확한 죽음의 예감과 결부된 것이었다. 담당의인 정 박사는 담담하게 자신의 완쾌를 통고하였으나, 여러 가지로 미루어 그의 퇴원은 일종의 최종적인 선고였다. 줄을 잇는 문병객도 그러했지만, 그림자처럼 붙어 시중하는 추수의 표정에도 어딘가 어두움이 깃들어 있었다. 제대로 음식을 받아들이지 못하는 그의 위도 정 박사가 말한 완쾌와는 멀었다. 입원 당시와 같은 격렬한 통증은 없었지만, 그는 그의 세포가 발끝에서부터 하나씩하나씩 파괴되어 오고 있는 듯한 느낌을 떨쳐 버릴 수 없었다.

"초헌(草軒)은 아직 연락이 없느냐?"

초헌은 추수가 김 군이라고 부르는 제자의 아호였다. 그로부터 직접 호(號)를 받은 마지막 제자로 몇 년째 그의 서실에 기식하고 있는 젊은이였다.

"반 시간쯤 있다가 들른다고 했어요. 하지만 오늘은 집에서……."

"아니, 나가봐야겠다. 채비를 해다오."

그는 간곡히 말리는 추수를 약간 엄한 눈길로 건너본 후 천천히 방안을 걸어 보았다. 몇 발짝도 옮기기 전에 눈앞이 가물거리며 몸이 자꾸만 기울어졌다. 추수가 근심스런 눈으로 그런 그를 바라보다가 그가 다시 이부자리에 기대앉자 조용히 밖으로 나갔다. 그의 눈에 다시 돌아가신 스승의 휘호가 가득히 들어왔다.

석담 선생의 말처럼 정말로 그들의 만남은 악연이었을까. 그가 문하에 든 후에도 그들 사제간의 묘한 관계는 변함이 없었다. 석담 선생은 그가 중년에 들 때까지도 가슴 속에 원망으로 남아 있을 만큼 가르침에 인색했다. 해자(楷字)부터 다시 시작할 때였다. 선생은 붓을 쥐기 전에 먼저 추사의 서결(書訣)을 외우도록 했다.

글씨가 법도로 삼아야 할 것은 텅 비게 하여 움직여 가게 하는 것이다. 마치 하늘과 같으니, 하늘은 남북극이 있어서 그것으로 굴대를 삼아 그 움직이지 않는 곳에 잡아매고, 그런 후에 그 하늘을 항상 움직이게 한다. 글씨가 법도로 삼는 것도 역시 이와 같을 뿐이다. 이런 까닭으로 글씨는 붓에서 이루어지고, 붓은 손가락에서 움직여지며, 손가락은 손목에서 움직여진다. 그리고 어깨니 팔뚝이니 팔목이니 하는 것은 모두 그 오른쪽 몸뚱어리라는 것에서 움직여진다.

대개 그런 내용으로 시작되는 사백 자 가까운 서결이었는데, 고죽은 그걸 한 자 빠뜨림 없이 외어야 했다. 그 다음에 내준 것이 이미 선생 몰래 써본 안진경(顏眞卿)의 법첩 한 권이었다.

"네가 이걸 백 번을 쓰면 본(本)은 될 것이고, 천 번을 쓰면 잘 쓴다 소리를 들을 것이며, 만 번을 쓰면 명필 소리를 들을 수 있을 것이다."

가르침은 오직 그뿐이었다. 그전과 달라진 것이 있다면 드러내놓고 연마할 수 있다는 것과 이틀에 한 번씩 운곡선생에게 들러 한학(漢學)을 배우게 된 정도였을까. 그러다가 꼬박 삼 년이 지난 후에 딱 한 마디를 덧붙였다.

"숨을 멈추어라."

이미 삼천 번을 쓴 연후에도 해자가 여전히 뜻대로 어울리지 않아 탄식할 때였다.

사군자(四君子)에 있어서도 별로 다르지 않았다. 이를테면 난을 칠 때에도 손수 임사(臨寫)한 석파 난권(石坡蘭卷) 한 권을 내밀며 말했다.

"선자리에서 성불(成佛)할 수 없고, 또 맨손으로 용을 잡을 수가 없다. 오직 많이 쳐본 후에라야만 가능하다."

그리고는 그뿐이었다. 가끔씩 어깨 너머로 그의 난을 구경하는 일이 있어도 입을 열어 자상하게 그 법을 일러주는 일은 없었다.

그러다가 그의 난이 거의 이루어져 갈 무렵에야 한 마디 덧붙였다.

"왼쪽부터 쳐라, 돌은 붓을 거슬러 써야지."

또 석담 선생은 제자의 성취를 별로 기뻐하는 법이 없었다. 입문한 지 십 년에 가까워지면서 그의 솜씨는 선생의 동도들에게까지 은근한 감탄으로 오르내리게 되었다. 그러나 선생은 그런 말만 들으면 언제나 냉엄하게 잘라 말했다.

"이제 겨우 흉내를 낼 수 있을 뿐이오."

스물일곱 적에 그가 선생의 집을 나서게 된 것도 아마는 그런 선생의 냉담함에 대한 반발이었을 것이다. 그러나 세상 사람들의 칭송을 들으면 들을수록 이상하게도 그는 반드시 스승의 칭찬을 받고 싶었다. 그것이 그를 석담 선생 곁으로 되돌아오게 만들고, 다시 용서를 받을 때까지의 2년에 가까운 모멸과 수모를 참아내게 한 원인이었을 것이다.

그 2년 동안 다시 옛날의 불목하니로 돌아가 농사를 돌보고 나뭇짐을 해나르는 그를 선생은 대면조차 꺼렸다. 한번은 견딜 수 없는 충동 때문에 선생 몰래 붓을 잡아 본 적이 있었다. 은밀히 한 일이었지만, 그걸 알아차린 선생은 비정하리만치 매몰차게 말했다.

"나가서 몸을 씻고 오너라. 네 몸의 먹 냄새는 창부의 지분 냄새보다 더 견딜 수 없구나."

그 뒤 다시 용서를 받고, 선생의 사랑방에서 지필을 만지는 것이 허락된 후에도 석담 선생의 태도는 별로 달라지지 않았다. 아니 오히려 그가 나이를 먹고 글씨가 무르익어 갈수록 선생의 차가운 눈초리에는 이해할 수 없는 불안까지 번쩍였다. 느긋해지는 것은 차라리 고죽 쪽이었다. 그런 스승의 냉담과 비정에 반평생 가까이 시달려 오는 동안, 그는 단순히 그것에 둔감해지거나 익숙해지는 이상 스승이 괴로워하고 불안해 하는 것을 찾아내어 행함으로써 그로 인한 스승의 분노와 탄식을 즐기게까지 되었다. 몇 번의 단체 전람회와 선전(鮮展) 참가 같은 것이 그 예였다.

하지만 그들 불행한 사제간이 완연히 갈라서게 되는 날이 점점 가까와 오고 있었다. 석담 선생이 불안해한 것, 그리고 그가 늘 스승을 경원하도록 만든 것이 세월과 더불어 하나 둘 모습을 드러내게 된 것이었다.

본질적으로 일치될 수 없는 것은 그들의 예술관이라 할까, 서화에 대한 그들의 견해였다. 석담 선생의 글씨는 힘을 중시하고 기(氣)와 품(品)을 숭상했다. 그러나 그는 아름다움을 중히 여기고 정(情)과 의(意)를 드러내고자 힘썼다. 그림에 있어서도 석담 선생은 서화를 심화(心畵)로 여겼고, 그는 물화(物畵), 즉 자신의 내심보다는 대상에 충실하려고 했다. 그 대표적인 예가 그들 사제 사이에 있었던 유명한 매죽(梅竹) 논쟁이었다.

사군자 중에서 석담이 특히 득의해 하던 것은 대나무와 매화였다. 그런데 그 대나무와 매화가 한일합방을 경계로 이상한 변화를 일으켰다. 대원군도 신동의 그림으로 감탄했다는 석담의 대나무와 매화는 원래 잎과 꽃이 무성하고 힘차게 뻗은 것이었으나 그때부터 점차 시들고 메마르고 뒤틀리기 시작한 것이었다. 그것은 후년으로 갈수록 심해 노년의 것은 대 한 줄기에 이파리 세 개, 매화 한 등걸에 꽃 다섯 송이가 넘지 않았다. 고죽에게는 그것이 불만이었다.

"선생님께서는 어째서 대나무의 잎을 따고 매화의 꽃을 훑어 버리십니까?"

이제는 고죽도 장년이 되어 석담 선생이 전처럼 괴팍을 부리지 못하게 되었을 때, 고죽이 그렇게 물었다.

"망국의 대나무가 무슨 흥으로 그 잎이 무성하며, 부끄럽게 살아남은 유신(遺臣)의 붓에서 무슨 힘이 남아 매화를 피우겠느냐?"

"정소남(所南 : 정사초)은 난의 노근(露根)을 드러내어 망송(亡宋)의 한을 그렸고, 조맹부는 훼절(毁節)하여 원(元)에 출사(出仕)했지만, 정소남의 난초만 홀로 향기롭고 조맹부의 송설체(松雪體)가 비천하다는 말은 듣지 못했습니다."

"서화는 심화(心畵)니라. 물(物)을 빌어 내 마음을 그리는 것인즉 반드시 물의 실상(實相)에 얽매일 필요는 없다."

"글씨 쓰는 일이며 그림 그리는 일이 한낱 선비의 강개(慷慨)를 의탁하는 수단이라면, 그 얼마나 덧없는 일이겠습니까? 또 그렇다면 장부로 태어나 일평생 먹이나 갈고 화선지나 더럽히는 것이 얼마나 부끄러운 일입니까? 모르긴 하되 나라가 그토록 소중한 것일진대는, 그 흔한 창의(倡義)에라도 끼어들어 한 명의 적이라도 치고 죽는 것이 더욱 떳떳할 것입니다. 그런데도 가만히 서실에 앉아 대나무 잎이나 떼어내고 매화나 훑는 것은 나를 속이고 물을 속이는 일입니다."

"그렇지 않다. 물에 충실하기로는 거리에 나앉은 화공이 훨씬 앞선다. 그러나 그들의 그림이 서문에 팔려 나중에 방바닥 뚫어진 것을 메우게 되는 것은 뜻이 얕고 천했기 때문이다. 너는 그림이며 글씨 그 자체에 어떤 귀함을 주려고 하지만, 만일 드높은 정신의 경지가 곁들여 있지 않으면 다만 검은 것은 먹이요, 흰 것은 종이일 뿐이다."

이와 비슷한 것으로는 예도(藝道) 논쟁이 있다. 역시 고죽이 장년이 된 후에 있었던 것으로 시작은 고죽의 이러한 물음이었다.

"선생님 서화는 예(藝)입니까, 법(法)입니까, 도(道)입니까?"

"도다."

"그럼 서예(書藝)라든가 서법(書法)이란 말은 왜 있습니까?"

"예는 도의 향이며, 법은 도의 옷이다. 도가 없으면 예도 법도 없다."

"예가 지극하면 도에 이른다는 말이 있습니다. 예는 도의 향이 아니라 도에 이르는 문(門)이 아니겠습니까?"

"장인들이 하는 소리다. 무엇이든 항상 도 안에 있어야 한다."

"그렇다면 글씨며 그림을 배우는 일도 먼저 몸과 마음을 닦는 일이겠군요?"

"그렇다. 그래서 왕우군(王右君)은 비인부전(非人不傳)이란 말을 했다. 너도 이제 그 뜻을 알겠느냐?"

이미 육순에 접어들어 늙음의 기색이 완연한 석담 선생은 거기서 문득 밝은 얼굴이 되어 일생을 불안하게 여겨 오던 제자의 얼굴을 살폈다. 그러나 고죽은 끝내 그의 기대를 채워 주지 않았다.

"먼저 사람이 되기 위해서라면 이제 예닐곱 살 난 학동들에게 붓을 쥐어 자획을 그리게 하는 것은 어찌된 일입니까? 만약 글씨에 도가 앞선다면 죽기 전에 붓을 잡을 수 있는 이가 몇이나 되겠습니까?"

"기예를 닦으면서 도가 아우르기를 기다리는 것이다. 평생 기예에 머물러 있으면 예능(藝能)이 되고, 도로 한 발짝 나가게 되면 예술이 되고, 혼연히 합일되면 예도가 된다."

"그것은 예가 먼저고 도가 뒤라는 뜻입니다. 그런데도 도를 앞세워 예기(藝氣)를 억압하는 것은 수레를 소 앞에다 묶는 격이 아니겠습니까?"

그것은 석담 문하에 든 직후부터 반생에 이르는 고죽의 항변이기도 했다. 그에 대한 석담 선생의 반응도 날카로웠다. 그를 받아들일 때부터의 불안이 결국 적중하고 만 것 같은 느낌 때문이었으리라.

"이놈, 네 부족한 서권기(書卷氣)와 문자향(文字香)을 애써 채우려 들지는 않고 도리어 요망스런 말로 얼버무리려 하느냐? 학문은 도에 이르는 길이다. 그런데 너는 경서(經書)에도 뜻이 없었고, 사장(詞章)도 즐거워하지 않았다. 오직 붓끝과 손목만 연마하여 선인(先人)들의 오묘한 경지를 여실하게 시늉하고 있으니 어찌 천예(賤藝)와 다름이 있겠는가? 그래 놓고도 이제 와서 부끄러워하기는커녕 오히려 앞사람의 드높은 정신의 경지를 평하려들다니. 뻔뻔스러운 놈."

그러다가 급기야 그들 두 불행한 사제가 돌아서는 날이 왔다. 고죽이 서른여섯 나던 해였다.

그 무렵 고죽은 여러 면에서 몹시 지쳐 있었다. 다시 석담의 문하로 돌아간 그 팔년 동안의 그의 고련(苦練)은 열성스럽다 못해 참담할 지경이었다. 하도 자리를 뜨지 않고 서화에 열중하는 바람에 여름이면 엉덩이께가 견디기 힘들 만큼 진물렀고, 겨울에는 관절이 굳어 일어나 상 받기가 어려울 지경이었다. 석담 선생의 말없는 꾸짖음을 외면한 채 서화가 관련이 없으면 어떤 것도 보지 않았고 어떤 말도 듣지 않았다. 이미 그 전에 십 년 가까이 석담 문하에서 갈고 닦았지만, 후년에 이르기까지도 고죽은 그 팔 년을 생애에서 가장 귀중한 부분으로 술회하곤 했다. 그 전의 십 년이 오직 석담의 경지에 이르고자 노력한 십 년이라면, 그 팔 년은 석담으로부터 벗어나려는 몸부림의 팔 년이었다.

그 사이 그의 기법은 난숙해졌고, 거기에 비례해서 그의 이름도 차츰 그 세계에 알려지게 되었다. 평자에 따라서 다르지만, 어떤 이는 지금도 재기와 영감이 번득이는 그 시절의 글씨와 그림을 일생의 성취 중에서 으뜸으로 치고 있었다. 그러나 고죽은 불타 버린 후의 적막과 공허라고 할까, 차츰 깊이 모를 허망감에 빠져들어 갔다.

그것은 대략 두 가지 방향에서 온 허망감이었다. 그 하나는 묵향과 종이 먼지 속에 속절없이 흘러가 버린 그의 청춘이었다. 그에게는 운곡의 중매로 맞아들인 아내와 두 아이가 있었지만 그들은 처음부터 문갑(文匣)이나 서탁(書卓)처럼 필요의 대상이었지 열정의 대상은 아니었다. 그의 젊음, 그의 소망, 그의 사랑, 그의 동경은 오직 쓰고 또 쓰는 일에 바쳐졌을 뿐이었다. 그런데 이제 그의 젊음이 늦가을의 가지 끝에 하나 남은 잎새처럼 애처롭게 펄럭이는 순간도 모든 걸 바쳐 추구했던 것은 여전히 봉우리 너머의 무지개처럼 멀고 도달이 불확실했다.

그 다음 그의 허망감을 자극한 것은 점차 한 서예가로 성장해 가면서 부딪히게 된 객관적인 자기 승인의 문제였다. 열병과도 같은 몰입에서 서서히 깨어나면서부터 고죽은 스스로에게 자조적으로 묻곤 했다. 내가 무슨 짓을 해왔으며, 하고 있냐고. 그리고 스승과 다툴 때의 의미와는 다르게 되물었다. 장부로서 이 땅에 태어나 한평생을 먹이나 갈고 붓이나 어루면서 보내도 괜찮은 것인가고. 어떤 이는 조국의 광복을 위해 해외로 떠나고, 혹은 싸우다가 죽거나 투옥되었으며, 어떤 이는 이재(理財)에 뜻을 두어 물산(物産)을 일으키고 헐벗은 이웃을 돌보았다. 어떤 이는 문화사업을 통해 몽매한 동족을 일깨웠고, 어떤 이는 새로운 학문에 전념하여 지식으로 사회에 봉사하였다. 그런데도 자신의 반생은 어떠하였던가. 시선은 언제나 그 자신에게만 쏠려 있었고, 진지하고 소중하게 여겼던 지난날의 그 힘든 수련도 실은 쓸쓸한 삶에서의 도피거나 주관적인 몰입에 불과하였다. 자신만을 향해 있는 삶, 오오, 자신만을 향해 있는 삶……

그런데 그 가을의 어느 날이었다. 이미 가끔씩 노환으로 자리보전을 하던 석담 선생은 그날도 병석에서 일어나기 바쁘게 종이와 붓을 찾았다. 그것도 그 무렵에는 거의 쓰지 않던 대필(大筆)과 전지(全紙)였다. 벌써 몇 달째 종이와 붓을 가까이 않던 고죽은 그런 스승의 집착에 까닭 모를 심화를 느끼며 먹을 갈기 바쁘게 스승 곁을 물러나고 말았다. 어딘가 모르게 스승의 과장된 집착에는 제자의 방황을 비웃는 듯한 느낌이 드는 데가 있었던 것이다. 그러나 한동안 뜰을 서성이는 사이에 그는 문득 늙은 스승의 하는 양이 궁금해졌다.

방에 돌아오니 석담 선생은 붓을 연진에 기대 놓고 눈을 감은 채 숨을 헐떡이고 있었다. 바닥에는 방금 쓰다가 그만둔 것인 듯 만호제력(萬毫齊力) 넉 자 중에서 앞의 석 자만이 쓰여져 있었다.

"소재(蘇齋 : 翁方綱)는 일흔여덟에 참깨 위에 〈천하태평(天下太平)〉 넉 자를 썼다고 한다. 나는 아직 일흔도 차지 않았는데 이 넉 자 〈萬毫齊力〉을 단숨에 쓸 힘도 남지 않았으니……"

그렇게 탄식하는 석담 선생의 얼굴에는 자못 처연한 기색이 떠올랐다. 그러나 고죽은 그 말을 듣자 억눌렀던 심화가 다시 솟아올랐다. 스승의 그 같은 표정은 그에게는 처연함이 아니라 오히려 자신만만함으로 비쳤다.

"설령 이 글을 단숨에 쓰시고, 여기서 금시조(金翅鳥)가 솟아오르며 향상(香象)이 노닌들, 그게 선생님을 위해 무슨 소용이겠습니까?"

고죽은 자신도 모르게 심술궂은 미소를 띠며 물었다. 이마에 송글송글 땀이 맺힌 채 기진해 있던 석담 선생은 처음 그 말에 어리둥절한 표정이었다. 그러나 이내 그 말의 참뜻을 알아들은 듯 매서운 눈길로 그를 노려보았다.

"무슨 소리냐? 그와 같이 드높은 경지는 글씨를 쓰는 어떤 누구든 일생에 단 한 번이라도 이르러 보고 싶은 경지다."

"거기에 이르러 본들 그것이 우리에게 무엇을 줄 수 있단 말입니까?"

고죽도 지지 않았다.

"태산에 올라 보지도 않고, 거기에 오르면 그보다 더 높은 산이 없을까를 근심하는구나, 그럼 너는 일찍이 그들이 성취한 드높은 경지로 후세에까지 큰 이름을 드리운 선인들이 모두 쓸모없는 일을 하였단 말이냐?"

"자기를 속이고 남을 속인 것입니다. 도대체 종이에 먹물을 적시는 일에 도가 있은들 무엇이며, 현묘(玄妙)함이 있은들 그게 얼마나 대단하겠습니까? 도로 이름하면 백정이나 도둑에게도 도가 있고, 뜻을 어렵게 꾸미면 장인이나 야공(冶工)의 일에도 현묘함이 있습니다. 천고에 드리우는 이름이 있다 하나 이 내[我]가 없는데 문자로 된 나의 껍데기가 낯모르는 후인들 사이를 떠돈들 무슨 소용이 있겠으며, 서화가 남겨진다 하나 단단한 비석도 비바람에 깎이는데 하물며 종이와 먹이겠습니까? 거기다가 그것은 살아 그들의 몸을 편안하게 해주지도 못했고 헐벗고 굶주리는 이웃을 도울 수도 없었습니다. 그들은 그 허망함과 쓰라림을 감추기 위해 이를 수도 없고 증명할 수도 없는 어떤 경지를 설정하여 자기를 위로하고 이웃과 뒷사람을 홀렸던 것입니다."

그때였다. 고죽은 불의의 통증으로 이마를 감싸안으며 엎드렸다. 노한 석담 선생이 앞에 놓인 벼루 뚜껑을 집어던진 것이다. 샘솟듯 솟는 피를 훔치고 있는 고죽의 귀에 늙은 스승의 광기 어린 고함소리가 들려왔다.

"내 일찍이 네 놈의 천골(賤骨)을 알아보았더니라. 가거라. 너는 진작부터 저자 거리에 나앉아야 할 놈이었다. 용케 천골을 숨기고 오늘날에 이르렀으니 이제 나가면 글씨 한 자에 쌀 됫박은 후히 받을 게다."

결국 그 자리가 그들의 마지막 자리였다. 그길로 석담 선생의 집을 나선 고죽이 다시 돌아온 것은 이미 스승의 시신이 입관된 뒤였다.

벌써 십여 년 전의 일이건만 고죽은 아직도 희미한 아픔을 느끼며 이제는 주름살이 덮여 흉터가 별로 드러나지 않는 왼쪽 이마어름을 만져 보았다. 그러나 그와 함께 떠오르는 스승의 얼굴은 미움도 두려움도 아닌, 그리움 그것이었다.

"아버님, 김군이 왔습니다."

다시 추수의 목소리가 그를 끝 모를 회상에서 깨나게 하였다. 이어 방문이 열리며 초헌(草軒)의 둥글넓적한 얼굴이 나타났다. 대할 때마다 만득자(晩得子)를 대하는 것과 같이 유별난 애정을 느끼게 하는 제자였다. 사람이 무던하다거나 이렇다 할 요구 없이 일 년 가까이나 그가 없는 서실을 꾸려 가고 있는 탓도 있겠지만 그보다는 글씨 때문이었다. 붓 쥐는 법도 익히기 전에 행서(行書)를 휘갈기고, 점획결구(點劃結構)도 모르면서 초서(草書)며 전서(篆書)까지 그려대는 요즈음 젊은이들답지 않게 초헌은 스스로 정서(正書)로만 3년을 채웠다. 또 서력(書歷) 7년이라고는 하지만 7년을 하루같이 서실에만 붙어 산 그에게는 결코 짧은 것이 아닌데도 그 봄의 고죽 문하생 합동전에는 정서 두어 폭을 수줍게 내놓았을 뿐이었다. 그러나 그의 글은 서투른 것 같으면서도 이상한 힘으로 충만돼 있어, 고죽에게는 남 모를 감동을 주곤 했다. 젊었을 때는 그토록 완강하게 거부했지만 나이가 들수록 그윽하게 느껴지는 스승 석담의 서법을 연상케 하는 데가 있었기 때문이었다.

"오늘도 나가 보시렵니까? 추수 누님 말을 들으니, 거동이 불편하신 것 같은데……"

병석의 스승에게 아침 문안도 잊은 채 초헌은 엉거주춤한 자세로 더듬거렸다. 그의 내숭스러워 뵈기까지 하는 어눌(語訥)도 젊었을 때의 고죽 같으면 분명 못 견뎌 했을 것이리라. 하지만 고죽은 개의치 않고 부드럽게 말했다.

"그러니까 한 점이라도 더 거두어들여야지. 그래, 시립도서관에 있는 것은 기어이 내놓지 않겠다더냐?"

"전임자에게서 인수 인계받을 때 품목에 있던 것이라 어쩔 수 없다고 했습니다."

"매계(梅溪)의 횡액(橫額)을 준다고 해도?"

"누구의 것이라도 품목을 바꿀 수는 없다는 게 관장님의 말씀이었습니다."

"알 수 없는 것들이로구나. 오늘은 내가 직접 만나봐야겠다."

"정말 나가시겠습니까?"

"잔말 말고 가서 차나 불러오너라."

고죽이 다시 재촉하자 초헌은 묵묵히 나갔다. 궁금하다는 표정은 여전하였지만 스승이 왜 그렇게 집요하게 자신의 작품들을 거두어들이려 하는지는 그날도 역시 묻지 않았다.

날씨는 화창했다. 젊은 제자의 부축을 받고 화방 골목 입구에서 내린 고죽은 차례로 화방을 돌기 시작했다. 몇 달째 반복되고 있는 순례였다.

"아이구, 고죽 선생님, 오늘 또 나오셨군요. 하지만 들어온 건 하나도 없습니다. 선생님의 건강이 나쁘시단 소문이 돌았는지 모두 붙들고 내놓질 않는 모양이에요."

고죽을 아는 화방 주인들이 그런저런 인사로 반겨 맞았다. 계속 허탕이었다. 그러다가 다섯 번째인가 여섯 번째 화방에서 낯익은 글씨 한 폭을 찾아냈다. 행서 족자였다. 낙관의 고죽에 고자가 옛 고(古)가 아니라 외로울 고(孤)로 되어 있는 것으로 보아 두 번째로 석담 문하를 떠나 떠돌 때의 글씨 같았다.

"내 운곡 선생의 난초 한 폭을 줌세. 되겠는가?"

그런 제안에 주인은 은근히 좋아하는 눈치였다. 고죽의 낙관이 있기는 하나 일반으로 외로울 고를 쓴 것은 높게 쳐주지 않을 뿐 아니라 들어온 것도 한눈에 알아볼 정도의 소품이었다. 거기다가 운곡 선생의 난초가 어느 정도인지는 알 수 없으나, 고죽과의 그런 물물교환에 손해가 없다는 것은 이미 오래 전부터 동업자들 사이에 떠도는 소문이었다.

"선생님이 원하신다면 그렇게 해드리지요."

마침내 주인은 생색 쓰듯 말했다.

"고맙네. 물건은 나중에 이 아이 편에 보내주지."

"저희가 사람을 보내겠습니다. 아니, 제가 찾아가 뵙죠. 저녁 나절이면 되겠습니까?"

"그러게."

그러자 주인은 족자를 말아 포장할 채비를 했다.

"쌀 필요 없어. 그냥 주게."

고죽이 그런 주인을 말리며 앙상한 손을 내밀었다. 그리고 족자를 받자 응접용의 소파에 가 앉으며 족자를 폈다.

"잠깐 쉬었다 가지."

누구에게랄 것도 없는 고죽의 말이었다.

옥로마래농무생(玉露磨來濃霧生)
은전염처담운기(銀箋染處淡雲起)

고죽이 펴든 족자에는 그런 대구가 쓰여 있었다. 그 무렵 한동안 취해 있던 황산곡(黃山谷 : 황정견)체의 행서였는데, 술 한 잔 값으로나 써준 것인지 자획이 몹시 들떠 있었다. 그러자 다시 그 시절이 그리움도 아니고 회한도 아닌, 담담하여 오히려 묘한 빛깔로 떠올랐다.

석담 선생의 문하를 떠나 온 후 한동안 고죽은 스승이 자기를 내쳤다고 믿었다. 함부로 서화를 흩뿌린 대가로 술과 여자에 파묻혀 살면서도 자신은 비정한 스승에 대한 정당한 보복을 하고 있는 것이라고 생각했다. 그러나 아니었다. 차츰 거리의 갈채와 속인들이 던져주는 푼돈에 익숙해지면서, 그리하여 그것들이 가져다 주는 갖가지 쾌락에 탐닉하게 되면서, 진실로 스승을 버리고 떠나 온 것은 그 자신이라는 생각이 들었다.

　그는 가끔씩은 지금 자기가 즐기고 있는 세상의 대가가 반생의 추구와는 아무런 관련이 없고 더구나 지난날의 뼈를 깎는 듯한 수련을 보상하기에는 너무 초라한 것이라는 것을 떠올렸다. 노자 또는 붓값의 명목으로 그가 받는 그림값은 비록 고상한 외형은 갖추고 있어도 본질적으로는 기생에게 내리는 행하(行下)와 다를 바 없으며, 그가 받는 떠들썩한 칭송 또한 장마당의 사당패에게 보내는 갈채에 지나지 않았다. 그것들은 결국 마시면 마실수록 더욱 목말라진다는 바닷물 같은 것으로서, 스승의 문하를 떠날 때의 공허감을 더욱 크게 할 뿐이었다.

　그런데도 그를 유탕(遊蕩)이며 낭비와도 같은 그 세월에 그토록 잡아둔 것은 그런 깨달음과 공허감 사이의 묘한 악순환이었다. 저열한 쾌락이 그의 공허감을 자극하고, 다시 그 공허감은 새로운 쾌락을 요구했다.

　거기다가 그때까지 억눌리고 절제당해 왔던 그의 피도 한몫을 단단히 했다. 역시 그 무렵에 고향엘 들러 알게 된 것이지만 그의 부친은 천 석 재산을 동서남북 유람과 주색잡기로 탕진하고 끝내는 건강까지 상해 서른 몇에 요절한 한량이었고, 그의 모친은 망부(亡夫)의 탈상을 기다리지 못해 이웃집 홀아비와 야반도주를 해버린 분방한 여자였다. 소년 시절에는 엄격한 스승의 가르침과 그 길밖에는 달리 구원이 없으리라는 절박감에, 그리고 청장년 시절에는 스스로 설정한 이상의 무게에 눌려 잠들어 있었지만, 한번 깨어난 그 피는 걷잡을 수 없게 그를 휘몰았던 것이다. 그는 미친 듯이 떠돌고, 마시고, 사랑하였다.

　나중에 소위 대동아전쟁이 터지고, 일제의 가혹한 수탈이 시작되어 나라 전반이 더할 나위 없는 궁핍을 겪고 있을 때에도 그의 집요한 탐락은 멈출 줄 몰랐다. 아무리 모진 바람이 불어도 덕을 보는 사람들이 있듯이 그 총중에도 번성하는 부류가 있어 전만은 못해도 최소한의 필요는 그에게 제공해 주었던 것이다. 변절로 한몫 잡은 친일 인사들, 소위 그 문화적인 내지인(內地人)들, 수는 극히 적었지만 전쟁 경기로 재미를 보던 상인들……

　그러다가 고죽에게 한 계기가 왔다. 흘러 흘러 총독부의 고등 문관(高等文官)을 아들로 둔 허 참봉이란 친일 지주(親日地主)의 식객으로 있을 때였다. 어느 때 참봉인지는 알 수 없지만 그런 대로 서화를 알아보는 눈이 있는 참봉 영감은 가끔씩 원근의 묵객들을 불러 술잔이나 대접하는 것을 낙으로 삼고 있었다. 잡곡밥이나 대두박도 없어 굶주리던 대동아 전쟁 막바지이고 보면, 실은 술잔이나마 조촐하게 내오고 몇 푼 노자라도 쥐어주는 것이 여간한 생색이 아닐 수 없었다. 게다가 친일 지주라고는 해도 일찍 고등 문관 시험에 합격한 아들을 둔 덕에 일제의 남다른 비호를 받고 있다는 것뿐, 영감이 팔 걷고 나서 일본사람들을 맞아들인 것은 아니어서, 청이 들어오면 대부분의 묵객들은 기꺼이 필낭을 싸들고 왔다. 그런데 고죽이 머물고 있는 동안에 공교롭게도 운곡 선생이 찾아들었다. 고죽은 반가웠다. 그는 스승 석담 선생의 몇 안 되는 지음(知音)의 하나였을 뿐만 아니라 고죽 자신도 육칠 년 가까이나 그에게서 한학을 익힌 인연이 있었다. 결과야 어떠했건 결혼도 그의 중매에 의한 것이었고, 석담의 문하를 떠날 때 가장 고죽을 잘 이해한 것도 그였다. 그러나 고죽의 반가운 인사에 대한 운곡 선생의 반응은 뜻밖이었다.

"흥, 조상도 없고, 스승도 없고, 처자도 없는 천하의 고죽이 이 하찮은 늙은이는 어찌 알아보누?"

한때 고죽이 객기로 썼던 삼무자(三無子)란 호를 찬바람 도는 얼굴로 그렇게 빈정거린 운곡 선생은 허 참봉의 간곡한 만류도 뿌리치고 선 채로 되돌아섰다.

"석담이 죽을 때가 되긴 된 모양이로구나. 너 같은 것도 제자라고 돌아올 줄 믿고 있으니……. 괘씸한 것."

그것이 대문간을 나서면서 운곡이 덧붙인 말이었다. 평소에 온후하고 원만한 인품을 지녔기에 운곡의 그러한 태도는 고죽에게 그야말로 절굿공이로 정수리를 얻어맞은 듯한 충격을 주었다.

그러지 않아도 고죽은 이미 그런 떠돌이 생활에 지칠 대로 지쳐 있었다. 애초에 그를 사로잡았던 적막과 허망감은 감상적인 여정(旅情)이나 속인들의 천박한 감탄 또는 얕은 심미안(審美眼)이 던져주는 몇 푼의 돈으로 달랠 수 있는 것이 아니었으며, 그런 것들에 뒤따르는 값싼 사랑이나 도취로 호도(糊塗)할 수 있는 것도 아니었다. 거기다가 나이도 어느새 마흔을 훌쩍 뛰어넘어, 지칠 줄 모르던 그의 피도 서서히 식어 가기 시작했다.

아마도 그 뒤에 있었던 오대산 여행은 꺼지기 전에 한 번 빛나는 불꽃과 같은 그의 마지막 열정에 충동된 것이었으리라. 운곡 선생에 이어 허 참봉에게 작별을 고한 그는 그 길로 오대산을 향했다. 그 어느 산사에 주지로 있는 옛벗 하나를 바라고 떠난 것이었으나, 이미 그때껏 해온 과객(寡客) 생활의 연장은 아니었다. 막연히 생각해 오던 늙은 스승에게로의 회귀가 이제는 더 이상 미룰 수 없는 일이 되면서, 그에 앞서 일종의 자기 정화(自己淨化)가 필요함을 느꼈기 때문이었다.

무사히 그 산사에 이른 뒤 그는 거의 반 년에 가까운 기간을 선승(禪僧)처럼 지냈다. 그러나 십 년에 걸쳐 더께앉은 세속의 먼지는 스승에 대한 오래된 분노와 더불어 쉽게 씻어지지 않았다. 새봄이 와도 석담의 문하로 돌아간다는 일이 좀체 흔연해지지 않았던 것이다.

그러던 어느 날이었다. 오전에 상좌중을 도와 송기(松肌)를 벗겨 내려온 그는 잠깐 법당 뒤 축대에 앉아 땀을 식히고 있었다. 그런데 그런 그의 눈에 희미하게 바랜 벽화 하나가 우연히 들어왔다. 처음에는 십이지신상(十二支神像) 중에 하나 인가 하였으나 자세히 보니 아니었다. 머리는 매와 비슷하고 몸은 사람을 닮았으며 날개는 금빛인 거대한 새였다.

"저게 무슨 새요?"

그는 마침 그곳에 나타난 주지에게 물었다. 주지가 흘깃 그림을 돌아보더니 대답했다.

"가루라(迦樓羅)외다. 머리에는 여의주가 박혀 있고, 입으로 불을 내뿜으며 용을 잡아먹는다는 상상의 거조(巨鳥)요. 수미산 사해(四海)에 사는데 불법수호팔부중(佛法守護八部衆)의 다섯째로, 금시조(金翅鳥) 또는 묘시조(妙翅鳥)라고 불리기도 하오."

그러자 문득 금시벽해(金翅碧海)라는 구절이 떠올랐다. 석담 선생이 그의 글씨가 너무 재예(才藝)로만 흐르는 것을 경계하여 써준 글귀 중의 하나였다. 그러나 그때껏 그의 머릿속에 살아 있는 금시조는 추상적인 비유에 지나지 않았었다. 선생의 투박하고 거친 필체와 연관된 어떤 힘의 상징이었을 뿐이었다. 그런데 이제 그 퇴색한 그림을 대하는 순간 그 새는 상상 속에서 살아 움직이기 시작했다. 잠간이긴 하지만 그는 그 거대한 금시조가 금빛 날개를 퍼덕이며 구만 리 창천을 선회하다가 세찬 기세로 심해(深海)를 가르고 한 마리 용을 잡아 올리는 광경을 본 듯한 착각마저 들었다. 그제서야 그는 객관적인 승인이나 가치 부여의 필요 없이, 자기의 글에서 일생에 단 한 번이라도 그런 광경을 보면 그것으로 그의 삶은 충분히 성취된 것이라던 스승을 이해할 것 같았다.

이튿날 고죽은 행장을 꾸려 산을 내려왔다. 해방 전 해의 일이었다.

이미 스승은 돌아가신 후였지 ― 고죽은 후회와도 비슷한 심경으로 석담 선생의 문하로 돌아오던 날을 회상했다. 평생을 쓸쓸하던 문전은 문하와 동도들로 붐볐다. 그러나 누구도 고죽을 반가워하기는커녕 말을 거는 이도 없었다. 다만 운곡 선생만이 냉랭한 얼굴로 말했다.

"관상 명정(棺上銘旌)은 네가 써라. 석담의 유언이다. 진사니 뭐니 하는 관직은 쓰지 말고 다만 〈석담김공급유지구(石潭金公及儒之柩)〉라고만 쓰면 된다."

그러더니 이내 눈물을 쏟으며 말했다.

"그 뜻을 알겠는가? 관상 명정을 쓰라는 건 네 글을 지하로 가져가겠다는 뜻이다. 석담은 그만큼 네 글을 사랑했단 말이다. 이 미련한 작자야……."

석담과 고죽, 그들 사제간의 일생에 걸친 애증이 흔적 없이 사라지는 순간이었다. 그제서야 고죽은 단 한 번이라도 스승의 모습을 뵙고 싶었으나 이미 입관이 끝난 후여서 끝내 다시 뵈올 수는 없었다.

"선생님, 이젠 가보시지 않겠습니까?"

자신의 족자를 펴들고 하염없는 생각에 잠긴 고죽에게 초헌이 조심스레 말했다. 고죽은 순간 회상에서 깨어나며 천천히 몸을 일으켰다.

"가봐야지."

그러나 다시 네 번째 화방을 나설 때였다. 갑자기 눈앞이 가물거리며 두 다리에 힘이 쑥 빠졌다.

"선생님, 웬일이십니까?"

초헌이 매달리듯 그의 팔에 의지해 축 늘어지는 고죽을 황급히 싸안으며 물었다.

"괜찮다. 다른 곳엘 가 보자."

고죽은 그렇게 말했으나 마음뿐이었다. 이상한 전류 같은 것이 등골을 찌르며 지나가더니 이마에 진땀이 스몄다. 그러다가 다섯 번째 화방에 들러서는 정신조차 몽롱해졌다.

"이제 그만 돌아보시지요. 가봐야 이제 선생님의 작품은 더 나올 게 없을 겝니다."

화방주인도 그렇게 권했다. 그러나 고죽은 쓰러지듯 응접 소파에 앉으면서도 초헌에게 이르기를 잊지 않았다.

"너라두 나머지를 돌아보아라. 만약 나온 게 있거든 이리로 연락해."

초헌은 그런 고죽의 안색을 한동안 살피다가 말없이 화방을 나갔다.

"작품을 거두어 무엇에 쓰시렵니까?"

한동안을 쉬자 안색이 돌아오고 숨결이 골라진 고죽에게 화방 주인이 넌지시 물었다. 그것은 몇 달 전부터 화방 골목을 떠도는 의문 중의 하나였다. 그러나 고죽은 그 누구에게도 내심을 말하지 않았다. 그날도 마찬가지였다.

"다 쓸 데가 있네."

"그럼 소문대로 고죽 기념관을 만드실 작정이십니까?"

기념관이라 ― 고죽은 희미하게 웃었다. 그러면서도 가슴 속에서는 형언할 수 없는 쓸쓸함이 일었다. 내가 말한들 자네들이 이해해 주겠는가.

"그것도 괜찮은 일이지."

고죽은 그렇게 말하고는 슬쩍 말머리를 돌렸다.

"저거 진품인가?"

분명 진품이 아닌 줄 알면서도 그가 가리킨 것은 추사를 임모(臨摸)한 예서 족자였다. 화법유장강만리 서예여고송일지(畵法有長江萬里 書藝如孤松一枝) ― 원래 병풍의 한 폭이니 족자가 되어 떠돌 리 없었다.

"운봉(雲峰)이란 젊은이가 임서한 것인데 제법 탈속한 격(格)이 있어 받아두었습니다."

화방 주인도 그렇게 대답하며 그 족자를 바라보았다.

"그렇구먼……."

고죽은 희미한 옛 사람의 자태를 떠올리듯 추사란 이름을 떠올리며 의미 없는 눈길로 그 족자를 한동안 살폈다. 한 때 그 얼마나 맹렬하게 자기를 사로잡았던 거인이었던가.

석담 선생의 집으로 돌아온 고죽은 그 뒤 거의 십 년 가까이나 두문불출 스승의 고가를 지켰다. 한편으로는 외롭게 남은 사모(師母)와 늦게 들인 스승의 양자를 돌보면서 한편으로는 새로운 수업에 들어갔다. 이미 다 거쳐 나온 것들로 여겨 온 여러 서체를 다시 섭렵하기 시작한 것이었다.

그는 모공정(毛公鼎), 석고문(石鼓文)으로부터 진(秦), 한(漢), 삼국(三國), 서진(西晋)에 이르기까지의 여러 금석 탁본들을 새로이 모으고, 종요(種繇), 위관(衛瓘), 왕희지 부자(父子)로부터 지영(智永), 우세남(虞世南)에 이르는 남파(南派)와 삭정(索靖), 최열(崔悅), 요원표(姚元標) 등으로부터 구양순(歐陽詢), 저수량(褚遂良)에 이르는 북파(北派)의 필첩을 처음부터 다시 살폈다. 고죽이 만년에 보인 서권기로 미루어 그 동안의 학문적인 깊이도 한층 더해졌음에 틀림이 없다. 문 밖에서는 해방과 동족상잔의 전쟁이 휩쓸어 가고 있었으나 그 어떤 혼란도 고죽을 석담 선생의 고가에서 끌어내지는 못했다.

그 서결을 통해서 석담 문하에 들어선 고죽이 추사와 새롭게 만나게 된 것도 그 기간 동안이었다. 그 거인은 처음 한동안 그가 힘들여 가고 있는 길 도처에서 불쑥불쑥 나타나 감탄을 자아내다가 이윽고는 온전히 그를 사로잡고 말았다. 일찍이 경험해 보지 못한 일로, 그것은 특히 스승 석담에 대한 새삼스런 이해와 사모에서 비롯된 것이었다. 생전에 스스로 밝힌 적은 없었지만 분명 스승은 추사의 학통을 잇고 있었다. 아마도 스승은 그 마지막 전인(傳人)이었으리라. 그리고 스승이 가르침에 있어서 그토록 말을 아낀 것은 그와 같은 거인의 가르침에 더 보탤 것이 없어서였을 것이다.

그러나 추사도 끝까지 고죽을 사로잡고 있지는 못했다. 스승 석담이 일찍이 그를 받아들일 것을 주저했으며, 생전 내내 경계하고 억눌렀던 고죽의 예인적인 기질이, 승화된 형태이긴 하지만 차츰 되살아나기 시작한 것이었다. 먼저 고죽이 끝내 받아들일 수 없었던 것은 추사의 예술관이었다. 예술은 예술로서만 파악되어야 한다고 보는 입장에서 보면 추사의 예술관은 학문과 예술의 혼동으로만 보였다. 문자향(文字香)이나 서권기는 미를 구현하는 보조 수단 또는 미의 한 갈래일 수는 있어도 그것이 바로 미의 본질적인 요소거나 그 바탕일 수는 없었다. 그럼에도 추사에게 그토록 큰 성취를 볼 수 있었던 것은 다만 그 개인의 천재에 힘입었을 뿐이었다. 거기다가 그의 서화론이 깔고 있는 청조(淸朝)의 고증학(考證學)은 겨우 움트기 시작한 우리 것[國風]의 추구에 그대로 된서리가 되고 말았으며, 그만한 학문적인 뒷받침이 없는 뒷사람에 이르러서는 이 땅의 서화가 내용 없는 중국의 아류로 전락돼 버리게 한 점도 고죽을 끝까지 사로잡을 수 없던 원인이었다. 결국 추사는 스승 석담처럼 찬란하고 존경할 만한 거인이기는 하지만 예술에 있어서의 노선(路線)까지 따를 만한 사람은 아니었다.

화방 주인의 예상대로 초헌은 한 시간쯤 뒤에 빈손으로 돌아왔다. 나머지 여섯 곳을 돌았지만 밤 사이에 나온 고죽의 작품은 없었다는 게 그의 대답이었다.

고죽은 말리는 그를 억지로 앞세우고 시립도서관으로 향했다. 그 책임자를 달래 그곳에 있는 권학문(勸學文) 한 폭을 되거둬들이기 위해서였다. 그러나 결국 거기서 일은 벌어지고 말았다. 융통성 없는 관장과 언성을 높이다가 혼절해 버린 것이었다.

고죽이 눈을 뜬 것은 오후 늦게서였다. 자기 방에 누워 있었는데 주위에는 몇몇 낯익은 얼굴들이 근심스런 표정으로 둘러앉아 있었다. 고죽은 천천히 눈을 돌려 그들을 살펴보았다. 무표정한 초헌 곁에 두 사람의 옛 제자가 앉아 있고 그 곁에 운 흔적이 있는 추수가 앉아 있다가 눈을 뜬 고죽에게 울먹이는 소리로 물었다.

"아버님, 이제 정신이 드십니까?"

고죽은 대답 대신 고개만 끄덕이고 계속하여 주위를 둘러보았다. 추수 곁에 다시 낯익은 얼굴이 하나 앉아 있었다. 고죽에게는 첫번째 수호 제자(受號弟子)가 되는 난정(蘭丁)이었다. 뻔뻔스러운 놈……. 그를 보는 고죽의 눈길이 험악해졌다. 난정은 고죽이 석담 선생의 고가에 칩거할 초기부터 나중에 서실을 연 직후까지 거의 십 년 세월을 고죽에게서 배웠다. 나이 차가 불과 십여 년밖에 안 되고, 입문할 때 벌써 사십에 가까웠으며, 또 나름대로 어느 정도 글씨를 익힌 상태였지만, 그래도 어디까지나 호까지 지어 준 어엿한 제자였다. 그런데 어느 날부터 갑자기 발길을 뚝 끊더니 몇 년 후에 스스로 서예원을 열었다. 고죽은 자기에게 한 마디 말도 없이 떠난 제자가 서운했지만, 기가 막힌 것은 그 뒤였다. 난정이 스스로를 석담 선생의 제자라고 내세우면서 고죽은 단지 사형(師兄)으로 그와 함께 십여 년 서화를 연구했다고 떠벌리고 다닌다는 소문 때문이었다. 고죽은 불같이 노해 그의 서예원으로 달려갔다. 함부로 배분(配分)을 높인 제자를 꾸짖으러 간 것이었지만 결과는 난정을 여러 사람 앞에서 시인해 준 꼴이 되고 말았다.

"어이구, 형님 웬일이십니까?"

수많은 문하생들 앞에서 그렇게 빙글거리며 시작한 그는 끝까지 '아이구, 형님'이요, '우리가 함께 수련할 때…….'였다. 그리고는 여러 사람 앞에서 자신을 욕한 고죽을 석담 선생이 살아 있을 때 몇 번 드나든 것을 앞세워 모욕죄로 법정에까지 불러들였다. 십여 년 전의 일이었다.

"아버님, 이분께서 아버님의 대나무 두 폭을 가져오셨어요."

난정을 보는 눈이 험악해지는 것을 보고 추수가 황급히 설명했다.

"선생님께서 거두어들인다시기에…… 제가 가진 것을 전부 가져왔습니다."

그렇게 더듬거리는 난정에게도 옛날의 교활함은 보이지 않았다. 그도 벌써 육십에 가까운가 ― 못 보고 지난 십여 년 사이에 눈에 띄게 는 주름을 보며 고죽은 가만히 눈을 감았다. 그러나 가슴 속의 응어리는 쉽게 풀어지지 않았다.

"알았네. 가보게."

잠시 후 간신히 끓는 속을 가라앉힌 고죽이 힘없이 말했다.

"그럼……. 여기 두고 가겠습니다."

난정도 어쩔 수 없다는 듯 그렇게 말하며 어두운 얼굴로 방을 나갔다. 잠시 방 안에 무거움 침묵이 흘렀다. 다시 추수가 그 침묵을 깨뜨렸다.

"재식(在植)이 오빠에게서 전화가 있었어요."

"언제 온다더냐?"

"밤에는 도착할 거예요. 윤식(潤植)이에게도 연락할까요?"

"그래라."

고죽이 한숨처럼 나직이 대답했다. 재식이는 죽은 본처에게서 난 맏아들이었다. 원래 남매를 보았으나 딸아이는 6·25 때 죽고 그만 남은 것이었다. 윤식이는 마지막으로 데리고 살던 할멈에게서 난 아들로 고죽에게는 막내인 셈이었다. 재식이는 벌써 마흔셋, 부산에서 장사를 하고 있었고, 윤식이는 갓 스물로 서울에서 대학을 다니고 있었다. 별로 자상한 아버지는 못 되었지만, 통상으로 아들들을 생각하면 언제나 어린 윤식이가 마음에 걸렸다. 겨우 열세 살 때 어머니를 잃고 이복누이인 추수 손에 자라난 탓이리라. 그러나 그날만은 왠지 재식의 얼굴이 콧마루가 찡하도록 그립게 떠올랐다. 찌들어 가는 중년남자로서가 아니라 거지와 다름없이 떠도는 것을 찾아왔을 때의 열여섯 소년인 얼굴이었다. 그리고 그와 함께 몇십 년을 거의 잊고 지낸 본처의 얼굴이 떠올랐다.

고죽이 운곡 선생의 중매로 아내를 맞은 것은 스물두 살 때의 일이었다. 운곡 선생의 먼 질녀뻘이 되는 경주 최문(崔門)의 여자였다. 얼굴은 곱지도 밉지도 않았지만 마음씨는 무던해서 고죽의 기억에는 한 번도 그녀가 악을 쓰며 대들던 모습이 없다. 그러나 그들의 결혼은 처음부터 그리 행복한 것은 못 되었다. 고죽의 젊은 날을 철저하게 태워 버린 서화의 열정 때문이었다. 신혼의 몇몇 날을 제외하면 고죽은 거의 하루의 전부를 석담 선생의 집에서 보내었고, 집에 돌아와서도 정신은 언제나 가사(家事)와는 먼 곳에 쏠려 있었다. 생계를 꾸려 가는 것은 언제나 그녀의 몫이었다. 수입이라고는 이따금씩 들어오는 붓값이나 석담 선생이 갈라 보내는 쌀말 정도여서 그녀가 삯바느질과 품앗이로 바쁘게 돌아도 항상 먹을 것 입을 것은 부족하였다.

그래도 고죽이 석담 문하에 있을 때는 나았다. 정이야 있건 없건 한지붕 아래서 밤을 보냈고, 아이들도 남매나 낳았으며, 가끔씩은 가장(家長)으로서 할 일도 해 나갔기 때문이었다. 그러나 고죽이 석담의 문하를 떠나면서부터 그나마도 끝나고 말았다. 온다간다 말도 없이 훌쩍 집을 나선 그는 그 뒤 십 년 가까운 세월을 떠돌면서 처자를 까마득히 잊고 지냈다. 아직 살아 있는지 이미 죽었는지조차도 모르는 사람에게는 미안한 일이지만, 고죽에게 있어서 아내와 아이들은 거북살스러워도 참고 입어야 하는 옷 같은 존재였다. 하나의 구색, 또는 필요만큼의 의무였으며 ― 그것이 그토록 훌훌히 아내와 아이들을 떨치고 떠날 수 있었던 이유였고, 또한 한 번 떠난 후에는 비정하리만치 깨끗이 그들을 잊을 수 있었던 이유였다.

실제로 아내는 몇 번인가 여기저기 수소문 끝에 고죽을 찾아온 적이 있었다. 그러나 그때마다 고죽은 뒷날 스스로도 잘 이해 안 될 만큼의 냉정함으로 그녀를 따돌리곤 했다. 어린 남매를 데리고 어렵게 살아가는 그녀에 대한 연민보다는 자기 삶의 진상을 보는 듯한 치욕과 까닭 모를 분노 때문이었으리라. 단 한 번 딸을 업고 그가 묵고 있는 여관을 찾아온 그녀에게 돈 7원과 고무신 한 켤레를 사준 적이 있는데, 그것도 아내와 자식이었기 때문이기보다는 헐벗고 굶주린 자에 대한 보편적인 동정심에 가까웠다. 그때 아내의 등에 업힌 딸아이는 신열로 들떠 있었고, 먼지 앉은 아내의 맨발에 꿰어져 있던 고무신은 코가 찢어져 자꾸만 벗어지려고 하고 있었다. 그러나 그나마도 그것이 마지막이었다.

견디다 못한 아내는 결국 고죽이 집을 나선 지 오 년 만에 어린 남매와 함께 친정으로 의지해 갔다. 고죽이 매향과 살림을 차리던 그 해였다. 그리고 다시 이듬해는 친정오라버니가 있는 대판(大阪)으로 이주해 버린 후 다시는 돌아오지 않았다. 듣기로는 그곳에서 오빠의 권유로 개가하였다고 한다. 나중에 데려가기로 하고 친정에 맡겨 둔 남매를 끝내 데려가지 않은 것으로 보아 그 소문은 사실임에 틀림없었다. 고죽이 다시 재식 남매를 거두어들인 것은 오대산에서 내려와 석담 문하로 돌아온 몇 해 후였는데, 그때 재식은 벌써 열여섯, 그 밑의 딸아이는 열한 살이었다.

고죽은 그가 아내를 돌보지 않은 것에 대해 한 번도 미안하게 생각해 본 적이 없듯이 자기와 아이들을 버리고 떠난 그녀를 결코 원망하지 않았다. 그것은 평생 동안 수없이 그를 스쳐간 모든 여자들에게도 마찬가지였다. 매향처럼 살림을 차렸던 몇몇 기생들이나 노년을 함께 보낸 두 할멈은 물론 서화로 맺어졌던 여류(女流)들도 지속적인 열정으로 그를 사로잡지는 못했던 것이다. 상대편 여자들이 어떠했건 고죽의 그런 태도만으로 그의 삶은 쓸쓸하게끔 운명지워져 있었던 셈이다.

그렇다면 내가 진정으로 열렬하게 사랑했던 것은 무엇이었을까, 내가 일생을 골몰하여 얻고자 했던 것은 무엇이었을까…… . 그 사이 하나둘 빠져나가고 초헌만 목상처럼 앉아 있는 병실을 힘없이 둘러본 고죽은 다시 짙은 비애와도 흡사한 회상 속으로 빠져들어 갔다. 물론 그것은 서화였다. 이미 보아 온 것처럼 그에게는 애초부터 가족이나 생활의 개념이 없었다. 소유며 축적이란 말도 그에게는 익숙한 것이 아니었고, 권력욕이나 명예욕 같은 것에 몸달아 본 적도 없었다. 언뜻 보기에는 분방스럽고 다양해도 사실 그가 취해 온 삶의 방식은 지극히 단순했다. 자기를 사로잡는 여러 개의 충동 중에서 가장 강한 것에 사회적인 통념이나 도덕적 비난에 구애됨이 없이 충실하는 것, 말하자면 그것이 그를 이해하는 실마리이기도 한 그의 행동 양식이었다. 그런데 가장 세차면서도 일생을 되풀이된 충동이 바로 미적(美的) 충동이었고, 거기에 충실하는 것이 그의 서화였던 것이다.

하지만 결국 그것이 내게 무엇을 줄 수 있었단 말인가. 고죽은 다시 자족적인 기분이 되면서 스스로에게 물었다. 아직도 그것이 내게 무엇을 줄 수 있다는 것인가…… .

스승 석담과의 관계에서 알 수 있듯이, 고죽의 전반생(前半生)은 두 개의 상반된 예술관 사이에 끼어 피 흘리며 괴로워한 세월이었다.

동양에서의 미적 성취, 이른바 예술은 어떤 의미로 보면 통상 경향적(傾向的)이었다. 애초부터 통치 수단의 일부로 출발한 그것은 그 뒤로도 끝내 정치 권력의 그늘을 벗어나지 못했으며, 때로는 학문적인 성취나 종교적 각성에 의해서까지도 침해를 입었다. 충성이나 지조 따위가 가장 흔한 주제가 되고, 문자향이니 서권기니 하는 말과 마찬가지로 도골 선풍(道骨仙風)이니 선미(禪味)니 하는 말이 일쑤 그 높은 품격을 나타내는 말로 쓰이는 것이 그 예일 것이다.

물론 서양에 있어서도 근세까지는 사정이 이와 별반 다르지 않았다. 오랜 기간 예술은 제왕이나 영주(領主)들의 궁성을 꾸미거나 권력이며 부(富)에 기생하였고, 또는 신의 영광을 찬양하는 데 바쳐지기도 했다. 그러나 시민사회의 형성과 더불어 그들의 예술은 주체성을 획득하고 팔방미인격인 동양의 예술가와는 다른 그 특유의 인간성을 승인받았다. 다시 말해 그들은 예술을 강력한 인접 가치로부터 독립시키고, 예민한 감수성이나 풍부한 상상력 같은 이른바 예술적 재능도 하나의 사회적 가치로 평가하게 된 것이다.

그런데 고죽이 태어날 때만 해도 시대는 아직 동양의 전통적인 예술관에 얽매어 있었다. 예인(藝人)은 대부분 천민 계급에 속해 있었으며, 그들의 특질은 역마살이나 무슨 '- 기'로 비웃음의 대상이었다. 예술의 정수는 여전히 학문적인 것에 있었고, 그 성취도 도(道)나 선정(禪定)에 비유되고 있었다. 그리고 석담 선생은 아마도 끝까지 그런 견해에 충실했던 마지막 사람이었다.

서구적인 견해로 보면 고죽은 타고난 예술가였다. 그러나 석담 선생의 눈에는 천박하고 잡상스런 예인 기질에 지나지 않았다. 만약 고죽의 개성이 보다 약했거나 그가 태어난 시대가 조금만 일렀다면, 그들 사제간의 불화는 그토록 길고 심각하지 않았을 것이다. 하지만 고죽은 자기의 예술이 그 본질과는 다른 어떤 것에 얽매이는 것을 못 견뎌 했고, 점차 시민사회로 이행해 가는 시대도 그런 그의 편에 서 있었다. 정말로 그들 사제간을 위해 다행한 것은 스승의 깊은 학문에 대한 제자의 본능적인 외경(畏敬) 못지않게, 스승에게도 제자의 타고난 재능에 대한 애정이 남아 있어 늦게나마 화해가 이루어진 일이었다.

그러나 석담 선생의 문하로 돌아왔다고 해서 고죽의 정신적인 방황이 끝난 것은 아니었다. 다시 십 년 간의 칩거를 통해 고죽은 스승의 전통적인 예술관과 화해를 시도했지만 끝내 뜻을 이루지 못했다. 추사에의 앞뒤 없는 몰입과 어쩔 수 없는 이탈이 바로 그 과정이었다.

그 뒤 다시 이십 년 — 나름대로는 끊임없이 연마하고 모색해 온 세월이었지만 과연 나는 구하던 것을 얻었던가. 그러다가 고죽은 혼절하듯 잠이 들었다.

고죽이 이상한 수런거림에 다시 눈을 뜬 것은 이미 날이 저문 후였다.
"곧 통증이 시작될 것입니다. 그러나 막아드리지요."
누군가가 그렇게 말하며 이불을 젖혔다. 정 박사였다. 이어 살갗을 뚫고 드는 주사바늘의 느낌이 무슨 찬바람처럼 몸을 오싹하게 했다. 방안에 앉은 사람들의 수가 늘어 있었다. 고죽은 직감적으로 그것이 무엇을 뜻하는지 알 수 있었다.

"아버님, 절 알아보겠습니까? 재식입니다."

주사바늘을 뽑기가 무섭게 언제 왔는지 맏아들 재식이 울먹이며 손을 잡았다. 열여섯에 거두어들인 후로도 언제나 차가운 눈빛으로 집안을 겉돌던 아이, 그 아이가 첫번째로 집을 나간 일이 새삼 섬뜩하게 떠오른다. 제 이름이라도 쓰게 하려고 붓과 벼루를 사준 이튿날이었다. 망치로 부수었는지 밤톨만한 조각도 찾기 힘들 만큼 박살이 난 벼루와 부챗살처럼 쪼개 놓은 붓대, 그리고 한 움큼의 양모(羊毛)만 방안에 흩어놓고 녀석은 사라지고 없었다. 그 뒤 그가 군에 입대할 때까지 고죽은 속깨나 썩었었다. 낙관도 안 찍은 서화를 들고 나가기도 하고, 금고를 비틀어 안에 든 것을 몽땅 털어가기도 했다. 그러나 제대하고 돌아와서부터 기세가 좀 숙여지더니, 덤프 트럭 한 대 값을 얻어 나간 후로는 씻은 듯이 발길을 끊었다. 그가 다시 고죽을 보러 오기 시작한 것은 마흔 줄에 접어든 재작년부터였다.

"윤식이도 왔어요."

추수가 흐느끼는 윤식의 손을 끌어 고죽의 남은 손에 쥐어 주었다. 그녀의 눈은 이미 보기 흉할 정도로 부어 있었다. 각각 어미 다른 불쌍한 것들, 몹쓸 아비였다. 이제 너희에게 남기는 약간의 재물이 아비의 부족함을 조금이라도 메워 줄는지……. 고죽은 이미 그들 삼남매를 위해 유산을 몫지어 놓았다. 근교에 있는 과수원은 재식의 앞으로, 서실 건물은 윤식이 앞으로, 그리고 살고 있는 집은 추수에게, 그러고 보니 나머지 동산(動産)으로 문화상(文化賞)이라도 하나 제정할까 하던 계획을 취소한 것이 새삼 잘했다는 생각이 들었다. 평생을 무관하게 지내 온 사회라는 것에 대해 삶의 막바지에 와서 그런 식으로 아첨하고 싶지는 않은 탓이었다.

"이 사람들, 진정하게. 사람을 이렇게 보내는 법이 아니야."

둘러앉은 사람들 중에서 어떤 여자 하나가 흐느끼는 삼남매를 말렸다. 그리고 그들을 대신하여 고죽의 두 손을 감싸 쥐면서 가만히 물었다.

"절 알아보시겠어요?"

벌써 약효가 퍼지는지 고죽은 풀리는 시선을 간신히 모아 그녀를 바라보았다. 옥교(玉橋)라는 여류 서예가였다. 고죽의 첩이라는 소문이 파다하게 돌 정도로 한때 몰두했던 여자였는데, 지금은 근교에서 자신의 서실을 가지고 조용히 살고 있었다. 알지, 알고 말고……. 그러나 무슨 말을 하기도 전에 혼곤한 잠이 먼저 고죽을 사로잡았다.

금시조가 날고 있었다. 수십 리에 뻗치는 거대한 금빛 날개를 퍼덕이며 푸른 바다 위를 날고 있었다. 그러나 그 날개짓에는 마군(魔軍)을 쫓고 사악한 용을 움키려는 사나움과 세참의 기세가 없었다. 보다 밝고 아름다운 세계를 향한 화려한 비상의 자세일 뿐이었다. 무어라 이름할 수 없는 거룩함의 얼굴에서는 여의주가 찬연히 빛나고 있었고, 입에서는 화염과도 같은 붉은 꽃잎들이 뿜어져 나와 아름다운 구름처럼 푸른 바다 위를 떠돌았다. 그런데 그 거대한 등 위에 그가 있었다. 목깃 한 가닥을 잡고 미끄러지지 않으려고 애쓰면서 매달려 있었다. 갑자기 금시조가 두둥실 솟아오른다. 세찬 바람이 일며 그의 몸이 한곳으로 쏠려 깃털 한 올에 대롱대롱 매달린다. 점점 손에서 힘이 빠진다. 아아……. 깨고 보니 꿈이었다. 꽤 오랜 시간을 잔 모양으로, 마루의 괘종시계가 새벽 네 시임을 알리는 소리가 들렸다. 진통제의 기운이 걷힌 탓인지 형용할 수도 없고 부위도 짐작이 안 가는 그야말로 음험한 동통이 온몸을 감돌고 있었지만, 정신만은 이상하게 맑았다.

문병객은 대부분 돌아가고 없었다. 남은 것은 벽에 기대 잠들어 있는 재식이 형제와 책궤에 엎드려 자고 있는 초헌뿐이었다. 고죽은 가만히 상체를 일으켜 보았다. 뜻밖에도 쉽게 일으켜졌다. 허리의 동통이 조금 가라앉는 것 같았다. 그러자 문득 자기가 할 일이 남았다는 것을 상기했다.

"상철아."

고죽은 조용한 목소리로 초헌의 이름을 불렀다. 미욱해 보이는 얼굴에 비해 잠귀는 밝은 듯 초헌은 몇 번 부르지 않아 머리를 들었다.

"서, 선생님, 무슨 일이십니까?"

잠이 덜 깬 눈에도 상체를 벽에 기대고 있는 고죽이 이상하게 보이는 모양이었다. 그는 황급히 일어나 고죽을 부축하려고 무릎걸음으로 다가왔다. 그러나 고죽은 손짓으로 그를 저지한 후 말했다.

"벽장과 문갑에서 그간 거두어들인 서화를 꺼내라."

"네?"

"모아 놓은 내 글씨와 그림들을 꺼내 놓으란 말이다."

그러자 초헌은 일어나서 시키는 대로 했다. 여기저기서 꺼내 놓고 보니 이백 점이 훨씬 넘었다. 액자는 모두 빼 없앴는데도 제법 방 한구석에 수북했다.

"아버님, 뭘 하십니까?"

그제서야 재식이와 윤식이도 깨어나 눈을 비비며 궁금한 듯 물었다. 고죽의 행동이 거의 아픈 사람 같지 않아서, 간밤에 정 박사가 한 말은 잊어버린 모양이었다. 그러나 고죽은 대답 대신 초헌에게 물었다.

"이 방의 불을 좀더 밝게 할 수 없겠느냐?"

"스탠드가 어디 있는 것을 보았는데……. 한번 찾아보겠습니다."

여간해서는 고죽이 하는 일을 캐묻지 않는 초헌이 그렇게 말하며 밖으로 나가더니 잠시 후에 스탠드 하나를 찾아왔다. 방안이 갑절이나 밝아지자 고죽은 다시 초헌에게 명했다.

"지금부터 그걸 하나씩 내게 펴보이도록 해라."

초헌은 여전히 말없이 고죽이 시키는 대로 했다. 첫장은 고죽이 오십 대에 쓴 것으로 우세남(虞世南)의 체를 받은 것이었다.

"우백시(虞伯施)의 글인데, 오절(五節 : 덕행, 충직, 박학, 文辭 등)을 제대로 본받지 못했다. 왼쪽으로 미뤄 놓아라."

그 다음은 난초를 그린 족자였다.

"이미 소남(所南 : 정사초)을 부인해 놓고 오히려 석파(石坡 : 대원군)의 그늘을 벗어나지 못했구나. 산란(山蘭)도 심란(心蘭)도 아니다. 왼쪽으로 미뤄 놓아라."

고죽은 한 폭 한 폭 자평(自評)을 해나갔다. 오랜 원수의 작품을 대하듯 준엄하고 냉정한 평이었다. 글씨에 있어서는 법체(法體)를 본받을 경우에는 그 임모(臨摸)나 집자(集字)의 부실함을 지적하고, 그리고 자기류(自己流)의 경우에는 그 교졸(巧拙)과 천격(賤格)을 탓하면서 모두 왼편으로 제쳐놓았다. 그림에 있어서도 마찬가지였다. 옛법의 엄격함에다 자신의 냉정한 눈까지 곁들이니, 또한 오른편으로 넘어갈 게 없었다.

　새벽부터 시작된 그 작업은 아침해가 높이 솟을 때까지 계속되었다. 나중에 정박사가 몇 번이고 감탄했던 것처럼 거의 초인적인 정신력이었다. 아침부터 몰려든 사람들로 고죽의 넓은 병실은 어느덧 발디딜 틈 없이 빽빽해졌다. 그러나 엄숙한 기세에 눌려 누구도 그 과도한 기력의 소모를 말릴 엄두를 못 냈다. 고죽도 초헌 외에는 아무도 느끼지 못하는 것 같았다.

　그러다가 열 시가 넘어서야 분류가 끝났다. 결국 초헌의 오른쪽으로 넘어간 서화는 단 한 폭도 없었다.

　"더 없느냐?"

　마지막까지 간절한 기대에 찬 눈으로 자신의 작품을 검토하고 있던 고죽이 더 이상 제자의 무릎 앞에 놓인 서화가 없는 것을 빤히 보면서도 이상하게 불안에 떨리는 목소리로 물었다.

　"네."

　초헌이 무감동하게 대답했다. 그러자 고죽의 얼굴에 일순 처량한 빛이 떠돌더니 그때까지 꼿꼿하던 고개가 힘없이 떨구어지며 그의 몸이 스르르 무너져 내렸다. 무슨 끔찍한 일이라도 당한 줄 알고 몇 사람이 얕은 외마디소리와 함께 고죽 주위로 모였다. 그러나 고죽은 그 순간도 명료한 의식으로 내면의 자기에게 중얼거리고 있었다. 결국 보이지 않았다. 나 역시 일생에 단 한 번이라도 그걸 보고자 소망했지만, 어쩌면 그 소망은 처음부터 이룰 수 없는 것이라는 걸 실은 알고 있었는지도 모르지. 그래서 마지막 순간까지 이 일을 미루어 온 것인지도 모르지……

　그렇다면 고죽이 그의 일생에 걸친 작품에서 단 한 번이라도 보고자 했던 것은 무엇이었을까. 그것은 바로 그 새벽의 꿈에서와 같은 금시조였다. 원래 그 새가 스승 석담으로부터 날아올 때는 굳센 힘이나 투철한 기세 같은 동양적 이념미의 상징으로서였다. 그러나 고죽이, 끝내 추사에 의해 집성되고 그 학통을 이은 스승 석담에게서 마지막 불꽃을 태운 동양의 전통적 서화론에서 벗어나게 되면서 그

새 또한 변용되었다. 고죽의 독자적인 미적 성취 또는 예술적 완성을 상징하는 관념의 새가 되어 버린 것이었다.

이미 생애 곳곳에서 행동적으로 표현되긴 하였지만, 특히 후인을 지도하면서 보낸 마지막 이십 년 동안에 뚜렷이 드러나게 된 고죽의 서화론은 대개 두 가지 점으로 요약될 수 있었다. 그 하나는 전통적인 견해가 글씨로써 그림까지 파악한 데 비해 그는 그림으로써 글씨를 파악하려는 점이었다. 만약 글씨를 쓴다는 것이 문자로 뜻을 전하는 과정에 불과하다면 서예란 일생을 바칠 만한 의미가 없어지고 만다. 붓으로도 몇 달이면 뜻을 전할 만큼은 되고, 더구나 연필이나 볼펜 같은 간단한 필기구가 나온 지금에는 단 며칠로도 충분하다. 그러므로 서예는 의(意)에 있는 것이 아니라 정(情)에 있으며 글씨보다는 그림으로 파악되어야 한다. 특히 서예가 상형문자인 한문을 표현 수단으로 사용하는 동양권에서만 발달하고 표음문자를 쓰는 서양에서는 발달하지 못한 것도 그 까닭이다. 그런데도 글씨로만 파악했기 때문에 처음부터 그림이었던 문인화(文人畵)까지도 문자의 해독을 입고 끝내 종속적인 가치에 머물러 있었다 ― 이것이 고죽의 주장이었다.

그 다음 고죽의 서화론에서 특징적인 것은 물화(物畵)와 심화(心畵)의 구분이었다. 물화란 사물을 있는 그대로 표현하면서 거기다가 사람의 정의(情意)를 의탁하는 것이고, 심화란 사람의 정의를 드러내기 위해 사물을 빌어오되 그것을 정의에 맞추어 가감하고 변형시키는 것인데, 아마 서양화의 구상 비구상에 대응하는 것 같다. 고죽은 전통적인 서화론에서 그 두 가지가 묘하게 혼동되어 있음을 지적하면서 그 구분을 주장하였다. 그리고 서화가에 있어서 그 둘의 관계는 우열의 관계가 아니라 선택적일 뿐이며, 문자향이니 서권기 같은 것은 심화에서의 한 요소이지 서화 일반의 본질적인 요소일 수는 없다고 생각했다.

따라서 고죽의 금시조는 그런 서화론의 바다에서 출발하여 미적 완성을 향해 솟아오르는 관념의 새였다. 죽음을 생각해야 할 나이에 이르면서부터 고죽의 마음 속에 간직하고 있던 서원(誓願)의 하나는 자기의 붓끝에서 날아가는 그 새를 보는 일이었다. 그는 그것으로 자신의 일생에 걸친 추구가 헛되지 않았으며 쓸쓸하고 괴로웠던 삶도 보상될 것으로 믿었다. 그런데 그는 끝내 그 새를 보지 못했다. 그가 힘없이 자리로 무너져 내린 것은 단순히 기력을 지나치게 소모한 탓만은 아니었다.

그 자리에 있던 제자들이나 친지들은 고죽이 다시는 깨어나지 못할 것으로 생각했으나, 그는 채 오 분도 되지 않아 다시 눈을 떴다. 그리고 주위의 만류에도 불구하고 전처럼 상체를 일으키더니 뚜렷한 목소리로 초헌을 불렀다.

"이걸 싸서 밖으로 가지고 나가거라. 장독대 옆 화단이다."

"……?"

좀체 스승의 말을 되묻지 않는 초헌도 그때만은 좀 이상한 모양이었다.

"나는 저것들로 일평생 나를 속이고 세상 사람들을 속여 왔다. 스스로 값진 일을 하고 있다고 착각하고, 당연한 듯 세상 사람들의 감탄과 존경을 받아들였다."

"무슨 말씀을……."

"물론 그와 같은 삶이 있을지도 모른다. 그러나 나는 아니다."

"……."

"조금 전까지만 해도 나는 그것들에서 솟아오르는 금시조를 보기를 간절히 원했다. 그것으로 내 삶이 온전한 것으로 채워질 줄 알았다. 그러나 지금은 설령 내가 그 새를 보았다 한들 과연 그러할지 의문이다."

"……."

"자, 그럼 이제 시키는 대로 해라. 이것들을 남겨두면 뒷사람까지도 속이게 된다."

그러자 초헌은 말없이 서화 꾸러미를 안고 문을 나섰다. 스승의 참뜻을 알아들었기 때문인지, 아니면 더는 명을 거역할 수 없기 때문인지는 알 수 없지만, 자리에 있던 사람들은 아무도 그런 초헌을 말리러 나서지 않았다. 언제부터인가 고죽을 감돌고 있는 이상한 위엄과 기품에 압도된 탓이었다.

"문을 닫지 마라."

초헌이 나가고 누군가 문을 닫으려 하자 고죽이 말렸다. 그리고 마당께로 걸어가고 있는 초헌을 향해 임종을 앞둔 병자답지 않게 높고 뚜렷한 목소리로 말했다.

"거기다. 모두 내려놓아라."

방안에서 한눈에 들어오는 장독대 곁 화단이었다. 몇 포기 시들어가는 풀꽃 옆에 초헌이 서화 꾸러미를 내려놓자, 고죽이 다시 소리 높여 명령했다.

"불을 질러라."

그제서야 방안이 술렁거렸다. 일부는 고죽을 달래고 일부는 달려나와 초헌을 붙들었다. 모두가 쓸데없는 소란이었다. 자기를 달래는 사람들을 거들떠보지도 않은 채 고죽이 돌연 벽력 같은 호통을 쳤다.

"어서 불을 붙이지 못할까!"

그런데 알 수 없는 것은 초헌이었다. 그 역시 까닭 모르게 노한 얼굴이 되어 잠깐 고죽을 노려보더니, 말리려는 사람을 거칠게 제쳐 버리고 불을 질렀다. 뒷날 고죽을 사이비(似而非)였다고까지 극언한 것으로 보아, 그의 내면에 숨겨져 있던 석담 선생적(的)인 기질이 고죽의 그 철저한 자기부정(自己否定) 또는 지나친 자기비하(自己卑下)에 반발한 것이리라. 마를 대로 마른 종이와 헝겊인 데다가 개중에는 기름까지 먹인 것도 있어 서화더미는 이내 맹렬한 불꽃으로 타올랐다. 신음 같은 탄식과 숨죽인 흐느낌과 나지막한 비명들이 여기저기서 터져 나왔다.

어떤 사람에게는 고죽 일생의 예술이 타고 있었다. 어떤 사람에게는 그 철저한 진실이 타오르고 있었고, 또 어떤 사람들에게는 고죽의 삶 자체가 타는 듯도 보였다. 드물게는 불타는 서화더미가 그대로 그만한 고액권 더미처럼 보이는 사람도 있었다. 반 세기 가깝게 명성을 누려 온 노대가, 두 대통령이 사람을 보내 그의 서화를 얻어가고, 국전 심사위원도 한마디로 거부한 고죽의 진적(眞蹟)들이 한꺼번에 타 없어지고 있는 것이었다.

그러나 그때 고죽은 보았다. 그 불길 속에서 홀연히 솟아오르는 한 마리의 거대한 금시조를. 찬란한 금빛 날개와 그 험한 비상을.

고죽이 숨진 것은 그날 밤 8시경이었다. 향년 일흔두 살.

한 국 현 대 소 설 8 5

2부

2부 요약 - 이해와 감상

감자

—김동인

등장 인물

복녀
비극적 주인공. 엄한 가정교육으로 윤리의식이 철저했으나 게으름뱅이 남편을 만나 빈민굴로 이사간 후 타락과 파멸의 길을 걷는다.

남편
게으르고 생활력이 없으며 도덕적으로 타락한 인물이다.

왕서방
중국인. 소작인으로 복녀를 자신의 정부로 삼았다가 그녀를 버리고 다른 여자와 결혼, 결국 복녀를 죽인다.

가난하지만 정직한 농가에서 규칙있게 자란 처녀 복녀는 15세의 나이에 20년 연상의 홀아비에게 80원에 팔려 시집을 가게된다. 극도의 게으름과 무능함으로 떠돌이의 신세가 되어 평양의 행랑살이를 전전한다. 싸움, 간통, 살인, 도둑, 구걸, 징역 등 이 세상의 모든 비극과 활극의 근원지인 칠성문 밖 빈민굴에 자리를 잡게된다. 복녀는 배고픔에 쫓겨 거지 행각을 시작하게 되고 송충이 잡이 인부로 나갔다가 쉽게 돈 버는 방법을 배운다. 일하는 것 보다도 몸과 웃음을 팔며 타락의 길로 들어선다. 돈벌이가 쉽게 이루어지자 본격적으로 매음을 하게 되고 어느 날 감자를 훔치러 갔다가 중국인 왕서방의 정부가 된다. 이리하여 빈민굴에서 제일가는 부자가 된 복녀는 더 많은 돈을 벌기 위해 욕심을 부린다. 그러던 중 왕서방이 새색시를 데려오자 질투심으로 왕서방의 신혼방으로 쳐들어가 신부에게 폭력을 행사한다. 왕서방이 복녀의 손을 뿌리치자 준비해 간 낫을 휘두르다가 얼떨결에 낫이 왕서방에게로 넘어가고 복녀는 죽는다. 복녀의 장사는 사흘이 지나도 치러지지 않는다. 왕서방이 몇 번이나 복녀의 남편을 찾아가고 왕서방, 한의사, 복녀의 남편 사이에 돈거래가 이루어지고 뇌일혈로 죽었다는 거짓 진단으로 복녀는 공동묘지로 실려간다.

1. 복녀의 성격이 변하게 된 원인을 서술하시오.
   — 복녀는 칠성문 밖이라는 열악한 공간에 살면서 게으르고 무능한 남편으로 인해 빈곤한 생활을 하게 된다. 이러한 환경적 요인으로 인해 복녀는 돈과 애욕에 집착하는 여인으로 변하게 된다.

2. 복녀의 죽음이 의미하는 바를 쓰시오.
   — 환경에 의한 인간의 타락과 파멸.

배따라기

—김동인

등장 인물

형
아내를 사랑하지만 질투심이 많아 비극을 초래한다.

아내
성격이 밝고 친절하나 남편의 오해로 자살에 이른다.

아우
배따라기 노래를 잘 부른다. 외모가 준수하나 형의 오해로 형수 장례 후 집을 떠난다.

나
서술자

어느 화창한 봄날 나는 대동강으로 봄 경치를 구경갔다가 영유 배따라기를 부르는 그를 기자문에서 만나 사연을 듣는다. 그는 영유 사람으로 예쁜 아내와 이웃에는 동생이 살고 있었다. 그는 아내가 성품이 쾌활하고 준수한 동생에게 친절한 것을 못마땅해 한다. 어느 장날 아내에게 줄 선물로 거울을 사들고 집으로 돌아온 그는 방에서 흐트러진 옷매무새로 서 있는 아내와 동생을 본다. 쥐 때문이라는 아내와 아우를 내쫓는다. 밤이 되어도 아내는 돌아오지 않고 방에 불을 밝히기 위해 방바닥을 더듬다 쥐를 발견한다. 오해한 것을 후회한다. 날이 밝아도 아내는 돌아오지 않는다. 다음날 아내는 물에 빠져 자살하고, 이 때문에 동생은 고향을 떠난다. 아내가 죽고 동생이 떠나 버린 고향에서 혼자서 살 수가 없어 그도 떠돌이 생활을 시작한다. 10년이 지난 어느 날 그는 바닷가에서 동생을 만난다. '형님 그저 다 운명이웨다.'라는 말만 남기고 떠나 버린다. 그는 나를 위해 배따라기를 한 번 더 부르고는 떠나 버린다.

장사를 지낸 이튿날부터 아우는 그 조그만 마을에서 없어졌다. 하루 이틀은 심상히 지냈지만, 닷새 엿새가 지나도 아우는 돌아오지 않았다. 그래서 알아보니까, 꼭 그의 아우같이 생긴 사람이 오륙 일 전에 맷산자 보따리를 하여 진 뒤에, 시뻘건 저녁해를 등으로 받고 터벅터벅 동쪽으로 가더라 한다. 그리하여 열흘이 지나고 스무 날이 지났지만, 한번 떠난 그의 아우는 돌아올 길이 없었고, 혼자 남은 아우의 아내는 매일 한숨으로 세월을 보내게 되었다. 그도 이것을 잠자코 보고 있을 수가 없었다. 그 불행의 모든 죄는 그에게 있었다. 그도 마침내 뱃사람이 되어, 적으나마 아내를 삼킨 바다와 늘 접근하여, 가는 곳마다 아우의 소식을 알아보려고, 어떤 배를 얻어 타고 물길을 나섰다. 그는 가는 곳마다 아우의 이름과 모습을 말하여 물었으나, 아우의 소식은 알 수가 없었다. 이리하여 꿈결같이 십 년을 지내서 구 년 전 가을, 탁탁히 낀 안개를 꿰며 연안(延安)바다를 지나가던 그의 배는, 몹시 부는 바람으로 말미암아 파선을 하여 벗 몇 사람은 죽고, 그는 정신을 잃고 물 위에 떠돌고 있었다. 그가 정신을 차린 때는 밤이었다. 그리고 어느덧 그는 뭍 위에 올라와 있었고, 그를 말리느라고 새빨갛게 피워 놓은 불빛으로 자기를 간호하는 아우를 보았다. 그는 이상하게 놀라지도 않고, 천연하게 물었다.

"너, 어떻게 여기 완?"

아우는 잠자코 한참 있다가 겨우 대답하였다.

"형님, 거저 다 운명이외다."

따뜻한 불기운에 깜빡 잠이 들려다가 그는 화다닥 깨면서 또 말했다.

"십 년 동안에 되게 파리했구나."

"형님, 나두 변했거니와 형님두 몹시 늙으셨쉐다."

이 말을 꿈결같이 들으면서 그는 또 혼혼히 잠이 들었다. 그리하여 두어 시간, 꿀보다도 단 잠을 잔 뒤에 깨어 보니, 아까같이 새빨간 불은 피어 있지만 아우는 어디로 갔는지 없어졌다. 곁의 사람에게 물어 보니까 아까 아우는 형의 얼굴을 물끄러미 한참 들여다보고 있다가. 새빨간 불빛을 등으로 받으면서, 터벅터벅 아무 말 없이 어둠 가운데로 사라졌다 한다.

문 제

1. 작품 첫머리에 보여지는 배따라기가 지니는 기능에 대하여 쓰시오.
   — 과거 이야기와 현재 이야기를 이어주는 매개체가 된다.

2. 거울이라는 소재가 뜻하는 바를 서술하시오.
   — 거울을 보고 아내가 기뻐할 것을 생각하여 탁주집에도 들르지 않고 귀가하는 '그'의 모습에서 아내에 대한 애정이 지극한 그가 아내에게 느꼈을 배신감이 얼마나 컸을지를 강조하기 위하여 거울이라는 소재를 사용한 것이다.

태형

—김동인

작품 정리

갈래	단편소설
성격	자연주의적
배경	3·1운동 직후 무더운 여름철 감옥 안
시점	1인칭 주인공 시점
주제	자신의 안일만을 생각하는 인간의 비정함을 고발

등장 인물

나

이기적이고 비정한 인물. 태형장으로 내쫓긴 노인의 비명을 들으며 양심의 가책으로 괴로워한다.

노인

다른 죄수들로부터 소외되어 질시의 눈을 이기지 못해 태형의 고통을 당함.

기타 이기적인 여러 죄수들

3·1운동 직후 무더운 여름 다섯 평도 안 되는 미결수 감방에 스무 명 남짓이었는데 점점 늘어 아흔한 사람이 되자 숨이 막힌다. 그 속에 있는 사람들을 보며 '저들이 과연 사람일까' 하고 나는 생각한다. 내가 절실히 바라는 것은 조국의 독립, 민족 자결, 자유가 아니다. 오직 냉수 한 그릇과 맑은 공기를 희구하며 공판날만 기다린다. 공판 나갈 사람을 부른다. 나도 공판에 한번 나가기를 기대했지만 이루어지지 않았는데 영원영감이 공판에 나가게 되었다. 더위가 심해지자 사람들이 온몸에 종기가 나기 시작했다. 나는 종기를 핑계 삼아 진찰실로 가게 되었다. 진찰실에서 아우를 만나고 돌아오던 날 영원 영감에게 태형 90대가 언도되었다는 소식을 듣는다. 나는 잘 된 일이라고 말한다. 영원 영감은 태형을 맞고 나면 늙은 몸이 어떻게 되겠냐고 한다. 나는 영감 하나가 태형을 맞고 나가 버리면 그만큼 자리가 생기지 않느냐고 화를 낸다. 다른 사람들도 영감을 욕한다. 영감은 어쩔 수 없이 공소를 취하고 태형을 받으러 나간다. 우리는 조금 넓어진 자리를 보며 좋아한다. 오랜만에 목욕을 하고 즐거워하던 나는 태맞는 사람이 지르는 단발마의 비명에 이어 영원 영감이 태맞으며 죽어가는 소리를 듣는다. 나는 "칠십 줄에 든 늙은이가 태맞고 살길 바라갔소? 난 아무케 되든 노형들이나……"라는 영원 영감의 말을 떠올리며 그를 죽음으로 내쫓은 양심의 가책으로 머리를 숙이고 굳이 외면하고자 닫힌 눈에 눈물을 보인다.

나는 간수가 돌아간 뒤에 머리는 앞으로 향한 대로 손으로 영감을 찾았다.
"형편 어떻습디까?"
"모르갔소."
"판결은 어떻게 됐소?"
영감은 대답이 없었다. 그의 입은 바늘로 호아 메우지나 않았나?
그러나 한참 뒤에 그는 겨우 대답하였다. 그의 목소리는 대단히 떨렸다.

"태형 구십 대랍니다."

"거 잘됐구려! 이제 사흘 뒤에는 담배두 먹구 바람도 쏘이구…… 난 언제나……."

"여보, 잘 됐시오? 무어이 잘 됐단 말이오? 나이 칠십 줄에 들어서 태 맞으면 ─ 말하기두 싫소. 난 아직 죽긴 싫어! 공소했쉐다."

그는 벌컥 성을 내어 내게 달려들었다. 그러나 그의 말을 들은 뒤의 내 성도 그에게 지지를 않았다.

"여보! 시끄럽소. 노망했소? 당신은 당신이 죽겠다구 걱정하지만, 그래 당신만 사람이란 말이오? 이 방 사십여 명이 당신 하나 나가면 그만큼 자리가 넓어지는 건 생각지 않소? 아들 둘 다 총에 맞아 죽은 다음에 뒤상 하나 살아 있으면 무얼해? 여보!"

나는 곁에 있는 다른 사람에게로 향하였다.

"여기 태형 언도에 공소한 사람이 있답니다."

나는 이상한 소리로 껄걸 웃었다.

다른 사람들도 영감을 용서치 않았다. 노망하였다, 바보로다, 제 몸만 생각한다, 내어쫓아라, 여러 가지의 폄(貶)이 일어났다.

영감은 대답이 없었다. 길게 쉬는 한숨만 우리의 귀에 들렸다. 우리들도 한참 비웃은 뒤에는 기진하여 잠잠하였다. 무겁고 괴로운 침묵만이 흘렀다.

바깥은 어느덧 어두워졌다. 대동강 빛과 같은 하늘은 온 세상을 덮었다. 우리들의 입은 모두 바늘로 호아 메우지나 않았나?

그러나 한참 뒤에 마침내 영감이 나를 찾는 소리가 겨우 침묵을 깨뜨렸다.

"여보!"

"왜 그러오?"

"그럼 어떡허란 말이오?"

(중략)

"아유!"

우리는 그 소리의 주인을 알았다. 그것은 어젯밤 우리가 내어쫓은 그 영원 영감이었다. 쓰린 매를 맞으면서도 우렁찬 신음을 할 기운도 없이 '아유' 외마디의 소리로 부르짖는 것은 우리가 억지로 매를 맞게 한 그 영감이었다.

"요오쓰(넷)"

"아유!"

"이쓰이쓰(다섯)"

"후……."

나는 저절로 목이 늘어지는 것을 깨달았다. 나의 머리에는 어젯밤 그가 이 방에서 끌려 나갈 때의 꼴이 떠올랐다.

"칠십 줄에 든 늙은이가 태 맞구 살길 바라갔소? 난 아무케 되든 노형들이나……."

그는 이 말을 채 맺지 못하고 초연히 간수에게 끌려나갔다. 그리고 그를 내어 쫓은 장본인은 나였었다.

나의 머리는 더욱 숙여졌다. 멀거니 뜬 눈에서는 눈물이 나오려 하였다. 나는 그것을 막으려고 눈을 힘껏 감았다. 힘있게 닫힌 눈은 떨렸다.

문 제

1. 영원 영감이 태형을 받기로 결심한 까닭을 표면상 이유와 실질적 이유 두 가지로 설명하시오.
   — 표면적 이유는 만세운동으로 두 아들이 죽고 자기 혼자만 살아 남아 삶의 보람을 잃었기 때문이지만, 실질적으로는 다른 죄수들의 다그침과 빈정거림을 견디기 어려웠기 때문이다.

2. 결말 부분에 나타난 '나'의 갈등을 구체적으로 설명하시오.
   — 조그만 편안함을 위해 노인을 내모는 데 앞장섰던 '나'는 노인의 비명을 들으면서 자신의 이기심과 비정함을 자책하고 있다.

광염소나타

—김동인

등장 인물

백성수

반사회적 반인륜적 범죄를 통해 천재적 음악성을 발휘하는 작곡가이나 예술을 위해서는 어떠한 행위도 죄악이 아니라는 생각을 가진 인물이다.

K씨

백성수의 후견인 역할을 하는 음악평론가. 예술을 위해서라면 범죄를 저지를 수도 있다는 사고를 지닌 인물.

사회 교화자 모씨

K씨의 대화 상대자로서 일반적인 윤리 도덕 사회제도를 대변함.

이 이야기는 이 세상 어디에나 있을 수 있는 이야기다.

주인공 백성수가 누구라고 생각해도 좋다

음악비평가 K씨가 사회교화자에게 기회라는 것에 대해 말하고있다. 어떤사람이 그의 심성과 무관하게 절도를 하게 되었다면 그것이 범죄가 되느냐, 만일 범죄행위와 천재성이 연관되어 있었다면 그 기회를 버려야 하겠느냐고 묻는다. 그러면서 백성수의 이야기를 들려준다. 백성수의 아버지는 광포성을 지닌 천재 음악가였다. 술을 마시면 사람들을 두들겨 패고 취흥에 겨워 피아노 앞에 앉아 즉흥곡을 연주했다. 그는 술에 빠져 살았고 칠팔 년 뒤에는 완전히 폐인이 되었다. 그의 천재성은 술에 묻혔고 그러다 양가의 처녀를 만나 애를 배었지만 심장마비로 죽었다. 백성수는 그의 유복자였다. 삼십 년 후, K가 예배당에서 고요히 명상을 즐기고 있을 때 소리가 들려 밖을 내다보니 집이 불타고 있었다. 그리고 한 사나이가 들어왔다. 창문을 통해 불타는 광경을 내다보던 사내는 밖으로 나가려 하다 피아노를 보더니 연주를 시작했다. 주림과 아픔, 무기교의 야성적 연주였다. 연주와 함께 K가 다가가 나이를 물었을 때 달빛에 비친 사내는 백씨와 너무나 닮았다. K가 백성수를 데리고 와 아까의 연주를 다시 시켰다. 그러나 되지 않았다. K가 악보에 옮겨둔 것을 연주하기 시작했다. K는 광란에 빠져들었다. 그때 백성수가 달려들어 연주를 하기 시작했다.

그날 밤 백성수는 K에게 자신의 내력을 말했다. 백성수의 어머니는 친정에서도 쫓겨나 고달픈 삶을 살았지만 백성수를 제대로 키우기 위해 노력했다. 세 살 때 오르간 연주를 시켰고, 여섯 살 때는 피아노를 사주었다. 백성수는 중학교까지 마쳤다. 하지만 삶은 힘들었고 생계를 위해 공장 직공이 되었다. 그의 어머니가 몹쓸 병에 걸렸다. 돈이 없어 어머니를 홀로 두고 공장에 나갔다가 걱정이 되어 집에 돌아오니 어머니는 혼수상태에 빠졌다. 어머니를 살리기 위해 돈을 구해야 했다. 백성수가 담배가게에서 돈을 훔치다 붙들렸다. 어머니가 위독하다는 사실을 말했지만 경찰서에 갔다가 6개월을 감옥에서 살게 되었다. 어머니가 죽은 뒤였다. 어머니가 자기를 기다리다가 길에까지 기어나와 죽었다는 것이었다. K씨가 사회 교화자에게 여기까지의 사정을 말했다. 그리고 K씨는 백성수가 보낸 편지를 보여주었다. 담배가게 앞을 지날 때의 분노 그리고 방화, 백성수는 K의 배려로 음악을 하게 되었지만 제대로 되지 않았다. 그러던 어느 날 야릇한 충동을 느껴 볏짚낟가리에 불을 지르고 작곡을 하였다. 그 후에는 작곡을 위해 수없이 많은 곳에 불을 질렀다. 뿐만 아니라 죽은 사람의 시신을 훼손하게 되었고 급기야는 사람까지 죽이게 되었다. 그럴 때마다 작품이 완성되었다.

편지를 다 읽고 난 후 K는 사회교화자에게 어떻게 해결을 하겠느냐는 물음에 죄는 벌을 받아야 한다는 답을 했다. K는 선이 굵은 예술을 위해 천재를 구하는 것이 옳다며 눈물을 흘린다.

본 문

그때였습니다. 갑자기 덜컥덜컥하는 소리가 들리더니 예배당 문이 열리며, 웬 젊은 사람이 하나 낭패한 듯이 뛰어 들어왔습니다. 그리고 무엇에 놀란 사람같이 두리번두리번 사면을 살피더니, 그래도 내가 있는 것은 못 보았는지, 저편에 있는 창 안에 가서 숨어 서서, 아래서 붙은 불을 내려다 봅니다. 나도 꼼짝을 못하였습니다. 좌우간 심상스런 사람은 아니요, 방화범이나 도적으로 밖에는 인정할 수 없지 않겠습니까? 그래서 꼼짝을 못하고 서 있노라니까 그 사람은 한참 정신없이 서 있다가 한숨을 쉽니다. 그리고 맥없이 두 팔을 느리우고 도로 나가려고 발을 떼려다가, 자기 곁에 피아노가 놓인 것을 보더니, 교의를 끌어다 놓고 그 앞에 주저앉고 말겠지요. 나도 거기는 그만 직업적 흥미에 끌렸습니다. 그래서 무엇을 하나 보자 하고 있노라니까, 뚜껑을 열더니 한 번 뚱 하고 시험을 해 보아요. 그리고 조금 있더니 다시 뚱뚱 하고 시험을 해 보겠지요. 이때부터 그의 숨소리가 차차 높아가기 시작했습니다. 씩씩거리며 몹시 흥분된 사람같이 몸을 떨다가, 벼락같이 양 손을 키 위에 갖다가 덮었습니다. 그 다음 순간으로 C샤프 단음계의 알레그로가 시작되었습니다. 처음에는 다만 흥미로써 그의 모양을 엿보고 있던 나는, 그 알레그로가 울리어 나오는 순간 마음은 끝까지 긴장되고 흥분되었습니다. 그것은 순전한 야성적 음향이었습니다. 음악이라 하기에는 너무 힘있고 무기교(舞技巧)이었습니다. 그러나 음악이 아니라기에는 거기는 너무 괴롭고도 무겁고 힘있는 '감정'이 들어 있었습니다.
(중략)

"백성수의 그새의 예술은 그 하나하나가 모두 우리의 문화를 영구히 빛낼 보물입니다. 우리의 문화의 기념탑입니다. 방화? 살인? 변변치 않은 집개, 변변치 않은 사람개는 그의 예술의 하나가 산출되는 데 희생하라면 결코 아깝지 않습니다. 천 년에 한 번, 만 년에 한 번 날지 못 날지 모르는 큰 천재를, 몇 개의 변변치 않은 범죄를 구실로 이 세상에서 없이 하여 버린다 하는 것은 더 큰 죄악이 아닐까요. 적어도 우리 예술가에게는 그렇게 생각됩니다."

K씨는 마주앉은 노인에게서 편지를 받아서 서랍에 집어넣었다. 새빨간 저녁 해에 비치어서 그의 늙은 눈에는 눈물에 반득였다.

문 제

1. 청년 백성수에게 음악은 어떤 의미일까요?
   — 극심한 생활고와 사회 주류에서 소외된 삶을 사는 백성수에게 음악은 예술가로서의 존재 이유이자 사회에 대한 저항을 의미한다고 볼 수 있다. 방화를 통한 내적 흥분과 긴장이 폭발하면서 강렬한 연주를 하는 그의 모습에서 이를 확인할 수 있다.

2. 이 글에서 작가의 예술 지상주의적 관점이 집약된 문장을 찾아 쓰시오.
   — 천 년에 한 번, 만 년에 한 번 날지 못 날지 모르는 큰 천재를 몇 개의 변변치 않은 범죄를 구실로 이 세상에서 없이 하여 버린다 하는 것은 더 큰 죄악이 아닐까요?

운수 좋은 날

—현진건

작품 정리

갈래	단편소설, 사실주의소설
성격	현실 고발적, 사실적
배경	1920년대 일제 강점기 어느 겨울, 서울 중심가 김 첨지의 집
시점	전지적 작가 시점
주제	일제 강점기 도시 하층민의 비참한 삶

등장 인물

김 첨지

도시 하층민을 대표하는 인물로 인력거를 끈다. 성격은 거칠고 상스러우면서 몰인정하게 보이지만, 속으로는 아내를 걱정하는 선량하고 인정이 넘치는 마음을 가지고 있다.

아내

설렁탕을 먹겠다는 작은 소망도 이루지 못하고 죽은 김 첨지의 아내.

　　새침하게 흐린 품이 눈이 올 듯하더니 눈은 아니오고 얼다 만 비가 추적 추적 내렸다. 동소문안 가난한 인력거꾼 김 첨지는 며칠간 허탕을 쳤다. 조밥을 먹고 체한 아내는 달포째 앓고 있었다. 못 먹던 음식을 갑자기 먹어 그리된 병인데 아내는 사흘 전부터 설렁탕이 먹고 싶다 했다. 앞집 마마님이 문안에 들어간답시고 김 첨지를 불렀다. 아내는 오늘은 나가지 말라고 부탁을 했지만 뿌리치고 나왔다. 아침 댓바람에 80전을 벌어 오랜만에 닥친 운수 좋은 날이었다. 앓는 아내에게 설렁탕을 사줄 수 있게 되었다고 좋아했다. 행운은 이어졌다. 다시 손님을 싣게 되었다. 그러나 거리가 멀었다. 오늘은 나가지 말라고 붙잡는 아내의 말이 들려온다.

　　김 첨지는 자꾸만 불안해진다. 빈 인력거로 가기가 아까워 정거장 인력거꾼 눈치를 보다 사람을 태운다.

　　김 첨지는 불행이 닥칠 시간을 어떻게든 늦추고 싶었다.

　　누가 잡아주는 사람이 없을까 하는데 선술집에서 치삼이가 나온다. 치삼이와 술을 마시면서 돈벌이 자랑을 하고 아내가 죽었다는 등 술에 취해 횡설수설하다가 설렁탕을 사 가지고 귀가한다. 그의 불길한 예감은 무덤같이 침묵에 쌓인 방안을 들여다보는 순간 최고조에 달하고 아내의 죽음을 확인하고 오열한다.

1. 아내에 대한 김 첨지의 애틋한 마음의 표현이며 아내의 죽음에 대한 비극성을 극대화시키는 소재는 무엇일까요?
　　― 설렁탕.
2. 인간의 삶에 있어 돈은 중요한 역할을 한다. 돈을 벌기 위해 일을 나가야 했고 아내는 죽는다. 이 작품에 나타난 돈과 죽음의 관계에 대해서 서술하시오.
　　― 돈은 죽음을 초래하는, 가난을 극복할 대안이다. 그러나 돈이 생기면서 아내는 죽는다. 김 첨지의 돈벌이는 곧장 아내의 죽음으로 이어진다. 돈만 있으면 굶주리지 않았고 병이 들지도 않았다. 김 첨지의 손에 돈이 쥐어지면서 아내는 죽는다는 아이러니가 이 작품에 잘 나타나 있다.

술 권하는 사회

—현진건

작품 정리

갈래	단편소설
성격	사실적
배경	1920년대 서울
시점	3인칭 관찰자 시점
주제	일제 강점하 지식 청년의 고뇌

등장 인물

남편

경제적으로 무능한 지식인. 사회에 적응하지 못하고 아내에게서도 이해받지 못하는 인물.

아내

결혼 후 7~8년간 혼자서 가난을 견뎌냈지만 무지로 인해 지식인 남편을 이해하지 못해 괴로워하는 인물.

남편은 중학을 마치고 아내와 결혼을 하자마자 동경에 가서 대학까지 마치고 돌아왔다. 아내는 그 남편만을 바라보고 사는 순종적 여인이다. 남편이 돌아오면 부유하게 살 수 있으리라는 생각으로 그 동안의 고생을 잘 참아 넘겼다. 유학에서 돌아온 남편은 여러 달이 지나도 돈벌이는커녕 집에 있는 돈만 가져다 쓰는 것이었다. 어느 날 남편은 술에 만취해 돌아온다. 남편은 간신히 방에 들어와 옷도 벗지 못하고 벽에 기대어 쓰러진다. 아내는 남편의 옷을 벗겨 자리에 누이려 하나 잘 벗겨지지 않는다. 아내는 남편에게 이토록 술을 권한 사람들이 누구냐며 탓한다. 남편이 현 사회가 유위유망(有爲有望)한 나의 머리를 마비시키지 않으면 안 되게 하므로 이 것저것을 잊기 위해 술을 마신다는 것이다. 내게 술을 권하는 것은 화증도 하이칼라도 아니고 현 조선 사회라고 말한다. 남편은 조선의 현실을 비판하며 그런 사회에서 자신이 할 것은 주정꾼 노릇밖에 없다고 말한다. 그러나 아내는 남편의 말을 이해하지 못한다. 남편은 아내의 무지에 답답하다고 하며 아내의 만류에도 불구하고 집을 나가 버린다. 아내는 절망한 어조로 중얼거린다.

"그 몹쓸 사회가 왜 술을 권하는고!"

아내에게는 그 말이 너무 어려웠다. 그만 묵묵히 입을 다물었다. 눈에 보이지 않는 무슨 벽이 자기와 남편 사이에 깔리는 듯하였다. 남편의 말이 길어질 때마다 아내는 이런 쓰디쓴 경험을 맛보았다. 이런 일은 한두 번이 아니었다. 이윽고 남편은 기막힌 듯이 웃는다.

"흥, 또 못 알아듣는군. 묻는 내가 그르지, 마누라야 그런 말을 알 수 있겠소. 내가 설명해 드리지. 자세히 들어요. 내게 술을 권하는 것은 화증도 아니고 하이칼라도 아니오. 이 사회란 것이 내게 술을 권한다오. 조선 사회란 것이 내게 술을 권한다오. 알겠소? 팔자가 좋아서 조선에 태어났지, 딴 나라에 났더라면 술이나 얻어먹을 수 있나……."

사회란 무엇인가? 아내는 또 알 수가 없었다. 어찌하였든 딴 나라에는 없고 조선에만 있는 요릿집 이름이어니 한다.

"조선에 있어도 아니 다니면 그만이지요."

"되지 못한 명예 싸움, 쓸데없는 지위 다툼질, 내가 옳으니 네가 그르니, 내 권리가 많으니 네 권리가 적으니…… 밤낮으로 서로 찢고 뜯고 하지. 그러니 무슨 일이 되겠소. 사회뿐 아니라, 회사이고 조합이고…… 우리 조선 놈들이 조직한 사회는 다 그 조각이지. 이런 사회에서 무슨 일을 한단 말이오. 하려는 놈은 어리석은 놈이야. 적이 정신이 바로 박힌 놈은 피를 토하고 죽을 수밖에 없지. 그렇지 않으면 술밖에 먹을 게 도무지 없지. 나도 전자에는 무엇을 좀 해 보겠다고 애도 써 보았어. 그것이 모두 다 수포야. 내가 어리석은 놈이었지. 내가 술을 먹고 싶어 먹는 게 아니야. 요사이는 좀 낫지마는 처음 배울 때에는 마누라도 아다시피 죽을 애를 썼지. 그 먹고 난 뒤에 괴로운 것이야 겪어 본 사람이 아니면 알 수 없지. 머리가 지끈지끈 아프고 먹은 것이 다 돌아 올라오고…… 그래도 아니 먹은 것보담 나았어. 몸은 괴로워도 마음은 괴롭지 않았으니까. 그저 이 사회에서 할 것은 주정꾼 노릇밖에 없어……."

"그래도 못 알아듣네 그려. 참, 사람 기막혀. 본 정신 갖고는 피를 토하고 죽든지, 물에 빠져 죽든지 하지, 하루라도 살 수가 없단 말이야. 흉장(胸場)이 막혀서 못 산단 말이야. 에엣, 가슴 답답해."

라고 남편은 소리를 지르고 괴로워서 못 견디는 것처럼 얼굴을 찌푸리며 미친 듯이 제 가슴을 쥐어뜯는다.

"술 아니 먹는다고 흉장이 막혀요?"

남편의 하는 짓는 본체만체하고 아내는 얼굴을 더욱 붉히며 부르짖었다.

"가 버렸구먼, 가 버렸어!"

그 구두 소리를 영구히 아니 잃으려는 것처럼 귀를 기울이고 있는 아내는 모든 것을 잃었다 하는 듯이 부르짖었다. 그 소리가 사라짐과 함께 자기의 마음도 사라지고, 정신도 사라진 듯하였다. 심신(心身)이 텅 비어진 듯하였다. 그의 눈은 하염없이 검은 밤안개를 물끄러미 바라보고 있다. 그 사회란 독(毒)한 꼴을 그려 보는 것같이.

쓸쓸한 새벽 바람이 싸늘하게 가슴에 부딪친다. 그 부딪치는 서슬에 잠 못 자고 피곤한 몸이 부서질 듯이 지긋하였다.

죽은 사람에게서나 볼 수 있는 해쓱한 얼굴이 경련적으로 떨며 절망한 어조로 소곤거렸다.

"그 몹쓸 사회가, 왜 술을 권하는고!"

문 제

1. '사회가 술을 권한다' 는 남편의 말에 아내는 사회를 무엇으로 연상할까요?
   ― 요릿집 이름.

2. 이 소설에서 아내가 생각하는 사회와 남편이 생각하는 사회가 차이가 있다. 그 차이점에 대해 서술하시오.
   ― 아내는 사회에 대하여 남편에게 술을 권하는 요릿집이나 어떤 단체로 인식하고 있으나, 남편은 모순 덩어리인 당대 조선 사회 현실로 인식하고 있다.

고향

—현진건

작품 정리

갈래	단편소설, 액자소설
성격	사실적, 현실 고발적
배경	일제 강점기 대구발 서울행 열차 안
시점	1인칭 관찰자 시점
주제	일제 수탈로 인한 우리 민족의 비참한 삶

등장 인물

나

그의 이야기를 전달하는 서술자이다. 당대 지식인으로 초반에는 애써 현실을 외면하려 드나, 그의 이야기를 듣고 조선의 현실을 재인식, 그와 공감대를 형성한다.

그

외관상 말수가 많고 천박해 보이는 인물로 이 소설의 주인공이다. 당대 우리 민족의 현실을 집약적으로 드러낸다.

그녀

농촌의 황폐화로 유곽에 팔려간 여성, 그녀를 통해 당시 한국 여성들의 비참한 삶의 모습을 보여준다.

나는 대구에서 서울로 오는 기차 안에서 기묘한 사내와 동석을 하게 된다. 나는 처음에는 그를 경멸하는 태도를 가지나 차츰 그의 찌든 모습에 동정하게 되고 그의 지난 일들을 듣게 된다.

그는 대구 근교 평화로운 농촌의 농민이었다. 일제, 즉 동양척식주식회사에 의하여 농토를 빼앗겨 떠돌이 신세로 간도에까지 가게 된다. 혹독한 노동으로 부모님은 굶어죽고 홀로 남겨진 그는 큐슈 탄광에서 오사카 철공소까지 돈벌이를 위한 일이라면 안해 본 일이 없이 떠돌게 된다. 돈벌이는 안 되고 결국 가난한 몸으로 고향에 들르게 된다. 그곳에서 옛날 혼인말을 건넷던 여인을 만나 그간 고생한 이야기를 전해 듣는다. 하루 종일 술만 마시다 옛 여인과 헤어져 행여 하는 마음으로 일자리를 찾으러 경성으로 올라가는 중이다.

그는 취흥에 겨워서 어릴 때 부르던 아픔의 노래를 읊조린다.

궐녀도 자기와 같이 십 년 동안이나 그리던 고향에 찾아오니까 거기에는 집도 없고, 부모도 없고, 쓸쓸한 돌무더기만 눈물을 자아낼 뿐이었다. 하루 해를 울어 보내고 읍내로 들어와서 돌아다니다가, 십 년 동안에 한 마디 두 마디 배워 두었던 일본말 덕택으로 그 일본집에 있게 되었던 것이다.

"암만 사람이 변하기로 어째 그렇게도 변하는기오? 그 숱 많던 머리가 홀랑 다 벗어졌더마. 눈은 푹 들어가고, 그 이글이글하던 얼굴빛도 마치 유산을 끼얹은 듯하더마."

"서로 붙잡고 많이 우셨겠지요?"

"눈물도 안 나오더마. 얼른 우동집에 들어가서 둘이서 정종만 열 병 따라 뉘고 헤어졌구마."

하고 가슴을 짜는 듯한 괴로운 한숨을 쉬더니만, 그는 지난 슬픔을 새록새록이 자아내어 마음을 새기기에 지쳤음이더라.

"이야기를 다 하면 무얼 하는기오."

하고 쓸쓸하게 입을 다문다. 나 또한 너무나도 참혹한 사람살이를 듣기
에 쓴물이 났다.

"자, 우리 술이나 마자 먹읍시다."

하고 우리는 주거니 받거니 한 됫병을 다 말리고 말았다.

그는 취흥에 겨워서 어릴 때 부르던 노래를 읊조렸다.

볏섬이나 나는 전토는 신작로가 되고요―.

말마디나 하는 친구는 감옥소로 가고요―.

담뱃대나 떠는 노인은 공동 묘지로 가고요―.

인물이나 좋은 계집은 유곽으로 가고요―.

문 제

1. 그가 3개국 복장을 하고 있는 이유는 무엇입니까?
   - 그가 고향을 떠나 중국, 일본 등지로 떠돌이 생활을 했다는 것을 볼 수
   있다.

2. 위 소설 마지막 부분에 수록된 노래의 소설적 기능과 역할에 대해 서술하시
   오.
   - 삽입된 민요의 노랫말에는 민족 수난의 실상이 구체적으로 제시되어 있
   으며 이 노래를 통해 민족적 애환을 강조할 수 있다. 민요가 민중의 노래라
   는 점에서도 주제를 잘 표현할 수 있다.

할머니의 죽음

— 현진건

작품 정리

갈래	단편소설
성격	사실주의적
배경	1920년대 시골
시점	1인칭 관찰자 시점
주제	인간의 허위 의식 풍자

등장 인물

할머니
죽음을 거부하려는 허망한 몸짓으로 가족간의 갈등의 요인이 되는 인물.

중모(仲母)
효를 수단으로 자신의 위치를 지나치게 드러내려 하기 때문에 다른 가족의 반감을 산다.

나
작중 화자.

3월 그믐날 '나'는 할머니의 병환이 위독하다는 전보를 받고, 시골로 급히 내려간다. 곡소리 나는 듯한 사립문을 들어서니, 할머니의 병세는 이미 악화되어 있었다. 여든을 넘은 할머니는 기운이 쇠잔하여 '나'를 알아보지 못한다. '나'는 멀리 떠나 있던 친척들과 모두 모여 긴장된 며칠을 보내게 된다. 효부로 알려진 중모(仲母)는 할머니 곁에서 연일 밤을 세워 가며 할머니를 간호하고 빨리 기운을 회복하길 빌며 염불을 외운다. 그런 가운데, 할머니는 정신이 흐릿해져 자손들로부터 웃음거리가 된다.

한편 각기 직장을 가진 일가 형제들은 무작정 눌러 있을 수도 없어 의원을 불러다 진맥을 시킨다. 의원은 할머니가 곧 돌아가실 것이라는 진단을 내린다. 그러나 오히려 할머니의 상태는 점점 좋아진다. 이틀 후 다시 진단을 받은 할머니는 병세가 호전되어 얼마간은 문제없이 지낼 수 있다는 진단을 받는다. 이에 안심한 일가 친척들은 직장과 집으로 돌아가고 '나' 역시 자리에서 일어난 할머니를 보고 서울로 돌아오지만, 어느 화창한 봄날 조모 별세라는 뜻밖의 전보를 받는다.

할머니의 병세에 대하여 의논이 분분하였다. 그들은 하나도 한가한 이가 없었다. 혹은 변호사 혹은 은행원 혹은 회사원으로 다 무한년하고 있을 수 없는 형편이었다.

"나는 암만 해도 내일은 좀 가 보아야 되겠는데 나는 그 전보를 보고 벌써 돌아가신 줄 알았어. 올 때에 친구들이 북포(北布)니 뭐니 부의(賻儀)를 주길래 아직 돌아가시지도 않았는데 이게 웬일이냐 하니까, 그 사람들 말이, 돌아가셔도 자손들에게 그렇게 전보를 놓으니, 하데그려, 그래 모두 받아왔는데…… 허허허……."

그 중에 제일 연장자로 쾌활하게 말 잘하는 백형(伯兄)은 웃음 섞어 이런 말을 하고 있었다.

"암만 해도 오늘 내일 돌아가실 것 같지는 않은데…… 이거 큰일났는

걸, 가는 수도 없고……."

"딴은 곧 돌아가실 것 같지는 않아……."

은행원으로 있는 육촌은 이렇게 맞방망이를 쳤다.

"의사를 불러서 진단을 해 보는 것이 어떨까요?"

부산 방직 회사에 다니는 사촌이 이런 제의를 하였다.

"옳지. 참 그래 보아야 되겠군."

아버지께 이 사연을 아뢰었다.

"시방 그물그물하지 않나. 그러면 하여간 의원을 좀 불러올까."

의원은 아버지와 절친한 김 주부(金主簿)를 청해 오기로 하였다.

갓을 쓴 그 의원은 얼마나 아니 되어 미륵(彌勒) 같은 몸뚱이를 환자방에 나타내었다. 매우 정신을 모으는 듯이 눈을 내리감고 한나절이나 진맥을 하더니 고개를 절레절레 흔들며 물러앉는다.

"매우 말씀하기 안되었소마는 아마 오늘 밤이 아니면 내일은 못 넘길 것 같소."

매우 말하기 어려운 듯이, 기실 조금도 말하기 어렵지 않은 듯이, 그 의원은 최후의 판결을 언도하였다.

"글쎄 그래 워낙 노쇠하셔서 오래 부지를 하실 수 없지……."

그러면 그렇지 하는 얼굴로 아버지는 맞방망이를 쳤다.

문 제

1. '의사를 불러서 진단을 해 보는 것이 어떨까요?'의 의미는 무엇입니까?
   — 가족들은 할머니가 쉽게 돌아가시지 않고 자신들은 개인적 사정으로 빨리 돌아가야 하기 때문에 차라리 할머니의 죽음을 기다리고 있는 상황이다. 따라서 의사를 불러 진찰을 한 것은 할머니의 건강이 염려되어서가 아니라 할머니의 죽음을 빨리 예측하고 집으로 돌아가기 위해서이다.

2. 중모의 언행에 나타난 그의 의중을 밝히고 이 작품을 통해 진정한 효란 무엇인지에 대해 서술하시오.

― 중모는 할머니를 곁에서 모시면서 가장 큰 효를 수행해 온 것처럼 보인다. 하지만 그러한 효는 가족들에게 보이기 위한 가식적인 행동, 요식행위일 뿐이다. 일찍 중부를 여읜 중모는 효행에서 그 존재의 의의와 집안에서 위치를 확인하려고 한다. 이런 점에서 중모는 할머니를 위해서가 아니라 자신을 위해 효를 행한다고 볼 수 있다. 그래서 중모의 효행은 일종의 위선적인 모습으로 조카들을 야단치는 모습으로 묘사되어 나온다.

진정한 의미의 효란 마음과 행동이 일치할 때, 나를 위하기보다는 부모님을 위하는 마음으로 행해질 때 진정한 의미의 효라고 할 수 있다.

홍염
—최서해

작품 정리

갈래	단편소설
성격	사실적, 현실 고발적
배경	1920년대 서간도 조선인 이주민 마을
시점	전지적 작가 시점
주제	일제 강점하 조선인의 비참한 삶과 저항

등장 인물

문 서방
간도로 이주하여 중국인 땅을 경작하는 소작인.

문 서방의 처
용례를 빼앗긴 후 홧증으로 병들어 용례를 부르며 죽는다.

인가
중국인 지주, 탐욕스럽고 악독함.

용례
문 서방의 외동딸로 빚값으로 인가에게 잡혀감.

문 서방은 경기도 어느 곳의 소작인이었다. 10여 년의 소작생활로 가난해질대로 가난해진 문 서방 내외는 딸 하나를 앞세우고 서간도 바이허로 이주했다. 하지만 바이허에서도 역시 혹독한 흉년을 만나 빚만 늘어날 뿐 생활이 나아지지 않았다.

중국인 지주 인가의 소작농으로 몇 년 겹친 흉년으로 인가에게 소작료를 납부하지 못하자 인가는 소작료를 이유로 딸 용례를 욕심내었다. 결국 빚 대신 딸을 빼앗긴 문 서방 내외는 절망에 빠지게 되고 문 서방의 아내는 홧병으로 몸져 눕는다. 딸 용례를 한 번만 보고 싶다는 아내 때문에 몇 번이나 인가를 찾아갔으나 거절당한다. 바람이 몹시 심하게 불던 어느 겨울 날 문 서방은 아내의 소원을 들어주고자 또 인가를 찾아갔으나 용례의 얼굴도 보지 못하고, 인가는 지전 몇 장을 주며 내쫓는다.

며칠만 있으면 용례가 돌아올 것이라는 문 서방의 말에도 아랑곳 않고 용례를 부르다 피를 토하며 아내가 죽는다.

아내가 죽은 이튿날 밤 세찬 바람과 추위도 아랑곳 하지 않고 인가의 집 근처에 문 서방이 나타난다. 개들이 짖는다. 문 서방은 준비해 간 먹이를 주고 보리짚 더미에 불을 지른다. 치솟아오르는 불길을 바라보며 문 서방은 쾌감에 젖는다. 이어 불붙은 집에서 뛰쳐나온 인가를 도끼로 찍어 죽이고 문 서방은 딸을 품에 안는다.

1. '홍염'은 무엇을 의미할까요?
   ― 잘못된 사회 질서와 모순에 찬 현실에 대한 부정과 정신이 실제 행동으로 나타나야 한다는 의미의 불꽃이다.

2. 중국인 지주 인가의 죽음은 당연하다. 하지만 개인적 보복 차원의 살인은 정당화될 수 없다. 이 글에서 나타난 문 서방의 행위에 대한 정당성에 대해 서술하시오.

— 아내의 죽음의 원인은 딸 용례를 빼앗아 간 인가에게 있다. 인가의 탐욕은 결국 자신의 죽음으로 결말지어진다. 이 글에 나타난 문 서방의 행위는 자신의 것을 지키려는 의지적인 표현이다. 늘 억눌림 속에 살았던 삶의 의지 표출이라는 점에서 작가는 그의 정당성을 부여하고 있다.

탈출기

―최서해

작품 정리

갈래	단편소설, 서간체소설
성격	자전적, 고백적, 사실적
배경	일제 강점기 만주의 간도
시점	1인칭 주인공 시점
주제	일제 강점기의 비참한 현실에 대한 저항 의지

등장 인물

나(박군)
일제시대 고향을 떠나 간도로 가지만 생활고에 시달리다가 홀로 집을 탈출, 사회주의단체에 가입한다.

아내
순박하고 수줍음을 잘 타는 시골 여인.

어머니
가난한 생활 속에서도 아들에 대한 사랑이 지극한 전형적인 한국의 여인상을 보여준다.

김군
나의 탈가를 반대하는 인물.

오 년 전. 무지한 농민을 일깨워 이상촌을 만들겠다는 꿈을 지닌 '나'는 어머니와 아내를 데리고 간도로 갔으나 땅은 고사하고 굶기를 밥 먹듯했다. 꿈은 아랑곳없이 '나'는 중국인에게도 땅을 얻어 농사짓기가 어려워 날품팔이로 전전한다. '나'와 '나'의 가족은 항상 굶주리고 실의 속에 살아간다. 어느 날, '나'가 일거리를 얻지 못하고 탈진하여 집에 들어가서 보니 임신한 아내가 무엇인가를 열심히 먹고 있었다. '나'는 잠깐 아내를 의심하고 원망하였다. 그래서 아내가 먹다가 던진 것을 찾으려고 아궁이를 뒤졌다. 재를 막대로 저어 내니 벌건 것이 눈에 띄었다. 그것은 거리에서 주운 귤 껍질이었다. 아내는 너무도 배고픈 나머지 귤 껍질을 주워 먹은 것이다. '나'의 눈에는 눈물이 괴었다. '나'는 비통하여 더욱 열심히 살려고 생선 장수도 하고 두부 장수도 하며 온갖 궂은 일을 다 했지만 가난에서 벗어날 수가 없었다. '나'는 세상이나 어머니나 아내에 대해 충실하게 살려고 했지만 세상이 자기들을 멸시, 학대한다고 생각하게 된다. 그래서 '나'는 가족을 희생하면서까지 혁명가 계열의 단체 집단에 가입하게 된다.

박군! 나는 군의 탈가(脫家)를 찬성할 수 없다. 음험한 이역에 늙은 어머니와 어린 처자를 버리고 나선 군의 행동을 나는 찬성할 수 없다. 박군! 돌아가라. 어서 집으로 돌아가라. 군의 부모와 처자가 이역 노두에서 방황하는 것을 나는 눈앞에 보는 듯싶다. 그네들의 의지할 곳은 오직 군의 품밖에 없다. 군은 그네들을 구하여야 할 것이다.

군은 군의 가정에서 동량(棟樑)이다. 동량이 없는 집이 어디 있으랴? 조그마한 고통으로 집을 버리고 나선다는 것이 의지가 굳다는 박군으로서는 너무도 박약한 소위이다. 군은 ××단에 몸을 던져 ×선에 섰다는 말을 일전 황군에게서 듣기는 하였으나 그렇다 하여도 나는 그것을 시인할 수 없다. 가족을 못 살리는 힘으로 어찌 사회를 건지랴.

박군! 나는 군이 돌아가기를 충정으로 바란다. 군의 가족이 사람들 발 아래서 짓밟히는 것을 생각할 때 군의 가슴들인 어찌 편하랴……

김군! 군은 이러한 말을 편지마다 썼지? 나는 군의 뜻을 잘 알았다. 사랑하는 나의 가족을 위하여 동정하여 주는 군에게 어찌 감사치 않으랴? 정다운 벗의 충고에 나는 늘 울었다. 그러나 그 충고를 들을 수 없다. 듣지 않는 것이 군에게는 고통이 될는지? 분노가 될는지? 나에게 있어서는 행복일는지도 알 수 없는 까닭이다.

김군! 나도 사람이다. 정애(情愛)가 있는 사람이다. 나의 목숨 같은 내 가족이 유린받는 것을 내 어찌 생각지 않으랴? 나의 고통을 제삼자로서는 만분의 일이라도 느낄 수 없는 것이다.

나는 이제 나의 탈가한 이유를 군에게 말하고자 한다. 여기에 대하여 동정과 비난은 군의 자유이다. 나는 다만 이러하다는 것을 군에게 알릴 뿐이다. 나는 이것을 군이 아니면 다른 사람에게라도 알리지 않고는 견딜 수 없는 충동을 받는 까닭이다. 그러나 나는 단언한다. 군도 사람이어니 나의 말하는 것을 부인치는 못하리라.

김군! 거듭 말한다. 나도 사람이다. 양심을 가진 사람이다. 애정을 가진 사람이다. 내가 떠나는 날부터 식구들은 더욱 곤경에 들 줄도 나는 안다. 자칫하면 눈 속이나 어느 구렁에서 죽는 줄도 모르게 굶어 죽을 줄도 나는 잘 안다. 그러므로 나는 이곳에서도 남의 집 행랑어멈이나 아범이며, 노두에 방황하는 거지를 무심코 보지 않는다. 아! 나의 식구도 그럴 것을 생각할 때면 자연히 흐르는 눈물과 뿌직뿌직 찢기는 가슴을 덮쳐 잡는다.

문 제

1. 이 글은 편지글 형태를 취하고 있다. 편지글 형식의 효과를 서술하시오.
   - 인물의 내면세계를 효과적으로 보여줄 수 있다.

2. '대의를 위해 가정을 버릴 수 있다'에 대한 자신의 생각을 서술하시오.
   - 국가와 가정의 우선 순위를 묻는 시험 문제가 논술에서 출제되고 있다. 가치관적인 물음이기 때문에 자신의 생각을 충분히 전달하면 된다.

사랑 손님과 어머니

— 주요섭

작품 정리

갈래	단편소설
성격	서정적
배경	1930년대 어느 작은 마을
시점	1인칭 관찰자 시점
주제	애정과 봉건적 윤리관 사이의 갈등

등장 인물

어머니
젊은 과부로 사랑 손님에게 사랑하는 마음을 가지나, 사별한 남편에 대한 그리움, 아이에 대한 사랑, 당대 풍습과 세인의 이목에 대한 두려움 등으로 끝내는 자신의 사랑을 이루지 못하는 여인.

나(옥희)
여섯 살 난 계집애로 어머니와 아저씨와의 애정을 티 없이 맑은 눈으로 바라본다.

아저씨
옥희 아버지의 옛 친구로 사랑에 하숙을 든다. 옥희 어머니에게 연정을 갖지만, 얼마 후에 집을 떠난다.

'나'의 이름은 옥희다. 여섯 살 난 '나'는 과부인 어머니와 중학교에 다니는 외삼촌, 이렇게 셋이서 산다. 어느 날 사랑채에 아버지의 친구가 큰 외삼촌의 소개로 하숙을 들게 된다. '나'는 아저씨가 집에 오면서 달걀도 실컷 먹을 수 있게 되었고, 놀러갈 수 있게 되었다. '나'는 어제 어머니한테 잘못한 것을 사과하려고 유치원에서 몰래 꽃을 가져와서는 그만 아저씨가 주었다고 말한다. 어머니는 지금까지 한 번도 타지 않던 풍금을 연주하며 눈물을 흘린다. 어느 날, 어머니가 아저씨에게 손수건을 갖다 드리라고 했는데, 그 속에 무슨 종이 같은 것이 들어 있었다. 그런데 아저씨는 그것을 받고는 얼굴이 파래진다. 어머니는 구슬픈 곡조의 풍금을 타신다.

이후 아저씨는 다시 돌아올 것이냐는 '나'의 물음에 답하지 않은 채 짐을 챙겨 떠난다. 어머니는 있는 달걀을 모두 삶아 아저씨에게 전하라고 한다. 어머니는 산에 올라가 아저씨가 탄 기차가 완전히 사라질 때까지 가만히 바라본다. 산에서 내려온 후 어머니는 지금까지 열어 두었던 풍금을 닫고 쇠를 채우고, 내가 준 꽃을 끼워 두었던 찬송가 책에서 꽃송이를 꺼내 버리라고 한다.

1. 왜 여섯 살 난 옥희를 서술자로 내세웠을까요?
   — 어린애인 옥희의 목소리를 통해 사랑의 이야기를 전달함으로써 성인들의 눈에 보인 사랑보다 순수하고 신선함을 준다.

2. 옥희 어머니는 재혼을 하지 않는다. 그 이유를 서술하시오.
   — 옥희 어머니는 유교적 봉건 질서를 따른다. 사랑하는 사람을 떠나 보내면서 기존의 틀을 벗어나지 못하는 소극적 태도를 보인다. 아직은 봉건주의적 가치관의 굴레가 너무 강해 어쩔 수 없었던 것 같다.

벙어리 삼룡이
─나도향

작품 정리

갈래	단편소설
성격	낭만적, 사실적
배경	일제 강점기 남대문 밖 연화봉 마을
시점	전지적 작가 시점
주제	천한 신분과 육체적 불구자인 벙어리의 사랑과 분노

등장 인물

삼룡
말 못하는 벙어리나 충직한 머슴이다. 새아씨에 대한 사랑을 방화 행위
로 표출한다.

오 생원
동네 사람들에게 존경을 받으나 자식을 잘못 키웠다는 아픔을 지니고
있다.

오 생원 아들
포악하고 무도한 성격으로 새아씨와 삼룡이를 비인간적으로 대한다.

새아씨
영락한 양반의 딸로 돈에 팔려 시집을 와서 남편에게 학대를 받는다.

지금으로부터 십사오 년 전, 연화봉 마을의 오 생원 집에는 삼룡이라는 벙어리 하인이 있었는데, 인물은 몹시 추했지만 주인에게 충성스럽고 부지런하였다. 오 생원은 삼룡을 사랑했지만 버릇없이 자란 그의 아들은 삼룡을 심하게 학대하였다. 그 해 가을 오 생원의 아들이 장가를 들었는데, 나무랄 데가 없는 새색시에 비해 흠절이 많은 새서방이 비교되어 집안 어른들 사이에서 꾸지람을 듣게 되자, 새서방은 새색시를 미워하기 시작한다. 어느 날 만취하여 길에 쓰러진 어린 주인을 업어다가 뉘인 삼룡이의 충직함을 본 새색시가 비단 헝겊으로 쌈지 하나를 만들어 삼룡이에게 준다. 이 비단 쌈지를 본 새서방은 삼룡과 새색시의 관계를 오해하여 새색시를 마당에 내동댕이치고 삼룡이를 매질한다. 더구나 새아씨가 목을 매는 것을 목격하고 이를 막으려던 일로 오해를 사 삼룡이는 피투성이가 되어 내쫓긴다. 삼룡은 믿고 의지한 모든 것이 자기의 원수라는 사실을 깨달으며 모든 것을 없애 버리고 자기 역시 없어지는 것이 낫다고 생각한다. 그 날 밤, 오 생원 집에 불이 나자 삼룡이는 집 안으로 뛰어들어 주인을 구하고, 다시 들어가 새색시를 안고 지붕으로 올라간다. 새색시를 무릎 위에 누이고 죽어 가는 그의 입 가장자리에는 평화롭고 행복한 웃음이 번진다.

그 집에는 삼룡(三龍)이라는 벙어리 하인이 하나 있으니, 키가 본시 크지 못하여 땅딸보로 되었고 고개가 빼지 못하여 몸뚱이에 대강이를 갖다가 붙인 것 같다. 거기다가 얼굴이 몹시 얽고 입이 크다. 머리는 전에 새 꼬랑지 같은 것을 주인의 명령으로 깎기는 깎았으나 불밤송이 모양으로 언제든지 푸하고 일어섰다. 그래 걸어다니는 것을 보면, 마치 옴두꺼비가 서서 다니는 것같이 숨차 보이고 더디어 보인다. 동네 사람들이 부르기를 삼룡이라고 부르는 법이 없고 언제든지 '벙어리', '벙어리'라고 하든지 그렇지 않으면 '앵모', '앵모' 한다. 그렇지만 삼룡이는 그 소리를 알지 못한다.

그도 이 집 주인이 이리로 이사를 올 때에 데리고 왔으니 진실하고 충성스러우며 부지런하고 세차다. 눈치로만 지내 가는 벙어리지마는 말하고 듣는 사람보다 슬기로울 적이 있고 평생 조심성이 있어서 결코 실수한 적이 없다.

그 아들은 더구나 벙어리를 사람으로 알지도 않는다. 말 못하는 벙어리라고 오고 가며 주먹으로 허구리를 지르기도 하고 발길로 엉덩이도 찬다.

그러면 그 벙어리는 어린 것이 철없이 그러는 것이 도리어 귀엽기도 하고, 또는 그 힘없는 팔과 힘없는 다리로 자기의 무쇠 같은 몸을 건드리는 것이 우습기도 하고 앙징하기도 하여 돌아서서 방그레 웃으면서 툭툭 털고 다른 곳으로 몸을 피해 버린다.

어떤 때는 낮잠 자는 벙어리 입에다가 똥을 먹인 때도 있었다. 또, 어떤 때는 자는 벙어리 두 팔 두 다리를 살며시 동여매고 손가락과 발가락 사이에 화승불을 붙여 놓아 질겁을 하고 일어나다가 발버둥질을 하고 죽으려는 사람처럼 괴로워하는 것을 보고 기뻐하였다.

주인 색시를 생각하면 공중에 있는 달보다도 더 곱고 별들보다도 더 깨끗하였다. 주인 색시를 생각하면 달이 보이고 별이 보이었다. 삼라 만상을 씻어 내는 은빛보다도 더 흰 달이나 별의 광채보다도 그의 마음이 아름답고 부드러운 듯하였다. 마치 달이나 별이 땅에 떨어져 주인 새아씨가 된 것도 같고 주인 새아씨가 하늘에 올라가면 달이 되고 별이 될 것 같았다.

문 제

1. 주인 아씨와 삼룡이에게서 보여지는 동질성은 무엇일까요?
   — 주인 아씨와 삼룡이 두 사람은 매를 맞는다는 것이다. 남편과 주인 아들이라는 동일인으로부터 매일 학대를 받는 데서 동질성을 찾을 수 있고, 서로에 대한 애정으로 발전할 수도 있다.

2. 이 소설에서 삼룡이의 죽음을 통해 보여지는 사랑은 무엇일까요?
   — 삼룡은 미소를 머금은 채 죽는다. 갖은 박해에서 벗어나 사랑하는 사람을 안고 있다는 점에서 그는 사랑을 이루었을 수도 있다.

물레방아

— 나도향

작품 정리

갈래	단편소설
성격	사실적
배경	일제 치하의 농촌
시점	3인칭 전지적 작가 시점
주제	돈에 의한 성의 박탈과 회복에의 비극

등장 인물

이방원

지주인 신치규 집에서 막실살이를 하는 순박한 농사꾼.

이방원의 아내

물욕이 강한 여성.

신치규

방원의 상전이며 나이 오십이 넘은 탐욕스러운 늙은이.

신치규는 자신의 집에서 머슴을 사는 방원의 아내를 꾀어 대를 이을 자식을 얻으려 한다. 자식만 낳아주면 재산을 모두 주겠다는 신치규의 유혹에 넘어간 아내와 주인 신치규는 방원을 쫓아낼 궁리를 한다. 신치규로부터 집을 나가라는 통고를 받은 방원은 아내와 신치규가 몰래 물레방앗간에서 나오는 것을 목격한다. 처음에는 놀라던 아내와 신치규가 이젠 오히려 큰소리를 치며 방원에게 호통이다. 방원은 신치규를 폭행한 죄로 잡혀가서 감옥을 살고 석 달 후 출옥한다. 그 사이 신치규는 방원의 아내를 데려다 산다. 방원은 세상을 원망하며 칼을 품고 신치규의 집으로 달려간다. 그는 마지막으로 자기와 같이 멀리 달아나자고 아내를 설득하지만 거절당하자 결국 아내를 찌르고 자신도 죽는다.

시퍼런 칼을 들이대었다. 계집은 다시 태연하게,

"말요? 임자의 말을 들을 것 같으면 벌써 들었지요, 이때까지 있겠소? 임자도 나의 마음을 알지요. 임자와 나와 이 년 전에 이곳으로 도망해 올 적에도 전 남편이 나를 죽이겠다고 허리를 찔러 그 흠이 있는 것을 날마다 밤에 당신이 어루만졌지요. 내가 그까짓 칼쯤을 무서워서 나 하고 싶은 것을 못한단 말이오? 힝, 이게 무슨 비겁한 짓이오. 사내 자식이, 자! 찌르려거든 찔러 봐아, 자, 자."

계집은 두 가슴을 벌리고 대들었다. 방원은 너무 계집의 태도가 대담하므로 들었던 칼이 도리어 움찔할 만큼 기가 막혔다.

"자아, 어서 옛날과 같이 나하고 멀리멀리 도망을 가자. 나는 참으로 내 칼로 너를 죽일 수는 없다!"

계집의 눈에는 독이 올라왔다. 광채가 어두운 밤에 번개같이 번쩍거리며,

"싫어요. 나는 죽으면 죽었지 가기는 싫어요. 이제 고만 고렇게 구차하고 천한 생활을 다시 하기는 싫어요. 고만 물렸어요."

"너의 입으로 정말 그런 말이 나오느냐? 너는 나를 우리 고향에 다시 돌아가지 못하게 만들어 놓고, 나의 모든 것을 다 잃어버리게 한 후에, 또 나중에는 세상에서 지옥이라고 하는 감옥소에까지 가게 했지! 그러고도 나의 맨 마지막 소원을 들어 주지 않을 테냐?"

"나는 언제든지 당신 손에 죽을 것까지도 알고 있소! 자! 오늘 죽으나 내일 죽으나 언제든지 죽기는 일반, 이렇게 된 이상 어서 죽이시오."

"정말이냐? 정말이야?"

"정말이오!"

계집은 결심한 뜻을 나타내었다. 방원의 손은 떨리었다. 그리고 그는 눈을 꼭 감고,

"에, 여우같은 년!"

하고 칼끝을 계집의 옆구리를 향하여 힘껏 내밀었다. 계집은 이를 악물고,

"사람 죽인다!"

소리 한 번에 그 자리에 거꾸러졌다. 칼자루를 든 손이 피가 몰리는 바람에 우루루 떨리더니 피가 새어 나왔다. 방원은 그 칼을 빼어 들더니 계집 위에 거꾸러져서 가슴을 찌르고 절명하여 버렸다.

문 제

1. 아내가 남편인 방원을 버리고 신치규를 택한 이유를 쓰시오.
   — 물질적인 욕심이 강한 아내는 가난한 방원과 함께 살 수 없다는 것을 알았다. 속물 근성으로 가득 찬 아내는 인륜보다는 돈과 그 돈을 가지고 있는 신치규를 선택할 수밖에 없다.

2. 물레방앗간이 지니는 상징적 의미를 쓰시오.
   — 신치규와 방원 아내의 밀회 장소이면서 방원과 그의 아내의 죽음의 장소인 물레방앗간은 부정한 애욕과 파탄의 공간이다.

백치 아다다

—계용묵

등장 인물

아다다

김 초시의 딸로 벙어리이며 백치 여인으로 '확실이'라는 이름이 있지만 아다다로 불린다.

수롱

가난한 노총각으로 아다다를 꾀어 신미도에 가서 함께 살아가나 밭 살 돈을 물에 버렸다고 해서 아다다를 죽이는 인물이다.

어머니

아다다의 어머니로 그녀를 몹시 구박한다.

벙어리이며 백치인 '아다다'는 열아홉이 되도록 시집을 못 가다가 논 한 섬지기의 지참금을 얹어서 겨우 시집을 가게 된다. 돈 때문에 아다다를 맞아들인 첫 남편과 그 가족들은 당장의 생활고를 해결해 준 아다다를 극진히 대접한다. 이에 아다다 또한 인생의 참다운 행복을 느끼게 되고 자기를 버린 자식이라고 생각하던 친정에는 절대로 가지 않는다. 그러나 투기로 큰 돈을 벌게 된 남편은 아다다를 배신하고 폭력을 휘두른다. 결국 남편은 새 여자를 데리고 집으로 들어오게 되고, 아다다는 친정으로 쫓겨난다.

이후 아다다는 일년 전부터 아다다에게 마음을 두고 있던 삼십 넘은 노총각 수롱이를 찾아가, 함께 신미도로 가서 산다. 그러나 농사만 짓던 수롱이가 내일의 꿈을 펴 보이며 돈을 꺼내 밭을 사자고 하자, 아다다는 돈 때문에 겪어야 했던 시집에서의 불행을 생각하면서 불안해 한다. 아침 일찍 아다다는 그 돈을 바다에 던져 버리고, 이를 본 수롱이는 화가 나 아다다를 발로 차고, 아다다는 바다로 굴러 떨어져 죽는다.

그날 밤,

아다다는 자리에 누웠으나 잠이 오지 않았다.

남편은 아무런 근심도 없는 듯이 세상 모르고 씩씩 초저녁부터 자 내건만, 아다다는 그저 돈 생각을 하면 장차 닥쳐올 불길한 예감에 잠을 이룰 수가 없었다. 이불을 붙안고 밤새도록 쥐어 틀며 아무리 생각을 해야 그 돈을 그대로 두고는 수롱의 사랑 밑에서 영원한 행복을 누릴 수 있으리라고는 믿기지 않았다.

짧은 봄밤은 어느덧 새어, 새벽을 알리는 닭의 울음 소리가 사방에 처량히 들려온다.

밤이 벌써 새누나 하니, 아다다의 마음은 더욱 조급하게 탔다. 이 밤으로 그 돈에 대한 처리를 하지 못하는 한, 내일은 기어이 거간이 밭을 흥정하여 가지고 올 것이다. 그러면 그 밭에서 나는 곡식은 해마다 돈을 불켜 줄 것이다. 그때면 남편은 늘어 가는 돈에 따라 차차 눈은 어둡게 되어 점점 정은 멀어만 가게 될 것이다. 그 다음에는? 그 다음에는 더 생각하기조차 무서웠다.

닭의 울음 소리에 따라 날은 자꾸만 밝아 온다. 바라보니 어느덧 창은 희그스름하게 비친다. 아다다는 더 누워 있을 수가 없었다. 옆에 누운 남편을 지긋이 팔로 밀어 보았다. 그러나 움쩍하지도 않는다. 그래도 못 믿기는 무엇이 있는 듯이 남편의 코에다 가까이 귀를 가져다 대고 숨소리를 엿들었다. 씨근씨근 아직도 잠은 분명히 깨지 않고 있다. 아다다는 슬그머니 이불 속을 새어 나왔다. 그리고 실경 위에 석유통을 휩쓸어 그 속에다 손을 넣었다. 그리하여 마침내 지전 뭉치를 더듬어서 손에 쥐고는 조심조심 발자국 소리를 죽여 가며 살그머니 문을 열고 부엌으로 내려갔다.

그리고는 일찍이 아침을 지어 먹고 나무새기를 뽑으러 간다고 바구니를 끼고 바닷가로 나섰다. 아무도 보지 못하게 깊은 물 속에다 그 돈을 던져 버리자는 것이다.

솟아오르는 아침 햇발을 받아 붉게 물들며 잔뜩 밀린 조수는 거품을 부걱부걱 토하며 바람결조차 철썩철썩 해안을 부딪친다.

아다다는 바구니를 내려 놓고 허리춤 속에서 지전 뭉치를 쥐어 들었다. 그리고는 몇 겹이나 쌌는지 알 수 없는 헝겊 조각을 둘둘 풀었다. 헤집으니 일 원짜리, 오 원짜리, 십 원짜리 무수한 관 쓴 영감들이 나를 박대해서는 아니된다는 듯이, 모두를 마주 바라본다. 그러나 아다다는 너 같은 것을 버리는 데는 아무런 미련도 없다는 듯이, 넘노는 물결 위에다 휙 내어 뿌렸다.

문 제

1. 아다다가 돈을 버리는 행위의 의미를 서술하시오.
   — 돈과 사랑이 배타적임을 아다다는 경험으로 안다. 사랑을 지속하기 위해서 그녀는 돈을 몰래 버린다.

2. 이 소설의 주인공인 '아다다'를 백치로 설정한 이유를 서술하시오.
   — 스스로 해결할 수 없는 장애라는 근원적 비극성, 그럼에도 불구하고 정신만은 그렇게 순수할 수 없다는 건강성을 대비시켜 한 인간이 지닐 수 있는 아이러니컬한 모습을 두드러지게까지 한다.

동백꽃

—김유정

작품 정리

갈래	단편소설, 순수소설
성격	해학적, 향토적
배경	1930년대 어느 봄날 강원도 산골마을
시점	1인칭 주인공 시점
주제	산골 젊은 남녀의 순수한 사랑

등장 인물

나
소작인의 아들로 우직하고 순박한 청년으로 점순이의 구애를 이해 못하여 거절하나 결국 닭싸움을 계기로 그녀의 구애를 받아들인다.

점순
마름의 딸로 깜찍스럽고 조숙한 처녀다. 적극적인 행위로 자신의 목적을 달성하려는 개성적, 동적 인물이다.

　'나'는 점순네 소작인의 아들인데, 점순이가 걸어오는 닭싸움으로 늘 속이 상했다. 얼마 전에 점순이가 주는 감자를 자존심 때문에 받지 않은 뒤부터 '나'를 못 잡아먹어 안달인 점순이는, 힘쎈 자기네 수탉을 이용해 우리 씨암탉을 괴롭히는가 하면, 잡아 마구 두들겨 패기도 했다. 화가 난 '나'는 우리 수탉에게 고추장을 먹여 기운을 북돋운 다음 싸우게 해 보았지만 실패로 돌아갔다. 오늘도 산에 가서 나무를 하고 내려오는데, 산기슭에서 점순이가 또 닭싸움을 시키고 있었다. 우리 닭은 거의 죽을 지경에 이르렀는데 점순이가 태연히 호드기를 불고 있어 '나'는 화가 날대로 났다. 홧김에 '나'는 점순이네 수탉을 때려 죽인 뒤, 점순이네로부터 땅과 집을 빼앗길까 봐 울음을 터뜨리고 만다. 그러자 점순이가 용서를 해 주겠다고 해서 화해를 하고 동백꽃 속으로 함께 쓰러진다.

1. 나에 대한 점순이의 관심과 갈등은 무엇으로 표출되는가?
　ー 닭싸움.

2. 이 소설에서 보여지는 해학성에 대해 서술하시오.
　ー 나에 대한 점순의 관심과 사랑이 주된 내용인데 점순이의 사람은 '나'만 모른다.
　아직 어린지 아니면 어리숙한지 끊임없는 점순이의 관심을 나만 모른 체 넘어가는 모습에서 해학성을 느낄 수 있다.

봄봄

—김유정

작품 정리

갈래	단편소설, 농촌소설
성격	해학적, 토속적
배경	1930년대 강원도 어느 산골마을
시점	1인칭 주인공 시점
주제	시골 남녀의 순박한 사랑

등장 인물

나(26세)
우직하고 순박한 데릴사위로 사실상 머슴이다. 자신이 처한 현실을 알면서도 탈피할 수 없는 어리숙한 인물로 혼인시켜 준다는 말만 믿고 삼년 칠 개월을 무일푼으로 머슴살이를 하고 있다.

점순(16세)
나의 배필감으로 16살이 되었으나 붙배기 키에 모로만 자란다. 당돌하고 야무진 성격으로 나를 배후에서 조종하는 인물이지만 장인어른과 나의 싸움에는 장인편을 들어 나를 얼이 빠지게 만든다.

장인(봉필)
나의 장인으로 마름이다. 혼인을 핑계로 일만 시키는 교활하고 의뭉한 인물이다.

주인공 '나'는 딸과 결혼시켜 준다는 주인(장인)의 말만 믿고 그 집에서 머슴을 산다. 그러나 장인은 딸이 키가 자라지 않았다는 핑계로 계속 혼례를 미룬다. 봄이 오자 나는 다시 혼례를 시켜 달라고 요구하지만 장인은 여전히 같은 핑계만 댄다. 나는 모를 붓다가 꾀병을 부리고 이로 인해 장인과 다투게 된다. 문제를 해결하기 위해 구장을 찾아갔지만 구장도 장인의 편을 드는 바람에 그냥 되돌아오고 만다. 이렇게 되자 점순은 '나'를 바보라고 부르며, 혼례를 올려달라고 강하게 요청하도록 부추긴다. 나는 들로 일을 나가다가 다시 꾀병을 부리게 되고 이로 인해 장인과 크게 싸워 머리가 터진다. 장인은 나의 상처를 보살펴 주면서 열심히 일을 하면 가을에 혼례를 시켜주겠다고 설득한다. 나는 장인의 말을 고맙게 여기고 일을 하러 간다.

내가 머리가 터지도록 매를 얻어맞은 것이 이 때문이다. 그러나 여기가 또한 우리 장인님이 유달리 착한 곳이다. 여느 사람이면 사경을 주어서라도 당장 내쫓았지, 터진 머리를 불솜으로 손수 지져 주고, 호주머니에 희연 한 봉을 넣어 주고 그리고,

"올 갈엔 꼭 성례를 시켜 주마, 암말 말구 가서 뒷골의 콩밭이나 얼른 갈아라."

하고 등을 뚜덕여 줄 사람이 누구냐.

나는 장인님이 너무나 고마워서 어느덧 눈물까지 났다. 점순이를 남기고 이젠 내쫓기려니, 하다 뜻밖의 말을 듣고,

"빙장님! 인제 다시는 안 그러겠어유!"

이렇게 맹세를 하며 부랴부랴 지게를 지고 일터로 갔다. 그러나 이때는 그걸 모르고 장인님을 원수로만 여겨서 잔뜩 잡아당겼다.

"아! 아! 이놈아! 놔라, 놔!"

장인님은 헛손질을 하며 솔개미에 챈 닭의 소리를 연해 질렀다. 놓긴 왜, 이왕이면 호되게 혼을 내주리라 생각하고 짓궂게 더 당겼다마는 장인님이 땅에 쓰러져서 눈에 눈물이 피잉 도는 것을 알고 좀 겁도 났다.

"할아버지! 놔라, 놔, 놔, 놔, 놔."

그래도 안 되니까.

"애 점순아! 점순아!"

이 악장에 안에 있었던 장모님과 점순이가 헐레벌떡하고 단숨에 뛰어나왔다. 나의 생각에 장모님은 제 남편이니까 역성을 하는지는 모른다. 그러나 점순이는 내 편을 들어서 속으로 고수해 하겠지……. 대체 이게 웬 속인지 (지금까지도 난 영문을 모른다.) 아버질 혼내 주기는 제가 내래 놓고 이제 와서는 달겨들며,

"에그머니! 이 망할 게 아버지 죽이네!"

하고 내 귀를 뒤로 잡아당기며 마냥 우는 것이 아니냐. 그만 여기에 기운이 탁 꺾이어 나는 얼빠진 등신이 되고 말았다. 장모님도 덤벼들어 한 쪽 귀마저 뒤로 잡아채면서 또 우는 것이다. 이렇게 꼼짝도 못하게 해 놓고 장인님은 지게 막대기를 들어서 사뭇 내려조졌다. 그러니 나는 구태여 피하려지도 않고 암만해도 그 속을 알 수 없는 점순이의 얼굴만 멀거니 들여다보았다.

"이 자식! 장인 입에서 할아버지 소리가 나오도록 해?"

1. 나와 장인어른 사이에 갈등의 근본 원인을 쓰시오.

  ― 나는 얼른 혼례를 치러야 하고 장인어른은 나를 일을 더 부려먹어야 한다.

2. 점순이의 역할과 이중성에 대해 서술하시오.

  ― 이 작품에서는 점순이는 자신의 키를 핑계 삼아 혼례를 미루기만 하는 아버지의 처사에 반발하여 어리숙한 '나'를 충동질하는 역할을 맡는다. 그러나 작품의 후반에 와서는 반대로 아버지를 편드는 쪽으로 그 역할을 바꾼다. 전자는 자신의 인간적 욕망(=성례에의 욕구)의 실현을 방해하는 아버지에 대한 불만의 표출이다. 그럼에도 불구하고 점순과 봉필은 혈연으로 맺어진 부녀관계이며, 점순과 '나'는 아직 끈끈하게 맺어진 관계가 아니다. 따라서, 후자는 이러한 두 사람의 혈연관계에 대한 고려 없이 점순이의 충동질을 액면 그대로 받아들여 행동에 옮긴 '나'의 미련함에 대한 질책에 해당한다고 볼 수 있다.

만무방
—김유정

작품 정리

갈래	단편소설
성격	반어적, 토속적, 해학적
배경	1930년대 강원도 산골 농촌
시점	작가 관찰자 시점
주제	일제 강점하 농촌 사회에 가해지는 상황의 가혹함과 그 폐해

등장 인물

응칠
성실한 농민이었지만, 가난에 못이겨 도박과 일확 천금을 꿈꾸는 인물.

응오
모범적인 소작농이지만 자기가 재배한 벼를 훔쳐야 하는 상황에서 고민하는 인물.

형인 응칠이는 부채 때문에 파산을 선언하고 도박과 절도로 전전한다. 그는 아우인 응오의 동네로 와서 하는 일 없이 놀고 먹으면서 지낸다. 한편 동생 응오는 순박하고 성실한 소작농이다. 그러나 가혹한 지주의 착취에 맞서 추수를 거부하게 된다. 이러한 상황에서 응칠은 응오 논의 벼가 도둑 질당하고 있다는 사실을 알게 된다. 마을 사람들은 응오 논의 벼를 도둑질 하는 사람으로 전과 경력을 가지고 있는 응칠을 지목하고 의심한다. 이에 응칠은 자신의 결백함을 증명해 보이기 위해 벼도둑을 잡을 것을 결심한 다. 응칠은 도둑을 잡기 위해 논 근처에 숨어 밤을 새우게 되는데, 깊은 밤 중 도둑을 발견하고 싸움 끝에 도둑을 잡고 만다. 그러나 그 도둑은 다름 아닌 바로 이 논의 벼를 농사지은 동생 응오였다.

본 문

"이 자식, 남의 벼를 훔쳐 가니!"

하고 대포처럼 고함을 지르니 논둑으로 고대로 데굴데굴 굴러서 떨어진 다. 얼결에 호되게 놀란 모양이다.

응칠이는 덤벼들어 우선 허리께를 내려 조졌다. '어이쿠쿠, 쿠.' 하고 처 참한 비명이다. 이 소리에 귀가 번쩍 띄어서 그 고개를 들고 팔부터 벗겨 보았다. 그러나 너무나 어이가 없었음인지 시선을 치걷으며 그 자리에 우 두망찰한다. 그것은 무서운 침묵이었다. 살뚱맞은 바람만 공중에서 북새를 논다. 한참을 신음하다 도적은 일어나더니,

"형님까지 이렇게 못살게 굴기유?"

제법 눈을 부라리며 몸을 홱 돌린다. 그리고 느끼며 울음이 복받친다. 봇 짐도 내버린 채,

"내 것 내가 먹는데 누가 뭐래?"

하고 데퉁스러이 내뱉고는 비틀비틀 논 저쪽으로 없어진다.

형은 너무 꿈속 같아서 멍하니 섰을 뿐이다.

그러나 얼마 지나서 한 손으로 그 봇짐을 들어본다. 가쁜하니 끽 말가웃

이나 될는지. 이까짓 걸 요렇게까지 해 가려는 그 심정은 실로 알 수 없다. 벼를 논에다 도로 털어 버렸다. 그리고 안해의 치마껜지 검은 보자기를 척척 개서 들었다. 내 걸 내가 먹는다. — 그야 이를 말이랴. 허나 내 걸 내가 훔쳐야 할 그 운명도 얄궂거니와 형을 배반하고 이 짓을 벌인 아우도 아우였다. 에이 고연 놈, 할 제 볼을 적시는 것은 눈물이다. 그는 주먹으로 눈물을 쓱 부비고 머리에 번쩍 떠오르는 것이 있으니 두레두레한 황소의 눈깔. 시오 리를 남쪽 산으로 들어가면 어느 집 바깥 들에 밤마다 늘 매어 있는 투실투실한 그 황소. 아무렇게 따지든 칠십 원은 갈 데 없으리라. 그는 부리나케 아우의 뒤를 밟았다.

공동 묘지까지 거반 왔을 때에야 가까스로 만났다. 아우의 등을 탁 치며,
"얘, 좋은 수가 있다. 네 원대로 돈을 해 줄게 나하구 잠깐 다녀오자."

씩씩한 어조로 기쁘도록 달랬다. 그러나 아우는 입 하나 열려고 하지 않고 그대로 실쭉하였다. 뿐만 아니라 어깨 위에 올려 놓은 형의 손을 부질없단 듯이 몸으로 털어 버린다. 그리고 뼉 달아난다. 이걸 보니 하 엄청나고 기가 콱 막히었다.

문 제

1. 응오가 자신의 논에 벼를 베지 않고 훔치는 행위에 대해 서술하시오.
  — 응오는 소작한 땅에서 곡식을 거둬 봐야 소작료를 주고 나면 남는 게 없다. 병든 아내 때문이라도 돈이 필요했고 결국 자기 논의 벼를 훔치는 일을 벌인다.

2. 이 작품에서 보여지는 1930년대 농촌 현실에 대해 서술하시오.
  — 고생해서 농사를 지어 봐야 떼일 것 떼이고 나면 빈손인 상황에서 사람들은 노름과 같은 행동을 서슴지 않는다. 무엇보다도 제 논의 벼를 훔쳐 먹을 정도로 현실은 열악하기 그지없다. 그리고, 응칠이를 통해 구체화되고 있듯이 가정이 파산을 하고 뿔뿔이 흩어져 유랑 걸식하는 사람도 늘어났다. 병든 아내를 두고 약도 제대로 쓰지 못하고 마냥 기다리고 있는 절망의 시기이기도 했다. 무엇보다도 심각한 것은 물질의 결핍만이 아니라, 정신적 파탄까지 함께 이어지고 있다는 점이다.

금 따는 콩밭

—김유정

작품 정리

갈래	단편소설, 농촌소설
성격	향토적, 해학적
배경	1930년대 강원도 산골
시점	작가 관찰자 시점
주제	절망적 현실에서 허황된 꿈과 욕망을 추구하는 인간의 어리석음

등장 인물

영식

금광에는 이력도 흥미도 없는 성실하고 우직한 농사꾼. 수재의 꾀임에 빠져 금을 찾으려하다 콩밭만 망치는 안타까운 인물.

영식의 처

섣부르게 농사만 짓다가는 비렁뱅이가 될 수밖에 없다고 단정하고 남편을 부추겨 일을 저질러 놓고 보자는 아낙네.

수재

일확천금의 횡재를 노리며 금줄을 찾아 헤매며 남을 충동질하는 허황된 사내.

영식은 뜨거운 햇빛을 받으면서 콩밭을 괭이로 파고 있다. 동네 어른들은 미친 짓은 그만두고 순리대로 콩이나 가꾸어 먹으라고 하지만 영식은 눈앞에 나타날 금줄을 생각하며 암팡스레 곡괭이질을 한다. 마름도 콩 소출이 줄어드는 것을 어떻게 책임을 질 것이냐고 닦달하지만 그런 말이 영식의 귀에 들어올 리가 없다. 영식은 친구 수재의 말을 철썩같이 믿고, 산 너머에 있는 금맥이 이 콩밭 밑으로 흐르고 있는 것을 기대한다. 수재가 와서 콩밭 밑에 있는 금을 캐자고 제의했을 때 처음엔 몇 차례 거절했으나, 술을 사가지고 와서 감언이설(甘言利說)로 꼬드기고 아내가 옆구리를 찌르는 바람에 승낙하여 수재와 같이 콩밭을 파고 들어가 금맥을 찾게 된 것이다. 그는 쌀을 빌려다가 산제를 지내고는 금이 나올 것을 상상하며 꿈에 부풀어 있다. 그러나 수재는 금이 나올 수 없다는 것을 알고는 영식에게 흙 속에도 금이 있다고 속여 말하곤 그날 밤으로 줄행랑을 치려고 마음먹는다.

밭 한가운데다 자리를 펴고 그 위에 시루를 놓았다. 그리고 시루 앞에다 공손하고 정성스레 재배를 커다랗게 한다.

"우리를 살려 줍시사. 산신께서 거들어 주지 않으면 저희는 죽을 밖에 꼼짝 수 없습니다유."

그는 손을 모으고 이렇게 축원하였다.

암상을 참고 바르다가 이윽고 아내는 등에 업은 어린애를 끌러 들었다. 남편에게로 그대로 밀어 던지니 아이는 까르륵 하고 숨 모으는 소리를 친다. 그리고 아내는 돌아서서 혼자말로,

"콩밭에서 금을 딴다는 숙맥도 있담."

하고 빗대 놓고 비양거린다.

"이년아, 뭐!"

남편은 대뜸 달려들며 그 볼치에다 다시 올찬 황밤을 주었다. 적이나 하면 계집이니 위로도 하여 주련만 요건 분만 폭폭 질러 놓려나. 예이 빌어먹

을 거 이판사판이다.

"너허구 안 산다. 오늘루 가거라."

아내를 와락 떠다밀어 밭둑에 젖혀 놓고 그 허구리를 발길로 퍽 질렀다. 아내는 입을 헉 하고 벌린다.

"터졌네, 터져."

수재는 눈이 휘둥그렇게 굴문을 뛰어나오며 소리를 친다. 손에는 흙 한 줌이 잔뜩 쥐었다.

"뭐?"

하다가,

"금줄 잡았어, 금줄."

"응!"

하고 외마디를 뒤남기자 영식이는 수재 앞으로 살같이 달려들었다.

"그 흙 속에 금이 있지요?"

영식이 처가 너무 기뻐서 코다리에 고래등같은 집까지 연상할 제, 수재는 시원스러이,

"네, 한 포대에 오십 원씩 나와유."

하고 오늘 밤에는 정녕코 달아나리라 생각하였다. 거짓말이란 오래 못 간다. 봉이 나서 뼈다귀도 못 추리기 전에 훨훨 벗어나는 게 상책이겠다.

문 제

1. 이 소설은 금 때문에 콩밭을 망친다는 이야기이다. 즉 일확천금을 위해 농사를 버린다는 내용에서 보여지는 당대의 현실 상황을 서술하시오.

   ― 농사 외에는 달리 생계 수단이 없었고 매년 반복되는 삶에 쌓여 가는 빚은 일확천금을 꿈꿀 수밖에 없는 현실이 되어 버린다.

2. 인간은 누구나 일확천금을 꿈꾼다 해도 과언이 아닐 정도로 복권이다 도박이다 해서 사행성이 만연되어 있다. 혹 자신이 꿈꾸는 일확천금은 무엇인지 서술하시오. (600자 내외)

날개

—이상

작품 정리

갈래	단편소설, 심리소설
성격	고백적, 상징적
배경	1930년대 서울 어느 날
시점	1인칭 주인공 시점
주제	무력한 삶과 자아 분열 속에서 벗어나 본래의 자아를 찾고자 하는 의지

등장 인물

나

직업 없는 지식인으로 매춘하는 아내에 기생해 권태로운 삶을 살고 있지만 내면에는 사회로 복귀하고자 하는 희망이 희미하게 남아 있다.

아내

남편보다 우월한 존재로 종속상태에 놓여있는 남편 위에 군림하는 여성이다.

'나'는 접객업소에 나가는 아내와 유곽과 같은 33번지 어떤 방에 세를 들어 살면서 그날 그날을 의욕도 없이 방에서 뒹굴며 산다. 아내는 상당한 미인이며, 나는 아내의 미모를 내심 사랑하고 있다. 그런데 어느 날 아내의 방에 손님이 찾아온다. 아내는 그 곳에서 음식을 시켜 먹고 몸을 팔기도 한다. 그럼에도 불구하고 나는 그것에 대해서 아무런 반응을 보이지 않는다. 나는 단지 아내가 주는 밥을 먹을 뿐이고, 아내가 자기의 직업 때문에 나라는 존재를 불편하게 여기고 수면제를 주면 그것을 먹고 잠을 잘 뿐이다. 나는 그 수면제가 아스피린인 줄 알고 먹은 후 낮잠을 자거나 혼자서 공상에 잠기며 시간을 보내는 것이다.

그러던 어느 날 나는 아내를 연구한다. 나는 아내가 외출하고 나면 아내의 화장품 냄새를 맡고 돋보기로 화장지를 태우면서 아내의 체취를 맡는다. 나를 죽음으로 몰고 갔을지도 모를 수면제를 한 번에 여섯 알이나 먹고 일 주일 동안 자고 일어난 나는 아내의 매음 행위를 본 후 '나를 낮이나 밤이나 재워 놓고 아내가 무슨 짓을 했는가?' 하는 생각으로 모순에 봉착한다. 나는 바지 주머니 속에 남은 돈을 가지고 미스꼬시 백화점 옥상에 올라 26년간의 과거를 생각한다. 나는 정오의 사이렌이 울릴 때 현란한 거리의 풍경을 바라보면서 '날개야 다시 돋아라. 날자. 날자. 날자. 한 번만 더 날자꾸나. 한 번만 더 날아 보자꾸나.'라고 외친다.

1. 내게 의식의 전환을 가져온 것은 무엇 때문일까요?
   — 정오의 사이렌 소리.

2. 소설의 마지막에서 나타난 '날자, 날자……, 한 번 만 더 날자꾸나'의 의미를 서술하시오.
   — 과거의 삶은 갇혀진 공간에서의 삶이다. 내 의지가 없이 사육되어지는 삶에서 내 의지대로의 삶으로 전환을 의미한다고 할 수 있다.

메밀꽃 필 무렵
—이효석

작품 정리

갈래	단편소설, 낭만주의소설
성격	서정적, 사실적
배경	1920년대 어느 여름 낮부터 밤까지 봉평에서 대화 장터로 가는 길
시점	전지적 작가 시점
주제	떠돌이 삶의 애환과 육친의 정

등장 인물

허 생원
장돌뱅이로 과거의 추억 속에 사는 고독한 인물.

동이
젊은 혈기와 순수함을 가진 젊은이.

조 선달
허 생원의 친구로 순박한 성격을 지닌 장돌뱅이다.

봉평장 파장 무렵, 왼손잡이인 허 생원은 장사가 시원치 않아 속상해 한다. 그는 동료인 조 선달에 이끌려 충줏집을 찾게 되는데, 그 곳에서 어린 장돌뱅이 동이를 만나게 된다. 허 생원은 머리에 피도 안 마른 것이 계집하고 농탕질을 친다고 따귀를 올려붙인다. 허 생원은 불편한 마음을 가지고 조 선달과 술을 먹고 있는데, 동이가 달려와, 나귀가 밧줄을 끊고 난리를 친다고 한다. 이에 허 생원은 동이를 기특해 하고, 그들은 다음 장터인 대화로 떠난다. 허 생원은 달빛 아래 펼쳐지는 그윽한 정경 속에서 조 선달에게 자신이 예전에 노름판에서 돈을 다 날렸다는 것, 물레방앗간에서 성 서방네 처녀를 만났다는 것, 그녀와 관계를 맺었다는 것 등을 또다시 들려준다.

이러한 이야기 끝에 허 생원은 동이가 홀어머니를 모시고 산다는 사실을 알게 된다. 그러는 도중에 허 생원은 나귀 등에 떨어져 물에 빠진다. 그 때 동이가 부축해서 업어 준다. 허 생원은 마음에 잡히는 것이 있어 동이에게 물어 본다. 그리고 동이의 어머니의 고향이 봉평임을 알아낸다. 허 생원은 어둠 속에서 동이가 자기처럼 왼손잡이임을 눈여겨 본다.

1. 달밤의 역할에 대해 서술하시오.
   - 달밤은 서정적이며 신비한 분위기를 자아낸다. 달밤만 되면 허 생원은 과거의 추억에 잠긴다. 오늘 밤도 달밤의 분위기에 취해 성 서방네 처녀와의 첫사랑을 그리워한다.

2. 이 작품은 허 생원의 떠돌이 삶을 지나치게 낭만적으로 그려내고 있다. 떠돌이 삶이 아름다울 수 있는지 작가는 왜 이렇게 아름답게 묘사하고 있는지에 대해 서술하시오.
   - 허 생원의 떠돌이 삶은 낭만적이다. 물론 과거 회상부분에서는 삶의 어려움도 나타나기는 하지만 달밤으로 대변되는 부분에서는 아름답기까지 하다. 삶의 어려움을 고통스럽게 보이기보다는 아름답게 표현한 작가는 추억의 아름다움을 간직하게 하기 위해서이다.

산
—이효석

작품 정리

갈래	단편소설
성격	낭만적, 묘사적
배경	가을 산
시점	전지적 작가 시점
주제	한 인간의 소박한 삶과 자연애

등장 인물

중실
주인인 김 영감의 오해로 집에서 쫓겨나와 산에 살면서 자연과의 교감
으로 행복을 느낀다.

용녀
중실이가 사모하는 여인이나 실제 등장하지는 않는다.

둥글개
김 영감의 첩이나 실제 등장하지는 않는다.

줄거리

'중실'은 머슴살이 7년 만에 아무것도 쥔 것 없이 맨 주먹으로 주인집에서 쫓겨났다. 김 영감의 첩 '둥글개'를 건드렸다는 오해로 그 집을 나오게 된 것이다. 그는 갈 곳이 없어 빈 지게를 걸머지고 산으로 들어간다. 그는 산에서 벌집을 찾아내어 담배 연기를 사용해 꿀을 얻었고, 산불 덕택에 불에 타 죽은 노루를 얻어 여러 날 양식으로 사용할 수 있었다. 다만, 한 가지 아쉬운 것은 소금이었다. 어느 날, 그는 나무를 팔러 마을 장에 내려와 나무 판 돈으로 감자, 좁쌀, 소금, 냄비를 샀다. 그리고 김 영감의 첩이 면서기 최씨와 줄행랑을 쳤다는 소식도 들었다. 지금쯤 머슴을 내쫓고 뉘우치고 있을 김 영감을 위로하고 싶었으나, 그는 다시 산이 그리워져 물건들을 지게에 지고 산으로 올라간다.

그는 이웃집 용녀를 생각한다. 그녀와 더불어 오두막 집을 짓고 감자밭을 일구며 염소, 돼지, 닭을 칠 것을 상상해 본다. 그리고 낙엽을 잠자리로 삼아 별을 헤면서 잠을 청한다. 하늘의 별이 와르르 얼굴 위에 쏟아질 듯싶게 가까웠다 멀어졌다 한다. 별을 세는 동안에 '중실'은 제 몸이 스스로 별이 됨을 느낀다.

본 문

나무하던 손을 쉬고 중실은 발 밑의 깨금나무 포기를 들쳤다. 지천으로 떨어지는 깨금알이 손 안에 오르르 들었다. 익을 대로 익은 제철의 열매가 어금니 사이에서 오드득 두 쪽으로 갈라졌다.

돌을 집어 던지면 깨금알같이 오드득 깨어질 듯한 맑은 하늘, 물고기 등같이 푸르다. 높게 뜬 조각 구름 떼가 해변에 뿌려진 조개 껍질같이 유난스럽게도 한편에 옹졸봉졸 몰려들었다. 높은 산등이라 하늘이 가까우련만 마을에서 볼 때와 일반으로 멀다. 구만 리일까, 십만 리일까. 골짜기에서의 생각으로는 산기슭에만 오르면 만져질 듯하던 것이 산허리에 나서면 단번에 구만 리를 내빼는 가을 하늘.

산속의 아침나절은 졸고 있는 짐승같이 막막은 하나 숨결이 은근하다. 휘엿한 산등은 누워 있는 황소의 등어리요 바람결도 없는데 쉴새없이 파르르 나부끼는 사시나무 잎새는 산의 숨소리다. 첫눈에 띄는 하아얗게 분장한 자작나무는 산속의 일색. 아무리 단장한대야 사람의 숨결이 그렇게 흴 수 있을까. 수뿍 들어선 나무는 마을의 인총(人總)보다도 많고 사람의 성보다도 종자가 흔하다. 고요하게 무럭무럭 걱정 없이 잘들 자란다. 산오리나무, 물오리나무, 고루쇠나무, 골짜기에는 산나무, 아그배나무, 갈매나무, 개옷나무, 엄나무. 산등에 간간이 섞여 어느 때나 푸르고 향기로운 소나무, 잣나무, 전나무, 노가지나무 – 걱정 없이 무럭무럭 잘들 자라는 – 산속은 고요하나 웅성한 아름다운 세상이다. 과실같이 싱싱한 기운과 향기. 나무향기, 흙 냄새, 하늘 향기. 마을에서는 찾아볼 수 없는 향기다.

낙엽 속에 파묻혀 앉아 깨금을 알뜰히 바수는 중실은 이제 새삼스럽게 그 향기를 생각하고 나무를 살피고 하늘을 바라보는 것이 아니었다. 그런 것은 한데 합쳐서 몸에 함빡 젖어들어 전신을 가지고 모르는 결에 그것을 느낄 뿐이다. 산과 몸이 빈틈없이 한데 얼린 것이다. 눈에는 어느 결엔지 푸른 하늘이 물들었고 피부에는 산 냄새가 배었다. 바심할 때의 짚북데기보다도 부드러운 나뭇잎 – 여러 자 깊이로 쌓이고 쌓인 깨금잎, 가락잎, 떡갈잎의 부드러운 보료 – 속에 몸을 파묻고 있으면 몸뚱어리가 마치 땅에서 솟아난 한 포기의 나무와도 같은 느낌이다. 소나무, 참나무, 총중의 한 대의 나무다. 두 발은 뿌리요 두 팔은 가지다. 살을 베면 피 대신에 나무진이 흐를 듯하다.

문 제

1. 이 작품에서 보여지는 작가의 자연관은 무엇일까요?
   – 자연과 자아를 융합하는 물아일체적 삶의 모습을 보인다.

2. 머슴살이와 산중의 생활을 그려 봅시다.
   – 머슴살이의 삶은 갈등과 미움의 세계였다. 갈등과 미움의 모습은 욕심과 의심에서 비롯된다. 하지만 산중의 생활은 사랑의 세계이다. 아름다운 자연 속에서 원시적인 삶을 살아가면서 자연과 인간의 합일된 모습을 보여준다.

낙동강

—조명희

작품 정리

갈래	단편소설
성격	민족주의적
배경	1920년대 조선의 낙동강변
시점	3인칭 전지적 작가 시점
주제	식민지하의 피폐한 농촌 현실과 이를 개혁하려던 혁명가의 비극적 삶

등장 인물

박성운

낙동강 어부의 자손으로 사회주의 운동가. 일본 경찰에게 검거되어 모진 고문을 당한 후 사망한다.

로사

백정의 딸로 신식교육을 받은 여성. 안일한 삶을 거부하고 박성운을 도와 농촌 사업에 헌신한다. 이 이름은 폴란드 출신 사회주의 혁명가인 로사 룩셈부르크에서 연유한다.

　낙동강 강가 어부의 자손인 박성운은 배우지 못한 한을 물려주지 않으려
는 아버지의 소원으로 농업학교를 졸업하고 군청 농업조수로 일하게 된다.
　그러나 기미년에 독립운동에 참여하여 옥살이를 하고 나오니, 어머니는
돌아가시고 아버지는 집도 없이 누이에게 얹혀 지내고 있었다. 유랑민 틈
에 끼어 서간도로 간 성운은 그 곳에서 사회주의 이념에 깊이 공감하고 고
향으로 돌아와 브나로드운동에 전념한다. 농촌 야학을 실시하여 소작조합
을 결성하나 동양척식주식회사의 탄압으로 실패하고, 일본인에게 불하된
낙동강 기슭의 갈대밭을 되찾기 위해 일하다가 투옥되기도 한다. 한편, 성
운의 농민 운동에 감화된 로사는 농민 운동에 뛰어들고, 두 사람은 혁명 동
지이자 연인으로서 같은 길을 걷기로 다짐한다. 성운은 로사에게 봉건적
여성관을 떨쳐 버리고 혁명 여성으로서의 길을 갈 것을 고취한다. 그러나
성운은 병이 악화되어 사망하고 로사는 그의 유지를 계승할 것을 결심하
여 중국으로 떠난다.

본　문

　낙동강 칠백 리, 길이길이 흐르는 물은 이곳에 이르러 곁가지 강물을 한
몸에 뭉쳐서 바다로 향하여 나간다. 강을 따라 바둑판 같은 들이 바다를 향
하여 아득하게 열려 있고 그 넓은 들 품안에는 무덤무덤의 마을이 여기저
기 안겨 있다.
　이 강과 이 들과 거기에 사는 인간 – 강은 길이길이 흘렀으며, 인간도 길
이길이 살아왔었다. 이 강과 이 인간, 지금 그는 서로 영원히 떨어지지 않
으면 아니 될 건가?
　봄마다 봄마다
　불어 내리는 낙동강물
　구포벌에 이르러
　넘쳐 넘쳐흐르네.
　흐르네 – 에 – 헤 – 야.
　철렁철렁 넘친 물

들로 벌로 퍼지면
만 목숨 만만 목숨의
젖이 된다네.
젖이 된다네 – 에 – 헤 – 야.
이 벌이 열리고
이 강물이 흐를 제
그 시절부터
이 젖 먹고 자라왔네
자라왔네 – 에 – 헤 – 야.
천 년을 산 만 년을 산
낙동강! 낙동강!
하늘가에 간들
꿈에나 잊을쏘냐.
잊힐쏘냐 – 이 – 히 – 야.

어느 해 이른봄에 이 땅을 하직하고 빨리 서북간도로 몰려가는 한 떼의 무리가 마지막 이 강을 건널 제, 그네들 틈에 끼여 가는 한 청년이 있어 뱃전을 두드리며 구슬프게 이 노래를 불러서, 가뜩이나 이 슬퍼하는 이사꾼들로 하여금 눈물을 자아내게 하였다 한다.

과연, 그네는 뭇강아지 떼같이 이 땅 어머니의 젖꼭지에 매달려 오래오랫동안 살아왔다. 그러나 그 젖꼭지는 벌써 자기네 것이 아니기 시작한지도 오래였다. 그러던 터에 엎친 데 덮친다고 난데없는 이리 떼 같은 무리가 닥쳐와서 물어박지르며 **빼앗아** 먹게 되었다. 인제는 한 모금의 젖이라도 입으로 들어가기 어렵게 되었다. 하는 수 없이 이 땅에서 표박하여 나가게 되었다. 이렇게 된 것을 우리는 잠깐 생각하여 보자.

이네의 조상이 처음으로 이 강에 고기를 낚고, 이 벌에 곡식과 열매를 딴 때부터 세지도 못할 긴 세월을 오래오래 두고 그네는 참으로 자유로웠다. 서로서로 노래 부르며, 서로서로 일하였을 것이다. 남쪽 벌도 자기네 것이요, 북쪽 벌도 자기네 것이었다. 동쪽도 자기네 것이요, 서쪽도 자기네 것이었다.

그러나 역사는 한 바퀴 굴렀었다. 놀고먹는 계급이 생기고, 일하여 먹여 주는 계급이 생겼다. 다스리는 계급이 생기고, 다스려지는 계급이 생겼다. 그로부터 임자 없던 벌판에 임자가 생기고 주림을 모르던 백성이 굶주려 가기 시작하였다. 하늘에 햇빛도 고운 줄을 몰라 가게 되고, 낙동강의 맑은 물도 맑은 줄을 몰라 가게 되었다. 천 년이다. 오천 년이다. 이 기나긴 세월을 불평의 평화 속에서 아무 소리 없이 내려왔었다. 그네는 이 불평을 불평으로 생각지 아니하게까지 되었다. 흐린 날씨를 참으로 맑은 날씨인 줄 알듯이. 그러나 역사는 또 한 바퀴 구르려고 한다. 소낙비 앞잡이 바람이다. 깃발이 날리었다. 갑오동학이다. 을미운동이다. 그 뒤에 이 땅에는, 아니 이 반도에는 한 괴물이 배회한다. 마치 나래치고 다니는 독수리같이, 그 괴물은 곧 사회주의이다. 그것이 지나치는 곳마다 기어가는 암나비 궁둥이에 수없는 알이 쏟아지는 셈으로 또한 알을 쏟아 놓고 간다. 청년운동, 농민운동, 형평운동, 노동운동, 여성운동……. 오천 년을 두고 흘러가는 날씨가 인제는 먹장구름에 싸여 간다. 폭풍우가 반드시 오고야 만다. 그 비 뒤에는 어떠한 날씨가 올 것은 뻔히 알 노릇이다.

문 제

1. 낙동강의 의미를 서술하시오.
   — 낙동강은 과거나 현재나 그 유장한 흐름을 지속하고 있다. 그 강과 더불어 파란만장한 애환의 삶을 살아온 우리 역사를 고스란히 안고 흐르는 것으로 상징화된다.

2. 서두에 보이는 삽입 민요는 작품 속에서 어떤 기능을 하는지 서술하시오.
   — 낙동강을 소재로 한 민요인데, 그 주제는 낙동강이 이 민족의 젖줄이었다는 것이다. 그런데 이 노래를 부르는 자들은 지금 이 강을 떠나 북으로 이주하는 유랑민이다. 낙동강을 떠나 전혀 생소한 세계로 향해 가는 그들의 두려움과 애환이 대조적으로 그려지는 것이다. 따라서 이 민요는 우리 민족의 고달픈 삶의 애환을 극화하는 효과를 띤다고 하겠다.

성황당

—정비석

등장 인물

순이
현보의 아내로 남편 숯 굽는 일을 도우며, 성황당을 의지하고 사는 순박한 여인.

현보
숯을 구워 팔며 생업을 삼다가 김 주사의 고발로 경찰서에 끌려간다.

김 주사
산림 간수로 순이의 마음을 사려하지만 실패하고 칠성에게 상처를 입는다.

칠성
광산에서 일하는 젊은이로 순이를 유혹하나 실패한다.

줄 거 리

가난 때문에 스물여덟이 되도록 장가를 못 간 '현보'는 코흘리개 열네 살 먹은 '순이'를 4년 전에 아내로 맞이하여 행복하게 살고 있다.

'순이'가 숯가마에 불을 때다가 더위를 참지 못하여 개울에서 목욕을 하고 있는 모습을 엿본 김 주사는 '현보'에게 죄를 씌워 그를 경찰서에 갇히게 한 후 '순이'를 유혹한다. 이때 평소부터 '순이'를 좋아하던, '칠성'이가 찾아와 순이를 가운데 놓고 김 주사와 싸움을 벌여 김 주사의 머리에 상처를 입히고는 종적을 감춘다.

며칠 뒤, '순이'가 산속에서 쉬고 있을 때 '칠성'이가 나타나서는 '현보'는 앞으로 3년은 감옥살이를 하게 될 것이라는 말과 함께 분홍 항라 적삼과 수박색 치마를 내놓자 마음이 흔들린 순이는 그를 따라 나선다. 그러나 '순이'는 현보와 성황당을 생각하며 숲에 옷을 벗어 놓고 현보가 사 준 흰 고무신만 손에 쥐고 집으로 향한다. 집에서는 현보가 그녀를 기다리고 있었다.

본 문

'칠성이를 따라가는 것이 옳을까?'

순이는 풀밭에 주저앉고 싶었다. 그러나 풀밭에 주저앉으면 안 된다구 해 순이는 불안스러웠다. 장차 알지도 못하는 지방으로 가는 것이 더더구나 불안스러웠다.

"이제 가는 데두 산이 많은가요?"

하고 순이는 물었다.

"산이 뭐야, 들판이다. 그까짓 산 댈까."

"그럼 노루나 꿩 같은 건 없갔구만요?"

"없구말구!"

"부엉이랑 뻐꾸기 같은 것두?"

"그 따우두 다 없어! 그래두 사람은 많다. 살기 좋은 곳인 줄만 알갔디!"

"고사리, 도라지 같은 산나물은 있나?"

"산이 없는데 그런게 어디 있누! 글쎄 근심 말어. 썩 좋은 데 데리구 갈 터이니."

그러나 순이는 기분이 내키지 않았다. 가는 곳이 아무리 좋다 해도 산이 없고 나무가 없다면, 그 허허벌판에서 무엇에 마음을 의탁하고 살아간단 말인가? 더구나, 공연히 사람만 많이 모여서 복작복작 들끓는다는 그런 곳에 가서…….

사람만 많은 곳에 가서, 지금처럼 고운 저고리에 고운 치마를 입고 마음대로 주저앉지도 못하고, 새색시처럼 곱다랗게 앉아 있어야만 한다면 무슨 재미로 살아간다는 말인가?

순이는 문득 천마령 안골짜기 자기 집이 그리웠다. 오막살이일망정 고대 광실 부럽지 않게 정다운 그 집이었다. 지금쯤은 앞산 뒷산에서 부엉이, 접동새가 울고 있으리라 생각하니 삼십 리밖에 떨어지지 않은 여기부터가 싫었다. 순이는 고운 옷 입은 기쁨도 사라졌다. 그는 불현듯 현보가 그리웠다. 성황님께 어젯밤 그만큼이나 치성을 올렸고 또 오늘 아침에 까치도 지저귀었으니, 지금쯤은 현보가 집에 돌아왔을지도 모르리라 싶었다.

'현보가 왔다면 나를 얼마나 기다릴까?'

현보와 둘이서 나무를 하고 숯 굽던 장면이 문득 떠올랐다. 아무리 생각해도 순이는 천마령과 현보를 떠나서는 살아갈 재미도 없거니와 살지도 못할 것 같았다. 더구나, 죄를 지으면 성황님이 벌을 준다는데, 삼백 리가 멀다고 벌 못 주랴 싶어, 순이는 고대 집으로 돌아가지 않고서는 안 될 것 같았다.

문 제

1. 순이가 칠성이를 따라가다가 다시 산속으로 돌아오는 이유를 서술하시오.
   - 순이에게 산은 그녀의 삶의 모두라 할 수 있기 때문에 산을 떠나서는 살 수 없다.

2. 성황당의 의미와 기능을 서술하시오.
   - 순이는 성황님이 모든 것을 주제하고 있다고 믿는다. 그래서 성황님은 순이의 삶과 함께 존재한다. 성황당은 자연과 인간이 일체화된 경지를 보여주며 주제를 드러내는 기능을 한다.

모범 경작생

— 박영준

작품 정리

갈래	단편소설, 농민소설
성격	사실주의적
배경	1930년대 어느 궁핍한 농촌
시점	전지적 작가 시점
주제	부조리한 농촌 현실에 대한 고발

등장 인물

길서
마을에서 유일하게 보통학교까지 나온 모범 청년이다. 그러나 동네 사람들의 어려운 생활에는 아랑곳하지 않고 오직 자신의 이익만을 위해 관리들의 비위를 맞추는 기회주의자다.

의숙
성두의 여동생으로 길서의 애인이다. 길서 때문에 고민하면서도 울음으로 일관하는 소극적 인물.

성두
의숙의 오빠로 길서의 친구이나 대립적 인물로 바뀐다.

김길서는 마을에서 유일하게 보통 학교를 졸업한 젊은이다. 그는 농사 강습회 요원으로 선발되어 서울로 떠나 마을 사람들의 부러움을 산다. 서울에서 돌아온 길서는 마을 사람들에게 호경기가 곧 올 것이니 부지런히 일하자고 말한다. 길서는 면사무소 뚱뚱보 서기에게 일본 시찰단에 뽑히도록 힘써 줄 테니 한턱 내라는 말을 듣는다. 한편 병충해로 수확이 반감될 것을 예상한 마을 사람들은 수심에 가득 차서, 길서에게 지주를 찾아가 감세를 교섭해 달라고 부탁해 보지만, 길서는 그들의 말에 귀를 기울이지 않는다. 이에 마을 사람들은 길서의 논 앞에서 '모범 경작생'이라고 쓴 팻말을 원망스럽게 쳐다본다. 길서는 시찰단으로 뽑혀 일본으로 떠나고, 동네 사람들은 지주를 찾아가 감세를 사정해 보지만, 거절당한다. 뽕나무 묘목 값은 엄청나게 비싸지고 호세도 크게 오른다. 모두가 길서의 짓이었다는 것을 안 마을 사람들은 누구 하나 그를 좋게 이야기하지 않는다. 일본에 다녀오는 길에 길서는 팻말이 쪼개져 길에 흩어져 있는 것을 보고 놀란다. 길서는 밤이 이슥하여 일본에서 사 온 바나나를 들고 의숙을 찾아가지만 그녀는 얼굴을 돌리고 울기만 한다. 그러자 길서의 마음은 더욱 불안해지고 성두가 충혈된 얼굴로 뛰어들자 길서는 들고 있던 바나나를 들고 뒷문으로 도망친다.

그들은 할 수 없으므로 성두의 말대로 길서를 시켜 읍내 지주 서재당에게 가서 금년만 도지를 조금 감해 달래 보자고 했다. 그러나 길서는 자기와 관계가 없을 뿐 아니라 정해 놓은 도지를 곡식이 안 되었다고 감해 달라는 것은 흔히 일어나는 소작쟁의와 같은 당치 않은 짓이라고 해서 거절했다. 그리고는 며칠 있다가 일본 시찰단으로 뽑히어 떠나가 버렸다. 동네 사람들은 어찌할 줄을 몰랐다. 더구나, 금년 겨울에는 기어이 잔치를 하려고 하던 성두는 가끔 우는 얼굴을 하곤 했다. 그들은 할 수 없이 큰 마음을 먹고 떼를 지어 읍내로 들어가 서재당에게 사정을 말해 보았으나 물론 들어주지 않았다. 오히려 아들을 분가시킨 관계로 돈이 물린다는 근심까지 들었다.

"너희들 마음대로 그렇게 하려거든 명년부터는 논을 내놓아라."

하는 말에는 더 할 말이 없어 갈 때보다도 더 기운 없이 돌아왔다. 그들은 돌아가는 길에 길서의 논 앞에 서서 '모범 경작생'이라고 쓴 말뚝을 부럽게 내려다보았다.

볏대가 훨씬 큰데 이삭이 한 길만치 늘어선 것이 여간 부럽지 않았다. 그러나 말도 잘하고 신망도 있다고 해서 대신 교섭을 해 달라고 부탁했음에도 불구하고 못 들은 체 들어 주지 않은 길서가 미웠다.

"나도 내 땅이 있어 비료만 많이 하면 이삼 곱을 내겠다. 그까짓 것……."

기억이가 침을 탁 뱉으며 말했다. 며칠 뒤 그들이 다시 놀란 것은 값도 모르는 뽕나무 값이 엄청나게 비싸진 것과, 십삼 등 하던 호세가 십일 등으로 올라간 것이다.

그것보다도 십 등이던 길서네만은 그대로 십등에 있는 것이 너무도 이상했다. 길서네는 그래도 작년에 돈을 모아 빚을 주었으나, 다른 사람들은 흉년까지 만나 먹고 살 수도 없는데 호세만 올랐다는 것이 우스우면서도 기막힌 일이었다. 무엇을 보고 호세를 정하는지 알 수 없었다.

흉년, 그러면서도 도지를 그대로 바쳐야 하는 데다가 호세까지 오른 그들의 세상은 캄캄했다.

'아마 북간도나 만주로 바가지를 차고 떠나야 하는가 보다.'

성두는 혼자 생각했다. 그들은 마을에 대한 애착심도 잊었고, 제 고장이라는 것도 생각하기 싫었다. 다만 못 살 놈의 땅만 같았다.

마을 사람들은 길서의 장난으로 호세까지 올랐다는 것을 다음에야 알고 누구 하나 그를 곱게 이야기하는 이가 없게 되었다. 길서 때문에 동네를 떠나야겠다는 오빠의 말을 들은 의숙이도 눈물을 흘리며 길서가 그렇지 않기를 속으로 바랐다. 길서는 일본서 돌아올 때 우선 자기 논두렁에서 가슴이 서늘함을 느꼈다. 논에 박은 '김 길서'라고 쓴 말패는 간 곳도 없고 '모범 경작생'이라고 쓴 말뚝은 쪼개져서 흐트러져 있었다.

심술궂은 애들이 장난을 했는가 하고 생각하려 했으나 그 한 짓으로 보아서 반드시 무슨 일이 일어난 것 같은 예감이 들었다.

동네에 들어섰을 때 동네에는 어른이라고 한 사람도 찾아볼 수 없었다. 읍내 서재당집에 가서 저녁때가 되도록 아직 돌아오지 않았다는 말을 듣자, 서울 갔다 돌아왔을 때보다도 더 의기 양양해 온 길서의 마음은 쪼박쪼박 깨어지고 말았다.

　　보지도 못했고 이름조차 들어 보지 못하던 바나나를 가지고 밤이 이슥했을 무렵 의숙이를 찾아갔건만 그를 본 의숙이도 얼굴을 돌리고 울기만 했다. 길서의 마음은 터지는 듯했다.

　　뒤에서 몽둥이를 들고 따라오던 사람의 숨소리를 듣는 듯 가슴이 떨리었다. 불길한 징조가 눈에 보이는 듯했다.

　　성두가 충혈된 눈으로 아랫문으로 뛰어들었을 때 길서는 들고 왔던 바나나를 들고 뒷문으로 도망쳤다.

문　제

1. 길서가 의숙에게 주려고 일본에서 사온 과일은 무엇일까요?
　　― 바나나.

2. '모범 경작생'의 본래의 뜻과 길서에게 붙여진 모범 경작생의 의미를 서술하시오.
　　― 모범 경작생 본래의 뜻은 훌륭한 농사꾼이다. 그러나 길서에게 붙여진 의미는 지주와 친일 관료의 착취를 간접적으로 도와주면서 뽐내고 살아가는 길서의 처세를 풍자하는 뜻을 담고 있다.

제1과 제1장

—이무영

갈래	단편소설, 농촌소설
성격	목가적
배경	1930년대 후반 샌터라는 시골
시점	전지적 작가 시점
주제	도시 지식인의 귀농과 흙의 예찬

등장 인물

김수택
농촌 출신 지식인으로 귀농한다.

김 노인
평생을 흙을 만지며 살아온 전형적 농민이다.

아내
농촌생활에 적응하려 애쓴다.

타지에 중학교를 다니던 수택은 어느 겨울, 고향에 내려왔다가 집에 든 도둑을 잡는다. 그러나 아버지는 잃어버린 물건도 없는데 몰인정하게 했다며 수택의 종아리를 때리고 도둑에게는 쌀을 주어 보낸다. 수택은 이런 농촌 공동체의 인간애를 이해하려고 노력한다. 그 후 수택은 동경으로 유학을 다녀온 뒤 신문사 사회부 기자 생활을 하게 되지만, 샐러리맨의 생활에 회의를 느끼며 청량리에서 맡아 본 흙냄새를 계기로 고향으로 돌아가고자 결심한다. 그러나 고향 생활에 잘 적응하지 못하고 있는 수택은 스스로 '패배자'라며 자학(自虐)하기도 하나 '흙내'로써 그 고통을 이겨 내려 노력한다. 수택은 가을 추수 후 보람을 느끼나 소작료를 제하고 비료대와 지세(地稅)를 내자 남는 것이 없어 착잡해 한다. 수택이 그의 몫으로 남은 여남은 섬을 짊어지다가 무게를 이기지 못해 휘청대자, 아버지는 거친 목소리로 지게를 짊어지라고 호통친다. 수택은 힘에 겨워 코피를 흘리면서도 한 발 한 발 집으로 걸어간다.

그도 부리나케 볏단을 져 날랐다. 이 볏단의 대부분이 ― 아니 어쩌면 거의 전부가 낡아빠진 맥고모자를 뒤꼭지에 붙인 되바라진 젊은 친구의 손으로 넘어가리라는 것을 잘 알면서도 수택은 그것을 억지로 생각지 않으려 했다. 그의 아버지도 그 위인이 나와서 버티고 선 후로는 분명히 얼굴에 검은 빛을 띠웠다. 자식에게 그런 눈치를 안 보이려고 비상한 노력을 하는 것이 그것이라고 엿보였다. 수택도 아버지의 이 노력에 협조를 했다. 도합 스물두 마지기에서 사십 석이 났다. 사십 석에서 스물닷 섬이 소작료로 제해졌다. 사십 석에서 스물닷 섬 ― 열닷 섬. 그의 지식은 처음 긴요하게 쓰여졌다. 그러나 이 지식은 정확성을 갖지 못한 것이었다. 거기서 비료대로 한 섬 두 말이 제해졌고, 아내와 계집아이들의 설사를 치료한 쌀값으로 장리변을 쳐서 열두 말이 떼였다. 지세도 작인과 지주가 반분해서 물기로 되어 있었다. 지세로 또 몇 말인지 떼였다. 그는 말질을 하는 되강구가 바로 지주나 되는 것처럼 그의 손목이 미웠다.

우르르 덤비어 되강구의 목덜미를 잡아 나꾸고 볏더미 속에다 처박고 싶은 충동을 이를 악물고 참는 것이었다. 수택은 아버지를 쳐다보았다. 그 옴팡하니 들어간 눈에서는 황혼을 뚫고 무시무시한 살기 띤 빛이 발하는 것이었다. 그는 방공 연습을 할 때의 그 휘황한 몇 줄의 탐조등 광선을 연상하였다. 김 영감은 꼼짝도 않고 한 자리에 서 있었다. 볏더미를 보는가 하면 그렇지도 않았다. 사음을 노리는가 하면 그것도 아닌 것 같았다. 영감은 내년 이때까지 살아갈 길을 궁리하는 것이었다.

"자, 짊어져라!"

수택은 깜짝 놀랐다. 남은 벼 여남은 섬이 가마니에 채워졌다. 전혀 자신은 없었으나 벼 이백 근을 못 지겠노란 말도 하기 싫어서 지겟발을 디밀었다.

"어 ─ 차."

옆에서는 벌써 지고 일어나서 성큼성큼 걸어간다. 그도 엇차 소리를 쳤다. 땅짐도 않는다.

"자 들어 줄 게니 ─ 엇차 ─."

그는 있는 힘을 다해서 무릎을 세우려 했다. 그러나 오금은 뜨는 둥 마는 둥 하다가 그대로 똑 꺾인다. 안 되겠느니 다른 사람이 지라느니 이론이 분분하다. 그래도 그는 아버지의 명령이 떨어지기까지는 버티었다. 이를 북북 갈며 기를 썼다. 힘을 북 주었다. 오금이 떨어졌다. 그러나 다리가 허청하며 모여 선 사람들의 '저것저것' 소리를 귓결에 들으며 그대로 픽 한 쪽으로 넘어가고 말았다. 넘어간 순간

"에이끼 천치 자식."

하는 김 영감의 소리와 함께 빗자루가 눈앞에 획 한다. 머리에 동였던 수건이 벗겨졌다.

"나오게 내 짐세. 나와."

하는 누군지의 말을 영감의 호통 같은 소리가 삼키었다.

"봐 두게! 봐 둬! 나이 사십이 된 자식이 벼 한 섬 못 지는가. 져라 져, 어서 일어나!"

그는 이를 악물고 또 힘을 북 주었다. 오금이 번쩍 떴다. 뒤뚝뒤뚝 몇 걸음 옮겨 놓는데 눈과 콧속이 화끈하며 무엇인지가 흘렀다. 그러나 그는 그

것이 무엇인지를 몰랐다.

"저 피! 코필 쏟는군. 내려 놓게!"

하는 동리 사람들 소리 끝에,

"놔들 두게! 남이 피땀을 흘리구 지어 논 농살 져다 먹는 세상에 제 손으로 진 제 곡식을 못 져다 먹는 것이 있단 말인가! 놔들 두게."

수택은 눈물과 코피를 좍좍 쏟아 가면서도 그래도 자꾸 걸었다. 내일은 우리 논 닷 마지기의 타작이다! 그는 이런 생각을 억지로 즐기려 노력을 했다.

문 제

1. 제1과 제1장의 의미를 서술하시오.
   − 도시생활을 하던 지식인 수택이 귀향하여 농촌생활에 적응해 가는 농민으로서의 첫걸음을 의미한다.

2. 이 소설에서 보여지는 농촌생활의 낭만과 현실에 대해 서술하시오.
   − 수택은 흙냄새의 추억에 안정기에 접어든 기자 생활을 때려치우고 귀향을 결심한다, 하지만 1년 농사의 결과는 소작료로 비료대로 지세로 빼앗기고 나면 남는 게 없다. 결국 낭만은 하나의 꿈일 뿐이고 현실은 빈털터리가 된다.

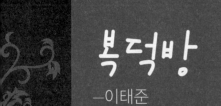

복덕방

—이태준

작품 정리

갈래	단편소설
성격	사실적, 현실 비판적
배경	1930년대 서울의 한 복덕방
시점	전지적 작가 시점
주제	노인들의 애처로운 삶에 대한 연민

등장 인물

안 초시
서 참의의 복덕방에서 소일하는 늙은이.

서 참의
한말 훈련원 참의를 지낸 복덕방 주인.

박희완 영감
복덕방에 자주 나오는 서 참의의 친구.

안경화
유명한 무용가로 안 초시의 딸.

　　세 노인이 복덕방에서 무료하게 소일한다. 안 초시는 여러 번의 사업 실패로 몰락하였고, 그의 딸 경화는 매우 유명한 무용가이다. 한말에 훈련원 참의를 봉직했던 서 참의는 일제 강점 후 생계를 위해 복덕방을 차렸다. 훈련원 시절부터 서 참의와 알고 지내는 박희완 영감은 재판소에 다니는 조카를 빌미로 대서업을 한다고 일어 공부를 열심히 하는 노인이다. 재기를 꿈꾸던 안 초시는 박희완 영감을 통해서 부동산 투자에 관한 정보를 듣고 경화가 준 돈을 몽땅 투자한다. 그러나 안 초시는 자신과 박희완 영감이 사기를 당했다는 것을 알고 그 충격으로 자살을 한다. 아버지의 자살로 자신의 명예가 훼손될 것을 염려한 경화는 서 참의의 권유를 받아들여 장례식을 성대하게 치른다. 장례식에 참석한 서 참의와 박희완 영감은 마음이 무겁기만 하다.

1. 이 글에서 사건이 전환되는 가장 큰 사건은 무엇입니까?
　　— 안 초시의 죽음.

2. 다음 문장의 뜻을 쓰고 돈과 인간관계에 대해 자신의 생각을 서술하시오.
　　"재물이란 친자 간의 의리도 배추 밑 도리 듯 하는 건가."
　　— 뜻 : 재물로 인한 불화는 부모 자식 간의 의리를 끊을 만큼 비정한 것이다. 돈과 관련한 문제 출제가 많다. 인간의 기본 윤리 차원에서 생각해서 풀어가는 방법이 타당하다.

돌다리

—이태준

작품 정리

갈래	단편소설
성격	사실적, 교훈적
배경	일제 말기 농촌마을
시점	전지적 작가 시점
주제	땅의 가치에 대한 인식과 물질 만능 사회에 대한 비판

등장 인물

아버지
평생 부지런히 농사를 지어 자식이 의사가 되기까지 공부시킨 인물로 땅에 대한 애착과 신념이 강하다.

창섭
병원을 확장하기 위해 아버지에게 땅을 팔자고 제안하지만 아버지의 거절에 아무 말도 못하고 자기 생각이 너무 자기 본위였음을 깨닫는다.

　　창섭은 누이가 의사의 오진으로 죽자 농업학교로 진학하라는 아버지의 뜻을 어기고 서울로 가서 의전에 들어가 의사가 된다. 그는 열심히 노력하여 맹장 수술 분야에서 최고의 권위자가 되고 병원을 운영하여 성공한다. 이제는 환자가 너무 많아서 병원을 큰 건물로 이전해야 할 필요가 생겼는데, 그 모자라는 돈을 부모님께 빌릴 생각으로 고향에 내려온다.

　　창섭의 아버지는 동네에서 근검하기로 소문난 사람인데, 부지런히 일할 뿐만 아니라 논과 밭을 가꾸는 일에 모든 정성을 들이고 동네의 길은 물론 읍내와 정거장의 길까지 닦은 사람이다. 창섭이 고향에 도착했을 때도 아버지는 장마에 내려앉은 돌다리를 보수하고 있었다. 창섭은 아버지에게 땅을 팔아 그 돈으로 병원 확장에 보태고, 아버지와 어머니는 서울에 올라가서 자신과 함께 사는 것이 어떻겠냐고 제안한다. 돈을 많이 벌면 지금 가진 만큼 이상의 땅을 얼마든지 다시 살 수 있다는 설명까지 덧붙인다. 그러나 아버지는 창섭의 제안을 단호히 거절하고 땅을 장사하듯 사고파는 세태를 비판한다. 창섭은 자기의 세계와 아버지의 세계가 완전히 결별하였음을 체험하고 서울로 올라간다.

　　다음 날 새벽 아버지는 고쳐 놓은 돌다리로 나가 양치와 세수를 하고, 돌다리를 보살피는 것이 자기의 일이라고 다짐한다.

　　점심을 자시면서였다.

　　"원, 요즘 사람들은 힘두 줄었나 봐! 그 다리 첨 놀 제 내가 어려서 봤는데 불과 여남은이서 거들던 돌인데 장정 수십 명이 한나잘을 씨름을 허다니?"

　　"나무 다리가 있는데 건 왜 고치시나요?"

　　"너두 그런 소릴 허는구나. 나무가 돌만 허다든? 넌 그 다리서 고기 잡던 생각두 안 나니? 서울로 공부 갈 때 그 다리 건너서 떠나던 생각 안 나니? 시쳇 사람들은 모두 인정이란 게 사람헌테만 쓰는 건 줄 알드라! 내 할아버님 산소에 상돌을 그 다리로 건네다 모셨구 그 다리루 글 읽으러 댕겼다. 네 어미두 그 다리루 가말 타구 내 집에 왔어. 나 죽건 그 다리루 건네다 묻어라…… 난 서울 갈 생각없다."

"네?"

"천금이 쏟아진대두 난 땅은 못 팔겠다. 내 아버님께서 손수 이룩허시는 걸 내 눈으로 본 밭이구, 내 할아버님께서 손수 피땀을 흘려 돈으루 장만허신 논들이야. 돈 있다구 어디가 느르지논 같은 게 있구, 독시장밭 같은 걸 사? 느르지논 둑에 선 느티나문 할아버님께서 심으신 거구, 저 사랑마당엣 은행나무는 아버님께서 심으신 거다. 그 나무 밑에를 설 때마다 난 그 어른들 동상이나 다름없이 경건한 마음이 솟아 우르러보군 헌다. 땅이란 걸 어떻게 일시 이해를 따져 사구 팔구 허느냐? 땅 없이 봐라, 집이 어딨으며 나라가 어딨는 줄 아니? 땅이란 천지 만물의 근거야. 돈 있다구 땅이 뭔지두 모르구 욕심만 내 문서 쪽으로 사 모기만 하는 사람들, 돈놀이처럼 변리만 생각허구 제 조상들과 그 땅과 어떤 인연이란 건 도시 생각지 않구 헌신짝 버리듯 하는 사람들, 다 내 눈엔 괴이한 사람들루 밖엔 뵈지 않드라."

"……."

"네가 뉘 덕으루 오늘 의사가 됐니? 내 덕인 줄만 아느냐? 내가 땅 없이 뭘루? 밭에 가 절하구 논에 가 절해야 쓴다. 자고로 하눌 하눌 허나 하눌의 덕이 땅을 통허지 않군 사람헌테 미치는 줄 아니? 땅을 파는 건 그게 하눌을 파나 다름없는 거다."

"……."

"땅을 밟구 다니니까 땅을 우섭게들 여기지? 땅처럼 응과가 분명한 게 무어냐? 하눌은 차라리 못 믿을 때두 많다. 그러나 힘들이는 사람에겐 힘들이는 만큼 땅은 반드시 후헌 보담을 주시는 거다. 세상에 흔해 빠진 지주들, 땅은 작인들헌테나 맡겨 버리구, 떡 도회지에 가 앉어 소출은 팔어다 모다 도회지에 낭비해 버리구, 땅 가꾸는 덴 단돈 일 원을 벌벌 떨구, 땅으루 살며 땅에 야박한, 자식으로 치면 후레자식 셈이야. 땅이 말을 할 줄 알아 봐라? 배가 고프단 땅이 얼마나 많을 테냐? 해마다 걷어만 가구 땅은 자갈밭이 되나 아나? 둑이 떠나가니 아나? 거름 한 번을 제대로 넣나? 정 급허게 돼 작인이 우는 소리나 해야 요즘 너희 신의들 주사침 놓듯, 애꿎은 금비만 갖다 털어 넣지. 그렇게 땅을 홀댈허군 인제 죽어서 땅이 무서서 어디루들 갈 텐구!"

창섭은 입이 얼어 버리었다. 손만 부비었다. 자기의 생각은 너무나 자기 본위였던 것을 깨달았다. 땅에는 이해를 초월한 일종 종교적 신념을 가진 아버지에게 아들의 이단적인 계획이 용납될 리 만무였다.

문 제

1. 땅에 대한 아버지의 생각이 단적으로 드러난 것은 무엇인가요?
   ─ 땅이란 천지 만물의 근거야.

2. 땅을 바라보는 창섭의 입장을 쓰시오.
   ─ 창섭은 병원을 확장하기 위해 필요한 돈을 아버지가 농사를 짓는 땅을 팔아서 마련하려 하고 있다. 이를 통해 창섭이는 땅을 돈벌이의 수단으로 보고 있음을 알 수 있다. 특히 돈을 벌어서 땅을 다시 사면 된다는 생각은 땅에 대한 아버지의 생각과는 대립되는 것이다.

논 이야기

— 채만식

작품 정리

갈래	단편소설, 풍자소설
성격	풍자적, 비판적
배경	8 · 15 광복 직후 군산 부근의 농촌
시점	전지적 작가 시점
주제	광복 직후의 농지정책과 우직한 농민의 기대감 풍자

등장 인물

한 생원
젊은 시절에 고을 원에게 논을 빼앗긴 쓰라린 추억을 지니고 있다. 자신에게 아무런 이익도 주지 않는 독립된 국가에 대하여 지독히 냉소적이다.

일본인들이 토지와 그 밖의 모든 재산을 두고 쫓겨나게 되었다는 소식을 전해 들은 한 생원은 땅을 찾게 되리라는 기대에 부푼다. 일본인이 쫓겨가면 자신이 판 땅을 다시 찾게 된다고 큰소리를 쳐왔던 터였다. 한일 병합 이전에 한 생원의 아버지 한태수는 동학란과 관련하여 무고하게 옥에 갇히고 석방되는 조건으로 고을 원님에게 강제로 열서 마지기의 논을 빼앗겼다. 한 생원은 남은 일곱 마지기마저 술과 노름, 그리고 살림하느라 진 빚 때문에 일본인에게 팔아넘겨야 했다. 일본인들이 물러가니 땅은 그전 임자에게 돌아갈 것이라는 기대와 함께 한 생원은 술에 얼큰히 취해 자기 땅을 보러 간다고 외친다. 그러나 막상 찾으리라고 기대하던 땅은 이미 소유주가 바뀌어 찾기 어렵게 되고, 논마저 나라가 관리하게 되어 다시 찾을 수 없음을 알게 되었을 때 한 생원은 허탈감을 느낀다. 한 생원은 마침내 자신은 나라 없는 백성이라 하며 광복되는 날 만세 안 부르기를 잘 했다고 혼잣말을 한다.

1. 한 생원이 일제 강점기와 해방 이후를 똑같은 상황으로 인식하는 까닭을 40자 정도로 서술하시오.
   — 일제 강점기나 해방 이후나 가난한 농민의 현실적 삶은 다를 것이 없다고 생각하기 때문이다.

2. 다음은 한 생원의 독백이다. 이 독백을 보고 어떤 생각을 할 수 있는지 서술하시오.
   "독립했다구 했을제, 내, 만세 안 부르기 잘했지."
   — 이는 한 생원의 국가에 대한 냉소적인 태도가 가장 잘 나타난 부분이다. 국가와 개인의 관계까지 생각하여 답을 써 보도록 하자.

치숙

─채만식

작품 정리

갈래	단편소설, 풍자소설
성격	풍자적, 비판적
배경	일제 강점기 서울
시점	1인칭 관찰자 시점
주제	지식인이 정상적으로 살 수 없는 사회적 모순과 노예적 삶의 비판

등장 인물

나

보통학교 4학년을 마치고 일본인 밑에서 사환으로 일하면서 일제 치하의 현실에 잘 순응하는 청년이다.

아저씨(치숙)

대학을 나온 뒤 사회주의 운동을 하다가 감옥살이를 하고 이제는 병이 들어서 폐인이 되다시피한 지식인으로 나의 조롱과 비난의 대상이 된다.

아주머니

감옥살이를 하고 첩까지 얻은 아저씨를 아무 불평 없이 보살피는 조선의 전형적인 여성상이다.

일본에 가서 대학까지 나온 아저씨가 착한 아주머니를 친정으로 보내고 신교육을 받은 여성과 살림을 차린다. 사회주의 운동을 하다가 잡혀 가 5년 만에 풀려 난 아저씨는 감옥에서 악화된 폐병 때문에 목숨이 아주 위태로운 지경이다. 아주머니는 아저씨가 감옥에 가 있는 동안 식모살이를 하면서 어렵게 번 돈을 아저씨의 치료비로 아낌없이 쓰고 무려 3년 동안이나 아저씨의 병간호에 지극한 정성을 쏟는다. 이러한 아주머니의 정성 때문에 아저씨의 병은 조금씩 차도를 보인다. 몸이 좀 낫자 아저씨는 다시 사회주의 운동을 하겠다고 나선다. 일본인 주인에게 잘 보여 장사를 해 부자가 돼서 일본 여자와 결혼하는 것이 나의 '꿈'이다. 그런데 아저씨는 부자를 타도하는 운동인 사회주의에 대한 미련을 버리지 못하고 있으니 정말 소름이 끼칠 정도이다. 남의 재산을 빼앗아 먹자는 불한당 짓을 계속하겠다는 것을 보면 아저씨는 헛공부질을 했음에 틀림없다. 친정살이하던 아주머니의 은공을 갚아야 할 것이 아니냐고 충고해도 막무가내이다. 오히려 적반하장격으로 내 쪽을 딱하다고 하니 정말 한심한 노릇이다.

우리 아저씨 말이지요, 아따 저 거시기, 한참 당년에 무엇이냐 그놈의 것, 사회주의라더냐, 막걸리라더냐, 그걸 하다, 징역 살고 나니 폐병으로 시방 앓고 누웠는 우리 오촌 고모부(姑母夫) 그 양반…….

머, 말도 마시오. 대체 사람이 어쩌면 글쎄 …… 내 원!

신세 간 데 없지요.

자, 십 년 적공, 대학교까지 공부한 것도 풀어 먹지도 못했지요, 좋은 청춘 어영부영 다 보냈지요, 신분(身分)에는 전과자(前科者)라는 붉은 도장 찍혔지요, 몸에는 몹쓸 병까지 들었지요, 이 신세를 해 가지굴랑은 굴 속 같은 오두막집 단칸 셋방 구석에서 사시 장철 밤이나 낮이나 눈 따악 감고 드러누웠군요.

재산이 어디 집 터전인들 있을 턱이 있나요.

서발 막대 내저어서야 짚검불 하나 걸리는 것 없는 철빈인데.

우리 아주머니가, 그래도 그 아주머니가, 어질고 얌전해서 그 알뜰한 남편 양반 받드느라 삯바느질이야, 남의 집 품빨래야, 화장품 장사야, 그 칙살스런 벌이를 해다가 겨우겨우 목구멍에 풀칠을 하지요.

어디루 대나 그 양반은 죽는 게 두루 좋은 일인데 죽지도 아니해요. 우리 아주머니가 불쌍해요. 아, 진작 한 나이라도 젊어서 팔자를 고치는 게 아니라, 무슨 놈의 수난 후분을 바라고 있다가 고생을 하는지.

근 이십 년 소박을 당했지요.

이십 년을 설운 젊은 청춘 한숨으로 보내고서 다아 늦게야 송장 여대치게 생긴 그 양반을 그래도 남편이라고 모셔다가는 병 수발 들랴, 먹고 살랴, 애진가 하고 다니는 걸 보면 참말 가엾어요.

그게 무슨 죄다짐이람? 팔자, 팔자 하지만 왜 팔자를 고치지를 못하고 그래요. 죄선(朝鮮) 구식 부인네들은 다아 문명을 못하고 깨지를 못해서 그러지.

그 양반이 한시 바삐 죽기나 했으면 우리 아주머니는 차라리 신세 편하리다. 심덕 좋겠다, 솜씨 얌전하겠다 하니 어디 가선들 제가 일신 몸 가누고 편안히 못 지내요? 가만 있자, 열여섯 살에 아저씨네 집으로 시집을 갔다니깐 그게 내가 세 살 적이니 꼬박 열여덟 해로군. 열여덟 해면 이십 년 아니오.

문 제

1. 이 글에서 '나'가 아저씨를 부정적으로 평가하는 이유를 쓰시오.
   ― 아저씨는 유학까지 가서 공부한 것을 써 먹지도 못하고 전과자에 병까지 얻어 아주머니를 고생시키기 때문에.

2. 작가는 아주머니를 통해 전통적 여성관의 모습을 보여주고 있다. 여성의 희생적 태도에 대해 각자의 생각을 서술하시오.
   ― 전통적 여성관은 남존여비사상에 입각한 남녀 사이에 불평등 문제를 잘 보여준다는 점을 바탕으로 각자의 생각을 서술해 보자.

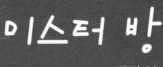

미스터 방
—채만식

작품 정리

갈래	단편소설, 세태소설
성격	풍자적, 현실 비판적
배경	광복 직후 서울
시점	전지적 작가 시점
주제	혼란한 시대 속에서 개인 삶의 역전

등장 인물

방삼복
권력에 아부하는 기회주의적 인물로 신기료 장수를 하는 보잘 것 없는
처지였으나 영어를 조금 할 줄 알아 광복 직후 미군 장교의 통역으로
취직해서 출세길에 오른다.

백 주사
전형적인 친일파로 광복이 되어 군중들에게 봉변을 당하고 재산을 빼
앗긴 뒤 피신해 있다가 방삼복을 찾아와 복수를 부탁하는 간사한 인물
이다.

S소위
광복 직후 혼란했던 우리 나라에 실제적인 영향력을 행사한 장교로 방
삼복을 출세의 길로 들어서게 한다.

방삼복은 삼십이 다 되도록 남의 집 머슴살이만 하는 상일꾼이다. 어느 날 갑자기 돈벌이를 나간다며 가족을 남기고, 중국 등지를 떠돌다 더 초라 한 모습으로 돌아온다. 그 후 하는 일 없이 놀기만 하다가 가족을 데리고 서울로 올라온다. 입에 겨우 풀칠 할 정도로 이 일 저 일 하다가 결국 신기 료 장수가 된다. 해방이 되자 모두가 독립을 기뻐하지만 삼복은 손님이 줄 어 불만이다. 그러나 며칠 후 손님에게 돈을 더 많이 받아도 상관이 없게 되자 독립을 긍정적으로 생각하게 된다. 그렇지만 재료값이 덩달아 비싸지 면서 다시금 독립을 저주하게 된다. 이런 혼란한 와중에 고심하던 삼복은 미군들이 말이 안 통해 힘들어 하는 모습을 보고는 통역이 되기로 결심한 다. 그는 토막 영어로 미군 장교 S소위의 권세를 등에 업고 벼락부자가 된 다. 우연히 삼복과 만난 같은 고향의 친일파 지주 백 주사는 독립 때문에 자신이 잃은 재산을 찾을 수 있게 해 달라고 부탁하고, 삼복은 흔쾌히 승낙 한다. 삼복은 늘 하던대로 냉수로 양치한 물을 마당에 뱉다가 때마침 들어 오던 S소위의 얼굴에 그 물이 떨어져 그에게 얻어맞는다.

1945년 8월 15일, 역사적인 날. 이 날도 신기료 장수 방삼복은 종로의 공원 건너편 응달에 앉아서, 구두에 징을 박으면서, 해방의 날을 맞이하였 다. 그러나 삼복은 감격할 줄도 기쁜 줄도 모르겠었다. 지나가는 행인이, 서로 모르던 사람끼리면서 덥쑥 서로 껴안고 기뻐하고 눈물을 흘리고 하 는 것이, 삼복은 속을 모르겠고 차라리 쑥쓰러 보일 따름이었다. 몰려 닫는 군중이 오히려 성가시고, 만세 소리가 귀가 아파 이맛살이 찌푸러질 지경 이었다. 몰려다니고 만세를 부르고 하기에 미처 날뛰느라고 정신이 없어, 손님이 없어, 손님이 부쩍 줄었다.

"우라질! 독립이 배부른가?"

이렇게 그는 두런거리면서 반감이 솟았다. 이삼 일 지나면서부터야 삼 복에게도 삼복에게다운 해방의 혜택이 나누어졌다. 십 전이나 십오 전에 박아 주던 징을, 오십 전에 받아도 눈을 부라리는 순사를 볼 수가 없었다. 순사가 없어졌다면야, 활개를 쳐가면서 무슨 짓을 하여도 상관이 없고 무서울 것이 없던 것이었었다.

"옳아, 그렇다면 독립도 할 만한 건가 보다."

삼복은 징 열 개를 박아 주고 오 원을 받아 넣으면서 이렇게 속으로 중얼거리기까지 하였다. 그러나 며칠이 못 가서 삼복은 다시금 해방을 저주하여야 하였다. 삼복이 저 혼자만 돈을 더 받으며, 더 받아 상관이 없는 것이 아니라,

첫째 도가(都家)들이 제 맘대로 재료값을 올리던 것이었었다. 징, 가죽, 고무, 실 모두가 오 곱 십 곱 비싸졌다. 그러니 신기료 장수는 손님한테 아무리 비싸게 받는댔자 재료를 비싼 값으로 사야 하니, 결국 도가만 살찌울 뿐이지 소득은 전과 크게 다를 것이 없었다.

"이런 엠병헐! 그눔에 경제겐 다 어디루 가 됐어. 독립은 우라진다구 독립을 헌담."

석양 때 신기료 궤짝 어깨에 멘 채 홧김에 막걸리청으로 들어가, 서너 사발 들이켜고는 그는 이렇게 게걸거렸다. 그럭저럭 구월도 열흘이 되고, 서울 거리에는 미국 병정이 꼬마차와 함께 그득히 퍼졌다.

그 미국 병정들이, 거리를 구경하면서 혹은 물건을 사려면서, 말이 서로 통하지를 못하여 답답해 하는 양을 보고 삼복은 무릎을 탁 쳤다. 그러나 슬플진저, 땟국과 땀에 찌든 이 누더기를 걸치고는 가망이 없을 말이었다. '무슨 도리가 없을까?'

반일을 궁리하다가 정오 때에야 한 줄기 서광을 얻었다. 총총히 집으로 돌아가, 마누라를 시켜 구두 고치는 연장 일습과 재료 남은 것에다 이불이며 헌옷가지 해서 한 짐을 동네 아는 가게에다 맡기고는 한 달 기한으로 돈 백 원을 서푼 변으로 취해 오게 하였다.

그 돈 백 원을 가지고 삼복은 흔한 넝마전으로 가서 백 원 돈이 꼭 차는 한도까지에 양복이란 명색 한 벌과 모자를 샀다. 신발은 부득이 안방 사람의 병정구두 사 신은 것을 이 다음 창갈이 거저 해 주겠다는 조건으로, 닷새만 제 것과 바꾸어 신기로 하였다.

1. 이 작품을 통해 작가가 추구하는 바람직한 인간형은?
   — 이 작품에서 부정하고 비판하고자 하는 인간형은 시류에 따라 처세를 달리하는 기회주의적 인간이다. 작가는 이와 반대로 굳은 신념을 가진 그런 인물일 것이다.

2. 미스터 방과 같은 인물이 우리 사회에 존재한다고 할 때 사회에 끼칠 악영향에 대해 서술하시오.
   — 사회적 이익보다는 개인적 이익을 우선하므로 사회적 타락과 혼란을 부추길 것이다.

두 파산

_염상섭

작품 정리

갈래	단편소설, 세태소설
성격	사실적
배경	해방 직후(1940년대 후반)의 서울의 황토현 부근
시점	전지적 작가 시점
주제	광복 후의 혼란상과 정신적, 물질적 파산

등장 인물

정례 어머니

초등학교 앞에 문방구점을 차려 놓고 생계를 유지하지만 여의치 않아
빚을 지고 친구 옥임에게 가게를 넘긴다.

옥임

문학과 예술을 사랑했던 젊은 시절과 달리 오로지 돈놀이에 매달려 친
구까지 저버리는 정신적 파산자.

정례 아버지

가난하면서도 새로 찾은 나라를 위해 정치 일선에 나가기도 한다. 어수
룩한 자동차로 김옥임에게 사기칠 궁리를 한다.

교장

김옥임의 부탁으로 정례 모친에게 돈을 받아내며 자신의 실속을 차리는 인물이다.

옥임의 남편

친일파 고위 관리.

줄거리

정례 모친은 김옥임과 함께 일본에서 유학하고 온 신여성으로 당시에는 상당한 인텔리였다고 할 수 있다. 그러나 정례 모친은 자식들을 기르면서 생활고를 겪고, 결국에는 부채에 허덕이게 되었다. 김옥임에게 10만 원, 학교 교장에게 5만 원을 빚진 데다가 이자가 겹쳐 부채는 날로 늘어 갔다. 집을 저당 잡힌 돈으로 국민학교와 여자 중학교 건너편에 문방구점을 차렸다가 자본이 모자라 김옥임에게 동업조로, 교장에게는 빚으로 꾸어댄 것이었다. 김옥임은 또박또박 배당금을 받아, 출자한 10만 원의 곱에 달하는 20만 원의 이익을 차지하고는 그 채권을 교장에게 위임하였다. 남들 앞에서 김옥임과 돈 때문에 시비한 후 망신을 당하고 살림도 파산되자 정례 모친은 결국 문방구점을 김옥임에게 넘기게 되고 몸져 눕게 된다. 김옥임은 다시 돈을 받고 문방구점을 교장의 딸 내외에게 넘겨 버리고, 정례 모친의 남편은 고장난 자동차를 김옥임에게 떠 넘겨 골탕먹일 궁리를 하면서, 병든 아내를 위로한다.

본문

스물 예닐곱까지 도쿄 바닥에서 신여성 운동이네, 연애네, 어쩌네 하고 멋대로 놀다가, 지금 영감의 후실로 들어앉아서 세상 고생을 알까, 아이를 한 번 낳아 보았을까, 사십 전의 젊은 한때를 도지사 대감의 실내 마님으로 떠받들려 제멋대로 호강도 하여 본 옥임이다. 지금도 어디가 사십이 훨씬 넘은 중늙은이로 보이랴.

머리를 곱게 지지고 엷은 얼굴 단장에, 번질거리는 미국제 핸드백을 차 끼고 나선 맵시가 어느 댁 유한 마담으로 알 것이지, 설마 일 할, 일 할 오 분으로 아귀다툼을 하고, 어려운 예전 동무를 쫓아다니며 울리는 고리대 금업자로야 누가 짐작이나 할까? 해방이 되자, 고리 대금이 전당국 대신으 로 터놓고 하는 큰 생화가 되었지마는, 옥임이는 반민자(反民者)의 아내가 되리라는 것을 도리어 간판으로 내세우고 부라퀴같이 덤빈 것이다. 증경 (曾經) 도지사요, 전쟁 말기에는 무슨 군수품 회사의 취체역인가 감사역을 지냈으니, 반민법이 국회에서 통과되는 날이면, 중풍으로 삼 년째나 누워 있는 영감이, 어서 돌아가 주기나 하기 전에야 으레 걸리고 말 것이요, 걸 리는 날이면 떠메다가 징역은 시키지 않을지는 모르되, 지니고 있는 집간 이며 땅섬지기나마 몰수를 당할 것이니, 비록 자식은 없을망정 자기는 자 기대로 살 길을 차려야 하겠다고 나선 길이었다.

"오늘은 아귀를 지어주시렵니까? 언제 갚으나 갚고 말 것인데 그걸루 의 상할 거야 있나요?"

이튿날, 교장이 슬쩍 들러서 매우 점잖은 수작을 하는 것이다.

"이렇게 말씀하신 교장 선생님부터가 어떻게 들으실지 모르지만 김옥임 이가 그렇게 되다니 불쌍해 못 견디겠어요. 예전에 셰익스피어의 원서를 끼고 다니구, '인형의 집'에 신이 나하구, 엘렌 케이의 숭배자요 하던 그런 옥임이가, 동냥 자루 같은 돈전대를 차구 나서면 세상이 모두 노랑 돈닢으 로 보이는지? 어린애 코묻은 돈푼이나 바라고 이런 구멍 가게에 나와 앉었 는 나두 불쌍한 신세이지마는, 난 옥임이가 가엾어서 어제 울었습니다. 난 살림이나 파산 지경이지 옥임이는 성격 파산인가 보더군요……."

1. 김옥임 여사와 정례 모친의 갈등 원인을 찾아 한 단어로 쓰시오.
   — 돈.

2. 두 파산의 의미를 쓰시오.
   — 김옥임 여사의 정신적 파산과 정례 모친의 경제적 파산을 뜻한다.

표본실의 청개구리

—염상섭

등장 인물

나

심한 절망감으로 고뇌하는 젊은 지식인.

김창억

억울한 감옥살이를 하고 나오는 동안 후처가 윤락에 빠지자 정신이상자가 되어 몽환의 세계에서 이상을 펼치려는 인물.

'나'라는 주인공은 중학교 때 청개구리를 해부하던 기억을 되살린다. 우울한 기분과 권태로운 생활에 지친 나는 왠지 자꾸만 중학교 시절, 개구리의 사지(四肢)가 핀에 꽂혀 자빠져 있던 장면을 생각한다. 다음 날 친구 H가 와서 억지로 가자고 하는 바람에 평양 근교의 남포까지 간다. 거기서 친구 Y의 소개로 정신이 약간 이상한 김창억이라는 엘리트를 만난다. 그는 철학자인 척하였고, 유유자적하는 자유민과 같았으며 우리 모두의 욕구를 채워 줄 자와도 같이 생각되었다. 그는 일종의 영감에 사로잡혀 하느님의 명령에 따라, 세계 평화를 위한 단체를 조직하려고 하였다.

'나'가 남포를 다녀온 지 두 달쯤 되는 어느 날 Y에게서 편지가 왔다. 김창억이 집에 불을 놓고 어디론가 가버렸다는 내용의 편지였다. '나'는 마음이 우울해져 하숙방을 나와 늘 걷던 절벽 길을 거닐었다. 그날 밤, 김창억에 대한 생각과, 남포에 갔을 때 대동강 가에서 본 장발객(長髮客)의 신경질적인 얼굴이 동시에 떠올랐다. 그 후 김창억의 행방을 아는 이가 없었다. 그리고 그가 뱀보다 더 싫어하던 평양에 있으리라곤 아무도 생각하지 않았다. 평양에는 그의 후처의 친정이 있었기 때문이다. 그러나 그는 평양에 가 있었다. 그리고 아무도 그가 김창억이라는 것을 몰랐다.

내가 중학교 이년 시대에 박물 실험실에서 수염 텁석부리 선생이 청개구리를 해부하여 가지고 더운 김이 모락모락 나는 차례차례로 끌어내서 자는 아기 누이듯이 주정병(酒精瓶)에 채운 후에 옹위(擁衛)하고 서서 있는 생도들을 돌아다보며 대발견이나 한 듯이,

"자, 여러분, 이래도 아직 살 살아 있는 것을 보시오."

하고 뾰족한 바늘 끝으로 여기저기를 콕콕 찌르는 대로 오장을 빼앗긴 개구리는 진저리를 치며 사지에 못박힌 채 벌떡벌떡 고민하는 모양이었다.

팔 년이나 된 그 인상이 요사이 새삼스럽게 생각이 나서 아무리 잊어버리려고 애를 써도 아니 되었다. 새파란 메스, 닭의 똥만한 오물오물하는 심

장과 폐, 바늘 끝, 조그만 전율……. 차례차례로 생각날 때마다 머리 끝이 쭈뼛쭈뼛하고 전신에 냉수를 끼얹는 것 같았다.

남향한 유리창 밑에서 번쩍 쳐드는 메스의 강렬한 반사광이 안공(眼孔)을 찌르는 것 같아 컴컴한 방 속에 드러누웠어도 꼭 감은 눈썹 밑이 부시었다. 그러나 그럴 때마다 머리맡에 놓인 책상 서랍 속에 넣어 둔 면도칼이 조심 되어서 못 견디었다.

내가 남포에 가던 전날 밤에는 그 증이 더욱 심하였다. 간반 통밖에 안 되는 방에 높이 매달은 전등불이 부시어서 꺼 버리면 또다시 환영에 괴롭지나 않을까 하는 염려가 없지 않았으나, 심사가 나서 웃통을 벗은 채로 벌떡 일어나서 스위치를 비틀고 누웠다. 그러나 '째옹' 하는 소리가 문틈으로 스러져 나가자 또 머리를 엄습하여 오는 것은 수염 텁석부리의 메스, 서랍 속의 면도다. 메스…… 면도, 면도, 메스…… 잊으려면 잊으려 할수록 끈적끈적하게도 떨어지지 않고, 어느 때까지 꼬리를 물고 머릿속에서 돌아다니었다. 금시로 손이 서랍으로 갈 듯 갈 듯하여 참을 수가 없었다. 괴이한 마력은 억제하려면 할수록 점점 더하여 왔다. 스스로 서랍이 열리는 소리가 나서 소스라쳐 눈을 뜨면 덧문 안 닫은 창이 부옇게 보일 뿐이요, 방 속은 여전히 암흑에 침적(沈寂)하였다. 비상한 공포가 전신에 압도하여 손끝 하나 까딱거릴 수 없으면서도 이상한 매력과 유혹은 절정에 달하였다.

문 제

1. 나와 김창억의 동질성을 쓰시오.
   — 정신적인 상처를 안고 현실과 융합하지 못하는 고독한 자유인.

2. 이 작품은 식민지시대를 살아가는 지식인의 고뇌를 반영하고 있다. 당대 지식인의 내면 풍경을 쓰시오.
   — 그들은 술과 담배 그리고 공허한 철학 이야기에 열중한다. 이것은 당대 지식인들이 전망을 상실하고 현실에 충실하지 못했던 것에서 그 원인을 찾을 수 있다. 절망과 우울, 무기력한 생활의 천태에 빠진 모습이 당대 지식인의 한 전형이다.

무녀도

―김동리

작품 정리

갈래	단편소설, 액자소설
성격	신비적, 무속적
배경	개화기 경주 부근의 한 시골 마을
시점	바깥이야기 : 1인칭 주인공 시점 / 안 이야기 : 전지적 작가 시점
주제	무속 신앙과 외래 종교의 갈등이 빚은 혈육 간의 비극적 종말

등장 인물

모화
신령님만 믿고 의지하는 무녀. 기독교인 아들 욱이와 대립하다가 결국
욱이를 찌른 후 자신도 물에 빠져 죽는다.

욱이
일찍이 모화가 절간으로 보냈으나 소식이 없다가 기독교인이 되어 돌
아와 모화와 대립한다.

낭이
모화의 딸로 욱이와는 의붓남매간이다. 언어 장애가 있으나 그림을 잘
그린다.

'나'는 할아버지로부터 벙어리 소녀와 그녀의 아버지가 남기고 간 '무녀도'란 그림의 내력을 듣게 된다. 그 내용은 다음과 같다. 경주에 여민촌 혹은 잡성촌이라 불리는 마을에 무당 모화와 그녀의 딸인 낭이가 살고 있었다. 그리고 모화에게는 욱이라는 아들이 하나 있는데, 욱이는 열다섯 살까지 절의 상좌 노릇을 하고, 평양으로 가서 이 장로로부터 현 목사를 소개받고 공부를 해 예수교도가 된다. 이런 욱이가 몇 년 만에 모화를 찾아오는데, 욱이는 모화의 굿을 못마땅해 하고, 모화는 욱이의 얼굴이 창백한 것을 예수 귀신 때문이라고 생각한다. 결국 이들은 욱이가 낭이에게 성경책을 준 것을 계기로 말다툼을 벌이게 된다.

이후 욱이는 밖으로 나가 교회 설립을 도모하는 한편, 이 장로와 현 목사에게 편지를 한다. 며칠이 지나자 욱이가 집으로 돌아왔을 때, 모화는 아들 욱이가 몹쓸 잡귀에 걸렸다고 생각하며 성경책을 불태우고 귀신을 내쫓는 푸닥거리를 한다. 이것을 본 욱이가 봉창의 불을 끄려는 순간 모화는 욱이를 칼로 찌른다. 욱이의 상처는 날로 악화되어 결국 죽고 만다.

이후 모화는 낭이의 말문도 트이게 하고, 예기소에서 자살한 한 여자의 혼백을 위해 마지막 굿을 연다. 모화는 그 여자의 혼백을 건지기 위해 밤중까지 굿을 하더니, 스스로 물 속에 잠겨 버린다. 열흘쯤 지나 해물가게를 하는 낭이의 아버지가 와서 낭이를 데리고 길을 떠난다.

1. 욱이와 모화의 갈등은 어떤 관점에서 비롯된 것인지 서술하시오.
   ― 세계관의 차이에서 온 것이다. 모화와 욱이는 모자간의 갈등보다는 신념의 갈등으로 보여야 한다.

2. 이 소설을 읽고 난 후 올바른 외래 문화 수용 태도에 대해 서술하시오.
   ― 전통 문화의 바탕 위에 외래 문화를 선별적으로 수용하여 우리 현실에 맞게 대승적으로 고양 발전시켜 나가야 한다는 생각 등을 바탕으로 서술하시오.

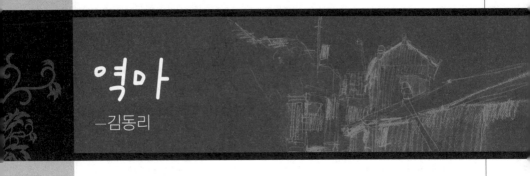

역마

—김동리

작품 정리

갈래	단편소설
성격	무속적, 운명적
배경	전라·경상도의 경계지역인 화개장터
시점	전지적 작가 시점
주제	운명에의 순응

등장 인물

성기
역마살을 타고난 운명적인 인물로 계연과의 사랑이 좌절되고 팔자에 따라 고향을 떠난다.

옥화
성기의 모친, 체장수의 딸로 화개장터에서 주막을 운영하면서 아들의 역마살을 없애려고 하지만 실패하고 운명을 받아들인다.

계연
옥화의 이복동생으로 성기를 사랑하나 사랑을 이루지 못하고 아버지를 따라 떠난다.

체장수

옥화의 부친으로 36년 전 떠돌이 여인과의 사이에서 옥화를 낳았다.

어느 날 체장수 영감이 딸 계연을 데리고 경남 하동의 화개에 들른다. 화개장터에서 주막을 하며 살아가는 옥화는 떠돌이 중과 관계해서 낳은 하나밖에 없는 아들 성기의 사주에 낀 역마살을 없애기 위해 성기를 쌍계사에 보내 생활하게 하고 장날에만 집에 와 있게 한다. 체장수 영감은 딸 계연을 주막에 맡기고 장삿길을 떠나고 옥화는 계연을 성기와 결혼시켜 역마살을 막아 보려는 심정에서 성기와 계연이 가깝게 지내도록 한다. 성기와 계연의 관계가 깊어져 가던 어느 날 우연히 계연의 왼쪽 귓바퀴위의 사마귀를 보고 놀란 옥화는 계연이 자신의 동생일지도 모른다는 예감이 들어 두 사람이 가까이 하지 못하게 한다. 옥화는 자기의 아버지라는 남사당패 우두머리가 바로 체장수 영감이고, 자기와 계연은 서로 이복자매가 아닌가 하는 예감이 든 것이다. 체장수 영감이 돌아와 그것이 사실임이 확인되고, 옥화와 계연은 이복자매, 즉 계연은 성기의 이모임이 밝혀진다. 체장수 영감은 계연을 데리고 주막을 떠난다. 이 일이 있은 후 성기는 앓아눕고, 병이 낫자 운명(역마살)에 순응하여 엿판을 꾸려 계연과 반대 방향으로 길을 떠난다.

그 해 아직 봄이 오기 전, 보는 사람마다 성기의 회춘을 거의 다 단념하곤 하였을 때, 옥화는 이왕 죽고 말 것이라면, 어미의 맘속이나 알고 가라고 그래, 그 체장수 영감은, 서른여섯 해 전 남사당을 꾸며 와 이 화개 장터에서 하룻밤을 놀고 갔다는 자기의 아버지임에 틀림이 없었다는 것과 계연은 그 왼쪽 귓바퀴 위의 사마귀로 보아 자기의 동생임이 분명하더라는 것을 통정하노라면서, 자기의 같은 왼쪽 귓바퀴 위의 같은 검정 사마귀까지를 그에게 보여주곤 하였다.

"나도 처음부터 영감이야기를 듣고 가슴이 섬짓하긴 했다. 그렇지만 설마 했지, 그렇게 남의 간을 뒤집어 놀 줄이야 알았나! 하도 아슬해서 이튿날 악양으로 가 명도까지 불러 봤더니, 요것도 남의 속을 빤히 들여다보는 듯 키 재줄대는구나, 차라리 망신을 했지."

옥화는 잠깐 말을 끊었다. 성기는 두 눈에 불을 켜는 듯한 형형한 광채를 띠고 그 어머니의 얼굴을 쳐다보고 있었다.

(중략)

그러고 나서 한 달포가 넘어 지난 뒤였다.

성기가 좋아하는 여러 가지 산나물이 화개골에서 연달아 자꾸 내려오는 이른 여름의 어느 장날 아침이었다.

두릅회에 막걸리 한 사발을 쭉 들이키고 난 성기는 그 어머니에게,

"어머니, 나 엿판 하나만 맞춰 주."

하였다.

"……."

옥화는 갑자기 무엇으로 얻어맞은 듯이 성기의 얼굴을 멍하니 바라보고 있었다. 그런지도 다시 한 보름이나 지나, 뻐꾸기는 또다시 산울림처럼 유창하게 울고 늘어진 버들가지엔 햇빛이 젖어 흐르는 아침이었다. 새벽녘에 잠깐 가는 비가 지나가고, 날은 다시 유달리 맑게 개인 화개 장터 갈림 길 위에서, 성기는 그 어머니와 하직을 하고 있었다. 갈아입은 옥양목 고의적삼에, 명주 수건까지 머리에 질끈 동여매고 난 성기는 새로 맞춘 새하얀 나무 엿판을 질빵해서 느직하게 엉덩이 즈음에다 걸고 있었다. 윗목판에는 새하얀 가락엿이 반 넘어 들어 있었고, 아랫목판에는 팔다 남은 이야기책 몇 권과 간단한 방물이 좀 들어 있었다.

그의 발 앞에는, 물과 함께 갈리어 길도 세 갈래 나 있었으나, 화개골 쪽엔 처음으로부터 등을 지고 있었고, 동남으로 난 길은 하동, 서남으로 난 길이 구례, 작년 이맘때도 지나 그녀가 울음 섞인 하직을 하고 체장수 영감과 함께 넘어간 산모퉁이 고갯길은 퍼붓는 햇빛 속에 지금도 환히 장터 위를 굽이 돌아 구례 쪽을 향하였으나, 성기는 한참 뒤 몸을 돌렸다. 그리하

여 그의 발은 구례쪽을 등지고 하동쪽을 향해 천천히 옮겨졌다.

한걸음, 한걸음, 발을 옮겨 놓을수록 그의 마음은 한결 가벼워지어, 멀리 버드나무 사이에서 그의 뒷모양을 바라보고 서 있을 어머니의 주막이 그의 시야에서 완전히 사라져 갈 무렵하여서는, 육자배기 가락으로 제법 콧노래까지 흥얼거리며 가고 있는 것이었다.

문 제

1. 마지막 대목에서 성기가 콧노래를 부르며 길을 나선 까닭을 서술하시오.
   ─ 길을 떠나는 것은 운명의 순응이며 마음이 차분한 상태가 되자 콧노래가 나온 것이다.

2. 이 소설에서 장터가 지닌 의미를 서술해 보시오.
   ─ 장터는 만남과 헤어짐의 장소이다. 아울러 떠돌이 삶을 살아가는 장돌뱅이의 삶의 터전이다. 이 소설에서도 장터의 삶은 떠남이다. 그리고 뒷날 만남으로 이어질 것이다.

등신불

—김동리

작품 정리

갈래	단편소설, 액자소설
성격	종교적
배경	1943년 여름 중국 양자강 북쪽 정원사
시점	1인칭 시점(만적에 관한 이야기 : 3인칭 시점)
주제	인간 고뇌의 종교적 구원

등장 인물

나

태평양 전쟁 때 학병으로 끌려 나가 남경에서 일본 대학 선배의 도움으로 탈출, 불교에 귀의한다.

진기수

중국의 불교학자로 나의 탈출을 도와 준다.

원혜 대사

정원사의 주지로 나를 거두어주고 불도로 인도한다.

만적

법명은 만적, 속명은 '기'. 당나라 때 금릉에서 태어났고 개가한 어머니가 이복형제인 '신'을 독살하려는 것을 말리고, 집을 나간 '신'을 찾아 방황한다. 23세 때 정원사에서 소신 공양으로 성불하여 정원사 금불각에 모셔졌다.

줄거리

'나'는 일제 말기 학병으로 끌려가 남경에 주둔해 있다가, 대학 선배인 진기수의 도움으로 탈출, 정원사란 절에 몸을 의탁한다. 그 곳에서 금불각의 화려한 외양에 반감을 사게 된다. 그러던 중 금불각에 안치된 등신불을 보게 되는데, 일반적인 불상 같지도 않은, 인간적인 비원을 담고 있는 모습에서 충격과 전율을 느끼게 된다.

그 불상은 옛날 소신공양(燒身供養)으로 성불한 '만적'이라는 스님의 타다 굳어진 몸에 금을 씌운 것이다. '나'는 원혜 대사를 통하여 신비로운 성불의 역사를 듣게 된다.

'만적'은 당나라 때의 인물로, 자기를 위하여 이복형제를 독살하려는 어머니로 말미암아 큰 갈등을 겪다가 집을 나간 형 '신'을 찾아 자신도 집을 나와 불가에 몸을 맡긴다. 10년 후 어느 날, 자기가 찾던 이복형이 문둥이라는 천형(天刑)에 고통받고 있음을 보고는 충격을 받는다. 그리하여 인간사의 번뇌를 소신 공양으로 극복할 것을 결심한다. 그가 1년 동안의 준비 끝에 소신 공양하던 날, 여러 가지 이적(異蹟)이 일어나게 된다. 이 때부터 새전(賽錢)이 쏟아지기 시작하여 그 새전으로 '만적'의 타다 굳어진 몸에 금을 씌우고 금불각을 짓게 되었다. 이런 이야기를 들은 '나'는 그 불상에 인간적인 고뇌의 슬픔이 서려 있음을 이해하게 된다. 그런데 이야기를 마친 원혜 대사는 '나'에게 남경에서 진기수 씨에게 혈서를 바치느라 입으로 살을 물어뜯던 오른손 식지(食指)를 들어 보라고 한다. 왜 그 손가락을 들어보라고 했는지, 이 손가락과 '만적'의 소신 공양과 무슨 관계가 있다는 것인지 원혜 대사는 아무 말도 하지 않는데 정오를 알리는 북소리와 목어(木魚)소리만 들려온다.

만적은 법명이요, 속명은 '기', 성은 조씨다. 금릉서 났지만, 아버지가 어떤 이인지는 잘 모른다. 어머니 장씨는 사구(謝仇)라는 사람에게 개가를 했는데, 사구에게 한 아들이 있어 이름을 신이라 했다. 나이는 기와 같은 또래로 모두가 여남은 살씩 되었었다. 하루는 어미(장씨)가 두 아이에게 밥을 주는데 가만히 독약을 신의 밥에 감추었다. 기가 우연히 이것을 엿보게 되었는데 혼자 생각하기를, 이는 어머니가 나를 위하여 사씨집의 재산을 탐냄으로써 전실 자식인 신을 없애려고 하는 것이라 하였다. 기가 슬픈 맘을 참지 못하여 스스로 신의 밥을 제가 먹으려 할 때, 어머니가 보고 크게 놀라 질색을 하며 그것을 뺏고 말하기를, 이것은 너의 밥이 아니다, 어째서 신의 밥을 먹느냐 했다. 신과 기는 아무도 대답을 하지 않았다. 며칠 뒤 신이 자기 집을 떠나서 자취를 감춰 버렸다. 기가 말하기를, 신이 이미 집을 나갔으니 내가 반드시 신을 찾아 데리고 돌아오리라 하고, 곧 몸을 감추어 중이 되고 이름을 만적이라 고쳤다. 처음은 금릉에 있는 법림원에 있다가 나중은 정원사 무풍암으로 옮겨서, 거기서 해각 선사에게 법을 배웠다. 만적이 스물 네 살 되던 해 봄에, 나는 본래 도(道)를 크게 깨칠 인재가 못 되니 내 몸을 태워 부처님 앞에 바치는데, 그때 마침 비가 쏟아졌으나 만적의 타는 몸을 적시지 못할 뿐 아니라 점점 불빛이 환하더니 홀연히 보름달 같은 원광이 비치었다.

원혜 대사의 이야기를 듣고 있는 동안 나는 맘 속으로 이렇게 해서 된 불상이라면 과연 지금의 저 금불각의 등신 금불같이 도달 수밖에 없으리란 생각이 들었다. 그리고 많은 부처님(불상) 가운데서 그렇게 인간의 고뇌와 슬픔을 아로새긴 부처님(등신불)이 한 분쯤 있는 것도 무방한 일일 듯했다. 그러나 이야기를 다 마치고 난 원혜 대사는 이제 다시 나에게 그런 것을 묻지는 않았다.

"자네, 바른 손 식지를 들어보게."

했다.

— 이것은 지금까지 그가 이야기해 오던 금불각이나 등신불이나 만적의 소신 공양과는 아무런 상관도 없는 엉뚱한 이야기가 아닐 수 없다.

나는 달포 전에 남경 교외에서 진기수 씨에게 혈서를 바치느라고 내 입으로 살을 물어 뗀 나의 식지를 쳐들었다. 그러나 원혜 대사는 가만히 그것을 바라보고 있을 뿐 더 말이 없다. 왜 그 손가락을 들어 보이라고 했는지, 이 손가락과 만적의 소신 공양과 무슨 관계가 있다는 겐지, 이제 그만 손을 내리어도 좋다는 겐지 일체 뒷말이 없는 것이다.

　"……."

　"……."

　테허루에서 정오를 아뢰는 큰 북소리가 목어(木魚)와 함께 으르렁거리며 들려온다.

문　제

1. 원혜 대사가 내게 식지를 들어 보라고 한 이유를 말해 보시오.

　— 나의 단지 행위와 만적의 소신이 정신적으로 일치함을 암시해 주고 있다.

2. 만적이 소신 공양을 할 수밖에 없었던 이유를 무엇인지 어머니, 이복형제, 자신의 경우를 고려하여 서술하시오.

　— 어머니의 사악한 마음을 대신 속죄하고 이복형제의 불행한 삶을 구제하여 자신의 번뇌로부터 해탈하고자 하는 간절한 열망.

화랑의 후예

—김동리

작품 정리

갈래	단편소설, 풍자소설
성격	풍자적
배경	1930년대 중반 서울
시점	1인칭 관찰자 시점
주제	과거의 권위에 의존하며 시대착오적으로 살아가는 양반 계층의 허위성 비판과 그에 대한 연민

등장 인물

황 진사
몰락한 양반의 후예로 세태 변화에 적응하지 못하는 인물이다.

나
숙부 집에서 기숙하면서 황 진사란 몰락한 양반의 후예를 만난다.

숙부
나와 황 진사를 연결해 주는 인물로 포용력이 있으며 시대적 변화를 인식하는 인물이다.

　　나는 숙부님을 따라 황 진사라는 도인이 점을 보는 곳으로 가게 되었다. 황일재라고 자신을 소개한 그는 , 육효를 뽑아 점을 치고는 숙부를 따라 나와서 파고다 공원으로 손님을 만나러 갔다. 이것이 그를 처음 만나게 된 사연이다.

　　숙부님이 출타하고 안 계신 어느 날 황 진사는 우리 집을 처음 방문한다. 숙부님 안 계신 것에 실망하면서 '쇠똥 위에 개똥 눈 것'이라는 명약을 꺼내 놓고 잘 간직하라고 한다. 나의 시들한 반응에 공연히 분개하고 억울해 하면서, 끝내는 밥 남은 게 있으면 좀 달라고 해서는 허겁지겁 먹어 치우고는 가 버렸다.

　　그 후 사흘째 되는 날, 이번에는 책상 하나를 가져와서는 또 사라고 한다. 내가 소용이 없다고 하자 값을 깎다가는, 결국 배가 고프니 돈이라도 좀 빌려달라고 한다. 돈을 주자 책상도 도로 메고 가 버렸다.

　　어느 몹시 추운 날, 그는 또 찾아왔다. 내가 하던 일을 마저 하고 돌아보니 그는 시전(詩傳)을 읽고 있었다. 내가 무슨 책이냐고 묻자 흥이 나서 시전에 대해 말을 한다. 내가 무관심해 하자 그는 또 허리춤에서 주역을 꺼내 아는 체를 한다. 주역 속에 지모(智謀)와 조화가 있다면서 기염을 토하는 그가 겨우 쇠똥 위에 개똥 눈 걸 가지고 다니는가 생각하니 한숨이 나왔다. 그는 또 나에게 한시를 지어 달라고 하면서 서울의 유수한 대가와 부자들을 들먹였지만, 그 친구들이란 게 말과는 달리 딴판이었다. 그리고 나에게 장가를 들지 않겠느냐고 제안하기도 한다. 규수가 어떻게 생겼느냐고 물으면, 자기를 닮았다고 한다. 그래서 규수가 그래서 되겠느냐고 하면, 육중한 몸에 식록(食祿)이 들었다고 우겼다.

　　황 진사가 장가를 못 가고 있는 사정을 딱하게 여긴 숙모님이 젊은 과부를 소개시켜 주기로 했다. 저녁에 황 진사에게 그 말을 하니 좋아하면서 규수의 나이와 가문을 물어 왔다. 숙모는 과부이지만 나이 삼십도 안 된 아까운 사람이라고 하니, 황 진사는 황후암의 6대손이라면서 노기 띤 얼굴로 분함을 참지 못한다.

　　숙부님께서 대종교 사건으로 검거되어 숙부님을 면회하고 오는 길에 황 진사가 알은 체를 한다. 그리고 나를 은밀히 한쪽으로 불러서는, 자신이 최근 상고해 본 결과 자신의 조상이 신라적 화랑이었다고 들떠 말했다.

두 달 뒤, 숙모님을 모시고 병원을 다녀오다 황 진사를 다시 보게 되었다. 가짜 약을 팔고 있었다. 약장수들은 떠들고, 그는 점잖게 앉아서 먼 산을 바라보고 있었다. 이 약을 개발한 황 진사 이 분은 대단한 능력을 가진 자라고 약장수가 칭송하고 있었다. 그 때 순사가 왔다. 숙모님이 가자고 끄는 바람에 돌아오다가 뒤를 돌아다보니 황 진사가 순사와 함께 점잖은 모습으로 파출소로 향하고 있었다.

본 문

어느 날은 서대문 밖에 숙부님을 면회하고 돌아오는 길에 광화문통을 지나오려니까,

"아, 이건 노상 해후로구랴!"

하는 소리가 났다. 고개를 들어보니, 연록색 인조견 조끼에 검은 유리 안경을 쓴 황 진사가 빨아 말린 두루마기를 왼쪽 팔에 걸고, 해 묵힌 누렁 맥고모는 뒤통수에 젖혀쓰고, 그 벗겨진 알이마를 햇살에 번쩍거리며 총독부 쪽에서 걸어오고 있는 것이다.

"네, 일재 선생 오래간만이올시다."

하고 내가 인사를 한즉,

"댁에서들 모두 태평하시구, 완장 선생께도 소식 자주 듣고…… 아, 이건 참 노상 해후로구랴!"

또 한 번 감탄하고 나더니,

"이리 잠깐 오. 날 좀 보."

하고, 그는 나를 한 쪽 구석에 불러놓고, 지극히 중대한 사실을 발견했노라고 한다. 나는 사정이 전과 다른 형편에 있던 터이라, 혹시나 이런 데서 무슨 자세한 내용이나 알게 되나 하여 두근거리는 가슴을 누르며 긴장한 낯으로 그를 쳐다보고 있는 것인데, 그는

"아, 내 조상께서는 모르고 지낸 윗대 조상을 근일에 와서 상고했구랴."

이런 엉뚱한 소리를 하였다. 나는 너무 어이없어 어리둥절해 있노라니,

"왜 그루? 어디 편찮우?"

한다. 괜찮으니 얼른 마저 이야기하라고 하니,

"아, 이럴 수가……. 온, 내 조상이 대체 신라적 화랑이구려!"

하고 혼자 감개해서 못 견디는 모양이었다. 그건 또 어떻게 알아냈느냐고 한즉, 근일에 여러 가지 서적을 상고하던 중 우연히 발하게 된 것이라 하였다.

황진사를 광화문통에서 만난 뒤, 두 달이 지난 어느 날, 나는 숙모님을 모시고 병원에 갔다가 총독부 앞에서 전차를 내려 필운동으로 들어가노라니 '모루히네' 환자 치료소 옆에서 조금하면 못 보고 지나칠 뻔하다가 그를 보게 되었다. 머리가 더부룩한 거지 아이 몇 놈과, 아편 중독자 몇과 그 밖에 중풍쟁이, 앉은뱅이, 수족 병신들이 몇 둘러싼 가운데에 한 두어 뼘 길이쯤 되는 무슨 과자 상자를 거꾸로 엎어놓고, 그 위에 삐쩍 마른 두꺼비 한 마리와, 그 옆의 똥그란 양철통에 흙빛 연고약을 넣어두고 약 쓰는 법을 설명하는 위인이 있다.

문 제

1. 황 진사에 대한 나의 태도를 쓰시오.

   — 나는 황 진사를 비판하면서도 애정을 갖는다.

2. 서술자인 '나'가 황 진사를 부정적으로 보지 않고 긍정적인 면을 함께 부각시켜 나타낸 이유를 서술하시오.

   — 황 진사의 허풍이나 허세로 보이는 행동의 저변에는 자존심이란 정신적 올곧음으로 차 있다. 비록 밥을 빌어먹지만 함부로 비굴하지 않고 거들먹거려 보고 정신의 완고성을 어느 정도 받아들이고 있다. 이는 지나간 삶의 방식에 대한 연민의 한 정서로 볼 수 있다.

독 짓는 늙은이

—황순원

작품 정리

갈래	단편소설
성격	회고적
배경	가을 어느 시골
시점	전지적 작가 시점
주제	사라져 가는 것을 일으켜 세우려는 한 노인의 집념과 좌절

등장 인물

송 영감

독을 지으며 살아가는 노인. 자신을 버리고 달아난 조수와 아내를 원망하며 어린 자식을 위해 독을 짓지만 자신의 병과 배신감으로 인해 독을 굽는데 실패하고 죽음을 맞는다.

당손이

송 영감의 아들.

앵두나뭇집 할머니

방물장수를 하는 인정 많은 할머니로 당손이를 부유한 집에 보내준다.

송 영감은 독 짓는 사람이다. 그러나 송 영감은 늙은 몸에 병자, 그의 아내는 송 영감과 어린 아들을 남겨두고 젊은 조수와 도망가 버린다. 심한 분노를 느낀 송 영감은 어린 자식과의 생존을 위해 머리를 감싸고 독을 짓기 시작한다. 그러나 송 영감은 독을 짓던 중 쓰러진다. 방물장수 앵두나뭇집 할머니가 차라리 아들 당손이를 남에게 주라고 제의하지만, 송 영감은 그런 말을 하는 할머니를 나무랄 뿐이다. 송 영감은 날이 갈수록 독 짓는 일에 집념을 불태우지만, 쓰러지는 횟수가 잦아진다. 송 영감은 독들을 가마에 넣고 불을 지피기 시작한다. 송 영감은 독들을 가마에 넣고 불을 지피기 시작하였지만, 제대로 되지 않고 독 튀는 소리만 나올 뿐이다. 송 영감은 다시 쓰러진다. 다음 날 다시 정신을 차린 송 영감은 자기가 죽을 날이 얼마 남지 않았음을 깨닫고 앵두나뭇집 할머니에게 당손이를 부탁한다. 송 영감은 차가워지는 몸을 녹이려 가마 속으로 기어든다. 너무 뜨거워 사람의 몸은 견딜 수 없는, 자신이 지은 독 조각들이 흩어진 곳에서 마치 자신이 그 독들을 대신하려는 것처럼 송 영감은 단단히 무릎을 꿇고 앉는다.

1. 송 영감에 있어 이루지 못한 예술 정신이자 삶의 덧없음을 상징하는 단어를 찾아 쓰시오.
   — 독 조각.

2. 송 영감이 내적으로 갈등하는 이유를 사회적 변화와 관련지어 서술하시오.
   — 송 영감은 가족제도나 장인정신 등 전통적인 가치 질서가 훼손되는 세태 속에서 아내의 배신으로 인한 좌절감을 예술적으로 승화시키고자 하는 집념 사이에서 갈등하게 된다.

별

—황순원

작품 정리

갈래	단편소설, 성장소설
성격	동화적, 낭만적
배경	대동강변 어느 성 밖 마을의 가을
시점	전지적 작가 시점
주제	누이의 죽음을 통하여 생사와 애증 등 인간의 운명적 관계를 깨닫게 되는 성장과정

등장 인물

소년(아이)
어렸을 때 어머니를 여의고 어머니의 영상을 찾아 방황한다. 누이의 죽음을 통해서 누이의 사랑을 깨닫는다.

누이
소년을 진심으로 사랑하는 어머니 같은 존재.

소년(아이)은 어머니에 대한 그리움에 가득 차 있는데, 누이가 죽은 어머니를 닮았다는 과수 노파의 말을 듣는다. 이로 인해 아이는 한 번도 본 적은 없지만 자신이 갖고 있었던 환상, 즉 어머니가 예뻤으리라는 믿음이 깨어질까 심리적으로 갈등한다. 누이의 검은 잇몸으로 어머니에 대한 환상이 깨어질까 두려운 아이는 누이의 진심어린 사랑에도 불구하고 적대시한다. 그 과정이 9개의 에피소드를 거치면서 구체화되어 나타난다.

누이는 시내 어떤 사업가의 막내아들에게 아무 불평도 없이 시집을 가며, 결혼하던 날 가마 앞에서 의붓어머니의 팔을 붙들고 무던히도 슬프게 울면서 자신을 찾던 누이를 소년(아이)은 피한다. 결혼한 지 얼마 안 되어 누이가 죽었다는 소식을 듣고, 죽은 누이의 애정을 확인하려는 행위를 한다. 소년의 눈에 눈물이 괸다. '별'을 보면서 그 옆의 별은 누이의 '별'이 아니겠느냐고 생각하다가 고개를 저으며 아무래도 누이는 어머니와 같은 아름다운 '별'이 되어서는 안 된다고 생각하며 눈물을 떨어뜨린다.

누이는 곧 성안 어떤 실업가의 막내아들이라는, 역시 호리호리한 키에 얼굴이 긴, 누이의 한 반 동무의 오빠라는 청년과 비슷한 남자와 아무 불평 없이 혼약을 맺었다. 그리고 나서 얼마 안 되어 결혼하는 날, 누이는 가마에 오르기 전에 의붓어머니의 팔을 붙잡고 무던히 슬프게 울었다. 아이는 골목에 몸을 숨기고 있었다. 누이는 동네 노파들이 떼어놓은 대로 가마에 오르기 전에 젖은 얼굴을 들었다. 자기를 찾고 있음에 틀림없다고 생각하면서도, 아이는 그냥 몸을 숨기고 있었다.

그리고 누이가 시집간 지 얼마 안 되는 어떤 날, 별나게 빨간 놀이 진 늦저녁 때 아이는 누이의 부고를 받았다. 아이는 죽은 누이의 얼굴을 생각해 내려 하였으나 도무지 떠오르지가 않았다. 슬프지도 않았다. 그러다가 아이는 지난 날 누이가 자기에게 만들어 주었던, 뒤에 과수 노파가 사는 골목 안에 묻어 버린 인형의 얼굴이 떠오를 듯함을 느꼈다. 아이는 골목으로 뛰어갔다. 그리고 주머니에서 칼을 꺼내어 인형 묻었던 자리라고 생각키우는 곳을 팠다. 없었다. 묻은 자리라고 짐작되는 곳을 모조리 파 보았으나 없었다. 벌써 썩어 흙과 분간치 못하게 된 지 오래리라.

도로 골목을 나오는데 전처럼 당나귀가 매어 있는 게 눈에 띄었다. 그러나 전처럼 당나귀가 아이를 차지는 않았다. 아이는 달구지 채에 올라서지도 않고 전보다 쉽사리 당나귀 등에 올라탔다. 당나귀가 전처럼 제 꼬리를 물려는 듯이 돌다가 날뛰기 시작했다. 그리고 아이는 당나귀에게 나처럼,

"우리 닐 왜 쥑엔! 왜 쥑엔!"

하고 소리 질렀다. 당나귀가 더 날뛰었다. 당나귀가 더 날뛸수록 아이의,

"왜 쥑엔! 왜 쥑엔!"

하는 부르짖음이 더 커갔다.

그러다가 아이는 문득 골목 밖에서 누이의 '데런' 하는 부르짖음을 들은 거로 착각하면서, 일부러 당나귀 등에서 떨어져 굴렀다. 이번에는 어느 쪽 다리도 삐지 않았다. 그러나 아이의 눈에는 이제야 눈물이 괴었다. 어느 새 어두워지는 하늘에 별이 돋아났다가 눈물 고인 아이의 눈에 내려왔다. 아이는 문득 자기의 오른편 눈에 내려온 별이 돌아간 어머니라고 느끼면서, 그럼 또 왼편 눈에 내려온 별은 죽은 누이가 어머니처럼 내려온 게 아니냐는 생각에 미치자 아무래도 누이는 어머니와 같은 아름다운 별이 되어서는 안 된다고 머리를 옆으로 저으며 눈을 감아 눈 속의 별을 내몰았다.

문제

1. 이 소설에서 누이의 역할을 성장 소설이라는 관점에서 쓰시오.
   — 누이의 죽음을 계기로 누이의 사랑을 깨닫게 되면서 내면적인 성숙을 보인다.
2. 이 글에서 아이가 누이를 싫어하는 가장 큰 이유를 아이의 입장에서 서술하시오.
   — 아이에게 아름다운 이미지로 남아 있는 어머니의 환상이 누이의 못생긴 얼굴로 인해 사라지게 될까봐 누이를 미워한다.

학

— 황순원

작품 정리

갈래	단편소설
성격	심리적, 사실주의적
배경	1950년 한국전쟁 당시의 가을. 삼팔접경의 북쪽 마을
시점	전지적 작가 시점
주제	사상과 이념을 초월한 인간애의 실현

등장 인물

성삼

이데올로기의 영향을 받지 않은 농민. 덕재와 한 마을에서 자란 친구로 전쟁과 함께 치안대원이 됨.

덕재

이념적 동조 없이 단지 빈농이라는 이유만으로 농민동맹 부위원장이 된 인물로 순박하고 선량한 마음씨를 가진 인물이다.

한국전쟁 직후 삼팔선 접경지대의 고향으로 돌아온 성삼은 어릴 때의 단짝 친구였던 덕재가 잡혀 있는 것을 발견하고는 그의 호송을 자원한다. 덕재는 농사밖에 모르는 극심한 빈농이라는 이유로 농민동맹부위원장을 지냈지만 이념과는 아무 상관이 없다. 피난을 가지 않은 것도 지어 놓은 농사와 병든 부친, 임신 중인 아내를 생각해서다. 옛 친구에 대한 깊은 우정과 호송의 책임 사이에서 갈등하던 성삼은 몇 마디 대화를 통해 덕재의 사정을 이해하게 된다. 마침 나타난 학 떼를 보고 성삼은 학 사냥을 하자는 핑계로 덕재를 도망가게 한다.

본 문

고갯마루를 넘었다. 어느 새 이번에는 성삼이 편에서 외면을 하고 걷고 있었다. 가을 햇볕이 자꾸 이마에 따가웠다. 참 오늘 같은 날은 타작하기에 꼭 맞는 날씨라고 생각했다.

고개를 다 내려 온 곳에서 성삼이는 주춤 발걸음을 멈추었다.

저쪽 벌 한가운데 흰 옷을 입은 사람들이 허리를 굽히고 섰는 것 같은 것은 틀림없는 학 떼였다. 소위 삼팔선 완충 지대가 되었던 이곳. 사람이 살고 있지 않은 그 동안에도 이들 학들만은 전대로 살고 있는 것이었다.

지난날 성삼이와 덕재가 아직 열두어 살쯤 났을 때의 일이다. 어른들 몰래 둘이서 올가미를 놓아 여기 학 한 마리를 잡은 일이 있었다. 단정학이었다. 새끼로 날개까지 얽어매 놓고는 매일같이 둘이서 나와 학의 목을 쓸어안는다.

등에 올라탄다, 야단을 했다. 그러한 어느 날이었다. 동네 어른들의 수군거리는 소리를 들었다. 서울서 누가 학을 쏘러 왔다는 것이다. 무슨 표본인가를 만들기 위해서 총독부의 허가까지 맡아 가지고 왔다는 것이다. 그 길로 둘이는 벌로 내달렸다. 이제는 어른들한테 들켜 꾸지람 듣는 것 같은 문제가 아니었다. 그저 자기네의 학이 죽어서는 안 된다는 생각뿐이었다. 숨돌릴 겨를도 없이 잡풀 새를 기어 학 발목의 올가미를 풀고 날개의 새끼를 끌렀다. 그런데 학은 잘 걷지도 못하는 것이었다. 그동안 얽매여 시달린 탓이리라. 둘이서 학을 마주 안아 공중에 투쳤다. 별안간 총소리가 들렸다. 학이 두서너 번 날개짓을 하다가 그대로 내려왔다. 맞았구나. 그러나 다음 순간, 바로 옆 풀숲에서 펄럭 단정학 한 마리가 날개를 펴자 땅에 내려앉았던 자기네 학도 긴 목을 뽑아 한번 울음을 울더니 그대로 공중에 날아올라, 두 소년의 머리 위에 둥그러미를 그리며 저쪽 멀리로 날아가 버리는 것이었다. 두 소년은 언제까지나 자기네 학이 사라진 푸른 하늘에서 눈을 뗄 줄을 몰랐다……

"얘, 우리 학 사냥이나 한번 하구 가자."

성삼이가 불쑥 이런 말을 했다.

덕재는 무슨 영문인지 몰라 어리둥절해 있는데,

"내 이걸루 올가미 만들어 놓게 너 학을 몰아 오너라."

포승줄을 풀어 주더니, 어느 새 성삼이는 잡풀 새로 기는 걸음을 쳤다.

대번 덕재의 얼굴에서 핏기가 걷혔다. 좀전에, 너는 총살감이라던 말이 퍼뜩 머리를 스치고 지나갔다. 이제 성삼이가 기어가는 쪽 어디서 총알이 날아오리라.

저만치서 성삼이가 획 고개를 돌렸다.

"어이, 왜 맹추같이 게 섰는 게야? 어서 학이나 몰아 오너라!"

그제서야 덕재도 무엇을 깨달은 듯 잡풀 새를 기기 시작했다.

때마침 단정학 두세 마리가 높푸른 가을 하늘에 큰 날개를 펴고 유유히 날고 있었다.

문 제

1. 성삼이가 덕재에게 친근감을 느끼게 된 계기가 된 것은?
   — 덕재와 꼬맹이의 결혼.

2. 우리 소설에서 '학'이 자주 보여진다. 이 글에서 씌어진 학에 의미는 무엇인가?
   — 우리 민족, 백의민족을 나타낸다.

목넘이 마을의 개

―황순원

작품 정리

갈래	단편소설
성격	우화적
배경	일제 강점기 평안도 어느 산간 목넘이 마을
시점	전지적 작가 시점(종결부분 ― 1인칭 관찰자 시점)
주제	한 민족의 강인한 생명력

등장 인물

신둥이개
주인을 잃고 목넘이 마을에 흘러 들어와 모진 박해를 받는다.

간난이 할아버지
신둥이를 이해하는 유일한 인물로 신둥이가 빠져 나갈 수 있게 해 주고 뒷날 신둥이 새끼들을 가져다 마을네 나눠 준다.

큰 동장, 작은 동장
신둥이를 핍박하고 죽이려는 주민들.

만주 이주의 길목인 목넘이 마을에 어느 날 황토에 물들어 누렇게 되다시피 한 '신둥이(흰둥이)' 한 마리가 흘러 들어온다. 몸이 지저분하고 다리까지 저는 이 개는 유랑민이 끌고 가다가 버린 개로 보인다. 이 개를 사람들은 미친 개라고 잡으려고 하지만 '신둥이'는 도망친다. 간난이 할아버지만은 '신둥이'가 굶주리긴 했으나 미친 개는 아니라고 믿는다. 동장 형제들은 동네 개들이 '신둥이'와 함께 있었다는 이유로 잡아먹어 버린다. 다시 마을에 나타난 '신둥이'를 사람들이 잡으려 하자 간난이 할아버지는 '짐승이라도 새끼 밴 것을 차마?' 하는 생각에 살려준다. 얼마 후 간난이 할아버지는 산에서 '신둥이'의 새끼들을 발견한다.

이것은 '나'가 중학 시절 외가가 있는 목넘이 마을에서 간난이 할아버지에게 직접들은 이야기이다. 새끼들이 어느 정도 자라자 간난이 할아버지는 다른 동네에서 얻어 온 것이라고 하며 동네 사람들과 옆 마을에 나누어 준다. 그래서 부근의 개들도 '신둥이'의 피를 이어받게 된다.

밤이 되기를 기다려 크고 작은 동장은 서쪽 산밑 동네로 와 차손이네 마당에 사람들을 모아 가지고 제각기 몽둥이 하나씩을 장만해 들게 했다. 그 속에 간난이 할아버지도 끼여 있었다. 간난이 할아버지는 물론 그 신둥이 개가 미친 개라고는 생각지 않았으나, 이 개가 그 동안도 자기네 집 옆 방앗간에 와 자곤 했으면 으레 자기네 귀한 뒷간의 거름을 축냈을 것만은 틀림없는 일이니 그대로 내버려둘 수는 없다는 생각으로 이 기회에 때려잡아 버리리라는 마음을 먹은 것이었다. 한편, 동네 사람 누구나가 그렇듯이 이런 때 비린 것이라고 좀 입에 대어 보리라는 생각도 없지 않아서.

밤이 퍽이나 깊어 망을 보러 갔던 차손이 아버지가 지금 막 미친 개가 방앗간으로 들어갔다는 걸 알렸다. 동네 사람들은 제각기 입 안에 비린내 맛까지 느끼며 발소리를 죽여 방앗간으로 갔다. 크고 작은 동장은 이 동네 사람들과는 꽤 먼 사이를 두고 떨어져 서서 방앗간 쪽을 지켜보고 있었다.

동네 사람들은 방앗간의 터진 두 면을 둘러쌌다. 그리고 방앗간 속을 들여다보았다. 과연 어둠 속에 움직이는 게 있었다. 그리고 그게 어둠 속에서도 흰 짐승이라는 걸 알 수 있었다. 분명히 그놈의 신둥이 개다. 동네 사람들은 한 걸음 한 걸음 죄어들었다. 점점 뒤로 움직여 쫓기는 짐승의 어느 한 부분에 불이 켜졌다. 저게 산개의 눈이다. 동네 사람들은 몽둥이 잡은 손에 힘을 주었다. 이 속에서 간난이 할아버지도 몽둥이 잡은 손에 힘을 주었다. 한걸음 더 죄어들었다. 눈앞의 새파란 불이 빠져 나갈 틈을 엿보듯이 휙 한 바퀴 돌았다. 별나게 새파란 불이었다. 문득 간난이 할아버지는 이런 새파란 불이란 눈앞에 있는 신둥이 개 한 마리 몸에서 나오는 것이 아니고 여럿의 몸에서 나오는 불이 합쳐진 것이라는 생각이 들었다. 말하자면 지금 이 신둥이 개의 뱃 속에 든 새끼의 분까지 합쳐진 것이라는. 그러자 간난이 할아버지의 가슴속을 흘러 지나는 게 있었다. 짐승이라도 새끼 밴 것을 차마?

이때에 누구의 입에선가, 때려라! 하는 고함 소리가 나왔다. 다음 순간 간난이 할아버지 양 옆 사람들이 주욱 개를 향해 달려 들며 몽둥이를 내리쳤다. 그와 동시에 간난이 할아버지는 푸른 불꽃이 자기 다리 곁을 빠져 나가는 걸 느꼈다.

문제

1. 이 글의 시대적 배경을 바탕으로 하여 '신둥이' 개의 상징적 의미를 서술하시오.
   - 일제 강점기에 삶의 터전을 잃고 떠돌면서도 끈질기게 삶을 이어 나가는 우리 민족.

2. 작가가 신둥이 개 이야기를 통해 말하고자 하는 바를 서술하시오.
   - 개는 딴 마을에서 흘러 들어온다. 유랑민의 대열에서 낙오하였다고 하여 개 또한 유랑하는 민족의 표상으로 가능하다. 고향을 잃고 떠돌면서도 끈질긴 생명력을 발휘하여 마침내 자손을 퍼뜨려 가는 과정을 보여 줌으로써 실향과 가난의 처참한 조건을 딛고 일어서는 민족적 힘을 드러내는 것이다.

갯마을

—오영수

등장 인물

해순이

해녀의 딸로 성구와 결혼하지만 고기잡이 나간 성구가 돌아오지 않아 과부가 된다. 상수와 함께 뭍으로 나가 살지만 상수가 징용에 끌려가자 갯마을로 돌아온다.

성구

해순이의 첫남편으로 착실한 성격이나 고기잡이를 나갔다가 돌아오지 않는다.

시어머니

인정이 많으며 혼자된 며느리를 안타까워하며 해순에게 재가할 것을 권유한다.

상수

해순의 두 번째 남편으로 해순을 데리고 육지로 나가 살지만 얼마 후 징용에 끌려간다.

줄거리

　　동해 바닷가의 H라는 갯마을에는 유달리 과부가 많다. 고기잡이 나갔다가 풍랑을 만나서 죽은 사내가 많기 때문이다. 보자기(海女)의 딸 해순이도 갯마을에 사는 젊은 과부이다. 고등어잡이를 나갔던 남편 성구를 바다에서 잃은 후 시어머니, 시동생과 더불어 바다에 의지하여 생계를 꾸려가고 있다. 어느 날 후리꾼으로 나갔다가 상수라는 어부로부터 구애를 받는다. 며칠 뒤 한 사내가 해순이 혼자 자는 방에 들어와 그녀를 범한다. 해순은 상수의 끈질긴 구혼을 받으면서 그날 밤의 사내가 상수라는 것을 알게 된다. 마침내 동네에 소문이 나고 해순이는 결국 상수를 따라 농사짓는 산골 마을로 간다. 그러나 얼마 지나지 않아 상수마저 징용에 끌려가서 소식조차 끊어지게 된다. 해순이는 산골 마을에 적응하지 못하고 애타게 바다를 그리워하자, 마을 사람들은 이런 해순이를 매구 혼이 들렸다고 무당굿까지 벌이려 한다. 마침내 해순이는 전 남편 성구의 두 번째 제사를 앞두고 갯마을에 시어머니를 찾아온다. 달음산 마루에 초아흐렛달이 걸리고 갯마을에는 달그림자를 따라 멸치 떼가 찾아든다.

본문

　　그의 시어머니는 해순이를 보자, 입부터 실룩이고 눈물을 거두었다. 아들 생각을 해선지? 아니면 제삿날을 잊지 않고 온 며느리가 기특해선지? 해순이는 제 방에 들어가서 우선 잠수 연모부터 찾아보았다. 시렁 위에 그대로 얹혀 있었다. 해순이는 반가웠다. 맘이 놓였다. 그래서 불가로 나왔다.
　　"나 인자 안 갈테야. 성님들하고 같이 살 테야!"

그리고는 훌쩍 일어서서 바다를 바라보고 가슴 가득히 숨을 들이켰다. 오래간만에 맡는, 그렇게도 그립던 갯냄새였다.

　아낙네들은 모두 서로 눈만 바라보고 말이 없었다.

　상수도 징용으로 끌려가 버린 산골에서는 견딜 수 없는 해순이었다. 오뉴월 콩밭에 들어서면 깜북 숨이 막혔다. 바랭이풀을 한 골 뜯고 나면 손아귀에 맥이 탁 풀렸다. 그럴 때마다 눈앞에 훤히 바다가 틔어 왔다. 물옷을 입고 첨벙 뛰어들면…… 해순이는 못 견디게 바다가 아쉽고 그리웠다.

　고등어철. 해순이는 그만 호미를 내던지고 산비탈로 올라갔다. 그러나 바다는 안 보였다. 해순이는 더욱 기를 쓰고 미칠 듯이 산꼭대기로 기어올랐다. 그래도 바다는 안 보였다.

　이런 일이 있은 뒤로 마을에서는 해순이가 매구 혼이 들렸다는 소문이 자자했다. 시가에서 무당을 데려다 굿을 차리는 새, 해순이는 걷은 소매만 내리고 마을을 빠져나와 삼십 리 산길을 단걸음에 달려온 것이다.

　"너 진정이야? 속 시원히 말 좀 해라, 보자."

　숙이 엄마의 좀 다급한 물음에도 해순이는 조용조용,

　"수수밭에 가면 수숫대가 미역밭 같고, 콩밭에 가면 콩밭이 왼통 바다만 같고……."

　"그래?"

　"바다가 보고파 자꾸 산으로 올라갔지 머, 그래도 바다가 안 보이데……."

　"그래, 너거 새서방은?"

　"징용 간 지가 언제라구."

　"저런."

　"시집에선 날 매구 혼이 들렸대."

　"쯧쯧."

　"난 인제 죽어도 안 갈테야, 성님들하고 여기 같이 살 테야!"

　이때 후리막에서 야단스레 꽹과리가 울렸다.

　"아, 후리다!"

　"후리다."

　"안 가?"

"왜 안 가!"

숙이 엄마가 해순이를 보구,

"맴치마만 두르고 빨리 나오라니⋯⋯."

해순이는 재빨리 옷을 갈아입고 나왔다. 아낙네들은 해순이를 앞세우고 후리막으로 달려갔다. 맨발에 식은 모래가 오장 육부에 간지럽도록 시원했다.

달음산 마루에 초아흐레 달이 걸렸다. 달 그림자를 따라 멸치 떼가 들었다.

—데에야 데야⋯⋯.

드물게 보는 멸치 떼였다.

문 제

1. 해순의 입장에서 바다의 의미를 쓰시오.

— 해순이 상수와 재혼하여 갯마을을 떠났지만 그녀는 다시 갯마을로 돌아온다. 바다와 갯마을은 그녀 자신의 일부요 삶의 전부이기 때문이다.

2. 이 글에서 해순이의 삶을 위협하는 조건으로 가장 두드러진 것은 무엇인가요?

— 파도.

요람기

—오영수

작품 정리

갈래	단편소설
성격	향토적, 회상적, 수필적
배경	어느 산간 마을
시점	작가 관찰자 시점
주제	천진난만한 산골 소년의 생활과 추억

등장 인물

소년
천진하고 순박한 산골 소년.

춘돌
김 초시네 머슴으로 조무래기들과 어울려 잘 놀아준다.

도시 문명의 혜택을 받지 못하는 산간 마을이지만 '소년'은 아이들과 즐겁게 지냈다. 봄철에는 들불놀이, 너구리 잡기를 하고, 아이들이 잡아 온 물까마귀를 그들의 대장격인 춘돌이가 꾀를 써서 다 먹기도 했다. 여름에는 밤밭골에서 소에게 풀을 뜯기기도 하고 멱을 감다가 참외 서리를 하기도 했으며 밤에는 평상에 누워 누나와 이야기를 나누다가 잠들었다. 가을이면 아이들과 콩 서리를 해서 춘돌이가 시키는 대로 먹기도 하고, 결혼해 마을을 떠난 이대룡과 득이를 그리워하기도 했다. 겨울이 되면 연날리기를 즐겼다. 연싸움이 특히 재미있었지만 정월 보름에 그 연을 날려 보냈다.

꿈과 소망을 키우던 '소년'은 어느 새 인생이 무엇인지를 아는 어른이 되었다.

기차도 전기도 없었다.

라디오도 영화도 몰랐다.

그래도 소년은 고장 아이들과 함께 마냥 즐겁기만 했다.

봄이면 뻐꾸기 울음과 함께 진달래가 지천으로 피고 가을이면 단풍과 감이 풍성하게 익는, 물 맑고 바람 시원한 산간 마을이었다.

먼 산골짜기에 얼룩얼룩 눈이 녹기 시작하고 흙바람이 불어오면, 양지 쪽에 몰려 앉아 해바라기를 하던 고장 아이들은 들로 뛰쳐나가 불놀이를 시작했다.

잔디가 고운 개울 둑이나 논밭 두렁에 불을 놓은 것을 아이들은 '들불놀이'라고 했다. 겨우내 움츠리고 무료에 지친 아이들에게, 아직도 바람 끝이 매운 이른 봄, 이 들불놀이만큼 신명나는 장난도 없었다.

높새가 불기 시작하면 아이들은 기를 쓰고 연을 날렸다. 이 고장에는 유독 연날리기가 심했다. 아이들뿐만 아니라 어른들도 연을 무척 좋아했고 많이 날렸다.

한 말로 연이라지만 연에도 여러 가지가 있었다.

가오리연, 문어연, 솔개연, 방구연 — 방구연에는 홍연과 상주연이 있었다.

홍연은 종이에 물을 들인 붉은 연이고, 상주연은 흰 종이 그대로 발라 만든 연이다.

연의 재미는 역시 연싸움에 있었다. 당사(唐絲)에다 아교를 먹여 유릿가루를 묻힌 것을 '사'라고 했다. 사가 잘 먹은 실에는 손을 베이기가 일쑤였다. 이렇게 사를 먹인 실을 자새가 두툼하게 감고 홍연을 높직이 바람을 태워 가지고 싸움에 나설 때는 마치 전장에 나가는 장수 같은 기세였다.

이런 것은 주로 어른들의 연이고, 아이들은 꽁지가 긴 가오리연이나 솔개연이 고작이었다. 멀리서 싸움연이 거만하게, 또는 위풍이 당당하게 싸움을 걸어오면 아이들은 재빨리 연을 감아 버리거나 달아나 버려야 했다. 그러나 싸움연이 워낙 빨라서 미처 피하기도 전에 얽히고 보면 영락없이 떼이고 말았다.

떼인 연이 가까운 곳에 내려앉으면 주워 오기도 하지만, 개울이나 무논에 떨어지면 그만이었다. 연을 떼이고 발버둥을 치면서 우는 아이도 많았다.

연날리기도 정월 대보름까지였다. 보름이 지난 뒤에도 연을 날리면 쌍놈이라고 했다. 그래서 정월 보름날이면 어른, 아이 할 것 없이 연을 날려보내기로 돼 있었다. 숯가루를 꼭 궐련 모양으로 한지에 말아가지고 연에서 두어 자 앞 실에다 매달고 꽁무니에 불을 붙여 연을 올린다.

이때는 실이 닿는 한 멀리 높게높게 올린다.

숯가루 궐련이 점점 타들어가서 실에 닿으면, 연은 실과 자새와 주인만을 남기고 팔랑 날아가 버린다.

어쩌면 새처럼, 어쩌면 나뭇잎처럼 까마득히 떠나가는 연을 바라보면서 아이들은 제 연이 멀리멀리 떠나가기를 마음속으로 바랐다.

언제나 가 보고 싶으면서도 가보지 못한 산과 강과 마을, 어쩌면 무지개가 선다는 늪, 이빨 없는 호랑이가 담배를 피우고 산다는 산속, 집채보다도 더 큰 고래가 헤어다닌다는 바다, 별똥이 떨어지는 어디메쯤 — 소년은 이렇게 떠나가는 연에다 수많은 꿈과 소망을 띄워 보내면서 어느 새 인생의 희비애환과 이비(理非)를 가릴 줄 아는 나이를 먹어 버렸다.

1. 마을 아이들은 연을 언제까지 날리고 왜 그러는지 쓰시오.
   — 아이들은 연을 정월 대보름까지만 날렸다. 그 이후로 연을 날리면 쌍놈이
   라고 했다.

2. 이 글의 작가가 제목을 요람기라고 붙인 이유를 쓰시오.
   — 요람이란 젖먹이를 담아서 혼들어 놀게 하거나 재우는 바구니로 이는 비
   유적으로 어린 시절을 의미한다. 작가가 요람기라 명명함으로써 어린 시절
   의 이야기임을 밝히고 어린 시절의 향수를 나타내고 있다.

비 오는 날

—손창섭

등장 인물

원구

동욱의 친구로 동욱 남매에게 온정을 베푸는 인물이다.

동욱

전쟁으로 인해 월남하여 동생이 그린 초상화를 미군 부대에 팔아 생활하고 있다. 겉으로는 동생을 박대하나 속으로는 정이 많은 인물이다.

동옥

오빠를 따라 월남하여 그림을 그리며 살고 있지만 불편한 다리 때문에 세상에 대한 경계심을 갖는다. 차츰 원구에게 마음을 열어 놓는다.

　　1·4후퇴 때 월남해서 부산에서 잡화를 팔며 살고 있는, 원래는 법학을 전공한 학생으로, 어릴 때 친구인 동욱을 만난다. 그에게는 그림을 좋아하는 신체불구자인 동생 동옥이 있었다. 동욱은 미군에게 초상화를 주문받아 그것을 동옥이가 그려서 생활하고 있었다. 우연히 원구가 동욱을 만나자 동욱은 원구에게 적선하는 셈 치고 동옥과 결혼할 생각이 없느냐고 묻기도 한다. 어느 비 오는 날 동욱의 집을 찾아간 원구는 인가에서 떨어진 외딴 목조 건물, 마치 도깨비가 나올 것 같은 집에서 냉소적으로 대하는 동옥을 만나는데, 동욱은 이제 초상화 그리는 일도 없다며 외로운 동옥을 가끔 찾아와 위로해 줄 것을 원구에게 부탁한다. 그 후 동욱의 집을 찾아간 원구는, 동옥이 자신의 처지를 생각해 모아 놓은 돈을 주인 노파에게 떼이고, 그로 인해 동욱이 동옥을 심하게 대하는 것을 본다. 다음에 찾아 갔을 때 원구는 동욱 남매를 볼 수 없었고 낯선 사내가 주인이 되어 있었다. 주인은 동옥이 편지를 남겼는데 아이들이 찢어버렸다고 한다. '그년은 인물이 반반해서 굶어죽지 않을 거라'는 주인의 말에 동옥이 사창가로 팔려갔으리라는 생각으로 자책감에 빠진다.

1. 이 소설에서 비극적 상황을 더욱 증폭시키는 시간적, 공간적 배경을 밝혀 쓰시오.
　　─ 비 오는 날 폐가와 같은 음습한 집.

2. 동욱이 원구의 방문에 무표정과 무관심한 표정으로 맞는 이유를 서술하시오.
　　─ 동옥의 사회성 결여를 말하는 것으로 그녀가 그렇게 된 까닭은 지독한 가난과 육체적 불구 때문이다. 이런 조건은 그녀를 폐쇄적이게 하며 자폐적 자아로 만든다.
　　그녀가 냉소를 핀 듯한 표정을 짓고 거만해 보이는 듯한 것도 이런 데서 말미암은 무표정에 기인한다.

잉여인간

—손창섭

등장 인물

서만기

치과 의원 원장. 채익준과 천봉우의 중학 동창으로 '잉여인간'인 이들을 포용하고 자신의 삶을 굳게 지켜 나감.

채익준

부조리에 분노하고 비분 강개하는 인물.

천봉우

소극적이고 실의에 빠져 있는 인물.

홍인숙

서만기 치과 의원의 간호원.

봉우의 처

경제 능력이 비범한 여인으로 행실이 좋지 않음.

은주

서만기의 처제로 형부를 연모한다.

채갑성

익준의 아들.

줄 거 리

　　서만기는 치과의사다. 서만기의 병원에는 중학 동창인 채익준과 천봉우
가 찾아와 종일토록 한담(閑談)으로 소일한다. 이들은 소위 '잉여인간'들
이다. 익준은 조금이라도 마음에 들지 않는 신문 기사를 보면 비분 강개하
여 어쩔 줄 모르는 인물이고, 봉우는 실의의 인간으로 간호원 홍인숙을 짝
사랑하고 있다.

　　봉우의 아내는 병원 건물의 주인으로서 주위의 평판이 좋지 않다. 그녀
는 가난한 치과의사 만기를 돈으로 유혹하려 하지만 만기는 점잖게 거절
을 한다. 끝내는 집세를 올려주지 않으면 나가 달라고까지 협박을 하나 만
기는 이를 뿌리치고, 병원을 잃고 난 다음 어떻게 살아갈까 고민을 한다.

　　어느 날, 익준의 아내가 죽었다는 말을 듣는다. 익준을 찾을 수 없는 만
기는 아이를 따라 익준의 집에 간다. 익준의 집은 궁색하기 이를 데 없었다.
만기는 봉우 처에게 장례비용을 융통하여 장례식을 치른다. 만기는 어느
날 일주일 이내에 병원과 시설 일체를 내어 달라는 봉우 처의 편지를 받는
다. 익준 처의 장례식을 치르고 난 후, 익준은 머리에 상처를 입고 돌아온
다. 그는 상복을 입은 아들을 보고 장승처럼 선 채 움직일 줄 모른다.

본 문

　　오늘도 간호원을 도와 실내 청소를 마치고 난 익준은 대합실에 자리잡
고 신문을 펴 들었다. 아마도 세상에 그처럼 충실한 신문 독자는 없을 것이

다. 이 병원에서 구독하고 있는 두 종류의 신문을 그는 한 시간 이상이나 시간을 소비해 가며 첫 줄 처음부터 끝줄 끝자까지 기사고 광고고 할 것 없이 하나도 빼지 않고 죄다 읽어버리는 것이다. 익준은 또한 그저 신문을 읽는 데만 그치지 않는다. 거기 보도된 기사 내용에 대해서 자기류의 엄격한 비판을 가할 것을 잊지 않는 것이다. 지금도 익준은 신문을 보다 말고 앞에 놓여 있는 소형 탁자를 주먹으로 내리치며 격분하여 고함을 질렀다.

"천하에 이런 죽일 놈들이 있어!"

참지 못해 신문을 든 채 벌떡 일어섰다. 익준은 진찰실로 달려 들어가서 그 신문지를 간호원의 턱밑에 들이대며,

"미스 홍, 이걸 좀 봐요. 아니 이런 주리를 틀 놈들이 있어 글쎄!"

눈을 부라리고 치를 부르르 떨었다. 신문 사회면에는 어느 제약회사에서 외국제 포장갑을 대량으로 밀수입해다가 인체에 유해한 위조품을 넣어 가지고 고급 외국약으로 기만 매각하여 수천만 환에 달하는 부당 이득을 취하였다는 기사가 크게 보도되어 있었다. 인숙이 그 기사를 읽는 동안 익준은 분을 누르지 못해 진찰실과 대합실 사이를 왔다갔다하여 혼자 투덜거리었다. 이윽고 인숙에게서 신문지를 도로 받아 든 익준은 그것을 돌돌 말아가지고 옆에 있는 의자를 한 번 딱 치고 나서,

"그래 미스 홍은 어떻게 생각해. 이놈들을 어떻게 처치했으면 속이 시원하겠느냐 말요?"

마치 따지고 들 듯했다.

"그야 뻔하죠 뭐. 으레 법에 의해서 적당히 처벌될 게 아니겠어요."

그러자 익준은 한층 더 분개해서 흡사 인숙이 범인이거나 한 듯이 핏대를 세우고 대드는 것이었다.

"뭐라고? 법에 의해서 적당히 처벌될 거라? 아니 그래 이따위 악질 도배들을 그 뜨뜻미지근한 의법 처단으루 만족할 수 있단 말요? 미스 홍은 그 정도루 만족할 수 있느냐 말요. 무슨 소리요, 어림없소. 이런 놈들은 그저 대번에 모가질 비틀어 버리구 말아야 돼. 그리구두 모가지를 베어선 옛날처럼 네거리에 효수(梟首)를 해야 돼요. 극형에 처해야 마땅하단 말요!"

(중략)

봉우는 다시 신문을 집어 들고 기사 제목을 대강 더듬어 보기 시작했다.

봉우는 언제나 그랬다. 게슴츠레한 낯으로 대합실에 나타나면 익준이가 한 자 빼지 않고 샅샅이 읽고 놓아 둔 신문을 펴 들고, 건성건성 제목만 되는 대로 주워 읽고 마는 것이다. 그리고 나서는 진찰을 받으러 온 환자처럼 말 없이 우두커니 앉아서 시간을 보내는 것이다. 그의 시선은 자주 간호원에 게로 간다. 그때만은 그의 눈도 노상 황홀하게 빛난다. 그러다가 간호원과 시선이 마주치면 봉우는 당황한 표정으로 외면해 버리는 것이다. 빼빼 말 라붙은 몸집에 키만 멀쑥하게 큰 그는 언제나 말이 적고 그림자처럼 조용 하다. 어딘가 방금 자다 깬 사람 모양 정신이 들어 보이지 않는 표정을 하 고 있다. 하기는 그는 대합실 구석 자리에 앉은 채, 곧잘 낮잠을 즐긴다. 봉 우의 낮잠 자는 모양이란 아주 신기하다. 소파에 앉은 대로 허리와 목을 꼿 꼿이 펴고 깍지 낀 두 손을 얌전히 무릎 위에 얹고는 눈을 감고 있다. 그러 고 자는 것이다.

문 제

1. 잉여 인간의 뜻을 쓰고 거기에 해당하는 인물을 제시하시오.
   - 잉여 인간이란 남아 돌아가는 인간이란 뜻이다.
   천봉우와 채익준 같은 인간들이다.

2. 작가가 서만기 같은 인물을 소설의 주인공으로 설정한 이유를 쓰시오.
   - 서만기라는 의지적 인물을 주인공으로 설정한 이유는 전쟁이 가져다 준 불구성과 황폐함으로부터 벗어날 수 있는 가능성을 제시하기 위함이다.

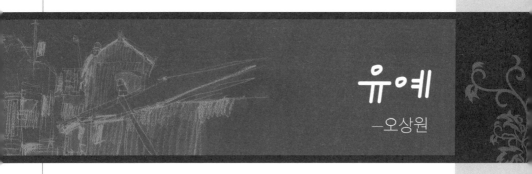

유예
―오상원

작품 정리

갈래	심리소설, 전후 소설
성격	독백적, 실존적
배경	한국 전쟁 당시의 어느 산골마을의 눈덮인 들판
시점	1인칭 주인공 시점
주제	전쟁의 비인간성

등장 인물

나
적군에게 포로로 붙잡히는 소대장으로 전향을 거부하다 처형당한다.
두려움에 떨면서도 자신의 의지와 신념을 지키는 인물이다.

선임하사
'그'의 부하로 극한 상황에서 의연하게 죽음을 맞이한다.

북으로 진격하며 몇 차례의 전투를 벌이면서 적의 배후 깊숙이 들어간 '나'의 부대는 본대와 연락이 끊어졌다. 눈 속에 쓰러진 부하들을 버려둔 채 여섯 명만이 눈을 헤치며 나아가지만 마지막 전투에서 모두 전사하고 '나'만 남는다. '나'는 무릎까지 파묻히는 눈 속을 헤치면서 남쪽으로 걷다가 일주일째 되던 날 저녁, 험한 준령을 넘었다. 인적 없이 황량한 마을. 인민군들이 한 청년을 죽음의 둑길로 내몰고 총을 겨누자 '나'는 인민군을 향해 총을 난사하지만, 인민군의 응수에 의식을 잃는다. 이후 몇 번의 심문이 있고 적의 회유에 비협조적이었던 '나'에게 사형 집행 처분이 내려진다. '나'는 끝나는 그 순간까지 정확히 자신의 삶을 끝맺어야 한다고 생각하면서 둑길을 걸어간다. 연발하는 총성이 들리고 흰 눈이 회색빛으로 흩어지다가 점점 어두어지자, 자신은 모든 것이 끝났지만 그들은 일상으로 돌아갈 것이라고 생각하다가 의식이 점점 흐려진다.

문 제

1. 명암의 변화를 통하여 주인공이 죽음에 이르는 과정을 나타낸 문장을 쓰시오.
   ─ 흰 눈이 회색빛으로 흩어지다가 점점 어두워진다.

2. 주인공이 아무것도 아니다라고 반복하는 이유를 서술하시오.
   ─ 주인공은 죽음을 앞두고 '아무것도 아니다'라고 반복하고 있다. 이는 전쟁의 상황에서 인간의 존재가 아무런 의미를 지닐 수 없는 허망한 존재임을 인식하게 되었음을 표현한 것이다.

불꽃

—선우휘

작품 정리

갈래	중편소설, 전후소설
성격	독백적
배경	3·1운동부터 한국 전쟁까지 P고을
시점	전지적 작가 시점
주제	한국 근대사의 비적극적 갈등을 극복하고 자기개혁을 실천하는 한 인간의 결의

등장 인물

할아버지
조상의 대통을 잇는 것을 전부로 생각하는 보수적이고 폐쇄적인 인물.

아버지
민족주의자.

현
할아버지와 아버지 사이에서 방황하다 현실참여라는 새 차원의 삶을
시도하는 인물로 아버지 쪽으로 자신을 창조해 간다.

연호
현의 친구로 열성 공산주의자 현과 혁명에 대한 열띤 토론을 벌인다.

고현의 아버지는 기독교 신자로서 3·1운동 때 일경의 총을 맞고 뒷산 동굴에 피신하였다가 죽은 민족주의자였다. 현의 할아버지 고 노인은 충직하기는 하나 풍수 지리를 믿고 조상일만 돌보며 안일하게 살아가며, 손자 현에게 지극한 관심을 쏟는다. 현의 어머니는 현실의 고통과 외로움을 극복하려는 인고의 인물로 기독교에 귀의하여 아들을 보살핀다. 현은 일본 유학 시 제국주의 찬양론자 다까다 교수의 영웅주의적 감상과 기만에 불만을 품고 귀국했다가 학병으로 끌려간다.

중국에 파병되었다가 탈영했고, 만주에 진주한 소련군의 만행도 경험한다. 학병 탈출 후 해방된 고향으로 돌아온다. 여학교 교사로 근무하면서 사상적 부조리와 혼란을 경험하고 여수, 순천 사건도 듣게 된다. 한국전쟁이 터지자, 전쟁에 나갔다가 돌아온 친구 연호와 공산주의 혁명에 대한 열띤 토론을 벌이기도 한다. 인민 재판이 있던 날 현은 동료 여교사 조 선생의 부친이 처형당하는 것을 보고 드디어 분노가 폭발한다. 연호를 치고 보안서원의 총을 빼앗아 아버지가 죽은 동굴로 피신한다. 현의 은신처를 알게 된 연호는 현의 할아버지를 인질로 잡고서 투항을 종용한다. 처음에는 투항하시라던 할아버지가 너는 살아야 한다고 용기를 준다. 이때 연호가 할아버지를 사살한다. 현은 연호를 총으로 쏘아 죽이고 탈출한다. 그는 연호의 총탄을 맞고 흐려져 가는 의식 속에서도 생명의 불꽃을 느끼며, 현실과 정정 당당하게 대결하면서 살아갈 것을 결심한다.

본 문

나는 다음 탄환으로 연호의 가슴을 뚫었다. 사람을 죽인 것이다. 남에게 손가락 하나 까딱하지 않으려던 내가 사람을 죽인 것이다. 가엾은 연호, 연호와 나와는 아무런 원한도 없었는데, 인간이란 이래서 죄인이라는 것일까. 어쩔 수 없이 살인을 하게 되는 인간의 불여의. 죄악을 내포한 인간의 숙명? 그것은 원죄?

우거진 꽃밭의 울타리 안에서 스스로 죄 없다는 나자신을 잠재우고 있을 때, 밖에서는 검은 구름과 휘몰아칠 폭풍이 그리고 사람이 죽어 가는 비명이 준비되고 있었다.

그것은 먼저 내가 질러야 할 비명이었을는지도 모른다. 그 어린 병사 대신 내가 그 길가에 누웠어야 했을는지도 모른다. 나 같은 인간은 아직 살아 있었고, 살아야 할 인간은 죽어 갔다. 이런 것이 그대로 용허될 수 있었다고 생각되는가. 동굴에서 죽은 부친. 강렬히 살아서 아낌없이 그 생명을 일순에 불태운 부친. 부친은 살아 남은 인간들을 대신해서 죽었고, 그들의 삶에 어떤 의미를 부여했을는지도 모른다.

저 숲 속에 누운 할아버지. 시체가 아니라 그것은 삶의 증거. 모든 불합리에 알몸으로 항거하고 불합리 속에 역시 불합리한 삶을 주장한 피어린 한 인간의 역사. 거인의 최후 같은 그 죽음.

어머니. 가냘픈 여인의 몸으로 그토록 견딘 인간의 아픔. 그 아픔을 넘어서 내게 대한 사랑, 그리고 기어이 모든 것을 의탁하는 신에 대한 사랑으로 높인 어머니.

너는 어느 때 어떠한 아픔을 견디었던가. 껍질 속에서 아픔을 거부한 무엄과 비열.

너는 너절한 녀석이었다. 생생한 여자의 알몸을 안기가 두려워 자독 행위로 스스로의 육체를 기만한 너절한 자식. 져야 할 책임이 두려워 되지 못한 자기 변명으로 자위한 비겁.

껍질 속에 몸을 오므리고 두더지처럼 태양의 빛을 꺼린 삶. 산 것이 아니라 다만 있었다. 마치 돌맹이처럼. 결국 너는 살아 본 일이 없었던 것이다. 살아 본 일이 없다면 죽을 수도 없는 일이 아닌가. 살아 본 일이 없이 죽는다는 것, 아니 죽을 수도 없다는 안타까움이 현의 마음에 말할 수 없는 공포의 감정을 휘몰아왔다. 현은 잃어져 가는 생명의 힘을 돋구어 이 공포의 감정에 반발했다.

— 살아야겠다. 그리고 살았다는 증거를 보이고 다시 죽어야 한다.

현은 기를 쓰는 반발의 감정 속에서 예기치 않은 새로운 힘이 움터 오르는 것을 느꼈다. 그 힘이 조금씩 조금씩 마음에 무게를 가하더니, 전신에 어떤 충족감이 느껴지자 현은 가슴속에서 갑자기 '우직' 하고 깨뜨려지는 자기 껍질의 소리를 들었다. 조각을 내고 부서지는 껍질. 그와 함께 거기서 무수한 불꽃이 튀는 듯했다.

그것은 다음 차원에의 비약을 약속하는 불꽃. 무수한 불꽃. 찬란한 그 섬광. 불타는 생애의 유혹. 전신을 흐르는 생명의 여울. 통절히 느껴지는 해방감. 현은 끝없이 푸른 하늘로 트이는 마음의 상쾌를 느꼈다.

문 제

1. 불꽃의 상징적 의미를 소설 속에 나오는 구절을 사용하여 쓰시오.
   — 무사안일의 현실 도피적 삶에서 빠져나와 현실 참여라는 새로운 차원의 비약을 다짐하는 힘과 용기.

2. 현의 변신은 앞으로 일어날 행동 방향을 암시하고 있다. 구체적으로 어떻게 전개될 것인지 각자의 생각을 서술해 보시오.
   — 연호를 내세운 좌파 이데올로기와 대립되는 양상으로 전개될 것을 생각하여 서술할 수 있다.

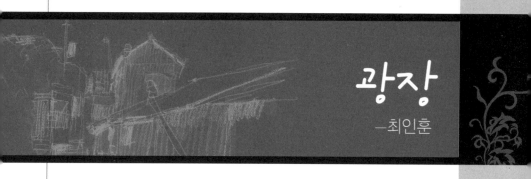

광장
—최인훈

작품 정리

갈래	장편소설
성격	독백적, 관념적
배경	해방 직후부터 한국 전쟁까지 남한과 북한, 인도양
시점	3인칭 전지적 작가 시점
주제	분단 이데올로기 속에서 존재에 대한 근원적 의미 추구

등장 인물

이명준
철학을 전공하는 대학생으로 치열하게 남과 북을 오가면서 존재의 확인을 위해 투쟁하는 것처럼 보이지만 이념의 허상에 좌절한다. 여인과의 사랑에서 돌파구를 찾는 낭만적 성격도 갖고 있다.

이형도
명준의 부친으로 월북한 혁명가이다.

윤애
명준의 남쪽 애인. 명준의 월북 후 명준의 친구 태식과 결혼하여 평범하게 살아간다.

은혜

명준의 북쪽 애인으로 발레리나. 북한군 간호장교로 종군하다가 명준의 아이를 가진 채 전사. 명준의 삶에 어떤 실마리를 제공할 수 있었던 여인.

줄거리

　　남한의 철학과 학생인 이명준은 자기만의 밀실 안에서 현실을 편협하게 해석한다. 그러다 그는 북한에 있는 아버지의 정치활동으로 경찰서에 불려가 구타를 당하고, 빨갱이로 몰리기까지 하자 남한의 현실에 환멸을 느끼고 월북한다.

　　그러나 이명준의 비판적 눈에 비친 북한 사회는 사회주의 제도의 굳어진 공식인 명령과 복종만이 있는 곳으로, 활기차고 정의로운 삶은 찾을 수가 없는 곳이었다. 즉, 진정한 삶의 광장은 없는 곳이었던 것이다. 이처럼 이명준은 남과 북에서 이념의 선택을 시도했으나, 어느 곳에서도 진실을 발견하지 못하는, 일종의 허무주의적 상황에 처하게 된다. 이명준은 병문안 온 국립극장 소속 무용단원인 '은혜'와의 사랑에서 잠시나마 위안을 얻지만 그녀는 얼마 후 모스크바로 떠난다. 낙동강 전선에서 간호병으로 참전한 은혜를 다시 만나지만, 그녀는 명준의 아이를 가진 채 전사하였다.

본문

　　그는 지금, 부채의 사북자리에 서 있다. 삶의 광장은 좁아지다 못해 끝내 그의 두 발바닥이 차지하는 넓이가 되고 말았다. 자 이제는? 모르는 나라, 아무도 자기를 알 리 없는 먼 나라로 가서 전혀 새사람이 되기 위해 배를 탔다. 사람은, 모르는 사람들 사이에서는 자기 성격까지도 골라잡을 수도 있다고 믿는다. 성격을 골라 잡다니! 모든 일이 잘 될 터이었다. 다만 한 가지만 없었다면 그는 두 마리 새들을 방금까지 알아보지 못한 것이었다. 무덤 속에서 몸을 푼 한 여자의 용기를, 방금 태어난 아기를 한 팔로 보듬고 다른 팔로 무덤을 깨뜨리고 하늘 높이 치솟는 여자를, 그리고 마침내 그를 찾아내고야 만 그들의 사랑을.

돌아서서 마스트를 올려다본다. 그들은 보이지 않는다. 바다를 본다. 큰 새와 꼬마 새는 바다를 향하여 미끄러지듯 내려오고 있다. 바다. 그녀들이 마음껏 날아다니는 광장을 명준은 처음 알아본다. 부채꼴 사북까지 뒷걸음질친 그는 지금 핑그르르 뒤로 돌아선다. 제 정신이 든 눈에 비친 푸른 광장이 거기 있다.

자기가 무엇에 홀려 있음을 깨닫는다. 그 넉넉한 뱃길에 여태껏 알아보지 못하고, 숨바꼭질을 하고 피하려 하고, 총으로 쏘려고까지 한 일을 생각하면, 무엇에 씌었던 게 틀림없다. 큰일 날 뻔했다. 큰 새, 작은 새는 좋아서 미칠듯이, 물속에 가라앉을 듯, 탁 스치고 지나가는가 하면 되돌아오면서, 그렇다고 한다.

무덤을 이기고 온, 못 잊을 고운 각시들이, 손짓해 부른다. 내 딸아. 비로소 마음이 놓인다. 옛날, 어느 벌판에서 겪은 신내림이 문득 떠오른다. 그러자, 언젠가 전에, 이렇게 배를 타고 가다가, 그 벌판을 지금처럼 떠올린 일이, 그리고 딸을 부르던 일이, 이렇게 마음이 놓이던 일이 떠올랐다. 거울 속에 비친 남자는 활짝 웃고 있다.

밤중.

선장은 문을 두드리는 소리에 잠자리에서 몸을 일으켰다. 얼른 손목에 찬 야광시계를 보았다. 마카오에 닿자면 아직 일렀다.

"무슨 일이야?"

"석방자가 한 사람 행방불명 됐습니다."

"응?"

"지금, 같은 방에 있는 사람이 신고해 와서. 인원을 파악해냈습니다만 배 안에 보이지 않습니다."

선장은 계단을 내려가면서 물었다.

"누구야 없다는 게?"

"미스터 리 말입니다."

이튿날.

타고르호는, 흰 페인트로 말쑥하게 칠한 삼천 톤의 몸을 떨면서, 한 사람의 손님을 잃어버린 채 물체처럼 빼곡히 들어찬 남자나 바다의 훈김을 헤치며 미끄러져 간다.

흰 바다새들의 그림자는 보이지 않는다. 마스트에도, 그 언저리 바다에도.

아마, 마카오에서, 다른 데로 가 버린 모양이다.

문 제

1. 명준이 중립국을 선택한 까닭은 무엇인지 서술하시오.

　─ 명준이 중립국을 선택한 이유는 남한과 북한이 모두 광장의 의미를 소실한 공간이라는 사실을 깨달았기 때문이다. 따라서 그의 선택은 남과 북의 어느 곳도 선택할 수 없어, 할 수 없이 중립국을 선택하게 된다.

2. 광장과 밀실의 관계에 주목하여 명준이 선택한 '바다'의 의미를 설명하시오.

　─ 광장은 인간적인 교감이 이루어지는 자유로운 공간이라는 의미를 가진다. 바다는 이념이 배제된 개인적인 밀실이며, 사랑으로 참다운 개인적 가치를 실현할 수 있는 공간이다. 그러므로 바다는 밀실과 광장이 조화를 이룬 공간을 의미한다.

제3인간형

— 안수길

작품 정리

갈래	단편소설
성격	사실적
배경	한국 전쟁, 부산
시점	전지적 작가시점
주제	지식인의 좌절과 방황 그리고 새인간형의 탐구

등장 인물

석

전쟁 전에는 작가로 활동, 피난지 부산에서 생계 유지를 위해 교사가 되었다.

조운

본명은 최춘택으로 자기성찰에 충실했던 작가였으나 전쟁 중 자동차 사업가로 변신 안일한 삶을 추구한다.

미이

모회사 중역의 딸로 철부지 문학 소녀였으나 전쟁 중 가족의 죽음 및 파탄을 겪으며 신념의 인간으로 성장, 간호 장교의 길을 택한다.

한때 작가였다가 한국 전쟁 후 피난지 부산에서 교원 노릇을 하는 '석'은 같은 작가였다가 동란 중 여러 가지 소문만 무성하게 나돌던 친구 '조운'을 만난다.

'석'은 친구의 차를 타고 가면서 그의 동란 중 소문을 생각해 본다.

그리고 이 친구가 숨어서 이룩한 대작에 대한 평을 받으려고 불쑥 나타난 것은 아닌지 생각한다.

두 사람은 술을 시킨다. '석'은 친구가 권하는 술에 금방 취한다.

'석'은 차 안에서 궁금했던 말을 꺼냈으나, 친구는 외투 안주머니에서 종이 꾸러미를 내어 놓는다. 거기에는 검정색 넥타이와 '조운 선생'이라고 쓰인 봉투가 있었다. 편지의 내용은, 선생님(조운)의 호의는 고맙지만 자신의 길은 이미 작정되어 간호 장교에 지원했음을 알리는, '미이'란 여성의 것이었다.

'조운'은 '미이'에 대하여 말하기 시작한다. — '미이'는 문학소녀였으며, 가정이 부유했고, 명랑한 성격으로 조운을 무척 따랐다. 동란 이후 집안이 크게 기울어지고, 성격도 많이 변했다. 조운은 그녀에게 다방을 차려주어 도우려 했으나, '미이'는 며칠의 여유를 구하더니 새로운 사명을 찾아 간호 장교를 지원했다.

말을 마치며 '조운'은, '미이'가 전쟁을 겪으며 제 갈 길을 바르게 찾은 데 반하여 자신은 깊은 낭떠러지로 굴러 떨어지는 부끄러움을 느낀다고 고백한다. '석'은 '조운'에게 가졌던 호기심과 기대감 대신 강렬한 '미이'의 인상을 떠올린다.

이튿날부터 부산에서의 새 사업계획에 분망한 틈을 타서, 나는 미이를 하루 한 번씩은 만났고, 그의 판잣집에도 찾아가 보았네. 그 생활이란 말이 아니네. 꼼짝 못하고 누워 있는 미이 아버지의 얼빠진 모양, 고생 모르고 늙던 어머니의 목판장사 하는 정경.

나는 미이의 가족을 구해야겠다는 생각이 더욱 간절했네. 그러나 미이와 자주 만나는 사이 처음 순수했던 생각보다도 야심이 더 앞을 섰다는 것을 고백하네. 술과 계집이 마음대로였던 내 생활이라, 미이에 대해 밖으로 나타나는 태도도 좀 다르다고, 미이 자신이 눈치챘을 것일세.

　나는 다방을 하나 차려줄 것에 생각이 미치었네. 이것이면 내 힘으로 자금 유통도 되고, 미이의 명랑성도 센스도 살릴 수 있고, 수입면도 문제없다고 생각했네. 이 계획을 말했더니 처음에는 그럴싸하게 듣고, 얼굴에 희망의 불그레한 홍조까지 떠올리던 미이였으나, 다음날 오 일 간의 생각할 여유를 달라는 것이었네. 더 생각할 여지도 없는 일일 터인데 망설이는 것이 수상쩍었으나, 그러마 하고 나는 동아극장 옆에 있는, 마침 물려주겠다는 다방 하나를 넘겨 맡기로 이야기가 다 되었네. 그 닷새되는 날이 오늘이고, 정한 시간에 연락 장소인 다방엘 갔더니, 레지가 내민 것이 이 종이꾸러미였었네. 펴보고 놀라지 않을 수 없었네. 다른 길과 달라 간호 장교이고 보니, 생활 방편을 위한 것이 아님이 대뜸 짐작이 갔고, 더욱 나의 뒤통수를 때린 것이 검정 넥타이였었네. 그러면 미이가 첫날 다방에서 '사명 운운' 했던 것은 그 길을 말함이었던가? 나는 부끄럽기 짝이 없었네. 검정 넥타이를 들고 나는 비로소 삼 년 동안이나 내가 정신적으로 타락의 길을 걷고 있었다는 것을 뼈아프게 느끼었네. 미이가 말하는 그 사명을 찾는 길, 사명을 다하는 일을 나는 사변이라는 외적인 격동 때문에 포기하고 만 것일세. 가장 잘 생각했던 체하던 나는 가장 바보같이 생각됐고, 부박하다고 세상을 모른다고 여기었던 미이는 사변에서 키워졌고 굳세어졌고 올바른 사람이 된 것일세. 이렇게 생각하자 나는 천야만야한 낭떠러지를 굴러떨어지는 듯했네. 구르면서 걷어잡으려고 한 것이 친구의 구원이었네. 자네를 찾은 것은 이 때문일세……

1. 석은 술버릇을 통해 자신의 황폐화된 생활 모습을 드러낸다. 그의 생활상을 서술하시오.

  ─ 돈이 생길 거라고 호언장담하는 것은 돈이 없다는 절망의 표출이요, 우는 것은 위로를 받기 위한 심리 표출이다. 석의 내면이 황폐화되어 있는 것이다.

2. 미이가 검정 넥타이를 조운에게 건넨 이유는 무엇인가요?

  ─ 조운이 고고한 문학사상을 지니고 있을 때 언제나 검정 넥타이를 매고 있었다. 그러나 이후 타락하고 말았다. 미이는 조운의 타락한 삶을 보며 옛날의 순수로 돌아가길 바라는 의미에서 검정색 넥타이를 건넨다.

수난 이대

—하근찬

등장 인물

박만도
일제시대 징용으로 끌려가 한쪽 팔을 잃었다. 수난의 아픔을 극복하려는 긍정적이고 낙천적인 인물이다.

박진수
만도의 아들로 한국 전쟁에 참전하여 한 쪽 다리를 잃고 귀향한다.

　　박만도는 아들 진수가 전쟁터에서 돌아온다는 소식을 듣고 몹시 들뜬 마음으로 일찌감치 역전으로 나간다. 병원에서 나온다는 말에 약간의 불안 감을 느끼기는 했으나, 설마하니 아들이 자기처럼 불구가 되진 않았으려 니 하고 애써 마음을 편히 먹는다.

　　박만도는 한쪽 팔이 없다. 일제 때 강제 징용을 나가 비행장 건설중 폭 격에 잃어버린 것이다. 그는 항상 왼쪽 소맷자락을 조끼 주머니에 아무렇 게나 꽂아 넣고 다녔다. 일말의 불안감이 없었던 바는 아니나, 그는 역전으 로 가는 길에 아들에게 주려고 고등어도 한 마리 산다. 정거장에 도착한 박 만도는 기다리는 동안 옛날에 자신이 당했던 일들을 떠올려본다.

　　멀리서 기적 소리가 울려 만도는 벌떡 일어선다. 괜히 가슴이 울렁거리 기 시작한다. 기차가 플랫폼에 도착하고 사람들이 내리기 시작한다. 하지 만 어찌된 영문인자 아들의 모습은 도무지 보이지 않는다. 조바심에 안달 이 난 박만도가 사방을 두리번거리고 있을 때, 뒤에서 "아부지!" 하는 목소 리가 들린다.

　　뒤로 돌아선 순간, 그는 입이 딱 벌어지고 눈은 무섭도록 크게 떠지고 만다. 아들은 틀림없었으나 예전의 모습이 아니었다. 한쪽 다리가 없어져 빈 바짓자락이 펄럭이고 있었다, 목발을 짚고 있었던 것이다. 박만도는 눈 앞이 아찔해진다.

　　기진하고 실성한 모습으로 부자는 앞서거니 뒤서거니 집으로 향한다. 돌아오는 길에 주막에 들러 술을 마신 후, 만도는 진수에게 자초지종을 묻 고 수류탄 때문에 그렇게 된 것을 알게 된다. 아들 진수는 이같은 꼴을 하 고 어떻게 세상을 살아가느냐고 아버지에게 하소연한다. 만도는 "나 봐라! 팔뚝 하나 없어도 잘만 안 사나. 남 봄에 좀 덜 좋아서 그렇지 살기사 왜 못 살아."라며 격려한다.

　　집으로 돌아오는 길엔 외나무다리가 하나 있다. 진수는 도저히 다리를 건널 수가 없다. 머뭇거리는 아들을 바라보던 만도는 대뜸 등을 돌리며 진 수에게 업히라고 한다. 팔 하나가 없는 아버지와 다리 한쪽이 없는 아들이 조심스레 외나무 다리를 건너고 있다. 만도는 술기운이 약간 있었으나 용 케 몸을 가누며, 아들을 업고 외나무다리를 조심조심 건너갔다. 눈 앞에 우뚝 솟은 용머리재가 이 광경을 가만히 내려다보고 있었다.

진수는 가벼운 한숨을 내쉬며 아버지를 돌아다보았다. 만도는 돌아보는 아들의 얼굴을 향해서 지그시 웃어 주었다. 술을 마시고 나면 이내 오줌이 마려워진다. 만도는 길가에 아무렇게나 쭈구리고 앉아서 고기 묶음을 입에 물려고 한다. 그것을 본 진수는,

"아부지, 그 고등어 이리 주이소."

한다. 팔이 하나밖에 없는 몸으로 물건을 손에 든 채 소변을 볼 수는 없는 것이다. 아버지가 볼일을 마칠 때까지 진수는 저만큼 떨어져 서서 지팡이를 한쪽 손에 모아 쥐고 다른 손으로는 고등어를 들고 있었다. 볼일을 다 본 만도는 얼른 가서 아들의 손에서 고등어를 다시 받아든다.

개천 둑에 이르렀다. 외나무다리가 놓여 있는 그 시냇물이다. 진수는 슬그머니 걱정이 되었다. 물은 그렇게 깊은 것 같지 않지만, 밑바닥이 모래흙이어서 지팡이를 짚고 건너가기가 만만할 것 같지 않기 때문이다. 외나무다리 위로는 도저히 건너갈 재주가 없고…… 진수는 하는 수 없이 둑에 퍼지고 앉아서 바짓가랑이를 걷어 올리기 시작했다.

만도는 잠시 멀뚱해 서서 아들의 하는 양을 내려다보고 있다가,

"진수야, 그만두고 자아 업자."

하는 것이었다.

"업고 건느면 일이 다 되는 거 아니가. 자아, 이거 받아라."

고등어 묶음을 진수 앞으로 민다.

"……."

진수는 퍽 난처해 하면서 못 이기는 듯이 그것을 받아 들었다. 만도는 등어리를 아들앞에 갖다 대고 하나밖에 없는 팔을 뒤로 버쩍 내밀며,

"자아, 어서!"

진수는 지팡이와 고등어를 각각 한 손에 쥐고, 아버지의 등어리로 가서 슬그머니 업혔다. 만도는 팔뚝을 뒤로 돌려서 하나뿐인 다리를 꼭 안았다.

그리고

"팔로 내 목을 감아야 될끼다."

했다. 진수는 무척 황송한 듯 한쪽 눈을 찡 감으면서 고등어와 지팡이를 든 두 팔로 아버지의 굵은 목줄기를 부둥켜 안았다. 만도는 아랫배에 힘을 주며 끙! 하고 일어났다. 아랫도리가 약간 후들거렸으나 걸어갈 만은 했다. 외나무다리 위로 조심조심 발을 내디디며 만도는 속으로, 이제 새파랗게 젊은 놈이 벌써 이게 무슨 꼴고. 세상을 잘못 만나서 진수 니 신세도 참 똥이다, 똥. 이런 소리를 주워 섬겼고, 아버지의 등에 업힌 진수는 곧장 미안스러운 얼굴을 하며, 나꺼정 이렇게 되다니 아부지도 참 복도 더럽게 없지. 차라리 내가 죽어 버렸더라면 나았을 낀다…… 하고 중얼거렸다.

만도는 아직 술기가 약간 있었으나 용케 몸을 가누며, 아들을 업고 외나무다리를 조심조심 건너가는 것이었다. 눈앞에 우뚝 솟은 용머리재가 이 광경을 가만히 내려다보고 있었다.

문 제

1. 수난의 역사를 극복해 가는 우리 민족의 모습을 보여주는 장면은?
   ─ 팔이 하나 없는 만도가 다리 하나를 잃은 진수를 업고 외나무 다리를 건너는 장면이다.

2. 이 소설은 만도가 하나밖에 없는 팔을 휘저으며 걸어가는 장면에서 시작하여 진수를 앞세우고 돌아오면서 끝이 난다. 이 소설에서 길의 상징 의미는?
   ─ 만도가 아들을 만나는 길은 기쁨과 설렘이 있는 과정이다. 그러다 읍내가 반환점이 되어 되돌아오는 길은 짙은 설움에 잠기는 과정으로 되어 있다.

오발탄

—이범선

작품 정리

갈래	단편소설
성격	현실 고발적, 비판적
배경	한국 전쟁 직후 서울 해방촌 일대
시점	작가 관찰자 시점
주제	부조리 한 사회 속에서 파멸해 가는 양심적 인간의 비애

등장 인물

철호
가난하고 힘든 현실을 살아가면서도 양심을 지키려고 하나 끝내 패배
한다.

영호
성실하게 살아가는 것은 결국 손해라며 형과 가치관의 대립을 벌이고
은행 강도를 하다 잡힌다.

어머니
전쟁통에 정신 이상이 됨.

명숙
철호의 여동생으로 가난을 벗어나고자 양공주가 된다.

아내

명문 여대 음악과 출신으로 가난으로 죽는다.

줄거리

계리사 사무실의 서기 송철호는 극심한 가난 때문에 치통을 참고 싸구려 목양말을 사서 신으며 점심은 보리차로 때우는 고지식한 성격의 소유자이다.

철호의 가족은 한국 전쟁통에 월남하였는데, 어머니는 고향을 그리워하며 집에서 늘상 '가자! 가자!'라고 헛소리만 외친다. 동생 영호는 고학으로 대학을 다니다 한국 전쟁에 참전하여 상이군인이 된 뒤 친구들과 어울려 술만 마시며 낭비적인 삶을 살아가고 있다. 영호는 가난하게 사는 형을 못마땅해 하며 도덕과 윤리를 집어던지고 잘 살아 보자고 대든다. 다음 날 회사에 출근한 철호는 동생 영호가 권총 강도로 붙잡혔다는 전화를 받고 경찰서로 달려간다. 집으로 돌아오니 양공주인 동생 명숙이는 아내가 병원에서 난산을 겪고 있다고 알려 준다.

철호는 병원으로 달려가나 아내는 이미 죽은 뒤였다. 그는 정신없이 뛰쳐나와 치과에서 아픈 이를 뽑아 버린 뒤 택시를 잡아타고서 운전 기사에게 집으로, 병원으로, 경찰서로 가자고 정신없는 말을 내뱉는다. 운전 기사는 "어쩌다 오발탄 같은 손님이 걸렸어. 자기 갈 곳도 모르게."라고 투덜대고, 철호는 차 안에서 피를 쏟는다.

1. 철호는 삶의 방향을 잃고 갈 곳을 찾지 못하는 자신의 신세를 어떻게 말하는지 본문에서 찾아 쓰시오.
   ― 조물주의 오발탄.

2. 오발탄의 의미를 서술하시오.
   ― 오발탄의 자의적 의미는 잘못 쏜 탄환이다. 철호는 삶의 목표가 뚜렷하지 않으며 이 사회에 내팽개쳐진 인물이다. 철호는 빗나간 탄환이라 할 수 있는데 사회에 적응하지 못하고 소외된 자이다.

학마을 사람들

—이범선

작품 정리

갈래	단편소설
성격	향토적, 설화적
배경	구한말에서 한국 전쟁 직후까지 강원도 어느 두메산골
시점	3인칭 작가 관찰자 시점
주제	민족 수난과 그 극복 의지

등장 인물

덕이
이장 영감의 손자로 봉네와 결혼한다. 봉네를 사이에 두고 바우와 갈등을 빚는다.

바우
봉네가 덕이와 결혼하자 홀연히 자취를 감추었다가 공산당이 되어 돌아온 파괴적 인물이다.

봉네
소박하고 순진한 처녀로 학마을의 풍습을 알게 해주는 인물이다.

이장 영감, 박 훈장
학마을의 내력을 말해주는 인물들로 학마을을 사랑한다.

강원도 두메의 학마을 사람들은 학을 그들의 신처럼 믿으며 살고 있다.
이는 학이 그 해 농사의 풍흉과 마을의 행·불행을 알려 주는 전달자였
기 때문이다.

1910년, 나라를 **빼앗기게** 된 이후로는 학이 찾아오지 않을 뿐더러 가뭄
과 재난이 이어진다. 일제말 이장 영감과 박 훈장의 손자들이 징병에 끌려
가던 해에도 학이 날아오지 않았는데, 광복이 되고 끌려 갔던 젊은이들이
돌아오던 해에 학은 다시 날아온다. 죽마고우인 바우와 덕이는 다같이 봉
네를 좋아했으나, 봉네가 덕이와 결혼하자 바우는 마을을 떠나고 만다.

그러던 중, 나무에서 새끼 학 한 마리가 떨어져 죽더니 6·25가 터지게
된다. 공산당이 된 박 훈장의 손자 바우에 의해 농민들은 반동으로 물렸고,
바우의 총질로 학이 죽자 마을 사람들은 피난이라는 전에 없는 수난을 겪
는다. 전쟁이 끝나고 부산의 피난살이에서 돌아온 마을 사람들은 폐허가
된 마을과 불과 탄 학나무를 발견한다. 박 훈장의 시신을 타버린 집터에서
찾던 날 이장 영감도 숨을 거두고, 장례를 치르던 날, 덕이와 봉네는 이장
영감의 유언대로 산에서 애송나무 한 그루를 안고 돌아온다.

마을은 변하였다.

학나무는 타 새끼만 **뼈만** 앙상하게 서 있었고, 또 이쪽 이장네 집과 봉네
네 집터에는 아직 녹지 않은 흰 눈 가운데 깨어진 장독이 하나 우뚝하니 서
있을 뿐이었다. 그리고 딴 집들은 다행히 그대로 남아 있었으나, 단 두 사
람, 남겨 두고 갔던 바우 어머니와 박 훈장은 보이지 않았다.

완전히 빈 마을은 눈 속에 잠겨 있었다.

"갔지, 갔어."

"바우 녀석이 와서 데려갔을 테지."

"그러구 가면서 학나무하구 이장 댁에 불을 놓았지, 뭘."

마을 사람들은 모여 앉기만 하면 분해 하였다. 이장 영감은 박 훈장이 쓰

던 서당 글방에 누워 조용히 눈을 감고 있었다.

여튼에도 능히 멍석을 메어 나르던 이장 영감이었으나 이제 극도록 쇠약해진 그는 때때로 한숨을 길게 내쉬곤 하였다.

덕이는 이제 농사일이 시작되기 전에 집을 다시 지으리라 생각했다. 그는 괭이를 들고 옛 집터로 갔다. 그날 덕이는 무너진 벽 밑에서 반 타다 남은 시체를 하나 파내었다. 박 훈장이었다.

이장 영감은 덕이에게서 그 말을 듣고도 놀라지 않았다. 그는 마치 다 알고 있었다는 듯이, 그저 고개를 끄덕거렸을 뿐이었다. 그래도 눈물이 베개로 굴러 떨어졌다.

그날 밤, 이장 영감도 갑자기 세상을 떠나고 말았다.

덕이의 손을 더듬어 잡은 이장 영감은 여전히 눈을 감은 채 간신히 입을 움직였다.

"학, 학나무를, 학나무를……."

이장 영감은 잠들 듯이 숨을 거두었다. 흰 수염이 길게 가슴을 내리덮고 있었다.

상여는 둘인데, 상주는 덕이 한 사람이었다. 그날 마을 사람들은 다들 뒷산으로 따라 올라갔다. 피난을 가던 때처럼 이장 영감이 앞서 갔다.

저녁때가 거의 다 되어서야 그들은 산을 내려왔다. 이번엔 덕이가 맨 앞에 두 주의 위패를 모시고 걸었고, 그 바로 뒤를 봉네가 흰 보자기로 뿌리를 싼 조그마한 애송나무를 하나 어린애를 안은 것처럼 안고 따르고 있었다.

1. 애송나무의 상징 의미를 쓰시오.
   — 손상된 공동체적 질서를 회복하려는 마을 사람들의 깊은 의지의 표상이다.

2. 이장 영감은 손자인 덕이와 봉네의 결혼에 대해 고민을 많이 한다. 바우가 봉네를 좋아하는 걸 알기 때문이다. 만일 덕이와 봉네의 결혼을 막았더라면 마을에서 학이 죽고 학나무가 타는 비극을 막을 수 있었는지에 대해 각자의 생각을 서술하시오.
   — 이장 영감은 덕이와 바우를 똑같이 손자로 생각했다. 그래서 덕이가 봉네와 결혼을 한다고 했을 때 먼저 바우를 떠올렸다. 하지만 이장 영감은 덕이와 봉네의 결혼을 허락한다. 봉네와 덕이가 결혼을 하지 않았다면 바우가 마을 떠나지 않았을 것이고, 그러면 학도 죽지 않았고, 학나무도 불타지 않았을 것이다.

오래톱 이야기

—김정한

이 글은 K중학교 교사였던 '나(희수)'가 20년 전에 경험한 이야기이다.

'나'는 조마이섬에서 나룻배를 타고 통학하는 건우의 생활에 관심을 갖게 된다. 어느 날 '나'는 가정방문차 섬을 가게 되어 건우네 집을 방문하게 된다. 건우는 할아버지, 할머니, 홀어머니와 함께 사는 어려운 처지이다. 건우의 아버지는 일제 강점기 때는 끌려갔었으며 6·25 전쟁 때 전사했다. 조마이섬은 일제시대에는 동척의 소유였고, 광복 후에는 나환자 수용소로 변했다. 그 후 어떤 국회의원이 간척 사업을 한답시고 자기 소유로 만들어 버렸다. 논밭은 섬사람들과 무관하게 소유자가 바뀌고 있었던 것이다.

그 해 여름 홍수가 지자 '나'는 건우네가 염려되어 조마이섬을 찾아간다. 홍수가 범람하게 되자 갈밭새 영감은 '유력자'가 쌓아 놓은 허술한 둑을 허물어, 물길을 트고 마을 사람을 구한다. 그런데 이것을 제지하는 유력자의 앞잡이가 나타나자 갈밭새 영감은 이 깡패를 물 속에 던져 버린다. 결국 갈밭새 영감은 유력자의 앞잡이를 물에 빠뜨려 죽게 한 죄로 감옥에 가게 되고, 그 후 건우는 학교에 나오지 않았다.

황폐한 모래톱 조마이섬을 군대가 정지한다는 소문이 들린다.

문 제

1. 이 글에 나타나는 갈등의 핵심은 무엇인가요?
 ― 섬의 소유권을 둘러싼 주민들과 유력자 사이의 갈등.

2. 홍수 때문에 조마이섬이 물에 잠긴다. 섬을 구할 방도는 섬을 감싸고 있는 둑을 허물어내는 데 있다. 갈밭새 영감이 둑을 허물어가자 유력자가 보낸 젊은 청년들이 영감 앞을 가로막는다. 갈밭새 영감이 깡패를 물에 떠밀어 죽게 한다. 갈밭새 영감의 행위가 정당한지 서술하시오.
 ― 폭력의 정당성은 어디에도 있을 수 없다. 깡패의 행위가 올바르지 못하지만 그의 목숨까지 빼앗아야 한다면 갈밭새 영감도 깡패와 다름없는 사람이 된다. 폭력의 정당성에 분명한 방향을 설정한 후 서술하면 될 것이다.

사하촌

—김정한

작품 정리

갈래	단편소설, 농민소설
성격	사실적, 저항적
배경	1930년대 어느 여름 보광사 절 밑의 성동리
시점	3인칭 전지적 작가 시점
주제	부조리한 농촌 현실과 농민들의 저항 의지

등장 인물

치삼 노인, 들깨, 봉구, 고 서방 등 마을 사람들
절 땅을 소작하며 고통받는 성동리 농민들. 소작료 탕감에 대해 저항한다.

보광사 중, 군청 주사, 순사, 농사조합 의원
성동리 농민을 학대 착취하는 계층이다.

　극심한 가뭄이다. 들깨는 논에 물을 대려고 나갔다가 허탕만 친다. 봇물까지도 보광사 중들이 모두 그들 논으로 끌어다 썼기 때문이다. 성동리 농민들 대부분이 보광사의 땅을 부치고 사는 소작농이다. 치삼 노인은 중의 꾐에 빠져 보광사에 논을 기부하고는 이제 그 논을 소작하는 신세다. 절은 불공을 드린다고 많은 돈을 거두어들이고 무거운 소작료를 부과하는 횡포를 부린다. 수도 출장소에서는 농민 폭동이 염려되어 잠깐 물길을 튼다. 그러나 생색만 낸 물로 말미암아 여기저기 물싸움이 벌어지고 인심만 흉하게 된다. 그 중에서도 들깨는 논에 물을 댈 수 있었는데, 고 서방이 물꼬를 터놓았기 때문이었다. 고 서방은 연행된다. 성동리 주민들은 기우제를 지내고 보광사 역시 기우 불공을 드리지만 아무런 영향이 없다.

　가을이 되었으나 추수할 것이 없을 정도의 흉작이었다. 다행한 것은 고 서방의 석방뿐이었다. 어느 날 상한이와 차돌이는 알밤을 줍다가 산지기에게 들킨다. 도망을 치다 차돌이는 굴러 떨어져 죽고, 그의 할머니는 미치고 만다. 보광사에서는 흉작임에도 예전과 똑같이 소작료를 요구하고, 성동리 농민들을 대표하는 고 서방, 들깨, 또쭐이 등이 선처를 호소하나 거절당한다. 논에는 '입도 차압'이라는 팻말이 붙고 고 서방은 야반도주하고 만다. 더 이상 빼앗길 것이 없는 극한 상황에 처하자 성동리 농민들은 차압 취소와 소작료 면제를 탄원하기 위해서 볏짚단을 들고 보광사로 향한다. 철없는 아이들도 행렬의 꽁무니에서 절 태우러 간다고 부산히 떠든다.

　보광사 소작인들은 해마다 소작료와 또 소작료 매석에 대해서 너 되씩이나 되는 조합비와 비료 대금과 그것에 따른 이자를 바쳐야만 되었다. 그리고 비료 대금은 갚는 기한이 해마다 호세와 같았다

　의젓하게 교의에 기댄 채 인사도 받은 양 마는 양 하는 이사님은 빌 듯이 늘어 놓은 구장의 말일랑 귀 밖으로, 한참 '씨끼시바' 껍데기에 낙서만 하고 있더니 문득 정색을 하고는,

"그런 귀찮은 논은 부치지 않는 게 어때요?"

해 던졌다.

"……."

"해마다 이게 무슨 짓들이오? 나두 이젠 그런 우는 소리는 듣기만이라도 귀찮소. 호세만 내고 버티겠거든 어디 한번 버티어들 보시구료!"

"누가 어디 조합 돈을 안 내겠다는 겁니까. 조금만 연기를 해 달라는 거지요."

이번에는 또쭐이가 말을 받았다.

"내든 안 내든 당신들 입맛대로 해 보시오. 난 이 이상 더 당신들과는 이야기 않겠소."

이사님은 살결 좋은 얼굴에 적이 노기를 띠더니, 이들 틈에 끼여 있는 곰보를 힐끗 보고는,

"고 서방, 당신은 또 뭘 하러 왔소. 작년 것도 못 다 내고서 또 무슨 낯으로 여기 오우?"

매섭게 꼬집었다. 그리고 그는 다시 장부를 뒤적거리면서 하던 일을 계속했다. 일행은 허탕을 치고 밖으로 나왔다.

그리고 며칠 뒤, 저수지 밑 고 서방의 논을 비롯하여 여기저기에, 그예 입도 차압의 팻말이 붙기 시작했다.

농민들은 알아 보지도 못하는 그 차압 팻말을 몇 번이나 들여다보고, 또 들여다보았다.

— 피땀을 흘려 가면서 지은 곡식에 손도 못대다니? 그들은 억울하고 분하기보다, 꼼짝없이 이젠 목숨을 빼앗긴다는 생각이 앞섰다.

고 서방은 드디어 야반 도주를 하고 말았다.

"이렇게 비가 오는데 그 어린 것들을 데리고 어디로 갔을까?"

이튿날 아침, 동네 사람들은 애터지는 말로써 그들의 뒤를 염려했다. 무심한 가을비는 진종일 고 서방이 지어 두고 간 벼 이삭과 차압 팻말을 휘두들겼다.

무슨 불길한 징조인지 새벽마다 당산등에서 여우가 울어 대고 외상 술도 먹을 곳이 없어진 농민들은 저녁마다 야학당에 터지게 모여들었다.

그리하여 하루 아침, 깨어진 종 소리와 함께 성동리 농민들은 일제히 야

학당 뜰로 모였다.

그들의 손에는 열음 못한 빈 짚단이며, 콩대, 메밀대가 잡혀 있었다.

이윽고 그들은 긴 줄을 지어 가지고 차압 취소와 소작료 면제를 탄원해 보려고 묵묵히 마을을 떠났다.

아낙네들은 전장에나 보내는 듯이 돌담 너머로 고개를 내 가지고 남정들을 보냈다. 만약, 보광사에서 들어주지 않는다면…… 하고 뒷일을 염려했다.

그러나 또쭐이, 들깨, 철한이, 봉구 ― 이들 장정을 선두로 빈 짚단을 든 무리들은 어느 새 벌써 동네 뒤 산길을 더위잡았다. 철없는 아이들도 행렬의 꽁무니에 붙어서 절 태우러 간다고 부산히 떠들어댔다.

문 제

1. 이 작품의 갈등이 자연 재해에 의해 일어난 것이 아님을 나타내는 대목을 찾고 작가가 말하고자 하는 것이 무엇인가요?
   ― 저수지 물길을 막는 바람에 가뭄을 속수무책으로 당하고 있음을 알 수 있다. 저수지 물이 농민을 위한 것이 아니라 도시민과 절사람들을 위한 것임을 통해 물문제는 구조적 불평등의 문제란 점을 부각하고 있다.

2. 성동리 주민들이 열음 못한 빈 짚단, 콩대, 메밀대 등을 들고 보광사로 찾아가는 이유를 서술하시오.
   ― 알곡이 열리지 않아 소작료를 낼 수 없다는 것을 말하고자 함이요, 만일 소작료 문제가 해결되지 않는다면 절을 불태울 수도 있다는 저항의 표현으로 생각한다.

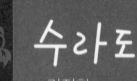

수라도
—김정한

작품 정리

갈래	중편소설, 가족사소설
성격	회고적, 고발적
배경	일제 강점기 ~ 대한민국 건국 초기, 낙동강 유역의 어느 농촌
시점	3인칭 작가 관찰자 시점
주제	선비의 애국 충절 정신, 그리고 현모양처의 인고의 미덕과 종교적 초월 의지

등장 인물

가야 부인
일제하에 민족 수난을 한 몸으로 겪으며 감당해 나가는 인고와 의지의 여인.

오봉 선생
가야 부인의 시아버지. 과묵하고 엄정하며 서릿발같이 매운 기상을 지닌 선비.

분이
가야 부인의 손녀로 할머니의 임종을 지키며 할머니의 생애에 관한 여러 사건을 회고한다.

이와모도 참봉
일제에 협력하는 친일파로 가야 부인과 대조적인 인간형.

　가야 부인의 임종을 지켜보면서 손녀 분이는 사람들로부터 존경받던 할머니, 훤칠한 키에 인자하시던 할머니를 회상한다. 그리고 할머니의 입을 통해 들었던 할머니의 역사, 곧 허 진사 댁의 시종(始終)이 그려진다. 김해에서 시집왔다 하여 '가야 부인'으로 불린 할머니. '합방은사금(合邦恩賜金)'도 거절한 시할아버지 허 진사는 간도로 떠나 버렸고, 시아버지 오봉 선생은 엄정하고 추상(秋霜)같은 성격이지만 그녀에게는 자상했다. 남편 명호 양반은 내성적이었고, 시어머니는 집안 대소사를 며느리인 그녀에게 일임한다. 시집온 지 9년째 되던 해 3 · 1만세 운동이 터지고 만주에서 야학을 하던 허 진사는 유골이 되어 돌아온다. 둘째 시숙 밀양 양반이 일경(日警)의 총에 맞아 죽고, 오봉 선생은 유생들과 어울릴 뿐이다. 시어머니는 둘째 아들의 죽음에 충격을 받고 불공드리는 일에 전념한다.
　그런데 가야 부인은 시집가서 죽은 고명딸을 위해서 미륵당을 짓고자 하나 유학자이신 오봉 선생의 반대에 부딪힌다. 집념의 가야 부인은 사위를 통해서 미륵당을 짓기 시작한다. 오봉 선생은 일제가 꾸민 '한산도 사건'에 연루, 투옥된다. 절개를 굽히지 않던 그는 고문에 시달린 끝에 출옥 후 사망한다. 장례를 치르고 난 가야 부인은 미륵당을 완성한다. 가야 부인은 학병을 피하기 위해 막내아들을 도피시키고, 계집종 옥이는 정신대로 끌려갈 위기에 처하자 홀아비가 된 사위와 옥이가 결혼식을 미륵당에서 치른다. 광복 후, 친일파였던 이와모도 참봉의 아들은 국회의원이 되어 득세하고, 가야부인의 가세(家勢)는 점점 기울어 간다. 막내아들 석이를 부르며 마침내 그녀는 숨을 거둔다.

고생한 보람 없이 원통하게 오봉 선생이 마지막 숨을 거둔, 또 다른 의미로는 절통하게도 이와모도 참봉과 그의 조카 이와모도 구장이 세상을 지레 떠난 다음 해에, 식민지 조국은 이와모도의 이른바 '제국'으로부터 해방이 되었다.

"인자 가야 마님은 큰소리하기 안 됐능기오. 자손들도 베실할 끼고!……"

이웃 아니, 인근동 사람들은 모두 이렇게들 말했다. 부러워들 했다. 곧 서울 아니면 적어도 읍내로라도 이사를 갈 거라고들 믿었다. 그러나 해방 일 년이 지나고, 이 년 아니, 삼 년이 지나 독립 정부가 수립되어도 내처 그곳에 머물러 있을 뿐 아니라 별 수가 없었다. 해방의 덕을 못 본 셈이었다.

물론 일본까지 가서 대학을 다니다가 학병을 피해 도망질을 하고 다니다던 막내아들도 집에 돌아왔다. 그러나 그는 벼슬이라도 할 궁리는 않고 농민 조합인가 뭔가를 만든다고 자식 징용 보냈던 사람의 집을 찾아다니기나 하고, 아버지 명호 양반은 통일이 되지 못한 것만 한탄하고 있었다. 이런 꼴로 가야 부인의 시댁뿐 아니라 부락 자제들도 아직 신통한 해방 덕을 못 보았다. 첫째, 징용을 끌려 간 사람들이 제대로 돌아오질 않았다. 어쩌다가 돌아오는 사람은 거지가 되어 오거나 병신이 되어 왔다. 더구나 '여자 정신대'에 나간 처녀들은 한 사람도 돌아오질 않았다. '설마?' 하고 기다리는 판이었다. 그래서 부락들은 역시 걱정에 싸여 있는 셈이었다. 그러나 한편 불행하리라 믿었던 이와모도 참봉의 집은 반대로 활짝 꽃이 피었다. 고등계 경부보로 있었던 맏아들은 해방 직후에 꼬빼기도 안 보이고 어디에 숨어 있으니 어쩌느니 하는 소문만 떠돌더니, 뜻밖에 다시 경찰 간부가 되었다고 했다. 그리고 몇 해 뒤엔 어마어마하게도 국회의원으로 뽑혔다.

명호 양반은 아버지 오봉 선생을 닮아서 다시 두문불출을 하다시피 구겨지고, 아들 가운데서 제일 똑똑하다고 하던 막내도 결국 반거충이가 되어 어딜 돌아다니기만 했다.

"애닯기도 하제. 즈그 할배나 징조할배가 그러기 훌륭하고 독립 운동도 많이 했다는데……"

마을 사람들은 이렇게들 안타까워했다. 양 접장이 살아 있었더람 뭐라고 할는지 사람들은 이렇게 궁금하게 여겼다. 가야 부인의 머리에 흰털이 부쩍 늘어난 것도 이 막내 때문이라고 했다. 그러나 가야 부인은 아무런 내색도 하지 않고, 집에 있을 땐 돌아가신 시어머니처럼 천수나 치고, 미륵당에 나가면 미륵불 앞에 앉아서 가만히 눈을 감았다.

그럴 때마다 그녀의 머릿속에서는 곧잘 자줏빛 모란꽃잎이 뚝뚝 떨어지곤 하였다.

"석이 안 왔나?"

가야 부인은 겨우 눈을 또 뜨곤 막내아들의 이름을 불렀다. 벌써 몇 번째인지 모른다.

멀리서 또 포성이 '쿵' 울려 왔다. ─ 왜 사람들은 싸우지 않음 안 될까? 가야 부인은 무슨 말이라도 할 듯이 입을 약간 우물하다 만다. 이마에서 잇달아 솟는 땀이 드디어 그녀의 최후를 알리는 것 같았다.

문 제

1. 사람들이 해방 덕을 못 보았다고 생각하는 이유는 무엇인가요?
   ─ 징용에 끌려간 사람들이 제대로 돌아오지 못했고, 어쩌다 돌아오는 사람은 거지나 병신이 되어 왔다. 또한 정신대에 나간 처녀들도 돌아오지 않았다. 그런데 이와모도 참봉네 집안은 친일 행각을 벌였음에도 승승장구하고 있다. 이와 같이 해방 후에도 현실적으로는 더 나아진 것이 없으므로 마을 사람들은 해방 덕을 보지 못했다고 생각한다.

2. 이 소설의 제목을 수라도라고 한 이유를 서술하시오.
   ─ 현모양처인 가야 부인의 파란만장한 일대기는 그야말로 수라도(지옥)를 헤치는 고통의 행로였기 때문이다.

젊은 느티나무

—강신재

작 품 정 리

갈래	단편소설
성격	서정적, 감각적
배경	서울 중심에서 떨어진 S촌과 느티나무가 있는 시골
시점	1인칭 주인공 시점
주제	현실의 굴레를 극복하고 순수한 사랑을 성취하는 청춘남녀의 아름다운 모습

등장 인물

숙희
이복 오빠 현규를 사랑하는 순수한 여고생으로 이룰 수 없는 사랑으로 고뇌하지만 진정한 연애의 기쁨에 젖기도 한다.

현규
이복 동생 숙희를 이성으로 느끼며 사랑에 빠져 고민하나 순수한 의지로 극복한다.

엄마
젊어서 남편과 사별하고 지난날 혼담이 있었던 므슈 리와 재혼한다.

므슈 리

현규의 아버지. 숙희의 새 아버지로 성격이 유하고 과묵한 경제학 교수.

지수

현규의 친구. 숙희를 좋아하여 연애 편지를 보낸 일로 현규의 질투심을 불러일으킨다.

줄거리

어머니가 재가를 하게 되면서, 숙희는 시골 외가에서 어머니를 따라 서울로 올라와 살게 된다. 그런데 거기에는 마음씨 좋은 새 아버지(므슈 리)와 이복 오빠 현규가 있었다. 이후 숙희는 명분으로는 오빠이지만 피를 나눈 사이는 아닌 현규에 대해 미묘한 감정이 생기고 있음을 느낀다. 그러던 중 현규의 친구인 지수가 보낸 편지를 계기로, 숙희는 질투하는 현규의 모습을 보게 되고 이 둘은 서로의 사랑을 확인하게 된다. 어느 날 아버지와 어머니는 사업차 미국에 가게 된다.

숙희는 어머니가 없는 집에서 현규와 단 둘이 지내게 되는데, 숙희는 현규와의 사이에 예상되는 일이 두려워 시골 할머니 댁으로 내려간다. 그곳으로 현규가 찾아오고, 그들은 서로의 사랑을 간직한 채 그들의 사랑을 이룰 수 있는 방법을 찾으면서, 지금은 각자의 길을 걷기로 한다.

문제

1. 나와 그의 사랑에 장애가 되는 사회적 금기에 대해서 그가 제시한 해결 방법과 그것에 대한 각자의 생각을 서술하시오.

— 그는 언젠가 다시 만나기 위해 당분간은 헤어져 지내면서 각자의 생활에 충실하고자 한다. 미래의 열린 가능성으로 제시한 것이 둘이 함께 외국에 가자는 것이나 이러한 그의 제안은 결국에는 사회적 금기를 피해 도망가는 소극적 해결책일 뿐이다.

2. 젊은 느티나무의 상징성에 대해 서술하시오.

— 숙희의 입장에서는 현규와 동일시 되는 대상이면서 동시에 숙희와 현규가 함께 지켜 나갈 젊고 싱싱한 사랑의 상징물로도 볼 수 있다. 또 숙희가 도시를 떠나 시골에 가 있는 동안 의지하게 되는 대상이기도 하다. 그리고 결말의 내용과 관련해서는 두 연인의 약속을 듣는 증인이며 꿈을 잃지 않는 젊음을 상징한다.

꺼삐딴 리

_전광용

작품 정리

갈래	단편소설, 풍자소설
성격	비판적, 풍자적
배경	1940년대 일제 강점기 말기에서 1950년대 남한과 북한
시점	3인칭 전지적 작가 시점
주제	시류에 따라 변질적으로 순응해 가는 기회주의적 인간 비판

등장 인물

이인국

외과 의사로 인술보다는 돈과 권력을 지향하며 살아가는 이기주의자.
시대의 변화에 민감하게 적응하는 인물이다.

이인국 박사는 남한에서 종합병원 원장을 하고 있으나, 그에게는 현대사에 관련된 복잡한 이력이 있다. 이인국은 본래 이북 출신으로 제국 대학을 졸업한 친일 의학도였다. 해방이 되고 소련군이 진주하자 그는 친일파였기 때문에 감옥에 간힌다. 그러나 감방 안에 만연한 이질을 치료하여 소련 군의관 스텐코프의 신임을 얻는다. 그는 외아들 원식을 모스크바로 유학 보내는 등 소련에 충성을 다하는 모습을 보이지만, 이듬해 한국전쟁이 터지자 월남하게 된다. 월남한 이인국은 병원을 차려 부자 손님만을 상대하며 큰 돈을 벌고, 주한 미국 대사 브라운을 만나 미국행의 희망을 키워간다. 그는 브라운으로부터 자신의 미국행에 대한 모든 준비가 되어 있다는 소식을 듣고 뿌듯한 마음이 된다. 그는 수 차례의 죽을 고비를 넘기면서 끝내 성공에 이른 자기의 과거를 회상하며 미국에 가서도 반드시 성공하리라고 확신한다.

문 제

1. 이 작품에서 이인국 박사의 분신이며 과거 회상의 매개체를 쓰시오.
   ― 회중시계.

2. 아래에 나타난 부분에서 보여지는 이인국 박사의 삶이 어떻게 제시되었는지 서술하시오.
   "흥, 그 사마귀 같은 일본 놈들 틈에서도 살았고 닥싸귀 같은 료스케 속에서도 살아났는데, 양키라고 다를까……. 혁명이 일겠으면 일구, 나라가 바뀌었으면 바뀌구, 아직 이 이인국의 살구멍은 막히지 않았다. 나보다 얼마든지 날뛰던 놈들도 있는데, 나쯤이야……."
   ― 이인국 박사의 삶을 요약하여 제시하고 있는 부분이다. 또한 민족의 안위를 생각하기 전에 자신의 이익만을 위해 살아가는 당시의 사회 분위기가 나타나 있다. 주인공의 기회주의적 사고방식을 제시함으로써 변질을 거듭해 온 기회주의적의 전형적인 면모를 비판하고 있다.

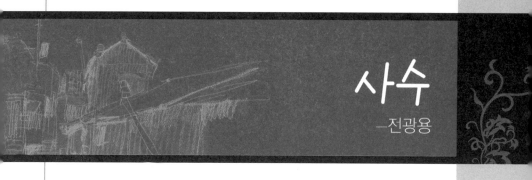

사수
—전광용

등장 인물

나
어린 시절부터 친구 B와 끝없이 대결의 상황을 맞이하는 인물로 B와의 대결에서 이겨야 한다는 강한 관념과 패배감을 동시에 느끼고 있다.

B
나의 친구이자 영원한 적수로 내가 사랑했던 경희와 결혼한다.

경희
나의 연인이었지만 B의 아내가 된다.

'나'와 B는 어린 시절 친구였지만 여러 모로 경쟁 상대였다. 학교 시절 선생님으로부터 서로의 뺨을 때리는 벌을 받게 되고 선생님에 대한 반감이 B에게 옮겨지며 서로 손에 힘을 더하게 되고, '나'는 B의 손에 맞아 코피를 흘린다. '나'와 B는 모두 경희라는 여학생을 좋아했는데, 졸업반이 되던 해 B는 '나'의 책갈피에서 경희의 편지를 발견하고, 둘은 경희를 놓고 대결을 벌인다. 그 후 한국전쟁이 일어나 셋은 모두 헤어졌는데, 이후 '나'는 우연히 B와 만나 그가 경희와 결혼했다는 것을 알게 된다. '나'는 B에 대한 질투심과 배신감, 패배감을 맛보게 된다. 그런데 B가 이적 행위를 했다는 혐의로 구속되고 '나'는 B의 사형 집행 사수가 된다. '나'는 B를 쏘아야 하는가 망설이며 방아쇠를 당기지 못한다. 무방비 상태의 친구를 죽여야 한다는 죄책감 때문이었다. '나'는 또다시 그를 이길 수 없다는 패배감에 젖는다. 마지막에야 '나'는 방아쇠를 당기지만 그것은 자신의 패배감에 대한 반발심 때문이었다.

다섯 명의 사수는 일렬로 같은 간격을 두고 나란히 횡대로 늘어섰다. B의 손은 묶인 대로이다. 그의 눈은 검은 천으로 가리워졌다. 왼쪽 가슴 심장 위에 붙인 빨간 헝겊의 표지가 햇빛에 반사되어 더 또렷하다. 헛기침 소리 이외에는 아무의 입에서도 말이 없다.

다만, 몸들의 움직임이 있을 뿐이다.

B가 이적적인 모반 혐의로 구속되었다는 신문 보도를 본 얼마 후 나는 B의 집으로 경희를 찾아갔다. 이 근래의 B의 의식 상태에는 약간의 이상적인 징조가 나타나 발작적인 행동이 집안에서도 거듭되었다는 사실은 이날 들은 이야기이다. B는 나의 절친한 친구의 한 사람이었다고 나는 지금도 그 생각은 버리지 않는다. 그와의 개인적인 대결이 치열할수록 나는 그를 잊어 본 적이 없다. 내 삼십 년의 지나온 세월에 있어서는 B는 내 마음속에 새겨진 가장 오랜 친구였고, 접촉된 시간도 가장 긴 인간이기 때문이

다. 나와 그는 이해 관계를 초월하여 사귀어 왔다. 다만, 경희의 경우를 비롯한 몇 고비의 치열한 대결은 B와 나의 의식적인 적대 행위가 아니라, 환경적인 조건이 주어진 불가피한 운명 같은 것이 더 컸다고 나는 생각하고 싶은 것이다. 그러기 때문에 나는 나의 아끼던, 아니 현재도 아끼고 있는 유일한 친구이고, 그와의 어쩔 수 없는 대결이 거세면 거셀수록 그에 대한 관심이 더 강력하게 작용했던 만큼 그의 혐의를 받는 죄상에 대한 내막은 이 이상 더 소상하게 늘어놓고 싶지는 않다.

안전 장치를 푸는 쇠붙이 소리가 산골짜기의 정적 속에 음산하다.

나는 무심중 귓바퀴의 상처에 손이 갔다. 호두 껍질처럼 까칠한 감촉이 손끝에 어린다. 지나간 조각조각의 단상들이 질서 없이 한 덩어리로 뭉개져 엄습해 온다. B와 경희와 곰과 공기총과 걷잡을 수 없는 착잡한 감정이다.

"겨누어 총!"

구령에 맞추어 사수는 일제히 개머리판을 어깨에 대고 B의 심장에 붙인 붉은 딱지에 총을 겨누었다.

순간 나는 내 정신으로 돌아왔다. 최종에는 내가 이긴 것이라는 승리감 같은 것이 가늠쇠 구멍으로 내다보이는 B의 심장 위에 어린다. 그러나 나는 곧 나의 차디찬 의식을 부정해 본다. 어떻게 기적 같은 것이 있어 이 종언의 위기에 선 B를 들고 달아날 수 는 없는 것인가……. 방아쇠의 차디찬 감촉이 인지의 안배에 싸늘하게 연결된다. 내가 쏘지 않아도 다른 네 사수의 탄환은 분명 저 B의 가슴의 빨간딱지 표지를 뚫고 심장을 관통할 것이다.

"쏘아!"

구령이 끝나기가 바쁘게 일제히 '빵' 소리가 났다. 나는 아직 방아쇠를 당기지 않고 있는 것을 깨달았다. 지금 여기 B와의 최후 순간의 대결에서 나는 또 지각을 하고 있는 것이다. 나는 이제나마 그와의 대결의 대열에서 제외되어서는 안 될 것 같았다. 방아쇠를 힘껏 당겼다. 총신이 위로 퉁겨 올라가는 반동을 느꼈을 뿐이다. 화약 냄새가 코를 쿡 찌른다. 그때는 이미 B는 다른 네 방의 탄환을 맞고 쓰러진 뒤였다. 그는 넘어지면서도 끝까지 나에게 이겼다고 생각했는지도 모른다. 총소리와 함께 나 자신도 그 자리에 비틀비틀 고꾸라졌다. 극도의 빈혈이었다.

"이제 의식이 완전히 회복돼 가는가 봐요."
눈을 떴다.
옆에 경희가 서 있었다. 찬 수건으로 내 콧등의 땀을 닦아 내고 있다. B
와 나란히! 아니, B는 없다. 경희도 아니다. 무표정하게 싸늘한 아까의 간
호원이다. 내가 이겼는지, B가 이겼는지, 내가 이겼어도 비굴하게 이긴 것
만 같은 혼몽함 속에서 나는 다시 깊은 잠에 떨어졌다.

문 제

1. 나와 B의 갈등은 어떻게 시작되었는가?
  — 나와 B의 갈등은 서로의 뺨을 때리게 시킨 곰 선생의 벌로 시작된다. 이
  는 곰 선생의 냉혹한 성격을 드러내며 나와 B 사이의 무의미한 경쟁을 유도
  한 것이기도 하다.

2. 사형을 집행할 때 나의 심리는 어떠한지를 서술하시오.
  — 앞에서는 친구를 드디어 제압할 수 있게 된 데 대한 승리감을 느꼈던 내
  가 문득 벗으로서의 B와의 관계를 생각하며 망설이게 되는 것이다.

전황당 인보기

—정한숙

작품 정리

갈래	단편소설
성격	비판적
배경	한국 전쟁 직후 서울
시점	3인칭 전지적 작가 시점
주제	세태의 변화 속에서도 변함없는 가치와 옛것에 대한 그리움

등장 인물

강명진(수하인)

세속의 때가 묻지 않은, 정신적 가치를 중시하는 선비로 남을 배려하는 성격을 지녔다.

석운

수하인의 친구로 배금 사상에 물든 세속적 인물로 벼슬을 하고부터는 더욱 그런 사상에 물들어 감.

친구인 석운이 벼슬을 하자, 수하인 강명진은 민영익이 인장으로 사용하던 전황석을 우연히 구하여 새 인장을 파서 선물한다. 선물을 대신 받은 석운의 아내는 인장이 그저 하찮아 보였고, 아내에게 그것을 건네받은 석운 역시 그다지 눈에 차지 않았다. 석운과 교분이 두터운 오준이 찾아오자 석운이 오준에게 인장을 보여 주었는데, 오준은 석운에게 결재 도장 하나를 새로 새겨다줄 것을 약속하고는 그 인장을 들고 나와 도장 가게로 들어가 맡기고는 인장을 파 달라고 한다. 마침 도장 가게 주인이 수하인을 아는 사람이어서 다른 재료로 도장을 파 주고는 대신 그 인장을 사들여 다시 수하인에게 되돌려 준다. 수하인은 도장방 주인의 복이라며 받지 않으려 했으나, 도장방 주인의 사양으로 그 인장은 돌고돌아 결국 수하인의 소유가 된다. 수하인은 자신이 평생 파온 인장들을 연대순으로 찍어 인보를 만들고 맨 나중에 전황석으로 만든 인장 한 방을 찍은 뒤 인보의 표지에 '전황당 인보기'라 쓴다.

본 문

수하인은 약속대로 계혈석을 다듬어 포자를 써 보았다. 마음에 들질 않았다. 획은 어찌 되었든 간에 글자와 글자 사이에 생겨나는 공백을 메울 수가 없었다.

위로 획을 올리면 밑으로 구멍이 생기고, 밑으로 내리면 위로 여백이 남았다. 벌써 몇 차례 다시 고쳐 썼지만, 처음이나 나중이나 같은 판이다. 전황석을 새기던 때의 솜씨가 아니다. 그는 스스로 자기 손이 하룻밤 사이에 떨어졌음을 의식할 수 있었다.

밖으로 나선 수하인은 운현궁 앞을 지나 탑골공원 뒤로 해서 종로로 나섰다. 도장포 젊은 주인을 찾아가는 길이다. 눈은 한길 위에 겹겹이 쌓이지만 가슴속은 구멍이 뚫린 것같이 허전스러워지기만 했다. 무슨 생각에 잠겼던지 도장포를 지났다가 다시 되돌아와서야 가게문을 열고 들어섰다.

"이 숯눈길에 선생님두……."

"응, 그 일로 나왔지…… 글씨가 돼야지."

가게가 좁은 탓인지 구공탄 난로가 제법 뜨스하다.

"어젠 너무 과음한 탓인지 손이 떨려 포자가 안 되어……."

"그냥 두어두세요. 제가 그런 대로 새길 테니……."

술을 과음했다고 손이 떨려 포자를 쓰지 못할 수하인이 아니다. 젊은 주인은 그냥 버려두라고 몇 번이나 권했지만, 이왕 약속한 것이니 포자만 쓰라기에 끝끝내 거역하질 못했다.

"이만하면 그 친구 마음에도 들 걸세."

젊은 친구는 인면을 들여다보았다. 지도법을 썼지만 수하인의 솜씨라곤 도저히 생각할 수가 없었다. 젊은 주인은 이러니저러니 해서 그를 더 괴롭히고 싶질 않았다.

"인젠, 칼 재미도 점점 식어가……."

혼자 중얼거리는 수하인은 함박눈이 꼬리치는 창 밖만 내다보고 앉아 있다. 술이라도 권할 생각으로 몇 번 붙잡았지만 그는 듣지 않고 그대로 밖으로 나섰다. 눈은 퍼부어도 날씨가 누굿한 편이다. 숫눈길을 걷는 수하인은 칼을 버릴 결심을 비로소 내렸다. 그러려면 지나온 자기 발자취를 한데 묶어 놓고 싶었다. 참지(창호지) 한 권을 사들고 온 수하인은 우선 아랫목으로 앉아 몸부터 녹였다. 따스한 기운이 등골에 올라, 전신은 노긋해지지만, 두껍게 접혀진 마음의 주름살은 펴지질 않았다. 전황석 인장 한방을 꺼내어 다시 본다.

돌에 묻어 있는 손때의 아운과 그 고졸한 품에 수하인의 손끝은 새로운 흥분이 흘렀다. 참지를 접어 한 권의 책을 맨 수하인은 간격을 잡아가며 천을 헤아리는 인장을 기억에 떠오르는 대로 비교적 연대순을 따져 적었다. 물론 전황석 한 방도 맨 나중에다 찍어 놓았다. 밤도 적이 깊었다. 눈 쌓이는 소리가 들리는 듯 방안은 조용하다.

어떤 것은 지나치게 청아한 선이 경한 것 같았고, 때로는 둔한 획이 마음에 들지 않는 것도 있었지만, 끝으로 전황석 한 방만은 수하인으로서도 나무랄 점이 없었다. 아하고 담한 것이 산홍의 숨길이라면, 뭉친 획은 수하인의 결정에 이른 품이요 지었다. 산홍이 옆에 앉히고 그와 더불어 살아온 일생을 그린 인보(印譜, 온갖 도장을 찍은 글자를 모아 둔 책)를 바라보는 순간 그는 처음 자기가 살아온 보람을 느꼈다. 산홍이가 연적의 물을 따라 먹을 갈고, 수하인이 황모필 가는 붓으로 전황당 인보기라 표지에 썼다.

1. 이 작품에서 말하고자 하는 전통의 덕목은 무엇인지 서술하시오.
   — 선비 정신과 같은 정신적 지조, 기예의 멋, 장인 정신 등 생활의 품격과 멋이라고 할 수 있다.

2. 수하인이 친구에게 줄 선물로 도장을 선택하게 된 이유를 서술하시오.
   — 수하인이 도장의 장인이었다는 것도 한 이유가 되지만 도장의 아취와 실용을 겸비했다는 이유가 더 근본적이다. 도장 새기는 전통사회에서 문사의 일로 인정되었음을 생각할 때 수하인은 정신적 품격을 중히 여기는 선비 정신을 지니고 있었음을 알 수 있다.

서울, 1964년 겨울

—김승옥

작품 정리

갈래	단편소설
성격	사실적
배경	1964년 어느 겨울 밤 서울 거리
시점	1인칭 주인공 시점
주제	뚜렷한 가치관을 갖지 못한 사람들의 심리적 방황과 인간적 연대감 상실

등장 인물

나
육사 시험에 실패하고 구청 병사계에서 근무하는 스물다섯 살의 시골 출신의 사내로 소외감과 고독감을 느끼며 살아간다.

안
부잣집 아들이며 대학원생으로 1960년대 지식인을 대표하는 전형적 인물로 삶에 대해 냉소적이지만 자기 구원을 시도하는 인물이다.

외판원
가난한 월부 판매원. 마누라 시체를 병원에 팔아 죄책감에 빠져 괴로워하다가 여관방에서 자살한다.

　　구청 병사계에서 일하는 '나'는 선술집에서 대학원생인 안과 만나 대화를 나눈다. 그들이 자리를 옮기려고 일어설 때, 기운 없어 보이는 30대의 사내가 동참하고 싶다고 말을 건네 왔다. 그들은 30대 사내의 안내로 중국 요리집으로 들어갔다. 사내는 자신이 월부 서적 외판원이며, 행복한 결혼 생활을 했으나 오늘 아내가 죽었다는 것, 그리고 그 시체를 병원에 팔았지만 아무래도 그 돈을 오늘밤 안으로 다 써 버려야 하겠는데 같이 있어 줄 수 있겠느냐는 것 등을 말했다. 그들은 밖으로 나와 돈을 쓰기 위해 넥타이와 귤을 샀으나 마땅히 갈 곳이 없다. 그 때 소방차가 지나갔고 그들은 택시를 타고 그 뒤를 따라 불구경을 나선다. 사내는 불 속에서 아내가 타고 있는 듯한 환각을 보고 남은 돈을 불 속으로 던진다. '나'와 '안'은 이제 돌아가려고 했지만 사내의 만류로 같이 여관에 들어가게 된다. 사내는 한 방에 있기를 원했지만 '안'의 주장으로 그들은 각기 다른 방에 들어간다. 다음 날 아침 사내는 죽어 있었고, '안'과 '나'는 서둘러 여관에서 나온다. '안'은 사내가 죽을 것이라 짐작했지만 도리가 없었으며, 그를 살릴 수 있는 유일한 방법은 그를 혼자두는 것이라 생각했었다고 말한다. '나'는 '안'과 헤어져 버스에 오른다. 무엇인지 골똘히 생각하고 있는 '안'의 모습이 차창 밖으로 보인다.

1. 익명화된 등장 인물이 지니는 의미를 서술하시오.
　 ― 이 작품의 등장 인물은 '나', '사내', '안'과 같이 익명화되어 있다. 이는 현대 도시인의 삶의 방식인 개인주의, 의사 소통의 단절, 개성 상실에 대한 작가의 의도가 담겨 있다.

2. 이 소설에 나타난 개미와 나의 행동의 의미를 서술하시오.
　 ― 나에게 다가오는 개미와 자살한 사내의 분신이자 나의 양심을 의미한다. 인간적 연대감과 소통을 지향하고 있지만 개미가 다가오자 얼른 자리를 옮기는 나는 끝내 사내의 죽음은 물론이고 주변의 어떤 일에도 연관되기를 원하지 않는 것이다.

무진기행

—김승옥

작품 정리

갈래	단편소설, 여로형 소설
성격	상징적, 암시적
배경	1960년대 무진
시점	1인칭 주인공 시점
주제	현실에서의 일탈과 회귀 사이에서의 갈등

등장 인물

나(윤희중)
장인이 경영하는 제약회사 전무자리에 오르기로 되어 있으나 이를 달갑게 여기지 않는다. 주주 총회를 앞두고 자기 존재를 확인하려고 무진으로 가지만 허무를 느낄 뿐, 서울로 다시 돌아온다.

하인숙
무진 중학교 음악 선생. '나'를 만난 후 허무를 벗어나기 위해 무진을 떠나고 싶어 하나 자신의 삶을 받아들이며 머무는 여인이다.

조
'나'의 시골 동창생. 고시에 합격한 무진의 세무서장이며 속물적인 인간이다.

박

'나'의 중학 후배이며 교사이다 하인숙을 사랑한다.

서른셋의 나이로 제약 회사 중역인 '나'는 아내와 장인의 도움으로 며칠 후면 제약회사 전무가 된다. '나'는 '나'의 건강을 걱정한 아내의 권유에 따라 어린 시절을 보낸 무진으로 내려간다. '나'에게 무진의 의미는 특별한데, 그 곳은 참담했던, 그러나 순수했던 과거의 기억으로 얼룩져 있다. 무진에 도착한 '나'는 사람들을 만난다. '나'를 존경하는 후배인 박, 중학 동창이며 고시에 합격해 무진의 세무서장으로 있는 조, 그리고 음악 교사인 발랄한 처녀 하인숙 등이다. 특히 무진을 벗어나고 싶어 하는 하인숙은 '나'를 유혹하고, '나' 역시 하인숙에게서 과거 자신의 모습을 떠올리며 그녀의 유혹에 응하고 사랑을 느낀다. 그리고 그 다음 날 '나'는 상경을 요구하는 아내의 전보를 받고는 갈등한다. 서울로 가겠다고 작정한 후, '나'는 하인숙에게 사랑한다는 편지를 쓰지만 찢어 버린다. 이후 심한 부끄러움을 느끼며 '나'는 무진을 떠난다.

무진에 명산물이 없는 게 아니다. 나는 그것이 무엇인지 알고 있다. 그것은 안개다. 아침에 잠자리에서 일어나서 밖으로 나오면, 밤 사이에 진주해 온 적군들처럼 안개가 무진을 뻥 둘러싸고 있는 것이었다. 무진을 둘러싸고 있던 산들도 안개에 의하여 보이지 않는 먼 곳으로 유배당해 버리고 없었다. 안개는 마치 이승에 한(恨)이 있어서 매일 밤 찾아오는 여귀(女鬼)가 뿜어 내놓은 입김과 같았다. 해가 떠오르고 바람이 바다 쪽에서 방향을 바꾸어 불어오기 전에는 사람들의 힘으로써는 그것을 헤쳐 버릴 수가 없었다. 손으로 잡을 수 없으면서도 그것은 뚜렷이 존재했고, 사람들을 둘러쌌고, 먼 곳에 있는 것으로부터 사람들을 떼어 놓았다. 안개, 무진의 안개, 무진의 아침에 사람들이 만나는 안개, 사람들로 하여금 해를, 바람을 간절히 부르게 하는 무진의 안개, 그것이 무진의 명산물이 아닐 수 있을까!

내가 좀 나이가 든 뒤로 무진에 간 것은 몇 차례 되지 않았지만, 그 몇 차례 되지 않은 무진행이 그러나 그때마다 내게는 서울에서의 실패로부터 도망해야 할 때거나 하여튼 무언가 새 출발이 필요할 때였다. 새 출발이 필요할 때 무진으로 간다는 그것은 우연이 결코 아니었고 그렇다고 무진에 가면 내게 새로운 계획이 술술 나오기 때문도 아니었다. 오히려 무진에서의 나는 항상 처박혀 있는 상태였었다. 더러운 옷차림과 누우런 얼굴로 나는 항상 골방 안에서 뒹굴었다. 내가 깨어 있을 때는, 수없이 많은 시간의 대열이 멍하니 서 있는 나를 비웃으며 흘러가고 있었고, 내가 잠들어 있을 때는, 긴긴 악몽들이 거꾸러져 있는 나에게 혹독한 채찍질을 하였다.

(중략)

문득 한적(閑寂)이 그리울 때도 나는 무진을 생각했었다. 그러나 그럴 때의 무진은 내가 관념 속에서 그리고 있는 어느 아늑한 장소일 뿐이지 거기엔 사람들이 살고 있지 않았다. 무진이라고 하면 그것에의 연상은 아무래도 어둡던 나의 청년이었다.

이웃집 젊은이의 전사 통지가 오면 어머니는 내가 무사한 것을 기뻐했고, 이따금 일선의 친구에게서 군사 우편이 오기라도 하면 나 몰래 그것을 찢어 버리곤 하였다. 내가 골방보다는 전선을 택하고 싶어 하는 것을 알고 있었기 때문이다. 그 무렵에 쓴 나의 일기장들은, 그 후에 태워 버려서 지금은 없지만, 모두가 스스로를 모멸하고 오욕(汚辱)을 웃으며 견디는 내용들이었다. '어머니, 혹시 제가 지금 미친다면 대강 다음과 같은 원인들 때문일 테니 그 점에 유의하셔서 저를 치료해 보십시오…….' 이러한 일기를 쓰던 때를, 이른 아침 역 구내에서 본 미친 여자가 내 앞으로 끌어당겨 주었던 것이다. 무진이 가까웠다는 것을 나는 그 미친 여자를 통하여 느꼈고 그리고 방금 지나친, 먼지를 둘러쓰고 잡초 속에서 튀어나와 있는 이정비를 통하여 실감했다.

"이번에 자네가 전무가 되는 건 틀림없는 거구, 그러니 자네 한 일주일 동안 시골에 내려가서, 긴장을 풀고 푹 쉬었다가 오게. 전무님이 되면 책임이 더 무거워질 테니 말야."

　아내와 장인 영감은 자신들은 알지 못하는 사이에 퍽 영리한 권유를 내게 한 셈이었다. 내가 긴장을 풀어 버릴 수 있는, 아니 풀어 버릴 수밖에 없는 곳을 무진으로 정해 준 것은 대단히 영리한 것이었다.

문　제

1. '무진기행'의 갈등 구조에 대해 서술하시오.
　─ 무진기행은 두 개의 공간이 있다. 두 개의 공간 중 하나는 서울로 표상되는 일상의 공간이고 다른 하나는 무진이라는 탈 일상의 공간이다. 다시 말해 아내가 있는 서울은 세속적이지만 현실적인 가치가 중심을 이루는 공간인 반면 안개와 바다, 자살한 여인과 하인숙의 노래가 있는 무진은 몽환적이고 탈속적인 공간이다. 무진은 꿈이지만 서울은 현실이기 때문에 결국 나는 서울로 되돌아올 수밖에 없다.

2. 윤희중이 무진을 떠나면서 심한 부끄러움을 느낀 이유에 대해 서술하시오.
　─ 윤희중은 이중성을 지니고 있다. 그는 무진에서 결국 서울로 향하고 만다. 무진을 관념으로 보지 않고, 진실로 체험하지 않는 한 언제든 서울로 가게 되어 있다. 그 사실을 자신은 안다. 서울은 무진에서보다 자신의 안락을 제공할 요소가 많은 곳이기 때문이다. 그는 결국 서울의 힘을 택한다. 여기에서 양심적 부끄러움을 느끼는 것이다.

역사

—김승옥

작품 정리

갈래	단편소설, 풍자소설
성격	액자식 구성
배경	1960년대 서울 동대문지역
시점	바깥 이야기 : 1인칭 관찰자 시점 / 안 이야기 : 1인칭 주인공 시점
주제	현대인의 기계적인 일상생활에 대한 풍자

등장 인물

나(바깥 이야기)
나(안 이야기)의 이야기를 듣고 전해 주는 인물이다.

나(안 이야기)
20대의 가난한 젊은이. 창신동 빈민가의 생활을 청산하고 이층 양옥집으로 이사하였다. 생명력 넘치는 삶을 동경하면서도 현실적 안락 또한 저버리지 못하는 모순된 모습을 보인다.

주인 할아버지
이층 양옥집 가장으로 가정의 질서 파괴를 지상 최악의 상황으로 여기는 인물. 가풍을 지키기 위해 질서 의식을 지나치게 강조한다.

서씨

괴력을 지닌 막노동자. 한밤중에 동대문에 올라 무거운 돌을 들며 생명력을 발산한다.

줄거리

　　나(바깥 이야기의 서술자)는 우연히 공원에서 만난 한 젊은이의 이야기를 옮겨 본다. 서울 동대문 부근 창신동의 빈민촌 판잣집에 세를 들어 살던 나는 사정이 좋아져서 깨끗한 양옥집으로 하숙을 옮기게 된다. 그러나 새 양옥집은 조그만 행동도 규칙과 질서를 지켜야 하는 곳이어서 안락하기는 하지만 자유로운 곳은 아니었다. 이러한 상황에서 나는 빈민가의 판잣집에서 만났던 사람들을 떠올리며 그들과 함께 생활했던 지난날을 그리워한다.
　　그 가운데 가장 뚜렷한 기억은 막벌이 노동자 서 씨인데 그는 한밤중에 몰래 동대문에 올라가 무거운 돌덩이 하나를 옮겨두는 일을 하곤 했다. 그러한 서 씨를 생각하면서 나는 양옥집의 규칙을 깨뜨리는 행동을 해보지만 그 집에서는 아무런 변화도 생기지 않는다. 어느 쪽이 틀렸을까요?라고 묻는 젊은이의 질문에 나는 대답 대신 같은 상황이라면 자신도 멍청해질 것이라고 생각한다.

본문

　　이윽고 서 씨의 몸은 성벽의 저 너머로 사라져 버렸다. 그리고 잠시 후에 나는 더욱 광경을 보게 되었다. 서 씨가 성벽 위에 몸을 나타내고 그리고 성벽을 이루고 있는 커다란 금고만한 돌덩이를 그의 한 손에 하나씩 집어서 번쩍 자기의 머리 위로 치켜 올린 것이었다. 지렛대나 도드래를 사용하지 않고서는 혹은 여러 사람이 달라붙지 않고서는 들어 올릴 수 없는 무게를 가진 돌을 그는 맨손으로 들어 올린 것이었다. 그는 나에게 보라는 듯이 자기가 들고 서 있는 돌을 여러 차례 흔들어 보이고 나서 방금 그 돌들이 있던 자리를 서로 바꾸어서 그 돌들을 곱게 내려놓았다.

나는 꿈속에 있는 기분이었다. 고담 같은 데서 등장하는 역사(力士)만은 나도 인정하고 있는 셈이지만, 이 한밤중에 바로 내 앞에서 푸르게 빛나는 조명을 온몸에 받으며 성벽을 디디고 우둑 솟아 있는 저 사내를 나는 무엇이라 이름 붙여야 할지 몰랐다.

역사, 서 씨는 역사다, 하고 내가 별 수 없이 인정하며 감탄이라기보다는 차라리 그 귀기에 찬 광경을 본 무서움에 떨고 있는 동안에 그는 어느 새 돌아왔는지 유령처럼 내 앞에서 자랑스러운 웃음을 소리 없이 웃고 있었다.

서 씨는 역사였다. 그 날 밤 나는 집으로 돌아와서 이제까지 아무에게도 들려주지 않았다는 서 씨의 얘기를 들었다.

그는 중국인의 남자와 한국인의 여자 사이에서 태어난 혼혈아였다. 그의 선조들은 대대로 중국에서 이름 있는 역사들이었다. 족보를 보면 헤아릴 수 없이 많은 장수(將帥)가 있다고 했다. 그네들이 가졌던 힘, 그것이 그들의 존재 이유였고 유일한 유물이었던 모양이었다. 그 무형의 재산은 가보로서 후손에게 전해졌다. 그것으로써 그들은 세상을 평안하게 할 수 있었고 자신들의 영광도 차지할 수 있었다. 그러나 이 서 씨에 와서도 그 힘이 재산이 될 수는 없었다. 이제 와서 그 힘은 서 씨로 하여금 공사장에서 남보다 약간 더 많은 보수를 받게 하는 기능 밖에 가질 수가 없게 된 것이다. 결국 서 씨는 그 약간 더 많은 보수를 거절하기로 했다. 남만큼만 벽돌을 날랐고 남만큼만 땅을 팠다. 선조의 영광은 그렇게 하여 보존될 수밖에 없었다. 그리고 서 씨는 아무도 나다니지 않는 한밤중을 택하고 동대문의 성벽에서 그 힘이 유지되고 있음을 명부(冥府)의 선조들에게 알리고 있다는 것이었다.

대낮에 서 씨가, 동대문의 바로 곁에 서서 행인들 중 누구 한 사람도 성벽을 이루고 있는 돌 한 개의 위치 변화에 관심을 보내지 않고 지나다닐 때 옮겨진 돌을 바라보며 빙그레 웃고 있는 그의 모습을 나는 쉽게 상상할 수 있었다. 그것이 서 씨가 간직하고 있는 자기였고 내가 그와 접하면 할수록 빨려 들어갈 수 있었던 깊이였던 모양이었다.

그 집 — 그늘 많은 얼굴들이 살던 그 집에서 나는 나 자신 속에서 꿈틀거리는 안주(安住)에의 동경을 의식하지 않을 수 없었다. 그것은 그 사람들의 헤어날 길 없는 생활 속에 내가 휩쓸려 들어가게 되는 것이 무서웠던 모양이다. 그러나 그 곳을 뚝 떠나서 이 한결같은 곡이 한결같은 악기로 연주되는 집에 오자 그것은 견디어 낼 수 없는 권태와 이 집에 대한 혐오증으로 형체를 바꾸는 것이었다. 나란 놈은 아마 알 수 없는 놈인가 보다.

문 제

1. 이 작품에서 주인 할아버지가 가풍의 중요성을 강조한 이유는 무엇인지 쓰시오.
   ― 가풍이 없으면 가정이 파괴된다고 믿고 있기 때문에.

2. 역사에 나타난 나의 이중성에 대해 쓰시오.
   ― 이 작품에서 '나'는 전반적으로 서 씨와 그가 속해 있는 창신동 빈민가에 대한 애정을, 그리고 '병원처럼 깨끗한 양옥'과 그곳에서의 '규칙적인 일상'에 대한 거부감을 보여주고 있으나 실제 이 둘에 대한 '나'의 태도는 '선택과 배제'의 이분법적인 것이 아니다.
   오히려 '나'는 두 공간에 대해 공히 거부와 동경이라는 이중적인 태도를 보이고 있는데 이는 전자의 삶에 대한 인간의 동조에도 불구하고 후자의 삶이 지닌 윤택함과 편안함이 현대를 살아가는 우리들에게 결코 무시할 수 없는 가치임을 작가 스스로 인정하고 있음을 보여주는 것이다.

병신과 머저리

—이청준

작품 정리

갈래	단편소설
성격	추리적, 논리적
배경	1960년대 현실과 병원
시점	1인칭 주인공 시점 및 관찰자 시점
주제	삶의 방식이 다른 두 형제의 아픔과 그 극복 의지

등장 인물

형

의사. 한국 전쟁 참전 중 동료의 죽음을 방치했던 경험을 가지고 있는 인물로 최근 자신에게 치료받던 소녀의 죽음을 겪은 이후 그 충격으로 병원 문을 닫는다. 그러나 소설 쓰기를 통해 서서히 비극적 체험을 극복하게 된다.

나(동생)

화가. 혜인을 사랑하면서도 어물쩍하게 놓쳐 버리고 매사에 무기력과 패배감을 지닌다.

형은 전쟁의 상흔이라는 뚜렷한 환부를 가지고 있는데 반하여 '나'는 환부를 알 수 없는 1960년대의 병신과 머저리인 셈이다.

혜인

나의 애인이었으나 다른 남자와 결혼한다.

오관모

부하인 김 일병을 성적으로 학대 하다가 부상을 입자 김 일병을 죽이려 하는 인물로 인간의 이기심과 생존 본능을 잘 보여주는 인물이다.

김 일병

전쟁이 벌어진 암담한 현실에서 고통받는 인물이다.

줄거리

일인칭 서술자로 등장하는 '나'는 화가이며 아우이다. '나'는 사랑하는 여자 혜인의 청첩장을 앞에 두고 고민하고 있다. 혜인은 가난한 화가보다 장래가 확실한 의사를 택했고 '나'는 혜인을 붙잡지 못했다. '나'는 혜인의 모습을 그림 속에서 실현하려 한다. '나'의 형은 의사이다. 그는 6 · 25 때 의무병으로 참전했으며, 적의 수중에 낙오된 쓰라린 기억을 가지고 있다. 그는 집도를 맡던 소녀의 수술에 실패한 뒤, 6 · 25 때의 경험을 소설로 쓰기 시작한다. 그와 함께 낙오한 인물들은 표독하고 잔인한 오관모와 그 잔인함의 희생양이었던 김 일병이다. 김 일병은 팔이 잘려 나가 썩어가고 있다. 그들은 동굴 속에 숨어 살았다. 오관모는 김 일병을 남색의 대상으로 삼았다. 김 일병의 상처에서 나는 역한 냄새로 그것이 불가능하게 되자, 오관모는 이제 김 일병이 무용지물이라며 '입을 줄이기 위해서'라는 명목으로 첫눈이 오는 날 그를 죽이겠다고 한다. 마침내 첫눈이 내렸다.

그리고 형의 소설을 훔쳐 읽던 동생은 형이 김 일병을 죽여 버리는 것으로 소설을 끝내 버린다. 형은 그것을 읽고 동생을 병신이라고 욕한다. 그는, 오관모가 김 일병을 죽이고 뒤따라간 자신이 오관모를 죽이는 것으로 끝맺고는 소설을 불태워 버린다. 소설을 다 쓰고 외출했던 형은 생생하게 살아 있는 바로 그 오관모를 만났다는 것이다.

1. 형과 동생의 아픔의 차이가 무엇인지 알아봅시다.

　─ 형의 아픔은 뚜렷한 원인이 있는 아픔이기 때문에 그 아픔을 극복하고 창조와 자기 발전의 기반으로 삼을 수 있으나 나는 원인을 모르는 아픔을 갖고 있기 때문에 이 아픔을 극복하기 위해서는 우선 아픔의 원인을 찾기 위해 노력해야 하는 것이다.

2. 형이 소설을 쓰게 된 이유를 설명하시오.

　─ 의료 사고로 인한 위신의 추락과 인간적 열등감을 떨쳐 버리려는 정신적인 노력의 일환이다. 이 소설 쓰기로 형은 다시금 살의와 같은 투쟁심을 키운다.

줄
—이청준

작품 정리

갈래	단편소설, 순수소설
성격	회상적, 숙명적
배경	나의 이야기 : 현재의 C읍 / 허운 부자 이야기 : 1940년대 말의 C읍
시점	바깥 이야기 : 1인칭 주인공 시점 / 안 이야기 : 전지적 작가 시점
주제	장인정신의 상실에 대한 아쉬움과 현대인의 가치 상실 고발

등장 인물

허 노인
줄타기 한길만을 걸어온 장인으로 줄타기의 철학이 분명한 줄광대다.

허운
허 노인의 아들, 줄광대의 길을 고수하기 위해 사랑에 실패하자 죽음을 선택한다.

나(남기자)
신문기자로 줄광대 이야기를 전달하는 서술자이다.

트럼펫 사내
줄광대 부자의 이야기를 남 기자에게 전해 주는 인물이다.

    승천하는 줄광대에 관한 기사를 취재하기 위해 고향인 C읍으로 내려간
다. '나'는 과거 서커스단에서 트럼펫을 불던 사나이로부터 운 부자에 관
한 이야기를 듣게 된다. 그 광대의 이름은 '운'이었다. 트럼펫보다 다섯 살
아래였다. 그에게는 줄타기 광대로 늙은 아버지가 있었다. 운이 두 살 나던
해 어머니가 단장과 부정을 저질렀다며 아버지가 어머니의 목을 졸라 죽
였다. 허 노인은 그날만 줄을 타지 않았다. 그리고 이후 줄을 떠나지 않았
다. 허 노인은 아들이 열두 살 될 때 줄을 가르치기 시작했다. 땅에 줄을 그
어 놓고 걷게 하다가 각목 위로 걷게 하는 것이었다. 꼬박 5년이 지나 줄이
공중으로 올랐다. 운이 사람들 앞에서 줄을 타기를 간청했다. 허 노인은 주
막에서 아들에게 줄 위에는 자유로운 세상이 있어야 하고 눈과 귀가 열리
는 것이 가장 위험하며 생각이 땅에 머무르면 안 된다고 단단히 일러주었
다. 그날 밤 줄 위에는 두 사람의 광대가 올라갔다. 운이 다 건넜을 즈음 객
석은 난장판이 되어 있었다. 아버지가 떨어져 죽은 것이다.
    어느 날 C읍에서 공연을 마쳤을 때 어느 여인에게서 꽃다발을 받은 운
은 그 여인에 대한 사랑을 느끼지만 여인은 이를 거부한다. 여인이 사랑한
것은 자신이 아니라 자신의 줄 타는 모습이었음을 깨달은 운은 줄 위에 올
라 최후의 연기를 하다 죽는다. 트럼펫은 나에게 그 여자는 절름발이었으
며, 그 여자가 좋아한 것은 운이 아니라 운의 다리가 아니었겠는가 하고 조
심스럽게 말했다. 나에게 이야기를 들려준 후 세상을 떠난 트럼펫 부는 사
내의 장례 행렬에서 나는 자신의 소재를 확인해 볼 수 있는 방법을 찾지 못
할 것 같아 두려워한다.

    C읍에서 ─ 어느 날 밤, 운이 줄에서 내려와 보니 그에게 꽃다발이 하나
와 있었다. 꽃다발이라야 그 즈음 산이나 들에 지천으로 피어난 들국화를
몇 송이 꺾어다 종이 리본으로 묶은 것이었지만, 워낙 처음 있는 일이라 부
처님 같은 운도 약간 호기심이 돌았다. 꽃다발을 가져온 것은 소녀 끼를 갓

벗은 여자라고 했다.

— 잘 해 봐라 이 녀석. 총각 귀신은 제사도 없단다.

트럼펫의 사내가 웃으면서 그 꽃다발을 운에게 건네주었다. 여자는 다음 날도 그 다음 날도 같은 일을 하고 갔지만, 언제나 운이 줄을 올라간 뒤에 왔다가 줄에서 내려오기 전에 가 버리기 때문에 정작은 얼굴조차 볼 수가 없었다. 매일 밤 꽃다발을 맡았다 운에게 전해 주던 트럼펫이 보다 못해 하룻밤은 일을 꾸몄다.

— 공원으로 가 봐라. 거기 여자가 기다리고 있을 게다.

운이 줄에서 내려오자 트럼펫은 운에게 일러 주었다.

"지금 이야기 중의 트럼펫이라는 운의 친구가 바로 노인이시겠지요?"

나는 갑자기 이 사내 자신에 대한 한 가지 의문이 떠올라 그렇게 물었다.

"그렇습니다. 그 때부터 나는 나팔을 불고 나면 조금씩 피를 뱉게 되었는데, 그렇다고 입에서 나팔을 뗄 수는 없었습니다. 나팔을 불지 못하면 진짜로 죽을 것 같았으니까요."

"노인께서 여길 떠나지 못하고 주저앉은 것도 폐 때문인 것 같은데 그 때 노인께서는 독신이었습니까?"

"그렇습니다. 독신이었는데, 갑자기 각혈이 심해져서……."

사내는 말끝을 흐렸다.

정말로 그랬을까? 나는 여전히 의문이 사라지질 않았다. 그것은 오히려 누군가를 따라 떠났어야 할 이유도 되지 않는가. 그리고 그런 폐를 가지고 지금까지 살아 있을 수가 없지도 않은가. 그렇다면 — 이 사내는 혹시 운을 찾아오는 여자에게 사랑을 느낀 것은 아니었을까? 그리고…….

그러나 사내는 내가 입을 열기 전에 이야기를 서둘러 계속했다.

"하여튼 그렇게 해서 나는 운이 여자를 만나게 해 주었는데, 여자를 만나고 와서도 운은 별로 달라진 게 없더라는 말입니다. 그런 일이 한 주일쯤 계속되었지요. 그런데 갑자기 운이 줄 위에서 재주를 피우기 시작했단 말이에요. 단장이나 구경꾼들은 무척들 좋아했지요. 하지만 나는 옛날 허 노인의 실수를 기억하고 있었던 만큼 그게 불안했습니다. 몇 번씩 그런 재주 같은 동작을 하고 줄을 내려온 운은 유독 땀을 많이 흘리고 있었고, 단장의 칭찬에도 넋 나간 눈만 하고 있었거든요. 그런 나의 생각이 옳다고 단정할 수는 없었지만, 그렇게 생각할 수밖에 없는 일이었어요. 운이 자꾸 귀와 눈을 때리면서 혼자 중얼중얼하는 것이었습니다. 못 견뎌 하는 얼굴이었어요. 허 노인이 운에게 당부했다는 말이 생각났습니다. 그런데 사람들은 함성을 지르고 좋아들 했거든요. 불행한 일이었지만, 내 생각이 옳았다는 것은 곧 증명이 되었어요. 어느 날 밤, 줄을 타고 내려온 운은 또 공원으로 갔고, 우리는 나머지 순서와 곡예에 곁들인 연극까지 끝내고 났을 때예요……."

문 제

1. 허운 부자의 줄에 대한 집념의 차이에 대해 서술하시오.
   — 아버지 허 노인은 줄 위에서 자유로운 세상을 얻을 때까지 반드시 지켜야만 하는 엄격한 원칙을 세우고, 장인(匠人) 최고의 경지에 이르기 위해 자신의 기력이 다할 때까지 오로지 줄 위의 세상만을 생각하며 살다가 줄에서 죽은 전형적 장인이다. 그에게 있어서 줄타기만 절체절명의 천직이요, 사명이다. 이에 반해 아들은 아버지와는 달리 일상적 세계(현실 세계)의 인간 관계에 얽혀 들어, 한 여자에게 사랑을 배반당하고 그녀를 미워하게 되면서, 땅 위에서나 줄 위에서나 삶의 의미를 찾을 수 없어 죽음의 길을 택하고 만다. 즉, 아버지는 줄에 대한 집념과 의지로써 현실 세계를 극복하고 줄 위에서의 자유로운 세상을 얻어 기력이 다할 때까지 줄에서 살다가 죽을 수 있었지만, 아들은 땅 위의 현실 세계에 눈을 돌리고 엄숙한 질서를 어김으로써 아버지와는 달리 요절(夭折)하게 된다.

2. 허운 부자를 통해 작가가 말하려는 것이 무엇인지 알아보자.
   — 허운 부자는 줄을 더 탈 수 없는 상황에 이르자 죽음을 택하는데, 그들을 죽게 한 것은 외부세력이 아니라 자신들에 대한 엄격함 그 자체이다. 작가는 바로 현대인이 잃어버린 이러한 장인정신의 부각에 중점을 두고 있다.

선학동 나그네

— 이청준

작품 정리

갈래	단편소설
성격	회상적
배경	시간적 배경 : 특정되어 있지 않은 현대의 어느 때
	공간적 배경 : 장흥에 가까운 어느 해안가 시골 마을
시점	전지적 작가 시점
주제	삶의 한을 예술을 통해 승화시키는 경지

등장 인물

나그네(손)
어릴 때 눈먼 누이를 버리고 도망간 일이 한이 되어 떠돌며 소리로 연명하는 누이의 종적을 쫓아 같이 떠도는 인물.

여자(누이)
어릴 때부터 아버지를 따라다니면서 그로부터 소리를 배우고 소리로 연명해 살아가는 여인. 장님이며 가장 기구한 운명에 처한 인물로 소리를 통해 한을 승화시키는 작품의 주제를 가장 잘 구현하는 인물이다.

아버지
소리에 미쳐 안정된 생활을 하지 못하고 떠돌아다니는 소리꾼.

주인 사내
직접 만나지 못하는 나그네와 여자를 간접적으로 연결시켜 주는 매개자 역할을 하는 인물.

어느 날 해질 무렵 한 나그네가 만조 때 비상학의 자태를 짓는 선학동을 보고자 발길을 재촉한다. 하지만 포구는 들판으로 변하여 학의 모습을 볼 수 없게 되어 있었다. 주막으로 간 나그네가 학이 날지 못하게 된 것을 아쉬워하자 주인 사내가 몇 년 전 한 여인이 다녀간 뒤로 학이 다시 날게 되었다는 기이한 이야기를 시작한다. 30년 전 어떤 소리꾼 부녀가 찾아와 아비가 딸의 소리에 뒷산 관음봉이 포구의 밀물에 비상학으로 떠오르는 선학동 포구의 풍정을 심어 주고는 이 마을을 곧 떠났으나 이태 전 그 여자가 아비의 유골을 묻기 위해 이곳을 다시 찾아왔었다는 것이다. 그 동안 마을 사람들의 인심이 각박해져 묻을 곳을 찾지 못하자 여자는 소리로써 사람들을 감동시키고, 어느 날 유난히 공들여 소리를 하고는 주막집 사내의 도움으로 아버지를 묻고 마을을 떠난다. 나그네는 여자가 장님이 아니었느냐는 물음으로 자신이 여자와 인연이 있는 인물임을 털어 놓는다. 주인은 이어서 여자가 학을 다시 날게 한 사연을 이야기한다. 여자는 여전히 포구에 물이 들어오는 소리와 그 물에 비쳐 선학이 나는 것을 듣고, 보고 있었으며, 주인 사내 역시 그녀의 소리를 들으면서 비상학의 환상을 보게 된다. 여자가 떠난 뒤에도 주인 사내는 여자가 선학동의 학이 되어 언제나 그 고을 하늘을 떠돈다고 믿는다. 주인은 이야기가 끝나자 손이 자신이 여자의 오라비임을 암시하고 이를 확신한 주인 사내는 여자가 오라비더러 자기를 더 이상 찾지 말게 해 달라는 마지막 부탁을 남겼다고 일러 준다. 다음 날 길을 떠나면서 손은 누이의 부탁에 따라 더 이상 종적을 찾아다니지 않으리라 다짐한다. 고갯마루에 올라서 해가 거의 기울 때까지 주저앉아 있던 손이 이윽고 그 모습을 거두자 고갯마루 위에는 언제부터인가 백학 한 마리가 떠돌고 있었다.

손이 다시 말을 이었다.

"주인장 어렸을 적에 이 마을을 찾아들었다는 그 소리꾼 부녀의 이야기 말이오. 그때 그 어린 계집아이에겐 소리 장단을 잡아 주던 오라비가 하나 있었을 겝니다. 그런데 노형은 일부러 그 오라비의 이야길 빼놓고 있었지요?"

추궁하듯 손이 주인의 얼굴을 마주 바라보았다. 주인도 이젠 더 이상 사실을 숨길 것이 없다는 듯 고개를 두어 번 깊이 끄덕여 보였다.

"그렇지요. 난 그 오라비가 뒷날, 늙은 아비와 어린 누이를 버리고 혼자 도망을 쳤다는 이야기까지도 여자에게 다 듣고 있었으니께요."

"그렇담 노형은 그 오누이가 서로 아비의 피를 나누지 않은 남남 한 가지 사이란 것도 알고 있었겠구면요. 그리고 그 어린 오라비가 부녀를 버리고 떠난 것도 차마 그 원망스런 의붓아비를 죽여 없앨 수가 없어서였다는 것도 말이오."

주인이 다시 고개를 무겁게 끄덕여 보였다. 그러자 손이 다시 물었다.

"한데, 노형은 아까 무엇 때문에 부러 그 오라비의 애기를 빼고 있었소?"

"그야 노형도 그 오라빌 알 만한 사람이구나 싶었으니께요."

주인은 간단히 본심을 말했다. 그러고는 한 마디 더 덧붙였다.

"노형이 처음 비상학 애길 꺼내고 있을 때 난 벌써 눈치를 챘거든요."

"그렇다면 노형은 끝끝내 그 오라빌 모른 척하고 속일 참이었소?"

"아니, 그럴 생각은 아니었지요. 난 외려 이 이삼 년 동안 늘 그 여자의 오라비란 사람을 기다려 온걸요. 언젠가는 결국 그 오라빌 만나서 이야기를 모두 전해 주리라……. 그래야 무언지 내 도리를 다할 듯싶었고요."

"그 오라비가 이곳을 찾아올 줄을 미리 알고 있었단 말이오?"

"여자가 그렇게 말을 했지요. 혹 오라비 되는 사람이 여길 찾아와 소식을 물을지 모른다고……. 그 여잔 분명히 그걸 믿고 있는 것 같았어요."

"왜 처음부터 그 애길 안 했지요? 이런저런 사정을 벌써 속속들이 다 알고 있었으면서도 말이오."

"그건 그 여자의 부탁이 있었기 때문이랍니다. 그 여잔 오라비가 혹 이곳을 찾아오더라도 그 오라비가 자기 이야기를 먼저 물어 오기 전에는 절대로 이쪽에서 입을 떼어 말을 하지 말라는 부탁이었지요. 오라비가 정 마음이 괴로워 원망을 못 이긴 듯싶어 보이기 전에도 말이외다……. 그래 난 그저 노형의 실토를 기다려 온 거지요."

주인은 거기서 잠시 말을 끊고 손의 기색을 살폈다.

손은 이제 다시 입을 굳게 다물고 있었다. 말없이 뜨락의 달빛만 내려다보고 앉아 있는 손의 얼굴에 새삼스런 회한의 기미가 사무치고 있었다.

주인은 그 손의 정한을 부추겨 올리듯 느린 목소리로 덧붙이고 있었다.

"허지만, 이야기를 먼저 내놓지 말라던 것은 실상 여자가 남기고 싶었던 부탁이 아니었을 거다. 여자는 그네의 오라버니가 여길 찾아올 줄도 알고 있었고, 이야기가 나올 줄도 알고 있었으니께요. 여자는 진짜 다른 부탁을 한 가지 남기고 갔다오……. 아깟번에 내가 그 여자는 학이 되어 지금도 이 포구 위를 떠돌고 있다고 말한 적이 있지요. 그건 실상 내가 생각해내서 한 말이 아니랍니다. 그것도 그 여자가 처음 한 말이었다오. 오라비에게 나를 찾게 하지 마시오. 전 이제 이 선학동 하늘에 떠도는 한 마리 학으로 여기 그냥 남겠다 하시오……. 그게 그 여자가 내게 남긴 마지막 부탁이었소. 그리고 그 여잔 아닌 게 아니라 한 마리 학으로 하늘로 날아올라간 듯 그날 밤 홀연 종적을 감춰 버렸고 말이오……."

문 제

1. 지금까지 밝혀지지 않았던 손과 여자의 관계를 구체적으로 제시한 구절을 찾아 쓰고 그 의미를 밝혀 쓰시오.

—그 오누이가 서로 아비의 피를 나누지 않은 남남과 한 가지 사이란 것, 어머니는 같으나 아버지는 다른 의붓 오누이 관계.

2. 백학의 상징적 의미에 대해 서술하시오.

— 이 소설의 주제를 형상화하는 날아오르는 백학은 한 마리 학으로 남아 선학동을 떠돌겠다는 여자의 말이 실현된 것으로도 볼 수 있고, 또는 나그네 자신이 여자의 뒤를 따라 한 마리 학으로 날아올라 자신의 가슴에 맺힌 한을 풀고자 하는 의지로 해석할 수 있다. 나아가 백학은 소리로 날아오르는 비상학의 투영된 상징물이기도 하고 또 정처 없는 사람들의 삶을 상징하기도 하는 등 복합적인 의미를 지니고 있다.

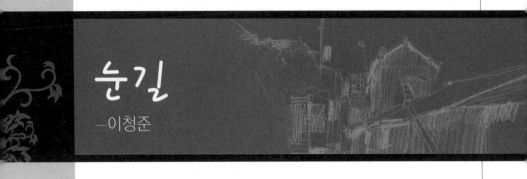

눈길

—이청준

작품 정리

갈래	단편소설, 액자소설
성격	회상적, 상징적
배경	여름 하루 낮과 밤(현재) / 눈 내리는 겨울(과거 회상) / 시골 고향집
시점	1인칭 주인공 시점
주제	눈길에서의 추억을 통한 어머니와의 인간적 화해

등장 인물

나

고등학교 시절 집안이 어려워져 부모가 자신에게 물질적 도움을 주지 못했던 것을 떠올려 지붕 개량 사업에 돈이 필요하다는 모친의 의사를 무시한다. 자식 노릇을 못한 자신이나 자식 뒷바라지를 못해 준 어머니나 마찬가지라고 생각하는 이기적 인물이다.

아내

이 작품의 이야기 전개를 이끄는 역할을 맡고 있다. 시어머니와 남편 사이에서 두 사람이 화해에 도달하도록 매개하는 인물이다. 모친을 대하는 남편의 태도에 당혹해 하며, 둘 사이의 거리감을 좁히기 위해 배려한다.

노인

'나'의 모친. 자신의 불편함이나 고통을 감내하며 자식의 마음을 편하게 해 주는 전통적인 어머니의 모습을 지닌 인물이다. 자식에 대한 사랑은 지극하나, 집안의 옛 영광을 제대로 지키지 못한 것과 자식 뒷바라지를 제대로 해 준 것에 대한 부끄러움과 자책감으로 자식에게 속 시원히 말도 하지 못하는 깊은 한을 간직하고 있다.

줄거리

고향에 대한 그리움과 함께 증오감을 갖고 있는 '나'는 휴가를 맞아 아내와 함께 시골의 노모(老母)를 찾아간다.

장남인 형의 노름과 주벽으로 집안이 파산을 겪은 후부터, 그리고 형이 조카와 형수를 포함한 모든 장남의 책임을 맡기고 세상을 떠난 뒤로 노모와 나는 거의 남남으로 살아 왔다. 노모는 남은 세상이 얼마 길지 못하리라는 체념 때문에도 그랬지만, 그보다 아들에게 아무것도 주장하거나 돌려받을 것이 없는 자신의 처지를 감득하고는 아들에게 어떠한 부탁도 하지 않았다.

이러했던 노모가 마을에서 이루어지고 있는 지붕 개량 사업으로 인해 엉뚱한 꿈을 꾼다. 즉, 노모는 은근히 자신의 집도 개량하고 싶은 소망을 내비친다. '나'는 노모의 이러한 마음을 알고도 이것을 애써 외면하려 한다. '나'는 애초에 노모에게 빚이 없었기 때문이다.

하지만 '나'가 외면하려 했던 것은 지붕 개량이 아니라 그것으로 인해 불거져 나온 예전 이야기이다. '나'는 계속 피하려 했으나 아내는 자꾸 노모에게 옛날에 아들을 떠나 보낼 때의 심경을 캐묻는다. '나'는 그러한 이야기를 애써 피하려고 한다. 아내는 집에 대한 이야기를 시작으로 예전 집을 팔게 된 사연과 남의 집이 된 그 시골집에서 마지막 밤을 지내게 해 준 그날의 심경을 듣고자 노모에게 그때의 일을 캐묻는다.

노모는 그날 새벽 아들을 떠나 보내고 하얀 눈길을 돌아오면서 아들에 대한 사랑으로 눈물을 흘렸으며, 아들의 발자국마다 한도 없는 눈물을 뿌리

며 아들의 앞길이 잘 되길 빌면서 돌아왔었음을 말해 준다. 결국, 아들에게
한 번도 해 주지 않았던 그날의 이야기를 들은 '나'는 심한 부끄러움과 함께
아내가 '나'를 세차게 흔들어 깨우는 것에도 불구하고 내처 잠이 든 척 버틸
수밖에 없었다. '나'는 노모의 사랑을 느끼며 뜨거운 눈물을 흘린다.

본 문

"한참 그러고 서 있다 보니 찬바람에 정신이 좀 돌아오더구나. 정신이
들어 보니 갈 길이 새삼 허망스럽지 않았겠냐. 지금까진 그래도 저하고 나
하고 둘이서 함께 헤쳐 온 길인데 이참에는 그 길을 늙은 것 혼자서 되돌아
서려니……. 거기다 아직도 날은 어둡지야……. 그대로는 암만 해도 길을
되돌아설 수가 없어 차부를 찾아 들어갔더니라. 한 식경이나 차부 안 나무
걸상에 웅크리고 앉아 있으려니 그제사 동녘 하늘이 훤해져 오더구나…….
그래서 또 혼자 서두를 것도 없는 길을 서둘러 나섰는디, 그 때 일만은 언
제까지도 잊혀질 수가 없을 것 같구나."

"길을 혼자 돌아가시던 그 때 일을 말씀이세요?"

"눈길을 혼자 돌아가다 보니 그 길엔 아직도 우리 둘 말고는 아무도 지
나간 사람이 없지 않았겠냐. 눈발이 그친 신작로 눈 위에 저하고 나하고 둘
이 걸어온 발자국만 나란히 이어져 있구나."

"그래서 어머님은 그 발자국 때문에 아들 생각이 더 간절하셨겠네요."

"울기만 했겠냐. 오목오목 디뎌 논 그 아그 발자국마다 한도 없는 눈물
을 뿌리며 돌아왔제. 내 자석아. 내 자석아. 부디 몸이나 성히 지내거라. 부
디부디 너라도 좋은 운 타서 복 받고 살거라……. 눈앞이 가리도록 눈물을
떨구면서 눈물로 저 아그 앞길만 빌고 왔제……."

노인의 이야기는 이제 거의 끝이 나 가고 있는 것 같았다. 아내는 이제
할 말을 잊은 듯 입을 조용히 다물고 있었다.

"그런디 그 서두를 것도 없는 길이라 그렁저렁 시름없이 걸어온 발걸음
이 그래도 어느 참에 동네 뒷산을 당도해 있었구나. 하지만 나는 그 길로
차마 동네를 바로 들어설 수가 없어 잿등 위에 눈을 쓸고 아직도 한참이나

시간을 기다리고 앉아 있었더니라……."

"어머님도 이젠 돌아가실 거처가 없으셨던 거지요."

한동안 조용히 입을 다물고 있던 아내가 이제 더 이상 참을 수가 없어진 듯 갑자기 노인을 추궁하고 나섰다. 그녀의 목소리는 이제 울먹임 때문에 떨리고 있었다.

나 역시도 이젠 더 이상 노인을 참을 수가 없었다. 이제나마 노인을 가로막고 싶었다. 아내의 추궁에 대한 그 노인의 대꾸가 너무도 두려웠다. 노인의 대답을 들을 수가 없었다. 하지만 그 역시도 불가능한 일이었다.

나는 아직도 눈을 뜰 수가 없었다. 불빛 아래 눈을 뜨고 일어날 수가 없었다. 사지가 마비된 듯 가라앉아 있는 때문만이 아니었다. 졸음기가 아직 아쉬워서도 아니었다. 눈꺼풀 밑으로 뜨겁게 차오르는 것을 아내와 노인 앞에 보일 수가 없었다. 그것이 너무도 부끄러웠기 때문이었다. 아내는 이번에도 그러는 나를 알고 있었던 것 같았다.

"여보, 이젠 좀 일어나 보세요. 일어나서 당신도 말을 좀 해 보세요."

그녀가 느닷없이 나를 세차게 흔들어 깨웠다. 그녀의 음성은 이제 거의 울부짖음에 가까웠다. 그래도 나는 일어날 수가 없었다. 뜨거운 것을 숨기기 위해 눈꺼풀을 꾹꾹 눌러 참으면서 내처 잠이 든 척 버틸 수밖에 없었다.

음성이 아직 흐트러지지 않고 있는 건 오히려 그 노인뿐이었다.

"가만 두거라. 아침 길나서기도 피곤할 것인디 곤하게 자고 있는 사람 뭣 하러 그러냐."

노인은 일단 아내의 행동을 말려 두고 나서 아직도 그 옛 얘기를 하는 듯한 아득하고 차분한 음성으로 당신의 남은 이야기를 끝맺어 가고 있었다.

"그런디 이것만은 네가 잘못 안 것 같구나. 그때 내가 뒷산 잿등에서 동네를 바로 들어가지 못하고 있었던 일말이다. 그건 내가 갈 데가 없어 그랬던 건 아니란다. 산 사람 목숨인데 설마 그때라고 누구네 문간방 한 칸이라도 산 몸뚱이 깃들일 데 마련이 안 됐겠냐. 갈 데가 없어서가 아니라 아침 햇살이 활짝 퍼져 들어 있는디, 눈에 덮인 그 우리 집 지붕까지도 햇살 때문에 볼 수가 없더구나. 더구나 동네에선 아침 짓는 연기가 한참인디 그렇게 시린 눈을 해 갖고는 그 햇살이 부끄러워 차마 어떻게 동네 골목을 들어설 수가 있더냐. 그놈의 말간 햇살이 부끄러워서 그럴 엄두가 안 생겨나더구나. 시린 눈이라도 좀 가라앉히자고 그래 그러고 앉아 있었더니라……."

1. 눈길의 상징성에 대해 서술하시오.

― 이 작품에서 '나'와 노인이 공유하고 있는 새벽 눈길의 추억은 가장 핵심적인 제재이다. '눈길'이 주는 이미지는 '나'와 노인에게 제각기 따로 작용한다. '나'에게 있어서 '새벽 눈길의 기억'은 기억하고 싶지 않은 과거의 가난했던 시절과 연관된다. 집안의 파산으로 인해 부모로부터 받을 수 있는 뒷바라지를 받지 못한 채 고생스런 성장기를 보내야 했던 '나'였기에 그 고난이 시작된 날과 다름없는 그날 새벽 눈길의 동행에 대한 기억은 결코 떠올리고 싶지 않은 것이다. 그러므로 '나'는 더더욱 그날 그 길을 같이 걸으며 느꼈을 어머니의 심정도 외면하려 애쓰고 살았는지도 모른다.

어머니에게 있어서 '눈길'은 시련과 고난을 상징하지만, 자식에 대한 애틋한 사랑을 의미하기도 한다. 떠나는 아들을 배웅하고는 어미로서 아들에게 아무것도 해 줄 수 없는 처지에 놓인 것이 한이 되어 눈물을 쏟으면서 형언할 수 없는 허망한 심정으로 오로지 자식의 앞길만을 빌며 다시 돌아온 길이기 때문이다. 그러나 또 한편으로 '눈길'은 '나'와 노인이 공유하는 추억 속의 길이기도 하다. 아들의 회상과 어머니의 회상을 번갈아 가며 따로따로 이야기하는 작가의 의도가 바로 여기에 있다.

이런 의미에서 눈길의 추억은 모자간의 갈등을 극복하고 다시 정상적인 관계를 회복하게 해주는 중요한 매개체로서 작용한다.

2. 이 글에 나타난 노인의 소망을 쓰시오.

― '노인'의 소망은 처음에는 지붕을 도단이나 기와로 바꾸어 얹는 지붕 개량 사업에 대한 것이었다. 하지만 이야기가 진행되면서 '노인'은 낡은 기둥 때문에 지붕을 새로 할 수가 없으니 이번 일을 계기로 아예 방도 한 칸 정도 늘리는 등 성주를 하듯 집을 새로 짓고 싶은 것이다.

난장이가 쏘아올린 작은 공
조세희

등장 인물

아버지
난쟁이로 변두리 생활을 전전하며 한 가족의 생계를 꾸려 나가는 가장. 현실의 중압감을 이기지 못하고 자살한다.

어머니
가족을 위해 희생하며 가계를 꾸려 나가기 위해 노력한다.

영수
첫째 아들로 공장을 전전하다 노동운동에 뛰어든다.

영호
둘째 아들로 은강 전기 회사에서 연마일을 한다.

영희

막내딸로 온갖 험한 일을 경험한다.

한 빈민촌에 난쟁이인 아버지. 그리고 어머니와 큰아들 영수, 둘째 아들 영호, 딸 영희로 이루어진 일가족이 살고 있다. 어느 날 통장으로부터 재개발 사업에 따른 철거 계고장이 날아든다. 영수네 동네인 낙원구 행복동 주민들도 동요한다. 그러나 철거는 간단하게 끝나 버리고 그들의 손에는 아파트 입주 딱지만 주어진다. 그러나 입주권이 있어도 입주할 돈이 없는 행복동 사람들은 시에서 주겠다는 이주보조금보다 돈을 더 얹어 주는 거간꾼들에게 입주권을 판다.

그동안 난쟁이 아버지는 채권 매매, 칼 갈기, 건물 유리 닦기, 수도 고치기 등 온갖 허드렛일을 하면서 생계를 유지한다. 그러나 아버지가 병에 걸려 일을 할 수 없게 되자 어머니와 영수가 인쇄소 일을 나가고, 영호와 영희는 학교를 그만두게 된다.

투기업자들의 책략으로 입주권의 값이 오르고, 영수네도 마침내 승용차를 타고 온 사나이에게 입주권을 팔지만 빌린 전셋값을 갚고 나니 남은 돈이 없다. 영희는 아파트 입주권을 팔던 날 투기업자를 따라 나섰고 그의 사무실에서 일을 하며 함께 생활하게 된다. 그러던 어느 날 투기업자에게 마취당하여 순결을 빼앗긴 영희는 자기에게 했듯이 그의 얼굴에 마취를 하고 가방 속에 있던 입주권과 돈을 빼앗는 복수를 감행한다. 동사무소와 주택공사를 거쳐 집을 손에 넣은 영희는 가족을 찾아 나선다.

뜻밖에도 아버지가 벽돌공장에서 자살했다는 사실을 알게 된 영희는 큰오빠 영수를 만나 아버지를 난쟁이라고 부르는 자들을 죽이라고 말한다.

　사람들은 아버지를 난장이라고 불렀다. 사람들은 옳게 보았다. 아버지는 난장이였다. 불행하게도 사람들은 아버지를 보는 것 하나만 옳았다. 그 밖의 것들은 하나도 옳지 않았다. 나는 아버지, 어머니, 영호, 영희, 그리고 나를 포함한 다섯 식구의 모든 것을 걸고 그들이 옳지 않다는 것을 언제나 말할 수 있다. 나의 '모든 것'이라는 표현에는 '다섯 식구의 목숨'이 포함되어 있다. 천국에 사는 사람들은 지옥을 생각할 필요가 없다. 그러나 우리 다섯 식구는 지옥에 살면서 천국을 생각했다. 단 하루라도 천국을 생각해 보지 않는 날이 없다. 하루하루의 생활이 지겨웠기 때문이다. 우리의 생활은 전쟁과 같았다. 우리는 그 전쟁에서 날마다 지기만 했다. 그런데도 어머니는 모든 것을 잘 참았다. 그러나 그날 아침 일만은 참기 어려웠던 것 같다.

　"통장이 이걸 가져 왔어요."

　내가 말했다. 어머니는 조각 마루 끝에 앉아 아침 식사를 하고 있었다.

　"그게 뭐냐?"

　"철거 계고장예요."

　"기어코 왔구나!"

　어머니가 말했다.

　"그러니까 집을 헐라는 거지? 우리가 꼭 받아야 할 것 중의 하나가 이제 나온 셈이구나!"

　어머니는 식사를 중단했다. 나는 어머니의 밥상을 내려다 보았다. 보리밥에 까만 된장, 그리고 시든 고추 두어 개와 조린 감자.

　나는 어머니를 위해 철거 계고장을 천천히 읽었다.

1. 영수의 집은 낙원구 행복동에 있다. 작가가 행복동이란 명칭을 사용한 의도를 쓰시오.
   - 난쟁이 일가가 사는 빈민촌의 이름이 행복동이라는 것은 일종의 반어적 표현이다. 즉 인물들의 현실과는 대조되는 동네 명칭을 통해 인물들의 빈곤한 삶과 참혹한 삶을 강조하려는 것이다.

2. 이 글에서 난쟁이의 상징적 의미를 서술하시오.
   - 작가는 중심인물을 난쟁이로 설정하고 있다. 난쟁이는 경제적으로 빈곤한 자, 소외된 사람을 의미하며 거대 자본을 상징하는 거인과 의미상 대립적 구도를 형성한다. 거인과의 대결에서 난쟁이로 상징된 노동자들은 패배하는데 마지막 부분에 제시된 영희의 대결 의지를 통해 이것이 영원한 패배가 되지 않을 것임을 암시한다.

그 여자네 집
—박완서

순애

남편이 곱단이를 못 잊어 한다는 생각으로 한평생 고통받는 만득의 아내.

줄거리

나는 김용택의 '그여자네집'이란 시를 읽으면서 고향 마을의 곱단이와 만득이를 떠올렸다.

과거 행촌리에는 오빠를 내리 넷이나 둔 집의 고명딸로 곱단이가 있었다. 만득이는 곱단이를 좋아했고 곱단이도 만득이를 좋아한다는 사실이 방구리 사건을 통해서 확인되었다. 만득이는 읍내 중학교에 다녔고 곱단이도 소학교에 다녔다. 둘은 멀리까지 다니면서 서로의 사랑을 키워 나갔다. 곱단이는 때때로 만득이가 보내준 편지를 보여준 적이 있었다. 만득이의 문학적 표현을 자랑하기 위해서였다. 만득이와 곱단이의 사랑은 만득의 징병으로 시련을 맞게 되었다. 혼인을 하고 떠나라는 곱단이의 만류를 뿌리치고 만득이는 징용을 떠났다.

마을에는 정신대 모집이라는 흉흉한 소문과 같은 면내에서 일어난 일로 곱단이를 다른 곳으로 시집을 보내야 했다. 광복을 맞이했고 만득이는 돌아왔다. 하지만 신의주로 시집을 간 곱단이는 38선으로 고향에 돌아오지 못했다. 그리고 한국 전쟁으로 우리 고향마을은 휴전선 북에 위치하게 되어 고향 소식을 못 듣게 되었다.

삼촌을 고향 군민회에 모시고 간 자리에서 다시 만득이와 순애를 만나게 되었다. 순애를 통해 만득이가 아직 곱단이를 잊지 못한다는 이야기를 들었다. 얼마 뒤 순애의 죽음으로 만득이도 잊고 살았다. 만득이를 다시 만난 건 정신대 피해자 모임에서였다. 난 아직 곱단이를 못 잊어 한다는 순애의 말을 떠올리며 만득이를 몰아세웠다.

만득이는 정신대 문제를 대수롭게 여기지 않은 일본 사람들의 태도에 분통을 갖게 되었다는 이야기를 하며 눈물이 그렁그렁해졌다.

그 여자가 죽고 나서 만득이를 따로 만날 일이 있을 리 없었다. 그를 우연히 만난 것은 그가 상처하고 나서도 이삼 년 후 엉뚱하게 정신대 할머니를 돕기 위한 모임에서였다. 뜻밖이었지만, 생전의 그의 아내로부터 귀에 못이 박이게 주입된 선입관이 있는지라 그가 그 모임에 나타난 것도 곱단이하고 연결시어서 생각되는 걸 어쩔 수가 없었다. 모임이 끝난 후 그가 보이지 않자 나는 마치 범인을 뒤쫓듯이 허겁지겁 행사장을 빠져 나와 지만치 어깨를 축 늘어뜨리고 걸어가는 그를 불러 세웠다. 그리고 다짜고짜 따지듯이 재취장가를 들었느냐고 물었다. 그는 아니라고 말하고 나서 앞으로도 할 생각이 없다고, 묻지도 않은 말까지 덧붙이는 것이었다.

왜요? 곱단이를 못 잊어서요? 여긴 왜 왔어요? 정신대에 그렇게 한이 맺혔어요? 고작 한 여자 때문에. 정신대만 아니었으면 둘이서 혼인했을 텐데 하구요? 참 대단하십니다.

내가 퍼붓는 말에 그는 대답 대신 앞장 서서 근처 찻집으로 갔다. 그 나이에 아직도 싱그러움이 남아 있는 노인을 나는 마치 순애의 넋이 씐 것처럼 꼬부장한 마음으로 바라다보았다. 그가 나직나직 말했다.

내가 곱단이를 아직도 잊지 못한다는 건 순전히 우리 집사람이 지어낸 생각이에요. 난 지금 곱단이 얼굴도 생각이 안 나요. 우리 집사람이 줄기차게 이르집어 주지 않았으면 아마 이름도 잊어버렸을 거예요. 내가 곱단이를 그리워했다면 그건 아마 누구에게나 있을 수 있는 젊은 날에 대한 아련한 향수였겠지요. 아름다운 내 고향에서 보낸 젊은 날을 문득문득 그리워하는 것도 죄가 되나요? 내가 유람선 위에서 운 것도 저게 정말 북한 땅일까? 남의 나라에서 바라보니 이렇게 지척인데 내 나라에선 왜 그렇게 멀었을까? 그게 서럽고 부끄러워 나도 모르게 눈물이 복받친 거지, 거기가 신의주라는 건 별로 중요하지 않았어요. 오늘 여기 오게 된 것도 , 글쎄요, 내가 한 짓도 내가 설명할 수 있을 것 같지 않지만…… 아마 얼마 전 우연히 본 일본 잡지에서 정신대 문제를 애써 대수롭게 여기지 않으려는 일본 사람들의 생각을 읽고 분통이 터진 것과 관계가 있겠죠. 강제였다는 증거가 있느냐, 수적으로 한국에서 너무 부풀려 말한다. 뭐 이런 투였어요. 범죄 의식이 전혀 없더군요. 그걸 참을 수가 없었어요. 비록 곱단이의 얼굴은 생각나지 않지만 나는 지금도 생생하게 느낄 수가 있어요. 곱단이가 딴 데로 시집가며 느꼈을, 분하고 억울하고 절망적인 심정을요. 나는 정신대 할머니처럼 직접 당한 사람들의 원한에다 그걸 면한 사람들의 한까지 보태고 싶었어요. 당한 사람이나 면한 사람이나 똑같이 그 제국주의적 폭력의 희생자였다고 생각해요. 면하긴 했지만 면하기 위해 어떻게들 했나요? 강도의 폭력을 피하기 위해 얼떨결에 십 층에서 뛰어내려 죽었다고 강도는 죄가 없고 자살이 되나요? 삼천리 강산 방방곡곡에서 사랑의 기쁨, 그 향기로운 숨결을 모조리 질식시켜 버리니 그 천인공노할 범죄를 잊어버린다면 우리는 사람도 아니죠. 당한 자의 한에다가 면한 자의 분노까지 보태고 싶은 내 마음 알겠어요? 장만득 씨의 눈에 눈물이 그렁해졌다.

문 제

1. 만득이가 이민을 가자고 하는 이유는 무엇인지 그의 속마음을 유추하여 서술하시오.
   — 자식들에게만은 분단의 슬픔을 느낌을 느끼게 하지 않으려고.

2. 이 글을 읽고 역사적 현실과 개인의 삶에 대해 서술하시오.
   — 한 개인의 삶은 어떤 형태로든 역사적 현실의 지배를 받기 마련이다. 더구나 시대와 사회의 힘에 의해 비극적 피해를 입게 된 개인의 삶은 절망적일 수밖에 없다. 우리는 이 소설에서 그러한 삶의 모습을 읽을 수 있다. 만득이와 곱단이는 일제시대에는 징병과 정신대라는 제국주의의 폭력에 의해 희생이 된 사람들이며, 해방 후에는 남북 분단으로 인하여 또 한 번의 비극의 제물이 된 사람들이다. 이러한 비극은 한 개인의 비극으로 끝나는 것이 아니라 민족의 비극으로 확대된다는 점을 간과해서는 안 된다. 오늘날의 이산가족 문제와 정신대 피해 보상에 관한 문제들은 바로 이런 현실을 반영하고 있는 것이다.

엄마의 말뚝
—박완서

작품 정리

갈래	단편소설, 연작소설
성격	회고적
배경	1940년대부터 6·25 전쟁 당시와 1980년대 서울 서대문 근처
시점	1인칭 주인공 시점
주제	6·25 전쟁의 비극과 극복 의지

등장 인물

어머니
일제 강점기에 남편을 잃고 두 자녀를 교육시키며 험한 세상살이를 살아가는 의지적인 인물이다.

오빠
어머니에게 효도를 하는 착한 아들이었으나 6·25 전쟁 동안 인민군 장교의 총에 맞아 목숨을 잃는다.

나
어머니의 끈기있는 삶에 영향을 받으며 살아간다.

　5남매의 어머니인 '나'는 "나만 없어 봐라. 집안 꼴이 뭐가 되나?" 하는 식의 안주인이다. 이는 집안에서 일어나는 크고 작은 불상사들이 하나같이 '나'가 집을 비운 사이에 일어났다는 사실에 근거한다. 그러나 아이들이 다 자라고 아파트로 이사 오면서 집안에서 일어날 사고의 인자들이 남아 있지 않게 되었다. 그리하여 '나'로 하여금 집안에서 일어나는 사고에 대한 타성화된 섬뜩함에서 차츰 벗어나게 한다.

　그런데 어느 날, 친구 농장에 갔다가 돌아오면서 섬뜩한 예감에 사로잡힌다. 그것은 '나'가 여태껏 경험한 섬뜩함 중에서도 최악의 것이었다. 아니나 다를까 그 예감은 현실로 나타났다. 친정어머니가 폭설로 미끄러운 빙판길에서 넘어져 중상을 입었다는 전갈을 받은 것이다. 병원에서 그녀는 처음에는 완강하게 수술을 거부했다. 장시간의 수술 끝에 병실로 돌아온 어머니는 비정상적인 강단과 근력을 보이다가 정신 착란 증세를 일으킨다. 어머니는 효성이 지극했던 아들이 실어증에 걸린 데다 유혈이 낭자한 채 비극적으로 죽어간, 한맺힌 일들을 다시금 되살리고 있었다. 어머니는 누구보다도 곱게 늙으신 외모와는 달리 가슴속 깊이 원한과 저주를 묻고 살아온 분이다. 그것은 다름 아닌 오빠의 비극적 생애 때문이었다.

　6·25 전쟁이 나기 전 오빠는 한때 좌익 운동에 가담했다가 전향한 적이 있었다. 그 때문에 오빠는 적 치하의 서울에서 불안하게 살고 있었다. 오빠는 전향이라는 말에서 느껴지는 도덕적 열패감에 괴로워했다. 또한 그는 수도를 포기하고 한강을 건너가 버린 정부에 대한 불신과 원망, 고독으로 몸부림쳤다. 오빠는 이웃의 고발로 끌려갔다. 그러나 예상과는 달리 인민 궐기 대회에서 제일 먼저 의용군에 지원하였다. 이로 인해 어머니와 나는 혜택을 누렸었다. 그러나 석 달 만에 세상이 바뀌자, 우리 집은 빨갱이 집으로 지목되었고 이웃의 극심한 박해가 뒤따랐다. 1·4후퇴로 인해 오빠는 다시 돌아왔다.

　피난이 어렵게 되자, 어머니는 서울에 와서 처음 말뚝 박은 산비탈 달동네로 피난했다. 그러나 은신의 허점이 드러나면서 인민군이 들이닥쳤다. 오빠는 인민군의 출현으로 실어증까지 보였다. 인민군은 오빠의 신분을 캐기 위하여 혈안이 되었다. 어머니는 오빠의 행동을 선천적인 정신 불구에서 비롯된 것이라고 인민군에게 말했다. 그러나 오빠는 정말로 정신적 불구자가 되어 가고 있었다. 오빠는 다시 후퇴하는 인민군 보위 군관에게 총상을 당한 뒤, 실어증을 회복하지 못한 채 유혈을 낭자하게 흘리며 죽었다. 어머니는 오빠의 시신을 화장하여 이북 고향 개풍군 땅이 바다가 보이는 바닷가에서 바람에 날려 보냈다. 그것은 어머니를 짓밟고 모든 것을 빼앗아 간 6·25 전쟁의 비극과 분단에 홀로 거역할 수 있는 유일한 방도였다.

혼수상태의 어머니는 바로 그때의 기억을, 그 절박함을 떠올리고 있는 것이다. 어머니는 기진맥진하여 잠이 든다. 잠시 정신이 돌아왔을 때 어머니는 나에게 화장해 줄 것을 당부한다. 오빠의 시신을 뿌린 그 바다에, 멀리 북쪽의 고향 땅이 바라다 보이는 바다에 뿌려 달라는 것이다. "어머니는 나더러 그때 그 자리에서 또 그 짓을 하란다. 이젠 자기가 몸소 그 먼지와 바람이 될 테니 나더러 그 짓을 하란다." 나는 마음속으로 절규하고 있다.

엄마는 이렇게 몸서리를 치면서도 그 꼭대기에 새로 장만한 집이 대견해서 어쩔 줄을 몰랐다. 기둥 서까래까지 손수 양잿물로 닦아내고 구석구석 독한 약을 뿌리고 도배, 장판도 새로 했다. 집을 처음 산 걸 좋아하기 보다는 저런 귀살스러운 집에서 어찌 살까 난감스럽기만 하던 오빠와 나도 매일매일 달라지는 재미에 학교만 갔다 오면 그 집에 붙어서 엄마를 거들게 되었다. 이사 가는 날은 커다란 무쇠솥을 새로 사서 엄마가 손수 부뚜막을 만들고 걸었다. 엄마는 미장이 도배장이 칠쟁이…… 못하는 게 없었다.

이사 간 날, 첫날밤 세 식구가 나란히 누운 자리에서 엄마는 감개무량한 듯이 말했다.

"기어코 서울에도 말뚝을 박았구나. 비록 문 밖이긴 하지만……."

비록 여섯 칸짜리 집이지만 없는 게 없었다. 안방, 마루, 건넌방, 부엌, 아랫방, 대문간 이렇게 여섯 개의 방이 공평하게 한 칸씩이었다. 마당도 있었다. 마당이 네모나지 않고 삼각형인 게 흠이었다. 엄마는 이런 마당을 '우리 괴불마당' 이란 애칭으로 불렀다. 새 집은 셋집처럼 대문 밖이 낭떠러지가 아니고 보통 골목인 대신 직삼각형 마당의 가장 변이 긴 쪽이 남의 집 뒤쪽으로 난 담인데 그 밑이 어마어마하게 높은 축대였다.

비가 오는 날 밤이면 오빠는 자주 잠을 깨서 들락거렸다. 축대가 무너질까봐 잠이 안 온다는 것이었다. 엄마는

"녀석도 사내놈이 옹졸하긴…… 여지껏 멀쩡하던 축대가 하필 우리 살 때 무너질까."

하면서 태연한 체했다. 그 밖엔 아무 걱정도 없었다.

나는 괴불 마당에 분꽃 씨도 뿌리고 채송화 씨도 뿌리고 봉숭아 씨도 뿌렸다. 그러나 이사 가고 나서 나의 외톨이 신세는 좀더 심해졌다. 땜쟁이 딸하고도 자연히 멀어졌고 나 혼자 매동학교를 다녔기 때문에 그 동네 학교를 다니는 아이들한테는 의식적인 따돌림을 받았다. 엄마는 되레 그걸 바란 것처럼 좋아하는 눈치였다. 문밖에 살면서 일편단심 문안에 연연한 엄마는 내가 그 동네 아이들과는 격이 다른 문안 애가 되길 바랐다. 딸에게 가장 나쁜 거라고 가르친 거짓말까지 시키게 해 가며, 또 친척의 주소를 빌리는 번거로움과 치사함을 참아가면서 심지어는 문둥이가 득실댄다는 등성이를 매일 지나다녀야 하는 위험을 무릅쓰게 하고까지 굳이 문안 학교에 보내지 못해 안달한 엄마의 뜻은 처음부터 그런 데 있었으니까.

엄마는 자기가 미처 도달하지 못한 이상향과 당장 처한 현실과의 갈등을 부드럽게 하기 위해 부지불식간에 자식을 이용하고 있었지만 정작 자식이 겪는 갈등에 대해선 무지한 편이었다. 나는 동네에서도 친구가 없었지만 학교에서도 친구를 사귀지 못했다. 학교 친구들은 모두 그 근처 아이들이었기 때문에 처음부터 저희들 끼리끼리였다. 그 끼리끼리가 저희들끼리 싸우고 바뀌고 편먹고 할 뿐이지, 처음부터 어떤 끼리끼리에도 안 속한 이질적인 아이에 대해선 배타적이고 냉혹했다. 나는 가끔 혼자서 거울을 보면서 애가 어떻게 남과 달라서 여기저기서 따돌림을 받나를 이상하게도 슬프게도 생각했다. 한동네 사는 애들하곤 격이 다르게 만들려고 엄마가 억지로 조성한 나의 우월감이 등성이 하나만 넘어가면 열등감이 된다는 걸 엄마는 한번이라도 생각해 본 적이 있었을까? 우월감과 열등감은 다같이 이질감이라는 것으로 한통속이었다.

1. 말뚝의 의미를 쓰시오.
   ― 말뚝이란 어머니가 낯선 서울 사회에 어렵게 내린 뿌리를 상징하는 동시에 엄마의 삶을 의미한다.

2. 어머니의 유언이 갖는 의미를 쓰시오.
   ― 한국 현대사의 비극을 겪으며 살아온 어머니는, 최후의 순간까지도 자신의 일생에서 가장 큰 한으로 남아 있는 아들의 죽음으로부터 자유롭지 않다. 그래서 어머니는 자신의 손으로 유골을 강화도 앞바다에 뿌렸던 것처럼 자신 역시 아들이 뿌려진 곳에 감으로써 아들의 곁을 지키려는 것이다.

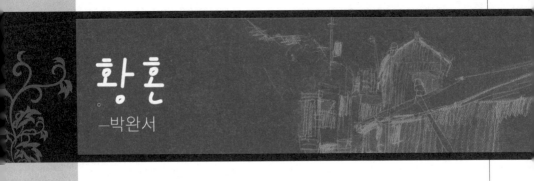

황혼
―박완서

등장 인물

젊은 여자(며느리)
주관이 뚜렷하고 완벽하며 냉정하다.

늙은 여자(시어머니)
감정적인 인물이다.

젊은 여자의 남편
수동적인 인물.

강변아파트 칠동 십팔층 삼호에 늙은 여자와 젊은 여자와 젊은 여자의 남편과 두 아이가 살고 있었는데, 젊은 여자는 늙은 여자를 어머니라 부르지 않는다. 어느 날 속이 불편한 늙은 여자가 젊은 여자에 가슴 부분을 만져 줄 것을 요구하자 젊은 여자는 불쾌해 하며 늙은 여자를 병원으로 보낸다. 병원에서도 젊은 의사와 간호사는 늙은 여자에게 불친절하게 대하며 늙은 여자는 자신과 같은 가슴앓이를 했던 자신의 시어머니를 생각한다. 이느 날 집에서 젊은 여자가 친구들과 몰래 통화하는 것을 몰래 엿듣던 늙은 여자는 자신의 가슴앓이를 성욕으로 풀이하는 것을 듣고 불쾌해 한다.

젊은 여자는 좋은 가정 교육과 학교 교육을 받은 똑똑한 여자로서 매사에 완전한 걸 좋아했다. 비뚤어지거나 모자라거나 흠 나거나 더럽거나 넘치는 걸 참지 못했다. 그러나 사람의 행복이라는 데 대해서만은 대단히 융통성 있는 생각을 갖고 있었다. 아무리 행복한 사람에게도 한 가지 근심은 있게 마련이라는 게 그것이었다. 늙은 여자는 젊은 여자의 바로 이 한 가지 근심이었다. 젊은 여자는 늙은 여자를 한 가지 근심으로밖에 인정하지 않았다.

늙은 여자는 실상 늙은 여자가 아니었다. 아직 환갑도 안 되었고 소녀처럼 혈색 좋은 볼과 검고 결 좋은 머리와 맑은 눈을 가지고 있었다. 젊은 여자를 며느리로 맞을 때는 더 젊었었다. 하객들은 동서간처럼 보이는 고부간이라고 수근댔었다.

시집온 지 며칠이 지나도록 젊은 여자는 늙은 여자를 결코 어머니라고 부르지 않았다. 꼭 불러야 할 기회는 젊은 여자 쪽에서 교묘하게 피했기 때문에 늙은 여자는 그걸 별로 부자연스럽게 여기지 않았다. 그러던 어느 날, 젊은 여자는 친구를 초대했다. 친구들은 오이소박이 맛을 특히 칭찬하면서 누가 어떻게 담갔는가를 알고 싶어했다. 그것은 늙은 여자의 솜씨였다. 늙은 여자는 젊은 여자가 우리 어머님이 담그셨다고 그래 주길 가슴 두근대며 기다렸다. 그러나 젊은 여자는 간결하게 말했다.

"우리 집 노인네 솜씨야."

늙은 여자는 그 말이 섭섭해 며칠동안 입맛을 잃었다.

그러나 그것은 다만 시작에 불과했다. 감기 기운만 있어 뵈도 노인네가 옷을 얇게 입으시니까 그렇죠. 화장실만 자주 들락거려도 노인네가 과식을 하시니까 그렇죠. 질긴 거나 단단한 걸 먹으려 해도 노인네가 그걸 어떻게 잡수실려고 그래요. 이런 식으로 그 여자는 모든 자연스러운 행동을 하나하나 간섭받으면서 늙은 여자로 만들어졌다.

그러다가 젊은 여자는 아이를 낳았다. 늙은 여자에게 손자가 생긴 것이다. 그때부터 젊은 여자는 늙은 여자를 할머니라고 불렀다. 마땅히 어머니라고 불러야 할 사람들이 할머니라고 부르기 위해 대화의 방법까지 간접적으로 고쳐 나갔다.

할머니 진지 잡수시라고 해라. 할머니 그만 주무시라고 해라. 할머니 전화받으시라고 해라. 이런 식이었다.

오늘 아침에도 늙은 여자는 깨어서 누워 있었다. 늙은 여자의 방은 이 아파트의 방 중 바깥으로 창이 나지 않은 단 하나의 방이었기 때문에 밖이 어느 만큼 밝았나를 알 수 없었다. 문은 부엌으로 나 있었다. 그 방은 방이 아니라 골방이었다.

늙은 여자는 눈감고 창 밖의 어둠이 군청색으로, 남빛으로, 엷어지면서 창호지의 모공을 통해 청량한 샘물 같은 새벽 바람이 일제히 스며들던 옛집의 새벽을 회상했다. 그 여자의 회상은 회상치곤 아주 사실적이었다. 아파트촌의 새벽이 그 여자의 회상을 따라 밝아왔다.

부엌에서 그릇 부딪는 소리가 들리고 이어서 할머니 일어나시라고 해라 하는 젊은 여자의 차가운 목소리가 들렸다. 아이들은 아직 자고 있었기 때문에 그것은 늙은 여자 들으라고 하는 소리였다.

1. 늙은 여자는 안절부절 아들이 문병 들어와 주길 기다리다 지쳐서 다시 쓰러 졌다. 뱃속에서 쪼르륵 소리가 나면서 명치 속이 까진 살갗처럼 싱싱하게 쓰려 왔다. 명치 속의 아픔의 상징적 의미가 무엇인지 쓰시오.
   ― 대화의 단절.

2. 이 소설은 시어머니와 며느리의 갈등을 통하여 세대 간의 장벽이 제거될 가 능성도 충분함을 제시하고 있다. 그 가능성을 본문을 바탕으로 서술하시오.
   ― 젊은 여자들의 전화를 엿들으면서, 늙은 여자는 생각과 느낌의 동질성을 확인하고 있다.

관촌수필

—이문구

작품 정리

갈래	단편소설, 연작소설
성격	회고적, 독백적
배경	1970년대 어느 겨울 충청도의 관촌마을
시점	1인칭 주인공 시점
주제	공동체적 삶의 파괴와 농촌의 피폐

등장 인물

나
고향을 그리워하며 찾아가지만 근대화로 인하여 변해 버린 고향의 모습을 보며 상실감을 느끼는 인물이다.

할아버지
봉건적이며 완고한 태도로 명문 가문의 전통과 기품을 마지막까지 지킨 인물이다.

아버지
사회주의 사상을 몸소 실천하는 등 할아버지와 전혀 다른 가치관을 지닌 인물이다.

—일락서산(日落西山) : '나'의 인격 형성에 결정적인 영향을 주었던, 전형적인 이조인(李朝人)이었던 할아버지와 그와 더불어 살아 있던 옛날의 고향 풍경의 왕소나무가 자취 없이 사라져 버린, 고향에 대한 향수를 서정적인 감흥으로 엮어내고 있다.

—화무십일(花無十日) : 6·25 전쟁 중 피난 길에 오른 윤 영감 일가가 '나'의 집에 머물게 된 사연을 시작으로 솔이엄마의 가출과 윤학로의 자살로 이어지는 윤 영감 일가의 고난과 비극적 가족관계를 회상한다.

—행운유수(行雲流水) : '나'의 집의 부엌 살림꾼으로, 성장기를 같이했던 옹점이의 결혼 생활과 인생 유전을 아픈 가슴으로 그리고 있다.

—녹수청산(綠水靑山) : 대복이와 그 가족에 얽힌 이웃 관계와 순박한 삶, 그 삶이 퇴색되어 가는 과정을 그리고 있다.

—공산토월(空山吐月) : 왕조체제의 억압적인 구조 속에서 신음하면서도 상부상조하던 백성의 전형을 석공(石工)을 통해 보여주어 감동적인 인간상을 그려낸다.

—관산추정(關山芻丁) : 근하던 한내(大川)가 도시에서 밀려 온 소비 문화와 퇴폐의 하수구가 된 실상을 그리고 있다.

—여요주서(與謠註序) : 아버지의 병 구완을 위해 잡은 꿩 때문에, 자연 보호에 역했다는 이유로 공권력의 횡포에 시달리는 이야기이다.

—월곡후야(月谷後夜) : 벽촌에서 소녀를 겁탈한 사건을 둘러싸고 동네 청년들이 범인에게 사적 제재를 가한다는 이야기이다.

본 문

이제 완전히 타락한 동네구나. 나는 은연중 그렇게 중얼거리고 있는 자신을 발견하였다. 마을의 주인(왕소나무)이 세상을 떴으니 오죽해졌으랴 싶던 것이다. 하루에도 몇 차례씩, 더욱이 피서지로 한 몫해 온 탓에, 해수욕장이 개장된 여름이면 밤낮 기적소리가 잘 틈 없던 철로가에 서서, 그 숱한 소음과 매연을 마시다 지쳐 영물(靈物)의 예우도 내던지고 고사(枯死)해 버린 왕소나무의 운명은, 되새기면 되새길수록 가슴이 쓰리고 아파 참을 수가 없었다. 물론 왕소나무 비운에 대한 조상(弔喪)만으로 비감에 젖어 있었다고는 말할 수 없겠지만, 사실이 그랬다. 내가 살았던 옛집의 추연한 모습을 발견하곤 한결 더 가슴이 미어지는 비감에 빠져려 하고 있었으니까. 비록 얼른 지나치는 차창 너머로 언뜻 눈에 온 것이긴 했지만, 간사리 넉넉한 열다섯 칸짜리 ㄷ자 집의 풍채는 읍내 어디서라도 갈머리 쪽을 바라볼 적마다 온 마을의 종가(宗家)나 되는 양 한눈에 알아보겠던 집이 그렇게 변모해 버릴 순 없으리라 싶던 것이다. 그것은 왕소나무의 비운에 버금가게 가슴을 저미는 아픔이었다. 이젠 가로세로 들쑹날쑹, 꼴값하러 난봉 난 오죽잖은 집들이 들어차며 마을을 어질러 놓아 겨우 초가 안채 용마루만이 그럴 듯할 뿐이었으며, 좌우에서 하늘자락을 치켜들며 뻗었던 함석지붕 날개와 담장을 뒤덮은 담쟁이덩굴, 사철 푸르게 밭마당의 방풍림으로 늘어섰던 들충나무의 가지런한 맵시 따위는 찾아 볼 엄두도 못내게 구차스런 동네로 변해 버렸던 것이다.

실향민. 나는 어느덧 실향민이 돼 버리고 말았다는 느낌을 덜어 버릴 수가 없었다.

나는 가슴이 벅차올라 숨조차 제대로 쉴 수가 없었다. 황홀하기도 하고 의심스럽기도 하여 얼마를 두고 뚫어지게 바라보았으나 분명 아버지였다. 당신으로서는 도저히 있을 수 없는 일에 도취된 모습이기도 했다.

우선 석공네 울 안에 들어왔다는 사실이 현실 같지 않았고, 노래를 하는 것도 사실일 수가 없으련만, 모든 것은 눈에 보이는 그대로였다. 아버지는 안팎 동네 어느 누구네 집도 울안은 들어가 본 적이 없는 터였다. 일가 간인 한산 이 가네로서 노인을 모시는 집안이거나 당내 간의 사랑이라면 더러 출입이 있었을 따름이요, 그것도 울안에 밭을 들인 일이란 한 번도 없던 터였으니, 하물며 전에 일갓집 행랑살이를 했던 사람네 집이겠던가. 신 서방은 덩실덩실 춤을 추었고, 아버지의 맞은편에 꿇어앉은 석공은 연방 싱글벙글 웃어 가며 솟음솟음하는 신명을 어쩌지 못해 답답한 표정이었다.

아버지가 노래를 마치자 요란스런 박수소리가 터져 나오고, 신 서방이 두 손에 술잔을 받쳐드니 석공은 주전자를 기울였다. 아버지가 술잔을 받아 들자 신 서방은 일어서며 노래를 부르기 시작했는데 아, 나는 그때 또

한 번 크게 놀라고 말았다. 다시 한 번 뜻하지 않은 일이 벌어졌음이니 그것은 아버지가 일어서서 어깨춤을 추기 시작한 거였다.

그때까지 내가 알고 있던 아버지는 그렇게 평범한 사람이 아니었다.

할아버지 앞에서는 항상 무릎 꿇고 조아려 공손하기가 몸종과 다름없었지만, 처자 앞에서는 단란하고 즐거워 웃더라도 결코 치아를 내보인 일이 없게 근엄하되, 한내천 백사장에 강연장이 설치되면 뜨내기 장돌뱅이까지도 전을 걷어치울 정도로 수천 군민이 모여들게 마련이었으며, 산천이 들렸다 놓인다 싶게 불 뿜듯 웅변을 했는데, 그때마다 청중들로부터 천둥보다 더 우렁찬 환호와 박수갈채를 얻고 당신을 알던 모든 사람들한테 선생님이란 경칭을 받았던, 저만치 멀리로 건너다보이며 어렵기만 한 사람이었다. 어디 그럴 법이 있을 수 있단 말인가. 남의 집 울안 출입에 노랫가락과 어깨춤……

문 제

1. 작가는 이 글의 제목에 '수필'이라는 명칭을 사용하고 있다. 그 이유를 서술하시오.
   — 이 글은 서술자의 기억에 따라 어린 시절 고향의 삶을 회상하는 형식을 취하고 있으므로 수필과 유사성을 지니고 있다. 따라서 작가는 제목에 '수필'이라는 말을 사용한 것이다.

2. 이 소설에서 '나'가 자신을 실향민이라고 하는 이유를 서술하시오.
   — 그가 타관 생활을 하고 있기 때문이기도 하지만, 그는 고향에 와서도 상실감에 젖어 있다. 과거의 온전했던 삶에 대한 그리움이 짙게 남아 있는 한 실향민이란 생각을 떨칠 수 없을 것이다.

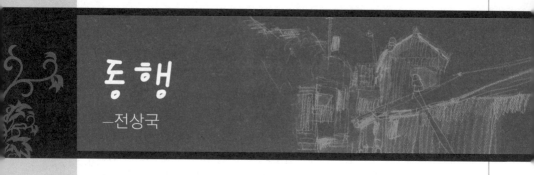

동행

—전상국

작품 정리

갈래	단편소설, 여로형 소설
성격	사실적
배경	1960년대 어느 해 정월 강원도 산골 밤길
시점	3인칭 작가 관찰자 시점
주제	6·25가 남긴 깊은 상처와 그에 대한 인간적 연민

등장 인물

억구
어릴 때부터 천덕꾸러기로 자람. 득칠을 죽이고 아버지 무덤에서 자결할 결심으로 귀향하는 중이다.

형사
감성과 이성 사이에서 갈등을 겪는 인물 남의 어려운 처지에 마음이 약해지는 인간적 면모를 지니고 있다.

두 사내가 눈길을 걷고 있다. 강원도 산골 눈 덮인 밤길을 키 작은 사내가 앞서 걷고, 추위를 이기기 위해 중무장을 한 키 큰 사내가 뒤를 따라 걷고 있다.

둘은 어릴 적의 일을 말한다. 키 큰 사내의 회고담은 토끼 사냥에 얽힌 이야기다. 새끼 토끼는 잡고 어미 토끼는 놓쳤는데 새끼를 잃은 어미 토끼의 살기에 차고 공포에 질린 모성을 확인했다. 다음 날 생물 시간에 해부가 될 새끼 토끼를 구하려 했지만 생물 선생님 집 담을 넘지 못했다. 그러자 이번에는 키 작은 사내 즉, 억구가 자신의 어린 시절 얘기를 들려준다. 어릴 적부터 동네의 천덕꾸러기로 따돌림을 당하며 살았던 일을 들려준다.

억구는 아홉 살 때, 눈사람을 만들 눈덩이를 굴리고 있었다. 옆에 있던 계집애는 더 큰 눈덩이를 요구했고 손이 너무 시려 눈덩이를 더 굴리지를 못했다. 그때 장갑을 낀 득수가 더 큰 눈덩이를 굴리며 왔다. 계집애는 득수 편에 붙어 놀렸다. 억구는 자신을 멸시하고 자존심을 짓밟은 득수의 장갑 낀 손을 물어뜯어 살점이 드러나게 했다. 그 벌로 계모에게 혼이 났으며 광 속에 사흘을 갇히는 벌을 받았다.

득수에 대한 복수는 6·25때 득수를 죽임으로써 마무리를 했다. 전쟁이 일어나고 빨갱이에게 얻어 쓴 감투로 쉽게 득수를 죽일 수 있었다. 하지만 오래지 않아 국군이 동네에 들어 왔고 억구만 도망을 쳤다. 억구 아버지는 득수 동생 득칠에게 죽임을 당했다. 어렵게 그곳을 빠져나온 억구는 서른 여섯 해를 도망자로 살아왔다.

억구는 이제 처음으로 아버지의 무덤을 찾아 간다는 것이다. 그냥 가는 것이 아닌 아버지를 죽인 득수 동생 득칠을 죽이고 부친의 무덤에서 죽으려고 구듬치 고개를 오르고 있는 것이다. 억구는 부친의 무덤이 있는 산에 이르자 자신이 득칠을 죽인 범인이라는 사실을 실토한다. 왜 그랬는지 모르겠다고 하면서 아버지 산소에 다녀오는 동안 구장 집에서 몸이나 녹이라고 한다.

키 큰 사내는 어린 시절을 떠올린다. 생물 선생님 집 담을 넘을 용기가 없어 토끼를 살려주지 못했다. 억구는 키 큰 사내에게 투덜거리며 산소를 향해 몸을 돌린다.

키 큰 사내는 호주머니에 손을 넣어 담배를 꺼낸다. 열여덟 개비 남은 담배 갑을 건네며 하루에 한 개비씩만 피우라고 웃어 보인다.

억구는 키 큰 사내의 신분도 모른 채 웃음을 터뜨린다.

문 제

1. 이 글의 제목 '동행'의 의미를 서술하시오.
   — 형사와 범인이 함께 걷고 있는 외형적 상황을 보여준다. 두 사람의 동행은 마음의 교감을 통해 민족의 아픔 또한 우리 모두의 문제임을 드러내려는 의도이다.

2. 이 작품에서 나타난 '눈'의 기능에 대해 서술하시오.
   — 눈은 이중적 의미를 띤다. 두 사람이 걸어가는데 장애가 됨과 동시에 그로 인해 가깝게 되고 억구 아버지의 무덤이나 억구의 몸에 내린 눈은 지난날의 고통을 상징하면서 또한 화해의 배경이 되고 있다.

우리들의 날개

—전상국

등장 인물

어머니

불운의 상황을 미신에 의존하여 극복하려는 인물로 자신의 아들 두호를 희생양으로 만든다.

아버지

운명에 도전하는 적극적인 의지를 지니고 있지만 어머니의 미신 행위를 묵인한다.

나(한호)

어른들의 미신 행위를 비판적인 시각으로 바라본다. 미신의 희생물이 된 동생 두호를 보호하려 한다.

두호

아무런 힘도 없는 연약한 아이로 미신을 신봉하는 어른들 때문에 비극적 상황에 처하게 된다.

줄거리

내가 여덟 살 되던 해 동생 두호가 태어났다. 7대 독자로 이어질 뻔하던 집안에 큰 경사가 아닐 수 없었다. 그러나 두호는 아버지와 상극으로 집안에 살이 낀 두 사람이 있으면 좋지 않다는 점쟁이 말에 할머니는 두호를 꺼려 하시다 죽는다.

아버지는 운전병으로 지원 입대를 한다. 운전병이 된 아버지는 교통사고를 낸다. 어머니는 용한 점쟁이를 찾아다니며 온갖 수단을 다해 액막이를 한다.

어머니는 두호가 기르던 고양이의 목을 매는 액막이를 한밤중에 한다. 나는 어머니 몰래 고양이를 살려주다가 놓치고, 두호의 짓으로 짐작한 어머니는 식칼을 들고 두호를 위협하다가 동생을 기절시키고 만다. 그리고 이틀 후 아버지는 운전을 하다가 인명사고를 낸다. 길에 나타난 어린아이를 피하는 순간 사고가 났다는 것이다. 어머니는 두호 때문에 액이 끊이지 않는다는 점괘가 나왔다면서 명줄을 짧게 타고난 두호를 끔찍이 위하며 내심 두호가 빨리 죽기를 바란다.

그러나 어머니의 예상과는 달리 두호가 쉽게 죽지 않고 오히려 두호의 불장난으로 집이 전소하는 사건이 생기고 재활하여 일하던 아버지가 운전사고 때문에 감옥에 갇히게 된다.

기이하게 계속되는 액운으로 두호에게 적의를 느낀 나는 두호를 캄캄한 산속에 버리고 도망치지만 되돌아가 두호를 등에 업고 산을 내려오면서 꺾여 버린 그의 날개가 되어 주리라는 다짐을 한다.

엄마의 실신한 얼굴이 보였다. 네가 두홀 죽였지? 엄마가 내 목덜미를 나꿔채며 소리친다. 아득한 절망이 가슴 밑바닥에서 피어오른다.

"두호야!"

나는 차라리 울고 싶었다. 그러나 몸이 심하게 떨려 쉽게 울어질 것 같지가 않았다.

문득 눈앞에 희끔한 것이 보였다. 나는 그 자리에 얼어붙었다.

"혀엉!"

느닷없이 덮쳐 든 것은 두호의 작은 몸뚱이였다. 나는 겨우 주저앉는 것만은 면했다. 내 가슴에서 파닥이며 숨을 할딱이는 작은 새 한 마리. 두호는 내 가슴에 얼굴을 묻은 채 그 깡마른 두 손으로 내 몸을 다잡아 쥐고 발발 떨었다. 마치 절벽 끝에 매달린 사람이 필사의 힘으로 바위를 그러쥐듯 그렇게 내 몸을 그러쥐고 있었다. 나는 두호의 심장 뛰는 소리를 들었다. 어쩌면 그것은 내 심장 소리였는지도 모른다. 두호의 작은 손에서 따스한 체온이 내게 전해졌다.

"임마, 왜 대답 안 한 거야?"

내 물음에 두호가 아직은 겁먹은 목소리로,

"형아가 나 내뻐리구 갈려구 그랬지?"

나는 더 견디지 못하고 그 작은 몸뚱이를 와락 껴안았다. 비로소 내 눈에서 뜨거운 것이 줄줄 쏟아졌다. 두호는 생각보다 무거웠다. 나는 두호를 등에 업고 어둠 속의 그 산길을 내려오면서 다시 보이기 시작한 산 아래 마을의 그 휘황한 불빛에서 눈을 뗄 수가 없었다. 그러나 그 불빛이 있는 산 아래 마을에 대한 적의 같은 것은 씻은 듯 가신 뒤였다.

나는 겅둥겅둥 뛰다시피 산길을 걸었다. 내 등에서 두호가 간지럼을 타는 듯 키들키들 웃었다.

"두호야!"

"으응, 혀엉?"

"우린 지금 새처럼 날아서 내려가는 거야."

우리는 사실 어둠의 산에서 그 아래 불빛을 향해 훨훨 날아내리는 기분이었다.

나는 이제 눈물 같은 건 흘리지 않았다. 뱃속 그 깊은 데서 위로 뿌듯하게 치밀어오르는 어떤 힘 같은 걸 느낄 수 있었을 뿐이다.

그것은 날개 꺾인 이 어린 새의 어깻죽지에 새살이 돋을 때까지 내가 그의 날개가 되어 퍼덕여 주리라. ─ 그런 마음다짐이 어금니에 씹힌 때문이었다.

문 제

1. 점쟁이의 예언에 대한 나의 태도는?
   ─ '실로 어처구니없는 얘기였다'에서 보여진 것처럼 전혀 미신에 대한 신뢰가 없다.

2. 집안의 액운이 반복되는 것은 두호가 타고 태어난 살 때문이라고 믿고 어른들로부터 외면당하고 결국 나마저 두호에게 적의를 느껴 산속에 버리려 한다. 그러나 두호가 가족의 안위를 해치는 두려운 존재가 아닌 보호받아야 할 연약하고 천진한 어린 생명임을 깨닫는다. 작가가 나를 통해 말하고자 하는 것은 무엇일까요?
   ─ 잘못된 신앙이나 신념 체계가 빚어 낼 수 있는 비극을 이야기하고 있다. 그리고 어린 동생을 업고 내려오는 나의 행동을 통해 이런 비극적 상황은 '인간애'를 통해 극복되어야 한다는 것을 보여준다.

흐르는 북

—최일남

등장 인물

민 노인
평생을 북을 치면서 살아온 예인으로 가족을 버리고 방황하다가 아들 집에 얹혀 사는 인물.

아들
홀로 고학해야 했던 불행한 과거에 집착하여 아버지 민 노인을 이해하지 못하는 중년 사내로 세속적 가치관에 충실한 인물.

성규
할아버지의 광대적 삶을 이해하려는 대학생. 할아버지와 아버지의 갈등을 화해시키려 노력하는 인물로 할아버지 삶에서 긍정적인 가치를 찾으려 한다.

송 여사

시아버지에 대해 냉정하고 무시하는 태도를 보인다.

수경

당돌하지만 할아버지와 친밀한 손녀. 세대 간의 갈등과 화합을 모색.

줄거리

선천적인 예술적 기질과 역마살로 인하여 가정을 외면한 채 살아온 민 노인은 아들 집에서 유배자와 별반 다름없는 생활을 하고 있다.

자수성가하여 고위 공무원이 된 민 노인의 아들은 자신의 사회적 체면도 있고 해서 손님이 방문하는 날에는 민 노인이 집을 비워야 했다. 가족 중에서 유일하게 민 노인의 예술적 기질과 삶을 이해해 주는 사람은 손자 성규뿐이다. 어느 날 성규는 할아버지 민 노인에게 자기 학교의 봉산탈춤 공연에 참여해 달라는 제의를 한다. 수많은 고민 끝에 민 노인은 이를 승낙한다. 그리고 아들 내외의 눈을 피해 북을 꺼내 와서 젊은 패들과 연습에 돌입했다. 비록 연배가 한참 차이 나는 젊은이들과의 연습이었으나 민 노인에게는 큰 즐거움과 행복이 아닐 수 없었다. 공연 당일 민 노인은 마치 신들린 사람처럼 잃었던 예술혼을 수많은 청중들 앞에서 유감없이 발휘하였다.

본문

정작 일이 크게 터진 건 그런 일이 있은 지 일 주일쯤 후였다. 저녁 준비를 하다 말고, 성규의 친구로 짐작되는 학생의 전화를 받은 송 여사는, 대뜸 신음으로도 착각할 만한 의미 불명의 소리를 지르더니 이내 펄쩍펄쩍 뛰었다.

"뭐라고? 우리 성규가 데모하다 잡혀갔다고. 언제 어디서. 지금 어딨어? 이 일을 어쩌지. 이 일을 어떡한다지."

송 여사는 곧바로 남편에게 전화를 걸었고, 만날 장소를 약속하고는 허둥지둥 밖으로 뛰쳐나갔다. 황급히 서두르다 지갑을 안 가지고 갔기 때문에 다시 되돌아왔을 때, 민 노인과 수경이가 자세히 말 좀 해보라고 매달리는데도, 누구 신경질만 돋구느냐는 투의 외마디 말을 남기고 사납게 문을 닫았다.

"난들 아니. 가 봐야지."

며느리의 자기를 쳐다보던 눈이 사뭇 비뚤어져 있었다고 느낀 민 노인의 가슴에도, 갑자기 구멍이 뚫리는 걸 의식했다.

아들 내외는 밤 늦도록 돌아오지 않았다. 전화도 걸려오지 않았다. 민 노인은 수경이를 시켜, 아들이 먹다 남은 양주를 찾아 안주도 없이 조금씩 조금씩 홀짝거렸다. 얼마나 지났을까. 취기가 야금야금 전신으로 번지자, 민 노인은 극히 자연스럽게 북을 껴안고 북채를 잡았다. 뚝딱 둥둥. 둥둥둥 뚝딱. 북소리를 듣고 들어온 수경이는, 북 한 번 할아버지의 눈 한 번씩을 교대로 쳐다보고는, 그전 모양 궁상맞다는 타박을 하지 않았다.

"할아버지, 이 북으로 팝송 반주를 하면 어떻게 될까요?"

"수경아, 늬 오래비가 붙들려간 게, 나나 이 북과도 관계가 있겠지."

둥 둥 둥 딱 뚝.

"무슨 상관이 있겠어요. 아니에요. 그보다도 궁금한 게 있어요. 오빠가 저와는 네 살 터울이거든요. 그런데 오빠는 할아버지의 북소리에 푹 빠져 있고, 솔직히 저는 잡음으로만 들려요. 그 차이는 무엇일까요?"

"아무래도 그 녀석이 내 역마살을 닮은 것 같아. 역마살과 데모는 어떻게 다를까."

딱 둥둥 딱.

"할아버지, 지금 무슨 말씀을 하고 계세요. 제 말은 들은 둥 만 둥하구요."

손녀의 새살거림을 한 옆으로 제쳐 놓으며, 민 노인은 눈을 지그시 감고 더 크게 북을 두드렸다.

1. 흐르는 북이 의미하는 바를 서술해 보시오.

   ― 북은 할아버지와 아버지 세대의 단절의 원인이자 할아버지와 손자를 이 어주는 역할을 한다. 할아버지 세대를 부정하는 아버지 세대와 달리 손자 세대에서 되살리려는 모습에서 세대 간의 갈등은 단절이 아닌, 고통과 아픔 을 함께 나누며 나아갈 때 극복될 수 있다. 그런 의미에서 '흐른다'를 이해 할 수 있다.

2. 민 노인의 역마살과 성규의 데모가 닮은 점을 서술하시오.

   ― 민 노인은 자기의 기질을 닮아 성규가 데모에 참여했다고 생각한다. 언 뜻 보기에 두 사람의 행위에는 비슷한 점이 없어 보이지만 일상의 삶에서 벗어나 자유로운 예술 정신의 구현을 추구했던 민 노인의 삶과, 기성세대의 가치관에 반발하여 새로운 세계를 꿈꾸는 성규의 행위에는 비슷한 점이 있 다. 일반적인 삶의 방식과 거리가 있는 삶을 택했다는 점이 그것이다.

파편

—이동하

갈래	단편소설
성격	사실적, 회고적
배경	1980년대 서울과 지방의 K시
시점	1인칭 주인공 시점
주제	6 · 25 전쟁으로 인한 역사적 상처와 그 극복

등장 인물

나

과거의 아픈 기억에서 벗어나기 위해 발버둥치는 인물.

삼촌

천덕꾸러기로 자랐으나 인정이 많은 인물. 전쟁 참가 후 상이군인이 되었지만 가슴속에 파편과도 같은 한을 가지고 산 인물.

아내

나와 달리 가족의 일에 적극적인 성격.

어머니

남편의 좌익 활동으로 모진 세파를 겪는 비극적인 인물.

　어느 겨울 저녁 숙부가 사망했다는 전보가 날아들었다. 나는 어리둥절하고 혼란스러웠다. 숙부의 장례식에 참석하기 위해 회사에 휴가를 신청한 뒤, 같이 가겠다는 아내를 떼어 놓고 고향인 K시로 향한다. 버스 안에서 나는 양주를 마시며 아내에게도 밝히기를 꺼려 하는 가족사의 내력(친일파였던 할아버지, 일본 유학까지 다녀온 엘리트였던 아버지, 서자이기 때문에 갖은 수모를 당하던 숙부)을 떠올리고 숙부의 삶의 편력에 대해 회상한다.

　해방이 되자 위세를 떨치던 집안이 무너져 내렸다. 아버지는 공비가 되어 좌익 계열에 가담했고, 숙부는 군대에 자원 입대한다. 어느 날 공비가 출현하여 마을들이 피해를 입고 면주재소가 불탔는데 이것이 아버지의 소행이라는 소문이 나돌았다.

　이에 흥분한 주민들이 어머니를 학대했다. 마침 휴가를 받고 나온 숙부가 어머니를 구해 주었다. 얼마 뒤 상이용사가 되어 제대한 숙부는 가슴속의 파편을 꺼내는 수술에 실패한 뒤 힘든 삶을 살아가게 되었던 것이다.

　회상에서 깨어나 K시에 도착한 나는 어느 식당에서 국밥을 먹은 후 상가로 향했다. 나는 상가에서 숙부가 심장마비로 돌아가셨다는 말을 숙모로부터 전해 듣는다.

　시체를 염하는 과정에서 숙부의 가슴에 난 흉터를 보고 나는 악몽 같은 과거의 기억에서 벗어나기 위해 애쓴다. 고인의 유언에 따라 화장을 했다. 화장이 끝난 후 숙부의 가슴에 깊숙이 박혀 있던 파편 조각을 손에 쥔 채 나는 심한 자괴감에 빠진다. 대합실에서 버스를 기다리는 동안 나는 옛일을 회상했다.

　어머니가 돌아가시고 몇 해 지난 후 불쑥 찾아 온 숙부는 어머니의 묘소에 가 오열하면서 아버지의 기일을 가르쳐 주었던 것이다. 이 과정을 통해 나는 아버지의 죽음을 알게 되었고 또 그것이 숙부의 가슴에 남은 상처와 관련이 있다고 생각하게 되었다.

해마다 주인 없는 생일상만을 차려 왔던 일을 생각하고 나는 다음 말을 기다렸다. 그러나 그는 어둠이 엷게 깔리기 시작한 창 밖 거리만을 내다볼 뿐 더 이상 말이 없었다. 버스에서 내리는 길로 그는 곧장 서울역으로 가 버렸다. 내 집으로 모시마고 나는 물론 말했지만 그는 단지 이렇게 대구했을 따름이었다.

"도리가 아닌 줄은 알지만은 어쩌겠노, 나야 워낙 그런 사람 아닝가? 빈 껍데기만 남아서 넝마매로 굴러댕긴다 뿐이지, 진짜 모습은 진작에 끝낸 거네. 인제사 생각하마, 기왕 한 구덩이 묻히지 못한 것만 원통할 따름이재…… 자네 집사람한테는 날 만났단 얘기도 하지 마소."

나는 더 이상 그를 잡지 않았고, 그런다고 돌아설 사람도 아니었다. 그날 밤 내내 잠을 설치면서 나는 그가 남긴 말을 곰곰 되씹었었다. 적어도 한 가지 사실만은 분명했다. 그는, 삼촌은 내 아버지의 죽음을 목격했던 것이다. ……어쩌면 그의 가슴에 남아 있는 상흔과도 관계가 있는 건지 모른다고까지 나는 생각했다. 비로소 나는 그를 좀 이해할 수 있을 거 같았다. 제대를 하고 돌아온 삼촌의 모습, 눅눅한 골방에 드러누워 누에처럼 보내던 생활, 재수술을 거부하며 그가 내뱉었던 말들, 궂은 날이면 육신의 어딘가가 아프다면서 오밤중에도 곧잘 끙끙 앓던 일, 그리고 또 갈수록 말수가 줄어든 대신 뿌리가 점점 더 깊이 느껴지던 기침소리 등등…… 그랬다. 옛날과는 생판 모습이 달라져 버린 그 삼촌에게서 나는 문득문득 어딘가로 종적을 감추어 버린 내 아버지의 모습을 발견하곤 했던 것이다.

그러나 그렇다고는 해도 그의 기이한 행적들을 죄다 이해할 수 있었던 것은 물론 아니었다. 귀가한 해가 가까와 오던 이듬해 초여름에 삼촌은 최초의 범법행위를 저질렀었다. 구닥다리 엠원 소총을 몰래 꺼내들고 사냥을 나갔던 그는 멧돼지 대신에 사람을 쏘았던 것이다. 공판정에 서 있던 삼촌의 모습을 나는 잘 기억해 낼 수 있었다. 표적물을 착각한 것은 아니냐는 질문에 대해 그는 단호히 대답했었다.

"천만에, 사람인지 짐승이지쯤은 충분히 식별할 수 있는상황이었임더."

"그렇다면 상대의 얼굴도 알아볼 수 있을 정도였는가?"

"물론임더. 낯선 얼굴이었임더."

"낯선 사람을 쏜 이유가 무엇인가?"

"……."

"그럼 다시 묻겠는데 자기방어가 목적이었는가 아니면, 살해가 목적이었는가?"

"처음엔 산짐승이 움직이고 있거니 생각했임더. 잔뜩 긴장하고 있는데 표적이 불쑥 노출됐습니다. 가늠쇠 위에 떠오른 것은 분명 사람의 얼굴이었임더. 그것도 낯선…… 갑자기 살의(殺意)의 충동이 나를 사로잡았고 그러자 상대가 쓰러졌임더."

"최초의 일 발을 발사한 후 상대가 쓰러진 뒤에도 다시 두 발을 더 발사한 이유는?"

"상대가 픽 쓰러지는 것을 보았을 뿐 나 자신은 방아쇠를 당긴 기억도 또 총성을 들은 기억도 없었기 때문입니다."

일테면 그것이 삼촌의 기이한 생애의 시작이었던 셈인데. 그 이후의 거듭된 행적에 대해서는 여전히 나로선 이해할 길이 없었던 것이다. 그는 불법무기 소지와 살인미수로 육 년형을 살았다. 출감 후 내 어머니는 서둘러 그를 장가 들였지만 결혼 두 해 뒤에 그는 다시 재범을 했고, 재출감 일 년도 못되어 삼범을 기록했다. 두 번째는 강도 미수, 세 번째는 강도 상해였다. 전과가 거듭될수록 적어도 외형상으로는 동기가 단순해져 갔고 그에 비례하여 죄질도 저열해졌던 것이다. 그럼에도 불구하고 내가 그의 기이한 행적을 도무지 이해할 수가 없었던 까닭은 그가 결코 경제적인 동기에서 범법을 거듭하고 있다고는 생각되지 않았기 때문이었다. 몰락한 가계라고는 해도 그에게는 상속받은 유산이 있었을 뿐더러 그나마 경영하는 일에도 그는 도무지 뜻이 없어했던 것이다.

사자는 이제 말이 없다. 아무도 예기치 않았던 순간에 그는 갑작스럽게 자신의 생애를 마감해 버린 것이다. 생애의 태반이 그러하듯 그 죽음까지도 우리가 쉽사리 이해할 수 없는 그런 것으로 남겨둔 채 그는 영영 함구해 버린 것이다. 또 한 번 관 뚜껑을 열어젖힌다고 한들 우리가 어떻게 그의 죽음, 그의 생애를 납득할 수 있을 것인가. 그렇다면 그의 침묵을 보다 영원한 거으로 만들어 놓는 것 외에 우리가 할 수 있는 일은 아무것도 없다고 나는 생각했고, 따라서 이 지긋지긋한 장례가 빨리 끝나주기만을 열렬히 소망했다.

고인을 다시 대한 것은 일몰이 가까운 시작이었다. 유해를 받아 안았을 때 상주인 종수가 보인 반응은 무슨 말로도 표현할 재간이 없다 그의 표정은 차라리 백치의 그것에 가까웠다고나 해야 할 그런 것이었다. 하지만 보다 더 나의 관심을 끌었던 것은 한지에 쌓인 한 줌에 재도, 그것을 받아든 종수의 표정도 아니었다. 나를 사로잡은 것은 아주 작고 단단한 파편 한 조각에 지나지 않았다. 그러나 쇄골(碎骨) 과정에서 발견했다면서 작업장 인부가 그것을 내 손바닥 위에 장난스럽게 올려놓았을 때 나는 흡사 쇠공이 같은 것으로 정문(頂門)을 강타당한 듯한 충격을 받았던 것이다.

그것은 의심할 나위 없이 고인의 오른쪽 가슴 어딘가에 깊숙이 박혀 있던 바로 그 파편 조각이었다. 외과수술로도 적출해 낼 수 없었던 그 작고 단단한 쇳조각은 암처럼 체내에 뿌리를 내린 채 마지막 순간까지도 고인의 생명을 지배해 왔음이 분명하다고 나는 생각했다. 어둠이 서서히 묻어오는 하늘에 눈발은 여전히 엷게 날리고 있었다. 매운 바람 속을 묵묵히 걸어 내려오면서 나는 문득 심한 자괴(自愧)를 의식했다.

문 제

1. 내가 삼촌 시신의 상처에 충격을 받은 이유는 무엇입니까?
   ― 30년의 세월에도 아물지 않은 삼촌의 상처에서 전쟁의 참혹함과 지속성을 확인했기 때문에.

2. 화장 후 나온 파편의 의미는 무엇입니까?
   ― 아픈 과거의 흔적.

징소리

—문순태

작품 정리

갈래	단편소설, 연작소설
성격	사회 고발적, 비판적
배경	1970년대 전남 장성호 수몰마을
시점	3인칭 전지적 작가시점
주제	산업화 과정에서 소외된 농촌과 농촌 출신 도시 빈민들의 고달픈 삶

등장 인물

칠복

조실부모하고 외가에서 머슴처럼 살다가 순덕이와 결혼. 자갈논을 부치며 살아가다 장성댐이 건설되어 마을이 수몰되자 보상도 못 받고 광주로 밀려 들어와 낯선 도시에서 적응하지 못하고 아내에게마저 버림받는다.

순덕이

칠복의 아내. 시골생활을 견디지 못하며 남편과 어린 딸을 두고 달아난다.

봉구

칠복의 어렸을 적부터 친구. 칠복의 처지를 이해하고 도와주는 편이나, 끝내 칠복을 내쫓는 데 합류한다.

허칠복은 장성댐 근처에 살고 있는 정신 이상자이다. 그는 낚시꾼들이 낚시를 하고 있는 호숫가에서 징을 쳐 낚시를 방해하다가 매를 맞고는 한다. 고향인 방울재가 수몰되는 바람에 이곳으로 옮겨와 낚시꾼들을 상대로 장사를 해서 생계를 이어가는 마을 사람들에게 이러한 칠복은 골칫거리가 아닐 수 없었다.

칠복은 일찍 부모를 잃고 외가에서 머슴처럼 성장한다. 나이 들어 장가를 갔는데, 아내는 임순덕이라는 도시물 먹은 여자였다. 결혼하자마자 도시로 나가 살자는 아내의 성화에 견디다 못해 칠복은 광주로 나가 산꼭대기 사글세 방에서 어렵게 살아간다. 그러나 농사일밖에 모르는 칠복은 생계 수단이 막막하였고, 식당 주방에 취직했던 순덕은 주방장과 눈이 맞았다가 그 사실이 칠복에게 발각되자 도망치고 만다. 거지가 되어 어린 딸 금순이를 데리고 고향으로 돌아온 칠복은 징을 목숨처럼 지킨다.

마을 사람들은 생계를 유지하기 위해 칠복이 부녀를 읍으로 들어가는 버스에 태워 내쫓는다. 봉구와 마을 사람들은 빗소리에 섞인 귀기(鬼氣) 어린 징소리에 몸을 떨며 밤을 지샌다.

1. 「고향을 떠난 지 삼 년 만에 미쳐서 돌아와, 징을 두들기며 댐을 막은 뒤부터 밀려드는 낚시꾼들을 쫓아냈다.」에서 칠복의 심리를 서술하시오.
   ─ 고향을 삼켜 버린 댐과 잘못된 보상으로 고향 사람들을 쫓아낸 정부에 대한 원망 심리 등이 나타난다.

2. 이글에 나타난 징소리가 어떤 기능을 하는지 서술하시오.
   ─ 처음에는 낚시꾼들을 쫓아내는 칠복의 원망의 소리에서 마을사람들이 잃어버린 따스한 정과 양심을 일깨우는 소리로 변한다.

철쭉제

—문순태

작품 정리

갈래	중편소설
성격	사실적,·기행적, 묘사적
배경	한국 전쟁부터 1980년대까지 지리산
시점	1인칭 주인공 시점(안 이야기는 3인칭 시점)
주제	신분제도의 모순과 한국 전쟁으로 인한 비극과 극복

등장 인물

나

아버지를 죽인 박판돌에게 복수하기 위해 고향으로 내려온 검사. 사건의 내막을 알고 박판돌과 화해함.

박판돌

비료공장 사장으로 고향에서 알아주는 유지가 되어 있는 인물로 6·25때 나의 아버지를 죽였다.

박쇠

박판돌의 아버지, 나의 할아버지인 박 참봉댁 머슴으로 면천하기 위해 박 참봉댁 족보에 오르기를 갈망함.

넙순

박판돌의 어머니. 박 참봉댁 부엌데기 박쇠와 혼인하였으나, 혼인 전부터 박 참봉과 원치 않는 불륜 관계를 맺고 있다가 박쇠에게 들킴.

나는 검사가 되어 삼십 년 만에 고향을 다시 찾는다. 폐허가 된 옛 집터에서 6 · 25때 아버지를 죽인 박판돌을 기다리고 있다.

대대로 우리 집 머슴이었던 박판돌은 6 · 25가 일어나자 사람이 변해 성난 사냥개처럼 아무나 물어뜯을 듯이 마을을 쓸고 다녔다. 그때 아버지를 지리산으로 끌고 가 죽음에 이르게 한다. 박판돌을 다그쳐 아버지가 묻힌 곳이 지리산 세석평전임을 알게 된다.

아버지의 주검을 찾는 길에 지관인 박씨와 인부들 그리고 철쭉제를 보러 간다는 미스 현이라는 여자가 동행한다. 지리산 깊숙이 들어가 아름다운 자연 풍광을 접하면서 어린 시절 박판돌에 대한 기억을 떠올린다.

고향에 내려온 지 넷째 날 어둠이 깔릴 무렵 세석평전에 도착한다. 다섯째 날 날이 밝아오면서 어두워 보지 못했던 철쭉의 붉은 모습이 활짝 펼쳐 보였다. 철쭉 꽃잎을 깔아 만든 제단에서 제를 올리는 철쭉제가 시작되자 일행도 이에 참례한다.

철쭉제가 끝나고 나는 박판돌을 앞세워 아버지의 유골을 찾는다. 유골은 철쭉나무 아래 묻혀 있었다. 박판돌은 사라지고 지관인 박 영감의 권유로 천왕봉 암자에서 홀로 십 년째 살아오고 있다는 함씨를 만난다. 자연처럼 순리를 따르는 함씨를 보고 나는 복수를 계획하는 자신을 돌아보며 마음이 무거워진다.

다시 텐트로 돌아왔을 때 박판돌이 돌아와 있었다 그리고 그동안 들려주지 않았던 가족에 얽힌 이야기를 들려준다.

판돌의 아버지 박쇠는 족보에 오르기 위해 열심히 일한다. 그러던 중 박쇠의 아내인 넙순이가 박 참봉에게 유린당하고 박 참봉은 박쇠 부자의 이름을 족보에 올리는 것으로 박쇠의 분노를 달랜다. 하지만 나의 아버지(박

참봉의 아들)는 종을 족보에 올리는 것이 싫어 박쇠를 사냥에 데리고 가서
죽여 버린다.

갓난아기였던 판돌을 데리고 쫓겨난 넙순은 죽기 직전 박 참봉의 아들
을 죽이고 아버지 박쇠의 유골을 찾으라고 판돌에게 유언을 남긴다.

한 맺힌 사연을 전해들은 판돌은 이 후 신분을 숨기고 나의 집에 머슴으
로 들어온다. 6·25가 터지고 판돌이 박쇠의 시신을 찾는다고 나의 아버지
를 끌고 지리산으로 간다. 판돌은 끝내 자신의 아버지인 박쇠의 시신을 찾
지 못했다.

본 문

아침에 일어나 보니 언제 비바람이 휘몰아쳤냐는 듯 하늘과 산정이 조
용하게 가라앉아 있었다.

하늘은 부우옇게 진한 우윳빛으로 밝아 오기 시작했고, 지척을 분간할
수 없을 정도의 짙은 안개가 뭉얼뭉얼 산을 덮었다. 처음에 나는 구름이 산
위에 내려와 덮인 것으로 잘못 알았다.

날이 밝긴 했으나 허리까지 스멀스멀 기어오르는 짙은 안개 때문에 산을 내
려갈 수가 없었다. 일행은 지리산 천왕봉에서 꼼짝 못하고 안개에 갇혀 있었다.

동편에 해가 솟아오르자 순식간에 지리산이 허물을 벗듯 안개가 걷혔
다. 안개가 걷힌 뒤의 산은 비질을 하고 물걸레로 닦아 놓은 것처럼 투명하
고 깨끗했다.

비바람이 휘몰아치고, 지척을 분간할 수 없을 만큼 안개가 끼고, 해가 떠
오르자 수채화처럼 깨끗해진 하룻밤 사이의 변화에, 마치 지리산 상상봉
에서 봄, 여름, 가을, 겨울 사 계절을 다 맛본 듯 한 느낌이었다.

안개가 걷히고 산이 유리구슬 술처럼 깨끗해지자 일행은 멀리 출렁여
보이는 세석평전의 철쭉꽃밭 물결을 내려다보면서, 천왕봉을 내려왔다.

천왕봉을 내려오면서야 일행은 미스 현과 예비군복의 젊은 인부가 보이
지 않는 것을 알고, 큰소리로 이름을 부르며 찾아보았으나 헛수고였다. 그
러고 보니 미스 현과 예비군복 차림의 인부는 어젯밤 대피소에서도 눈에

띄지 않았던 것 같았다. 내가 그 말을 박 영감한테 했더니

"엊그제까정만 해도 서로 고양이 쥐 보듯 허드니 어느 사이에 배가 맞아 버렸나 보구만. 산이란 그래서 좋은 거여. 어제의 미움이 오늘은 사랑으로 변허니 안 좋은감? 젊은 남녀가 잠시 자취를 감춘 것은 결코 나쁜 일이 아니니 내버려두고 먼저 내려가드라고 잉! 안개에 길을 잃지만 안했음사 걱정 없을 꺼여!"

하면서 박 영감은 큰소리로 말하고 웃었다. 그는 통천문 부근에 좋은 자리가 있을 듯싶으니 한번 보고 가자고 하였으나, 내가 그럴 필요 없다고 하여 곧장 세석평전으로 내려갔다.

세석평전 철쭉꽃밭에 내려와 전날에 유골을 파냈던 바로 그 자리에 봉긋하게 봉분을 만들어 아버지 유해를 안장(安葬)했다.

봉긋한 아버지의 무덤 위에 철쭉꽃 그늘이 우쭐거렸다.

"저 꽃들이 아버님의 모습같이 느껴지는군요."

내 말에 박 영감도 고개를 커다랗게 끄덕이면서,

"이름난 한량이었던 어르신은 죽어서도 저렇게 멋들어지는구먼!"

하고 푸실하게 웃어 보였다.

"내년 철쭉제에도 꼭 오겠습니다."

"그래야재. 내년 철쭉제에 와서 어르신을 뵙고 가야재!"

멀리서 보는 아버지의 무덤은 탐스러운 철쭉꽃 묶음이었다.

"지도 후담에 죽으면 세석평전 철쭉꽃밭에 묻히고 싶구먼요!"

지금껏 말이 없던 박판돌이의 그 말에 나는 처음으로 그를 보며 씽긋 웃었다.

어둑어둑해서야 대성동 골짜기를 타고 신흥에 도착한 일행은 화개를 거쳐 구례읍까지 가는 마지막 버스를 탈 수가 있었다.

나는 쌍계사 입구 용강에서 내렸다. 마음이 착잡한 나는 쌍계사에서 하룻밤 쉬면서 이것저것 생각들을 정리한 다음 화개에 나가서 광주 가는 직행버스를 탈 요량이었던 것이다.

"판돌 씨, 내년 철쭉제 때 다시 만납시다. 그리고 미안합니다, 아버지 대신 제가 사과하지요."

나는 버스가 용강에서 멎자 박판돌의 코 앞에 불쑥 손을 내밀었다. 박판돌은 엉겁결에 내 손을 잡고 악수를 하면서도 얼떨떨해 하는 얼굴로 박 영

감을 돌아보았다. 그때 박 영감은 방앗공이처럼 커다랗게 고개를 끄떡였다. 박판돌과 악수를 끝낸 나는 세석평전 아버지의 새 무덤 옆에서 꺾어들고 온 철쭉꽃 한 가지를 그에게 주고, 여차장에게 떼밀리다시피 하여 버스에서 내렸다. 철쭉꽃을 받아든 박판돌이가 차창 밖으로 손을 흔들었다. 나는 무심히 손을 들어 바람처럼 저었다.

쌍계사에서 종소리가 울렸다. 그 종소리의 긴 여운에 희끄무레한 밝음이 밀려가고, 그 위로 어둠이 내리깔렸다. 버스가 사라질 때까지 멀뚱하게 서서 손을 흔들던 나는, 뒤로 돌아서서 두 팔을 벌리고 어둠 속에 아버지 같은 모습으로 웅숭그리고 앉아 있는 지리산을 가슴 안으로 힘껏 끌어안았다. 덩치 큰 지리산이 가슴 뻐근하게 와 안기면서 구멍이 뚫린 것처럼 허탈해졌다.

문 제

1. 이 소설의 제목은 '철쭉제'이다. 이 소설에서 나타나는 철쭉과 제사의 의미를 써보시오.
   - 철쭉은 그 선명하고 붉은 시각적 이미지를 통해 한과 증오라는 극단적인 감정을 표현한다. 제라는 의미에서는 억울하게 죽은 혼령과 그 혼령들의 후손이 갖고 있는 원한의 감정을 위로하고 달래는 화해와 용서의 의미를 담고 있다.

2. 박판돌이 나의 아버지를 죽게 한 것은 당연한 일인지도 모른다. 이 글을 읽으면서 진정한 피해자가 누구인지, 왜 그런 비극이 발생하게 되었는지에 대해 서술하시오.
   - 나는 아버지의 복수를 위해 검사가 되어 고향에 내려온다. 박판돌을 찾아 지리산에 가서 아버지의 시신을 수습한다. 박판돌은 자신의 아버지의 시신을 찾기 위해 나의 아버지를 데리고 지리산으로 갔다. 박판돌은 아버지의 시신을 찾지 못하고 나의 아버지만 죽게 한다. 나의 할아버지에게 유린당한 박판돌의 어머니, 족보에 이름을 올리기 위해 종으로 살았던 판돌 아버지 박쇠, 소망과 비극 그리고 욕심을 생각해 보자.

금시조

—이문열

갈래	단편소설, 예술가소설
성격	관조적, 반성적
배경	일제 강점기에 현대 한국
시점	3인칭 작가 관찰자 시점
주제	한 예술가의 자기 부정의 예술혼

등장 인물

고죽

작품의 주인공으로 숙부에 의해 자란 고죽은 서예가 석담 선생에게 맡겨진다. 그 후 스승에 대한 애증으로 일관한다.

석담

구한 말 서예가로 예보다는 도를 우선시한 인물이다. 제자인 고죽을 사랑한다.

고죽은 열 살의 나이로 숙부의 손에 의해 석담에게 맡겨졌다. 석담은 웅혼한 필체와 유려한 문인화로 명성이 높던 대가였다. 그러나 석담은 고죽을 맡아 기르면서도 소학교에 보낼 뿐 직접 글씨를 가르치지 않는다.

고죽은 그러한 스승을 애증이 교차하는 시선으로 우러러본다. 정성껏 스승을 모시던 고죽은 스승 몰래 서예를 익히고, 스승은 마지못해 그를 정식으로 문하에 거둔다. 석담이 고죽을 못마땅해 하는 것은 고죽의 재기가 너무 승하여 글씨가 예에 흐르기 때문이라는 것이었다. 그만큼 고죽은 서예에 대한 재능을 타고났으며, 가르침이 인색한 스승에 대한 반발과 스승에게 인정을 받고 싶다는 욕심에서 문하를 뛰쳐나가 세인에게서 재주를 인정받는다.

그러나 석담은 돌아온 고죽을 질타하여 2년 동안 붓을 잡지 못하게 된다. 다시 고죽은 오직 글씨에만 정진하여 자신의 세계를 갖추게 된다. 석담이 글씨의 품격과 힘을 생명으로 여긴다면, 고죽은 글씨에 넘치는 정의와 기예를 으뜸으로 친다. 결국 고죽은 글씨 쓰는 일 자체에 회의를 표하고, 이를 안 석담은 분노한다. 다시 고죽은 오랜 방랑에 오르고, 엄격했던 스승을 그리며 석담의 문하로 돌아오지만 이미 석담은 세상을 떠난 후였다. 고죽은, 석담이 자신의 관상명정(棺上銘旌)을 고죽에게 맡겼다는 것, 곧 고죽의 글씨를 지하로 가져가고자 했을 만큼 그를 사랑했다는 것을 알게 된다.

죽음에 임박하여 고죽은 자신의 작품을 회수하여 한 폭 한 폭 준엄하고 냉정하게 자평을 해 나간다. 그리고는 자신의 작품에서 금시조를 발견할 수 없음을 깨닫고 모두 불태운다. 그때 고죽은 작품을 태우는 불꽃에서 자기 부정의 예술혼인 금시조의 비상을 보며 죽음을 맞는다.

1. 이 글에서 나타난 고죽과 석담의 예술관에 대해 서술하시오.
   — 고죽은 예의 예술관을 중심으로 석담의 도의 예술관과는 대립적으로 나타난다. 예의 예술관이란 예술은 예술 그 자체를 위한 것임을 나타내고, 도의 예술관이란 예술을 정신적 가치를 드러내기 위한 것임을 알 수 있다.

2. 이 글에서 금시조의 상징적 의미를 서술하시오.
   — 금시조는 고죽의 독자적인 미적 성취와 예술적 완성을 의미한다.

우리들의 일그러진 영웅

—이문열

갈래	단편소설
성격	현실 비판적, 상징적
배경	1960년대 한 시골 초등학교
시점	1인칭 주인공 시점
주제	절대 권력의 허구성과 이기적인 소시민 근성에 대한 비판

등장 인물

나(한병태)
명석하나 현실에 야합할 줄 모르는 모범생이다. 현실의 모순을 해결하려고 시도하다 좌절하고 순응하는 인물이다.

엄석대
절대 권력을 누리는 급장으로 반 아이들의 이기적인 속성을 교묘히 이용할 줄 아는 인물.

아버지
현실의 가치를 긍정하는 인물.

5학년 담임
방관자적 현실 순응형 인물.

6학년 담임
개혁적 의지를 실천하는 인물로 민주적 절차와 방법을 존중한다.

급우들
현실 모순을 어렴풋하게 느끼지만 그것을 해결해 볼 엄두를 내지 못한다. 그저 현실의 안위만을 추구하는 보통 사람들이다.

줄거리

주인공인 '나(한병태)'는 아버지의 좌천 때문에 서울의 명문 초등학교에서 시골 Y읍의 초라한 초등학교로 전학하게 된다. 나는 서울에서 전학왔다는 사실에 기대어 학급의 주도권을 장악해 보려 하지만 거기에는 담임선생님의 절대적인 비호와 학급 친구들 모두가 떠받드는 반장인 엄석대가 버티고 있다. 나는 엄석대의 부정 행위를 담임선생님에게 알리는 등 여러 가지 방법으로 엄석대에게 대항해 보지만 그의 벽을 뛰어 넘지 못하고 결국 복종하게 된다. 그래서 엄석대의 보호를 받으며 2인자의 자리에 오르게 된다.

6학년이 되어 담임선생님이 바뀌자 사태는 돌변했다. 새 담임선생님은 학급 학생들을 엄석대의 위협으로부터 해방시키는 민주적 개혁을 단행한 것이다. 절대권을 누리며 친구들 위에 군림하던 엄석대는 여지없이 무너지고 학급은 새로운 질서를 회복한다.

그 후 평범한 사회인으로 성장한 '나'는 부조리한 현실에 부딪히며 힘겹게 살아간다. 그러가다 우연히 수갑을 차고 경찰에 붙들려 가는 엄석대와 마주친다.

그날 밤 나는 어린 시절 영웅 같았던 모습이 아닌 지금의 그의 모습에서, 거기에 복종하고 무력했던 우리 자신들의 모습을 보게 되며 잠든 아내와 아이들 곁에서 늦도록 술잔을 비운다.

　　석대의 나쁜 짓을 까발리고 들춰내는 데 가장 열정적이고 공격적인 아이들은 대개 두 부류였다. 하나는 간절히 석대의 총애를 받기 원했으나 이런저런 까닭으로 끝내는 실패한 부류였고, 다른 하나는 그날 아침까지도 석대 곁에 붙어 그 숱한 나쁜 짓에 그의 손발 노릇을 하던 부류였다. 한 인간이 회개하는 데 꼭 긴 세월이 필요한 것은 아니며, 백정도 칼을 버리면 부처가 될 수 있다고도 하지만, 나는 아무래도 느닷없는 그들의 정의감이 미덥지 않았다.

　　나는 지금도 갑작스런 개종자나 극적인 전향 인사는 믿지 못하고 있다. 특히, 그들이 남 앞에 나서서 설쳐대면 설쳐댈수록. 내가 군이 석대를 고발하려 들면 거리가 전혀 없는 것은 아니었지만, 그날 끝내 입을 다문 것은 아마도 그런 아이들에 대한 반발로 오기가 생긴 때문이었다. 내 눈에는 그 애들이 석대가 쓰러진 걸 보고서야 덤벼들어 등을 밟아 대는 교활하고도 비열한 변절자로 밖에 비쳐지지 않았다.

　　마지막 61번 아이가 고발을 끝냈을 때는 어느새 첫째 시간 수업이 끝났음을 알리는 종이 울리고 있었다. 그러나 담임선생님은 그 종소리를 무시하고 우리에게 말했다.

　　"좋다. 너희들이 용기를 되찾은 걸 선생님은 다행으로 생각한다. 이제는 앞으로의 일은 너희 손에 맡겨도 될 것 같아 마음 든든하다. 그렇지만 너희들도 값은 치러야 한다. 첫째로는 너희들의 지난 비겁의 값이고, 둘째로는 앞으로의 삶에 주는 교훈의 값이다. 한 번 잃은 것은 결코 찾기가 쉽지 않다. 이 기회에 너희들이 그걸 배워두지 않으면, 앞으로 또 이런 일이 벌어져도 너희들은 나 같은 선생님만 기다리고 있게 될 것이다. 괴롭고 힘들더라도 스스로 일어나 되찾지 못하고 언제나 남이 찾아주기만을 기다리게 된다."

　　그렇게 말을 맺은 담임선생님은 청소 도구함 쪽으로 가서 참나무로 된 걸렛대를 하나 빼 들었다. 그리고 다시 교단 앞에 서더니 나직이 명령했다.

　　"1번부터 한 사람씩 차례로 나와."

　　그날 우리 모두에게 돌아온 매는 한 사람 앞에 다섯 아이들을 때릴 때와 다름없이 모진 매질이어서 교실은 또 한 번 울음바다를 이루었다.

　　"자, 이제 선생님이 너희들을 위해 해 줄 수 있는 다 끝났다. 모두 제자리로 돌아가라. 엄석대도. 그리고 이제부터는 너희들끼리 의논해서 다른 그 어떤 반보다 훌륭한 반을 만들어 봐라. 너희들은 이미 회의 진행 방법도 배웠고 의사를 결정짓는 과정과 투표에 대해서도 알 것이다. 지금부터 나는 그냥 곁에 앉아 지켜보기만 하겠다."

매질을 끝낸 선생님은 갑자기 지친다는 표정으로 그렇게 말하고 교실 한 구석에 있는 교사용 의자에 가 앉았다. 손수건을 꺼내 이마에 흐르는 땀을 닦는 것만 보아도 우리가 당한 매질이 얼마나 호된 것이었는가를 잘 알 수 있었다.

그곳 아이들은 학급 자치회의 운영 방식을 전혀 모르거나 까맣게 잊어버렸는 걸로 알았는데 막상 기회가 주어지니 그렇지도 않았다. 분위기가 약간 어색하고 행동들이 서툴기는 해도 그런 대로 서울 아이들 흉내는 낼 줄 알았다. 쭈뼛거리며 말을 더듬던 것도 잠시, 아이들은 이내 자신을 회복하고 재청하고 찬성하고 투표했다. 그래서 결정된 게 먼저 임시 의장단을 구성하고 그들의 선거 관리 아래 자치회 의장단이자 학급의 임원진을 새로 뽑는다는 것이었다.

문 제

1. 창작 시기와 관련하여 이 소설의 공간적 배경이 갖는 의미를 설명하시오.
   − 시골 초등학교 5학년 2반 교실은 자유와 민주주의가 성립되지 못한 1960년대 말 우리 사회의 축소판이다.

2. 이 글에서 새 담임의 출현으로 맞이하게 되는 혁명의 성격은 어떠한 것인지 말해 보자.
   − 이 혁명은 분명히 획기적인 것이었고, 기존의 질서를 완전히 망가뜨리는 위력을 발휘하고 있지만, 그것은 아래로부터 형성된 힘에 의한 것이 아니다. 결국 누군가가 주는 것이라면 그것 또한 민주적인 것과는 거리가 있는 것이다. 아이들은 주어진 자유 앞에서 방종에 가까운 속물의 근성을 드러내고야만다. 이 혁명은 이런 면에서 부정적인 것이다.

중국인 거리

—오정희

작품 정리

갈래	단편소설, 성장소설
성격	회고적
배경	한국 전쟁 직후 항구 도시에 위치한 중국인 거리
시점	1인칭 주인공 시점
주제	유년시절의 체험과 정신적 육체적 성장

등장 인물

나
열두 살 소녀. 새로 이주한 중국인 거리를 배경으로 성장의 아픔을 겪어간다.

치옥
나의 급우. 의붓자식이며 매기 언니의 동생.

매기 언니
양공주. 동거하던 흑인 병사에 의해 죽임을 당한다.

중국인 남자
창백한 얼굴의 인물로 그와 마주침을 통해 주인공은 자신의 내부에 잠재된 욕망과 내면을 자각하게 된다.

나의 가족들은 아버지의 일자리를 따라 피난지로부터 항구도시인 인천 외곽에 있는 중국인 거리로 이주한다. 그곳은 전쟁으로 인해 폐허가 된 건물들과 낯선 모습의 중국식 적산가옥 그리고 기지촌과 미군부대가 있는 곳이다. 나는 제분공장에서 훔친 밀로 밀 껌을 불고 화차에서 훔친 석탄으로 간식을 바꾸어 먹으며 유년시절을 보낸다. 공복감과 해인초 냄새가 세상을 온통 회오리로 되어 오름을 느낀다.

중국인 거리에 이사 오던 날의 첫인상을 떠올리던 나는 언덕 위 이층집에서 중국인 남자의 얼굴을 바라보게 된다. 순간 나는 설명할 수 없는 슬픔과 비애의 감정에 사로잡히게 되는데, 그 창백한 표정에 담긴 욕망의 시선이 나의 내부에서 움트고 있던 욕망과 내면을 일깨운 것이다. 중국인 거리의 일상에는 아편쟁이 늙은 중국인들, 쿨리, 치옥이네 집에 세들어 사는 양갈보 매기 언니, 매기 언니의 미제 물건이 탐이나 커서 양갈보가 되겠다는 친구 치옥이가 있다.

매기 언니는 함께 살던 흑인 병사에 의해 죽게 된다. 할머니가 쓰러지고 그런 할머니를 시골집에 보낸다. 두 달 정도의 시간이 지난 후 할머니의 부음에 엄마는 오열을 한다. 엄마는 난산 끝에 여덟째 아이가 태어나고 낮잠에서 깨어난 나는 절망감과 막막함 속에서 초조(初潮)를 맞이한다.

해인촌 혹은 중국인 거리라고도 불리어지는 우리 동네는 겨우내 북풍이 실어 나르는 탄가루로 그늘지고 거무죽죽한 공기 속에 해는 낮달처럼 희미하게 걸려 있었다.

할머니는 언제나 짚수세미에 아궁이에서 긁어낸 고운 재를 묻혀 번쩍 광이 날 만큼 대야를 닦았다. 아버지의 와이셔츠만을 따로 빨기 위해서였다. 그러나 바람을 들이지 않는 차양 안쪽 깊숙이 넌 와이셔츠는 몇 번이고 다시 헹구어 푸새를 새로 하지 않으면 안 되었다.

망할 놈의 탄가루들. 못 살 동네야.

할머니가 혀를 차면 나는 으레 나올 뒤엣말을 받았다.

광석천이라는 냇물에서는 말이다. 물론 난리가 나기 전 이북에서지. 빨래를 하면 희다 못해 시퍼랬지. 어느 독(毒)이 그렇게 퍼렇겠니.

겨울 방학이 끝나면 담임인 여선생은 중국인 거리에 사는 아이들을 불러 학교 숙직실로 데리고 갔다. 그리고 숙직실 부엌 바닥에 웃통을 벗겨 엎드리게 하고는 미지근한 물을 사정없이 끼얹었다. 귀 뒤, 목덜미, 발가락, 손톱 사이까지 탄가루가 없는 것을 확인하고서야 왕소름이 돋은 등어리를 찰싹찰싹 때리는 것으로 검사를 끝냈다. 우리는 킬킬대며 살비듬이 푸르르 떨어지는 내의를 머리부터 뒤집어썼다.

봄이 되자 나는 3학년이 되었다. 오전반이었기 때문에 한낮인 거리를 치옥이와 나는 어깨동무를 하고 천천히 걸어 집으로 돌아오고 있었다.

나는 커서 미용사가 될거야.

삼거리의 미장원을 지날 때 치옥이가 노오란 목소리로 말했다. 회충약을 먹는 날이니 아침을 굶고 와야 해요. 선생의 지시대로 치옥이도 나도 빈속이었다. 공복감 때문일까, 산토닌을 먹었기 때문일까, 해인초 끓이는 냄새 때문일까. 햇빛도, 지나다니는 사람들의 얼굴도, 치마 밑으로 펄럭이며 기어드는 사나운 봄바람도 모두 노오랬다.

길의 양켠은 가건물인 상점들을 빼고는 거의 빈터였다. 드문드문 포격에 무너진 건물의 형태가 썩은 이빨처럼 서 있을 뿐이었다.

제일 큰 극장이었대. 조명판처럼, 혹은 무대의 휘장처럼 희게 회칠이 된 한쪽 벽만 고스란히 남아 서 있는 건물을 가리키며 치옥이가 소곤거렸다. 그러나 그것도 곧 무너질 것이다. 나란히 늘어선 인부들이 곡괭이의 첫 날을 댈 위치를 가늠하고 있었다. 어느 순간 희고 거대한 벽은 굉음으로 주저앉으리라.

한쪽에서는 이미 헐어 버린 벽에서 상하지 않은 벽돌과 철근을 발라내고 있는 중이었다.

아주 쑥밭을 만들어 버렸다니까. 치옥이는 어른들의 말투를 흉내내어 몇 번이고 쑥밭이라는 말을 되풀이했다.

사람들은 개미처럼 열심히 집을 지어 빈터를 다스렸다. 반 자른 드럼통마다 조개탄을 듬뿍 써서 해인초를 끓였다.

치옥이와 나는 자주 멈춰 서서 찍찍 침을 뱉어냈다.

회충이 약을 먹고 지랄하나 봐.

아냐, 회충이 오줌을 싸는 거야.

그래도 메스꺼움은 가라앉지 않았다. 끓어오르는 해인초의 거품도, 조개탄에서 피어오르는 연기도, 해조와 뒤섞이는 석회의 냄새도 온통 노란빛의 회오리였다.

왜 사람들은 집을 지을 때 해인초를 쓰는 거지? 난 저 냄새만 맡으면 머리털 뿌리까지 뽑히는 것처럼 골치가 아파.

치옥이는 내 어깨에 엇갈린 팔을 무겁게 내려뜨렸다. 그러나 나는 마냥 늦장을 부리며 천천히 걸어 해인초 냄새, 내가 이사 와 나눈 최초의 악수였으며 공감이었던 그 노란빛의 냄새를 들이마셨다.

문 제

1. 위 작품에서 여러 장면을 묶어 주는 연결고리가 된 소재를 쓰시오.
   — 석탄.

2. 이 작품은 주인공이 정신적, 육체적으로 성장해 가는 과정을 그린 성장소설이라 볼 수 있다. 그런 측면에서 맨 마지막 문장 '초조였다'가 의미하는 바를 쓰시오.
   — 초조는 여자의 최초 월경을 의미한다. 성장의 고비를 넘어서면서 화자의 삶은 새로운 지평 위에 놓이게 된 것이다. 치옥이는 미장원에 취직했으며, 중국인 청년은 그녀를 손짓하여 부르고는 빵, 과자 등이 담긴 종이 꾸러미를 건넨다. 그리고 어머니는 난산 속에 여덟 번째 아이를 낳고, 화자는 자신의 성장을 확인이라도 하듯 초조를 맞이하게 되는데, 육체적 성숙과 정신적 성장이 상호 관련되어 있음을 읽을 수 있다.

한계령
—양귀자

작품 정리

갈래	단편소설, 연작소설
성격	회고적
배경	1980년대 서울 · 부천
시점	1인칭 주인공 시점
주제	고단한 소시민적 삶과 지난 기억에서 얻게 되는 위안

등장 인물

나
꽤 성공한 작가인 나는 온갖 고생을 하면서 지냈던 어린 시절의 아련한 추억을 깨뜨리고 싶지 않아서 친구인 은자와 만나는 것을 망설인다.

은자
어릴 적 나의 친구로 빵집 주인의 딸이다. 노래를 잘 불러 가수를 꿈꾸다 밤무대 가수로 성공했다.

큰오빠
어린 나이에 가장이 되어 온갖 고생을 하면서 동생들을 성공적으로 길러냈다. 중년의 나이에 자신의 삶을 돌아보고 깊은 회의에 빠져든다.

소설가인 '나'는 25년 만에 난데없이 어린 시절 동무인 박은자의 전화를 받는다. 이를 계기로 해서 '나'는 '고향' 생각을 하게 된다. 철길 옆에 살던 동네 친구였던 박은자는 썬빵집을 했는데, 그녀는 어렸을 때부터 노래를 무척 좋아했던 친구였다. 노래를 좋아하던 박은자가 결국에는 밤무대에서 노래를 부르고 있었다. 박은자는 '나'에게 자신이 일하는 밤무대가 '나'가 살고 있는 부천에서 그리 멀지 않은 곳이니 그곳으로 놀러 오라고 말하지만 가지 않는다.

'나'가 어렸을 적, 아버지가 일찍 돌아가시자 큰오빠는 아버지의 역할을 대신해 여섯이나 되는 동생과 어머니를 먹여 살렸다. 그러나 가족들의 생계를 위해 젊음을 바쳤던 큰오빠는 비록 뜻한 바대로 동생들을 성장시키고 경제적인 안정은 이루었지만 자신의 인생을 되돌아보며 심한 허탈감을 느끼며 우울해 한다.

그 후 두세 번 더 은자의 전화를 통해 은자가 지금은 가수 '미나 박'이라는 이름으로 밤업소 가수를 하고 있으며, 이젠 제법 돈을 모아 서울 강남에 '좋은 나라'라는 카페를 하나 개업하게 되었음을 알게 된다. 결국 '나'는 미나 박이 공연하기로 되어 있는 날의 마지막 날, 그녀를 찾아간다. 그러나 마침 무대 위에 선 어느 여가수가 부르는 어디서 들은 적이 있는 듯한 노래에 흠뻑 취해 있다가 그냥 돌아오고 만다. '나'는 집에 와서야 그 노래가 '한계령'이라는 것을 알게 된다. 그리고 그 가수가 바로 '미나 박'이란 것을 확신하게 된다.

노래의 제목은 '한계령'이었다. 그러나 내가 알고 있었던 '한계령'과 지금 듣고 있는 '한계령' 사이에는 커다란 차이가 있었다. 노래를 듣기 위해 이곳에 왔다면 나는 정말 놀라운 노래를 듣고 있는 셈이었다. 무대 위에서 혼신의 힘을 다해 노래를 부르는 저 여가수가 은자 아닌 다른 사람일지라도 상관없는 일이었다. 나는 온 몸으로 노래를 들었고 여가수는 한순간도 나를 놓아주지 않았다. 발 밑으로, 땅 밑으로, 저 깊은 지하의 어딘가로 불꽃을 튕기는 전류가 자꾸 쏟아져 내리는 것 같았다. 질펀하게 취하여 흔들거리고 있는 테이블의 취객들을 나는 눈물어린 시선으로 어루만졌다. 그들에게도 잊어버려야 할 시간들이, 한 줄기 바람처럼 살고 싶은 순간들이 있을 것이다. 어디 큰오빠뿐이겠는가. 나는 다시 한 번 목이 매었다. 그때, 나비넥타이의 사내가 내 앞을 가로막고 정중하게 고개를 숙였다.

"테이블로 안내해 드릴까요?"

웨이터의 말대로 나는 내가 앉아야 할 테이블이 어딘가를 생각했다. 그리고는 막막한 심정으로 뒤를 돌아다 보았다. 뒤는, 내가 돌아본 그 뒤는 조명이 닿지 않은 컴컴한 공간일 뿐이었다. 아마도 거기에는 습기차고 얼룩진 벽이 있을 것이다. 나는 웨이터에게 무언가를 말하려고 하였다. 하지만 아무런 말도 나오지 않았다.

"저 산은 내려가라, 내려가라 하네. 지친 내 어깨를 떠미네……"

더듬거리고 있는 내 앞으로 '한계령'의 마지막 가사가 밀물처럼 몰려오고 있었다.

집에 돌아와서야 나는 내가 만난 그 여가수가 은자라는 것을 확신하였다. 넘어지고 또 넘어지고, 많이도 넘어져 가며 그애는 미나 박이 되었지 않은가. 울며울며 산등성이를 타오르는 그애, 잊어버리라고 달래는 봉우리, 지친 어깨를 떨구고 발 아래 첩첩 산중을 내려다보는 그 막막함을 노래 부른 자가 은자였다는 것을 그제서야 깨달은 것이었다.

그날 밤, 나는 꿈속에서 노래를 만났다. 노래를 만나는 꿈을 꿀 수도 있다는 사실을 그 밤에 나는 처음 알았다. 노래 속에서 또한 나는 어두운 잿빛 하늘 아래의 황량한 산을 오르고 있는 한 무리의 사람들도 만났다. 그들은 모두 지쳐 있었고 제각기 무거운 짐꾸러미를 어깨에 메고 있었다. 짐꾸러미의 무게에 짓눌려 등은 휘어졌는데 고갯마루는 가파르고 헤쳐야 할 잡목은 억세기만 하였다. 목을 축일 샘도 없고 다리를 쉴 수 있는 풀밭도 보이지 않는 숲에서 그들은 오직 무거운 발자국만 앞으로 앞으로 옮길 뿐이었다.

그들 속에 나의 형제도 있었다. 큰오빠는 앞장을 섰고 오빠들은 뒤를 따랐다. 산봉우리를 향하여 한 걸음씩 옮길 때마다 두고 온 길은 잡초에 뒤섞여 자취도 없이 스러져 버리곤 하였다. 그들을 기다려주는 것은 잊어버리라는 산울림, 혹은 내려가라고 지친 어깨를 떠미는 한 줄기 바람일 것이었다. 또 있다면 그것은 잿빛 하늘과 황토의 한 뼘 땅이 전부일 것이었다. 그럼에도 등을 구부리고 짐꾸러미를 멘 인간들은, 큰오빠까지도 한사코 봉우리를 향하여 무거운 발길을 옮겨 놓고 있었다.

문 제

1. 나와 큰 오빠의 과거 회상의 차이는 무엇일까요?
   ─ ‘나’는 유년시절의 회상을 통해 현재의 삶에서 위안을 얻고 삶의 희망을 얻는 반면 삶의 의욕을 상실한 큰오빠는 지난 시절에 대한 회상을 통해서 현재의 삶을 잊고 싶어 한다. 이는 큰오빠가 현재의 삶을 고통스럽게 생각하고 있음을 드러내고 있다.

2. 작품 속에 삽입된 노래 ‘한계령’의 의미를 서술하시오.
   ─ 이 노래 속에는 사람들이 무거운 짐을 지고 봉우리를 향해 힘겹게 올라가지만 그들을 기다리는 것은 지친 어깨를 떠미는 바람밖에 없다는 내용이 담겨 있다. ‘나’는 이 노래를 통해서 젊음을 온통 바쳐 식구를 부양해야 했고, 지금은 자신의 삶을 허탈한 심정으로 과거를 되돌아보는 오빠의 모습을 본다. 허탈감에 빠져 있는 큰오빠의 모습을 안타깝게 동정하던 ‘나’는 노래 ‘한계령’이 마치 큰오빠의 삶을 노래하는 것 같아서 눈물을 흘리게 되는 것이다. 아울러 ‘나’의 어린시절 친구인 ‘은자’가 ‘미나 박’이란 이름의 밤무대 가수가 되기까지의 고달프고도 힘들었던 삶이 이 노래 속에 담겨 있다고 생각하게 된다.

원미동 시인

—양귀자

김 반장

원미동 5반 반장이며, 형제슈퍼의 주인이다. 나의 언니 선옥에게 연정을 품고 있는 27세의 청년으로 이기적이고 소시민의 전형적 성격을 보이는 인물이다.

줄거리

남들은 나를 딸만 다섯 중의 막내딸로 구박덩이로 자란, 그저 그만한 일곱 살짜리 계집아이로 본다. 그러나 나는 집안 사정이나 동네 사람들 속마음까지 안다. 아버지는 청소부이고 엄마는 남의 일에 간섭 잘하고 싸움 잘하는 '원미동 똑똑이'이다.

나는 스물일곱 살짜리 친구가 둘씩이나 있다. 그 하나는 '원미동 시인(詩人)'인데 동네사람들은 그가 대학교에서 잘리고 군대에 갔다가 온 후부터 약간 돌았다고 경멸한다. 군용 점퍼와 낡은 청바지 차림의 그를 밤중에 보면 '몽달귀신' 같다고들 하여 '몽달 씨'라고도 부른다.

다른 하나는 원미동 23통 5반의 반장이자 형제슈퍼의 주인인 김 반장이다. 셋째인 선옥이한테 마음이 있어 나를 처제라 부르며 쭈쭈바를 주곤 했던 것이다. 그리고 '원미동 시인'은 김 반장의 슈퍼에서 시를 잘 들어준다는 대가로 심부름꾼 노릇을 하게 된다.

그러던 어느 날 밤술에 취한 두 사내가 형제슈퍼로 쫓아와 '원미동 시인'을 내놓으라고 난리를 치고, 김 반장은 '나는 모르는 사람'이라고 발뺌을 하며 그를 내어준다. 두 사내는 개 패듯 그를 뭉개고 나는 '깡패가 몽달 씨를 죽인다'고 소리치며 내달렸다. 원미지물포 주씨 아저씨가 뛰쳐 나와 어찌된 영문인지 묻고 몽달 씨는 아무 이유도 없이 맞게 된 사연을 말하자마자 두 사내는 정신없이 도망치기 시작했다.

조금 전까지만 해도 텅 빈 거리에 동네 사람들이 너도나도 나와서 그들의 행패를 고자질해대었고 김 반장도 그 틈을 타서 '몽달 씨'를 위하는 척 부축하여 집으로 데리고 간다. 내가 현장의 목격자란 사실을 모르는 김 반장은 영양갱으로 꼬셨으나 나는 거들떠보지도 않았고 선옥 언니에게 미주 알고주알 다 일러바칠 결심만 굳힌다. 그런데 더 기막힌 것은 몽달 씨에게 과일 통조림 몇 개 준 김 반장을 덕망 있는 인물로 평가하는 동네 사람들이고, 상처가 낫고 아무 일도 없었다는 듯 김 반장의 심부름꾼이 되어 버린 '몽달 씨'였다.

내가 그에게로 다가가서 지난 밤 김 반장을 내쫓는 것을 보았다고 그에게 말했지만 그는 대답 대신 시 한 편을 읽어 주었다. 나는 시의 내용 보다는 그 바보같은 몽달 씨를 보며 자꾸 눈물이 나려 하였다.

본 문

"김형, 김형…… 도와주세요."

쓰러진 남자의 입에서 이런 말이 가느다랗게 흘러나온 것은 그 순간이었다. 그와 동시에 빨간 셔츠의 사내가 다시 쓰러진 자의 등허리를 꽉 찍어 눌렀다.

"이 새끼. 아는 사이요? 그러면 당신도 한번 맛 좀 볼텐가?"

맥주병을 거꾸로 쳐들고 빨간 셔츠가 소리 질렀다. 김 반장의 얼굴이 대번에 하얗게 질려 버렸다.

"무, 무슨 소리요? 난 몰라요! 상관없는 일에 말려들고 싶지 않으니까 나가서들 하시오."

흰 이를 드러내며 빨간 셔츠가 으르렁거렸다. 순간 몽달 씨가 텔레비전이 왕왕거리고 있는 가겟방을 향해 튀었다. 방은 따로이 바깥쪽으로 난 출입구가 있었기 때문이었다. 그러나 몽달 씨보다 더 빠른 동작으로 방문을 가로막아 버린 사람이 있었다. 바로 김 반장이었다.

"나가요! 어서들 나가요! 싸우든가 말든가 장사 망치지 말고 어서 나가요!"

빨간 셔츠가 몽달 씨의 목덜미를 확 나꾸어 챘다. 개처럼 질질 끌려 나오는 몽달 씨를 보더니 밖에 있던 흰 런닝 셔츠가 찍익, 이빨 새로 침을 뱉어 냈다. 두 사람 다 술기운이 벌겋게 오른 번들거리는 눈자위가 징그러웠다. 나는 재빨리 불빛이 닿지 않는 구석으로 몸을 피했다. 무섭고 또 무서웠다.

저렇게 질질 끌려가는 몽달 씨를 위해서 내가 할 일이 무엇인지 알 수가 없었다. 도무지 가슴이 떨려 숨도 크게 쉬지 못할 지경이었는데도 김 반장은 어질러진 가게를 치우면서 밖은 내다보지도 않았다.

"깡패가, 깡패가 몽달 씨를 죽여요!"

주씨 아저씨는 그 우람한 체구에 비하면 말귀를 빨리 알아듣는 사람이었다. 벼락같이 튀어나와 마침 자기 가게 앞을 끌려가고 있는 몽달 씨의 꼴을 보고는 냅다 소리를 질렀다.

"죄가 있으모 경찰을 부를 일이제 무신 일로 사람을 이리 패노? 보소! 형씨, 그 손 못 놓나?"

투박한 경상도 말이 거침없이 쏟아져 나오자 녀석도 약간 주춤했다.

"아저씨는 상관 마쇼! 이런 놈은 경찰서로 끌고 가야 된다구요."

"누가 뭐라카노. 야! 빨리 경찰에 신고해라. 당신네들이 사람 뚜드려 가며 경찰서까지 갈 것 없다. 일 분 안에 오토바이 올 테니까."

"이 아저씨가…… 이 새끼, 아는 사람이요?"

"잘 아는 사람이니 이카제. 이 착한 청년이 무신 죄를 졌다꼬 이래 반 죽여 놨노? 무슨 일이라?"

그제서야 빨간 셔츠가 슬그머니 움켜진 머리칼을 놓았다. 몽달 씨가 비틀거리며 주씨 곁으로 도망쳤다.

"아무 잘못도…… 없어요…… 지나가는 사람 잡아놓고…… 느닷없이 때리는데."

더듬더듬, 입 안에 괴어 있는 피를 뱉어 내며 간신히 이어가는 몽달 씨의 말을 듣노라고 주씨가 잠시 한눈을 판 것이 잘못이었다. 멀찌감치 서서 구경을 하고 있던 사람들 중에서 누군가 소리쳤다.

"어어. 저봐요. 저 사람들 도망쳐요!"

정말 눈 깜짝할 사이였다. 벌써 공단 쪽 길로 튕겨가는 모양으로 발자국 소리만 어지럽고 녀석들은 어둠 속에 파묻혀 버린 뒤였다.

"빨리 가서 잡아야지 저런 놈들 그냥두면 안 돼요!"

언제 왔는지 김 반장이 발을 구르며 흥분하고 있었다. 금방이라도 잡으러 갈 듯 솟구치는 꼴이 가관이었다.

1. 김 반장은 어떤 성격의 소유자인가요?
   — 이기적이고 위선적인 성격의 소유자이다.

2. 몽달 씨가 읊은 시에서 '은사시나무'가 의미하는 것은 무엇인지 서술하시
   오.
   — 동네사람들로부터 놀림당하고 외면당하는 자신의 처지를 빗댄 것이다.

숲속의 방

—강석경

작품 정리

갈래	중편소설, 도시소설
성격	사실적, 현실 비판적
배경	1980년대 서울의 종로
시점	1인칭 관찰자 시점
주제	젊은 날의 방황과 삶의 진실에 대한 탐색

등장 인물

소양

스스로 삶의 진실을 찾기 위해 방황하는 자의식이 강한 여대생으로 결국 현실에 낙담하여 자살한다.

명주

소양의 학교 친구로 80년대 운동권의 전형이다. 사회적 정의를 실현하는 데 앞장을 서는 대학생이다.

미양(나)

소양의 언니로 이 작품의 서술자. 기성세대의 눈으로 대학생들을 바라보는 소시민이다.

삶의 진실을 찾지 못해 고민하던 '소양'은 가족들 몰래 다니던 학교를 휴학하고 방황을 한다. 결혼을 앞두고 은행에 사표를 낸 언니 미양이 이러한 동생 소양의 행동을 추적하게 된다. 그 과정에서 소양의 친구들인 명주, 경옥 등을 만나고 소양의 일기장을 들추어 보기도 한다.

소양의 귀가를 기다리던 어느 날 미양은 혜양과 같이 종로로 나간다. 소양이 잘 간다는 카페에서 3명의 남학생들과 합석하고, 그들을 통해 일부 젊은이들의 삶을 엿보게 된다. 그들은 종로의 밤거리에서 젊음을 배출하고 있었다. 집에 돌아와 보니 외박했던 소양이 아버지에게 야단을 맞고 한바탕 소동을 벌이고 난 뒤 무표정한 얼굴로 앉아 있다. 소양은 물질 만능주의자인 아버지를 혐오하고 있었던 것이다.

결혼식을 치른 미양은 남편과 함께 신혼여행을 마치고 돌아온다. 그러나 그날 밤 악몽으로 잠을 깬 미양이 화장실에 가려다 피냄새를 맡게 되고, 두려운 마음으로 소양의 방문을 연 순간 피로 물든 방바닥에 검은 옷을 입은 채 소양이 쓰러져 있는 것을 발견하게 된다.

크림이 얹어진 비엔나 커피가 앞에 놓이자 나는 크림을 삼키며 그 뒤론 소양이 못 봤겠지? 확인했다.

명주는 덤덤하게 네, 대답했으나 잠시 후 망설이듯 뜻밖의 말을 했다.

"아까도 말했지만 난 이번 여름방학 때 공단에서 일했어요. 그날 소양에게 그 계획을 말했더니 그 앤 시큰둥하게 웃으면서 자기는 술집에 나갈 생각이라고 했어요."

뭐라고? 나는 커피 잔에 얼굴을 박고 있다가 고개를 쳐들었다.

호스티스를 하겠대요. 명주는 되풀이하고 눈을 식탁에 떨구었다.

"아마 걘 했을 거예요. 재수할 때도 한 달간 분식집 종업원 노릇을 한 적이 있어요."

"그건 또 왜?"

나는 서글픈 표정을 했고 명주는 잠시 생각에 잠겨 있다가 방황이겠죠. 나도 심하게 겪었지만, 하고 말끝을 흐렸다.

그 날 내가 받은 충격은 컸다. 분식집 종업원. 그것까지도 좋지만 호스티스인 소양을 상상할 수 없었다. 그것도 방황이라고 할 텐가? 부잣집 딸의 객기가 아니냐고 빈정댔으나 그렇게 말할 수 없을 만큼 절실한 무엇이 있는 것 같았다고 명주는 덧붙였다. 그 말은 걱정을 덜어주기는커녕 나를 더욱 혼란에 빠뜨렸다.

그날 불문과에 들러볼까, 하는 생각도 막연히 했지만 그만두었다.

"교수들요? 평생이 보장된 직업인일 뿐이에요. 소양이 이름자나 기억할까?"

명주의 냉소는 극단적이었지만 나도 사실 학교로 찾아가는 것이 선뜻 내키지 않았다. 내 음대 시절을 생각해도 존경했던 교수는 한둘이고 인간적인 교류를 가진 교수도 뚜렷이 기억에 남지 않았다.

명주는 무작정 교수를 만나느니 소양과 친했던 과 친구를 만나 보는 것이 훨씬 도움이 될 거라고 했다. 그것은 적절한 조언이었다. 나는 명주 전화번호와 들은 기억이 있는 신경옥이란 이름을 수첩에 적고 학교엔 들어가지 않았다. 나와 교문 앞에서 헤어지면서 명주는 마지막 카드를 던지듯 한마디 더 했다.

"소양이를 이해해 보도록 하세요. 소양이 집을 좋아하지 않지만 식구들이 따뜻하게 관심을 가져준다면 외로운 일기는 쓰지 않을 거예요."

외로운 일기? 더 말할 틈도 없이 명주는 단발머리를 젖혀서 내게서 등을 돌렸다.

내가 집에 돌아왔을 때 소양은 벌써 나가고 없었다. 방문도 잠겨 있었다. 할머니는 외출했는지 이층은 고요했고 초가을 햇살만 소리 없이 끓어오르고 있었다.

1. 이 글에서 공단과 술집의 의미에 대해 서술하시오.

 — 여기서 '공단'은 대학생들이 노동 운동을 실천하는 공간을 의미한다. 거기에 비해 '술집'은 극히 개인적이고 자기 폐쇄적인 공간을 의미한다. 명주가 '공단'으로 가겠다는 것은 노동 운동을 통해 민중 속으로 들어가 보겠다는 것이지만 이에 비해 소양이 '술집' 호스티스가 되겠다는 것은 사회적 금기를 깸으로써 자아의 존재 의미를 찾겠다는 것이다. 명주와 소양이 가진 생각의 차이가 '공단'과 '술집'이라는 대조적인 공간으로 표현된 것이다.

2. 외로운 일기가 의미하는 바를 알아봅시다.

 — 소양이가 동화될 수 없는 사람들 사이에서 외로워하고 있음을 알려 주는 대목이다. 더구나 소양의 아버지, 어머니, 할머니 모두 물질적, 현실적 가치만을 추구하는 인물들인 까닭에 소양은 가족과의 갈등 관계 때문에 더욱 외로움을 느꼈을 것이다. 여기서 '외로운 일기'란 주변 인물들과 거리를 두고 홀로 자신의 정체성을 찾기 위해 애쓰는 소양의 고민을 비유한 말이라 할 수 있다.

외딴 방

—신경숙

등장 인물

나
오빠를 따라 서울에 올라온 후 공장에 나가 일하는 소녀로 감수성이 예민하고 내성적인 성격의 소유자이며 뒷날 작가가 된다.

희재 언니
나와 같은 학교, 같은 공장에 다닌다. 의상실 재단사와 사랑에 빠지지만 어려운 가정 형편으로 힘든 삶을 살아간다. 임신한 아이를 지우라는 애인의 말에 절망하여 목숨을 끊는다.

큰오빠
대학을 다니다 방위병으로 근무하면서 사설학원 강사 노릇을 한다.

'나'는 십년 전 내가 열여섯 살 때 만났던 희재 언니 생각에 이 글을 쓴다. '나'는 중학교를 졸업하고 몇 개월 시골집에 있다가 서울로 올라와 두 달여 동안 직업 훈련원에서 납땜질을 배우고 전자회사에 취직했다. 오빠는 방위였고, 과외 학원의 수학 강사였다. '나'는 곧 산업체 야간 특별학급에 다니게 되었다. 내가 희재 언니를 처음 만난 것은 그해 봄이었다. 그녀는 미싱사로 일하며 동생의 학비를 대고 있었다. 그녀의 꿈은 전화 교환원이었다. 그러나 희재 언니는 집에 돈을 부치기 위해 학교를 그만두고 의상실에 이중 취직을 했다. 오빠가 그녀의 방에서 남자가 나가더란 얘기를 했다.

희재 언니가 시골집에 며칠 다녀온다며 문 잠그는 걸 잊었으니 저녁에 방문에 열쇠를 채워 달라고 했다. '나'는 그녀 말대로 저녁에 와서 방 열쇠를 채웠다. 여러 날이 지나도록 그녀는 돌아오지 않았다. 그 남자가 찾아왔다가 돌아갔다. 그녀는 돌아오지 않았고 남자는 문을 부쉈다. 냄새 때문에 아무도 그 방에 들어가지 못했다. 희재 언니가 자살한 것이다. '나'는 그녀의 자살을 방조했다는 지울 수 없는 마음의 상처를 남긴 채 오빠가 방위 제대를 하자 이사를 했다.

이제 열여섯의 나, 노란 장판이 깔린 방바닥에 엎드려 편지를 쓰고 있다. 오빠. 어서 나를 여기서 데려가 줘요. 그러다가 편지를 박박 찢어 버린다. 벌써 유월이다. 들에는 모내기가 한창이다. 두엄자리에선 보릿짚이 썩고 있는 중이다. 목덜미에 내려앉은 햇볕이 따갑다. 대문 옆의 채송화가 벌써 얼굴을 삐죽 내밀고 있다. 햇살과 채송화가 싫증이 난다. 나는 헛간 벽에 걸려 있는 쇠스랑을 끌어내린다. 처음엔 쇠스랑을 끌고 두엄자리로 가서 썩고 있는 보릿짚을 뒤적거린다. 이마로 쏟아지는 햇볕이 따갑다. 손길이 사나워진다. 어떻게 된 것인가. 쇠스랑이 햇볕에 번쩍한다 했는데 내 발바닥이 찍힌다. 열여섯의 나, 멍해진다. 발바닥에 찍혀 있는 쇠스랑을 뺄 엄두가 나지 않는다. 놀란 발바닥에선 피도 나지 않는다. 열여섯 살의 나, 주저앉는다. 아픈 줄도 모르겠고 눈물도 나오지 않는다. 발바닥에 쇠스랑을 꽂고 썩어가는 보릿짚 위로 드러누워 본다. 파란 하늘이 얼굴로 쏟아진다. 얼마나 지나 바깥에서 돌아온 엄마가 무슨 일이냐, 소리친다. 엄마. 엄마의 기척을 느끼고서야 눈물이 줄줄 흐른다. 그때서야 무섭고 그때서야 아프다. 놀란 엄마의 외침 소리. 눈을 감아라, 꼭 감아. 눈을 감는다. 꼭 감는다. 감은 눈 속에서 눈물이 줄줄 흘러나온다. 엄마, 쇠스랑에 힘을 주고 다시 한 번 외친다. 쇠스랑을 뺄 때까지 눈을 뜨지 말아. 슬몃 떠진 눈 속으로 엄마의 눈이 잡힌다. 끔찍한지 쇠스랑 끝을 잡고 있는 엄마도 눈을 감고 있다. 엄마, 망설이지 않고 발바닥에 꽂힌 쇠스랑에 힘을 주어 쑥 빼낸다. 신경이 얼마나 놀랐는지 쇠스랑이 빠져나가도 피가 나지 않는다. 독한 것, 엄마는 쇠스랑을 내던지고 나를 일으켜 세운다. 그래 그것 꽂고 드러누워 있어? 소리도 안쳐! 엄마의 큰 손이 열여섯의 내 등짝에 찰싹 내리쳐진다. 엄마는 열여섯의 나를 마루에 눕혀 놓고 구멍이 뚫린 발바닥에 쇠똥을 대고 비닐로 꽁꽁 묶는다. 열여섯의 나, 쇠똥을 발바닥에 달고 마루에 엎드려 또 편지를 쓴다. 오빠, 나 좀 이곳에서 빨리 데려가 줘.

문 제

1. 외딴 방의 의미를 서술하시오.
   — '외딴 방'은 시골에서 상경한 '나'가 큰오빠와 함께 살았던 미로와도 같이 복잡한 구로 공단의 변두리 단칸방을 가리킨다. 도시의 중심부 바깥이고 소외나 좌절된 꿈 등이 서려 있는 이곳은 도시 노동자들의 빈궁하고 힘든 하루하루의 삶을 상징하고 있기도 하다. 한편으로 '나'에게 있어 외딴 방은 작가가 되고 싶은 꿈을 가지고 글쓰기를 하는 사적 체험의 공간이기도 하다.

2. 이 글은 과거 '나'의 이야기와 현재의 글쓰기 상황이 서로 교차되면서 전개되고 있다. 과거의 나의 삶과 현재의 삶에 대해 서술하시오.
   — 과거의 삶은 경제적 궁핍과 열악한 노동 환경, 희재 언니의 죽음과 죄책감의 삶을 살았고, 현재에는 성숙한 자아의 일상생활을 하고 있다.

감자 먹는 사람들

—신경숙

등장 인물

나

시골 출신의 성악과를 졸업한 가수로 자기 주변의 삶과 죽음에 대해 생각해 본다. 젊은 나이에 남편을 잃은 윤희 언니를 이해한다.

윤희 언니

내가 편지를 쓰며 나의 삶을 고백하는 대상으로 성악과 출신의 음악방송 프로듀서.

아버지

시골에서 농사를 지으며 육 남매를 길렀으나 심각한 수면 장애로 기억력이 감퇴되어 병원 신세를 진다.

어머니

시골에서 평생 농사를 지으며 남편과 육 남매를 길러 온 인물로 남편의 임종을 혼자 맞기가 두려워 도시의 자식들 곁으로 이사 오고 싶어 한다.

오빠

성격이 급하여 아버지와 충돌이 잦지만 부모님에게 가장 세심하게 신경을 쓰는 사람으로 시골에 매일 안부 전화를 한다.

줄거리

나는 아버지의 병상에서 서른다섯 나이에 남편과 사별한 윤희 언니에게 편지를 쓴다. 아버지의 뇌수 속에 석회질이 돌아다니고 그때마다 아버지는 의식을 잃고 며칠 동안이라도 잠을 주무신다. 하지만 뇌는 언제나 수면을 못하고 활동 중이라고 한다.

아버지를 바라보며 오토바이로 산간을 질주하시던 젊은 아버지, 조상의 묘를 손질하고 차례로 묘비를 세우시던 근년의 모습, 당신이 젊었을 때의 가죽 북을 앞에 두고 수궁가나 심청가를 한 곡 뽑으시던 모습, 오빠가 가출하고 돌아온 후 엄하게 회초리질을 하시던 장면 등을 떠올린다.

나는 병원 성당에서 만난 남편을 간병하는 아주머니의 하소연을 듣는다. 공사장 인부로 일하다 머리를 다쳐 어린아이가 되어 버린 남편에게 죽어라, 죽으라고 말할 수밖에 없었다며 울먹이는 그녀를 가만히 위로한다. 여덟 살 때 헤어진 유순이로부터 전화를 받는 도중 고흐의 '감자 먹는 사람들'을 바라본다. 가난하고 피로한 하루 일을 마치고 촛불이 켜진 식탁에 가족이 둘러앉아 가공되지 않은 알감자를 까서 먹는 그림이었다.

유순이를 만나 동네 아이들로부터 거지니 식모니 하는 놀림을 받았던 그녀의 편이 되어 주어 아이들을 쫓아버리거나 그녀가 서울로 떠날 때 다 헤진 검정 고무신을 벗기고 나의 색동 코고무신을 주었다는 내게는 기억에도 남아 있지 않은 얘기를 듣고 소아 당뇨를 앓는 세 살 난 아이를 데리고 남편과 자그마한 한식집을 운영하는 생활 이야기도 듣는다.

나는 위암으로 병상에 누운 남편이 오히려 자신을 지켜주었다는 윤희 언니의 말을 되새겨 보기도 하다가, 아버지가 병상에서 혼잣말처럼 던지는 독백을 듣게 된다. 전쟁이 터지기 전 마을을 휩쓴 전염병으로 부모를 이틀 사이로 잃으시고 너무도 무서운 세상에 혼자 살기가 싫어 기차 철로변에서 자살을 생각했다가도 기찻소리가 들리면 논둑 사이로 숨기게 되었다는 이야기. 우리 자식들이 나면서 비로소 세상이 약간은 만만하게 보이게 되고, 우리들을 학교에나 보내어 제 발로 설 수 있게 해야 한다는 마음이 생각까지 다물어 버리게 했다는 이야기를 나는 잠자는 척 듣는다.

나는 아버지와 산책 도중 당신의 요구에 따라 병원 공터에 있는 고구마 밭까지 간다. 아버지는 당신이 직접 고구마를 캐시고 싶은 마냥 그 주위를 빙빙 도신다. 병실로 돌아온 아버지는 어머니께 전화를 넣어달라고 하시고는 어머니께 고구마는 다 캤느냐고 묻고는 당신께서 내려가서 캘 테니 놔두라고 말씀하신다. 마치 '나는 오늘같이 가을볕이 좋은 날, 밭에서 고구마를 캐다가 그렇게 갈라네. 늦봄 볕이 따사로운 날 감자를 캐다가 가만히'라고 말씀하시는 같이.

본 문

어머니는 시골집에서 지금 뭘 하고 계실까요? 땅콩을 캐고 계실까, 아니면 이젠 다 시든 고춧대를 뽑고 계실까?

저 비가 그 마을에도 내린다면 아마도 뒷산의 상수리나무 떡갈나무 잎새들을 우수수 떨어드리고 있겠지요. 밤나무 밑엔 이제는 아무도 줍지 않는 밤이 여기저기 수북히 흩어져 쌓여 있을 테고, 밤이면 뒤꼍의 감나무 잎새들이 우우 — 거리며 앞마당으로 쓸려 나와 여기저기를 헤매고 다닐 것입니다. 어머니는 아버지 없이 추수를 하고 계시겠지. 벼를 베고 말리고 뒤집고 탈곡하고. 그 지방의 병원에서 이 도시의 병원으로 아버지가 옮겨 오실 때 따라나서려는 어머니께 아버진 크게 역정을 내셨지요. 논밭의 가을일을 내버려두실 참이냐고요. 봄 내내 씨 뿌려서 여름 내내 한 가지 것에 여든여덟 번씩 손을 갖다 대고 인자 겨우 열매를 맺었는디 그것들 안 거두고 식구들 죄다 병원에만 있을 거냐구요. 결국 어머닌 눈물을 머금고 뒤처지셨습니다. 자식을 여섯이나 장성시켜 놨지만 우리들 중 누구도 추수를 어떻게 하는지를 모릅니다. 설령 할 줄 안다고 해도 이 도시의 건물 안 책상에서 컴퓨터를 치고 전화를 받고 공문을 보내고 받으며 사느라 여러 날 계속해야 하는 추수 기간만큼 자리를 비울 수도 없습니다.

칠 년 만에 재발한 아버지의 병에 가장 놀라신 분은 어머니인데 우린 부친이 쓰러지기 이틀 전에 술을 마셨다는 고모님의 말씀을 듣고 모두들 어머닐 쳐다봤지요. 마치 부친의 병을 재발시킨 게 어머니나 된다는 듯이요. 설마 아버지의 병이 오로지 이틀 전에 마신 술 때문이기야 하겠습니까마는, 어디다 대고 원망할 데가 없는 우리들은 어머니이기 때문에 괜한 화를 내는 거지요. 그래요. 어머니이기 때문에. 여섯 명이 돌아가면서 한 마디씩만 해도 여섯 마디.

그 원망 속엔 부친의 건강에 대한 염려만 실려 있는 건 아니지요. 이 도시의 일상 속에 쌓여 있는 서류, 혹은 공적인 일로 만나야 할 사람들과의 일들이 중환자실에 며칠이고 누워 계시는 부친으로 인해 매끄럽게 진행되지 못한 것에 대한 석연찮음이 괜한 어머니에게 쏟아지는 거지요. 왜 술을 마시도록 내버려두세요? 술이 아버지에게 얼마나 나쁘다는 거 뻔히 아시면서요. 최근에 집짓는 일로 부친이 계속 어머니와 의견 충돌을 일으켰다는 말을 들으면, 평소에 흔쾌히 집을 새로 짓겠다는 부친의 편을 들지도 않았으면서 또 여섯 명이 어머니께 대들지요. 어머니가 자꾸 아버지 심중을 건드리시니깐 화를 끓이셔서 쓰러지신 거예요.

드디어 어머니께서,

"너희들은 지난 칠 년을 아버지 병을 잊고 살았겠지마는 나는 니 아비가 숨소리만 이상하게 내도 가슴이 철렁한 세월이었다아."

하시며 눈물을 보이고 마실 때 모두들 입을 다물었습니다. 그때도 들었던 것 같네요. 모롱이를 돌아선 기차가 한 해에 철거덕철거덕 마을을 가로질러가는 강철바퀴 소리를.

칠 년 전 한 해에 네 번을 혼절하신 아버지를 혼자 병원에 입원시킨 경험이 있는 어머니는 그때부터 아버지와 단 둘이서 그 집에서 밤을 맞는 걸 두려워하셨지요. 한번도 도시에 살아 본 적이 없지만, 그때부터 어머닌 이따금 이 도시로 터전을 옮겨 오고 싶다는 희망을 내보이곤 하셨습니다. 이 도시로가 아니라 이 도시를 떠날 수 없는 자식들 곁으로겠지요.

밤에 니 아비의 숨소리가 언덕 올라가드끼 가팔라지면 니 아비 임종을 나 혼자 지키야 허는 거 아닌가 싶은 게 무섭고 싫어야.

문 제

1. 이 글에서 편지와 노래의 기능을 쓰시오.

— 작중 화자인 '나'에게 있어 편지는 감정의 교류를 위한 수단임을 알 수 있다. 그러나 '나'는 노래를 부르기 시작하면서 편지를 쓰지 못하게 된다. 이는 그녀의 감정 표현 수단이 편지에서 노래로 전이되었음을 의미한다. 이는 편지를 통한 감정 표현은 자신의 내면을 자세하게 다 보여 주어야 가능한 데 비해 노래는 자신의 내면을 시시콜콜히 보여주지 않고도 감정을 표출할 수 있는 장점이 있기 때문이다.

2. '나'가 윤희 언니에게 부치지 않는 편지를 쓰는 이유가 무엇인지 서술하시오.

— 부치지 않은 조건이 있어야만 솔직한 자기 감정을 표현할 수 있기 때문이다.

오렌지 맛 오렌지

—성석제

등장 인물

비읍

무엇이든 건성으로 기억하며 대충 알고 있으면서도 틈만 나면 자신의 유식함을 자랑하려드는 인물이다.

주변 인물들

비읍의 실수를 사사건건 들추어 오랫동안 놀림거리로 삼는다.

비읍은 편집부에 새로 들어온 신참치고는 아는 게 많았다. 그러나 그가 아는 것은 모두 조금씩 틀렸다는 것이 문제였다. 그러나 그는 자신이 틀렸다는 것을 인정하기보다는 사전을 끼고 십 년 이상 먹고 살아온 다른 편집부 사람들을 의심하는 쪽을 택해서 그들의 심기를 불편하게 했다.

예를 들면, 여자의 아름다움이 남자를 매혹시켜 애가 타게 함을 이를 때에는 '殺'을 '쇄'라고 읽어야 하는데, 비읍은 '살'이라고 읽어 '뇌살'이라고 표현하는 경우가 그것이다. 사람들은 그가 실수를 할 때마다 그의 별명을 그의 실수를 상징하는 말로 바꾸어 줌으로써 복수를 했다. 어느 날 비읍은 결혼을 했고, 편집부에서는 오렌지 주스를 사들고 비읍의 집들이에 갔다. 그 곳에서 편집부 사람들은 오랜 부부처럼 살며 노련한 솜씨로 오렌지 맛 음료를 대접하는 그들을 '오렌지맛'이라 부르기로 만장 일치로 합의한다.

본문

비읍은 편집부에 새로 들어온 신참치고는 아는 게 많았다. 그런데 그가 아는 건 모두 조금씩 틀렸다는데 문제가 있었다. 그러나 그는 자신이 틀렸다는 걸 인정하기보다는 사전이나 그 사전을 끼고 십 년 이상 먹고 살아온 우리를 의심하는 쪽을 택해서 우리의 심기를 불편하게 했다. 그래서 우리는 그가 실수를 할 때마다 그의 별명을 그 실수를 상징하는 말로 바꾸어 줌으로써 복수를 했다. 가령 이런 식이다.

"비읍 씨. 일 안하고 아침부터 거기서 뭐해요?"

"차장님. 저 문방구 앞에서 우산 들고 있는 아가씨 다리 참 죽여줍니다. 가히 뇌살적이군요."

"비읍 씨. 이거 비읍 씨가 교정본 거죠? 그렇게 뇌살 좋아하면 쇄도(殺到)를 살도라고 하지 왜 그냥 놔뒀어요?"

"하하하. 리을 선배님. 선배님의 다리 역시 뇌살적이지만 저 아가씨는 춘추가 선배님의 연치에 비해 방년 이십 세는 적어 보이고 따라서 또 뭐냐, 원스 어폰 어 타임 투기는 칠거지악으로……."

"지금 도대체 무슨 헛소리를 하고 있는 거얏!"

그 다음부터 한동안 그의 별명은 '살도'가 되었다. 한동안이란 그로부터 한달 뒤 '홍미율율' 사건이 터지기 전까지.

여름철이 되고 고등학교 야구 대회가 열리기 시작했다. 비읍은 제가 나온 학교도 아니면서 고향 고등학교라는 이유로 열렬히 응원을 하고 있었다. 인색하기 짝이 없는 그로서는 표 사서 야구장에 갈 일은 없었고 편집부 안에서 신문을 보면서 입으로 하는 응원이 전부였지만.

"우와아! 차장님. 어제 우리의 경상고 피처가 연타석 홈런을 깠습니다. 캐처는 6타석4타수4안타, 유격수는 도루가 네 개. 결승 진출은 맡아놨구만."

"이거 봐요. 비읍 씨. 그 학교가 자네 학교야? 그 동네는 그 학교 근처만 갔다 오면 다 한 학교 출신이 되나?"

"헤헤. 차장님, 모르시는 말씀. 경상시야 한국인의 영원한 구도(球都) 아니겠습니까. 야구 하면 경상, 경상하면 야구지요."

듣고 있던 리을이 나섰다.

"그럼 동네 이름을 야구시로 짓지 그랬어요. 아냐, 비읍 씨 고향을 기리는 의미에서 앞으로 우리가 비읍 씨를 야구 씨라고 불러 줄게."

어지간하면 질릴 법도 하련만 비읍은 천하 태평이었다.

"이거 사방에 적군의 노래뿐이니 완전히 사면초가일세. 오호 통재라."

"비읍 씨, 하나 물어 볼 게 있는데 말예요. 사면초가(四面楚歌)에서 왜 적군이 초가를 불러요?"

"역시 리을 선배님은 여자라서 역사는 잘 모르시누만. 그게 말입다. 항우가 적벽대전에서 유방에게 포위가 됐는데 말입다."

"적벽이 아니라 해하(海河)겠지."

"차장님, 적벽이나 해하나 그건 중요한 게 아니고 말입다. 한나라 군사가 초나라를 포위하고 오래 있다가 보니까네 초나라 유행가를 다 배웠다는 검다. 항우가 듣다가 그 노래가 너무 슬퍼서 아, 졌다 하고 자살을 했단 말입다."

"한나라 군사가 초나라 노래를 불러 줬다구?"

"그쵸. 그게 장량의 작전이었다 이 말입다. 아, 근데 차장님은 한참 이야기가 흥미율율할만 하면 꼭 초를 치십니까, 그래?"

"흥미, 뭐?"

"또 초 치셔."

"비읍 씨. 나도 못 들었어요. 흥미 뭐라고 했어요?"

"아, 율율!"

"율율?"

"율! 율! 왜욧!"

흥미진진(興味津津)을 흥미율율(興味律律)로 우겨 바라던 '야구' 말고 '율율'이라는 별명을 얻은 그가 한동안 자중을 하는 듯하더니 문득 결혼을 했다. 편집부에서 집들이차 그의 집을 가면서 오렌지 주스를 샀다.

"이봐. 거 뭐 마실 것 좀 내오지."

결혼한 지 한 달도 되지 않았는데 비읍은 십 년 넘게 마누라를 호령하며 살아온 사람처럼 굴었다. 그렇게 하지 않으면 체면이 깎이기라도 하는 것처럼. 안타깝게도 그의 부인 역시 십 년 넘게 살림을 해와 살림에 이골이 난 여인네 같은 몸빼 차림으로 나타나 홍분(紅粉)의 아리따운 새댁을 보러 갔던 사람들의 기대를 꺾었다. 그리고 그 부인이 내온 음료수가 비읍에게 새로운 별명을 선사했다.

"내가 산 건 백 퍼센트 천연 무가당 오렌지 주스였단 말이야. 그런데 그게 언제 오렌지맛 환타로 바뀌었는지 모르겠어. 정말 환상적인 부부야."

일동은 그의 집을 빠져나오는 순간부터 그를 당분간 '오렌지 맛'이라고 부르기로 만장일치로 합의했다. 백 퍼센트 오렌지 주스를 혼자 마시고 있을 그의 부인은 오렌지 부인으로 부르기로 했고.

문 제

1. 현대사회가 빠르게 변화하는 원인도 있겠지만 이 소설에 등장하는 비읍처럼 대강대강 알고서도 자신의 유식함을 자랑하려는 인물들이 많다. 학업에 진지성에 대해 각자 서술해 보시오.

2. 사람들이 비읍 부부를 환상적이라고 말한 이유를 쓰시오.
   － 두 사람이 비슷한 속성을 공유하고 있기 때문에.